Lilach

Der siebte Schwan

Roman

Originalausgabe

WILHELM HEYNE VERLAG
MÜNCHEN

Verlagsgruppe Random House FSC-DEU-0100
Das für dieses Buch verwendete FSC®-zertifizierte Papier
Super Snowbright liefert Hellefoss AS, Hokksund, Norwegen.

Originalausgabe 2/2011
Redaktion: Claudia Alt
Copyright © 2011 by Lilach Mer
Copyright © 2011 dieser Ausgabe by
Wilhelm Heyne Verlag, München
in der Verlagsgruppe Random House GmbH
Printed in Germany 2011
Umschlagbild: Nele Schütz Design, München,
unter Verwendung eines Motives von Chiara Fersini
Zinken: Swantje Philipps und Lilach Mer
Satz: Greiner & Reichel, Köln
Druck und Bindung: GGP Media GmbH, Pößneck
ISBN 978-3-453-52749-2

www.heyne-magische-bestseller.de

Für meine Eltern,
die mich immer unter ihren Flügeln bargen;
meinen Bruder,
der jeden Drachen für mich besiegen würde;
für meine ganze wunderbare, einzigartige,
hinreißende Familie

und

für S. S. P.,
einen ganz besonderen kleinen Schwan,
ohne den dieses Buch
nie geschrieben worden wäre.

Wie rau der Morgen war. So weiß, so kühl gegen das sanfte Violett der Nacht; so harsch und bloß nach den reich gekleideten Träumen. So unnachsichtig klar, wie Glassplitter auf der nackten Haut, wenn sie noch weich und verwundbar war unter den Laken. So herzzerreißend licht, wenn man sterben musste.

Die alte Frau legte den Kopf zurück auf das glatte Kissen. Vom Bett aus sah sie die Frostblumen an der Fensterscheibe, das zarte, rätselhafte Gespinst; eine unlesbare Schrift, die irgendetwas bedeuten mochte. Sie war zu müde, um es herauszufinden. Bald würde die Tochter kommen, es war die Zeit dafür, und mit einem sauberen Tuch darüberwischen; und erst im Gehen nur die sachteste Andeutung machen, dass das Gutshaus neue, dichte Fenster brauchte. Nun, sie würde sich nicht mehr allzu lang mit Andeutungen zufriedengeben müssen.

Von unten, vom staubigen Salon her, konnte die alte Frau sie leise streiten hören, die Tochter und die Enkelin; wie alle Generationen von Frauen streiten, wenn sie zu dicht beieinanderliegen. Ihr war es nicht anders gegangen, ging es heute noch nicht. Mit den Jungen war es nie so schwierig gewesen ... Wahrscheinlich gab es niemanden, der sich von der Mutter so sehr unterschied wie die Tochter; so lange, bis die Ähnlichkeit sich über Jahrzehnte hinweg so nah an beide heranschlich, dass sie sich eines Morgens gegenseitig ins Gesicht blickten wie in einen Spiegel.

Sie rief nach ihnen, schwach, aber hörbar, öffnete sogar den Mund dabei, obwohl es überflüssig war: Es gab keine Nische in ihrem Geburtshaus, die sie nicht mit ihren Gedanken erreichen konnte. Aber die Tochter liebte das nicht. Und die alte Frau fühlte sich zu matt, um weiteren Streit heraufzubeschwören. Dabei war es noch nicht so sehr lange her, dass sie die Vorstellung belebt hätte ...

Wie unverwechselbar doch Schritte waren. Da kamen sie die Treppe hinauf, feste, bestimmte Schritte in vernünftig flachen Schuhen, und daneben das sorglose Trippeln der ganz jungen, die noch nicht prüfen müssen, wie dauerhaft der Boden ist, auf den sie ihre Füße setzen. Die alte Frau richtete sich auf.

Fast ohne es zu merken, schob sie dabei die linke Hand unter eines der Kissen. Sie war, wie die rechte auch, von feinen, blassen Narben überzogen. Aber der linken fehlte dazu am Ringfinger, da, wo der Nagel war, das oberste Glied.

Sie sah die Verstümmelung nicht gern, ihre Tochter. Sah nicht gerne Dinge, die fehlten, Dinge, die nicht waren, wie sie sein sollten. Und sie hatte nie verstanden, warum die alte Frau ausgerechnet auf dieser Seite ihren Ehering tragen musste.

Das Lächeln kam jetzt leichter als die vielen Jahre zuvor, vielleicht, weil sie *ihm* schon so nahe war. Sie spürte es deutlich in den Mundwinkeln, und kaum dass die Tür leise geöffnet wurde, grüßte es sie wieder vom Gesicht ihrer Enkelin.

»Großmama, du bist ja schon wach.«

Sie war immer noch stolz darauf, dass es ihr gelungen war, von »Oma« oder, schlimmer noch, »Ömchen« verschont zu bleiben. Ob es wirklich an der neuen Zeit lag, dass alle Wörter immer kürzer wurden? Es war eine gewisse Atemlosigkeit darin, wie sie fand; das aufgeregte Voranstürmen von Kindern, die nicht abwarten konnten, welche Wunder sie hinter der nächsten Biegung erwarten mochten. War man denn zu ihrer Zeit tatsächlich so viel bedächtiger, so viel erwachsener gewesen? Und war es wirklich schon so lange her?

»Alles Liebe zum achtzigsten Geburtstag, Großmama!«

Eine weiche Wange schmiegte sich an ihre knochige, Haarsträhnen, die nach Vanille dufteten und irgendwie, ganz schwach, nach Milch.

»Danke, meine Kleine. Ich hoffe, du hast gut geschlafen?«

»Sehr gut sogar.« Ernsthafte, eifrige, weiherdunkle Augen. »Ich habe wieder die seltsamsten Dinge geträumt. Ein Wassermann kam darin vor, und Elfen, und eine Gans, glaube ich. Schön war es. Und aufregend.«

»So, eine Gans?«

Ihre Enkelin zuckte mit den Schultern. »Etwas Ähnliches wie eine Gans.«

Geschirr klapperte, und die Tür wurde ein zweites Mal aufgedrückt.

»Guten Morgen, Mama«, sagte ihre Tochter und stellte das Tablett vorsichtig auf einem Tischchen ab. »Alles Gute zum Geburtstag. Ich habe dir Kringel gebacken. Für den Kuchen ist es ja vielleicht noch ein bisschen früh.«

Sie kam zum Bett und umarmte die alte Frau, warm, herzlich und distanziert. Nur erwachsene Frauen beherrschten das so vollendet.

»Sieh nur, die Scheiben sind schon wieder von innen gefroren.«

»Ich finde es hübsch«, zirpte die Enkelin. »Außerdem sieht man dann das Auto nicht so sehr. Es passt nicht richtig hierher, finde ich. Eine Kutsche würde dem Haus besser stehen.«

»Eine Kutsche«, die alte Frau lachte leise. »Meine Kleine, in Kutschen ist es zugig und unbequem, und es holpert so sehr, dass man sich gegenseitig auf den Schoß springt.«

»Und das«, sagte die Tochter mit einem halben Lächeln, »auch wenn man sich noch gar nicht richtig vorgestellt wurde!«

»Liebchen, du überraschst mich.« Die alte Frau stützte sich auf die Ellenbogen. »Ironie am frühen Morgen? – Ihr beiden, ich hätte gern, dass ihr euch ein Weilchen zu mir setzt, wenn es euch recht ist.«

Sie fühlte die Wachsamkeit, die plötzlich den Raum erfüllte. Ihre Tochter rückte halbabgewandt die Gegenstände auf dem Tablett zurecht, Kaffeetasse, Kringelteller, all die schönen, unnützen Dinge. »Natürlich, Mama. Wenn du es möchtest.«

»Ich sitze ja schon.« Auf der Bettkante wippte die Enkelin fröhlich mit den Füßen. Vorlaut war sie; aber man konnte es ihr nicht übelnehmen. Das ganze Bett vibrierte unter ihrer Lebhaftigkeit.

Als die Tochter sich einen Stuhl auf der anderen Seite herangezogen und die Hände in den Schoß gelegt hatte, als säße sie in der Kirche, fühlte die alte Frau sich auf einmal befangen. Wie arglos ihre Gesichter waren, selbst das ihrer Tochter, das Sorgen und Misstrauen kannte! Wie sagte man den Menschen, die man so schmerzlich liebte, dass es einen sprachlos machte, dass man sie verlassen würde? War es nicht besser, sie blieben ohne das Wissen, bis die Wirklichkeit alles von allein erledigte?

»Großmama«, wieder lehnte sich die weiche Mädchenwange an ihre. »Was hast du nur? Du siehst so ernst aus. Komm, soll ich dir von der Schule erzählen?«

Sie streichelte sie sanft, aber ablehnend.

»Liebchen.« Ihre Augen suchten nach denen ihrer Tochter, ohne sie zu finden. »Ich möchte, dass du heute den Frost am Fenster einmal Frost sein lässt und stattdessen das Fenster ... das Fenster einfach nur öffnest. Könntest du das für mich tun? Ich möchte, dass es heute den ganzen Tag über offen bleibt, und auch noch am Abend. Keine Sorge«, sie kam mit einer entschiedenen Handbewegung den Protesten zuvor, »ich wickele mich warm ein und nehme eine Wärmflasche ins Bett. Und so kalt ist es tagsüber auch nicht mehr. Öffne einfach das Fenster für mich. Ich kann den schweren Riegel nicht mehr bewegen. Und ich möchte ... Ich möchte die Schwäne draußen beim Teich gerne hören.«

Jetzt blickten sie sie an, die Augen, hell und klar wie Glas, und zornig, so zornig.

»Mama, was ist denn das wieder für ein Unsinn? Es ist noch viel zu kalt, Schwäne sind Zugvögel!«

»Höckerschwäne nicht!« Das Mädchen hatte, ohne es zu merken, einen Finger gehoben wie in der Schule. Die alte Frau nickte ihm zu.

»Richtig. Die Höckerschwäne hier oben bei uns im Norden fliegen nicht weg, sie bleiben uns treu. Ich weiß, dass welche beim Teich unten sind, ich habe sie gestern schon gesehen, als ihr mich in den Wintergarten gebracht habt. Und ich liebe ... ich liebe es, ihnen zuzuschauen.«

Die Tochter sprang auf.

»Ich sehe nicht ein, was das soll, Mama; wieder deine Launen! Es sind nur ein paar große, dumme Vögel dort draußen, mehr nicht. Mehr nicht! Hör auf, immer überall etwas hineinzugeheimnissen.«

Sie drehte sich um, zur Tür hin.

»Bleib hier.«

Ja, sie konnte es immer noch: ihrer Stimme, die das Alter so spröde gemacht hatte, diesen machtvollen Glanz verleihen. Ihre Tochter war stehen geblieben, die Hand auf der Klinke, den Kopf trotzig gesenkt. Die alte Frau seufzte unhörbar.

»Bleib hier, mein Liebchen. Ich bitte dich.«

»Ich will solchen Unsinn nicht hören.« Der Kopf hob sich nicht. Die Blicke der Enkelin sprangen hin und her wie zwei ängstliche Hasen. Die alte Frau streichelte ihr beruhigend den Handrücken.

»Du weißt«, sagte sie, »dass das kein Unsinn ist. Ich rede nur sehr selten Unsinn, und wenn, dann weiß ich es.«

»Unsinn, Blödsinn, dummes Zeug! Ich habe genug davon, hörst du? Für ein ganzes Leben genug. Deine Launen, deine Geschichten ... Alles nur Unfug! Und ich will auch nicht«, der Kopf flog hoch, mit brennend blauen Augen, »ich will nicht, dass du ihr das in den Kopf setzt! Sie ist ein kluges Mädchen, kommt gut zurecht in der Schule, hat Freundinnen. Ich will, dass das so bleibt!«

Ein paar Sekunden, in denen nur Atemzüge das Zimmer füllten, heftige, ruhige und angstvolle. Irgendwo in der Vergangenheit schmiegte ein kleines, gehänseltes Mädchen weinend seinen Kopf in Mutters Schoß ... Dann richtete die alte Frau sich so gerade auf, wie sie konnte; als sie wieder sprach, war ihre Stimme ganz sanft.

»Jetzt schweigst du besser, mein armes Töchterlein. Hast du vergessen, wer dein Vater war?«

Unwillkürlich blickten drei Augenpaare zu der verblassten Photographie auf dem Nachttisch hinüber, und das Herz der alten Frau füllte sich mit einer Sehnsucht, die kaum noch zu ertragen war. Bald, bald, mein Liebster. Es gibt noch etwas, das ich tun muss ...

Sie machte eine Handbewegung, und der schon wieder geöffnete, lippenstiftrote Mund ihrer Tochter schloss sich widerwillig.

»Nein, mein Liebchen, jetzt werde ich ein wenig reden. Und du wirst mich nicht unterbrechen. Auch nicht, wenn ich von Schwänen spreche. Selbst dann nicht, wenn es mir etwa einfallen sollte, von Wassermännern und Nixen zu reden, wie unser kluges Mädchen hier. Ich werde reden, und ihr werdet so freundlich sein, mir ein kleines Weilchen dabei zuzuhören. Und wenn ich fertig bin, meine liebe, schöne, eigensinnige Tochter, dann wirst du hinübergehen und dieses Fenster für mich öffnen. Habt ihr mich beide verstanden?«

Sie nickten, die eine verwirrt, die andere – es war so schwer zu sagen. Zornig? Immer noch, ja; sie war schon zornig auf die Welt gekommen. Aber da war noch etwas anderes. Etwas, das sich wie Furcht anfühlte oder wie – Kummer ...

»Mama«, flüsterte ihre Tochter. »Mama, tu es besser

nicht. Wenn du schon nicht an dein Kind denken konntest, dann denk an meines.«

»Ja«, antwortete die alte Frau leise. »Genau das will ich tun.«

Sie lehnte sich aus dem Bett, an dem warmen jungen Körper der Enkelin vorbei. Die verstaubte Schachtel stand noch immer unter dem Nachtschränkchen; immer noch, nach all den Jahren. Sie zog sie hervor, schob die Hand unter den Deckel. Glattes Holz, kaltes Glas ... Sie tastete, bis sie den Mechanismus fand. Ein Geräusch erklang, ein kleines, kratziges Schnarren. Ihre Finger zitterten ganz schwach, als sie den Deckel von der Schachtel hob.

Die Enkelin beugte sich neugierig vor. Die Tochter atmete ein.

Ein hölzernes Kästchen, stumpf von Alter und Staub. Figuren aus geschliffenem Glas darauf, mattes Schimmern im blassen Winterlicht. Sie bewegten sich leicht, stockten, ruckten wieder. Setzten langsam zur allerersten Drehung an.

»Hört«, sagte die alte Frau – oder dachte sie es nur?

»Hört.«

Ein erster Ton schwebte über das Bett hin.

An jenem Tag füllte das Lied der Spieluhr den ganzen Dachboden, und Mina hörte den Besuch nicht kommen. Der Wind, der seit der Nacht von der Schlei herwehte, hatte den letzten Winterhauch vom Dach geblasen. Die Maisonne schien hell durch das schmale Giebelfenster; Staub rieselte in glitzernden Fäden von den Balken. Die zirpenden Töne wiegten sich darauf, und die kleine, sehnsüchtige Melodie drang in jede Nische.

Mina hielt die Spieluhr fest an die Brust gedrückt, während das Lied sie umfing. Bunte Lichtflecken sprangen von den Glasresten auf dem Deckel; die Figuren, die einmal daraufgestanden hatten, waren längst abgebrochen. Nur ein paar Kristallsplitter, immer noch festgeleimt, und etwas wie ein Frauenfuß in einem gläsernen Schuh drehten sich, wenn man die Kurbel aufzog – langsam, gemessen, Runde um Runde. Die Lichtflecken huschten über Minas Gesicht, so leuchtend, dass sie die Augen beinahe ganz schließen musste: Morgenrot, Sommernachtsviolett, Traumblau. Tanzende Damen ...

Damen, die sich in ihren schönsten Kleidern drehten, langsam, gemessen, Runde um Runde, in einem Ballsaal, der irgendwo hinter den schrägen Wänden lag; hinter den Kommoden, denen Beine fehlten, den Kisten mit ausgemustertem Geschirr ohne Henkel und den geduldig wartenden, leeren Schrankkoffern. Damen, deren Haare hochgesteckt waren mit funkelnden Diademen, wie das, das verbogen um den kopflosen Hals einer Schneiderpuppe lag. Damen, die Tücher aus Perlen und Federn von ihren Schultern wehen ließen, ohne Mottenlöcher, ohne zerrissene Säume, während sie die schönen Köpfe neigten. Nie wurden sie müde, dem immer gleichen Lied zu lauschen, die zarten Füße im immer gleichen Takt zu bewegen. Die Spieluhr spielte, und die Damen tanzten, und das Seidenpapier in den leeren Hutschachteln flüsterte im Luftzug.

Einzweidrei, einszweidrei, wie die Mädchen unten an der Küchentreppe, wenn im Salon das Grammophon aufgezogen wurde. Mit der freien Hand hielt Mina einen Zipfel ihres kurzen Rocks ausgebreitet; der glatte Stoff schimmerte sanft. Auch wenn es nicht für ein Ballkleid reichte, er umgab sie wie eine Blüte, während sie sich drehte, immer noch drehte, obwohl ihr längst schwindelig war. Jedes Mal, wenn das Uhrwerk mit einem Schnarren zum Stehen kam und sie es wieder aufzog, ohne anzuhalten, sagte sie sich selbst streng: Nur diese eine Runde noch. Nein, Mina, sei vernünftig. Nur einmal noch, und dann Schluss.

Aber es war nie Schluss. Nicht, wenn die Staubkörnchen die Luft so sehr zum Funkeln brachten und die Kleider der Lichtdamen so hell strahlten.

Vielleicht lag es auch an ihrem eigenen schweren Atem, dass sie die Kutsche unten auf dem Vorplatz nicht über die Kieselsteine knirschen hörte. Sie wusste, dass sie unschicklich keuchte – wie die Kettenhunde draußen, wenn sie sich über die Kaninchen aufregten. Ihre Wangen glühten sicher wie bei einem aufgeregten Kind, und die sorgfältig gelockten Haarsträhnen über ihren Ohren waren zerzaust und verschwitzt. Ein Stück flatterndes, loses Schleifenband berührte sie immer wieder an der Schulter.

Sie wusste auch, dass sie die Schuhe hätte ausziehen sollen. Es war immer besser, die Schuhe auszuziehen, bevor man anfing zu tanzen; am besten schon, wenn man die kleine Bodenluke, die so sehr knarren konnte, minutenlangsam, mit angehaltenem Atem, wieder hinter sich geschlossen hatte. Das Schlafzimmer der Eltern lag unter diesem Teil des Dachbodens. Zwar hielt sich tagsüber normalerweise niemand dort auf. Wenn der Mutter schwindelte, wie so oft, ruhte sie auf dem kleinen Sofa im Damenzimmer, ein Fransenplaid über die Knie gebreitet, das Kristallfläschchen mit dem scharfen Riechsalz auf einem Tischchen neben sich. Mina war nicht sicher, wie krank man sein musste, um tagsüber im Schlafzimmer bleiben zu können; wahrscheinlich so sehr, dass man morgens gar nicht erst aufstehen konnte. Wenn Vaters schwere und Mutters zögernde Schritte die Treppenstufen zum Quietschen gebracht und die Mädchen die Waschkrüge geleert hatten, verstummte das obere Stockwerk für gewöhnlich bis zum Abend. Dann fühlte es sich an wie in einem fremden Haus, und die Luft auf dem Flur dort schmeckte seltsam staubig und abgestanden, wenn man nach oben schlich.

Immerhin, es konnte einer jener Tage sein, an denen in den Schlafkammern gewischt wurde. Es konnte sein, dass plötzlich Stimmen durch die Ritzen der Bodendielen nach oben steigen würden, ein Summen, ein tuschelndes Gespräch; das Geräusch des Staubwedels aus Pfauenfedern und Elfenbein, der an die Verzierungen des Kleiderschranks stieß. Wenn man dann nicht rechtzeitig aufmerksam wurde, dauerte es nicht lange, bis die Bodenluke schwungvoll aufgestoßen wurde und vorwurfsvolle Blicke unter einem runden, weißen Spitzenhäubchen die Spieluhr zum Verstummen brachten.

»Gnä' Fräulein sind ja schon wieder hier oben.«

Dann wurde man von der Mamsell am Handgelenk gepackt, kaum dass es einem gelungen war, die Uhr mit dem Fuß unter einen alten Hocker zu schieben; wurde gepackt und unerbittlich nach unten gezogen wie ein unartiges Kind, ganz gleich, wie alt man war. Ins Damenzimmer zur Mutter, wo Handarbeit wartete. Ins Schulzimmer im anderen Flügel, wo Französischaufgaben an der schwarzen Tafel Kreidestäubchen elegant zu Boden rieseln ließen ...

Nein, mit den Schulaufgaben war es ja nun vorbei. Mademoiselle mit ihrem Hütchen und den winzigen Spitzentaschentüchern; Mademoiselle, die so sanft lächelte und deren kleine Finger wie Vogelkrallen kniffen, wenn man tagträumte; Mademoiselle, die Mina alles beigebracht hatte, was eine junge Dame wissen musste, war vorgestern in die Kutsche gestiegen. Leise weinend, wie man es erwarten konnte, aber doch nicht so sehr, dass ihre blassen, kurzsichtigen Augen sich unschicklich gerötet hätten. Inzwischen war sie sicher längst zu Hause im vornehmen Paris angekommen. Ob die weltgewandten Mädchen dort sie noch eine Weile an ihre ungeschickte norddeutsche Schülerin erinnern würden?

Keine drückende, enge Schulbank mehr für Mina. Keine dunkle Schürze, die den Kreidestaub anzog, so dass man schon unordentlich aussah, wenn man sich nur hingesetzt hatte. Keine Hausaufgaben, die einen von den stillen, verblichenen Wundern des Dachbodens fernhielten. Stattdessen ... die Konfirmation, in ein paar Tagen schon. Der Herr Pastor, der sie geduldig sonntagnachmittags den Katechismus gelehrt hatte und der beim Sprechen mit dem Kopf wackelte, würde ihr in der Kirche seine alte zerbrechliche Hand auf den Scheitel legen. Es würden Psalmen gesungen werden, während sie vorne stand, hübsch zurechtgemacht wie eine Braut in ihrem ersten langen schwarzen Kleid. Von all den umliegenden Gütern würden die Nachbarn kommen, aus Kappeln, Missunde, Lindaunis, vielleicht sogar aus Schleswig, um ihr zu gratulieren. Danach Kaffee und Kuchen für alle, zu Hause im Salon; unten in der Küche wirbelten sie schon seit Tagen deswegen. Und dann ... ja, was?

Mina merkte, dass sie aus dem Takt kam. Die Absätze ihrer Knöpfstiefel schlugen laut und unrhythmisch auf die rissigen Bodendielen. Die bunten Lichtflecken stolperten über die alten Möbel, als sie versuchte, wieder in die Melodie zurückzufinden. Einszweidrei, einszweidrei ... Es half nichts, die Lichtdamen flogen durcheinander wie Murmeln, und Mina konnte beinahe ihr empörtes Raunen hören. Die Spieluhr rutschte ihr halb aus dem Arm, sie schnaufte und schnarrte in der Schieflage. Das Lied wurde langsam, immer langsamer, bis die Töne so weit auseinanderlagen, dass sie keinen Sinn mehr ergaben. Erst da hörte Mina den anderen Takt, den anderen Rhythmus. Er kam nicht aus der Dachkammer. Da waren Schritte auf der Bodentreppe. Und draußen wieherte plötzlich ein Pferd.

Sie erschrak, ließ die Spieluhr fallen, und mit einem hässlichen Klirren schlug sie auf die Bodendielen. Die Musik verstummte. Ein neuer Splitter brach ab, als sie die Uhr mit der Stiefelspitze anstieß, heftig genug, dass sie unter eine alte Kommode mit drei Beinen rutschte und dort im Schatten liegen blieb. Die Bodenluke knarrte. Mit fliegenden Fingern versuchte Mina, sich die Haare zu glätten.

»Hier sind Sie, Fräulein Wilhelmina ...«

Ein Hut stieg aus der Luke empor, schwarz schimmernde Seide, und auf den Brillengläsern darunter brach das Sonnenlicht. Die Augen waren nicht zu erkennen; aber der Mund im grauen Backenbart krümmte sich in amüsierten Winkeln, und Mina knickste, ganz schwach vor Erleichterung.

»Verzeihung, Herr Doktor«, sagte sie, immer noch atemlos. »Ich wusste nicht, dass Sie schon angekommen sind. Ich habe wohl die Zeit vergessen.«

Er lachte freundlich, während er sich ganz durch die schmale Luke zwängte. Einen kurzen Moment lang spürte Mina, dass es ihr lieber gewesen wäre, wenn er nicht heraufgekommen wäre; wenn er die Luke nur für sie offen gelassen und bei der Treppe gewartet hätte. Es war ihr Dachboden, ihr Versteck. Licht und Töne schienen noch in der Luft zu schweben, fast greifbar wirklich. Und auch sie gehörten ihr.

Mina verscheuchte den Gedanken sofort. Es war der Doktor, nicht die Mamsell. Er würde sie nicht am Arm packen und nach unten zerren. Er würde sie nicht verraten.

Ein liebenswürdiger Herr, der Doktor, auch wenn man sich immer ein wenig klein fühlte vor seinen funkelnden Brillengläsern und nie wusste, was er wirklich dachte. Sie kannte ihn, solange sie sich erinnern konnte. Oft wurde er zum Essen eingeladen, zu Minas Geburtstagen oder zum Sommerpicknick; einer der wenigen Gäste, die zum Gutshaus kamen. Eine Art Hausfreund, so sagte man wohl dazu. Zu ihrem letzten Geburtstag hatte er ihr hübsche Anziehpuppen aus Papier geschenkt und damenhafte Haarnadeln mit Wachsblumen. Der Doktor mochte sie.

Sie beeilte sich trotzdem, das lose Schleifenband wieder zu befestigen, während er sich umsah.

»Recht staubig haben Sie es hier«, bemerkte er, und seine Mundwinkel krümmten sich noch mehr. Er trat an eines der weißen Laken heran, unter dem eine Garnitur mottenzerlöcherter Morgenmäntel darauf wartete, in Putzlumpen zerrissen zu werden. »Aber das Licht ist zum Zeichnen natürlich einmalig an einem solchen Tag. Wenn auch die Blumenwiese im Garten vielleicht einen noch schöneren Ausblick bieten würde.«

Mina griff hastig nach dem Zeichenblock, der auf einer alten Staffelei beim Fenster stand. Schon vor Wochen hatte sie eine der Gewächshausrosen darauf begonnen, eine halbe Blüte, ein paar angedeutete Blätter. Sie leistete gute Dienste, wenn man nach stundenlangem vergeblichen Mamsellrufen von irgendwoher auftauchte. Wenn man sie vorzeigte, war man ein braves, anständiges Mädchen, das sich still mit Mädchendingen beschäftigte. Der Vater strich einem kurz über den Kopf, dass es in den straff gebundenen Schleifen ziepte, und die Mutter lächelte matt und legte ihre kühle, schmale Hand für einen Augenblick über die eigene, während die Standuhr tickte und das Mädchen mit der Suppenschüssel wartete. Niemand kam dann darauf zu fragen, ob man vielleicht den ganzen Nachmittag wieder auf dem scheußlichen alten Boden verbracht hatte ...

»Ich konnte mich nicht entscheiden, ob ich erst die Rose beenden soll oder gleich mit der Baumkrone dort drüben anfange. So habe ich wohl eine Stunde nur überlegt und schließlich gar nichts getan«, sagte sie und lächelte entschuldigend.

Der Doktor nickte.

»Es ist nicht immer einfach, ein Backfisch zu sein. Der kleine Kopf so voll mit so vielen verschiedenen Dingen. Aber das findet sich mit der Zeit, meine Liebe, glauben Sie es mir. Das findet sich und ordnet sich alles, wenn man erst erwachsen ist. Wenn aus der kleinen Wilhelmina das Fräulein Ranzau geworden ist.«

Er ließ den Zipfel des Lakens fallen, den er mit zwei Fingern angehoben hatte. Mit der anderen Hand vollführte er eine elegante Geste zur Luke hin, wie ein Tanzherr, der seine Dame zu Tisch geleiten will.

»Wenn ich dann bitten darf ...«

Mina lachte und folgte der Bewegung. Sie setzte die Füße auf die schmalen Stufen der Bodentreppe, ohne hinzusehen; im Schlaf hätte sie sie gehen können, seit sie einmal mitten in der Nacht hinaufgeschlichen war, um zu beobachten, wie der Vollmond durch die Zweige der Buchen schien. Sie hob den Kopf, vielleicht, um dem Doktor noch eine scherzhafte Bemerkung zuzuwerfen. Er wartete mit dem Rücken zum Fenster, geduldig, immer noch lächelnd. Aber wie ein sonderbares Häkchen stand, dicht über den spiegelnden Brillengläsern, eine kleine, steile Falte auf seiner Stirn, die nicht zu dem Lächeln passte. Fremd, eigentümlich. Sie verwirrte Mina den einen Moment, den sie sie sah, bevor sie sich wieder in Glätte auflöste. Beinahe wäre Mina gestolpert.

Im Speisezimmer war das Licht von draußen gebändigt durch schwere Vorhänge. Alle Kerzen brannten am Deckenleuchter über dem Esstisch; Silberlöffel glänzten matt auf milchweißen Servietten. Frieda, das Stubenmädchen, das gar nicht Frieda hieß, aber nun einmal die Nachfolgerin einer ganzen Reihe von Friedas war, stand wie immer hinter den Eltern, dicht bei dem Glasschrank mit den Porzellanfiguren. Über ihren breiten, schwarz verhüllten Schultern spannten sich weiße Schürzenspitzen wie klägliche Engelsflügelchen. Wenn sie achtlos das Gewicht verlagerte, klirrten die Schäferinnen und Barocktänzer, die Blumenkörbe und verspielten Kätzchen hinter ihr im Schrank, die Mutter seufzte leise, und der Vater zog eine Augenbraue hoch. Dann stieg Frieda das Blut leuchtend rot in die Wangen, bis hinauf zu den feinen blonden Härchen, die unter ihrem Häubchen hervorspitzten. Mina fühlte ein unbestimmtes Mitleid mit ihr, wie mit all den Stubenmädchen. Sie waren da, und auch wieder nicht; man bat sie um ein neues Glas Wasser, eine zweite Scheibe Kuchen, sie traten aus dem Nichts und verschwanden wieder darin, ohne mehr zu hinterlassen als einen schwachen Hauch von Seife und Kleiderstärke. Und manchmal, spätabends, hörte man sie in der Mädchenkammer weinen.

An diesem Tag klirrten die Schäferinnen kaum. Vielleicht, weil der Doktor mit am Tisch saß, gar nicht ernst, und ohne jene eigentümliche Falte auf der Stirn Scherze machte und den Braten lobte? Zwischen den Gängen diskutierte der Vater lebhaft mit ihm über die letzte Jagd. Mutters Gesicht trug einen Hauch von Farbe, und sie drängte den Gast sanft, von jedem Gericht mehrere Nachschläge zu versuchen. Er ließ es sich mit einem Lächeln gefallen, halb entschuldigend, halb behaglich.

»Vielen Dank, Gnädige Frau, es ist auch wirklich zu

köstlich ... Ja, vielleicht auch noch einen kleinen Tropfen Sauce ...«

Mina schwieg die meiste Zeit über, wie es sich gehörte. Aber der Doktor richtete immer wieder kleine, freundliche Bemerkungen an sie, wie er es schon seit einer Weile bei solchen Gelegenheiten tat, seit sie keine geringelten Kniestrümpfe mehr tragen musste und ihre Röcke angefangen hatten, die Knie zu umspielen.

»Und die junge Dame, glücklich, der Schulzucht entronnen zu sein? Ja? Das ist verständlich. Obwohl Mademoiselle vielleicht nicht allzu streng war, möchte ich meinen. Wenn ich da an die Dorfschullehrer denke, was die Kinder dort auszuhalten haben! Das sind Zustände, Fräulein Wilhelmina, Zustände ...!« Er ließ sich noch einen Löffel Preiselbeerkompott reichen. »Man muss die Obrigkeit mit der Nase darauf stoßen, wie rückständig es auf den Dörfern zugeht. Natürlich«, er neigte sich liebenswürdig dem Gutsherrn zu, »nur dort, wo die Herrschaft sich nicht so umfassend kümmert, wie es bei Ihnen der Fall ist. Kinder verhungern, weil ihre Mütter nicht wissen, wie sie sie vernünftig zu füttern haben! Alte und Schwachsinnige verkümmern vor den Haustüren! Wenigstens arbeiten die provinzialen Heilanstalten ordentlich, sonst wäre es noch schlimmer. Auch wenn sie leider immer noch nicht überall gut angenommen werden.«

Er seufzte, und nach einer kleinen Pause nickte der Vater. Sein Hals in dem hohen weißen Kragen wirkte dabei steif, und er erwiderte nichts.

»Die einfachen Menschen«, sagte der Doktor, »sperren sich gegen den Fortschritt, gegen die vernünftige Ordnung der Dinge. Und gegen die Wissenschaften. Dabei gibt es unerhörte Fortschritte. Wenn man nur einmal die Phrenologie betrachtet ...«

Neben Mina ließ die Mutter ihr Besteck langsam sinken, als wäre sie schon satt.

Mina lächelte, ohne es zu zeigen. Die Wissenschaften ... Sie waren das Steckenpferd des Doktors. Stundenlang konnte er begeistert über Dinge mit fremdartigen, langen Namen referieren, die höchstens der Vater verstand. Auch jetzt röteten sich seine Wangenknochen über dem Bart, und seine Stimme wurde scharf und strahlend.

»Man weiß heute so viel über den Menschen, sein Gemüt, seine Physis und wie beides miteinander in Verbindung steht. Es gibt neue Methoden und Heilmittel. Und die Entwicklungen auf dem Gebiet der psychischen Chirurgie ...«

Das Messer der Mutter fiel klirrend auf den Tellerrand. Mina hob verwirrt den Kopf. Die Mutter nestelte an einer der Servietten, hielt sie vor den Mund und hustete schwach und entschuldigend. Das Stubenmädchen fuhr mit den Händen in die Schürzentaschen und suchte nach dem Riechfläschchen; aber der Doktor winkte ab.

»Lass nur, Mädchen, es ist gleich wieder gut. Du bringst die Gnädige Frau nur in Verlegenheit. Ist es nicht schon wieder besser, Teuerste?«

Er beugte sich über den Tisch und sah der Gutsherrin forschend ins blasse Gesicht. Sie nickte schwach, den Mund noch hinter der Serviette verborgen. Ihre Augen über dem grellweißen Tuch wirkten sehr blau; blau und irgendwie ... Das Wort drängte sich plötzlich von selbst in Minas Gedanken. Irgendwie ängstlich? Besorgt? Nicht matt und vage wie sonst, sondern mit einem eigenartigen Glanz darin, wie von verschluckten Tränen. Mina lächelte ihr zaghaft zu, aber es schien nicht so, als ob die Mutter es bemerkte. Ihr Blick blieb auf den Doktor gerichtet, der sich mit einem befriedigten Nicken wieder zurückgelehnt hatte.

»Ja, mit der Gesundheit ist es so eine Sache«, sagte er, als wäre nichts geschehen. »Man darf nicht unvorsichtig sein, aber auch nicht zu sehr besorgt; es ist beides falsch, auf das rechte Maß kommt es an. Bei Ihnen, Fräulein Wilhelmina, scheint ja alles in der üblichen Ordnung zu sein, wenn ich mich nicht sehr irre?«

Und er fing an, sie eingehend nach ihrem Gesundheitszustand zu befragen. Mina war viel zu sehr daran gewöhnt, um sich darüber zu wundern. So war es immer, wenn er kam; er blieb nun eben ein Doktor. Sie schluckte die kurze Verwirrung hinunter und antwortete ihm freimütig auf seine Fragen nach Kopfschmerzen, Temperaturen; aber auch nach den Büchern, die sie las, den Stücken, die sie auf dem Klavier spielte, den Pflanzen im Garten, die sie besonders liebte. Der Körper, erklärte er immer wieder, hing mit dem Geist untrennbar zusammen, viel mehr, als die meisten Menschen sich klarmachten. Eine plötzliche Vorliebe für melancholische Melodien konnte auf eine Grippe hindeuten, lange bevor irgendein körperliches Anzeichen sichtbar wurde. Fieber konnte durch den Anblick und den Geruch beruhigender Pflanzen gelindert werden.

Die Mutter nickte dazu, sagte aber nichts. Sie hielt die Serviette noch immer in der Hand.

»Nun«, sagte der Doktor schließlich und legte seine breiten Hände vor sich auf den Tisch, auf deren Rücken die Haare bereits grau wurden, »es scheint mir alles so zu sein, wie ich es vorzufinden gewöhnt bin, junge Dame. Dann

entlasse ich Sie aus meinem peinlichen Verhör; Sie haben sicher noch die eine oder andere Rose zu zeichnen, wenn Ihre Eltern nichts dagegen haben?«
Er zwinkerte ihr zu, als sie hinausging.

Im Flur bei der Treppe war es kühl und hell. Minas Absätze klickten auf den glatten Fliesen, als sie zu der Kommode ging, auf der sie den Zeichenblock abgelegt hatte. Sie würde vielleicht wirklich eine Stunde ins Gewächshaus gehen und der Rose endlich auf dem Papier zur Vollkommenheit verhelfen, bevor sie im Leben ganz verblüht war. Für den Dachboden war später noch Zeit. Die Eltern würden mit dem Doktor noch lange beisammensitzen, und Mamsell war mehr als beschäftigt, das Gästezimmer noch säuberlicher als sonst herrichten zu lassen. Es gab keinen Grund zur Eile; kein Grund, ihr Glück herauszufordern, auch wenn sie sich um die Spieluhr ein wenig Sorgen machte.

Bei der Haustür strich der schwarz-weiße Kater herum. Er kam selten herein, obwohl die Mutter Katzen liebte und nur die struppigsten aus dem Haus verbannte. *Sein* dunkler Rücken glänzte schöner als Seide, er trug helle Strümpfe an drei Beinen und hatte große, seelenvolle Augen in der Farbe von Sherry. Trotzdem war etwas Wildes an ihm, etwas, das so ganz anders war als die weißen und rosafarbenen Kätzchen im Porzellanschrank. Man traute ihm ohne weiteres zu, in der Scheune mit den Stallkatzen Jagd auf kleine Mäusekinder zu machen.

»Willst du mir wohl aus dem Weg gehen, wilder Geselle?«, sprach Mina ihn an. »Was tust du überhaupt drinnen, bei der herrlichen Sonne? Musst du nicht einer schönen Katzendame den Hof machen?«

Der Kater maunzte leidvoll. Vielleicht hatte seine Liebste ihn im Stich gelassen? Seine Krallen klickten wie Minas Stiefelabsätze auf den Fliesen, als er zu ihr herüberkam und sich an ihren Beinen rieb. Sie bückte sich und strich ihm über den Rücken, und er schnurrte, tief und laut wie ein Wasserkessel, bevor er zu kochen beginnt. Es war ein so einladendes, behagliches Geräusch, dass Mina sich auf den Boden setzte und ihn streichelte, während er mit den Pfoten ihren Rocksaum knetete.

Erst nach einer ganzen Weile schob sie sie sanft beiseite. Das Licht hatte sich verändert; wenn sie sich nicht beeilte, würde die Sonne hinter dem Hausdach stehen, und im Gewächshaus wäre nicht mehr genug Licht, um die Rose vernünftig zu zeichnen. Der Kater blinzelte sie träge an. Mit einem Gähnen, das all seine nadelfeinen weißen Zähne über der rosa Zunge zum Schimmern brachte, legte er die Pfoten zurück auf ihren Rock. Mina lachte leise.

»Eigensinnig wie alle Katzen, was? Nun komm schon.« Sie drückte gegen die weißbestrumpften Pfoten, aber er hatte die Krallen ausgefahren und tief in den dünnen Stoff gebohrt.

»Lass los, ja? Ich verspreche dir ...«, sie sah einen Moment nachdenklich in die Luft. Katzen mochten Milch, aber in der Küche unten im Keller hatte Mina nichts verloren. Vielleicht stand eine Kanne für den Nachtisch-Kaffee in der Anrichte, ganz hinten im Flur?

Sie streichelte den runden Kopf. »Ich verspreche dir ein schönes Schlückchen Milch, wenn du mich aufstehen lässt, werter Herr Kater.«

Die großen Augen betrachteten sie aufmerksam. Noch einmal wurde das Mäulchen aufgerissen, und die Zähne blitzten in der Nachmittagssonne. Dann glitten die Krallen mit einem ganz feinen, zarten Geräusch aus dem Rockstoff; der Kater reckte sich, bis er beinahe doppelt so lang war wie sonst, und stand auf. Mina streichelte ihn noch einmal, bevor sie sich erhob.

»Lieb von dir.« Sie musste wieder lachen, während sie hinter seinem hocherhobenen Schwanz, wie ein Wegweiser, den Flur zurückging. Mamsell würde die Hände über dem Kopf zusammenschlagen, wenn sie sie dabei ertappte, wie sie mit der Katze sprach.

Sie kamen an der Tür zum Speisezimmer vorbei, und mit einem Mal blieb der Kater stehen, ohne jeden Grund, wie es die Art von Katzen ist; so plötzlich, dass Mina stolperte. Im Fallen streckte sie unwillkürlich die Arme aus, die Fliesen klatschten hart und kalt gegen ihre Handflächen, und Schmerz schoss die Gelenke hinauf bis in die Schultern. Sie fand sich auf allen vieren wieder.

»Du kleines Biest!« Zitternd atmete sie aus. »Was soll denn das? Ich dachte, wir hätten uns auf die Milch geeinigt?«

»Das können Sie nicht wissen«, sagte eine Männerstimme.

Mina erstarrte. Der Kater war an der Stelle stehen geblieben, wo er sie zu Fall gebracht hatte, reglos, ungerührt. Jetzt setzte er sich langsam und sah sie an.

Die Esszimmertür war nicht ganz geschlossen. Wahrscheinlich war Frieda wieder nachlässig gewesen; die spaltbreit offenen Türen überall waren einer der Gründe dafür, dass es im Gutshaus ständig zog. Mina richtete sich langsam auf, bis sie auf den Fersen saß. Sie wischte die Hände am Rock ab. Die goldenen Kateraugen verfolgten jede ihrer Bewegungen.

»Was ...«, sagte sie sehr leise.

Dann sprach die Männerstimme wieder, und sie erkannte, woher sie kam.

»Sie vermuten es nur«, sagte der Vater im Esszimmer. »Sie haben keine Beweise. Es gibt keine Anzeichen ...«

Jemand lachte verhalten. »Keine Anzeichen? Mein lieber Herr Ranzau!« Es war die Stimme des Doktors. Sie klang freundlich, angenehm wie immer. Aber eine Spannung lag darin, ein Unterton, der Mina fremd berührte; fremd wie die kleine, kurzlebige Falte auf seiner Stirn. »Das Mädchen verbringt ganze Tage auf diesem Dachboden, ich habe es heute selbst gesehen! Es ist so weltvergessen, dass es nicht einmal wahrnimmt, wenn das ganze Haus nach ihm sucht, um den Besuch zu begrüßen! Halten Sie das für normales Benehmen?«

Kälte kroch von den Fliesen empor. Mina spürte, wie sie sich die Hand auf den Mund legte, ohne zu wissen, warum. Die Augen des Katers ließen sie nicht los.

»Nun, wenn Sie es so sehen wollen ...« Im Speisezimmer seufzte der Vater. Etwas knarrte, eine Stuhllehne vielleicht. Einen Augenblick herrschte Stille.

»Mein bester Herr.« Der Doktor sprach ganz ruhig. »Ich bin mir bewusst, was diese Erkenntnis für Sie bedeuten muss. Es ist ja auch noch nichts gesagt, nichts entschieden. Aber die Anzeichen – die Anzeichen sind da, klar und deutlich. Wir können sie nicht ignorieren und hoffen, dass sie von selbst verschwinden. Das ist bereits einmal fehlgeschlagen.«

»Ich verstehe Sie durchaus«, sagte der Vater. »Und Sie

wissen, dass ich Ihre ... Befürchtungen grundsätzlich teile, Doktor Rädin. Es ist nur ... vor allem für meine Frau ... Wissen Sie, wir hatten so gehofft ...«

Minas Beine wurden langsam taub. Ihr Atem strich über ihre Handfläche, zitternd und lautlos; aber da war etwas anderes in der Luft, ein leiser, beständiger Ton. Etwas so Schmerzliches, dass es ihr die Tränen in die Augen trieb.

Die Mutter weinte.

Etwas in Mina erschrak, schon zum zweiten Mal an diesem Tag. Die Mutter weinte! Leise, herzzerreißend.

»Meine Kleinen«, schluchzte die Mutter. »Meine armen, armen Kleinen ...«

Verständnislos starrte Mina die Tür an.

Im Speisezimmer wurden Stühle gerückt, und schwerer Stoff raschelte. Mina wusste so genau, als ob sie es sehen könnte, dass der Vater aufgestanden war und sich hinter Mutters Stuhl gestellt hatte, ganz nah, ohne sie zu berühren.

»Ich weiß, liebe Gnädige Frau, ich weiß.« So sanft, die Stimme des Doktors. So sanft und so kühl. »Es ist schwer, ich weiß. Aber man muss daran denken, was das Beste ist. Nicht nur für ... *sie*. Auch für die kleine Wilhelmina, seinerzeit.«

»Ja«, sagte der Vater tonlos. »Wir mussten das Beste tun. Damals. Wir mussten Wilhelmina schützen. Wenn ich nur daran denke – diese schreckliche Geschichte mit der Schlange ...«

Mina blinzelte verwirrt, aber sie kam nicht dazu, irgendeinen Gedanken zu fassen.

»Sie haben gesagt, es geht ihnen nicht gut!« Es war beinahe ein Schrei, den die Mutter ausstieß, nur schwächer.

»Und sie sind schon so lange ... Und Sie lassen uns nicht mehr zu ihnen! Wie kann es das Beste sein?«

»Meine Liebe«, sagte der Vater hilflos, »aber du weißt es doch – wie sie sich aufführten die letzten Male ... diese ... diese Anfälle, diese Tobsucht ...« Ein Schaudern brachte seine Stimme zum Zittern.

»Diese Dinge brauchen Zeit. Viel Zeit.« Die freundliche Stimme des Doktors ließ Gänsehaut über Minas Arme kriechen. »Und manchmal ist der Versuch zu helfen alles, was möglich ist. Man muss die Bemühungen eben fortsetzen, immer weiter fortsetzen, und die Hoffnung nicht aufgeben. Und dann gibt es Phasen, die besser sind, und Phasen, die auf den ersten Blick nicht ermutigend scheinen. Aber sie gehen vorbei, Gnädigste. Sie gehen immer wieder vorbei. Und sie sind stark. Sie sind immer noch stark genug, um weiterzukämpfen, glauben Sie mir.«

»Aber nicht Mina! Nicht Mina!« Jetzt schrie die Mutter wirklich. »Sie ist ein Mädchen, sie ist zart! Und sie ist nur ... ein wenig verträumt, ein wenig weltfremd! Das sind viele in ihrem Alter! Und sie war so viel krank als Kind, Sie wissen das, Doktor. Allein, so oft, mit den Büchern und den Bildern ... Sie ist nicht ... sie ist nicht *verrückt*! Ich weiß es! Ich weiß es!«

Niemals in ihrem Leben hatte Mina ihre Mutter schreien hören. Niemals hatte sie auch nur die Stimme erhoben, selbst dann nicht, als Frieda die kostbare Tänzerin aus hauchzartem Porzellan beim Abstauben in tausend Scherben zerbrach. Tränen sprangen Mina in die Augen, zitterten erschreckt an ihren Wimpern. Und dort, wo sie auf ihre Wangen fielen, breitete sich Eiseskälte aus.

»Ich weiß es doch ...« Die Mutter wiederholte es immer noch. Aber ihr Schreien war zu einem Flehen verebbt, und ohne wirklich zu verstehen, welcher Kampf im Esszimmer ausgetragen wurde, wusste Mina, dass die Mutter ihn verloren hatte. Die ruhige Stimme des Doktors schlang sich begütigend um die letzten, nur noch gehauchten Worte.

»Ein Mutterherz liebt manchmal zu sehr, um klar sehen zu können. Diese Dinge erfordern einen kühlen, männlichen Verstand. Sie müssen uns vertrauen, meine Gnädigste. Mir und Ihrem werten Gatten. Wie schon einmal. Wir werden das Richtige zu tun wissen.«

»Du weißt, meine Liebe«, die Stimme des Vaters klang gepresst, »es ist nun einmal das Leiden in deiner Familie. Wenn du an deine liebe Schwester Elisabeth denkst ... Nicht, dass ich dir nur den geringsten Vorwurf machen würde! Aber wir müssen den Dingen ins Auge sehen. Und wenn Mina ... Nun, sie ist ein Mädchen. Sie ist formbarer, fügsamer, als Jungen sind. Vielleicht ...«, er zögerte, wie hoffnungsvoll, »... vielleicht müssen wir sie nicht einmal fortgeben. Wenn der gute Doktor bereit ist, sich um sie zu kümmern?«

»Nun«, sagte der Doktor in das Aufschluchzen der Mutter hinein, das nur noch ganz schwach zu hören war. »Ich bin selbstredend bereit, mich in jeder nur erdenklichen Weise zu kümmern. Aber eine gründliche Untersuchung wird erforderlich sein. In einer geeigneten Institution. Bald.«

»Aber, Dr. Rädin«, der Vater sprach hastig, »ihre Konfirmation findet in einigen Tagen statt ...«

»Natürlich, natürlich. Und ich danke auch noch einmal ergebenst für die Einladung! Wir werden das große Ereignis selbstverständlich abwarten. Danach ... bald. Sie haben beim letzten Mal zu lange gewartet; das wissen Sie, Herr Ranzau. Machen Sie denselben Fehler jetzt nicht noch einmal.«

»Bitte, Herr Doktor«, es war ein letztes, ein allerletztes hoffnungsloses Aufbäumen, und die Stimme der Mutter brach bei jeder Silbe. »Meine Kleinen ... Wäre es nicht ... nicht vielleicht möglich, dass wir sie ... nur einmal ... Wenn es ihnen doch so schlechtgeht ...«

»Wir werden darüber nachdenken«, sagte der Doktor nachsichtig und mit so eindeutiger, überwältigender Unehrlichkeit, dass Mina nach Luft rang. »Wir werden sehen. Fassen Sie sich, Gnädigste. Der Herrgott wird unsere Wilhelmina in ein paar Tagen ganz besonders unter seinen Schutz nehmen; beten Sie, dass die sanften Flügel seiner Englein den Verstand des lieben Mädchens ganz unmerklich zur Ruhe bringen. Es ist im Augenblick alles, was Sie tun können.«

Die Mamsell fand Mina auf den Knien im Flur, mit hängendem Kopf und geschwollenen Augen.

»Herrje, mein Fräulein, sind Sie gestürzt? Haben Sie sich wehgetan? Diese fürchterlichen glatten Fliesen! Die Schneiderin wartet im Damenzimmer mit dem Kleid für Ihren großen Tag. Können Sie aufstehen?«

Ihre Hand war warm und hart an Minas Oberarm, als sie ihr half, sich aufzurichten. Die Beine schmerzten bis hinunter zu den Knöcheln. Aber der Schmerz war seltsam weich und dumpf, wie in Watte gehüllt. Sie ließ sich von Mamsells Stärke hochziehen, machte einen Schritt, dann noch einen, mechanisch, wie die Puppe, die der Vater ihr einmal zum Geburtstag geschenkt hatte. Vielleicht ragte auch ihr ein

Schlüssel aus dem Rücken ... Es war gut, dass alles so fern war, die Gefühle, die Gedanken, denn sonst hätte sie vielleicht angefangen, wild zu lachen bei dieser Vorstellung. So musste sie sich nicht einmal auf die Lippen beißen. Mamsell führte sie behutsam den Flur hinunter, und die Beine waren ihr so steif geworden, dass sie sogar hinkte.

Der Kater war verschwunden.

Sie war wie ein böser Traum, die Stunde im Damenzimmer. Ein kalter, fremder Traum, ohne Anfang und Ende. Dinge geschahen um Mina herum, ohne sie zu berühren. Worte streiften sie, ohne sie wirklich zu meinen, und sie antwortete, reagierte, ohne mehr als nur Bruchstücke zu verstehen. Ihre Bewegungen fühlten sich langsam an und schwer; das Ertrinken mochte so sein, in dem grünen Forellenteich hinter dem Haus, mit vollgesogenen Kleidern und eiskalten Fingern. Und doch streckte Mina gehorsam den Arm, wenn die Schneiderin darum bat; drehte sich auf dem kleinen hölzernen Podest so herum und so herum, beugte den Nacken, hob das Kinn. Die Spielzeugpuppe mit dem Metallschlüssel im Rücken ...

Sie spürte die Stecknadeln nicht, die die kleine, verhuschte Schneiderin unter tausend Entschuldigungen immer wieder versehentlich in ihre Knöchel stach. Und selbst wenn sie sie gespürt hätte, selbst wenn ihr Ströme von Blut die Beine hinuntergelaufen wären, bis ihre Schuhe überquollen wie bei Aschenputtels Schwestern – sie hätte nicht eine Miene geregt. Jede überflüssige Bewegung, jede Bemerkung würde den Alptraum nur verlängern. Alles, was es gab, war, stillzustehen, Gedanken und Gefühle im eisernen Zaum zu halten und manchmal einen leisen, nicht allzu schmerzvollen Seufzer von sich zu geben, damit das aufgeschlagene Knie nicht vergessen wurde. So wunderte sich weder die Schneiderin noch die Mamsell über ihr schweigsames Betragen. Seltsam, wie dieser Teil ihres Verstandes noch funktionierte, ganz unabhängig von allem anderen; wie eine aufgezogene Feder, die ablief, mit sanfter, unerbittlicher Gewalt, gleich, ob die Uhr, in der sie steckte, auch zerbrochen war.

Als sie endlich wieder im Flur stand, kam es ihr vor, als hätte sie in der ganzen Stunde im Damensalon kein einziges Mal geblinzelt. Ihre Augen waren wund, es kratzte in ihnen wie von Sandkörnern. Das lange Kleid, das sie immer noch trug, raschelte trocken. Ihr Konfirmationskleid. Es passte noch nicht recht, fühlte sich seltsam an, als sie über die glatten Fliesen zurückging. All dieser steife Stoff über ihren Beinen, der schwere, gestickte Saum, der ihre Knöchel bei jedem Schritt berührte, nicht unfreundlich, aber ungewohnt. Ihr längster Rock bisher, der Faltenrock für die Kirche am Sonntag, hatte kaum ihre Waden gestreift. Aber sie hatte sich wohl darauf gefreut, oder nicht? Ein erwachsenes Kleid zu tragen. Die Haare aufzustecken. Kleine Perlen in ihre Ohrläppchen zu hängen. Eine Knöpftaille zu tragen, irgendwann später; dieses unnachgiebige Kleidungsstück, das den Körper in eine Art strahlende Rüstung verwandelte. Ihnen gleich zu werden in ihrer uneinnehmbaren Schönheit, den bunten Damen aus Licht ...

Blanker Schrecken erfasste sie, als sie diesen Gedanken in sich aufspürte. Nicht der Dachboden! Niemals wieder der Dachboden! Sie durfte nicht an ihn denken, ihn sich nicht vorstellen, den glitzernden Staub, die sanften, schweigsamen Polster der alten Möbel, das Leuchten der Abendsonne, wenn sie die schräge Kammer mit Rot und Gold erfüllte – still, still! Der Dachboden hatte sie verraten. Der Dachboden würde sie ins Unglück bringen wie die wilden jungen Männer die armen Mädchen, von deren leblosen Körpern im Fluss ein Wispern manchmal bis ins Kinderzimmer stieg. War nicht der Dachboden schuld daran, dass der Doktor ... und der Vater! ... solche ... Dinge über sie dachten? Dachten, sie wäre womöglich ...

»*Verrückt*«, hauchte sie in die kühle, unbewegte Luft. Es war niemand da, der es hätte hören können. »Verrückt ...« Das Wort schmeckte fremd. »Verrückt, verrückt, verrückt.« Wenn man es schnell hintereinander sagte, verlor es jeden Sinn. Dann blieben nur die beiden Silben, in der Mitte durch den Gleichlaut aneinandergehakt. »Verrückt ...« Sie schlug sich auf den Mund, sehr fest, und schmeckte mit einer seltsamen Befriedigung das Blut auf ihrer Zunge. Das hast du nun davon, du verrücktes Ding!

Am Fuß der Treppe musste sie stehen bleiben. Das Kleid war so lang, dass sie nicht einfach hinaufgehen konnte wie sonst. Sie musste den Saum raffen, um sich nicht mit den Schuhspitzen darin zu verfangen. Wie machte man es noch? Vorsichtig nahm sie die erste Stufe. Nein, noch nicht hoch genug – aber auch nicht zu hoch, auf gar keinen Fall zu hoch! Mademoiselles Ermahnungen zwitscherten in ihren Ohren. Nur nicht die Knöchel zeigen oder gar den Rüschensaum des Unterkleides! Kleinfingerbreite Abstände entschieden über schicklich und unschicklich, über leichtes Mädchen oder junge Dame. Sie versuchte es noch einmal und wunderte sich gleichzeitig darüber, dass es ihr immer noch so wichtig erschien. Wer würde sich für ihre Rocklänge interessieren, wenn man sie fortschaffte in eine ... eine *Institution*? Wenn man sie – *fortschaffte*.

Das Wort blieb lange haften, sie musste sich konzentrieren, um es wieder aus dem Kopf zu bekommen. Im ersten Stock angelangt, fiel ihr einen Moment nicht ein, was sie hier oben sollte, mitten am Tag. War das auch eines von diesen ... diesen *Anzeichen*? Würde sie von nun an immer mehr vergessen, was man ihr aufgetragen hatte, wie sie hieß und wo sie wohnte, bis sie hilflos herumirrte wie die Alte mit dem Lumpenkopftuch, die die Mamsell manchmal vom Vorplatz wegführen musste? Aber nein – sie wusste es wieder: Sie musste in ihr Kinderzimmer gehen. Das Stubenmädchen wartete, um ihr wieder in die Alltagskleider zu helfen und das schöne neue Kleid in eine Leinenhülle zu stecken. So eine Hülle wie die, die die wunderbaren Ballkleider oben verbargen, die glänzenden, schimmernden, leuchtenden Stoffe voller kleiner Löcher und loser Nähte ...

Sie merkte, dass sie in die falsche Richtung ging. Das Kinderzimmer lag links hinunter. Warum ging sie nach rechts, zum Ende des oberen Flurs? Da war nichts, was sie etwas anging. Nichts, bis auf die unscheinbare weiß getünchte Holztür, und die staubige, enge Treppe dahinter ... Wie konnte es sein, dass sie die Klinke in der Hand spürte? Wie war es möglich, dass die alten Stufen unter ihren Schuhen knarrten, dass der lange Saum den Staub vom Holz wischte? Warum stiegen ihre Beine schneller und schneller, als wüssten sie nicht, dass das, was oben auf sie wartete, von nun an ein verbotener Ort war? Nein, es durfte nicht mehr sein, dass das späte Nachmittagslicht von draussen so weich auf ihre Augenlider fiel! Es durfte nicht sein, dass die Umrisse der verbannten Kommoden sie so vertraut begrüssten, ohne jeden Arg, dass die verstaubten Gesichter in den angestossenen Goldrahmen ihr so zulächelten wie einem lang vermissten Freund, dass die ...

Die Bodenluke schlug hinter ihr zu, und in der Dachkammer warf Mina sich auf einen Stapel alter Leintücher und weinte.

Sie weinte, bis sie keine Luft mehr bekam, bis die Tücher unter ihr nass waren und bis sie sich endlich, in einem Zipfel, die Nase putzen musste, so laut und unmissverständlich wie ein Kutscher. Erst da liess das Schluchzen allmählich nach. Nach einer Weile setzte sie sich auf, strich das Kleid vorsichtig glatt, wischte sich mit den Handrücken über die Augen. Ihr Blick fing sich in einem alten, gesprungenen Spiegel, der schräg in einem Winkel lehnte. Langsam liess sie die Hände sinken.

Wie hässlich sie so aussah. Die Augen rot und verschwollen, die Oberlippe aufgesprungen. Die sanften Haarwellen der ausgekämmten Mädchenlocken zerrupft, wie Vogelnester über ihren Ohren. Der traurige Rest einer Taftschleife, passend zum Kleid. Unansehnlich. Unappetitlich. Und sie wusste ohnehin, dass sie keine Schönheit war.

Mina seufzte und zog den Spiegel zu sich heran. Seltsamerweise tat es gut, sich mit ihrem unbefriedigenden Äusseren zu beschäftigen, auch wenn es natürlich angenehmer gewesen wäre, im Schmerz von der eigenen Lieblichkeit getröstet zu werden. Aber mit der Lieblichkeit war es nicht allzu weit her. Ihre Stirn war zu breit, die Augen zu schmal, die Nase zu lang und die Lippen zu dünn. Zum Abschluss ein festes, jungenhaftes Kinn: ein Fuchsgesicht, wie Mamsell einmal festgestellt hatte, ohne zu wissen, dass Mina sie hören konnte. Ein Fuchsgesicht. Sie zwang sich zu einem Lächeln, drehte den Spiegel leicht, und etwas blitzte auf, blendete sie beinahe. Ein Funkeln, dicht neben ihrem Gesicht, ein Blinken in den Schatten unter einer alten Kommode. Die Spieluhr, weit nach hinten gerutscht.

Ein scharfer Schmerz am Zeigefinger, als sie sich hinkniete und nach dem kleinen Kästchen tastete, aber sie packte zu, anstatt zurückzuzucken. Da war sie. Noch kahler als sonst, noch verbogener die Scharniere. Das Licht, das die Kristallsplitter warfen, glänzte nur noch schwach.

Mina atmete aus. Sie fasste nicht nach der kleinen Kurbel, die den Musikmechanismus in Gang setzte. Stattdessen öffnete sie den Deckel der Spieluhr.

Die Schublade darunter hatte einmal Schmuck enthalten. In den staubigen grünen Samt gepresst waren Abdrücke wie von Ringen: flache Kreise von den schlichten, kurze, halbrunde Linien und scharfe Zacken von denen, die Edelsteine getragen hatten. Rechts oben, ganz am Rand, der Rest einer Verzierung, von einem Anhänger vielleicht; ein durchbrochenes Muster wie die Eisenranken des Zauns, gerade noch zu fühlen, wenn man mit der Fingerspitze darüberstrich. An dieser Stelle ließ der Samt sich anheben. Das fand man schnell heraus, wenn man ein neugieriges kleines Mädchen mit geschickten Fingern war. Und wenn man dann zufällig eine lange, dünne Nadel hatte – aus einer der runden Schachteln etwa, zwischen flüsterndem

Seidenpapier und einzelnen Stoffblumen, die nach Staub und Puder rochen –, dann konnte man sie in das mäusehaarschmale Loch schieben, das zum Vorschein kam. Und dort, wo nichts war, öffnete sich eine zweite Schublade von selbst, und die Kristallreste auf dem Deckel zitterten, wenn sie heraussprang.

Es hatte Zeiten gegeben – viele Zeiten –, da war die Kuppe an Minas rechtem Zeigefinger von den Druckstellen der alten, abgebrochenen Hutnadel übersät gewesen wie von winzigen Mückenstichen. Es war nicht leicht, den richtigen Winkel zu finden, in dem man in das Loch stechen musste. Sie hatte es immer und immer wieder versuchen müssen, bis es ein weiteres Mal gelang. Es wäre zu gefährlich gewesen, die Spieluhr offen stehen zu lassen; ab und zu wurde eines der Mädchen auf den Boden geschickt, um irgendein altes Ding zu holen, das vielleicht doch noch einen Dienst versehen konnte. Und zulassen – nein, zulassen konnte sie sie auch nicht.

Denn in der geheimen Schublade unter dem alten Schmuckfach wohnten die Zwillinge.

Das Medaillon, in dem sie steckten, war zugeklappt gewesen, als sie es zum ersten Mal fand; seitdem hatte sie es immer offen gelassen, auch wenn die geheime Schublade geschlossen war. Sie hatte oft genug die Dorfjungen unten auf der Straße beobachtet, um zu wissen, dass es nicht gutgehen konnte, wenn zwei von ihnen sich immerfort in die Augen sehen mussten, auch wenn es Geschwister waren. Und wer konnte sagen, wie lange sie schon so gelegen hatten? Sicher war selbst das wurmstichige Holz einer Schubladenunterseite eine willkommene Abwechslung für sie.

Denn sie liebten es, Dinge zu betrachten.

Im ersten, flüchtigen Erstaunen hatte Mina geglaubt, dass es dasselbe Bild war, oder vielmehr, zwei Bilder von demselben Jungen, zwölf, dreizehn Jahre alt. Dieselben dunklen Haare mit derselben Welle über der Stirn. Dieselben verschmitzten Augen. Dasselbe Lächeln, so sanft und brav, eingefangen in dem winzigen Moment, bevor es in Lachen zerstäubte; wie beim Gärtnerjungen, wenn er sich im Blumengarten die Sorten erklären lassen sollte, deren Emailleschilder er vorher vertauscht hatte. Ein fügsames, wissendes Lächeln – ein Moment gedankenlosen, reinen Glücks – und dann die Prügel, die Schläge, die bis in den Flur hallten ...

Die Zwillinge waren klüger. Sie ließen es niemals hinaus, das Lachen, verbargen es in den Mundwinkeln; doch hierin unterschieden sie sich: Der linke ließ das Lächeln aufsteigen und dann in einem kleinen, nach unten gebogenen Häkchen enden, der rechte hielt es mit einem Grübchen gefangen. Und über je einem Mundwinkel stand, halb vom Schatten der Wange verborgen, ein kleines, dunkles Mal. Einmal rechts; einmal links.

Es war nur ein Leberfleck, aber er war ungewöhnlich geformt. Wie ein Blatt oder ein geschwungener Strich. Oder wie eine Vogelfeder.

Wenn man erst diesen Unterschied entdeckt hatte, war es leicht, mehr zu finden: Wimpern, einmal gerade, einmal geschwungen. Ein Wangenknochen, der hier einen weichen Halbmondschatten, dort ein scharfes Schattendreieck auf die blasse Haut zeichnete. Sommersprossen.

Aber das spiegelverkehrte Mal war am deutlichsten. Und hinter dem Lächeln, an dem es endete, diesem freundlichen, gutmütigen Photographenlächeln ... etwas anderes. Etwas wie nachdenkliche Neugier. Oder Herausforderung?

Mina atmete noch einmal aus, lang und tief. Sie streichelte mit einer Fingerspitze über die Ränder des Medaillons, zögernd zuerst, dann sicherer. Die seltsame Stimmung in den beiden Jungenlächeln erinnerte sie jetzt ein wenig an den Ausdruck des schwarz-weißen Katers, wenn sie ihn im Garten vor einem Mauseloch warten sah; bedächtig, versonnen, Stunde um Stunde, und nur die Schwanzspitze zuckte hin und her. War es dieses Lächeln gewesen, was sie vor langer Zeit zum ersten Mal dazu gebracht hatte aufzustehen, wenn die Spieluhr spielte – sich zu drehen mit den schönen bunten Damen an den Wänden, ganz im gleichen Takt, einszweidrei, einszweidrei ...? Der Blick aus der geheimen Schublade schien immer anerkennend zu sein, wenn sie tanzte; wenn anfangs das einfache weiße Rüschenkleid um ihre dicken Kinderbeinchen wehte und später dann die Faltenröcke, die jedes Jahr eine halbe Handbreit länger wurden.

Wie viele Stunden sie mit den beiden verbracht hatte! Die Mamsell hatte sich immer gewundert, dass Mina nie mit ihren Puppen sprach, sie nur kämmte und anständig anzog und wohl auch mit ihnen auf dem Teppich im Wintergarten spielte; aber nie ihre Sorgen mit ihnen teilte, ihre kleinen Kinderkümmernisse. Sie hatte nicht gewusst, dass die Zwillinge viel bessere Zuhörer waren als jedes noch so kunstvoll bemalte Porzellangesicht. Und sie antworteten auch, auf ihre Weise. Ihr Ausdruck war niemals derselbe, wenn man ihnen etwas erzählte. Er veränderte sich wie das Licht, das in die Bodenkammer fiel. Manchmal, wenn die ersten Abendschatten durch den Raum strichen, wirkten sie so lebendig – winzige Miniaturen von Jungen, nicht größer als eine Kinderhand –, und es war beinahe unheimlich, dass sie *nicht* aus dem Medaillon hervortraten. Sie hätte sie in die Schürzentasche stecken und heimlich überall mit hinnehmen können, ins Schulzimmer, auf die Terrasse, zum Essen.

Mina erinnerte sich, dass es Tage gegeben hatte, wo sie ernsthaft überlegte, ob sie etwas von dem Essen aus dem Speisezimmer auf den Boden schmuggeln sollte. Einen kleinen Kuchen, eine Handvoll Kekse mit Marmeladenfüllung vielleicht. Wenn man ein Küchlein auf ein Stückchen Stoff legte, genau vor der offenen Spieluhrenschublade, vielleicht, vielleicht wäre es dann verschwunden gewesen, wenn man ein paar Stunden später wiederkam.

Am Ende war es gerade dieser Gedanke gewesen, der dazu geführt hatte, dass sie die geheime Schublade nicht mehr so häufig öffnete. Er war beunruhigend. Beunruhigend, weil sie sich damals beinahe sicher gewesen war, dass es so sein würde – dass auf dem Stückchen Stoff nur noch Krümel liegen würden, wenn sie die Zwillinge das nächste Mal besuchte. So sehr sie glaubte, dass die beiden ihr wahrhaftig zuhörten, wenn sie ihnen von ihren Sorgen erzählte – so sehr sie sich auch wünschte, sie in der Schürzentasche herumtragen zu können –, etwas daran, etwas an der Vorstellung, hinaufzukommen und den Kuchen verschwunden zu sehen, war nicht gut.

Sie hatte lange ein schlechtes Gewissen gehabt, weil sie sie seltener und seltener in ihrer Schublade besuchte; obwohl sie es nicht übelzunehmen schienen. Immer lächelten sie ihr entgegen, wenn die Hutnadel den geheimen Mechanismus aufspringen ließ, und sie glaubte zu fühlen, dass sie sich freuen, wenn sie die Spieluhr aufzog und die sehnsüchtige kleine Melodie durch die Dachkammer schwebte. Wie lange mochte es jetzt her sein, dass sie sie zum letzten Mal berührt hatte? Die Oberflächen der Photographien waren staubig, trotz der Schublade. Mina beugte sich vor und blies sanft darüber. Unter der Wärme ihres Atems bewegte sich das Papier ein wenig. Sie wollte das Lächeln der Bilder erwidern. Aber es gelang ihr nicht.

»Ich bin hier«, flüsterte sie. »Ich, Mina. Es tut mir leid, dass ich euch alleingelassen habe. Ihr beiden in eurer alten Schublade. Ihr armen – *ihr armen Klei...*«

Sie stockte.

Wortfetzen echoten in ihrem Kopf.

Meine armen Kleinen ... das Beste ... für Wilhelmina ...

Sie starrte die Photographien an.

Schweigend lächelten sie weiter zu ihr auf, jeder auf seine ganz eigene Art. Vielleicht warteten sie darauf, dass sie weitersprach. Vielleicht sahen sie tief in ihren Kopf hinein mit ihren Papieraugen, lasen die seltsamen, rätselhaften Worte, die das Blut dort pochen ließen, dumpfer jetzt, aber unüberhörbar weiterhin. *Meine armen ... für Mina ...*

Plötzlich hatten sie einen neuen Klang bekommen.

Mina sah auf die Spieluhr hinunter, das glatte Holz, den zerschlissenen Samt. So vertraut seit Kindertagen, und doch – sie gehörte ihr nicht, nicht wahr? Sie hatte sie nur gefunden, an irgendeinem Nachmittag. Hier oben, auf dem Dachboden.

Wer hatte sie hinaufgebracht?

Der Gedanke dachte sich von selbst, zum allerersten Mal. Wem hatte sie gehört?

Mina berührte die Spieluhr, aber sie gab ihr keinen Halt mehr. Ihre Finger glitten ab, streiften über die Splitter auf dem Deckel, die einmal Figuren gewesen sein mussten, zart und glänzend und zerbrechlich. Ganz ähnlich vielleicht wie die Figuren in Mutters Porzellanschrank.
Wer hatte die Spieluhr auf den Dachboden gebracht?
Minas Herz klopfte. Sie schüttelte heftig den Kopf, aber die Gedanken rannen nicht einfach aus ihren Ohren wie Wasser nach dem Baden. Sie dachten sich weiter.
Wem hatte das kleine Kästchen gehört? Wer hatte die geheime Schublade gekannt? Wer hatte die Photographien hineingelegt, die Schublade geschlossen und sie verborgen? Verborgen – vor wem? Und warum?
Meine armen Kleinen ...
»Nein«, flüsterte Mina. »Nein, das kann nicht sein. Das ist doch nicht möglich ...«
Sie wedelte sich mit der flachen Hand Luft zu, wie es die Mutter tat, wenn sie versuchte, sich zu beruhigen. Es nützte nichts. Die Gedanken wirbelten durcheinander wie Rauchschwaden im Wind. Vermischten sich mit etwas, etwas Dunklem, das aus ihrem Innern aufstieg; ungerufen, ungewollt. Vage, schwache Laute. Ein Klagen, wie sie es aus dem Esszimmer gehört hatte. Und es war – dieser Gedanke kam ganz aus der Tiefe –, es war nicht das erste Mal gewesen.
Das klagende Geräusch war lauter gewesen, damals, wann? – viel lauter. Es hatte in all den Zimmern des Gutshauses gehallt. Dinge, die umgestoßen wurden, polterten darunter, bis hinauf, hinauf in den ersten Stock, zwischen den zierlichen Holzsäulen des Treppengeländers hindurch, wo ein kleines Mädchen sich zusammenkauern konnte, ohne gesehen zu werden ... Eine Männerstimme, die un-

verständliche, beruhigende Worte sprach. Ein Kinderschrei im Flur, ganz kurz nur, wie abgerissen. Die Haustür, die zuschlug. Und dann nur noch das Klagen, das Weinen, unerträglich, untröstlich, stundenlang; immer schwächer und schwächer, bis es heiser und schließlich unhörbar wurde und doch weiter über allem schwebte, lange in die Abenddämmerung hinein ...
Mina. Kleine Mina.

Zitternd atmete sie aus. Die Erinnerung füllte ihren Kopf, eine dunkle, wirbelnde Wolke. Sie verstand nicht, was es war, das sie sah, was es bedeutete; warum es sich so anfühlte, als müsste sie darunter ersticken. Nur eines wusste sie, mit einer großen, kalten Klarheit: Sie war nicht das Kind gewesen, das geschrien hatte, damals, im Flur.
Aber es war auch keine fremde Stimme gewesen.
Mina ...
Waren das die Balken, die ihren Namen knarrten und knackten? Ein Vogel, der auf dem Dachfirst raschelnd sein Gefieder putzte?
Schweigend schimmerten die Photographien zu ihr auf.
Ihr papiernes Lächeln umfing sie, während Mina unsicher auf die Füße kam. Sie hielt sich am Fensterbrett fest, lehnte die Stirn gegen das Glas. Ganz warm noch von der Mittagssonne ... warm, fest und beruhigend. Sie sah auf die steinerne Freitreppe unten, die scharfen Spuren der Doktorskutsche im Kies. Sein Pferd, klein, rot wie Fuchsfell, das angebunden hin und her trippelte. Irgendwo hinter der Verwirrung erinnerte Mina sich vage, dass der Doktor sich immer wieder über seine Wildheit beschwerte ... Nur ein Hof, dort unten, mit Pferd und Kies und Kutschspuren. Ein

ganz gewöhnlicher Hof. *Ihr* Hof, und Vaters, und Mutters. Sie hielt sich mit den Augen daran fest.

Aber das Glas beschlug unter ihrem schnellen Atem, legte Nebelschleier auf die vertrauten Formen. Sie wischte daran herum, ihre Fingernägel klickerten gegen die Scheibe. Das Pferd des Doktors verschmierte zu einem roten Fleck. Immer heftiger rieb sie, immer stärker verschwamm der Hof.

Mina, kleine Mina. Hörst du nicht? Hör doch ...

War die Spieluhr angesprungen, als sie aufstand? Konnte es das sein, was sie hörte? Der seltsame Klang wie von flüsternden Stimmen verschwand nicht aus ihrem Kopf, vermischte sich mit den Gedanken, den dunklen Fetzen der Erinnerung. Mina rieb und rieb an der Scheibe. Aber sie machte es nur noch schlimmer, und das Geräusch blieb, wurde sogar lauter. Ja, es war die Spieluhr, musste die Spieluhr sein. Unter dem schrillen Quietschen ihrer Finger auf dem Glas konnte sie jetzt einzelne Töne hören, schwach, aber klar; die vertraute Melodie ... Mina drehte sich um, begegnete dem stillen Blick der Photographien in ihrer Schublade. Die Glasreste auf dem Deckel der Spieluhr drehten sich nicht. Aber die Melodie spielte weiter.

Der ganze fürchterliche Tag stürzte mit einem Mal über ihr zusammen, und es schluchzte in ihr auf. War denn alles verhext, verschworen gegen sie? Sollte es keine Ruhe geben? Nicht einmal hier oben?

Sie fuhr herum, zurück zum Fenster. Dachte endlich daran, den Ärmel herzunehmen statt die Finger. Da waren sie wieder, die friedliche Treppe, der alltägliche Kies. Das Pferd, das gerade den Kopf zu ihr drehte, als hätte es sie gehört. Sie wollte ihm zulächeln vor lauter Erleichterung, aber die

Melodie verstummte nicht, und noch während sie die letzte Schliere vom Glas rieb, fühlte sie schon, dass auch der Hof nicht mehr derselbe war wie zuvor. Etwas hatte sich verändert. Erst als sie den Blick hob, bis nach vorn, zum Zaun, erkannte sie, was es war.

Ein Drehorgelmann stand im offenen Tor.
Es war keiner von denen, die sie kannte. Weder das Männlein mit den hageren Beinen, dessen Orgel nur noch zwei Lieder spielte. Noch der lange August, der mit schiefen Zähnen lachte, während er von der Räuberbraut sang. Sie kamen alle paar Wochen, vom Frühjahr bis zum Herbst, und als Mina noch ein kleines Kind war, schickte man sie mit ein paar Pfennigen hinunter, die die Mamsell sorgsam in Zeitungspapier eingewickelt hatte.

Dieser war ein Fremder. Klein sah er aus, kleiner als die meisten Männer, die Mina kannte. Ein Schopf schwarzer Haare stand in alle Richtungen von seinem Kopf ab. Die Augenbrauen unter der hohen, bleichen Stirn waren so dunkel wie Starenflügel. Er stand gebeugt, auf die Drehorgel gestützt, als wäre er müde, oder älter, als es von oben aussah. Er sang auch nicht, drehte nur gleichmäßig die Kurbel. Und das Lied, das aus der Drehorgel kam ...

Es war das Lied der Spieluhr.

Mina starrte in den Hof hinunter. Die dunkle Wolke in ihrem Inneren senkte sich auf sie nieder und erstickte alles unter sich. Alles, bis auf den einen, verzweifelten Gedanken: Ich träume. Ich träume nur, das alles ...

Dann hob der Drehorgelmann plötzlich den Kopf. Ein Blick aus dunklen Augen traf sie; so heftig und unerwartet, dass sie taumelte. Und gleichzeitig mit seinem Blick fuhr ein Gefühl durch sie hindurch, so wild und mächtig wie der Sturmwind, der über die Felder fegt.

Es blies die Wolke weg und mit ihr die letzten Gedanken.

Es nahm ihr den Atem. Ihre Hände fingen an zu zittern; dann spürte sie, wie sie sich bewegten, ganz von allein, und als sie hinunterschaute, tasteten die Finger über den Fensterrahmen, das Glas, den festgerosteten Riegel. Sie sah sie sich heben wie die Hände einer Fremden, ohne jedes Gefühl; sah sie den Fensterriegel packen und aufstemmen. Langsam, Zentimeter um Zentimeter, gegen allen Widerstand, bis das alte Metall nachgab und die Fensterflügel so plötzlich nach außen schwangen, dass sie um ein Haar hinuntergestürzt wäre.

Die Melodie strömte durch das offene Fenster.

So zart – so machtvoll. Die Sehnsucht darin, die zwischen den engen Wänden des Dachbodens bisher nie mehr gewesen war als ein wehmütiger Seufzer, sie schwoll auf den Akkorden der Drehorgel an, wurde schmerzlicher, kraftvoller, weit und umfassend wie der Himmel über dem flachen Land, ohne Ende, ohne Ziel. Zu groß, um in einen beengten Dachboden zu passen. Zu groß, um ein kleines Mädchenherz nicht in Stücke zu zersprengen, das sie vergeblich zu umschließen versuchte. Dieses Lied ... *dieses* Lied!

Die Melodie riss an ihr, zerrte und zog an ihrem Innersten. *Hör doch, Mina, hör doch! Hör hin!*

Sie hielt sich am Rahmen fest, bis ihre Fingerknöchel weiß wurden, weil sie wusste, *wusste*, dass die Melodie sie sonst hinunterziehen würde. Was? Was?, schrie es in ihr, was soll ich hören? Was willst du mir sagen? Warum bist du in meinen Hof gekommen – heute, jetzt, ausgerechnet jetzt? Warum um alles in der Welt spielst du dieses Lied?

Ich höre dich, ich fühle jede einzelne Note in mir, aber was, was ist es, das du mir sagen willst?

Die dunklen Augen hielten ihre fest. Die Melodie sang zu ihr, sprach zu ihr, schrie und flehte zu ihr in einer fremden und doch so quälend vertrauten Sprache. Alle Schrecken der vergangenen Stunden, alle Fragen, alle Furcht – sie schienen alle darin zu liegen, in dieser schlichten Melodie, dieser Tonfolge, die sich in ihren Kopf bohrte. Wenn sie sie nur verstehen könnte!

Und die dunklen Augen, die sie nicht losließen, sie teilten das Geheimnis, von dem die Melodie sprach; das Geheimnis der Spieluhr. In ihren Tiefen behüteten sie es.

Schwarze Augen, was wisst ihr von diesem Lied?

Das Lied, die Spieluhr ... und die Photographien ... *Meine armen Kleinen ...*

Sie musste hinunter.

Das Taftkleid wisperte gegen den Fensterrahmen. Vielleicht war es dieses Geräusch, so fein, so erwachsen, das sie ein wenig wieder zur Besinnung brachte. Keuchend, als hätte sie sich stundenlang um sich selbst gedreht, klammerte sie sich weiter an den Fensterrahmen. Hinunter, ja.

Aber nicht so.

Irgendwie gelang es ihr, sich von den dunklen Augen loszureißen. Irgendwie stieß sie sich vom Fensterbrett zurück. Schaffte es, sich wegzudrehen, auch wenn alles in ihr danach schrie, beim Fenster, bei der Melodie zu bleiben. Wie trunken stolperte sie über die knackenden Dielen, packte die stumme Spieluhr, deren Geheimschublade mit einem Klicken zusprang und das Medaillon wieder in sich verbarg. Schüttelte sie, als könnte sie ihr Antwort geben. Hinunter, hinaus – aber wie?

Sie konnte nicht wie eine *Verrückte* durch das ganze Haus rennen. Und schon gar nicht in dem kostbaren Kleid. Ihr Blick irrte durch den Dachboden. Da, an dem Balken, hing ein Leinensack mit alten Mänteln und Jacken. Sie riss ihn ungeduldig auf, zerrte Ärmel heraus, Säume, Aufschläge. Der leichte Kapuzenmantel, den sie noch im vergangenen Jahr manchmal getragen hatte, blassblau – ja, er würde gehen. Sie zog ihn hastig über. Er reichte nicht weit genug hinunter, mehr als eine Handbreit Kleid sah hervor; aber sie würde in dieser Eile nichts Besseres finden, und die Taschen waren groß genug, um die Spieluhr darin unterzubringen. Während sie noch mit den Ärmeln kämpfte, hörte sie, wie die Musik von draußen um eine Winzigkeit leiser wurde. Warte, bat sie stumm. Warte. Ich komme. Warte auf mich.

Es war eine Qual, die Bodentreppe schrittchenweise hinunterzuschleichen, bei jedem Knacken, jedem Knarren anhalten zu müssen, zu lauschen mit zusammengepressten Lippen. Als sie es endlich bis zur Bodentür geschafft hatte, hörte sie das Stubenmädchen Frieda irgendwo dahinter vor sich hin summen – Frieda, die immer noch im Kinderzimmer mit den Kleidern auf sie wartete! Einen Moment überlegte sie fieberhaft, ob sie es fertigbringen würde, hinüberzugehen, sich umkleiden zu lassen, ganz so, als wäre nichts vorgefallen – nichts vorgefallen! Aber sie wusste nur zu gut, es war unmöglich. Und es würde auch zu lange dauern, viel zu lange. Frieda war eine gute Anziehhilfe, aber sie brauchte immer endlos mit den Schnüren und Knöpfen, selbst bei einem jungen Mädchen. Unmöglich. Sie musste hinunter, so schnell wie sie nur konnte. Sonst würde der

Drehorgelmann fort sein, er würde die Melodie in seiner Orgel mit sich genommen haben, und sie würde niemals, niemals erfahren, was es war, das er ihr sagen wollte – was es bedeutete, dass er sie spielte, diese, ausgerechnet diese Melodie!

Der Gedanke war ihr unerträglich. Der Mantel musste reichen, um das Kleid zu verdecken, wenn jemand sie sah. Und nachher konnte sie es vielleicht unbemerkt hinaufbringen, sagen, dass sie die Zeit vertrödelt hatte, wie so oft ...

Sie öffnete die Bodentür so leise wie möglich. Niemand war zu sehen; das Summen kam tatsächlich aus der Richtung ihres Kinderzimmers. Auf den Spitzen ihrer Stiefel schlich Mina den Flur entlang. Das harte Leder kniff ihr in die Zehen, aber sie gab keinen Laut von sich und hielt keinen Augenblick an, bis sie die Treppe zum Erdgeschoss erreicht hatte. Aber auch von unten hörte sie Stimmen.

Sie biss sich auf die Lippen, weil sie sonst aufgeschrien hätte vor wütender Ungeduld. Waren die Eltern immer noch mit dem Gast im Speisezimmer? Sie strengte die Ohren an, bis sie das Gefühl hatte, dass sie ihr aus dem Kopf herauswüchsen. War es denn nicht längst Zeit für die beiden Männer, ins Herrenzimmer nach hinten zu gehen, während die Mutter sich mit dem Riechsalz auf ihr Sofa legte? Aber es waren eindeutig mehrere Stimmen. Mina blieb nichts anderes übrig, als zu warten.

Sie ging wenigstens drei Stufen auf Zehenspitzen hinunter und hockte sich dann hin, dicht an das Geländer geschmiegt. So sah man sie kaum von oben, und von unten war sie hinter den breiten Geländerstäben ebenfalls nicht zu erkennen. Etwas in ihr erinnerte sich fröstelnd; es war nicht das erste Mal, dass sie so an dieser Stelle saß. Mit

Mühe gelang es ihr, die dunklen Bilder wieder zu vertreiben, bevor die Wolke sich noch einmal auf sie senken konnte. Warte, bat Mina noch einmal eindringlich. Warte, bitte, warte auf mich.

Die Minuten verstrichen, unwiederbringlich, eine nach der anderen.

Endlich wurden die Stimmen leiser. Türen klappten, und sie hörte Schritte, Mamsells harte Keilabsätze und das leise Patschen von bloßen Küchenmädchensohlen. Geschirr klirrte; der Esstisch wurde abgeräumt, während die Herrschaften sich in die hinteren Zimmer zurückzogen, zu Portwein oder zu Riechsalz. Es dauerte nicht lange, dann verstummten auch die Schritte, und unten im Haus klackte die Tür zur Küche ins Schloss. Unter Mamsells strengen Augen würden die Küchenmädchen die nächste Stunde damit beschäftigt sein, den Abwasch zu besorgen.

Mina wartete zur Sicherheit noch ein paar Minuten, obwohl alles in ihr danach schrie, sofort loszulaufen. Erst als es ganz still geworden war, richtete sie sich vorsichtig auf und ging weiter nach unten, Stufe für Stufe, Schritt für Schritt.

Im Flur quietschten die glatten Fliesen leise unter ihren Sohlen. Die Vordertür lockte, der direkte Weg auf den Hof; aber das alte Holz ihrer Flügel knarrte viel zu laut, und unten gingen die Küchenfenster zur Freitreppe hinaus. Gegen das Drängen und Ziehen in ihrer Brust wandte sie sich ab, zur anderen Seite des Flurs. So schnell und so leise wie möglich schlich sie zur Gartentür.

Es war fast wie ein Wunder, als sie sich unter ihren nervösen Fingern ohne einen Laut öffnete und Gartenluft weich über ihr Gesicht strich. Pflanzen zupften sacht an ihrem Mantelsaum, als sie geduckt den schmalen Weg entlanglief, zwischen Beeten und Büschen, die in der Sonne träumten, als wäre nichts geschehen. Nur noch ein paar Schritte – die letzte Biegung, bis sie zur Pforte kam, mit einem einfachen Riegel verschlossen, der sich ohne Schlüssel umlegen ließ. Sie fasste den Pfosten an, fühlte die glatte Farbschicht darauf; stutzte dann, einen Augenblick nur. Etwas Raues, Schartiges hatten ihre Finger berührt. Etwas wie Kerben im Holz ...

Sie achtete nicht darauf, öffnete die Pforte, spürte die harte Erde der Straße unter ihren Stiefeln, und endlich, endlich rannte sie los. Die Hecke entlang, die das Haus und den Garten nach vorne hin säumte; um die Ecke herum zur Vorderseite, zum Zaun, der den Vorplatz umfasste. Sie rannte so schnell, dass das eiserne Rankenmuster des Zauns neben ihr zu tanzen schien. Weiter nach vorn, zum Tor, dessen beide Flügel immer noch weit offen standen. Jetzt – jetzt musste sie ihn gleich sehen können! Er hatte doch nah beim Tor gestanden? Jetzt – oder jetzt! Ein, zwei Schritte noch!

Und da war der Hof mit dem Kies und der Treppe, und da war das rote Pferd, das mit den Hufen scharrte. Und sonst war da nichts.

Kein kleiner Mann mit dunklen Augen. Keine Drehorgel auf ihrem Dorn. Mina riss die Augen auf, aber sie sah nicht einmal Fußspuren im Kies. Und jetzt erst merkte sie, dass die Musik verstummt war.

Wie bitter schmeckte die Enttäuschung. Kein Drehorgelmann. Auf dem Hof nicht und auch nicht auf der Straße, so weit Mina sie überblicken konnte. Schnurgerade lief sie in dieser Richtung am Gutshaus vorbei, zum Dorf hinunter, bis sie dort auf die ersten Häuser traf. Wäre er auf ihr weitergegangen, hätte Mina ihn noch sehen müssen. Aber da war nichts, endlos weit nichts. Etwas in ihr sackte in sich zusammen.

Nur ein letztes, winziges Fünkchen Hoffnung blieb noch am Leben. Sehr langsam wagte Mina es irgendwann, den Kopf in die andere Richtung zu drehen. Die Straße führte dort am Ende zum Fluss, das wusste sie von den Sommerausflügen; in beinahe ebenso vielen Schleifen und Windungen wie das Wasser der Schlei selbst. Nein, auch in dieser Richtung regte sich nichts. Aber ganz kurz hinter dem Ende der Hecke – dort war schon die erste scharfe Kurve. Hinter der man die Straße nicht mehr sah.

Mina schluckte.

Er war fort. Der Drehorgelmann war fortgegangen. Aber er musste noch ganz in der Nähe sein, bestimmt, hinter der Kurve. Sie sah ihn nur nicht mehr. Wenn sie der Landstraße zum Fluss folgen würde ...

Eiskalt schmeckte dieser Gedanke. Niemals, niemals zuvor hatte sie allein den Gutshof verlassen. Niemals. Und trotzdem ...

Sie legte den Kopf in den Nacken und sah zum Haus auf. Das Giebelfenster blickte zu ihr herunter, voller Schatten und Rätsel. Rätsel, von denen sie eins in der Manteltasche trug.

Sie schluckte noch einmal. Legte eine Hand auf den steinernen Pfosten, der einen Flügel des mächtigen Tores hielt. Fühlte den harten, sicheren Stein unter ihren Fingern, und dann – etwas Schartiges, zum zweiten Mal schon, wie an der Gartenpforte. Als sie die Hand überrascht beiseitenahm, waren da Linien im Stein, tief eingeritzt, so frisch, dass sie hell aus dem Grau herausleuchteten. Ein eigenartiger kleiner Schnörkel, wie ein gebogener Pfeil. Sie wusste nicht, was er zu bedeuten hatte. Aber die Spitze des Pfeils zeigte in Richtung der Kurve, die die Straße beschrieb.

Einen Moment lang kam es ihr so vor, als balancierte sie wieder auf dem hohen, schmalen Sims, der die Terrassenmauer krönte, wie früher, als ganz kleines Mädchen. Links ging es so tief in den Garten hinab, in die Rosen, die ihre dornigen Arme schon nach ihr ausstreckten, und rechts warteten die harten, kalten Steinplatten darauf, ihre Knochen zu zerschmettern. Die Arme weit, weit ausgebreitet, einen schwankenden Schritt nach dem anderen tun, das herrliche flaue Gefühl im Magen und die unsagbare Angst vor einem plötzlichen Windstoß ... Auf die Unterlippe beißen, so fest, bis man sich selber spürte, lebendiger, deutlicher als alles andere ringsum, bis die reißenden Dornen, die knochenbrechenden Steine nur noch Schatten waren und die Brust einem so weit und frei wurde.

Im Hof wieherte das rote Pferd und warf den Kopf zurück.

Zum dritten Mal schluckte sie.

Dann tat sie den ersten Schritt.

Niemals, auch in späteren Jahren nicht, vergaß Mina die ersten Schritte auf der Landstraße an jenem Tag. Sie vergaß nie, wie die losen Steinchen unter ihren Stiefeln kratzten, wie der Staub von der trockenen Erde aufwehte und ihre Nase kitzelte. Vergaß nie, wie die Wolken vor dem Wind riesenhafte Schatten warfen. Wie die Luft schmeckte, herber, kräftiger als im Garten. Wie die Halme raschelten auf dem Feld.

Ihr langes Kleid knisterte bei jedem Schritt. So fremd, wie das Geräusch ihr noch war, so schwer und kratzig es auch an ihren Schultern hing, war es doch das einzig Vertraute, das Einzige, was vom Gutshaus sprach, von hohen Räumen, Polstern, Seidenvorhängen. Wie eigenartig es war, sich davon zu entfernen ... Wenn die Familie Ausflüge machte, nahm sie das Haus in ihrem Wagen mit. Nicht nur das Geschirr, das im Picknickkorb steckte, die Korbstühlchen aus dem Wintergarten. Nein, etwas, das unsichtbar war und gleichzeitig deutlich spürbar, reiste unter dem schwarzen Verdeck mit ihnen. Es sorgte dafür, dass es kaum einen Unterschied machte, ob sie im Speisezimmer aßen oder auf jungem Gras unter Weidenzweigen. Das Haus und seine Gebräuche umgaben sie wie eine unsichtbare Hülle. Erst jetzt, wo sie fehlte, wusste Mina, dass sie da gewesen war.

Sie hätte Angst empfinden sollen, und sie merkte auch, dass sie unter dem Wispern der Blätter immer wieder nach dem Knistern des Kleides lauschte und beruhigt war, wenn sie es heraushören konnte. Aber Angst? Wie gewaltig der Himmel über ihr war. Immer wieder legte sie den Kopf in den Nacken. Gewaltig und – unbekümmert, ja. Unbekümmert um diese winzigen, flachen Formen unter sich, die Bäume in den Hecken, den Knicks zwischen den Feldern, die Hügel, die nur den unbedeutenden Saum der Weite bildeten. Es war ein Staunen in ihr vor dieser Größe, das keinen Platz ließ für Angst.

Mina wandte sich nicht mehr um, aber sie spürte das Gutshaus noch lange im Rücken. Es fühlte sich an wie ein Band. Eine lange Schnur, die sich dehnte, dünner und dünner wurde, je weiter Mina ging. Und irgendwann, nach der zweiten oder dritten Kurve, gab sie nach, ganz sacht, beinahe unmerklich.

Das klare Licht, der Wind auf ihrer Stirn schienen mit jedem neuen Schritt einen großen Teil von dem zu vertreiben, was sich jetzt wie eine Art Fieber anfühlte. War sie eben noch durch das Haus geschlichen, wie ein kleines Kind, das mit sich selbst Verstecken spielte? Schon kam es ihr unwirklich vor, genauso wie die wilde Verzweiflung, die sie in der Brust gespürt hatte. Beinahe fand sie sich töricht. So einfach loszulaufen ... Der Drehorgelmann war nirgendwo zu sehen; aber die Landstraße lag frei und offen vor ihr. Es gab nur diese eine. Irgendwann musste sie ihn sehen. Und wenn sie ihn sah, würde sie ihn fragen. Nach ...

Ah, aber hier war ein Gedanke, der sich wie eine offene Wunde anfühlte, trotz Wind und Luft und weitem Himmel. Ein Gedanke, der hinabführte anstatt voran. Der andere Gedanken mit sich brachte, Gedanken, die sie jetzt nicht denken wollte, nicht denken durfte. Nur weitergehen, einen Fuß vor den anderen setzen!

Sie war ein wenig – *verträumt*, hatte die Mutter es nicht so gesagt? Ein verträumtes Mädchen. Konnte es nicht sein, wenn man eben ein wenig verträumt war, dass man sich über eine Melodie, ein paar Töne mehr aufregte, als jemand anderes es getan hätte? War es nicht möglich, dass sie nur wissen musste, woher es kam, dieses Lied, und was es bedeutete? War das so schlimm? War nicht selbst Mademoiselle – Mademoiselle, die alle gesellschaftlichen Regeln beherrschte – einmal vom Sommerball eines anderen Gutes zurückgekommen und hatte unbedingt herausfinden müssen, wie ein neues Stück hieß, das dort gespielt worden war? Und hatte sie nicht, wenn auch mit deutlichem Missfallen, erzählt, dass junge Damen in Ohnmacht fielen, wenn der Geiger wehmütige Melodien anstimmte?

Mina setzte die Füße entschlossener. Natürlich, *natürlich* war es nur ein Zufall gewesen, dass der Drehorgelmann ausgerechnet dieses Lied gespielt hatte. Vielleicht war es vor langer Zeit – die Spieluhr war sicherlich sehr alt – ein berühmtes Stück gewesen, ein Stück, nach dem alle Welt tanzte. Sie würde den Mann finden, hinter dieser Biegung oder hinter der nächsten, und würde ihn einfach fragen, wie es hieß und woher es kam. Er würde lachen, dass sich um seine schwarzen Augen tausend lustige Fältchen bildeten, und ihr eine Geschichte erzählen, eine harmlose, kleine, vielleicht ein wenig traurige Geschichte. Es würde nichts Unheimliches daran sein, nichts Dunkles, Unerklärliches. Und dann würde sie zurückgehen. Frieda würde schon nach ihr suchen, aber sie konnte sich leicht eine Ausrede einfallen lassen. Es wäre ja nicht das erste Mal. Sie konnte das Kleid in ihrem Zimmer ausbürsten, ohne dass es jemand merkte, sich schnell alleine umkleiden. Zum Abendessen würde sie wieder im Speisezimmer sitzen, würde lächeln und mit dem Herrn Doktor Konversation machen, wie es sich gehörte; dem freundlichen, klugen Herrn Doktor, der ihr niemals etwas Böses gewollt hatte. Sie würde nicht an die seltsame Falte denken auf seiner Stirn, oder daran, wie kalt seine Stimme geklungen hatte, als er von *Institutionen* sprach, vom Fortbringen; von Mina, als würde er sie nicht schon seit ihrer Kindheit kennen, als wäre sie eine Fremde, eine *Patientin* ... Nein, sie würde nicht mehr daran denken. Und auch an alles andere nicht. Nicht an schwarze Erinnerungen, die aus dem Nichts kamen. Nicht an Stimmen, die im Nirgendwo flüsterten. Und morgen ... morgen würde sie die Spieluhr auf den Dachboden zurückbringen, die Bodenluke schließen und niemals, niemals wieder hinaufgehen.

Sie nahm die Hand aus der Tasche, deren Finger die ganze Zeit mit dem gläsernen Frauenschuh gespielt hatten, ohne dass es ihr aufgefallen war. Der Wind blies ihr die losen Haarsträhnen über das Gesicht, die aus den Schleifen gerutscht waren. Noch drei Kurven, sagte sie sich fest. Nein, Mina, sei vernünftig. Drei Kurven, und dann ist Schluss. Wenn sie ihn dann noch nicht sah, würde sie zurückgehen.

Sie hatte keine Erfahrung darin, die Tageszeiten vom Himmel abzulesen. Das rotgoldene Licht des späten Nachmittags wurde röter, ohne dass sie darauf achtete; wurde dunkelrot, beinahe violett, und immer noch hatte sie den Drehorgelmann nicht gefunden. Es wäre Unsinn gewesen, nach den ersten drei Kurven umzukehren. Die Straße wand sich so unregelmäßig, um jeden größeren Busch machte sie eine Schleife, jedem Stein wich sie in einem Bogen aus. Man konnte kaum hundert Meter weit auf ihr entlangsehen. Und wahrscheinlich war sein Vorsprung doch viel größer, als Mina am Anfang gedacht hatte. Sie konnte auch nicht schnell gehen in den engen Stiefeln, sicher nicht so schnell wie ein Mann, der obendrein noch daran gewöhnt war, jeden Tag viele Stunden zu laufen. Also noch drei Kurven mehr und noch jene lange Steigung, und dann noch die weite Schleife um diese Weide herum ...

Kühe nickten ihr freundlich zu, während sie vorüberging, oder wenigstens kam es ihr so vor. Lange Grashalme hingen ihnen aus dem Maul, und sie musste über die bedächtigen Kaubewegungen lachen. Von rechts nach links nach rechts ... Sie sahen nicht so aus, als ob ihnen jemals die Zeit ausgehen würde. Vögel zirpten in den Büschen am Straßenrand und warfen ihre kleinen Körper in gewagten Schwüngen durch die Luft, schwarze Bögen vor dem dunklen Blau. Immer wieder raschelten Tiere verborgen im hohen Gras, zwischen den Halmen der Felder. Bald erschreckte sie sich nicht mehr davor. Es waren nur Kaninchen, oder Amseln, die nach Würmern scharrten. Sang nicht auch eine, gerade jetzt, irgendwo hinter dem kleinen Wäldchen dort drüben?

Die leisen Töne klangen süß, aber etwas daran berührte sie unbehaglich. Es fiel ihr nicht gleich ein. Erst als sie ein paar Biegungen weiter eine zweite Amsel schlagen hörte und dann eine dritte, wurde es ihr klar. Zu Hause gab es nur eine, einen kleinen schwarzen Umriss, der sich auf dem Dachfirst niederließ, wenn das Licht allmählich schwächer wurde; wenn die Mädchen die Wäsche von den Leinen hinter dem Haus holten und die Vordertür abgeschlossen wurde. Die Amsel ... die Amsel bedeutete Abend.

Mina blieb stehen. Die Schatten der Büsche, die auf die Straße fielen, waren inzwischen länger als die Büsche selbst. Über einer Senke im Feld war die Luft dichter geworden – der erste Hauch von feinem weißen Dunst. Der Rand der roten Sonne schräg vor ihr berührte die Baumwipfel.

Einen Moment war sie ratlos. War das tatsächlich schon die Abenddämmerung? Es war alles so weit und fremd, dass sie nicht sicher war. Wie viel Zeit hatte sie noch, bis es wirklich dunkel wurde? Wie weit war sie überhaupt gegangen? Und wie lang würde sie für den Rückweg brauchen? Es war eine sehr ernste Verfehlung, zu spät zum Abendessen zu kommen. Aber als sie weiter nachdachte, musste sie sich eingestehen, dass sie nicht einmal sicher wusste, um welche Uhrzeit das Abendessen begann. Die Mamsell läutete immer mit dem kleinen chinesischen Gong, der unten im Flur auf einem Tischchen stand. Ein kurzer Schlag – dann eine Pause, die gerade reichte, um sich die Haarschleife noch einmal festzustecken –, dann ein längerer Schlag. Wenn er ganz verhallt war, neigte der Vater leicht den Kopf, und Frieda hob den Deckel der Suppenschüssel. Aber war das um sechs oder um sieben? War es draußen schon ganz dunkel, wenn sie am Esstisch saßen? Sie versuchte, sich das Speisezimmer ins Gedächtnis zu rufen, die beiden hohen Fenster rechts von ihr. Aber da waren nur die dichten Vorhänge, und das Licht kam zu jeder Tageszeit von den Kerzen im Deckenleuchter.

Sie musste zurückgehen. Auch wenn die Dämmerung bedeuten konnte, dass der Drehorgelmann irgendwo am Straßenrand Rast machte und sie ihn so endlich einholen konnte – hinter dieser Biegung dort vielleicht schon. Sie musste umkehren. Es gab keine andere Möglichkeit. Wenn sie jetzt weiterging, konnte es passieren, dass sie nicht nur zu spät zum Abendessen kam, sondern dass die Dunkelheit sie auf der Landstraße überraschte. Vor dem Gutshaus standen zwei hohe Laternen, deren Kerzen jeden Abend angezündet wurden und die sanfte Lichtkreise auf den Boden malten. Hier draußen gab es keine. Sie hatte nicht einmal eine Schachtel Zündhölzer dabei. Wenn es dunkel würde –

wirklich dunkel –, dann würde sie nur das Mondlicht haben. Und der Himmel war wolkig.

Es tat weh, irgendwo in ihrer Brust, als sie umdrehte. Gleichzeitig fühlte sie sich seltsam erleichtert. Sie machte große Schritte, hörte das Kleid um ihre Beine flüstern und begann schon damit, den Weg zurück ins Gutshaus zu planen, wieder durch die Gartenpforte und dann leise in den ersten Stock hinauf. Wenn sie es hinausgeschafft hatte, würde sie auch wieder hineingelangen, ohne dass jemand es merkte.

Die Erleichterung hielt nicht lange. Sie ging jetzt so schnell, dass sie außer Atem war, und trotzdem konnte sie dabei zusehen, wie die Schatten größer wurden. Zuerst waren es nur zwei schmale, dunkle Streifen an den Rändern der Straße, dort, wo Büsche, Gräser und Halme sich über die kahle Erde neigten. Es sah ein wenig aus wie die schwarzgraue Spitzenborte am Halsausschnitt der Frau Pastorin. Aber die Streifen wuchsen. Und je breiter sie wurden, desto dunkler wurden sie. Bald fleckten schummerige Stellen die Straße vor ihr, und der Glanz ihrer Stiefelspitzen unter dem Rocksaum wurde matt und fahl.

Mina bemühte sich, noch schneller zu gehen. Ihre Füße fingen an zu brennen. Das Gewicht der Spieluhr in ihrer Tasche schien sie nach unten zu ziehen. Die losen Steine auf der Straße, die vorhin so lustig gekratzt hatten und vor ihren Stiefeln davongekollert waren, brachten sie nun immer wieder ins Stolpern.

Jetzt kam sie, die Angst. So, wie das Licht dahinschwand, zog sie auf. Wurde größer mit jedem Rascheln im Gebüsch, das nun gar nicht mehr nach putzigen Kaninchen klang. Wurde finsterer mit jedem Baumschatten, der sich drohend schwarz über die ganze Breite der Straße legte. Bald musste Mina den Atem anhalten und sich fest auf die Unterlippe beißen, wenn sie solche Stellen überquerte. Und es wurde immer noch dunkler.

Die Umrisse des Mondes tauchten zwischen den Wolken auf. Sein blasser kalter Schein brachte keine Hilfe. Er schien nur dazu da, die Schatten noch zu vertiefen. Den Ästen der Bäume verlieh er eine seltsame, unheimliche Bedeutung, den Oberflächen der Blätter in den Büschen einen unnatürlichen silbrigen Schimmer. Längst waren die Amseln verstummt. Da waren nur noch Minas eigene hastige Schritte, das fürchterliche Rascheln im Gebüsch und das Rauschen des Windes über den Feldern, das langsam stärker wurde. Sagte man nicht, dass der Tagwind sich am Abend legte? Dieser tat es nicht. Wenn er ihr vorher die losen Haarsträhnen wie mit liebevollen Fingern aus der Stirn gezupft hatte, zog er jetzt mit der Faust daran, hierhin und dorthin, bis sie kaum noch etwas sehen konnte. Sie musste schließlich anhalten und die Kapuze zuziehen, auch wenn das bedeutete, dass sie nicht mehr viel hörte und die Straßenränder nur noch aus den Augenwinkeln beobachten konnte.

Wie froh sie war, dass sie ihn mitgenommen hatte, den alten Kindermantel! Auch wenn er nicht sehr wärmte, jetzt, wo die Sonne verschwunden war, gab er ihr doch ein ganz schwaches Gefühl von Geborgenheit. Und wenn sie einen Mantelzipfel neben sich im Wind tanzen sah, schien sich sein zartes Blau mit den Farben der Nacht zu vermischen, so dass er ihr beinahe vorkam wie ein Tarnumhang. Vielleicht sah sie so wirklich niemand?

Aber – wer sollte sie denn sehen, hier draußen, zu einer

Zeit, wo sicher längst alle Gongs geschlagen, alle Abendessen bis zum letzten Krümel gegessen waren? Spätestens seit der Mond aufgegangen war, konnte sie sich nicht mehr vormachen, dass sie es noch rechtzeitig zurückschaffen würde. Und zwischen Schatten und Wind schien es auch nicht mehr wichtig zu sein. Sie wollte nur überhaupt nach Hause, irgendwie!

Dann fing es an zu regnen. Kleine, leichte Tropfen zuerst, die kühl auf ihren heißen Wangen zerplatzten. Der Wind nahm sie und warf sie durcheinander. Bald wehten sie ihr unter die Kapuze. Wurden dichter und schwerer und kälter. Mina musste die Hände zurück in die Manteltaschen schieben. Die Spieluhr regte sich nicht unter ihren klammen Fingern. Tief hing sie in dem dünnen Stoff, der immer feuchter wurde. Mina fing an zu laufen.

Durch die Schattenseen, Schattentäler, mit zusammengekniffenen Augen. Wie viele Kurven noch? Feindselige Bäume, die ihre Regenlast über ihrem Kopf ausschüttelten. Wieder ein Rascheln, laut, wie von einem großen schweren Tier, rechts oder links? Sie sprang im Zickzack über die Straße, weg von den Büschen, in denen es knackte, weg vom Feld, in dem es rauschte wie mit riesigen Flügeln. Unter ihren Schuhen löste die Straße sich in Schlamm auf, sie stolperte und fiel, rappelte sich auf und lief mit brennenden Knien weiter, geduckt wie ein Hase. War das da vorne nicht der kleine Platz ganz nah beim Gutshaus, eine runde Verbreiterung in der Straße, wo man rasten konnte an schönen Frühsommertagen? Ja, ja, da stand der große alte Baum, an den sie sich erinnerte, nach vorne gebeugt, als wären ihm die vielen Blätter zu schwer. Nur ein paar Schritte noch, wenn doch der Regen ihr nicht so in die Augen schlüge!

Wieder stolpern, aufstehen, aufstehen! Noch ein Schritt, und noch einer, und dann – und dann ...
Eine Gabelung. Kein Platz. Oh Herrgott, eine Gabelung in der Straße! Aber es gab doch keine! Es gab auf dem ganzen Weg keine einzige Gabelung, keine Abzweigung, keinen Seitenpfad! Aber hier war sie, direkt vor ihr, und der Baum stand zwischen den beiden Wegen, und unter den herabhängenden Zweigen war etwas – etwas Kleines, Weißes ...
»Hierher!« Die Stimme ging beinahe in Wind und Regen unter. »Hierher, zum Baum! Schnell, schnell, bevor es zu spät ist!«

Sie hätte nicht sagen können, auch später nicht, warum sie der Stimme folgte. Und niemals sollte sie Worte finden, um zu beschreiben, was sie in jenem Moment empfand, als sie unter den nassen Zweigen hindurchschlüpfte und in dem schwachen, regenfleckigen Nachtlicht sah, dass es der schwarz-weiße Kater war, der dort stand und ihr mit glühenden Katzenaugen entgegenstarrte.
Der Kater, den sonst so schlanken Leib zu einer drohenden Kugel aufgeplustert. Der Kater, den Schwanz steil in die Höhe gestreckt, die langen weißen Schnurrbarthaare gesträubt.
Der Kater?
Eine sehr lange Zeit sagte Mina nichts. Sie stand nur da, während das Wasser von ihrer Kapuze tropfte und ihr gehetzter Atem langsam ruhiger wurde. Der Wind schüttelte die langen Zweige des Baums, aber hier, in der Nähe des Stammes, war es fast trocken und ganz still.
Nach einer Weile senkten sich die Schnurrbarthaare des Katers. Sein Fell wurde glatter, der Schwanz legte sich erst

in einen, dann in zwei Ringel, und schließlich ließ er das Hinterteil auf den Boden plumpsen und fing an, sich zu putzen.

»Sie sind ein ungewöhnlich dummes Mädchen«, sagte er, während seine Zunge mit einem schrapenden Laut über eine Vorderpfote fuhr. Seine Stimme hatte einen eigentümlichen Klang. Sie war rau und gleichzeitig melodisch, hoch und trotzdem voll. Wenn man nicht genau hinhörte, wenn man einfach darüber hinwegging, dass es Worte waren, die aus seinem Maul kamen, dann konnte man es ohne weiteres für ein Maunzen halten. Aber das war es nicht. Nein, das war es nicht.

Mina starrte den Kater an.

»Ich hätte«, sagte er und wechselte die Pfoten, »nicht gedacht, dass Sie sich *so* dumm benehmen würden. Obwohl ich einiges von Ihnen gewohnt bin in dieser Hinsicht.«

Er sprach sehr klar und deutlich, mit scharfen Konsonanten, die sich anhörten wie ein fremdländischer Akzent, und die zur gleichen Zeit, auf eine vollkommen unerklärliche Weise, sowohl ein Fauchen als auch ein Schnurren hätten sein können. Darunter mischte sich das Kratzen seiner Zunge in seinem Fell mit dem Geräusch des Regens in den Blättern. Mina hörte all dies, all die kleinen Geräusche; sie *wusste*, dass sie sie hörte. Und trotzdem konnte sie es nicht glauben. Sie konnte nur dastehen und ihn weiter anstarren.

Ein Traum, dachte es wieder in ihr, zum zweiten Mal an diesem Tag. Ein Traum, ich träume nur. Es kann gar nicht anders sein.

»Nun«, sagte der Kater scharf, »haben Sie nichts zu Ihrer Entschuldigung vorzubringen, Fräulein Mina?«

Die runden, glühenden Augen musterten sie streng. Sie

öffnete den Mund, unwillkürlich, und die ersten Worte waren schon heraus, bevor sie darüber nachdenken konnte.
»Ich ... weiß nicht, was du meinst ...«
Wie war das gekommen? Wieso antwortete sie ihm?
»Oh.« Es war ein sehr unzufriedener Laut. »Wieso sind wir denn so unhöflich? Ich wüsste nicht, womit ich das verdient hätte, junge Dame.«
Er sah sie auffordernd an, wartete auf ihre Antwort. Ob sie es glauben konnte oder nicht – sie unterhielt sich mit ihm.
»Ich ... ich ...« Mina schluckte. Sie fühlte sich schwindelig. Wie um alles in der Welt redete man mit einem Kater? Mit einem Kater, den man mitten in der Nacht im Sturm unter einem alten Baum traf, an einer Straßengabelung, die es überhaupt nicht gab?
»Ich weiß doch gar nicht«, sagte sie schließlich leise, »wie ... wie Sie heißen.«
»Ah.« Der Kater riss das Maul auf und gähnte. Mit einem scharfen Klacken schlugen seine Zähne wieder zusammen. »Nun, dem ist leicht abzuhelfen. Sie können mich Tausendschön nennen.«
Da war etwas in dem Ausdruck seines kleinen, runden Gesichts mit der schiefen schwarzen Maske, das so deutlich wie Eitelkeit aussah, dass Mina lächeln musste – trotz der Verwirrung, trotz der scharfen Erinnerung an die Angst auf der offenen Straße.
»Tausendschön?«
Er würdigte sie keiner Antwort. Mit einer geschmeidigen Bewegung, die seinen ganzen Körper erfasste und nicht länger dauerte als ein Wimpernschlag, hatte er ihr den Rücken zugekehrt.

»Verzeihung ... Verzeihen Sie bitte, Herr Tausendschön. Ich habe es nicht böse gemeint.« Wieder waren die Worte heraus, bevor sie darüber nachdenken konnte. Wieder hörte sie sich selbst mit ihm reden und konnte es nicht fassen. »Davon gehe ich aus.« Er wandte sich kaum um. »Man kann natürlich nicht allzu viel von Ihnen erwarten. Menschen begreifen gerade einmal die grundlegendsten Regeln der Höflichkeit, zu mehr sind die allerwenigsten imstande. Ich will nachsichtig mit Ihnen sein.«

Mit einem Satz war er bei ihr, neben ihr, strich an ihr vorbei zwischen die tropfenden Zweige, die sie in einem fast vollkommenen Kreis umgaben.

»Entschuldigen Sie mich einen Augenblick.«

Sie hütete sich, noch einmal zu lächeln, als der Kater sich mit einem Geräusch, das verdächtig nach einem Raunzen klang, auf die Hinterbeine stellte und mit den Vorderpfoten in die Zweige schlug, dass Wassertropfen nach allen Seiten herabsprangen. Er riss das Maul weit auf, aber nicht, um zu gähnen – in alle Richtungen schnappte er nach den schwach glitzernden Tropfen und raunzte dabei immer wieder, was so sehr nach Ärger wie nach Zufriedenheit klang. Als er anfing, im Kreis zu springen, wild um sich schlagend und schnappend, musste sie sich die Hand auf die Lippen pressen, um nicht laut herauszuprusten.

»Was haben Sie?«, fragte er zwischen zwei Bocksprüngen und klang dabei etwas außer Atem. »Ich bin ein Kater, das sehen Sie doch. Und diese winzigen, glimmernden, tröpfelnden Dinger ... mmrrhau, das ist nicht auszuhalten!«

»Natürlich«, gelang es ihr zu antworten. »Möchten Sie vielleicht ... Ich habe sicher auch einige Regentropfen auf meinem Mantel ...«

»Seien Sie nicht albern.« Er schüttelte sich endlich, ganz so wie ein nasser Hund, obwohl sie sich eher die Zunge abgebissen hätte, als ihm das zu sagen, und setzte sich neben sie. »Das ist etwas ganz und gar anderes.«

So seltsam es war, es erschien ihr unfreundlich, dass er die ganze Zeit zu ihr heraufsehen musste. Und so zog sie den Mantel enger um sich und hockte sich hin. Er war so groß, dass seine Augen jetzt beinahe auf einer Höhe mit den ihren waren.

»Nur zu«, sagte er, ohne dass sie gesprochen hätte. »Fragen Sie ruhig. Dafür sind wir doch hier, nicht wahr?«

»Sind wir das?«

»Nun, natürlich rette ich Sie auch. Wenn Sie gerettet werden wollen. Ich bin mir da noch nicht ganz sicher. Es wäre jedenfalls sehr ärgerlich, wenn sich herausstellen sollte, dass ich vergeblich auf Sie gewartet habe. Bei diesem scheußlichen Wetter.«

Er fing wieder an, sich zu putzen. Sein Kopf war ihr so nah, dass sie deutlich das weiche Fell dicht hinter seinen großen spitzen Ohren sehen konnte. Vor ein paar Stunden hatte sie es noch gekrault.

»Wollen Sie«, Mina sprach stockend, »wollen Sie mir den Weg nach Hause zeigen?« Zuhause. Das Wort allein brachte Wärme, Licht. Bittere Reue. Wie hatte sie nur jemals von zu Hause weggehen können? Wegen nichts, aus einer dummen, törichten Laune heraus? Was war es denn schon mehr gewesen als das? Eine alte Melodie, verblichene Photographien, halbvergessene Erinnerungen. Ein belauschtes Gespräch, von dem sie nur die Hälfte gehört hatte. Wie hatte sie sich von solchen Dingen fortreißen lassen können, in die Nacht, in diese fürchterliche Dunkelheit? Jetzt, hier, in der Nässe und den Schatten, hätte sie sich selbst ohrfeigen mögen.

Der Kater betrachtete sie nachdenklich.

»Nach Hause?«, fragte er fast sanft. »Zum Gutshof? Was wollen Sie denn dort? Haben Sie sie etwa vergessen?«

»Vergessen? Wen?«

Die Schnurrhaare über seinen Augen bewegten sich heftig. Es sah aus, als würde er die Brauen in die Höhe ziehen.

»Stellen Sie sich nicht noch dümmer. Ich denke, Sie haben sie dort in der Tasche. Ja, es sieht mir ganz danach aus. Die richtige Größe und ...«, er schnüffelte kurz, »der richtige Geruch. Also, warum wollen Sie mir etwas vormachen?«

Zart und kalt wehte eine Erinnerung durch Minas Gedanken. Die Erinnerung an ein leises, kaum wahrnehmbares Flüstern, gefangen zwischen den schrägen Wänden des Dachbodens. Sie stand auf, so ruckartig, dass sie beinahe das Gleichgewicht verloren hätte.

»Ich habe nichts und niemanden mitgebracht. Ich weiß nicht, wovon Sie reden. Und ich glaube, ich will es auch gar nicht wissen. Wenn Sie nicht gekommen sind, um mich nach Hause zu führen, dann ... dann bitte sagen Sie mir einfach, welchen Weg ich nehmen muss.«

Tausendschön hörte nicht auf, sich mit den Krallen bedächtig die Stirn zu kämmen.

»Welchen Weg, hm? Nun, das kommt ganz darauf an, nicht wahr? Wie viele Wege sehen Sie denn? Einen? Oder drei? Welcher davon ist Ihrer? Und weshalb glauben Sie, dass ich es weiß? Das Einzige, was ich Ihnen sagen kann, meine Liebe, ist, dass Sie nicht zurückgehen können. Selbst *wenn* Sie zurückgehen. Oh, natürlich, einer der Wege führt sicher zum Gutshaus. Und natürlich könnten Sie ihn wählen und in einer kleinen Weile vielleicht auch dort ankommen. Aber *zurück* – nein, Mina, zurückgehen kann man nie. Können Sie denn ungeschehen machen, was geschehen ist, jetzt, in diesen Minuten, die wir miteinander sprechen? Sie werden die Erinnerung mitnehmen, zweifellos, und sie wird jenen Ort für Sie verändern, den Sie Zuhause nennen. Wohin Sie also kommen werden, wenn Sie einen der Wege wählen ... Ich kann es Ihnen nicht sagen.« Er säuberte die Krallen sorgfältig von Fellresten. »Ich jedenfalls würde es wohl nicht tun. Nein. Ich würde keinen dieser Wege nehmen.«

»Aber ich muss nach Hause!« Es fehlte nicht viel und sie hätte mit dem Fuß aufgestampft. »Sie warten auf mich mit dem Essen, ich meine ... Sie warten jedenfalls auf mich, meine Eltern werden sich sorgen! Es ist schon lange dunkel, ich war noch nie in der Dunkelheit fort! Ich war überhaupt noch nie fort! Ich muss zurück!«

»Nun, selbstverständlich steht es Ihnen frei, nicht auf mich zu hören. Es ist ganz allein Ihre Entscheidung. Nur – was sagen wir wohl dem lieben Herrn Doktor, wenn wir so zur Tür hineingeweht kommen, nass und verschmutzt und vollkommen aufgelöst?«

Mit einem Mal schien es noch kälter geworden zu sein. Mina versuchte, den dünnen Mantel dichter um sich zu ziehen. Der klamme Stoff ließ sie schaudern.

»Das war gemein«, sagte sie leise.

Tausendschön nickte. »Ja, das war es. Aber notwendig, wie mir scheint. Sie brauchen vielleicht einen kleinen Schubs in die richtige Richtung, oder nicht? Und was glauben Sie, wie gemein erst der Herr Doktor zu Ihnen sein würde, wenn Sie ihm so unter die Augen kämen.«

»Aber wieso?« Sie blickte nach unten, zur Seite. »Wieso sollte er schlecht zu mir sein? Er ist ein Freund meiner Familie. Er kennt mich schon, seit ich ein kleines Mädchen war.«

Die Worte kamen ungewollt trotzig heraus.

»Ja, in der Tat, er hat seit vielen Jahren ein sehr scharfes Auge auf Sie, liebe Mina.«

Sie wollte, sie musste widersprechen. Er hatte ihr Puppen geschenkt und Haarnadeln! Er sorgte sich nur um sie, er ... Ihr Mund öffnete sich nicht. *Anzeichen* ... Und diese kalte, kalte Stimme ...

»Sie werden es verstehen«, sagte Tausendschön, und es klang fast mitleidig. »Ja, meine Liebe, das werden Sie. Wenn Sie es verstehen wollen.«

»Aber ich bin ... ich bin nicht ...«, wisperte sie, so leise, dass sie es selbst kaum hören konnte. Das Wort, das böse, schwarze Wort, brannte auf ihrer Zunge.

Er richtete seine großen strahlenden Augen auf sie.

»Natürlich sind Sie nicht verrückt«, sagte er ruhig. »Ich unterhalte mich nicht mit Verrückten.«

»Er ... ich«, stammelte sie, aber Tausendschön hob plötzlich warnend eine Vorderpfote.

»Still«, fauchte er, »schweigen Sie!«

Mina hielt unwillkürlich den Atem an. Der Regen und der Wind schüttelten immer noch die langen Zweige. Es rauschte und knackte um sie her.

Irgendwo in der Nacht bellte ein Hund.

»Ja«, sagte Tausendschön sehr leise und sehr ernst, wie als Antwort auf eine Frage. »Es ist wohl so weit. Wir haben uns verplaudert, liebe Mina. Nun bleibt keine Zeit mehr für Ihre Fragen, und Sie müssen sich sofort entscheiden.«

Er stand auf und streckte sich, erst die Vorder-, dann die Hinterbeine.

»Kommen Sie.«

»Aber wohin?«

Ein zweites Bellen und rasch danach ein drittes. Minas Herz machte einen Sprung.

»Das sind die Hunde vom Gut! Sie kommen mich suchen!«

»Oh ja.« Tausendschön war schon halb zwischen den tropfenden Zweigen verschwunden. »Man sucht Sie wohl. Aber Sie wollen sich kaum von ihnen einfangen lassen.«

»Warum nicht?« Sie sah ihn kaum noch, nur hier und da ein Fleckchen Weiß, das sich schnell bewegte. Seine Stimme klang schon entfernt und sehr ungeduldig.

»Haben Sie Ihre hübschen Ohren nur zur Verzierung Ihres Kopfes? Können Sie wirklich nicht hören, *wer* da nach Ihnen ruft?«

Mina drängte sich entschlossen zwischen die Äste. Kühle, nasse Blätter strichen ihr über das Gesicht. Sie musste die Augen schließen und sich mit ausgestreckten Händen durch den Baum tasten, am Stamm vorbei, bis der Regen sie plötzlich direkt traf, hart und schräg von oben. Sie öffnete die Augen wieder.

Sie stand auf der anderen Seite des Baumes. Und da waren die beiden Wege, rechts und links, so deutlich und so wirklich wie zuvor. Liefen am Baum vorbei, jeder noch ein paar Meter weit sichtbar, um dann in Dunkelheit zu verschwinden. Sie hielt sich eine Hand über die Augen. In ihrem Rücken rauschte der Baum.

»Wo sind Sie? Herr Tausendschön? Welchen Weg muss ich nehmen?«

Wieder ein Bellen, sehr viel näher diesmal. Es klang laut und herausfordernd, und ein tiefes Grollen schwang darin mit. Mina spürte eine Gänsehaut ihre Arme hinaufkriechen.

»Herr Tausendschön?«, fragte sie noch einmal, aber sehr viel leiser.

»Mina«, antwortete seine Stimme von irgendwoher, dringend, entschieden. »Mina, bitte lauschen Sie. Lauschen Sie mit aller Kraft. Und wenn Sie wissen, was es ist, das Sie da hören, dann zögern Sie nicht. Zögern Sie keine Minute! Welchem der Wege trauen Sie? Welchen wollen Sie nehmen? Sie müssen es selbst entscheiden. Und beeilen Sie sich, Mina! Sie haben nicht mehr viel Zeit!«

Der Wind schrie ihr jetzt ins Ohr, die Hunde bellten; und dann waren sie da, die Bilder, in furchtbarer Deutlichkeit. Aufgerissene Rachen, rotglühende Nüstern. Weiße Zähne, blutiges Fleisch. *Die Wilde Jagd ...*

Mina schüttelte heftig den Kopf. Die Wilde Jagd? Ganz schwach erinnerte sie sich noch an ein altes Sagenbuch, aber das war nur Papier, Zeichnungen und Farbe und Buchstaben ... Ihr Herz klopfte.

»Das ist nur ein Märchen«, flüsterte sie, während das Bellen näher kam und sie spürte, wie ihre Hände zitterten. »Nur ein altes Kindermärchen, keine Wirklichkeit ...«

»Natürlich ist es kein Märchen!« Jetzt verstand sie seine Worte kaum noch, so scharf war das Fauchen und Zischen geworden. »Es ist eine Sage, aber was macht das jetzt für einen Unterschied? Mina, Sie müssen sich entscheiden! Wollen Sie die verrückte Mina sein, die man mit den Gutshunden nachts von der Landstraße sammelt? Oder wollen

Sie vielleicht einfach dem trauen, was Ihre Ohren Ihnen sagen?«

Hufschläge, da waren Hufschläge unter dem Hundegebell. Sie hörte es genau. Hufschläge, Schnauben und Wiehern und jetzt, jetzt, das Rasseln von Metall. Mina machte einen Schritt nach vorn, vom Baum fort. Auf die feuchte Erde zwischen den beiden Straßen.

Ein Horn schrie, klar und klagend. Der Ton ließ Minas Blut erstarren.

»Wo sind Sie denn?«, flüsterte sie, während sie ganz stillstand. »Ich weiß nicht, wo Sie sind ...«

»Mina, *verflucht*!« Sie schlug sich vor Schreck auf den eigenen Mund, als sie ihn so fauchen hörte. »Trauen Sie doch den Straßen nicht! Laufen Sie, laufen Sie zum Taterlock!«

Der Lärm schwoll an, und plötzlich wusste sie, dass er nicht von vorn kam. Sie waren hinter ihr, hinter dem großen Baum, die Hunde, die Pferde und die, die in das Horn bliesen und mit Metall rasselten ... Hinter ihr. Auf dem Weg, den sie gekommen war.

Minas Augen irrten durch die Schatten, über die scharfen Linien der zwei Straßen, die die Nacht zerschnitten. Rechts? Oder links? Welches war der Weg nach Hause? Beide so schwarz, so finster, so abweisend ... Ihre Füße tasteten im nassen Gras dazwischen, stockten, zögerten. Was, wenn sie den falschen Weg wählte? Was, wenn es der richtige war? Wieder gellte das Horn, zerriss ihre Ohren. Rechts? Oder links? Oder ...

»Zum Taterlock, Mina! Zum Taterlock!«

Sie hörte Tausendschön schreien, durch Regen und Wind und Horngekreisch. Drehte verzweifelt den Kopf hin und her, hin und her, bis ihr schwindelte. Und dann, mit einem

Ruck in ihrem Innern, der die Welt aus den Fugen stieß, kam sie plötzlich frei. Sie riss den Mund auf, ohne zu wissen, was sie sagen würde; schluckte Nässe und Finsternis hinunter und rief mit aller Kraft:

»Ich weiß doch nicht, was das Taterlock ist!«

Plötzlich war er wieder da, dicht bei ihrem Knie.

»Wirklich«, keuchte er, »ein ungewöhnlich dummes Mädchen! Sehen Sie das Erlenwäldchen da drüben?«

Er ruckte mit dem Kopf, über die linke Straße hin, und sie starrte angestrengt in die Dunkelheit. Ja, da war etwas auf dem Feld; ein großer, unregelmäßiger Schemen in der Nacht. Sie nickte zögernd und spürte, wie ihre Zähne dabei aufeinanderschlugen.

»Merken Sie sich die Richtung gut. Wenn Sie Angst bekommen, schließen Sie lieber die Augen, das wird Ihnen helfen. Und – rennen Sie, Mina, rennen Sie weg von den Straßen, so schnell Sie nur können!«

Er war fort in einem Schlag ihrer Wimpern, und das Horn gellte wieder, und die Hufe dröhnten. Mina schloss die Augen, umklammerte in der Tasche fest die Spieluhr, sprang mit zwei großen Sätzen über die Straße hinweg und lief blindlings in das Feld hinein.

Harte Stängel schlugen gegen ihre Beine, verfingen sich im Kleid, Halme rupften an ihrem Mantel. Der Boden gab immer wieder nach, sie strauchelte und stolperte, einen Arm weit vor sich ausgestreckt, nur nicht fallen, nicht hinfallen! Die feuchte Erde klebte an ihren Stiefeln, ihre Beine wurden mit jedem Schritt schwerer, und sicher hatte sie längst die Richtung verloren, blind auf dem offenen Feld, ein lebendes, Haken schlagendes, sichtbares Ziel selbst im Regen. Das Hundegebell wurde immer lauter statt leiser, immer deutlicher hörte sie die Pferde, und Rufe, schreckliche, wilde, durchdringende Rufe aus ungezählten Kehlen, die auf dem Wind daherkamen und ihr um den Kopf brausten, bis sie sich selbst nicht einmal mehr schluchzen hörte. Sie rannte von den Straßen weg, verzweifelt, eigensinnig; rannte mit zerreißenden Lungen und brennendem Herzen, rannte, bis sie schließlich mit dem ganzen Körper gegen etwas unglaublich Hartes, Unverrückbares prallte und fühlte, wie ihr das Blut aus der Nase schoss und sie zu Boden fiel.

Sie riss die Augen auf, benommen, presste die Hände auf den beißenden Schmerz in ihrem Gesicht. Ein Baumstamm ragte schwarz vor ihr auf. Keuchend starrte sie ihn an.

Schnurrhaare kitzelten sie an der Wange.

»Nicht hier liegen bleiben, Mina.« Tausendschöns Stimme zischte direkt in ihr Ohr. »Kommen Sie, Sie haben es gleich geschafft, nur noch einmal aufstehen, kommen Sie, tapferes Mädchen!«

Sie versuchte, sich aufzurichten. Ihre Arme sackten unter ihr weg.

Ich schaffe es nicht, wollte sie flüstern, aber es war nicht einmal hierfür noch genug Luft in ihr. Der Katerkopf stieß gegen ihre Schläfe, warm und erstaunlich kräftig, und irgendwie gelang es ihr, sich auf die Seite zu wälzen und wieder auf die Beine zu kommen, während sie sich an dem glatten Baumstamm festhielt. Das Blut tropfte ihr aufs Kinn. Sie wagte nicht, sich umzusehen. Das Bellen war etwas leiser geworden, oder nicht? Konnte es sein, dass die Meute ihre Spur verloren hatte?

Aber das Horn, das furchtbare Horn schrie erneut, und alles, was sie tun konnte, war, dem schmalen Katzenleib zwischen die Bäume zu folgen, so schnell sie konnte. Die Stämme standen eng beieinander, wie schmale, hohe Türen, fast zu eng, selbst für ein Mädchen. Immer wieder blieb sie mit dem Mantel an Astknorren hängen, zerriss das Kleid an Wurzeln, die plötzlich aus dem Boden nach ihr krallten. Und immer noch wurde das Wäldchen dichter. Sie merkte, dass es allmählich bergab ging. Ihre Füße kamen auf dem schlammigen Boden ins Rutschen. Unter den Blättern wurde es so dunkel, dass sie nur noch ab und zu das Aufleuchten von Tausendschöns Augen sah, wenn er sich nach ihr umdrehte. Einen Zentimeter daneben war es finster.

Sie versuchte sich an Ästen abzustützen, die ihr unter die Hände gerieten, aber es nützte kaum etwas. Der Boden wurde immer abschüssiger. Wenn es noch tiefer hinunterging, das wusste sie, würde sie stürzen und durch das Gehölz schlittern wie ein toter Körper, um irgendwo einfach liegen zu bleiben und nicht mehr aufzustehen.

»Tausendschön«, hauchte sie, »Herr Tausendschön ...«

»Nur Mut!« Die raue Stimme klang gar nicht so weit entfernt, wie sie erwartet hatte. »Sie haben es gleich geschafft! Ein paar Schritte noch, dann wird es wieder eben. Hier ist auch Licht, sehen Sie? Können Sie es sehen?«

Sie reckte den Hals, und ein Zweig peitschte ihr quer durchs Gesicht. Ja, da war etwas, etwas Gelbliches, nicht das blasse Silberfunkeln der Kateraugen. Irgendwo vor ihr, hinter den Stämmen. Mit aller Kraft, die sie noch hatte, drückte Mina gegen das Unterholz, das ihr den Weg versperrte. Es knackte laut. Dann brach etwas, und jetzt fiel sie wirklich, schlug schwer auf den Boden auf, drehte sich im Fallen und rollte mit fest zusammengekniffenen Augen zwischen zwei Bäumen hindurch – ins Freie.

Eine Hand packte sie an der Schulter.

»Hierher, hierher, kleines Fräulein. Ich helfe dir.«

Es war nicht der Kater, der sprach. Die Stimme war auch rau, sogar heiser; aber sie gehörte eindeutig einem Mann. Mina blinzelte vorsichtig.

Ein bärtiges, dunkles Gesicht sah zu ihr hinunter.

»Du kannst hier nicht liegen bleiben, hier bist du nicht sicher. Komm, da drüben ist unser Lager. Da kannst du dich aufwärmen.«

Das bärtige Gesicht lächelte nicht. In den Falten, die so tief und zahlreich waren, dass Mina sie sogar im schwachen Regenlicht sehen konnte, stand Sorge. Als der Mann die Hand von ihrer Schulter nahm und ihr entgegenhielt, offen, die Handfläche nach oben gekehrt, nahm sie sie, ohne nachzudenken. Sie fühlte sich trocken und schwielig an.

Da war ein Feuer, wohin er sie hastig führte, ein Feuer unter einer Art großer dunkler Plane; und Gestalten darum herum, Gestalten, die ihr Platz machten, als sie zwischen sie trat, und mitfühlende menschliche Laute von sich gaben. Sie folgte dem bärtigen Mann bis dicht zu den Flammen, sah die roten und gelben Spitzen über das Holz tanzen wie eine eifrige Katzenzunge über eine kleine Pfote, und da war auch er, Tausendschön, ein runder Kopf unter einer dicken Decke, wie in einem Zelt. Die Hand löste sich von ihrer, und sie ließ sich neben dem Kater auf den Boden fallen.

Nie, niemals zuvor hatte sie sich so müde gefühlt und so zerschlagen. Es gab nichts, was ihr nicht wehtat, keine Bewegung, die sie machte, ohne dass scharfe Schmerzen durch jeden Knochen schossen. All ihre Kleider waren bis auf die Haut durchnässt, die Haare klebten ihr am Kopf. Als sie eine Hand vorsichtig wieder an ihr Gesicht führte, zuckte ein Brennen durch ihre Nase. Sie stöhnte leise.

Aber das Bellen war verstummt, und das Horn gellte nicht mehr. Als wäre der furchtbare Lärm an den Baumstämmen hängengeblieben. Nur das Feuer knisterte leise.

Jemand legte ihr von hinten etwas Schweres, Warmes über die Schultern. Andere Hände drückten ihr einen Becher in die Hand, aus dem heißer Dampf stieg und ihre Augen zum Tränen brachte. Oder weinte sie schon wieder? Es schien keine große Rolle zu spielen. Sie hätte den Becher gerne an die Lippen geführt, getrunken, was immer er enthielt, wenn es nur die entsetzliche Kälte vertrieb, die sich in ihr festgebissen hatte. Aber sie wusste, ihre Hand zitterte viel zu sehr.

Mit Mühe wandte sie den Kopf. Tausendschön hatte die Vorderpfoten vor sich auf dem Boden ausgestreckt und betrachtete sie.

»Sind ... sind wir jetzt sicher?«, fragte sie langsam und mit schwerer Zunge.

Der Kater nickte.

»Ja, Fräulein Mina. Jetzt sind wir sicher.«

»Aber ...« Es war so schwer, einen einzigen klaren Gedanken zu fassen. »Aber können *sie* nicht ...«

»Nein.« Einen Augenblick lang sträubten sich Tausendschöns Schnurrhaare. »Nein, sie können uns hier nichts anhaben, und das wissen sie auch. Sie werden nicht hierherkommen.«

»Warum?«, flüsterte Mina.

Er hob eine Pfote und deutete am Feuer vorbei in das kurze, feuchte Gras.

»Sehen Sie das dort?«

Und ja, sie konnte es sehen, selbst unter dem Regen. Kleine, blasse Blumen, Dutzende davon. Mit winzigen Köpfchen und schmalen, spitz zulaufenden Blütenblättern.

»Es ist ein sehr breiter, dichter Ring«, sagte Tausendschön leise. »Um das ganze Taterlager herum. Haben Sie wirklich nicht gewusst, was das Taterlock ist, Mina? Das Loch, das kleine Tal, in dem die Tater rasten. Und jetzt sitzen Sie mitten darin, und die Tater sind um Sie her und haben Ihnen das Leben gerettet.«

»Tater ...« Mina konnte die Augen nicht mehr offen halten. Weich und schnurrend klang Tausendschöns Stimme zu ihr herüber, schon fast wie in einem Traum.

»Zigeuner, meine liebe Mina. Nennt ihr sie nicht so, auf den vornehmen Gütern? Tater, Zigeuner. – Aber die Blumen, Mina, die Blumen werden Sie doch kennen. Sie tragen ihre Farbe ja auf Ihrem Mantel, oder nicht? Ein blasses Himmelblau. Wissen Sie, wie man einen solchen Kreis nennt, einen Kreis wie den, in den wir uns geflüchtet haben?«

»Ja«, hauchte sie, obwohl sie tief in sich spürte, dass es falsch war, zu antworten; dem Wirklichkeit zuzugestehen, was nicht wirklich sein konnte. Aber etwas, das noch tiefer ging, erlaubte ihr nicht zu schweigen. »Es ist ... ein *Feenkreis*.«

Jemand fing sie auf, als sie nach hinten sank. Der Becher wurde ihr aus der Hand genommen und sanft an ihre Lippen gehalten. Sie trank; einen, zwei Schluck von einer brennend heißen Flüssigkeit, die nach Sommer schmeckte. Dann sackte ihr Kopf zur Seite, und sie wusste nichts mehr.

In ihren Träumen erklang die Spieluhr. Leise, wie aus weiter Ferne, drangen die zerbrechlichen Töne zu ihr. Sie wäre gern aufgestanden, um nach ihr zu suchen, zu sehen, wer es war, der sie aufgezogen hatte. Aber ihre Beine waren eingeklemmt unter einem viel zu niedrigen Schultisch, und da war ein riesiger Haufen Wolle vor ihr, und Mademoiselles Augen musterten sie streng.

Stricknadeln klapperten. Sie sah auf ihren Schoß hinunter, ihre Hände bewegten sich. Was war das, was sie strickte? Ein Hemdchen, winzig klein, wie für ein Wickelkind … Die Nadeln klebten an ihren Fingern, ihre Haut brannte, dort, wo die Wollfäden darüberglitten. Sie wollte loslassen, aber ihre Hände strickten weiter, als ob sie wirklich an den Nadeln festklebten.

»Eine junge Dame gibt nie mitten in der Arbeit auf, *n'est-ce pas?*«

Mademoiselle schob ihr den Stoß Wolle noch weiter hinüber, er fiel beinahe vom Tisch auf sie hinunter und ragte jetzt so hoch vor ihr auf, dass sie nicht mehr darübersehen konnte.

Mademoiselle, wollte sie sagen, aber es kam kein Laut

aus ihrem Mund. Mademoiselle, für wen muss ich das Hemdchen stricken? Es gibt keine kleinen Kinder in der Familie ... Ihre Kehle zog sich zusammen, anstatt die Worte hinauszulassen. Sie drehte sich auf dem viel zu kleinen Stühlchen, und ihr Blick fiel auf etwas Helles, neben ihrem Knie. Kinderhemden, sorgfältig gefaltet und aufeinandergestapelt ... Es mussten Dutzende sein. Sie wusste, wie man Dinge in Träumen weiß, dass sie sie alle gestrickt hatte, jedes Einzelne davon, in Stunden, Tagen, Monaten, während die Spieluhr irgendwo draußen spielte und spielte. Und immer noch klebten ihre Finger an den Nadeln, immer noch bewegten sich ihre Hände hin und her, und sie konnte dabei zusehen, wie das nächste Hemdchen auf ihrem Schoß wuchs.

Sie spannte die Arme an, versuchte, die Hände wegzuziehen. Die Nadeln lösten sich nicht voneinander. Da, da war schon ein Ärmel zu erkennen, kaum breiter als zwei, drei Finger, und da, der Halsausschnitt ... Wieder zog sie, und wieder strickten ihre Hände weiter, als ob sie nicht zu ihr gehörten. Die Haut brannte jetzt wie Feuer.

Mademoiselle, wollte sie rufen, irgendetwas ist mit der Wolle, sehen Sie doch, sie glitzert so seltsam, als ob sie voller winziger Steinsplitter wäre, und sie tut mir weh, Mademoiselle, sie tut mir so schrecklich weh!

Aber der Berg aus Wolle türmte sich so hoch, sie sah nicht einmal mehr Mademoiselles Scheitel, und sie hörte nichts; nichts bis auf das Lied der Spieluhr und das Klappern der Nadeln, die sich weiterbewegten, auf und ab, hin und her, Runde für Runde.

Sie konnte nicht aufstehen. Sie konnte nicht fortgehen.

Nicht, bevor nicht all die brennende Wolle zu Kinderhemden gestrickt war. Aber für wen nur? Für wen?
Die Spieluhr spielte.

Mina erwachte mit nassen Augen. Ihr ganzer Körper war so steif, dass es sich einen Moment lang anfühlte, als steckte sie immer noch eingezwängt in der Schulbank. Und da war auch das Lied, immer noch, auch wenn es viel näher klang ...
»Bist du jetzt wach, Gadsche-Mädchen?«
Lichtfünkchen tanzten zwischen zwei braunen Jungenhänden. Da war sie, die Spieluhr; nicht in ihrem Mantel, der zerdrückt und fleckig unter der Decke hervorschaute, sondern dicht neben ihrem Kopf, auf dem Schoß eines kleinen Jungen, der sie unverwandt ansah. Seine unordentlichen Locken standen schwarz wie ein Scherenschnitt gegen den hellen Himmel.

Mina blinzelte und setzte sich vorsichtig auf.
»Was ... was machst du da?«, fragte sie benommen. Ihr Hals fühlte sich wund an.
»Ich bewache dich«, sagte der Junge und lächelte stolz. »Bis die Großen zurück sind. Ich bin alt genug, um das zu tun.«

Mina blickte sich um. Schlanke Bäume umschlossen die Senke, in der sie saßen, von allen Seiten. Kein düsteres, fremdartiges Gewirr; ein helles Muster aus glänzenden Stämmen und jungen Blättern, auf denen der Morgentau schimmerte. Auch das Gras unter ihren Knien war feucht. Feucht und grün. Sie strich mit den Fingern durch die Halme, mit dem vagen Gefühl, nach etwas zu suchen, von dem sie nicht wusste, was es war. Aber was sie sah, war nicht mehr als ganz gewöhnliches Gras.

Das Taterlager um sie her lag verlassen da. Nur ein paar Bündel aus grobem Tuch, sorgsam verschnürt, eine erloschene Feuerstelle und die dunkle Stoffplane halb über ihr, zwischen langen Stäben aufgespannt. Sie flatterte in dem leichten Wind, der durch die Senke strich. Keine Wände, nicht einmal überhängendes Tuch an den Seiten. In ihrem ganzen Leben hatte Mina noch nie im Freien geschlafen. Aber unter der leisen Melodie war alles um sie her still und seltsam friedlich.

Der Junge zog die Spieluhr wieder auf, bevor sie noch ganz verstummt war. Die Kristallreste drehten sich zwischen seinen runden Kinderhänden, und erst jetzt dachte Mina daran, sie ihm wegzunehmen. Es war ihre Spieluhr, oder nicht? Er musste sie aus ihrem Mantel gezogen haben, während sie geschlafen hatte. Sie war nicht einmal aufgewacht ... Taterjunge, dachte Mina. Zigeunerkind. Wie sagte die Mamsell immer?

Diebische Elstern, die Kinder wie die Alten. Von denen kommt mir keiner in meine Küche.

Aber der Junge saß so friedlich da und betrachtete die tanzenden Glasreste so gebannt, und vielleicht hatte er noch nie ein so feines Spielzeug gesehen, selbst wenn die Figuren zerbrochen waren. Mina beschloss, großmütig zu sein.

»Wie meinst du das – Gadsche-Mädchen?«, fragte sie, anstatt ihm die Spieluhr aus den Händen zu ziehen, und versuchte, sich bequemer hinzusetzen.

»Du bist eins.« Der Junge sah nicht auf. »Ich soll nicht mit ihnen spielen, mit den Gadsche-Kindern. Aber ich spiele ja nicht. Ich bewache dich nur. Das ist in Ordnung, hat Lilja gesagt.«

Nicht mit ihr spielen? Mina zog empört die Augenbrauen zusammen, ließ es aber gleich wieder sein, als heiße Schmerzen sie in die Nase bissen. Sehr vorsichtig berührte sie sie mit zwei spitzen Fingern. Sie fühlte sich an wie eine verkrustete Knolle.

»Wer ist diese Lilja?«, fragte sie und ließ die Hand wieder sinken. »Wieso denkt sie so über mich? Sie weiß doch gar nichts von mir.«

Der Junge lächelte versunken auf die Spieluhr hinunter. »Doch«, sagte er, »sie weiß, dass du ein Gadsche-Mädchen bist.«

Mina schnaufte. Der Junge sah so aus, als wäre er fünf, höchstens sechs vielleicht. Wahrscheinlich war er einfach noch zu jung, um sich vernünftig zu unterhalten.

Sie sagte nichts, drehte nur den Kopf ein wenig zur Seite, wie sie es von Mademoiselle gelernt hatte.

»Du bist schmutzig«, sagte der Junge, und er sagte es nicht einmal unfreundlich, ganz leichthin, als ob er feststellen würde, dass die Sonne schien. »Wirklich schmutzig. Du hättest lieber mit Rosa und Pipa zum Bach gehen sollen.«

Mina zuckte zusammen. Sie sah es selbst, die braunen Flecken auf ihren Händen, die Dreckklumpen, die an ihren Mantelfalten hingen und – sie strich den hellblauen Stoff über dem Knie beiseite und nickte bekümmert – an dem kostbaren Konfirmationskleid. Um ihr Gesicht und ihre Haare war es sicher noch schlimmer bestellt. Einer Dame, dachte sie traurig, einer Dame wäre das nie passiert ...

»Und wer«, schnappte sie zurück, »sind nun wieder Rosa und Pipa? Sagen die auch, dass ich ein Gadsche-Mädchen bin?«

Jetzt blickte der Junge auf. Seine Augen waren groß und

rund und so dunkel, dass sich die Farbe des Grases in ihnen spiegelte, so, als blickte man durch grün schimmerndes Wasser hinab in einen stillen Weihergrund. Die Lichtfünkchen, die die Spieluhr immer noch aussandte, tanzten wie winzige helle Fische hindurch.

»Warum bist du böse?«, fragte der Junge ruhig. »Man wird eben schmutzig. Dann wäscht man sich. Das ist wichtig, sagt Lilja. Besonders vor dem Essen. Ich«, das breite, stolze Lächeln malte sich wieder auf sein braunes Gesicht, »ich war schon ganz früh am Bach.«

Essen ... Minas Bauch krampfte sich plötzlich zusammen. Wie lange war es her, dass sie etwas gegessen hatte? Und wie spät war es jetzt? Sicher spät genug, damit Frieda zu Hause die vorgewärmte Kaffeekanne auf das weiße Tischtuch stellte und die gehäkelten Eierwärmer an ihren Plätzen verteilte; und das Johannisbeergelee leuchtete in seinem Glasschälchen, und unter der Serviette duftete das frische Brot.

Mina biss sich auf die Unterlippe. Zu Hause! Die Benommenheit fiel schlagartig von ihr ab. Zu Hause! Sie hatte das Abendessen versäumt, sie war fortgelaufen! Sicher suchte schon das ganze Gut nach ihr. Der Vater hatte bestimmt den Wagen anspannen lassen und fuhr wie rasend die Landstraßen entlang. Die Mutter lief durch den Garten, rief und rang die Hände und sah hinter jeden Busch, oder sie schickte die Mädchen zu den benachbarten Gütern, um nach Mina zu fragen, oder sie ...

Das Etwas in Mina, das eben noch hatte aufspringen wollen, nach Hause laufen auf dem schnellsten Weg, setzte sich langsam wieder, ohne dass Mina sich bewegt hätte. Ein Bild formte sich hinter ihrer Stirn, so klar, dass sie es beinah hätte berühren können: der Damensalon mit seinen roten, schweren Portieren und dem zierlich geschwungenen Sofa, und darauf die Mutter, unter dem karierten Plaid, das Riechfläschchen in der Hand, den Kopf zurückgelehnt, die Augen halbgeschlossen ... War da eine Gestalt, die sich fürsorglich über sie beugte? Ein Funkeln von Brillengläsern in dem samtigen Licht? Eine ruhige, feste Hand, die sie zurück in die Kissen drückte, und die Mutter gehorchte ergeben, mit einem ihrer schwachen Seufzer.

Mina presste die Augenlider zusammen, um das Bild zu verjagen. Aber die Dunkelheit, die ihm folgte, war nicht besser. Die Landstraße entrollte sich vor ihr, die Schatten, der Wind und der Regen; sie hörte das heisere Hundebellen wieder, und dann das Horn, dieses furchtbare Horn ...

Sie schauderte, wie in einem bösen Traum, so düster und fremd, dass er noch im hellen Morgenlicht an den Wimpern klebte und die Welt mit einem grauen Schleier bedeckte. Ein Seufzen kroch über ihre eigenen Lippen, schwach und kläglich, und schleppte auf dem Rücken ein einziges Wort mit sich: »Verrückt.«

Irgendwo bellte ein Hund.

Der Junge sah auf. »Was hast du gesagt?«

Mina schüttelte den Kopf, streckte die Hand nach der schweigenden Spieluhr aus. Ihre Finger zitterten, wie ihre Stimme.

»Gib sie mir.«

Der Junge sah von ihr zur Spieluhr und wieder zurück. Sein weicher Mund krümmte sich ein wenig nach unten. Er zuckte die Schultern und hielt ihr das kleine Kästchen hin, und als sie es nahm, war es noch ganz warm von seinen Händen.

Mina atmete tief ein. Die Kristallreste glitzerten ihr entgegen, das Holz schmiegte sich sanft in ihre eigenen Handflächen. Es wäre so leicht gewesen, es dabei zu belassen. Nicht mehr zu tun, als die Kurbel ein paarmal zu drehen, der kleinen Melodie zu lauschen. Verborgen zu lassen, was verborgen gehörte.

Aber sie klappte den Deckel schon auf, während sie noch daran dachte, es nicht zu tun. Fand die Haarnadel, tastete nach dem winzigen Loch in der Ecke. Hörte das Klicken, mit dem der versteckte Mechanismus ansprang. Als die geheime Schublade heraussprang, zitterten Minas Hände so sehr, dass sie sie beinahe fallen ließ.

Aber der verblichene Samt sah ihr blind entgegen. Da war nichts, kein funkelndes Medaillon, nicht einmal die feine Kette, an der man es sich um den Hals hängen konnte. Nur ein schwacher Abdruck, sonst nichts.

Mina riss den Kopf hoch und starrte den Jungen an.

»Was hast du damit gemacht?«

Er legte den Kopf auf die angezogenen Knie.

»Nichts.« Er war noch zu jung, um zu lügen, das schiefe kleine Lächeln, das so gern zu einem prustenden Lachen werden wollte, verriet ihn.

Mina stemmte die Hände in die Seiten, wie Mamsell es immer tat, wenn sie streng wurde.

»Gib mir das Medaillon sofort zurück. Es gehört dir nicht. Es ist Diebstahl, wenn du etwas nimmst, was dir nicht gehört.«

Zigeuner, dachte sie. Sie kennen keinen Unterschied zwischen Mein und Dein. *Diebische Elstern.*

Aber der Junge zog die Brauen zusammen und presste die Lippen aufeinander. Seine runden Augen wurden düster.

»Ich habe es nicht gestohlen«, sagte er laut. »Du hast geschlafen, ich habe mir alles nur angesehen. Und die Schublade ist von selbst aufgegangen. Ich habe nichts gestohlen!«

»Und wo ist es dann?«

Mina konnte deutlich sehen, wie gekränkt er war. Vielleicht klang ihre Stimme deshalb so scharf.

»Wenn du es nicht weggenommen hast, ist es dann vielleicht von selbst weggeflogen?«

Jetzt schimmerten Tränen in seinen Augen. Sie hatte nicht gewusst, dass sie so sehr wie Mamsell klingen konnte. Mamsell konnte das Küchenmädchen mit einem einzigen eisigen Wort dazu bringen, dass es sich die Schürze vors Gesicht presste und aus der Küche lief ... Mina holte noch einmal tief Luft.

»Es ist«, sagte sie sanfter, »vielleicht irgendwie ... gefährlich, weißt du. Es wäre wirklich besser, wenn du mir sagst, wo es ist.«

Er wischte sich über die Augen. Dann zeigte er auf einen der niedrigen Büsche in der Nähe, ohne hinzusehen.

Etwas glänzte dort, warm und golden. Mina verfing sich fast in ihrem Kleid, als sie zu dem Busch stürzte. Das Medaillon hing an seiner Kette in den Zweigen. Der Junge hatte es aufgeklappt.

Und da waren sie.

Das Papier der Bilder war so alt und blank, dass die Farben der Umgebung sich auf ihm spiegelten. Ein Hauch von grünen Blättern und blauem Morgenhimmel lag auf den beiden Jungengesichtern, machte sie deutlicher, lebhafter als jemals zuvor. Ein Funkeln schien in den Winkeln der zwei Augenpaare zu liegen, die sie nachdenklich betrachteten. Ein wenig sah es so aus, als blinzelten sie in der Sonne.

Minas Herz klopfte laut. Sie musste sich dazu zwingen, ihr Gesicht ganz nah an die Photographien zu bringen, so nah, dass ihre Haut das glatte Papier beinahe berührte. Sie roch den Staub des Dachbodens. Einzelne Haare, die ihr in die Stirn gefallen waren, strichen über das Papier und wisperten.

Darunter war alles still. Still und gewöhnlich. Nur zwei alte Bilder von zwei Jungen, die sie nicht kannte, zwei Lächeln, die ihr Geheimnis nicht verrieten. Nichts, was sich verändert hätte, kein Zeichen, kein Hinweis. Kein – schwaches Flüstern über dem Gras. Nicht der kleinste Grund zu glauben, das, woran sie sich so lebhaft erinnerte, wäre tatsächlich wahr gewesen.

Sie schlug die Hände vors Gesicht. Die Tränen kamen, ohne dass sie wusste, woher, machten ihre Wangen nass, rannen zwischen ihren Fingern hindurch. Sie drehte sich weg von den Bildern und hörte sich dabei schluchzen, so laut und jämmerlich wie das Küchenmädchen.

»Ich dachte nur, sie wollten sich vielleicht sonnen.«

Unter tränenschweren Wimpern blinzelte Mina über ihre Fingerspitzen. Der Junge stand neben ihr, sah sie hilflos an; hatte eine Hand halb erhoben, als wollte er sie streicheln. Am liebsten wäre sie weggelaufen. Durch das Wäldchen, den Weg zurück über die Landstraße und nach oben in ihren Dachboden, wo sie das Gesicht in alten Leintüchern vergraben konnte. Wo beinlose Kommoden und blinde Spiegel ihr stumm beim Schluchzen zuhörten und sie mit ihrem staubigen Schweigen umgaben, bis der Kummer nachließ. Und dann kaltes Wasser aus dem Krug im Schlafzimmer und die Haare gekämmt, und alle Spuren waren fortgewischt. Nur Kinder weinten in der Öffentlichkeit.

Aber bis zum Dachboden war es unendlich weit, und das braune Gesicht neben ihr wirkte so ratlos, so verwirrt. Als das Aufschlucken aus ihrem Inneren nachließ, wischte Mina sich die Tränen mit einem Mantelzipfel ab.

»Besser«, sagte der Junge und lächelte; ein kurzes, scheues Lächeln.

Es ging nicht anders, Mina schniefte.

»Hast du ein Taschentuch?« Ihre Stimme klang ganz klein.

Er schüttelte den Kopf und zog gleichzeitig die andere Hand hinter dem Rücken hervor. Ein großes grünes Blatt lag darin, mit geschwungenen Rändern. Er hielt es ihr hin, und als sie verstand, nahm sie es, wandte sich ab und putzte sich die Nase so vorsichtig und so damenhaft wie möglich. Es roch eigenartig, herb und frisch zugleich.

Als sie sich wieder umwandte, stand er immer noch da, schaute auf das Medaillon, das zwischen den Zweigen des Busches glänzte.

»Danke«, sagte sie leise. »Du ... Was hast du eben gesagt?«

»Dass sie sich sonnen wollen. Habe ich gedacht.«

Er betrachtete die Bilder.

»Ist bestimmt dunkel da drin. Und kalt. In der Sonne ist es warm.«

Mina nickte zögernd. »Ja. So was habe ich ... habe ich manchmal auch gedacht.«

Die Worte kamen seltsam leicht aus ihrem Mund. Und er schien sich nicht darüber zu wundern, erwiderte nur ihr Nicken mit einem kurzen Blinzeln, das Einverständnis bedeutete. Mit einem Mal hatte sie das Gefühl, etwas Nettes sagen oder tun zu wollen, die scharfen Worte von vorhin wiedergutzumachen. Aber sie wusste nicht, wie. Das Einzige, was ihr einfiel, war etwas, das sie einmal gesehen hatte, vom Dachbodenfenster aus: Zwei kleine Jungen, die sich auf der Straße stritten und schubsten und sich irgendwann wieder vertrugen.

Vorsichtig streckte sie ihm die Hand entgegen. Es fühlte sich so feierlich und würdevoll an, wie es damals ausgesehen hatte.

»Ich ... ich heiße Wilhel... Ich heiße Mina«, sagte sie sehr leise.

Seine runden Augen blickten ernst, als er zu ihr aufsah.

»Ich bin Zinni.« Seine Hand legte sich in ihre, warm und lebendig. Seine Finger waren kaum halb so lang wie ihre.

»Guten Tag, Zinni«, sagte sie.

»Guten Tag, Mina«, sagte er.

Dann blitzte ein Grinsen über sein Gesicht.

»Die Gadsche sind immer so höflich!«

Er hielt ihre Hand weiter fest, und sie ließ sich von seinem Kichern anstecken.

»Sagst du mir jetzt endlich, was das bedeutet? Und wer all diese Leute sind, Lilja und Rosa und von wem du noch geredet hast?«

Er pflückte das Medaillon aus den Zweigen. Einen Moment lang schimmerte das Papier noch in der Morgensonne; dann ließ er das Scharnier zuschnappen und steckte das Schmuckstück in ihre Manteltasche, wo es schwer ganz nach unten sank.

»Die Gadsche wohnen in Häusern«, sagte er und sah sie von der Seite an. »Wir wohnen überall. Wir sind wir, und die Gadsche sind die Gadsche. Das ist alles. Wusstest du das wirklich nicht?«

»Nein«, sie kicherte immer noch, und es kitzelte und kribbelte in ihrem Bauch. »Seltsam, nicht? Da bin ich eine Gadsche und weiß es nicht einmal.« Das Wort kam ihr nicht mehr so abstoßend vor, so schmutzig und unfreundlich.

Zinni lächelte sie beinahe mitleidig an. »Die Gadsche wissen so viele Sachen nicht.«

Mina ließ es zu, dass Zinni die Spieluhr für sie trug, als sie nebeneinander über die Lichtung gingen, und die Sonnenflecken tanzten über sein braunes Gesicht. Das Erlenwäldchen empfing sie mit weichen, duftenden Armen; die Zweige wichen zur Seite, anstatt ihnen die Arme zu zerkratzen, und keine Schatten lagerten unter den Stämmen. Vögel zirpten. Dort, wo die Bäume auseinanderwichen, glitzerte Wasser blass zwischen dem Grün und Braun. Ein Bach, schmal und schnell, und helle Stimmen flossen unter seinem Plätschern dahin. Mina hörte sie, bevor sie sie sah, die bunten Gestalten auf der anderen Seite. Sie klangen wie die Vögel, leicht und sorglos.

»Siehst du?«, fragte Zinni. »Da ist Lilja. Sie wäscht die Wäsche. Weil die Sonne scheint.«

Da war eine Frau am Wasser. Lange, dunkle Haare wehten über das helle Funkeln des Bachs, wenn sie sich vorbeugte und Wäschestücke untertauchte; glänzende, offene Strähnen, wie bei einem sehr jungen Mädchen, und sie hockte auf ihren Fersen am Bachufer wie ein Kind. Sie trug ein Kleid, so grün wie die Erlenblätter im Schatten, unordentlich in Falten gerafft und um ihre Knie gezogen. Erst als sie aufstand und ihnen zuwinkte, sah Mina, wie groß sie war.

»Rosa, Pipa!«, rief sie. »Kommt, meine Töchter. Unser Besuch ist aufgewacht.«

Die offenen Haare umwehten sie bis zu den Hüften, verfingen sich in ihren klingelnden Armbändern. An ihren Knien war das grüne Kleid dunkel vor Nässe, und das Wäschestück, das sie in der Hand hielt, tropfte an ihr herunter. Aber ihre Stimme war voll und stark, Sonnentupfen tanzten darin, und das Morgenlicht umgab ihren dunklen Scheitel wie das verbogene Diadem auf dem Dachboden daheim. Unwillkürlich fasste Mina ihren eigenen zerdrückten Mantelsaum und knickste.

In den niedrigen Büschen hinter der großen Frau bewegte sich etwas und raschelte. Zwei Köpfe tauchten aus dem Zweigmeer auf, Mädchengesichter, von losen Zöpfen umrahmt, so dunkel wie die wehenden Strähnen der Frau. Lachende Münder spiegelten das weite Lächeln auf ihrem Gesicht.

»Rosa, Pipa«, sagte sie noch einmal, »begrüßt unseren Gast. Recht artig, denn sie hat gute Manieren.«

Die zwei Mädchen winkten. Eines, das größere, das vielleicht schon kein Mädchen mehr war, zog sein Kleid ohne Umstände über den Knöcheln hoch und stieg mit seinen bloßen Füßen in den Bach. Mina fühlte, wie ihre Wangen rot anliefen.

»Warum kommt sie nicht zu uns?«, maulte das andere Mädchen und stemmte die Fäuste gegen seinen bunten Rock. Es war sicher nicht größer als Mina. »Ich bin mit dem Aufhängen noch nicht fertig.«

Das Mädchen im Bach drehte sich um und lachte.

»Seit wann bist du so eifrig beim Waschen, Schwesterchen? Komm, wir dürfen nicht unhöflich sein.«

Wie seltsam das klang, von diesem Mädchen mitten im Wasser, ohne Schuhe, mit gerafftem Kleid. Unhöflich... Das Wort passte nicht hierher. So wenig wie ein hochbeiniger Esszimmerstuhl aus dem Gutshaus, mit seidenem Polster und geschnitzter Lehne, der plötzlich mitten im Wäldchen stehen würde.

»Guten Tag«, sagte das Mädchen und wrang das Wasser aus dem Kleidersaum. »Ich hoffe, du hast gut geschlafen. Ich bin Rosa.«

Es wäre gar nicht nötig gewesen, dass sie ihren Namen nannte. Ihre Wangen, ihre Lippen blühten mit dem Hauch der alten Rosenstöcke auf dem Rasen vor dem Gutshaus, und ihre Augen schimmerten wie der Tau, der sich frühmorgens auf dunklen Blättern sammelt. Sie konnte nur Rosa heißen. Und in ihrem ganzen Leben hatte Mina kein schöneres Mädchen gesehen.

Sie trat unwillkürlich einen Schritt zurück, fühlte sich plötzlich noch schmutziger und zerrupfter als vorher. Es war gut, dass Zinnis warme Hand immer noch in ihrer lag.

»Guten Tag«, murmelte sie und knickste wieder. »Guten Tag, Rosa. Ich bin Mina.«

Rosa schien ihre Verlegenheit nicht zu bemerken. Sie zauste Zinni den Schopf und lächelte Mina dabei an, und ihre Zähne waren so, wie es in den Liedern hieß, die die Mädchen abends in der Küche sangen: weiße Perlen zwischen Blütenblättern. Eine schmale helle Katzenzunge leckte flink darüber. Sie erinnerte Mina, und weil sie froh war, dass ihr irgendetwas einfiel, das sie sagen konnte, fragte sie rasch:

»Hast du meine Katze gesehen?«

»Deine Katze?« Rosa sah sie erstaunt an. »Meinst du Herrn Tausendschön?«

Mina bereute die Frage. Sofort waren die Bilder wieder da, die nasse, düstere Nacht, die heulende Finsternis und das Katergrinsen zwischen tropfenden Weidenzweigen. Aber er ist doch wirklich nur meine Katze, die Katze von unserem Hof, wollte ein Teil von ihr widersprechen. Kein Herr, wie auch immer er heißt, auch wenn sein schwarzes Fell mit der weißen Brust aussieht wie ein Abendanzug ... Einfach nur eine Katze, mehr nicht!

Vielleicht, wenn sie laut genug protestierte, vielleicht stimmte es dann. Und vielleicht verschwand mit der seltsamen schnurrenden Stimme in ihrer Erinnerung auch alles andere wieder, und sie war nichts weiter als ein dummes Mädchen, das sich im Dunkeln verlaufen hatte und bei ein paar freundlichen Zigeunern erwachte.

Zinni zupfte an ihrer Hand.

»Er mag es nicht, wenn man ihn Katze nennt«, sagte er bestimmt. »Er ist nämlich ein Katzenmann, weißt du.«

Mina seufzte leise. »Ja«, sagte sie dann, »ich weiß. Ich habe nur gemeint ... Er wohnt bei uns auf dem Gut. Und ...« Die Worte steckten widerspenstig in ihrer Kehle, sie musste sich räuspern. »Er hat mich zu euch gebracht.«

Rosa streichelte ihr über das Gesicht. Es ging so schnell und fühlte sich so leicht an, als wäre es nur ein Blütenblatt gewesen, das aus einem Magnolienbaum auf Minas Stirn gefallen war.

»Natürlich hat er das«, sagte Rosa und lächelte wieder. »Armes Ding, wie hättest du uns sonst gefunden? Es ist schlimm, nachts draußen zu sein, wenn man sich nicht auskennt.«

Schlimm, dachte Mina, während sie stumm nickte. Schlimm, ja. Und viel mehr als das.

»Aber sie ist doch kein kleines Kind mehr.« Das jüngere Mädchen schüttelte sein nasses Kleid aus und stellte sich neben seine Schwester. Sein Gesicht war rund und braun wie Zinnis, mit fröhlichen roten Bäckchen; aber die Augen blickten missmutig drein.

»Ich«, sagte es und reckte das Kinn in die Höhe, »ich bin schon oft alleine unterwegs gewesen. Auch im Dunkeln. Es ist überhaupt nichts dabei.«

»Pipa!« Rosa zog sie an einer Haarsträhne, die von einer roten Schleife gehalten wurde. »Sei nicht so unfreundlich. Sie ist von einem Gut, hast du das nicht gehört? Sie weiß nichts über die Nacht. Wie sollte sie auch?«

»Und du, Pipa, meine unhöfliche Tochter, weißt nichts darüber, wie sich andere in ihrer Haut fühlen.«

Die große Frau war bei ihnen, ohne dass Mina gemerkt hatte, wie sie gekommen war. Wie lange stand sie schon dort, an einen Stamm gelehnt, so grün und dunkel und schlank wie eine der Erlen? Ihr Lächeln war wie das von Rosa und war es auch nicht; voller, röter, weiter und so warm wie der August. Mina erwiderte es schüchtern.

»Tausendschön«, sagte Lilja, »ist längst wieder unterwegs in seinen vielen Geschäften, wie alle Kater. Er hat seine Aufgabe erfüllt. Er wird wiederkommen, wenn er es für richtig hält.«

»Seine Aufgabe?« Mina runzelte die Stirn.

Aber Lilja schüttelte den Kopf.

»Komm«, sagte sie nur, »es ist Waschtag. Die Sonne scheint, und der Bach wird alle Erinnerungen an schwarze Nächte für eine Weile fortspülen.«

Als sie ihr Gesicht auf den blanken kleinen Wellen des Baches gespiegelt sah, wäre Mina beinahe wieder in Tränen ausgebrochen. Alles war verschwollen und aufgedunsen, fleckig, schmutzig, unansehnlich. Ihre Nase saß nicht mehr lang und schmal wie ein Federstrich mitten in ihrem Gesicht, sondern leuchtete selbst im verschwommenen Wasserspiegel wie eine rote, ungestalte Knolle. Ihre Haare zottelten ihr wirr um den Kopf, kleine Zweige spießten aus den Strähnen. Sie sah viel mehr wie ein Zigeunermädchen aus als Rosa und Pipa in ihren bunten Kleidern, mit ihren sauberen Wangen.

Rosa gab ihr einen ausgefransten Lappen, der vielleicht irgendwann einmal ein herrschaftliches Taschentuch gewesen war, und wollte ihr helfen, aber Mina genierte sich zu sehr. Hinter einem Busch, der bis ins Wasser hineinwuchs, kniete sie sich hin und wusch sich für sich allein, während die hellen Stimmen in der Nähe sie umplätscherten. Sie rieb und schrubbte so heftig, dass sie nach einer Weile Salz und Wärme schmeckte und wusste, ihre Nase hatte wieder angefangen zu bluten. Rote Tropfen fielen in das klare Wasser, zerfaserten einen Augenblick wie kleine Blüten, bevor sie auseinandertrieben.

Mina starrte sie an und seufzte. Wie hatte Pipa mit ihrem unfreundlichen Blick gesagt? *Sie ist doch kein kleines Kind mehr.* Nein, das war sie nicht. Schon lange nicht mehr. Aber hier, zerzaust und verwirrt an dem kleinen Bach, hätte Mina viel dafür gegeben, das geschundene Gesicht in Mutters langen Rockfalten verstecken zu können. Den Duft von Veilchen zu riechen, der sie immer umgab, ihre langen, schmalen Hände auf dem heißen Kopf zu fühlen. Wie früher, ganz früher, bevor aus Mina Wilhelmina wurde und die Schicklichkeit zwischen sie und Mutters Röcke trat. Es wäre eine solche Erleichterung gewesen ...

Sie lehnte sich zurück, reckte das Gesicht gegen den blattgefleckten Himmel, damit ihr das Blut nicht weiter aus der Nase lief. Tastete blind nach der Spieluhr, die Zinni ihr wieder in die Tasche geschoben hatte, nach dem Medaillon, das seine lange Kette um die Figurenreste gewunden hatte. Sie würde beides entwirren müssen und das Medaillon an seinen Platz zurücklegen, in der geheimen Schublade, die nun nicht mehr ganz so geheim war. Wie hatte Zinni sie so schnell entdecken können? Er musste zufällig an den Mechanismus gekommen sein. Sie selbst hatte jahrelang mit dem Kästchen gespielt, ohne ihn zu bemerken. Vielleicht lag es daran, dass er ein Taterjunge war. Vielleicht hatte er es im Blut, versteckte Dinge herauszufinden ...

Die Spieluhr pingelte leise. Zwei, drei Töne nur, die sich mit dem Geräusch des Wassers vermischten. Der Mechanismus war noch nicht ganz abgelaufen gewesen, als Zinni ihr die Spieluhr zurückgegeben hatte. Jetzt folgten noch ein paar, das Stückchen Melodie am Anfang des Liedes. Und nach einer kleinen Pause noch ein wenig mehr.

Mina stutzte. Kamen die Töne wirklich aus ihrer Manteltasche? Sehr vorsichtig senkte sie den Kopf, hielt sich zur Sicherheit eine Hand unter die Nase und fischte mit der anderen im Mantel. Die Kristallsplitter funkelten wie das Wasser, als sie die Spieluhr herauszog.

Das Kästchen war stumm. Es blieb stumm, als Mina es ans Ohr hielt, und auch dann, als neue Töne auf dem Bach an ihr vorbeitrieben, neue Melodienstückchen, die sich zögernd aneinanderreihten, bis sie den Takt wieder klopfen hörte: Einszweidrei, Einszweidrei ... Minas Herzschlag mischte sich darunter, laut und aufgeregt.

Ihre Füße in den harten Knöpfstiefeln waren vom langen Knien taub geworden, und sie schwankte, als sie aufstand, die Spieluhr fest in der Hand. Links von ihr, ein Stück den Bach hinauf, streichelte eine niedrige Trauerweide hinter Sträuchern mit ihren langen Zweigen das Wasser. Die Töne schienen von dort zu kommen. Und es war nicht das metallische Zirpen der Spieluhr, was sie hörte. Es war lauter, kräftiger. Aber nicht weniger sehnsüchtig ...

»Bitte«, sagte Mina stockend, obwohl sie sich dumm dabei vorkam, »ist da jemand?«

Die Weide und das Wasser antworteten nicht.

Sie streifte ein paar Straucharme beiseite, winzige Blätter fielen auf ihren Rock, als sie sich behutsam zwischen den Zweigen hindurchschob.

»Guten Tag?«

Der Boden unter den Büschen war weicher, schlammiger als dort, wo sie gekniet hatte. Ihre Stiefel sanken ein, und wenn sie sie herauszog, schmatzte die feuchte Erde. Es klang missbilligend, wie das *Ts, ts, ts!* einer würdigen Dame, die sich über ein ungebührliches Benehmen mokierte. In der Stille darüber wurden die Töne deutlicher.

»Bitte, ich will auch nicht stören ...«

Je näher sie dem Baum kam, desto dichter schienen die Sträucher zu werden. Sie musste die Spieluhr zurück in die Tasche schieben, um beide Hände frei zu haben, und immer wieder schlug sie ihr schmerzhaft gegen die Hüfte. In der Mitte des Gebüschs hätte sie nicht mehr zurückgehen können, selbst wenn sie es gewollt hätte; so eng schlossen sich die Zweige hinter ihr.

Aber sie wollte nicht zurück. Auch wenn ihr Herz klopfte und flatterte, auch wenn düstere Bilder sich in ihrem Kopf überschlugen, bis sie kaum noch die Sträucher sehen konnte. Sie musste wissen, woher die Töne kamen. Sie hörte es jetzt so deutlich, das raue, pfeifende Geräusch unter der Melodie, das leichte Schleifen, wie von einem mechanischen Gerät, größer als die Spieluhr; und sie wusste, woran es sie erinnerte. Zwischen den Zweigen blendete sie das Licht auf dem Bach wie die Sonnenstrahlen, die sich im Dachbodenfenster gebrochen hatten.

»Bitte«, flüsterte Mina und schob die Sträucher mit beiden Händen beiseite. »Bitte, geh nicht ... Warte. Warte!«

Es klang wie ein Echo in ihren eigenen Ohren.

Und dann standen da keine Büsche mehr, nur der graue, bucklige Weidenstamm, der sich über das Wasser krümmte und so einen Bogen bildete aus Rinde und Laub. Und in dem Bogen, auf einem Bett aus Blättern, lag der Drehorgelmann auf dem Rücken und schlief.

Auch ohne die Drehorgel hätte sie ihn sofort erkannt. Der bunt bemalte Kasten stand dicht neben seinem Kopf, an die Weide gelehnt.

»Oh«, hauchte Mina, als sie sah, wie die Kurbel an der Seite sich drehte, ohne dass jemand sie berührte. »Oh ...«

Sie wusste, dass er es war; wusste es so klar und eindeutig, wie sie wusste, dass es kein mechanischer Trick war, der die Drehorgel dazu brachte, von alleine zu spielen.

»Oh«, wisperte sie ein drittes Mal und ließ sich auf den feuchten, weichen Boden sinken.

Wie blass sein Gesicht war unter den tiefschwarzen Haaren. Blass und still.

Mina starrte ihn an, und er war Wirklichkeit. Sie hätte die Hand ausstrecken können und ihn berühren, die bleiche Wange, den silbergrauen Mantel, in den er gehüllt war, die schlanken Hände, die er über dem Bauch ineinander verschlungen hielt. Sie hätte es tun können, und sie wusste, sie hätte Haut unter den Fingerspitzen gespürt, und Stoff, und Haare. Er war kein Zittern in der Luft, das verschwand, wenn man genauer hinsah. Kein Trugbild, das ihrem Kopf entsprungen war und sie auf der Landstraße zum Narren gehalten hatte. Wirklichkeit. So unwahrscheinlich es auch sein mochte.

Mina wagte es nicht, ihn anzurühren. Aber sie atmete einmal tief ein und ließ die Luft dann langsam über ihre Lippen strömen; und mit dem Atem, der dahinfloss wie der Bach, wurde das Gewicht, das die ganze Zeit auf ihrer Brust gelastet hatte, etwas leichter. Er war da. Sie hatte ihn sich nicht eingebildet.

»Drehorgelmann«, flüsterte sie irgendwann, »warum hast du nicht auf mich gewartet? Ich konnte doch nicht schneller sein, sie hätten mich bemerkt ... Und woher, woher kennst du nur dieses Lied?«

Er antwortete nicht, und in seinem bleichen Gesicht blieb alles still. Weidenblätter fielen auf seine Haare. Er bewegte sich nicht.

»Drehorgelmann ...«

Nicht einmal eine Wimper regte sich. Und je länger Mina den Drehorgelmann betrachtete, desto mehr kam es ihr vor, als liege eine Art dünner Schleier über seinem Gesicht; ein zarter Dunst oder eine feine Hülle aus Wasser, als ob der tiefe Schlaf, der ihn hielt, ihn beinahe sichtbar umgab. Nicht einmal sein Alter hätte sie einschätzen können.

Er trug keinen Backenbart wie der Vater und die anderen Gutsbesitzer, die Mina kannte, und keinen Schnurrbart wie ihre erwachsenen Söhne. Aber er war auch nicht jung. Feine Linien schienen sich durch sein Gesicht zu ziehen, um die geschlossenen Augen, den Mund mit den blassen Lippen.

»Drehorgelmann, warum hast du mich aus dem Haus gerufen?«

Nur die Drehorgel antwortete, mit der immer gleichen Melodie.

Mina seufzte. Sie berührte die Drehorgel, deren Kurbel sich immer noch drehte. Das Holz fühlte sich warm und lebendig an.

»Was bist du nur für ein sonderbares, sonderbares Ding«, wisperte sie.

Das Instrument war glatt unter ihren Fingern, beinahe seidig, obwohl das Holz alt und verwittert aussah. Verblasste Ranken und Schnörkel waren darauf gemalt, Blumen, Zweige. Es wirkte wie ein Muster, obwohl sie keines erkennen konnte. An manchen Stellen waren Holz und Farbe abgesplittert, aber selbst dort fühlte die Drehorgel sich glatt an, als wäre eine Art feine Haut über die Wunden gewachsen. Es erinnerte Mina an die Spieluhr, die Zacken der Kristallsplitter, die mit den Jahren unter ihren Berührungen weniger scharf geworden waren. Die Spieluhr ...

Mina holte sie wieder aus der Tasche, löste das Medaillon und versteckte es in der geheimen Schublade, ohne es zu öffnen. Einen Moment zögerte sie, bevor sie sie auf den Deckel der Drehorgel stellte. Aber es fühlte sich richtig an, und in dem Augenblick, als die kleinen, wackeligen Holzfüßchen das größere Instrument berührten, hörte die Kurbel auf, sich zu drehen, und die Melodie verstummte.

Beinahe hätte Mina gelacht. Es war so unsinnig, und es war genau das, was sie erwartet hatte. Wer weiß schon, dachte sie, vielleicht wurden die beiden aus demselben Holz geschnitten? Mamsell hatte ihr einmal in dem polierten Eichenboden im Esszimmer zwei Dielen gezeigt, die zueinander gehörten; am Astloch konnte man es erkennen. Zwei Dielen aus einem ungeheuren Stapel, und dort im Esszimmer waren sie genau nebeneinander zu liegen gekommen.

Aber das war nicht mehr als ein Zufall gewesen. Dummes Zeug, zu denken, zwei leblose Dinge könnten einander erkennen. Waren das nicht die Worte von Mamsell gewesen? Ein Bretterpaar, das sich daran erinnerte, ein Baum, derselbe Baum gewesen zu sein – dummes Zeug, Fräulein Mina! Sind Sie denn ein kleines Kind? Sollen wir wieder mit dem Zählen bis zehn anfangen und mit dem Alphabet? Da muss ich aber wirklich lachen!

Jetzt lachte Mina auch, und das Lachen war kurz und rau und schmeckte bitter in ihrem Mund. Das alles, alles war dummes Zeug! Hier saß sie, neben einer Drehorgel, die von alleine spielte, und vor ihr lag ein Mann und schlief und wachte von den lautesten Geräuschen nicht auf; und er war der, den sie gesucht hatte, und dass sie ihn gefunden hatte, löste nichts, sondern machte alles nur noch schlimmer. Und selbst wenn er aufwachte und ihre Fragen beantwortete, was würde er da sagen? Was *konnte* er sagen, um all das zu erklären, was geschehen war? Nur dummes Zeug! Weil es keine Erklärung gab, die zu geheimnisvollen Drehorgelmännern passte; zu wispernden Bildern, sprechenden Katzen und der Wilden Jagd, die einen über die Landstraße hetzte. Keine Erklärung, über die jemand wie Mamsell nicht gelacht hätte.

Das Gefühl der Erleichterung verschwand und ließ nur Leere zurück. Sie fühlte sich erschöpft, trostlos, rieb sich über die brennenden Augen. Wieder bellte ein Hund irgendwo, auf der anderen Seite des Baches. Es war so weit entfernt, dass Mina es kaum bemerkte. Aber als das Bellen zwischen den Blättern verklang, öffneten sich plötzlich die Augen des Drehorgelmanns.

Mina erschrak. Es war so schnell geschehen, ohne jede Vorbereitung. Und der Blick ging so starr an ihr vorbei. Die Wimpern bewegten sich nicht, die Lider schlugen nicht. Als sie sich furchtsam vorbeugte, sah sie, dass die Augen nicht dunkel waren, sondern wasserfarben, blass und voller grüner und gelber Sprenkel.

Sie ließ die Hände in den Schoß fallen. Dabei war sie sich so sicher gewesen ... Es waren doch seine Augen gewesen, diese dunklen Weiher, die sie bis hinauf in den Dachboden gesehen hatte! Seine Augen, die ihr so eindringlich dieselbe Botschaft vermittelt hatten wie die Melodie. *Komm herunter* ... Seine Augen, denen sie geglaubt hatte. Und sie hatte sich getäuscht.

Sie stieß mit dem Fuß nach dem Weidenstamm, und der Schmerz in ihrem Knöchel linderte das Brennen in ihrem Innern ein wenig. Der Drehorgelmann schien auch davon nichts zu bemerken. Er lag nur weiter still da und starrte an ihr vorbei in die Blätter, als schliefe er jetzt mit offenen Augen.

»Lügner«, wisperte sie.

Es war Liljas Stimme, die ihr antwortete.

»Nein«, sagte sie leise, und die große, schlanke Gestalt erschien hinter der Weide. »Nein, ein Lügner ist er nicht. Vieles, sehr vieles. Aber kein Lügner.«

Sie kam um den Baum herum, eine Hand streifte leicht über die Rinde, wie bei einem unbeholfenen Tanzpartner. In dem Saum ihres Kleides, der immer noch feucht war, hatten sich Blätter und kleine Zweige verfangen. Es wirkte mehr wie eine eigentümliche Bordüre als wie Schmutz. Die Blätter raschelten, als Lilja sich zu ihr hockte.

»Aber er hat mich doch gerufen«, sagte Mina bitter. »Oder stimmt das auch nicht?«

»Doch.« Lilja strich ihr eine lose Strähne hinters Ohr, so unbefangen, wie sie es bei sich selbst getan hätte. Die Berührung war sanft und leicht, aber Mina wäre ihr am liebsten ausgewichen.

Lilja spürte es. Sie zog die Hand zurück, ohne ein Wort darüber zu verlieren.

»Doch, er hat nach dir gerufen. Mehr als das. Er ist zu dir gekommen, um dir den Weg zu zeigen. Obwohl er ist, wie du ihn hier siehst. Obwohl Jahre vergangen sind, seit einer von uns ihn in dieser Welt aufstehen und herumgehen sah.«

Mina sah in das bleiche Gesicht hinunter, die starren, leblosen Augen. Ein Schauder streifte sie sacht.

»Was ... ist denn mit ihm?«, fragte sie zögernd.

Lilja saß ganz ruhig da. Aber Mina fühlte das Seufzen durch ihren Körper gehen wie den Wind durch die Wipfel der Bäume.

»Ich weiß nicht, ob ich die Worte finden kann, um es dir zu erklären. Aber vielleicht kann ich dir etwas zeigen, etwas, das dir helfen wird zu verstehen. Und etwas, das deinen Zorn ein wenig besänftigt.«

Sie grub die langen, schmalen Finger in die feuchte Erde am Bachufer. Dunkle Krümel hafteten an ihrer Haut, als sie sie wieder herauszog. Sie griff nach der Hand des Drehorgelmanns, der sich nicht rührte, drehte sie herum und streifte die Erdkrumen in seiner Handfläche ab.

»Sieh«, sagte sie leise.

Zuerst wusste Mina nicht, was sie meinte. Die offene Hand lag ruhig da, unbeweglich, wie bei einem Bewusstlosen. Dann strich ihr Blick weiter nach oben, und ein kleines, erschrecktes Geräusch sprang aus ihrem Mund. Die starren Augen unter den schwarzen Wimpern färbten sich langsam dunkelbraun.

»Er ist«, sagte Lilja, »wie das Land ist. Das Wasser, mit dem du dich gewaschen hast. Die Bäume, die dich behütet haben. Die Erde, die dich trägt. Seine Haare sind voller Tropfen, wenn es regnet, auch wenn er im Trockenen liegt. Seine Haut glüht wie in der Sommersonne, selbst wenn er sich in einem Keller verbergen würde. Er ist, wie das Land ist, Mina. Und das Land ist in ihm.«

Mina starrte in die braunen Augen.

»Das ist nicht möglich«, flüsterte sie tonlos.

Lilja lächelte.

»Es ist nicht möglich, dass es *nicht* so ist«, sagte sie.

»Aber er ist nur ein Drehorgelmann ...«

»Nur?« Lilja lachte leise. »Die Menschen auf den Gütern haben wirklich viel vergessen, wenn du so denkst, Mina. Aber es sollte mich nicht wundern. Heute wohnt der Kaiser in steinernen Palästen, und wenn man ihn einmal auf dem Land sieht, fährt er in einem vornehmen Wagen, so schnell, dass nicht einmal ein Blatt Zeit hat, sich auf seine Schulter zu setzen.«

Es war das erste Mal, dass Mina jemanden über den Kaiser sprechen hörte, ohne dass derjenige sich, wenigstens andeutungsweise, verbeugte und die Stimme ehrfurchtsvoll senkte. Aber Lilja schien es nicht einmal zu bemerken.

»In früheren Zeiten«, sprach sie ruhig weiter, »viel, viel früheren Zeiten, waren die Spielleute die Könige der Menschen, und die Könige waren Spielleute. Weißt du, was ein Spielmann war? Er zog von einem Ort zum anderen, mit Liedern, aus denen die Menschen lernen konnten, was richtig und was falsch war. Der Spielmann hütete die Wahrheit in seinen Liedern. Er wusste alles darüber, wie die Welt entstanden ist, warum es Bäume gibt, Häuser, den Sonnenuntergang. Was Liebe bedeutet und wie man den Schmerz lindert. Er kannte die Melodie jedes einzelnen Wäldchens in seinem Reich, die Töne, mit denen er verborgene Bäche wieder zum Fließen bringen konnte, das Lied, mit dem man die Blumen unter dem Schnee weckt. Und eine Melodie als Antwort für jede einzelne der vielen Menschenfragen, die jemals gefragt worden sind. Der Spielmann, Mina, war der König. Und er schlief sein ganzes Leben lang niemals unter einem anderen Dach als unter Wolken und Himmel und Baumkronen.«

»Aber das ist ... das ist doch nicht wahr«, Mina wagte es nur ganz leise auszusprechen. Schulbuchseiten flirrten vage vor ihrem inneren Auge. »Die Spielleute im Mittelalter ... Mademoiselle sagte, es waren nur Gaukler, Bettler, die musizieren konnten, bis auf die wenigen, die es an den Königshof schafften. Den *richtigen* Königshof.«

Das Letzte kam scharf heraus, und sie legte sich die Hand auf den Mund.

»Mademoiselle scheint eine gebildete Frau zu sein, wer auch immer sie ist«, sagte Lilja ruhig. »Aber das Gedächtnis in ihren Büchern ist zu kurz. *Früher*, Mina. Viel früher.

Als der Wald noch das ganze Land bedeckte, von Küste zu Küste, und die Orte der Menschen nicht mehr waren als winzige Inseln im endlosen Grün. Ich habe nie eine Schule von innen gesehen, Mina, aber ich kenne alle Lieder, die uns an diese Zeit erinnern. Jeder von uns kennt sie. Weil er sie uns nie vergessen ließ.«

»Das heißt, er ist ...« Mina schluckte. Hatte sie nicht davon gehört? In irgendeiner Geschichte, die man ihr erzählte, als sie noch klein war und in der Hitze eines Sommerabends nicht einschlafen konnte? Verbarg sich nicht irgendwo eine alte, verschwommene Vorstellung in ihr, von schattigen Wegen zwischen knorrigen Stämmen, und einer hoch aufgerichteten Gestalt, die zwischen ihnen schritt? Seine Kleider waren einfach und voller Flicken, er trug eine Fiedel unter dem Arm, von der bunte Bänder wie Lieder wehten.

»Der Taterkönig«, wisperte sie. Sie drehte sich um und sah Lilja an. »Der Herrscher über alle Zigeuner ...«

Lilja lächelte wieder. »Er herrscht nicht«, sagte sie sanft. »Er herrscht so wenig, wie das Land herrscht. Er ist. Und er erinnert sich.«

Minas Blick flog zurück zu dem stillen Gesicht unter dem hauchfeinen Schleier.

»Aber er ist nicht einmal wach!«

Liljas Augen verdüsterten sich.

»Doch, Mina. Er ist wach. Das Land schläft niemals. Sieh hier«, sie fuhr mit der Hand durch das kurze Gras und die Blätter unter dem Weidenbogen, und unter ihren Fingern sah Mina plötzlich die winzigen, blassblauen Blumen wieder, die sie schon beinahe vergessen hatte. Sie leuchteten auf, wenn die Fingerspitzen sie streiften, und verschwanden, sobald die Hand weiterwanderte. Ein Feenkreis zog sich um den schlafenden Drehorgelmann.

»Er schläft nicht. Er ist ...« Dieses Mal hörte Mina den Seufzer, der tief aus ihrer Brust kam. »Er ist krank, sehr krank, Mina. Und er hat sehr viel Kraft aufwenden müssen, um dich zu rufen und dir den Weg zu zeigen.«

»Aber was will er denn nur von mir?« Minas Augen füllten sich mit warmen Tränen. »Was kann er denn von mir wollen? Ich bin nur ein Mädchen, ich weiß nicht einmal, weshalb ich hier bin ...«

Lilja hob wieder die Hand, und diesmal zuckte nichts in Minas Inneren zurück, als sie ihr eine weitere Strähne aus der Stirn schob. Es fühlte sich an wie eine Umarmung.

»Ich kann es dir nicht sagen, Mina«, sagte Lilja. »Die Drehorgel fing an, das Lied zu spielen, das in deiner Spieluhr ist, vor einigen Tagen. Und er verschwand mit ihr, um irgendwann wieder da zu sein. Er spricht schon lange nicht mehr, siehst du. Ich weiß nicht, weshalb du hier bist. Auch Tausendschön hat uns nicht mehr gesagt, als dass du ein junges Mädchen bist von einem der Güter; ein junges Mädchen auf einer Suche. Aber was es ist, das du suchst, und weshalb es dich zu uns gebracht hat – das kannst nur du wissen, Mina.«

Mina schlang die Arme um die Knie. Sie sah die Spieluhr an, oben auf dem Deckel der Drehorgel; die zersplitterten Figuren, die das Licht so wunderbar malen konnten. Sie dachte an die Melodie, die ihr durch so viele endlose Tage geholfen hatte, beinahe ihr ganzes Leben lang. Und sie dachte an das Medaillon in seiner Schublade, die beiden Jungengesichter mit ihrem spitzbübischen, nachdenklichen Lächeln. Vertraute ihrer Kindertage. In ihrem Kopf stand sie wieder im Flur zu Hause, hörte das Gespräch hinter der angelehnten Tür, das Weinen der Mutter. Und sie fühlte wieder das Echo, das das Geräusch in ihr wachgerufen hatte; die eine Erinnerung, die tief unten verborgen gelegen hatte, wie ein schwarzer Stein am Grund eines Teichs.

Sie öffnete den Mund, ohne zu wissen, ob Worte herauskommen würden oder nur ein hilfloses Krächzen. Und welche Worte es sein würden, das wusste sie erst, als sie sie aussprach.

»Ich glaube«, sagte sie sehr leise und schluckte dann hart. »Ich glaube, ich suche nach meinen Brüdern.«

Lilja senkte den Kopf, und eine Haarsträhne fiel ihr vors Gesicht.

»Ah«, sagte sie nur. Es schwang etwas darin, das Mina nicht benennen konnte. Etwas, das scharfe Kanten hatte, wie Glassplitter; etwas, das wehtat, sehr weh. Aber sie fühlte, dass es nicht gegen sie gerichtet war.

Eine Weile saßen sie so und schwiegen. Die Augen des Drehorgelmanns – des Taterkönigs – wechselten von Erdbraun zu Silbergrün, als ein Weidenblatt auf seine blasse Stirn fiel; der Lufthauch vom Bach wehte es fort, und seine Lider schlossen sich langsam, bis es wieder so aussah, als ob er fest schliefe. Auch die Drehorgel blieb stumm.

Nur die Worte, die Mińa ausgesprochen hatte, sagten sich wieder und wieder unhörbar in ihrem Kopf. *Meine Brüder. Meine Brüder.* Sie klangen fremd, sie schmeckten fremd. Aber sie waren wirklich. Und zwischen den Silben brachten sie ein Gefühl mit sich.

Mina fand kein Wort, das auf dieses Gefühl gepasst hätte. Aber als das Rascheln des Kleides unter ihren Knien die Bilder von zu Hause wieder auftauchen ließ, da schien es die vertrauten Räume zu verändern. Sie dachte an das Esszimmer, die zarten Porzellanfiguren im Schrank mit der Glastür; die Mädchen mit den Blumenkörben, Jungen mit Hundewelpen. Wie oft hatte sie sich früher gewünscht, sie in die Hand nehmen und mit ihnen spielen zu dürfen. Jetzt sah sie sie hinter der Scheibe stehen, so starr und so still, so viele winzige weiße Hände in zierlichen Posen erhoben, und niemals berührten sie sich.

Sie dachte an den Wintergarten mit seinen hohen Sprossenfenstern, die sanften Farben der Seidenblumen, die auf Etagèren standen. Jeden Tag staubte Frieda jedes einzelne Blütenblatt mit einem winzigen Pinsel ab, damit sie nicht vergrauten. Mina hatte immer gefunden, dass sie den Garten draußen spiegelten, schöner, vollkommener, als der Garten jemals sein konnte. Jetzt, mit diesem Gefühl in ihr, kam der Raum ihr leer vor, kahl, obwohl es Dutzende Blumen sein mussten.

Sie dachte an ihr eigenes kleines Zimmer und an das Puppenhaus auf der Kommode, mit dem sie viele Regennachmittage verbracht hatte. Es war das Gutshaus, in allen Einzelheiten bis ins Erdgeschoss; nur die Küche und die

Gesinderäume im Souterrain fehlten. Aber es gab den Rauchsalon und Mutters Damenzimmer, den Flur, das Arbeitszimmer des Vaters mit den ledergebundenen Büchern; eine kleine Figur, die seinen Anzug trug und seinen Bart, saß in einem Sessel und schien zu lesen. Nebenan das Musikzimmer, wo der Flügel stand, dessen Tasten verkehrt herum bemalt waren: die weißen schwarz und die schwarzen weiß. Dort saß die Mutterfigur auf einem geschwungenen Hocker, ganz so, als ob sie spielte. Im ersten Stock lag eine kleine Mina in ihrem kleinen Bett, bis unters Kinn zugedeckt mit einer winzigen Bettdecke, die aus demselben Stoff gemacht war wie ihre eigene, große. Und auf einem Stühlchen daneben saß eine Figur mit hohem weißen Kragen und einer Brille, nicht größer als der helle Halbmond in einem Fingernagel. Die Brille funkelte. Mina sah das Puppenhaus in ihrem Kopf, so deutlich, als könnte sie es berühren.

Aber jetzt fühlte es sich kalt an.

Mina öffnete den Mund.

»Schsch«, machte Lilja, und Mina schrak zusammen. »Nicht jetzt, nicht jetzt, wenn dein Herz und dein Kopf so weit offen sind wie die Felder. Sag nichts. Denk nichts. Lass uns zum Lager gehen, Mina.«

Liljas Augen blickten ernst. Sie hielt ihr die Hand hin, und nach einem kurzen Zögern nahm Mina sie. Die Finger waren nicht weich und samtig wie die dunklen Haare oder das grüne Kleid. Sie fühlten sich hart an, kräftig und schwielig. Ein wenig wie Mamsells Hände, fand Mina. Aber sie griffen freundlicher zu.

Sie standen zusammen auf. Mina sah auf den schlafenden Taterkönig und dann zu Lilja.

»Hat er einen Namen?«
»Für jeden Tag des Jahres einen.« Lilja lächelte. »Und für jede Nacht dazu. Unter einem kennen ihn die Bäume, die ihre Gesichter zur Sonne wenden. Unter einem anderen die Schwalben zwischen den Wolken. Die Rosen sprachen als Erste von den Blumen zu ihm und gaben ihm einen langen, wunderschönen Namen. Der Sommerwind flüstert ihn nur. Das knackende Eis auf den Seen, die summenden Bienen unter den Birnbäumen – alle haben einen eigenen Namen für ihn.«
Sie zwinkerte Mina zu.
»Keine Angst, man muss sie nicht alle kennen. Die Menschen machen es sich meistens leichter. Viele sagen Karol zu ihm.«
»Karol ...« Mina probierte die Silben vorsichtig. Auch sie schmeckten fremd, und gleichzeitig vertraut, wie eine alte Photographie in einem neuen Rahmen. Der Name passte gut zu den Wellen in seinen schwarzen Haaren.
Sie nickte und hob dann fragend die Augenbrauen.
Lilja schüttelte den Kopf.
»Er wird nicht mit uns kommen.«
Protest lag Mina auf der Zunge. Sollten sie ihn einfach unter der Weide liegen lassen? Was, wenn es regnete, oder die Nacht fiel, oder wenn jemand kam? Er hatte nicht einmal die Drehorgel gehört, die dicht neben ihm spielte ... Aber ihr Stiefel strich durch Gras und Blätter, und für einen Augenblick kam es ihr so vor, als ob es wieder zartblau unter dem Grün aufleuchtete. Sie schwieg, und Lilja nickte ihr zu.
»Komm, Mina. Du musst Hunger haben.«
Und, gütiger Himmel, den hatte sie.

Das Sonderbare war, dass das Essen der Tater nicht viel anders schmeckte als das, was sie vom Gutshof kannte. Es fehlten vielleicht ein paar Dinge – das Johannisbeergelee, die sahnige Butter, der Kaffee, dessen zuckrigen Rest Mina aus der Tasse des Vaters löffeln durfte, solange sie klein war. Und vielleicht gab es von dem, was Rosa auf einem bunten Tischtuch ausbreitete, etwas weniger als zu Hause. Aber da war ein Laib Brot mit aufgesprungener Kruste, braune Eier in einem Strohkörbchen voller Flaumfedern; dicker Sirup in einem klebrigen Glas, ein großes Stück gelber Käse.

Es machte nichts aus, dass das Tischtuch eigentlich kein Tischtuch war, weil es auf der Wiese lag. Und wenn man keinen Teller hatte und der Sirup zäh vom Brot tropfte, dann hielt man die Hand eben über das Gras. Lilja hatte ein großes Messer, mit dem schnitt sie für alle genug Scheiben vom Laib, ohne dass man darum bitten musste. Pipa lachte sogar, als Mina höflich »danke« sagte.

»Gadsche-Mädchen!«

Aber Lilja sah Pipa mit ihren dunklen Augen an, und das Mädchen senkte den Kopf.

»Ich habe es nicht so gemeint«, murmelte sie.

Rosa lächelte Mina an.

»Du musst dich nicht bedanken für das Essen«, sagte sie und schob Mina noch eine zweite Scheibe hin. »Jedenfalls nicht bei uns. Bedank dich beim Korn auf dem Feld, wenn du willst, bei den Hühnern und bei den Rüben. Wir machen es nicht, wir ernten es nur.«

»Wie die Vöglein unter dem Himmel ...«

»Was?«

Mina hatte nur laut gedacht. Unter Rosas fragendem Blick musste sie den Satz zu Ende bringen.

»Die Vöglein«, sagte sie leise und beschämt. »Sie säen nicht und ernten doch ...«

Aber Rosa lachte nur.

»Ja, das stimmt wohl. Säen tun wir nichts. Auf welchen Acker denn auch? Wir ziehen herum und singen und picken die Körnchen auf.«

»Aber«, Mina räusperte sich, »davon kann man doch nicht leben ... vom Singen zum Beispiel, meine ich.«

Sie wusste, dass sie neugierig war. Und als Lilja sich ihr zuwandte, fürchtete sie schon halb einen Tadel.

»Nein«, sagte Lilja, »oft kann man das nicht. Die Häusermenschen sehen heute nicht mehr viel Wert in Liedern und bunten Tänzen, wenn sie nicht auf einer Bühne aufgeführt werden. Und manchmal glaube ich, sie denken, dass man es nur zum Vergnügen tut.«

Pipa schnaubte. »Ja, vor allem die Kinder. Sie stehen da in ihren feinen Kleidern mit den eingewickelten Pfennigen in der Hand und gaffen und gaffen.«

Mina sah weg. Sie fühlte es noch, das sorgsam glattgestrichene Zeitungspapier, in das Mamsell immer das Geld eingeschlagen hatte, damit sie es zu den Drehorgelleuten im Hof brachte.

»Sie haben nicht viel Musik in ihren Häusern«, sagte Lilja ruhig. »Man kann es ihnen nicht zum Vorwurf machen.«

Pipa bohrte mit dem Finger in eine Brotscheibe und schwieg.

»Wir nähen auch«, sagte Rosa. »Ich kann säumen wie die beste Schneiderin. Wenn du willst und Lilja noch Flicken übrig hat, helfe ich dir nachher mit deinem Kleid.«

Sie nickte zu den Falten hin, die über Minas Knien lagen, und als Mina ihrem Blick folgte, sah sie plötzlich überall Risse und Flecken, Wunden im kostbaren Stoff, die die wilde Flucht geschlagen haben musste. Entsetzt starrte sie darauf. Wie sollte sie überhaupt jemals wieder nach Hause gehen, in diesem teuren Kleid, das so zugerichtet war?

Rosa nickte ihr im Weitersprechen freundlich zu, als wollte sie ihr Angebot noch einmal bekräftigen.

»Und Lilja behandelt Krankheiten und liest aus der Hand, und Pipa hilft bei den Tieren. Wenn die Hühner nicht legen wollen, setzt sie sich zu ihnen und spricht mit ihnen, bis ihnen wieder danach ist. Niemand ist so gut mit Tieren wie Pipa.«

Pipa hörte auf, das Brot zu zerpflücken. Ein kleines, kurzes Lächeln stahl sich auf ihre Lippen und krauste ihre Nase.

Lilja schnitt eine neue Scheibe vom Laib.

»Die Männer schnitzen Besteck, Schüsseln und Zierrat. Sie helfen bei der Ernte oder auf dem Hof. Du siehst«, sie lachte, dieses leise, klingende Lachen, das nur Lilja lachte, »für bunte Vögel sind wir recht fleißig.«

»Verzeihen Sie«, sagte Mina leise. »Ich ... ich habe es nicht so gemeint, wie es klang.«

»Ich weiß.« Lilja betrachtete sie einen Moment nachdenklich.

»Mina«, sagte sie sanft, »ich weiß, du bist ein gut erzogenes Mädchen. Du bist höflich und manierlich. Aber, weißt du, wie man auf den Gutshöfen zu mir sagt?«

Mina schüttelte heftig den Kopf; sie konnte nicht anders, weil sie es ganz genau wusste.

»Hexe. Zigeunerin. Kräuterweib. Schwarze Sybille. Und auf eine Weise ...« Sie beugte sich vor, bis sie Minas Blick wieder eingefangen hatte. »Auf eine Weise bin ich all das.

Nicht so, wie sie es verstehen. Aber doch sehr nah daran. Ich glaube, du bist ein so freundliches Mädchen, dass du mich wohl auch dann siezen würdest, wenn ich auf deinen Hof gekommen wäre. Und ich danke dir für deinen Respekt. Aber, Mina ... Ich bin keine feine Dame. Ich bin Lilja. Lilja, die Taterfrau. Und ich möchte auch nichts anderes sein.«

Mina wusste nicht mehr, wo sie hinsehen sollte.

»Mutter«, rief Rosa und schlang einen Arm um Minas Schultern, warm und leicht, »du bringst sie in Verlegenheit! Was macht es schon, dass sie redet, wie sie es gewöhnt ist? Und Tausendschön wird ihr schon Bescheid gefaucht haben, dass manche doch großen Wert auf die Umgangsformen legen.«

Das Bild des Katers tauchte vor Mina auf, wie er sich die Pfoten leckte und gleichzeitig würdevoll über gutes Benehmen sprach. Pipa fing als Erste an zu kichern, und dann sprudelte das Lachen über den Frühstückstisch im Gras.

»Ich«, sagte Zinni zwischen Gekicher, »ich werde auch Sachen schnitzen. Nicht tanzen und singen wie die Mädchen. Große Sachen, nicht bloß Löffel.«

Er räkelte sich auf Liljas Schoß und legte den Holzlöffel voller Sirup weg, der ihn die ganze Zeit still beschäftigt hatte.

»Ach«, sagte Lilja, »wirst du das, kleiner Mann? Ist es denn nichts für einen wie dich, schöne Lieder zu singen, die die Damenherzen zum Schmelzen bringen?«

»Igitt«, Zinni verzog das Gesicht, und wieder lachten sie, weil sein rundes Gesicht sich dabei in Falten legte wie bei einem merkwürdigen Greis. Nur Liljas Mund regte sich dieses Mal nicht; Mina sah es zwischen den Wimpern hindurch. Sie schaute zur Seite, weg von Zinni, in das Gras, wo nichts war bis auf ein paar letzte Tautropfen, die noch an den Halmen hingen.

Mina hätte gern etwas gesagt, etwas Freundliches, das Liljas Augen wieder zum Strahlen brachte. Weil ihr nichts einfiel, fragte sie:

»Ich habe aber gar keine Männer bei euch gesehen ...?«

Ein Fetzen Erinnerung durchzuckte sie. »Nein, doch ... Da war jemand. Er hatte einen Bart.«

Rosa nickte. »Das ist Nad gewesen. Er ist mein Vater, und Pipas. Er hat in einem Dorf in der Nähe zu tun. Bestimmt kommt er zu Mittag wieder.«

»Und von deinem Viorel sagst du nichts?«, fragte Pipa. Sie legte den Kopf schief und sah ihre Schwester an.

Eine schwache Röte stieg in Rosas Wangen.

»Du bist ein schrecklicher Quälgeist, Pipa. Gut, ich sage etwas von ihm. Er zieht auch mit uns, und er ist heute früh mit Nad gegangen. Ist das genug?«

»Ja«, sagte Lilja und zog Pipa sacht an einer Haarsträhne. »Das ist es. Lass deine Schwester in Ruhe, mein Töchterlein. Die Liebe ist auch ohne spitze Bemerkungen schwierig genug.«

»Also«, sagte Mina hastig, »seid ihr recht viele, oder?«

Liljas Blick glitt wieder ab. »Viele, ja. Aber nicht genug ...«

Keiner von den anderen sagte etwas. Schweigend aßen sie zu Ende.

Es wäre Zeit gewesen, nach Hause zu gehen. Als Zinni die letzten Brotkrümel mit den Fingern aufgetupft hatte und Lilja die bunte Decke ausschüttelte, als Pipa und Rosa das wenige Geschirr zusammenräumten und in einem der Bündel verstauten – da spätestens wäre es an der Zeit gewesen. Zerrissenes Kleid hin oder her.

Die Sonne war höher den Himmel hinaufgeschlendert, das Gras im Taterlock leuchtete grüngolden. Es würde ein warmer Tag werden. Die Landstraße war sicher längst getrocknet und lag wie eine Eidechse behaglich ausgestreckt zwischen den Feldern. Keine Spuren mehr von nächtlichen Schatten; nur ein längerer Spaziergang im Sonnenschein, bis das Gutshaus hinter seinen Bäumen auftauchte, breit und behäbig. Zeit, die Haustür zaghaft zu öffnen, nach dem Klackern von Mamsells Absätzen zu lauschen. Kühle, trockene Luft im Flur, das Glänzen der Kacheln unter ihren Füßen. Geruch nach Pfeifenrauch von irgendwoher, das Singen der Mädchen unten in der Küche. Zeit, nach Hause zu gehen, ja.

Mina wusste es, und sie wusste auch, dass sie es nicht tun würde.

Von dort, wo sie saßen, konnte sie den Drehorgelmann Karol in seinem Weidenbett nicht sehen, und die Spieluhr, die sie wieder in die Tasche geschoben hatte, war stumm. Aber sie fühlte, dass er noch da war, unter den silbergrünen, schmalen Blättern schlief, die sanft auf sein Gesicht niederfielen; auf dieses blasse, traurige Gesicht ... Sie hörte sein Schweigen im Wind, der das Gras zauste. Er hatte ihr keine Antworten gegeben.

Aber jetzt wusste sie die Frage. Und sie würde sie nicht wieder vergessen können.

Eine Erinnerung strich kühl durch ihre Gedanken. Die feinen Härchen auf ihren Unterarmen richteten sich auf.

Wenn du nur an deine liebe Schwester Elisabeth denkst ...
Sie räusperte sich, sagte in die Luft hinein:
»Ich habe eine Tante. Meine Tante Elisabeth.«
Lilja faltete die Decke zusammen.

»Und du denkst, dass sie dir helfen kann?«

Mina zuckte die Schultern. Dachte sie das? Mit dem Namen verbanden sich nur vage, verwaschene Bilder. Als sie noch klein gewesen war, hatten sie die Tante hin und wieder besucht, in einem Dorf, nicht weit vom Gut. Weiß leuchtende Mauern hinter einem schattigen Park. Geblümter Stoff, das Klappern von Teegeschirr, Kinderlachen. Sie hatte einen Keks gegessen, der mit Marmelade gefüllt war, und die Marmelade war dick und rot auf ihr Kleid getropft. Helle Frauenstimmen, die lachten, als sie anfing zu weinen; Arme, die sie hochhoben und an eine Brust drückten, und die Gemmenkette dicht vor ihrem Gesicht war beinahe wie Mutters gewesen: ein Mädchenkopf mit Schnecken über den Ohren, nur in die andere Richtung gewandt.

Tante Elisabeth.

Wann hatte es aufgehört, dass sie sie besuchten? Vor zwei oder drei oder vier Jahren?

Zögernd nickte Mina.

Lilja schlug die Decke in ein ordentliches Viereck und schob sie in eines der Bündel. Sie trug keine Halskette. Als sie sich vorbeugte, schwangen nur die langen Haare nach vorn, bis sie fast den Boden berührten; und die silbrigen Feenglöckchen an ihren Armreifen klingelten leise.

»Weißt du, wo sie wohnt?«

»Ich glaube. Aber ich bin mir nicht sicher, ob ich ...« Mina senkte den Blick, was sie sagen wollte, kam ihr unverschämt vor, so wie Lilja es verstehen musste. »Ich bin nicht sicher, ob ich von hier aus dorthin finde.«

Irgendwo hinter ihr kicherte Pipa über irgendetwas. Mina spürte, wie ihre Wangen heiß wurden, und sie kniff die Lippen zusammen. Je deutlicher sie sich an die Tante erinnerte, desto verlockender kam ihr der Gedanke an einen Besuch vor. Ein Haus, ein Garten. Kaffee und Kuchen auf der Veranda. Das Rascheln von gestärkten Schürzen. Artige Fragen, auf die es artige Antworten gab. Und niemand, der sie auslachte, weil sie Dinge nicht wusste, die kein gut erzogenes Mädchen wissen musste.

Sie hob das Kinn.

»Doch, ich denke, ich finde es wieder.«

Sie raffte Kleid und Mantel zusammen, um aufzustehen.

Aber Lilja ließ das Bündel auf den Boden sinken und hob eine Hand, der Ärmel des grünen Kleides rutschte ihr dabei bis zum Ellenbogen hinunter. Sie sagte nichts, aber ihre dunklen Augenbrauen zogen sich zusammen, bis sie sich fast berührten. Es sah aus, als ob sie auf etwas lauschte.

Einen Moment später hörte Mina es auch. Hundebellen; hatte sie es heute nicht schon öfter gehört? Es klang entfernt, aber doch nah genug, dass sie das wütende Grollen hören konnte, das jedem Aufbellen vorausging. Schauder kribbelten in ihren Fingerspitzen, obwohl es heller Tag war.

Rosa stellte sich neben sie, mit Zinni an der Hand. Er hatte den Daumen in den Mund geschoben, ohne daran zu nuckeln; wie der Vater zu Hause, wenn er sich über die Pächter aufregte und sich mit der kalten Pfeife im Mundwinkel beruhigte.

»Pipa«, sagte Rosa leise, »komm her.«

Das Gras raschelte, als Pipa gehorchte. Sie kicherte nicht mehr.

Wieder bellte der Hund, und es klang lauter. Mina kniff die Augen zusammen und spähte über die Lichtung. Etwas bewegte sich zwischen den Erlenstämmen. Ein kleiner

Schatten löste sich aus dem Halbdunkel und kam über die Wiese auf sie zu, sehr schnell und pfeilgerade.

Es war der Kater.

»Sie haben sie gehörig aufgescheucht, Fräulein Mina«, sagte Tausendschön kurzatmig, als er bei ihnen anlangte. Er ließ sich ins Gras fallen und schlug mit dem Schwanz, der aufgeplustert war wie eine Flaschenbürste.

»Was meinen Sie?«, fragte Mina. Zwischen den Bäumen drüben beim Wäldchen herrschte immer noch Bewegung. Im nächsten Moment traten zwei größere Schemen zwischen den Stämmen hervor. Mina erschrak, aber Rosa neben ihr machte plötzlich ein kleines, glückliches Geräusch; und Tausendschön zwinkerte verschmitzt.

»Und ewig währten die Tage der Liebe ...«

Er drehte die großen, dreieckigen Ohren den beiden Männern zu, die über die Lichtung kamen.

Den einen erkannte Mina sofort an dem struppigen Bart, den er trug, und als sie näher waren, sah sie auch die ernsten, freundlichen Augen darüber wieder. Sie erinnerte sich an seine große, knotige, raue Hand, die ihr in das Taterlager geholfen hatte. Schüchtern lächelte sie ihm zu. Mit einem Knicks versuchte sie es dieses Mal nicht.

»Ah«, sagte er und nahm den bunten Filzhut ab, um sich über die Stirn zu wischen, »unser kleiner Gast, wie schön, dich wohlauf zu sehen.«

»Das ist Mina, Nad«, sagte Lilja und legte wie selbstverständlich einen Arm um Minas Schultern. Ihr Kleid roch nach Wald und Wasser, und ihre Haare wehten Mina weich ins Gesicht.

»Mina, was für ein hübscher Name.«

Auch der zweite Schemen war ein Mann, viel jünger als

der andere. Sein Bart war kurzgeschnitten, kaum mehr als ein Nachtschatten auf seinen Wangen und seinem breiten, vorwitzigen Kinn, und die Augen, die Mina ansahen, glänzten wie reife schwarze Kirschen.

Er verbeugte sich vor ihr, und obwohl sie sein spöttisches Lächeln dabei sah, lief sie schon wieder rot an. Rosa trat an ihr vorbei und fasste ihn bei den Händen, als er sich wieder aufrichtete; mit einer schnellen Bewegung hatte er sie auf die Arme gehoben und schwenkte sie einmal im Kreis herum.

»Meine schönste Wiesenprinzessin.«

Rosa lachte und strampelte mit den Beinen.

»Lass mich nur wieder runter, verrücktes Mannsbild. Was soll denn Mina von uns denken!«

»Schön«, sagte Mina, ohne nachzudenken, aber statt zu lachen, strich Rosa ihr durch die Haare und neigte den Kopf. In ihrer Verbeugung lag kein Spott.

»Ich glaube«, sagte sie, »ich kenne überhaupt kein Mädchen, das so höflich und freundlich ist wie du, Mina.«

»Und hübsch noch dazu«, sagte der junge Mann; es musste Viorel sein, dachte Mina. »Nächstes Jahr wickelt sie so viele feine Herren um den Finger, dass jemand sie in einer Schubkarre hinter ihr herfahren muss.«

Rosa schlug ihm leicht auf die Wange.

»Genug, du machst sie nur verlegen, närrischer Kerl.«

Für einen Moment kam es Mina so vor, als ob Lilja sie sanft an sich drückte. Ob sie sich irrte oder nicht, es half ein wenig gegen die Verwirrung, die die Kirschenaugen mitgebracht hatten.

Zinni fing an, an Viorels losem Hemd zu zupfen.

»Ich will auch auf den Arm!«

Er lachte und setzte Rosa ab.

»Vielleicht«, sagte Pipa missmutig, »sind ja bald alle fertig mit der Begrüßung ...«

Nad drückte sich den bunten Hut zurück auf den Haarschopf, der so struppig war wie sein Bart; struppig und von einer Farbe wie feuchtes Herbstlaub. Man konnte es beinahe riechen, schwer und erdig, und man dachte an Igel, die sich unter solchem Laub behaglich vor dem Winter versteckten.

»Mein kluges Töchterchen hat Recht.« Er strich ihr über den Rücken, und ihre Bäckchen glühten noch röter als sonst. »Es ist schön, dass wir alle wieder zusammen sind, aber hier können wir nicht mehr bleiben. Es ist einiges unterwegs auf den Straßen.«

Wie zur Bestätigung hörten sie den Hund wieder bellen; oder waren es mehrere? Mina war froh um den leichten, warmen Arm, der immer noch um ihre Schultern lag.

»Mina«, sagte Lilja, »möchte jemanden besuchen.«

Im Gras zu ihren Füßen richtete Tausendschön sich auf.

»So?«, maunzte er gedehnt und sah sie an. »Und wer ist das wohl, Fräulein Mina?«

»Meine Tante. Jemand hat ... hat von ihr gesprochen. Und nun glaube ich ...« Mina stockte. Was war es eigentlich, das sie glaubte? »Sie weiß vielleicht etwas, über Dinge. Dinge, die geschehen sind. Dinge, die wichtig für mich sind.«

Lilja und Nad tauschten einen langen Blick.

»Ihre Tante ...«, sagte Tausendschön gedehnt. Die Schnurrhaare über seinen Augen zitterten. »Nun, wenn das der Weg ist, den Sie einschlagen möchten.«

»Ja«, sagte Mina schnell, bevor die Ungläubigkeit in seiner Katerstimme lauter werden konnte. Sie hatte eine vernünftige Entscheidung getroffen, das wusste sie. Auch wenn diese Entscheidung bedeutete, dass sie die Tater verlassen musste. »Ich erinnere mich daran, dass wir früher bei ihr waren. Es muss in der Nähe sein.«

»Du kannst aber nicht über die Landstraße gehen«, sagte Viorel. »Wie Nad gesagt hat, es ist einiges unterwegs.«

Sie fragte nicht, was er damit meinte. Das letzte Bellen der Hunde hallte immer noch in ihren Ohren. Sie wollte nicht wissen, was es bedeutete.

»Ich kann über die Felder gehen.« Ihre Stimme klang zaghafter, als sie es gewollt hatte. »Ich werde das Dorf schon irgendwie finden.«

Tausendschön verdrehte die Augen.

»Natürlich werden Sie das, meine Liebe. Schließlich gehen Sie ja mit mir. Und ein Kater findet immer seinen Weg.«

»Wirklich?« Mina hätte viel darum gegeben, wenn sie nicht ganz so erleichtert geklungen hätte. Sie versuchte, eine strenge Miene aufzusetzen. »Aber ich kann nicht mit einem sprechenden Kater im Gepäck bei meiner Tante auftauchen.«

»Im Gepäck?« Sein Mäulchen verzog sich, sie sah die langen, weißen Eckzähne aufblitzen. Es dauerte einen Moment, bis sie verstand, dass er lachte. »Liebe Mina, Sie haben so etwas Erfrischendes an sich. Nein, ich werde nicht ›in Ihrem Gepäck‹ sein; Sie wohl eher in meinem, möchte ich meinen. Und, nein, ich werde nicht in trautem Gespräch mit Ihnen über die Dorfstraße einziehen. Das würde nur einen schlechten Eindruck hinterlassen.« Sein Katergrinsen wurde breiter. »Bei meinen verehrten …«, er machte eine kurze, bedeutungsvolle Pause und blinzelte scheel in die Runde, »… *Freundinnen* im Dorf.«

»Herr Tausendschön!« Lilja drohte mit dem Finger, aber sie lachte dabei. »Es sind junge Mädchen hier. Wir wollen jetzt keine Geschichten von Ihren Abenteuern hören.«

Er kratzte mit der Vorderpfote auf dem Boden.

»Verzeihen Sie, liebe Freundin. Es ist mit mir durchgegangen. Der Frühling, wissen Sie ...«

Aber er trabte nicht zu ihr hinüber, um seinen Kopf an ihrem Bein zu reiben, sondern zu Viorel, dem es gar nicht recht zu sein schien; und unter seinem freundlichen Maunzen meinte Mina zu hören, wie der junge Mann dem Kater ein »Verräter!« zuzischte. Niemand sonst schien es zu bemerken, nicht einmal Rosa, die den Kopf an Viorels Schulter gelehnt hatte und mit einem losen Band an seinem Ärmel spielte.

Nad nickte Mina zu.

»Tausendschön wird dich sicher überallhin bringen. Wenn es nicht zwischendurch mit ihm durchgeht, natürlich«, er zwinkerte, und der Kater drehte ihm würdevoll das Hinterteil zu. Nads Augen wurden wieder ernst. »Aber, Mina, vor allem hör darauf: Bleib von den Landstraßen fern, so weit es geht. Schatten gibt es nicht nur in der Nacht. In der heißen Mittagsstunde lagern sie dichter und schwerer unter einem Baum, als in der tiefsten Nacht auf freien Feldern. Denk daran.«

Mina nickte unbehaglich.

So war es nun entschieden. Sie würde mit Tausendschön gehen, und die Tater einen anderen Weg nehmen. Liljas Arm glitt schon von ihrer Schulter; die Luft fühlte sich kalt in ihrem Nacken an, obwohl die Sonne schien und es mit jeder Minute wärmer wurde. Rosa und Pipa machten sich daran, die Bündel zusammenzutragen.

»Vielen ... vielen Dank«, sagte Mina heiser. »Für alles, meine ich.«

Lilja drehte sich wieder zu ihr um.

»Natürlich, meine Kleine.« Ihr schöner Mund bog sich zu einem strahlenden Lächeln. »Bring uns unseren Herrn Tausendschön recht wohlbehalten zurück!«

Ihr Lächeln sprang auf Minas eigene Lippen über. »Ja«, sagte sie erleichtert, »das tue ich. Das tue ich bestimmt.«

Das Dorf lag in der Mittagssonne. Als Mina und Tausendschön aus den letzten niedrigen Büschen traten, die das Erlenwäldchen ihnen wie freundliche Begleiter mit auf den Weg über die Felder gegeben hatte, gleißten die Steine weiß auf der schattenlosen Straße. Mina musste die Augen zusammenkneifen, und Tausendschön zischte: »Heiß, heiß!«, und schüttelte die Vorderpfote.

Mina warf ihm einen strengen Blick zu.

»Kein Reden«, murmelte sie dabei aus dem Mundwinkel. »Sie haben es versprochen.«

Tausendschön setzte die kleine weiße Tatze ein zweites Mal behutsam auf die Steine.

»Schön, schön«, fauchte er. »Obwohl es nicht gerade so aussieht, als drängten sich die Leute, um eine sprechende Katze zu hören.«

Er hatte Recht. Die Häuser zu beiden Seiten der Straße schienen im Mittagsschlaf zu dösen. Nichts regte sich.

Trotzdem fühlte Mina sich unbehaglich, als der letzte Rest Schatten von ihrer Schulter glitt. Sie schüttelte das Kleid und den dünnen Mantel aus, so gut es ging; vertrocknete Grashalme rieselten auf die Steine. Tausendschön betrachtete sie mit schief gelegtem Kopf.

»Wie eine Vogelscheuche«, stellte er fest. »Ihre Tante wird denken, Sie hätten die Nacht in einem Heuschober verbracht.«

»Nein, auf einer feuchten Wiese!« Mina schnaubte und versuchte, sich die Haare zu glätten. Sie konnte fühlen, dass sie ihr in alle Richtungen vom Kopf abstanden.

Tausendschön schnurrte kurz und rieb sich an ihrem Bein.

»Seien Sie doch nicht so gereizt, liebe Mina. Hocken Sie sich einmal hin, ich helfe Ihnen schnell, ein wenig Coiffure zu machen. Nun kommen Sie, es sieht Sie doch niemand.«

Mina zerrte und zog an etwas Widerspenstigem, das sich in den Strähnen verfangen hatte. Es tat weh, und ohne Spiegel konnte sie nicht einmal sehen, was es war. Seufzend gehorchte sie schließlich, klemmte sich das Kleid unter die Kniekehlen, damit es nicht auch noch staubig wurde, und ließ sich vorsichtig auf die Fersen sinken.

»Sehen Sie, so ist es brav. Es geht ganz flink.«

Unwillkürlich zog sie die Schultern hoch, als er ihr beide Vorderpfoten mit ausgefahrenen Krallen auf den Scheitel legte. Er machte ein Geräusch, das beinahe wie ein Kichern klang. Als er anfing, ihre Haare auszukämmen, berührten die scharfen Krallen ihre Kopfhaut kaum. Die Bewegungen waren so sanft, dass ihr ein wohliger Schauer über den Rücken lief.

»Ihre Schleife«, schnurrte Tausendschön, »kann ich Ihnen freilich nicht neu binden.«

Einen Moment lang kitzelte seine raue Zunge über ihre Haut, als er etwas mit den Zähnen aus ihren Haaren zog.

Er ließ es auf die Straße fallen; ein feuchtes, zerrissenes, fleckiges Stückchen Stoff, das einmal ein glänzendes Seidenband gewesen war.

»Aber, immerhin, so sieht es schon wieder ganz manierlich aus.«

Zögernd hob sie die Hände an den Kopf. Die Haare fühlten sich so glatt und weich an wie Tausendschöns Fell. Weil nur noch eines der Bänder übrig war, flocht sie sich einen einzigen langen Zopf den Rücken hinunter, straff, dass es an ihrer Stirn ziepte; so, wie es Frieda morgens machte.

Tausendschön schüttelte den Kopf. Seine Schnurrbarthaare zitterten missbilligend.

»Warum verunstalten Sie nur alles wieder? Sie haben so ein hübsches Fellchen. Wollen Sie es an den Kopf pressen, bis Sie aussehen wie eine nasse Katze?«

Mina hörte nicht auf ihn. Als sie die Flechten prüfend abtastete, waren sie nicht so regelmäßig und fest, wie sie es sein sollten, und die zerrupfte Schleife wirkte jämmerlich. Aber es fühlte sich viel ordentlicher an als vorher. Sie strich die letzten losen Strähnen glatt und richtete sich auf.

»Na«, sagte Tausendschön, »ganz, wie Sie meinen. Ich sage nichts mehr dazu. Ich bin ja nur ein Kater.«

»Sehr richtig, lieber Herr Tausendschön.« Mina schüttelte das Kleid ein letztes Mal auf. »Und von jetzt an halten Sie sich bitte daran.«

Sie setzte die Füße entschlossen auf die Straße, um auch den letzten Rest von Befangenheit zu verscheuchen. Hier bin ich, dachte sie, während sie auf die ersten Häuser zuging, nur ein Mädchen, das einen Spaziergang macht, um seine Tante zu besuchen. Es ist ein schöner Tag, warum sollte ich es nicht tun? Vielleicht ... Sie überlegte kurz, und eine kleine, lose Geschichte entrollte sich irgendwo in ihr zu einem feinen Band. Vielleicht mache ich mit der Familie ein frühes Picknick ganz in der Nähe? Und die Kutsche wartet dort hinter der nächsten Biegung? Ja, so wird es sein. Die Eltern ruhen ein wenig. Wir sind ja auch nicht angekündigt, es wäre unhöflich, die Tante zur Mittagsstunde so zu überfallen. Aber ich, ich bin ja nur ein Mädchen, ich kann hinübergehen und der Tante Grüße bringen.

Die Geschichte klang gut in ihrem Kopf.

Beim Gehen musterte sie den Wegesrand. Der Frühling war noch nicht erwachsen genug, es nickten nur wenige farbige Blütenköpfe zwischen den Halmen. Sie pflückte einige, zusammen mit blühenden wilden Kräutern, und umwickelte die Stängel mit langen Gräsern, bis es fast wie ein wirklicher Blumenstrauß aussah. Es gehörte sich nicht, mit leeren Händen einen Besuch zu machen.

Wie seltsam es war, plötzlich wieder Dachgiebel über sich aufragen zu sehen ... Nach der Weite der Felder, den schlanken, biegsamen Formen des Wäldchens wirkten sie streng, beinahe fremd, die langen, geraden Linien der Häuser, als sie in ihre Schatten trat. Die Fenster hinter den Gardinenwimpern schienen sie missbilligend anzublinzeln. Ein fremdes Mädchen in einem schmuddeligen Kleid, mit ein paar schäbigen Wiesenblumen in der Hand und ganz allein unterwegs – ts, ts, ts!

Nun, ganz allein war sie nicht. Sie sah sich nach Tausendschön um, der gehorsam hinter ihr hertrabte. Als sie stehen blieb, blickte er zu ihr auf. Die langen Schnurrhaare über seinen Augen zitterten, es sah aus wie ein Zwinkern. Aber er hielt sich an sein Versprechen und sagte kein Wort.

Wo stand es, das Haus der Tante? Es war so lange her, dass sie hier gewesen war, sie erinnerte sich kaum noch. Und die Gesichter der Häuser rechts und links schwiegen, verrieten ihr nichts. Weiter hinten, der große spitze Umriss, schwarz gegen den grellblauen Mittagshimmel, das musste die Dorfkirche sein. Mina legte die Hand über die Augen, und während sie hinüberschaute, kamen wieder Stückchen der Erinnerung zurück. Eine lange, gewundene Auffahrt hinter einem Park mit einer niedrigen Mauer darum ... Konnte das, was sie als Kind für einen Park gehalten hatte, der Kirchhof gewesen sein?

Nachdenklich ging sie weiter durch das Dorf, auf die Kirche zu. Sie hielt sich an der Seite, im Schatten der niedrigen Häuser. Es fühlte sich richtiger an, als mitten auf der Straße zu laufen, und die spitzen Sonnenfinger erreichten sie so kaum. Nur ab und an, wenn sie an einer Lücke vorbeikam, griffen sie nach ihr und stachen ihr gleißend in die Augen. Es war viel zu warm für diese Jahreszeit, selbst am Mittag.

Am Kirchentor war sie schweißgebadet unter dem schweren Kleid und dem Mantel, und die Blumenstängel klebten an ihren Fingern. Aber sie konnte schräg hinter der Kirche tatsächlich eine lange, kiesbestreute Auffahrt sehen und an ihrem Ende ein großes, weißes Haus. Es war nicht der richtige Moment, sich zu kratzen wie ein verlauster Kettenhund.

Das Haus lag nicht zwischen Bäumen wie der Gutshof daheim, sondern frei auf einer Rasenfläche. Das Gras war so kurzgeschoren, dass die nackte Erde hindurchsah, trocken und fahl. Es gab keine Büsche, keine Sträucher. Nur die nüchterne, blassgrüne Fläche, die den Kiesweg zum Haus hin begleitete.

Mina drückte die Blumenstängel fester zwischen den Fingern. Auf dem schmalen Weg brannte die Sonne. Tausendschön hielt sich an ihrer Seite, in dem schwachen Schatten, den ihr Rock auf den Kies warf. Als sie nur noch ein Dutzend Schritte von den Stufen entfernt waren, die zur Haustür hinaufführten, zupfte er mit einer Pfote an Minas Mantelsaum.

Er hielt sich an sein Versprechen, blickte nur mit seinen großen Augen zu ihr auf, in denen die Sonne gelblich gleißte. Die Spitzen seiner Ohren zuckten zum Rasen hin. Mina nickte und sah ihm dabei zu, wie er erleichtert über das Gras davontrabte.

Aus der Nähe war das Haus klein, viel kleiner als der Gutshof; es wirkte beinahe schüchtern, wie es da saß inmitten der leeren grünen Fläche. Der Giebel war weicher, flacher geschwungen, die Fenster niedriger. Aber die Spitzengardinen hinter der blinkenden Scheiben waren die Gleichen wie zu Haus, zart und gleichzeitig undurchdringlich. In den Räumen dahinter würde es kühl sein, kühl und dämmerig. Vielleicht erinnerte sie sich richtig, was das Kinderlachen betraf; vielleicht kannte ihre Tante die Bedürfnisse von kleinen Leuten und würde ihr kaltes Zuckerwasser anbieten statt warmem Tee. Aber selbst wenn sie es nicht tat, war es Zeit, hineinzugehen.

Schweißtröpfchen sammelten sich an Minas Haaransatz. Und sie hatte kein Taschentuch. Das gläserne Vordach über der Haustür bot keinen Schutz vor der Sonne; verstohlen wischte Mina sich über die feuchte Stirn, strich sich noch einmal die Haarsträhnen zurecht. Nahm schließlich den schweren Türklopfer in die Hand. Das Geräusch, mit dem er gegen das Holz zurückfiel, hallte dumpf in der Mittagsstille.

Als die Tür sich öffnete, trat Mina unwillkürlich einen Schritt zurück.

Scharfe, helle Augen musterten sie unter einer Hutkrempe, über und über mit Seidenblüten bedeckt. Ihr Blick kam von sehr hoch oben.

»Sie wünschen.«

Es war keine Frage, und die große, hagere Frau, die sie nicht stellte, war kein Dienstmädchen. Kein schwarzes, mattes Kleid, keine weiße Rüschenschürze. Stattdessen etwas Buntes unter der hohen, engen Taille, mit vielen Falten, die sich im Luftzug in alle Richtungen sträubten. Es konnte das sein, was Mademoiselle einmal einen Kimono genannt hatte.

Mina schluckte und knickste hastig.

»Guten Tag und Verzeihung, gnädige Frau. Sind Sie ... Ich meine ... Ich wollte zu meiner Tante. Meiner Tante Frau Elisabeth Lorenzen. Ich bin Wilhelmina. Wilhelmina Ranzau.«

Sie hielt den Blumenstrauß hoch. Unter dem Blick, den die Frau darauf warf, kam er ihr noch kläglicher vor.

»Nun«, sagte die Frau und schnalzte missbilligend mit der Zunge, »was ist nun dies? Ein schönes Durcheinander. Salbei und wilde Nelken, in *einem* Strauß!«

»Es ... es tut mir leid«, stammelte Mina. »Ich wusste nicht ... Ich wollte nur ...«

»Du solltest aber wissen.« Mit spitzen Fingern nahm die große Frau den Strauß aus Minas klebrigen Händen entgegen. »Ein junges Fräulein wie du.« Sie klang beinahe wie Mademoiselle.

Mina faltete die leeren Hände und sah auf ihre Stiefelspitzen.

»Na«, sagte die Frau, »die Erziehung ist heute eben nicht mehr das, was sie früher einmal war. Aber du kommst nun wohl besser herein, junges Fräulein. Stehst hier ganz allein vor der Tür. Ist nicht einmal ein Mädchen mit dir gekommen? Das sind die Sitten heutzutage ...«

Sie legte den Kopf schief, ihre Lippen wurden schmal; wirklich, ganz wie Mademoiselle. Aber sie öffnete die Tür hinter sich weiter, und erleichtert folgte Mina der Einladung.

Es war nicht kühler im Flur, als sie hinter dem wehenden Kimono über die Schwelle trat. Vielleicht war es sogar noch heißer als draußen, heiß und stickig. Es gab keine Fenster, nur ein paar geschlossene Türen, hoch, weiß lackiert, wie zu Haus. Der Fliesenboden hatte andere Farben als im Gutshaus und kam Mina ein klein wenig staubig vor, aber das Muster war ganz dasselbe. Ihre Absätze klickten vertraut, als sie darüberging, und langsam entspannte Mina sich etwas.

»Wir wollen uns in den Salon setzen.«

»Sehr wohl«, sagte sie gehorsam. Der bunte Kimono hielt vor einer der Türen an.

»Ich will in der Küche Bescheid geben, dass wir einen Tee bekommen.« Die Tür wurde aufgezogen, und mattes, gelbliches Licht sickerte in den engen Flur. Die Frau – war es denn die Tante, oder doch mehr eine Gesellschafterin? – trat beiseite, und Mina schritt so damenhaft wie möglich an ihr vorbei; damenhaft genug vielleicht, denn ein erstes schmales Lächeln glitt über das hagere Gesicht unter der Hutkrempe.

»Setz dich nur schon, Wilhelmina. Ich bin gleich zurück.«

Die Stimme verklang irgendwo mit ihren Schritten. Hinter Mina klackte die Tür; sie war allein und sah sich neugierig um.

Vertraute Formen. Ein geschwungenes Sofa mit Blumenmuster in Chintz, strengbeinige Stühle daneben. Ein schweres Vertiko, ein paar zierliche Tischchen, Porzellanfiguren und Spitzendeckchen, die etwas vergilbt wirkten. Steife Vorhänge an einer Wand, vor einer Rankentapete, fest zugezogen. Unwillkürlich atmete Mina auf, obwohl es auch hier nicht merklich kühler war als im Flur.

Sie trat vor einen goldgerahmten Spiegel, musterte hastig ihr Gesicht, ihre Haare. Es war nicht so schlimm, wie sie befürchtet hatte. Tausendschön, dachte sie und lächelte, war ein guter Coiffeur, besonders für einen Kater. Nur ein paar dünne lose Strähnen klebten auf ihrer Stirn, und der Schweiß glänzte unansehnlich auf Nase und Wangen. Als sie ihn mit dem Ärmel abwischen wollte, stieß sie beinahe die Glasvase um, die vor dem Spiegel auf einer Kommode stand; leer, aber bis zum Rand mit Wasser gefüllt. Ein, zwei Tropfen fielen herunter, und während sie fielen, ahnte Mina hinter sich eine Bewegung.

Sie fuhr herum, schuldbewusst, und starrte wieder nur sich selbst ins Gesicht. Da war ein zweiter Spiegel, gerade gegenüber. Auch vor ihm eine leere, wassergefüllte Vase. Hatte sie die Tante beim Blumenarrangieren gestört?

»Setz dich nur«, sagte es von der Tür her, »setz dich, der Tee ist gleich so weit.«

Der Hut mit den Seidenblumen wippte an ihr vorbei, der Kimono flatterte. Verstohlen rieb Mina die Wasserflecken weg, bevor sie sich in ein niedriges Sesselchen setzte, mit Troddeln an den Armlehnen und Fransen über den Beinen.

Hinter ihr brach sich das gelbliche Licht zwischen den beiden Spiegeln.

»Ich sehe gleich noch einmal nach dem Rechten«, sagte die Frau und ließ sich zierlich, trotz ihrer Größe, auf dem Sofa nieder. Minas Strauß hatte sie nicht mitgebracht. »Es ist so schwierig mit dem Personal heutzutage. Wenn man nicht ständig alles kontrolliert ...«

Auch das war vertraut. Mina erinnerte sich an Mamsells ewige Klagen, Mutters ermattetes Seufzen, an den langen Zug der Stubenmädchen, in dem die einzelnen Gesichter verblassten. Innerlich gab Mademoiselle ihr einen kleinen, damenhaften Schubs; Mina räusperte sich und sagte im Konversationston:

»Mutter klagt auch darüber.«

»Ach.« Die Frau legte die langen Hände im Schoß zusammen. »Meine liebe Schwester. Wie geht es ihr?«

Mina antwortete irgendetwas Höfliches und Konventionelles. Wenn es nicht unschicklich gewesen wäre, die Sessellehne mit dem Rücken zu berühren, hätte sie sich erleichtert zurückgelehnt. Die Tante, es war doch die Tante. Dann war alles gut. Und jetzt klang sie auch schon viel freundlicher.

Sie schob sich eine Haarsträhne aus der feuchten Stirn und versuchte gleichzeitig, unauffällig die Schweißtröpfchen wegzuwischen.

Tante Elisabeth klatschte in die Hände.

»Wo der Tee nur wieder bleibt. Frieda, was treiben Sie denn! – Ach, Kindchen, stören dich die Vorhänge? Du hast Recht, es ist ein so schöner sonniger Tag. Warte, ich ziehe sie selbst auf.«

Der Kimono rauschte, bevor Mina sich irgendeinen einigermaßen höflichen Protest einfallen lassen konnte. Licht gleißte auf, brachte sie zum Blinzeln. Licht – und Farben, viele Farben.

Die Fenster hinter den Vorhängen waren viel größer als die zur Straße hin, sie reichten vom Boden bis an die Decke. Und hinter den Scheiben: Blumenbeete, eines neben dem anderen. Kein einziges Fleckchen trockener Rasen; wo ein Beet mit einer zierlichen, schmiedeeisernen Umrandung aufhörte, fing das nächste an. Hunderte, Tausende von Blütenköpfen unter der grellen Mittagssonne.

Goldgelb, Herzrot strahlten Mina entgegen. Tulpen mit Blütenblättern wie sanfte Flammen, Hyazinthen in glimmendem Violett, Osterglocken, die goldrot brannten. Verzaubert stand sie auf, trat an die Scheiben und tat etwas, was Mademoiselle ihr eigentlich längst abgewöhnt hatte: Sie legte die Hände auf das warme Glas und presste die Nase dagegen.

Wie vollkommen sie waren. Jede einzelne Blume, jedes einzelne Beet. Nur ganz am Rand, auf der linken Seite, endete eine Blütenwolke mit einem Streifen dunkler, leerer Erde, bevor die Beetumrandung sie einfasste; ein schmaler Erdstreifen, wie eine Narbe. Vielleicht hatte der Gärtner es dort mit einer neuen Züchtung versucht, die nicht aufgegangen war.

»Ja«, sagte die Tante weich, und Mina löste sich eilig von der Scheibe und stieß dabei gegen den kleinen, fleckigen Gartensonnenschirm mit Messinggriff, der neben dem Fenster lehnte. »Sind sie nicht herrlich in diesem Jahr? Meine bunten Kinder.«

»Oh ja«, Mina nickte heftig, »ja, sie sind wunderschön. Da müssen Sie aber einen ausgezeichneten Gärtner haben. Mutter wäre bestimmt begeistert.«

Widerwillig fast setzte sie sich wieder hin. Wie gerne wäre sie näher bei den Blumen geblieben, vielleicht sogar hinausgegangen, zwischen die leuchtenden Farben. Gegen sie wirkte der Salon blass und staubig, und das Licht, das zwischen den Spiegeln spielte, hatte etwas Fahles. Es machte fast nichts aus, dass die Hitze im Raum durch die offenen Vorhänge noch drückender wurde.

»Gärtner?« Tante Elisabeth zog ein Spitzendeckchen zurecht. »Oh, ja, ja, natürlich ... Und du glaubst, deiner Mutter würde es gefallen? Es ist lange her, dass sie hier war ... Damals war es natürlich noch nicht so, wie es heute ist. Es hat Jahre gebraucht, die wilden Tulpen so hinzubekommen. Möchte sie, dass ich dir einige Hinweise aufschreibe?«

Mina murmelte etwas Vages.

»Nach deinem *Strauß* zu urteilen«, die Tante sprach das Wort spöttisch aus, aber sie lächelte dabei ein wenig, »könnte deine liebe Mutter durchaus ein wenig Hilfe brauchen, was Blumen betrifft. Liebes Kind, diese Zusammenstellung! Untragbar, vollkommen unmöglich. Aber natürlich trifft dich keine Schuld. Die Mädchen lernen heute nichts Vernünftiges mehr, stattdessen spielen sie Klavier und stecken sich die Haare auf. Da kann man nichts anderes erwarten.«

Mina war froh um den einfachen Zopf, den sie sich auf der Straße geflochten hatte.

»Zu meiner Zeit ...« Die hageren Wangen der Tante schimmerten rosig auf. »Ach, liebes Kind, was haben wir für wunderbare Sträuße gebunden, wenn uns der Sinn danach stand! Deine Mutter war auch schon damals nicht so geschickt darin; und natürlich war sie viel jünger und konnte gerade die Stiele halten, wenn ich sie zusammenband.

Aber ich brachte ihr einige der einfachen Dinge bei, und wenn meine Freundinnen zu Besuch kamen, plünderte sie für uns die Beete. Wir gaben ihr Bonbons dafür, aus der silbernen Bonbonnière. Sie nahm sie damals mit, als sie heiratete.«

Eine silberne Bonbonniere ... Mina wusste, dass eine zu Hause im Damensalon stand, auf einem der Fenstersimse. Rote Bonbons waren darin, die zu den Vorhängen passten; rote, süße, klebrige Bonbons, die man nicht anrühren durfte, weil einen sonst müde, traurige Blicke trafen, Blicke, die man nicht aushalten konnte. Jetzt, als sie daran dachte, schienen sich Mädchenköpfe in dem blanken, getriebenen Metall zu spiegeln, lachende Münder und zu Schnecken aufgedrehte Zöpfe, in denen Blüten wippten ... Mädchenköpfe, wie der auf der Gemmenbrosche, die die Tante trug. Es war genau die gleiche, wie Mutter sie hatte.

Die Tante sah an ihr vorbei, hinaus in den Garten.

»*Lass uns einig sein*, flüstert die Eisbeere. *Deine Reize sind himmelsgleich*, sagt die Ranunkel. *Ich liebe*, bekennt der Heliotrop.«

Ihre Stimme wurde leiser und leiser. Die letzten Worte verstand Mina kaum noch.

Die Tante seufzte; vielleicht war es auch ein zartes, wehmütiges Lachen.

»Wir waren Kinder, wir wussten nicht, was wir da zusammensteckten. So wenig wie du heute. Wir wussten nichts von der Liebe. Und als wir es lernten, sie zuerst, die Hübschere, obwohl es ungehörig war, dass die Jüngere vor der Älteren die Ehe einging – es gab beinahe einen Skandal! Als wir es lernten, kamen die Haushaltspflichten, und man musste froh sein, Zeit für ein paar einigermaßen ansehnliche Rosen zu finden, die man eilig in eine Vase warf. Aber die Zeit vergeht, Wilhemina. Die Zeit vergeht ...«

Ihre Stimme versickerte. Es war sehr still in dem heißen Salon. Auch im ganzen übrigen Haus schien sich nichts zu rühren. Mina sah auf ihre klebrigen Hände und fragte sich, ob die Tante an den Onkel dachte, der vor Jahren verstorben war. Sie erinnerte sich nicht an seinen Namen. Nicht einmal ein blasses Bild stellte sich ein, keine Erinnerung an den Geruch eines bestimmten Pfeifentabaks, keine Stimme, die leise an die Hintertür ihres Gedächtnisses klopfte. Aber das Kinderlachen – das Kinderlachen irgendwo draußen im Garten, während sie bei Mutter und Tante saß –, dieses Lachen hörte sie noch in sich.

Die Tante hielt das Gesicht zu den großen Fenstern gewandt. Die Seidenblumen flirrten im Licht. Ja, Mina konnte fühlen, wie die Zeit verging; die Zeit, die sie noch hatte, endlich Worte zu finden – die Worte, um deretwillen sie hergekommen war. Sie fühlte es an dem Gewicht der Spieluhr in ihrer Tasche. Schwerer und schwerer schien sie den dünnen Stoff nach unten zu ziehen, je länger Mina zögerte. Vielleicht gab es gar keine richtigen Worte. Vielleicht gab es nur die, die ihr einfielen, jetzt, in dieser Minute, und sie mussten ihre Aufgabe erfüllen, irgendwie.

Mina griff nach dem einzigen Strohhalm, den sie sehen konnte. Irgendwie musste sie das Gespräch auf Kinder bringen. Alle Frauen sprachen gerne über Kinder. Und diese hier auch über Blumen.

»Sie wissen wirklich sehr viel über Blumen«, sagte sie. In der Stille klang es überlaut. Tante Elisabeth drehte den Kopf zu ihr, mit einer einzelnen, seltsam eckigen Bewegung, als säße in ihrem Hals ein Scharnier.

»Viel? Mein liebes Kind, viel ist bei Blumen nicht genug. Ich weiß alles, alles, was es über sie zu wissen gibt.«

Mina blickte auf den schmalen, leuchtenden Blütenstreifen, den sie von ihrem Platz aus erkennen konnte, und nickte hastig.

»Ja, das sehe ich, das sehe ich wirklich. Und es tut mir leid, dass ich Ihnen so einen unpassenden Strauß mitgebracht habe. Es ist bestimmt eine Kunst für sich, die richtigen Sträuße für den richtigen Anlass zusammenzustellen ...?«

Sie ließ den Satz im Hauch einer Frage ausklingen.

»Natürlich. Es wurden Bücher darüber geschrieben, kleines Fräulein, von gebildeten Männern, und es sind sehr dicke Bücher. Die meisten jedenfalls. Es gibt so viele Fragen, was das betrifft, so viele Fehler, die man begehen kann. Welche Farben zur Hochzeit. Welche Blüten zu welcher Art von Ball. Kann man zum Ende der Saison noch guten Gewissens Päonien tragen? Sind weiße Rosen zu wenig, roséfarbene schon zu viel, wenn man noch nicht als Galan akzeptiert wurde?«

»Welche Blumen«, sagte Mina vorsichtig, »würde man denn wohl zu ...« Sie brachte es nicht über sich, das Wort »Geburt« auszusprechen. Es erfüllte sie mit unsäglicher Scham. »Welche würde man zu einer ... Taufe mitbringen?«

Die Tante zuckte plötzlich zusammen, und die zarte Rosenfarbe auf ihren Wangen vertiefte sich in ein fleckiges Rot.

»Ich frage nur«, sagte Mina hastig und griff nach dem erstbesten Geschichtenfaden, den sie zu fassen bekam, »weil man mich zu einer Taufe eingeladen hat, und ich ...

ich fühle mich unsicher, seit meine Lehrerin nicht mehr da ist. Ich weiß, ich sollte es wissen, aber ...«

»Nichts«, sagte die Tante rau. »Über Taufen gibt es nichts zu wissen. Kinder vertragen sich nicht mit Blumen. Sie zertrampeln sie. Rollen durch die Beete, bis alles verdorben ist. Bringen sich das Zählen bei, indem sie Blütenköpfe abreißen.«

Ihr faltiger Hals bewegte sich über dem Gemmenkopf, als sie schluckte. Eine unbehagliche Pause, in der die Stille im Haus sich beinahe fühlbar dehnte. Immer noch kein Klappern von Teegeschirr auf dem Flur. Und immer noch Hitze.

Ungeschickt versuchte Mina, den Gesprächsfaden irgendwo wieder anzuknüpfen. »Ich sehe, dass Sie sich schon Vasen bereitgestellt hatten. Sicher hatten Sie gerade vor, den Gärtner ein paar von den herrlichen Blumen schneiden zu lassen. Wollten Sie sie auch nach diesen ... besonderen Regeln zusammenstellen?«

»Blumen schneiden!« Tante Elisabeth raffte den Kimono vor der Brust zusammen, als müsse sie sich vor etwas schützen. »Mein liebes Kind, wo denkst du hin! Sicher, du bist jung, von dir kann man nichts anderes erwarten, als dass du sie ausreißt, wo du sie findest. Aber – Blumen schneiden!«

Die Blüten auf ihrem Hut zitterten.

»Nur, wenn sie unartig sind. Nur dann. Ordnung, siehst du, Ordnung muss sein. Wer seine Kinder ...«, sie stockte kurz, »... wer seine Kinder liebt, der züchtigt sie auch. Ich bin sicher, deine lieben Eltern halten es genauso.«

Mina wusste nicht, was sie tun sollte, also nickte sie.

»Sie spielen«, sagte die Tante heiser, stand ruckartig auf und trat an die Fenster. »Spielen den ganzen Tag, von morgens bis abends, und natürlich auch in den Beeten. Man ruft sie zur Ordnung, einmal, zweimal, hundertmal. Kommt ins Haus! Kommt zum Essen! Kommt! Kommt ...«

Sie machte ein Geräusch tief in der Kehle, das wie das Klacken der Spieluhr klang, wenn der Mechanismus nicht griff.

»Sie folgen nicht, so oft man auch ruft. Erst das eine nicht mehr; dann auch das andere. Dabei hört man sie tuscheln, wispern, ganz in der Nähe; sogar nachts, wenn sie schlafen sollten in ihren kleinen Bettchen, ihren Beetchen, ihren ... sogar nachts.«

Sie legte die Hände gegen die Scheibe, wie Mina es getan hatte. Die Sonne ließ ihre hageren Finger grellrot aufglühen, und ihre Knöchel wurden weiß.

»Kommt ... kommt ... kommt doch ...«

Mina hörte die Scheibe in ihrer Einfassung knirschen. Sie rutschte in ihrem Sessel nach hinten, bis an die Rückenlehne.

»Verzeihen Sie«, sagte sie stockend, »wenn ich Sie verärgert habe, ich wollte ...«

»Verärgert!« Tante Elisabeth warf den Kopf zurück, dass die Bänder des Huts gegen ihren Rücken klatschten. »Verärgert! Ja, ich bin verärgert, wenn sie nicht hören, wenn sie nicht folgen, wenn sie ihre Mutter durch den Garten irren lassen und rufen, rufen ... Sollte ich das nicht sein? Was habe ich nicht getan, um ihnen eine gute Erziehung zu geben, was habe ich nicht geopfert! Und wie danken sie es mir? Sind sie in ihren Zimmern, wenn es Zeit ist für das Nachtgebet, falten sie brav die Blätter? Nein!«

»Die ... die Blumen?« Mina hauchte die Worte nur, aber

der Kopf der Tante fuhr abermals herum wie eine Kreuzotter im Gras.

»Natürlich!« Es war ein heiseres Bellen.

Mina krallte die Hände in den Sitz, als die Tante auf sie zukam. Der Blütenhut senkte sich auf sie nieder, und die hellen Augen gruben sich in ihre.

»Natürlich die Blumen, wer sonst als die Blumen?« Aus dem Bellen wurde ein scharfes Flüstern. Mina starrte in die beiden farblosen Kreise unter dem damenhaften Hut.

»Siehst du hier irgendjemanden sonst als die Blumen?«

»Nein«, stammelte Mina.

»Nein«, die Tante nickte, mit einem Lächeln, das so sehr nach alltäglicher Zufriedenheit aussah, dass es Mina schauderte. »Ich habe gerufen. Ich habe gesucht. Sie wollten nicht folgen. Sie verschwanden ...«, Tante Elisabeth blickte hastig um sich, als fürchtete sie sich vor Lauschern, »eines unter der schwarzen Erde. Das andere hinter den Spiegeln. Sie verschwanden und hörten nicht auf die Mutter, die sie rief. Erst das eine, dann das andere. Benehmen sich so gehorsame Kinder?«

Der riesige Hut zuckte zurück, mit zwei, drei großen Schritten war der Kimono zu den Fenstern geflattert.

»Benehmen sich so«, schrie die Tante gegen die funkelnden Scheiben, »gehorsame Kinder?«

Minas Blick irrte durch das Zimmer. Es gab keine Möglichkeit, schnell und leise zur Tür zu kommen, keinen Ort, sich zu verstecken. Über den Tischchen und Kommoden sahen die beiden Spiegel mit ihren funkelnden Augen in jeden Winkel. Die Spiegel ... *Hinter den Spiegeln* ...

Irgendwo unter der namenlosen Angst, die Mina gepackt hatte, regte sich etwas. Das Lichtspiel auf dem geschliffenen

Glas ... Es berührte eine Erinnerung. Eine Erinnerung, die noch jung war und ganz oben lag. Mit zitternden Händen tastete Mina nach ihr, aber die Tante hämmerte jetzt mit den Fäusten gegen die Scheibe, und jeder Gedanke verging unter der Furcht.

»Gehorsame – Kinder!«

Sie schlug noch einmal zu, das Glas sang hoch und schrill, dann rannte sie zu einer der Kommoden, die so friedlich und gewöhnlich an den Wänden lehnten, und erst jetzt sah Mina, dass auch hier gefüllte Vasen standen. Sie klirrten gegeneinander, als die Tante anfing, Schubladen aufzureißen.

»Nichts!« Es war schon fast ein Kreischen. »Nichts, nichts, nichts!« Spitzenservietten fielen wie verwundete Tauben zu Boden, Taschentücher, Tischdeckchen. In Minas Brust flatterte ein Wimmern. »Nichts, nichts hier, nur dieser Abfall, und dieses – dieses ...« Sie zerrte mit aller Kraft an etwas, das festsaß. Eine Vase kippte um, blitzendes Wasser strömte über die Kommode. Die Tante sah nicht einmal auf. »Dieses – Buch!«

Es flog heraus, blassviolett gebunden. Mit einem dumpfen Pochen landete es vor Minas Füßen. Sie hob es auf, ohne zu wissen, was sie tat; hob es auf, weil man die Dinge aufhob, die den Erwachsenen hinunterfielen, und wie ein kleines, verängstigtes Mädchen streckte sie das Buch der Tante hin.

»Bitte«, wisperte sie, »bitte ...«

Tante Elisabeth hielt inne. Ihr Atem ging keuchend, er erfüllte das ganze Zimmer. Der Blütenhut war ihr tief in die Stirn gerutscht. Helle Haare quollen an allen Seiten darunter hervor.

»Rosen«, sagte die Tante, und ihre Stimme klang plötzlich wieder so normal, dass Mina beinahe das Buch aus den Händen glitt. »Er nimmt Rosen sehr wichtig. Der Autor, meine ich. Vielleicht ein bisschen zu wichtig, wenn du mich fragst.«
Eine fahrige Hand kam unter dem Kimono zum Vorschein. Sie schob den Hut nach hinten. Schweiß lief in Bächen über Tante Elisabeths Gesicht. Sie betrachtete das schmale Buch.
»Rosen ...« Es war ein Seufzen. »Sie versprechen so viel. Immer zu viel. Keine Liebe auf der Welt ist groß genug, um das Versprechen einer einzigen Rose zu erfüllen.« Ein zweiter Seufzer; die Tante hob den Blick, und ihre Augen wirkten müde und leer. »Nimm es«, sagte sie zu Mina. »Nimm es, Kind. Ich kenne es längst auswendig, jeden Satz. Veilchenzungen. Glockenblumenohren. Sie haben mir nichts genützt. Der Garten schweigt. Sie lassen mich rufen.«
Mina hielt das Buch fest umklammert. Der Einband war schlicht, fest und wirklich in ihren Fingern.
»Wie viele«, fragte sie mit klopfendem Herzen, so behutsam wie möglich, ohne die Tante anzusehen, »wie viele sollten denn ... antworten?«
Die Tante starrte vor sich hin. Für einen Moment glaubte Mina, sie hätte sie nicht gehört; wäre längst wieder verschwunden in der seltsamen, entsetzlichen Welt unter dem Blumenhut. Was ihr schließlich antwortete, war nicht mehr als ein Murmeln.
»Bei den meisten Blumen sitzen die Blätter zu Paaren. Nicht immer gerade gegenüber, manchmal versetzt; aber immer zwei und zwei zusammen. Auch bei den Blütenblättern. Sie sind«, die Stimme der Tante kippte und brach, »die

schönsten Blätter, die man sich nur vorstellen kann. So zart, so empfindlich, wenn man darüber streicht. Wie ...« Ihre Hand machte eine Bewegung in der Luft. Minas Herz zog sich zusammen, als sie sie erkannte.

»Wie Kinderhaar«, flüsterte sie.

»Wie Kinderhaar«, echote die Tante brüchig. »Aber sie vergehen. So lange, bis der Stängel kahl ist.«

Sie verstummte.

Mina öffnete den Mund, ohne zu wissen, ob sie weinen oder sprechen würde. Aber die Tante winkte müde ab.

»Lass. Lass, kleines Fräulein. Und geh jetzt zurück zu deiner Mutter. Grüß sie recht schön von mir, willst du das tun?«

Mina nickte stumm. Die Tante strich sich mit schwerfälligen Bewegungen ein paar Strähnen aus der Stirn.

»Du bist ein gutes Mädchen, denke ich«, sagte sie und ging wieder zu den Fenstern hinüber. »Geh, lauf nur. Ich«, sie bückte sich, und ihre Hand schloss sich um den schweren Messinggriff des Sonnenschirms, »ich bringe das hier rasch in Ordnung. Kein Grund, Frieda damit zu behelligen. Und Ordnung ...«

»Ja«, sagte Mina. »Ich verstehe schon. Ordnung muss sein.«

Sie warf einen letzten Blick auf die leuchtenden Beete draußen vor den Scheiben. Sah die braune Erdnarbe sich durch das Strahlen ziehen. Während sie langsam zur Tür ging, hörte sie das Scharren, mit dem ein großes Flügelfenster geöffnet wurde, das Rascheln des Kimonos, der über die Schwelle nach draußen schleifte. Das Zischen der Luft, als der Sonnenschirm in die Höhe gerissen wurde, und vielleicht, vielleicht, ein feines, herzzerreißendes Geräusch, mit dem Stängel brachen und Blütenblätter zerfetzt zu Boden fielen.

Kein Dienstmädchen würde kommen, um den Schirm hinterher zu reinigen.

Mina behielt das violette Buch fest unter dem Arm, so fest, dass die Kanten sich in ihre Rippen bohrten. Wenn sie es fallen ließ, würde sie anhalten müssen, sich hinknien auf dem schmalen Kiesweg, die gardinenblinden Blicke der Fenster im Nacken. Sie gab sich Mühe, nicht zu laufen, ging schnell, aber hoch aufgerichtet, obwohl die Sonne ihr auf den Kopf brannte. Erst am Ende der weiten, kahlen Rasenfläche wagte sie es, anzuhalten und sich umzudrehen.

Das Haus lag so ruhig in all dem blassen Grün. So friedlich wie all die anderen Häuser im Dorf, die ihre Mittagsträume träumten, durchzogen vom leisen Atmen aus den Schlafzimmern, unter schweren Federbetten, während Fliegen um die Deckenlampen summten. Hausmädchen legten hinter der Wäscheleine den Kopf auf die Knie und dösten; sogar die Mamsell zog in ihrer Kammer die Schuhe aus und nickte über einer angefangenen Einkaufsliste ein. Der Hofhund bettete die lange Schnauze auf die Pfoten. Die Hühner gruben sich im warmen Sand ein Nest. Mittagsträume, überall. Überall, nur nicht hier.

Mina zog die Schultern zusammen. Sie konnte es kaum

ertragen, die Spitzengardinen hinter den Scheiben zu sehen, die gleichen Gardinen, die zu Hause zwischen den Portieren hingen. Die Stille, die dahinterlag, würde sich nicht in einer halben, einer ganzen Stunde in eiligem Schuhgetrappel auflösen, im ersten, zarten Flöten des Wasserkessels. Sie würde liegen bleiben, Mittag um Mittag.

Es schnürte ihr die Kehle ein. Aber um nichts in der Welt wäre sie in das Haus zurückgegangen.

Sie musste sich zwingen, sich nach Tausendschön umzusehen. Ihre Gelenke fühlten sich steif an, wie eingerostet, als sie sich hierhin und dorthin drehte, langsam erst, dann eiliger. Kein schwarzer Flecken zwischen den Halmen, lauernd vor einem vermeintlichen Mauseloch. Kein Aufleuchten von schneeweißen Pfoten im Grün. Der Rasen war leer.

Er würde sich in den Schatten zurückgezogen haben. Unter den Büschen vielleicht, die am Anfang der Auffahrt standen. Auf dem kleinen Friedhof, wo die hohen Grabsteine fahles Gänsehautdunkel warfen. Unter dem Vordach der Kirche, deren Turm stolz und unbeugsam in den grellen Himmel spießte. Vielleicht war er auch noch weiter zurückgegangen, wartete auf sie auf einer der Türschwellen im Dorf – vor diesem Haus dort, oder vor dem nächsten? Mit immer schnelleren Schritten ging Mina die Straße entlang. Ehe sie es wusste, hatte sie den Dorfrand erreicht. Die Landstraße streckte sich träge vor ihr aus, und von Tausendschön war nichts zu sehen.

Sie rief nach ihm, flüsternd, schließlich dringlicher. Aber es war nur ein schwacher Lufthauch, wie benommen von der Hitze, der durch die Felder strich. Kein Katerschwanz reckte sich keck zwischen den Halmen in die Höhe.

Er hatte sie alleingelassen.

Ein paar Minuten lang blieb Mina einfach stehen und starrte auf den Boden. Sie fühlte sich so müde. So schwach und so verschwitzt. Kleid und Mantel klebten ihr auf der Haut. Ihre Hände fühlten sich aufgedunsen an. Sie waren beinahe zu schwer, um sie hochzuheben; hochzuheben und einen Moment lang hilflos vor sich hinzuhalten, um sie dann mit schwerfälligen Bewegungen am Mantel abzuwischen wie ein Dorfjunge. Immer noch kein Taschentuch ... Aber der sehnsüchtige Gedanke an die duftenden, gebügelten Spitzentücher mit ihren feinen Kanten und beinahe unsichtbaren Nähten brachte Mina dazu, sich zur Ordnung zu rufen.

Es war eine Albernheit, den Kopf hängen zu lassen, weil man seine Katze nicht wiederfand. Eine Albernheit, sich zu wünschen, sie wäre da, damit man ihr von der heißen Stille hinter Spiegelscheiben erzählen konnte; von Leere und von Schrecken. Albern wie ein kleines Mädchen, das sich bei seinen Puppen ausweint. Tausendschön hatte sie den Weg zum Dorf geführt; mehr hatte er ihr nicht versprochen. Sie war allein in das Haus ihrer Tante gegangen. Sie würde auch allein zurückfinden.

Nur ... zurück wohin?

Die Felder waren sehr weit um sie her. Sie hatte geglaubt, das Dorf der Tante läge in der Nähe des Gutshofs, aber der Weg vom Taterlock hierher war lang gewesen. War das Erlenwäldchen weiter vom Gutshaus entfernt als das Dorf? Das kühle, schattige Erlenwäldchen, wo ein blasser Mann am Bach unter der Weide träumte ...

Bring uns Herrn Tausendschön wohlbehalten zurück, hatte Lilja gesagt; Lilja mit den wehenden dunklen Haaren, im

Mittagslicht so unwirklich wie eine Fee. Der Kater war verschwunden. Aber die Einladung, die in den Worten gelegen hatte ... Vielleicht galt sie auch so?

Es war sicher nicht richtig, dass sie von der Straße zwischen die Halme stieg und versuchte, im Feld ihre Spuren wiederzufinden; die Spuren, die sie zum Taterlager führen würden, nicht zum Gutshof. Nicht richtig, den Eltern noch mehr Kummer zu machen, indem sie weiter fortblieb. Aber während sie die Halme vorsichtig auseinanderbog und tiefer in das Feld hineinging, fühlte sie neben dem schlechten Gewissen etwas anderes sehr deutlich: das Frösteln unter der Hitze des Mittags, wenn sie an diese weißen schweigenden Gardinen dachte.

Sie konnte nicht nach Hause gehen. Noch nicht. Nicht jetzt.

Das Haus der Tante ließ sie nicht los, auch auf den Feldern nicht. Sie versuchte angestrengt, an andere Dinge zu denken, lenkte sich ab, indem sie sich das violette Buch ansah. Auf dem verblichenen Titel stand nur ein einziges, rätselhaftes Wort in geschwungenen Buchstaben:

Selam.

Sie konnte nichts damit anfangen, und als sie versuchte, im Gehen darin zu blättern, stolperte sie und zerriss sich beinahe den Kleidersaum. Seufzend schob sie das Buch wieder unter den Arm. Ein überquellender Rosenkorb, blassfarbig gezeichnet auf den ersten Seiten, bevor der Text begann, so viel hatte sie gesehen. Es war wohl auch nichts anderes zu erwarten gewesen.

Sie gab sich Mühe, an die Tatermädchen zu denken, Rosa und Pipa. Wie kam es wohl, dass Pipa so missmutig war?

Ihre runden Bäckchen sahen so sehr nach Lachen aus. Rot und leuchtend wie Tulpen. Wie Tulpen ...

Mina schüttelte heftig den Kopf, ihre Füße in den engen Stiefeln strauchelten auf dem schmalen Ackerpfad. Nein, keine Tulpen! Kein Blumenmeer hinter spiegelndem Nichts, keine braunen, furchtbaren Erdnarben!

Aber das Haus der Tante war hartnäckig. Es ließ sich nicht so einfach vertreiben. Die Sonne senkte sich langsam um eine Winzigkeit von ihrem höchsten Punkt, aber die Hitze wurde kaum weniger dadurch, und nun schien sie Mina schräg in die Augen, ließ sie blinzeln und stolpern. Und je müder sie wurde, desto näher rückte ihr das Haus. Und die sonderbaren Worte der Tante. Die sonderbarsten von allen, die sie gesagt hatte.

Eines verschwand unter der schwarzen Erde. Das andere hinter den Spiegeln.

Sie verstand, dass das erste Kind ihrer Tante gestorben sein musste. Vielleicht war es das, was sie so ... eigenartig hatte werden lassen. Ein kleiner oder größerer Cousin, an den Mina sich nicht einmal erinnern konnte. Es stimmte sie traurig.

Aber das andere, das zweite Kind? Was war mit ihm geschehen? *Hinter den Spiegeln* ...

Das dunkle Halmgrün um sie her war längst einer anderen Farbe gewichen, ohne dass sie darauf achtete; einem scharfen, hellen Gelb, das einen strengen Geruch ausströmte. Er stieg ihr immer stärker in die Nase. Der Geruch war bitter, kaum wie von einer Pflanze; er schmeckte vage chemisch auf der Zunge. Er brachte Mina irgendwann dazu, aufzusehen. Rapspflanzen in voller Blüte umgaben sie, manche fast so hoch wie sie selbst. Sie schienen sich bis zum dunstigen Horizont hinzuziehen.

Aber sie waren durch kein Rapsfeld gekommen.

Mina hielt inne, legte die Hand über die Augen. Versuchte herauszufinden, von welcher Seite sie ins Feld hineingegangen war. Die gelben Blüten schmiegten sich eng aneinander. Sie musste schon lang den Ackerpfad verlassen haben; hier sah sie nicht einmal mehr Spuren davon. Nur Raps, Raps auf allen Seiten. Und leises, fernes Bienengesumm.

Sie seufzte tief. Es blieb ihr nichts anderes übrig, als weiter voranzustapfen. Irgendwann musste das Feld ja enden, und dann würde sie sich wieder orientieren können. Rapsfelder waren nie besonders groß. Sie wusste, das Öl, das die Pflanzen hergaben, war bitter wie der Geruch und konnte einem den Magen verderben. Es lohnte sich also kaum, sie anzubauen. Mina lächelte schwach, als sie sich daran erinnerte. Solche Dinge brauchten wohlerzogene Mädchen sich eigentlich nicht zu merken, wenn sie sie zufällig aus Gesprächen zwischen dem Vater und seinen Pächtern heraushörten. Aber wie hatte Mademoiselle einmal gesagt? *Die Frau des Hauses sollte immer mehr wissen, als sie unbedingt zu wissen braucht. Sie darf es sich nur niemals anmerken lassen.*

Dieses Rapsfeld schien sich nicht an die Regel zu halten. Es wollte kein Ende nehmen. Und unter dem gelben Blütenschaum waren die Pflanzen miteinander verflochten; sie kam immer langsamer voran, je tiefer sie in das Feld hineinging, und ihre Hände fingen an zu jucken und zu brennen von den faserigen Stängeln, die sie beiseitezerren musste. Und nirgendwo ein Weg zu sehen oder ein Knick voller Büsche und schlanker Bäume, der die Grenze zum nächsten Feld anzeigte. Sie ging durch das Rapsfeld, als gäbe es nichts anderes mehr auf der Welt, und der bittere Geruch und die stechende Sonne machten ihr Kopfschmerzen.

Dann fand sie die Drossel. Sie trat beinahe darauf, auf den zarten, verdrehten Körper, den kleinen Kopf mit den gebrochenen Augen. Der Vogel hatte im Sterben die Flügel zwischen den hohen Pflanzenstängeln weit ausgebreitet, so dass es aussah, als ob er sich zum Fliegen bereitmachte. Mina sank in die Knie, und der Rapsgeruch hüllte sie ein. Sie beugte sich vor und hauchte gegen die starren Federn, obwohl sie wusste, dass es sinnlos war. Selbst die dicken Tränen, die ihr ganz von allein über die Wangen rollten, rührten das stumme kleine Herz nicht mehr. Und trotzdem hörten sie nicht auf zu fließen. Der tote Vogel verschwamm ihr vor den Augen.

Sie wusste nicht, was es war, das sie schließlich innehalten ließ. Vielleicht geschah irgendwo im Feld eine Bewegung, die sie mehr fühlte als sah. Vielleicht trug der schwache Wind unter dem bitteren Dunst des Rapses allmählich einen neuen Geruch zu ihr, wilder, stechender. Die Augen noch immer voller Tränen, hob Mina langsam den Kopf.

Der Hund stand nicht weit von ihr, mitten im Feld. Und er stand sehr still. Wenn er nicht so groß gewesen wäre, dass sein Kopf die niedrigeren Rapspflanzen überragte, hätte sie ihn für einen dichteren Mittagsschatten zwischen den Stängeln halten können, so schwarz war sein Fell. Und wenn sie seine Augen nicht gesehen hätte, dann hätte sie vielleicht glauben können, dass es der arme, kleine Vogelkörper war, der ihn angelockt hatte. Aber es war Mina, die er anstarrte. Mina allein. In dem Moment, als ihre schwimmenden Augen seinen Tierblick trafen, wusste sie, dass er ihretwegen gekommen war.

Und es war keiner der Hunde vom Gutshof.

Sehr langsam stand Mina auf. Die wirbelnden Gedanken in ihrem Kopf verblassten, verschwanden. Sie achtete noch darauf, nicht auf den Vogel zu treten; mehr dachte sie nicht. Sie fühlte nur wild ihr Herz klopfen, obwohl der Hund nicht bellte oder heulte. Er knurrte nicht einmal. Stand nur da und starrte sie an, ohne sich zu rühren.

Er würde nicht immer so stehen bleiben. Nicht nur sein Blick verriet es ihr. Er hatte die spitzen, nachtschwarzen Ohren eng an den großen Kopf gelegt und das Maul geöffnet. Seine Zähne waren sehr weiß in all dem Schwarz. Wenn sie sich umdrehte, wenn sie einen einzigen Schritt von ihm weg tat, weiter in das Feld hinein – ein Sprung, und die Jagd würde beginnen. Wieder beginnen. Ihr pochendes Herz erinnerte sich nur zu gut. Und hier gab es kein Wäldchen, in dem sie sich verstecken konnte. Nur den blühenden, schimmernden, stinkenden Raps.

Sie fürchtete sich so sehr. Etwas in ihr wollte nichts als fortlaufen, ganz gleich, wie sinnlos es war. Sich ducken zwischen den Stängeln und Blüten, Haken schlagen wie ein flüchtendes Reh, jedes Mal neu hoffen, wenn der Hund für einen Moment die Richtung verlor. Aber sie fühlte, er würde sie wiederfinden, immer aufs Neue. So lange, bis die müden Mädchenbeine nicht mehr weiterkonnten.

Etwas anderes in ihr wehrte sich dagegen.

Sie bewegte die Hand langsam, wischte sich die Tränen vom Gesicht. Schob die Finger dann zentimeterweise in die Manteltasche. Schwer hing die Spieluhr im Stoff. Sie tastete nach ihr, hielt dabei den Blick starr auf den Hund gerichtet. Er folgte ihren Bewegungen mit den Augen. Sie umfasste das Kästchen und zog es behutsam heraus. Es war nicht groß, aber größer als das Buch. Größer – und schwerer. Sie hob den Arm ganz langsam, hielt die Spieluhr fest gepackt. Schwer, ja, schwer war sie. Schwer genug?

Das Sonnenlicht traf auf die Kristallsplitter. Sie sah es nur als Blitzen im Augenwinkel; die Spieluhr schwebte inzwischen über ihrem Kopf. Aber der Hund hob ruckartig den Blick. Einen Herzschlag lang kam es ihr so vor, als ob die Spiegelungen ihn blendeten; er drehte den Kopf hin und her, die lange Schnauze hoch in der Luft. Aber noch immer knurrte er nicht.

Mina machte einen Schritt zurück, ohne den Arm zu senken. Er folgte ihr nicht. Noch einen, und der Hund starrte weiter nach oben, auf das Glitzern, und kam ihr nicht nach. Noch einen; und da bewegte sich etwas in der Luft hinter dem Tier, ein Flirren, wie von der Hitze, aber es hatte Konturen und schwache Farben, die nicht aus dem Raps aufgestiegen waren. Eine schlanke Gestalt, ein blasses Gesicht. Und große grüne Augen, die sie eindringlich ansahen.

Nicht werfen, hauchte der schwache Wind über dem Feld. *Wirf nicht die Spieluhr, Mina. Behalte sie bei dir.*

Sie spürte das Staunen wie rieselnde Schauer in all ihren Gliedern. Die Gestalt war so dünn, so durchscheinend, sie hätte die Rapsblüten zählen können, die hinter ihr standen. Der Hund starrte weiter auf die Spieluhr in ihrer Hand, als hätte sich nichts verändert, aber Mina sah den Glanz der schwarzen Haarsträhnen über dem Feld so klar wie das dunkle Hundefell. Nur einen Augenblick lang; dann verblasste alles wie Nebel.

»Karol«, wisperte sie. »Karol ...«

Sie machte noch einen Schritt nach hinten. Und stolperte. Spürte die Schnürsenkel am linken Stiefel reißen, knickte ein, ließ beinahe die Spieluhr fallen. Im letzten Moment bekam sie sie wieder zu fassen, dicht vor dem Boden, wo es dunkel war zwischen den Halmen. Der Hund bellte auf. Das Geräusch fraß sich in Minas Kopf. Ihr Körper drehte sich von selbst noch im Straucheln, warf sich herum, weg von dem Bellen. Nur schemenhaft sah sie den breiten, flachen Baumstumpf auf dem Ackerboden, dann spürte sie schon den Stoß, den Schmerz. Ihr Knöchel brannte. Der Hund bellte ein zweites Mal.

»Nicht, Mina, nicht weglaufen!«

Kein zartes Flüstern im Feld, eine klare, hohe Mädchenstimme, ganz in ihrer Nähe. Mühsam rappelte sie sich hoch.

»Nicht weglaufen, er ist viel zu schnell! Komm zu uns, komm in den Wald!«

Es war Rosa, Rosas Stimme, ganz nah. Wirr blickte Mina um sich. Da war doch nichts, nur das Feld ...

»Wir sind hier, er ist hier, komm, Mina! Du hörst mich doch, oder?«

Schrill die Sorge jetzt in Rosas Stimme. Und so deutlich, immer noch, als ob sie dicht neben ihr stünde! Und nichts, nichts da! Nur vielleicht etwas wie – ein schwacher, dunkelgrüner Schimmer ... Er wellte die Luft über dem Feld. Dort, wo Karol gestanden hatte. Und etwas rauschte, wie von weither.

»Mina, komm, bitte! Hab Vertrauen!«

Vertrauen? In nichts? Aber – Rosas Stimme! Und Karol! Und der grüne Schimmer ... So seltsam bewegt. Wie kleine grüne Wellen. Oder wie Blätter im Wind. Gar nicht so weit entfernt von ihr. Zwei, drei Meter vielleicht ins Feld hinein.

Kam nicht auch Rosas Stimme von dort?

Wohin, wohin soll ich denn kommen?, fragte Mina hilflos, stumm, aber vielleicht hörte Rosa sie doch.

»Du bist ganz nah, ganz nah! Renn einfach darauf zu!«
Konnte es wirklich der eigenartige grüne Nebel sein, den sie meinte? Und sah sie denn nicht, dass der Hund genau davorstand? Sollte sie auf den Hund zu rennen? Einfach so, ins Feld? Ins Feld, oder ... in was?
Der Hund bellte ein drittes Mal, lauter, schärfer. Dann sprang er, wie ein Blitz aus Schatten. Ein, zwei Augenblicke rasten vorbei, blind, taub in der Geschwindigkeit; im selben Moment rannte Mina los.
Auf ihn zu.
An ihm vorbei.
Er riss den riesigen Kopf herum, verwirrt, schnappte nach ihr mit der gewaltigen schwarzen Schnauze. Sie hörte das scharfe Klicken der Zähne, die aufeinandertrafen, als würden sie Knochen zermalmen. Erde und Pflanzenfetzen stoben auf, als er die Krallen in den Boden stieß, versuchte sich herumzuwerfen zu ihr.
»Spring, Mina! Spring!«
Der grüne Schimmer ... der Hund, so nah ...
Mina schrie. Sie schrie und sprang ins Feld hinein und schlug einen Herzschlag später auf den Boden auf, Buch und Spieluhr fest umklammert.

Kein Raps, kein betäubend bitterer Geruch. Keine reißenden Zähne, die nach ihr schnappten. Kein schwarzzottiger Leib, der sich auf sie stürzte. Stille. Und die Sonne war verschwunden.
Vorsichtig richtete Mina sich auf. Sie kauerte auf einem weichen, grünen Untergrund, wie auf winzigen Samtkissen, und grünliches Licht umgab sie, von langen Schatten gestreift. Kein Feld, kein glimmendes Gelb, kein weiter,

grellblauer Himmel. Kein Hundebellen mehr; nur eine raue, volle Stimme, die sich an der plötzlichen Ruhe entlangrieb.

»Ich sagte doch, es würde ihr gelingen.«

Sehr langsam hob Mina den Kopf.

»Herr Tausendschön?«

Sie sah ihn nicht gleich. Bäume umgaben sie auf allen Seiten. Alte, gewaltige, riesenhafte Bäume; mit graubraunen Stämmen, hinter denen sich Pferde verstecken konnten, mit Ästen, die sich wie Straßen in der grünen Höhe spannten. Das Erlenwäldchen des Taterlocks hätte gegen sie wie eine Gruppe Schößlinge gewirkt. Und der Kater, der auf den Wurzeln hockte und sich die Pfote leckte, sah klein wie ein Spielzeug aus.

Bedächtig nickte er ihr zu.

»Ich wusste es, Fräulein Mina. Fragen Sie nur die anderen, ich habe es ihnen gesagt. So dumm, das habe ich gesagt, so dumm kann Fräulein Mina nicht sein, dass es ihr nicht gelingen würde. Nicht, wenn sie Angst genug hat, um es wirklich zu versuchen.«

»Was habe ich denn versucht?«, murmelte Mina verwirrt.

Rosa kam zwischen den Bäumen auf sie zu, strahlend, die Arme ausgestreckt. Sie öffnete den Mund, aber Pipas missmutige Stimme kam ihr zuvor.

»Ihr habt ihr geholfen, ich habe es gehört. Und gesehen! Sonst hätte sie es nie geschafft. Sie hätte nie hierhergefunden.«

Erst jetzt nahm Mina die anderen Tater wahr, die um sie her unter den Bäumen standen. Lilja lächelte sie an, Viorel zwinkerte ihr zu, wie anerkennend. Zinni schmiegte sich an

Nads Hüfte, die Augen noch rund vor Aufregung. Und Pipa, das Gesicht in Falten gekniffen.

Es gab nichts, was sie denken konnte. Keinen Gedanken, der auch nur vage umfassen konnte, was gerade geschehen war. Sie fühlte ihr Herz noch immer klopfen, als spränge der schwarze Hund gerade jetzt auf sie zu – das war das eine. Er war nicht da, keine Spur von ihm zwischen den Bäumen, die es eben noch nicht gegeben hatte – das war das andere. Und einen Gedanken, der beides miteinander verband, so verband, dass es einen Sinn ergab – einen solchen Gedanken konnte es auf der Welt nicht geben.

Der Kater stand gemächlich auf und kam zu ihr herüber. Mit einem langen, sanften Schwung rieb er den runden Kopf an ihrer Schulter. Auf dem Gutshof hatte er das oft getan. Aber es hatte sich nie vorher wie eine Auszeichnung angefühlt.

»Sie haben«, sagte er und schnurrte würdevoll, »es sehr gut gemacht, Mina. Das ist alles, was es dazu zu sagen gibt.«

Was habe ich gut gemacht?, wollte Mina fragen, und wo ist Karol, ich habe ihn doch gesehen; aber Nad schob sich den Filzhut in den Nacken und sagte:

»Kannst du aufstehen? Es wäre besser, wenn wir nicht zu lange hierbleiben würden.«

Mina nickte unwillkürlich, während sie dachte: Hier? Wo ist denn *Hier*?

Ein scharfer Schmerz zuckte durch ihren Knöchel, als sie versuchte, sich aufzurappeln, und sie stöhnte leise. Sofort war jemand bei ihr, kniete sich neben sie in das samtige Moos. Viorels funkelnde Augen unter den kühn geschwungenen Brauen rundeten sich besorgt.

»Hast du dich schwer verletzt? Lass mich sehen.«

Er legte seine kräftigen Hände um ihren linken Knöchel. Sie waren warm, selbst durch das steife Leder hindurch. Mina fühlte das Blut in ihre Wangen schießen.

»Nein«, sagte sie leise, als er geschickt den zerrissenen Schnürsenkel aus dem Dutzend Ösen und Haken fädelte, »nein, bitte, es geht schon.«

Seine Zähne strahlten im dunklen Bartschatten auf, als er sie anlächelte.

»Keine Angst. Ich tue dir nicht weh.«

Er lockerte den Stiefel vorsichtig. Dann fühlte sie fremde Hände durch den dünnen Strumpfstoff auf ihrer Haut; fremde, breite, männliche Hände, und sie wusste nicht mehr, wohin sie sehen sollte.

»Es schwillt schon an«, sagte er. »Das ist nicht gut. Ich versuche, dir den Stiefel auszuziehen, bevor du ihn nicht mehr herunterbekommst.«

Minas Blick irrte zu Tausendschöns runden Katzenaugen. Die weißen Schnurrhaare darunter zuckten.

»Kommen Sie, Viorel«, brummte er, »Sie machen die junge Dame verlegen, sehen Sie das nicht? Lassen Sie sie es selbst versuchen.«

Mina sah ihn dankbar an. Viorel zuckte die Schultern.

»Wie Sie meinen. Aber es sollte schnell gehen. Nad hat Recht, wir können nicht so sehr in der Nähe bleiben.«

Es war ein verwirrendes Gefühl, als er aufstand und beiseitetrat. Die Wärme seines Körpers zog sich zurück wie ein Mantel, der sich weich um ihre Glieder gelegt hatte; ein Verlust, irgendwie, und gleichzeitig eine Erleichterung. Mina nestelte hastig an dem Stiefel und hoffte, dass ihr Gesicht sich wieder abkühlte.

Es tat weh, als sie den Stiefel auszog; schlimmer, als sie

gedacht hatte. Sie stöhnte nicht wieder, aber sie biss sich auf die Unterlippe und presste das harte Leder fest zwischen den Fingern. Der Strumpf, der unter dem Schuh zum Vorschein kam, war eher grau als weiß.

Trotzdem zögerte sie, ihn abzustreifen. Nur Kinder liefen ohne Schuhe und Strümpfe durch das Gras; Kinder, die noch nicht wussten, was sich gehört und was nicht. Aber sie hatte nur dieses eine Paar Strümpfe, und wenn sie es zerriss, würde sie sich später die Zehen in den Stiefeln wundscheuern.

Sie rollte den Rand des Strumpfes herunter. Die winzigen runden Köpfchen der Mooskissen strichen über ihre nackte Fußsohle. Es kitzelte sanft.

»Den anderen«, schnurrte Tausendschön, »ziehen wir dann wohl auch besser aus. Es sieht sonst doch ein wenig eigenartig aus, meine ich.«

Pipa kicherte. Entschlossen machte Mina sich über den anderen Schnürsenkel her.

Lilja wickelte ihr eine Binde aus feuchten, kühlen Blättern um den Knöchel, und mit ihrer und Nads Hilfe gelang es Mina, aufzustehen. Und als sie stand, nahm Lilja ihr die Sachen aus den Händen, und Nad hob sie auf seinen Arm, ganz ohne weiteres, als wäre sie nur ein kleines Mädchen, das sich beim Spielen gestoßen hat.

Auch er war warm, warm und nah, sie roch das Gras und die Erde in seinen Kleidern und diesen schweren, wehmütigen Duft nach Herbstlaub, der in seinen Haaren zu hängen schien. Sie genierte sich und versuchte, sich so leicht wie möglich zu machen. Aber das Blut schoss ihr nicht wieder ins Gesicht, und als ihr Kopf an seiner Brust zu liegen kam, fühlte es sich nicht verwirrend an. Sein Bart über ihr, so struppig, die Falten in seinen Wangen beim Lächeln, so tief und verästelt, wie Borke auf einem Stamm. Die Arme so fest und knorrig ... Es war fast so, als wäre es einer der großen Bäume, der sie hielt.

»Kommt«, sagte Lilja nur. »Es wird Zeit.«

Lange gingen sie in dem grünlichen Licht dahin. Die Blätter hoch über ihnen rauschten, und Nads gleichmäßige Schritte schaukelten Mina hin und her wie Wind in den Zweigen. Die Augen fielen ihr zu, einmal, ein anderes Mal. Bis der Wald sich um sie her langsam auflöste und in einem warmen Dunkel versank, das nach Gräsern duftete.

Sie wachte erst wieder auf, als Nad sie behutsam auf den Boden gleiten ließ.

»So, meine Kleine«, sagte er mit seiner tiefen Stimme, die aus dunstigen Nebeln zu ihr aufstieg. »Da sind wir wieder. Jetzt ruh dich aus.«

Mina richtete sich auf. Die Bäume, die sie umgaben, waren schlank und hell. Ihre lichten Kronen rauschten nicht, sie flüsterten wie tuschelnde Kinder im Wind. In der Nähe plätscherte Wasser dazwischen.

Sie war zurück im Taterlager.

Es wäre vernünftig gewesen, Nads Worten zu folgen. Die Erschöpfung hing immer noch an Minas Gliedern wie ein schweres, nasses Tuch, das sie zu Boden zog. Aber die Gedanken in ihrem Kopf schienen nur darauf gewartet zu haben, dass sie wieder erwachte.

»Wo ist er hin?«, fragte sie Nads breiten Rücken, der sich bückte, um das Feuer zu richten.

»Wer?«

»Der Wald, wo ist der Wald geblieben? Oder sind wir schon hindurchgegangen?«

Nad drehte sich um, die Falten um seine Augen kräuselten sich.

»Oh, er ist schon noch da«, sagte er und zwinkerte. »Er ist immer da. Aber das ist nichts, was man einem müden kleinen Mädchen erklären sollte. Diese Dinge sind schwer zu verstehen, selbst wenn man hellwach ist.«

Mina schlang die Arme um ihre Knie. Das kurze Gras kitzelte sie an den Zehen. Ein paar Schritte weiter sah sie Lilja und Rosa die Bündel ordnen, die auf einem Haufen lagen. Bei dem Gedanken, dass die Spieluhr mit ihren Stiefeln und dem Buch der Tante dort liegen musste, fühlte Mina sich seltsam erleichtert. Es war gut, sie geborgen und sicher zu wissen. Gut aber auch, sie eine Weile nicht tragen zu müssen.

Nad hatte sich wieder abgewandt und schlug Funken aus einem kleinen Stein. Es roch beißend. Mina wollte nicht aufdringlich sein, und so fragte sie ihn nicht weiter. Aber die Gedanken ließen sie nicht wieder zur Ruhe kommen.

Vorsichtig probierte sie, ob sie ihren Fuß belasten konnte. Es stach, wenn sie zu viel Gewicht auf ihn legte. Wenn sie nur schwach auftrat und ein wenig hinkte, ließ es sich aushalten. Der Verband aus Blättern war immer noch kühl und besänftigte die Schwellung. Ungelenk humpelte Mina zwischen die Erlenstämme. War da ein Zwinkern in Nads Augen, als sie kurz zurücksah? Oder spielte nur der Rauch in seinem Gesicht?

Sie fand den kleinen Bach schnell, sein munteres Plaudern leitete sie. Feuchte, weiche Erde schmiegte sich an ihre Fußsohlen. Zwischen den Sträuchern am Ufer war es schwierig, mit dem verletzten Knöchel nicht das Gleichgewicht zu verlieren; sie hielt den Blick fest auf die gebückte Weide gerichtet und klammerte sich an, bis das Gebüsch wieder zurückwich. Schmale, silbergrüne Blätter begrüßten sie raschelnd. Sie hielt den Atem an, als sie die langen Zweige teilte.

Sie sah ihn, Karol, den Drehorgelmann, den Taterkönig, aber was ihren Blick festhielt, waren die kleinen, hellblauen Blumen. Deutlich und klar leuchteten sie zwischen den Gräsern und Blättern, in einem Kreis angeordnet um seine liegende Gestalt. Sie waren da, wie er da war. Nicht durchscheinend, nicht halbverborgen, nicht in der Luft verblasst wie Gesichter in einer Fensterscheibe. Starenschwarz war sein Haar; sachtblau wie ihr Mantel waren die Blüten. Sie wusste, wenn sie es wagte, sich zu bücken, würde sie glatte Strähnen fühlen, samtige Blütenhaut. So wirklich, wie wenn sie sich über das Kleid strich.

Mina ließ den Atem über ihre Lippen strömen. Karol schlief. Und er lag genauso da, wie sie ihn verlassen hatten.

»Bitte«, sagte sie nervös, mit schwankender Stimme, als sie wieder bei den Tatern war, »bitte, könnte jemand mit mir reden?«

Sie wandten sich ihr zu, alle gleichzeitig, Lilja mit einem Brotlaib unter dem Arm, Zinni mit ein paar Holzlöffeln zwischen den Fingern wie einen seltsamen Blumenstrauß. Mina knetete ihre Hände. Nur ganz am Rand nahm sie wahr, dass sie immer noch juckten.

»Ich glaube«, sagte sie leise, ohne jemanden anzusehen, »mein Kopf zerspringt, wenn niemand mit mir redet.«

Einen Herzschlag lang hallte die Stille. Sie konnte nicht

sagen, ob sie unfreundlich war, abweisend – oder überrascht. Und sie wagte es nicht, aufzusehen.

»Natürlich«, sagte Tausendschön. Sie hörte den weichen Plumps, als er von einem Bündel heruntersprang. »Es ist nur natürlich, dass Sie sich so fühlen. Sie sind ein Mensch, nicht wahr? Sie sehen Dinge. Sie hören Dinge. Aber es genügt Ihnen nicht, was Ihnen Augen und Ohren sagen. Sie brauchen Worte. Menschen brauchen immer Worte.«

Er kam auf sie zu, strich an ihr vorbei, ohne anzuhalten, mit einem leisen, seidigen Rascheln. Als sein hoch aufgerichteter Schwanz zwischen den Bäumen verschwand, rief Pipa ihm nach:

»Warum reden Sie nicht einfach mit ihr?«

»Ich?« Sie sahen ihn nicht mehr. »Ich bin doch nur ein Kater, nicht wahr ...«

Lilja lachte. Sie legte den Brotlaib auf das ausgebreitete Tischtuch, schob sich das Haar aus der Stirn und sagte:

»Komm her, Mina, du brauchst dich nicht zu genieren. Er hat Recht, es ist nur natürlich. Setz dich zu mir. Die anderen kümmern sich um das Essen.«

Mina sah den giftigen Blick, mit dem Pipa sie streifte, bevor sie sich wieder über das Tischtuch beugte. Aber sie war zu erleichtert, als dass es ihr mehr als einen kleinen Stich gegeben hätte. Sie kniete sich an Liljas Seite, und Beruhigung wehte wie ein kühler Duft aus den Falten des grünen Kleides.

»Worüber«, fragte sie, »möchtest du denn als Erstes reden?«

Hundert Gedanken blitzten wie ein Fischschwarm durch Minas Kopf. Aber der, der auf ihre Zunge schwamm, war keiner von denen, die sie erwartet hatte.

»Ich möchte«, sagte sie stockend, »ich möchte sagen, dass es furchtbar war im Haus meiner Tante.«

Sie sah, dass Zinni sich zu ihr umdrehte, aber Nad legte einen Arm um ihn und zog ihn beiseite.

Mina nickte heftig.

»Ja, es war furchtbar! Und ich wünschte, ich wäre niemals hingegangen.«

Lilja betrachtete sie. Es lag ein Zug um ihren schönen, breiten Mund, der Mitleid sein konnte, oder ein Lächeln.

»Das«, sagte sie leise, »war es, glaube ich, was Tausendschön schon befürchtet hatte. Aber jeder muss seinen eigenen Weg gehen. Der zu ihrem Haus war wohl der deine.«

»Sie ist«, Mina sagte es sehr laut, sie schrie es fast, »sie ist verrückt, meine Tante, irrsinnig! Verrückt, verstehst du, wie die Leute, die man in Anstalten sperrt! Nicht lustig wie die Alte im Dorf, sie hat das ganze Zimmer voller Spiegel und leerer Vasen, und sie schlägt ihre Blumen entzwei!«

Sie starrte Lilja ins Gesicht, herausfordernd, ohne zu wissen, was es war, dass sie fordern wollte.

»Das ist schlimm«, sagte Lilja ruhig.

Ihre Augen senkten sich tief in Minas Blick.

»Aber du, Mina – du bist nicht deine Tante.«

»Und wenn es doch so ist? Wenn ich doch vielleicht ... genauso verrückt werde wie sie?« Jetzt war es wirklich ein Schreien. Mina schlug die Hand vor den Mund, sehr fest, aber es kam zu spät. In Liljas Rücken hakte sich Rosa bei Viorel unter und zog ihn auf die Bäume zu. Das Mitleid auf ihrem Gesicht brannte in Minas Bauch.

Lilja legte den Finger auf die Lippen. Mina verstummte,

atemlos, beschämt, aber es war keine Rüge, die in Liljas dunklen Augen lag.

»Horch«, sagte sie.

In der Ferne bellte ein Hund.

»Ich glaube«, sagte Lilja, als das Bellen in einem eisigen Hauch verklungen war, »Herr Tausendschön hat etwas zu dir gesagt, vor einer Weile schon. So hat er es mir jedenfalls berichtet. Du kannst selbst entscheiden, Mina. Du kannst glauben, was du siehst und was du hörst. Oder du kannst glauben, verrückt zu sein. Niemand von uns kann diese Entscheidung für dich treffen. Aber das«, sie hob das Kinn, deutete die Richtung an, aus der das Bellen gekommen war, »das würden *sie* dir nur zu gerne abnehmen.«

Ströme von Erinnerungen jagten durch Minas Kopf. Das Heulen und Knurren auf der Landstraße. Das Bellen im Taterlock. Der Hund aus dem Nichts zwischen dem blühenden Raps, in dem schrecklichen Moment, als sie die tote Drossel fand.

»Aber wer ...«, flüsterte sie, »... *was* sind sie? Und wieso jagen sie mich?«

Lilja schloss kurz die Augen. »Ich glaube, es gibt sehr viele Namen für sie. Aber vor allem sind sie das, was du hörst, Hunde. Und Hunde jagen, weil einer sie schickt, um zu jagen. Einer, den du sehr gut zu kennen glaubst.«

»Einer, den ich ...« Die Erinnerungen rissen nicht ab. Der schwarze Hund reckte die Schnauze nach der Spieluhr, die über ihrem Kopf glänzte. Die Spiegel im Haus der Tante blendeten sie, und in dem Gleißen sprühten Lichtflecken auf. Der eine Gedanke, der immer wieder an ihr genagt hatte, biss jetzt zu und hielt fest. Die Lichtflecken waren klein und kreisrund, und sie glommen in Paaren auf.

In funkelnden, spiegelnden Brillengläsern.

»Wieso kennst du ihn?« Mina hörte ihre eigene Stimme kaum. Graue Leere schien sich um sie her auszubreiten. »Wieso kennst du den Herrn Doktor? Und wieso sollte er ... *er* ...«

Ihr schwindelte. Hinter ihrer Stirn drehte der schwarze Hund den Kopf hin und her, den Blick auf die funkelnde Spieluhr gerichtet. Es war keine Verwirrung in den Bewegungen gewesen, wie sie geglaubt hatte. Es war Erwartung.

»Er kannte ihn auch«, hauchte sie fassungslos, und erst, als sie es aussprach, wusste sie, dass es die Wahrheit war. »Der Hund kannte ihn, und er dachte, er wäre plötzlich da und würde ihm einen Befehl erteilen ... Er hat gemeint, dass er die Brille sieht ... *die Brille!*«

Lilja schlang die Arme um sie und hielt sie, damit sie nicht in die Leere fiel. Mina sah das graue Nichts unter ihren nackten Füßen treiben, kalt und endlos wie der Herbstnebel. Nur dort, wo Liljas Worte in die Stille tropften, als sie wieder sprach, schien das Gras der Lichtung ein wenig durchzuschimmern.

»Der Doktor«, sagte Lilja, »ist in den Dörfern gut bekannt. Man ruft ihn zu allen schweren Fällen, und er kommt und nimmt kein Geld dafür, wenn man es nicht hat. Er bringt den Frauen bei, dass sie ihre Säuglinge nicht in Tücher wickeln, bis sie sich nicht mehr rühren können, wie man es früher getan hat. Er zeigt den Männern Bilder von kranken Trinkerkörpern, damit sie sich bei der Flasche zurückhalten. Er holt die ganz Alten aus den Verschlägen und Küchen, in denen sie hausen.«

Minas Augen weiteten sich.

»Aber ich dachte«, flüsterte sie in Liljas Kleid, »die Alten auf den Dörfern wohnen in den Altenteilen hinten auf den Höfen.«

»Ja«, Liljas Nicken streichelte ihr Haar, »oft tun sie das. Aber was geschieht, wenn sie noch älter werden? Wenn sie sich nicht mehr um den Haushalt kümmern können, wenn sie nicht mehr aufstehen, sich nicht mehr anziehen können? Die Bauern arbeiten sehr schwer, Mina. Jeder Einzelne in einer Bauernfamilie arbeitet schwer. Nicht einmal die Kinder haben die Zeit, alle paar Augenblicke nach Urgroßmutter zu sehen.«

Das Kleid vor Minas Lippen schien die Worte zu dämpfen, erträglicher zu machen. Sie wagte es zu fragen:

»Was ... was tut er noch?«

»Viele gute Dinge«, sagte Lilja ruhig. »Viele wichtige, richtige Dinge. Aber mancher, der alt und müde auf einer Küchenbank dahindämmert, ist vielleicht gar nicht unzufrieden mit seinem Los. Mancher, der ungepflegt und vernachlässigt aussieht, weil niemand am Morgen die Zeit fand, ihm die Haare zu kämmen, wird am Abend von den Enkeln gedrückt und mit dicker Suppe geduldig gefüttert. Und niemand ist herzlos und grausam, nur weil er ungebildet ist.«

Mina erinnerte sich an die freundliche, klare Stimme des Doktors.

»Er sagte immer, die Bauern leben wie vor hundert Jahren.«

»Ja«, wieder dies Streicheln von Liljas Kinn, »aber nicht alles vor hundert Jahren war schlecht. Vor hundert Jahren, Mina, wussten die Menschen oft mehr, als sie heute wissen. Manche redeten noch mit dem Mond und mit den Sternen, und diese sagten ihnen, wann sie säen mussten, wann es Regen geben würde, wann das Korn in Gefahr war zu faulen. War das schlecht? Muss man die Menschen von allem losreißen, was sie kennen, weil man es selbst nicht versteht?«

»Das ist es, was er tut?«, fragte Mina.

»Nicht nur die Alten.« Lilja seufzte. Ihre Brust hob sich dabei und legte sich gegen Minas Wange, und plötzlich konnte sie Liljas Herz schlagen hören, laut und klar und voller Kummer. »Nein, nicht nur die Alten. Auch solche, die ... besonders sind. Die nicht passen in das, was er für richtig hält.«

Jemand war in Liljas Gedanken, während sie das sagte. Mina spürte es; sie spürte auch, dass nicht sie es war. Trotzdem musste sie fragen:

»Und ich ... ich passe nicht?«

Lilja nickte.

»Ich denke es.«

Mina packte ihren ganzen Mut und hielt ihn fest.

»Und ... meine Brüder ... haben sie vielleicht auch nicht ... gepasst?«

Lilja drückte sie.

»Ich weiß es nicht, meine Kleine«, sagte sie, und das Mitleid machte ihre schöne Stimme spröde. »Ich weiß nur, was Tausendschön uns erzählt hat. Dass du mit einer Spieluhr spielst, die nicht dir gehört. Dass Stimmen um dich sind, Gerüche und Geräusche. Und Bilder, viele Bilder; farbige, leuchtende, tanzende Bilder, die niemand sieht außer dir und einer neugierigen Katze.«

Sie wiegte Mina ein wenig.

»Er sagte uns, *sie* wären schwach geworden mit den Jahren, ohne dass er wirklich sagen konnte, wer *sie* waren; schwach und schwächer, so, wie es mit Karol geschehen ist. Dass sie nach dir riefen und du es nicht hörtest. Bis Karol an deine Tür kam und die Drehorgel sich entschloss, das Lied der Spieluhr für dich zu spielen.«

Wieder seufzte sie; und als sie weitersprach, waren die Worte durchtränkt von einem tiefen, tränenlosen Kummer, dem Mina keinen Namen geben konnte.

»Er sagte, das Einzige, woran er sich erinnern kann, als er noch ein ganz junges Kätzchen war, ist dies: Jungenhände wühlten in seinem Fell, und Jungen lachten, als er behaglich dabei schnurrte; dann waren Schritte und Licht und Funkeln, jemand weinte, jemand schrie. Die Hände rissen jäh aus seinem Fell, und das Lachen verstummte. Und die, denen es gehörte, verschwanden aus dem Haus und kehrten nicht zurück.«

»Eines verschwand«, sagte Mina langsam, wie traumverloren, »*hinter den Spiegeln.*«

Sie hörte Lilja überrascht einatmen.

»Was meinst du, meine Kleine?«

Mina schluckte. Der Gedanke, der hinter den Worten lag, war so ungeheuerlich, so monströs, dass sie sich davor fürchtete, ihm mit noch mehr Worten Gestalt zu verleihen. Aber in der formlosen Hülle des Schweigens nahm er sich noch unheimlicher aus.

»Ich glaube«, sagte sie, viel fester, als ihr zumute war, »dass meine Brüder nicht die einzigen Kinder sind, die nicht gepasst haben und die verschwunden sind. Bei meiner Tante muss der Doktor auch gewesen sein. Der Doktor mit seiner spiegelnden Brille.«

Sie richtete sich auf und löste sich aus Liljas Armen.

»Verzeih«, sagte sie. »Ich glaube, ich muss ... Ich danke dir, dass du mit mir geredet hast. Aber jetzt ... jetzt gehe ich ein wenig am Bach spazieren, wenn es dir recht ist. Ich kann ... ich muss ...«

Lilja strich ihr sanft über den Rücken.

»Geh nur«, sagte sie. »Und hör ihm ruhig zu, während du gehst. Der Bach weiß viel Rat, wenn er über die Steine fließt.«

Mina hielt sich von der Weide fern. Am Bachufer wandte sie sich in die andere Richtung, wo die Erlen licht auseinanderstanden und keine Sträucher an ihr zerrten. Die Stimmen der Tater verklangen hinter ihr. Als nichts anderes mehr zu hören war als das Plätschern des Wassers, wickelte sie sich das Kleid um die Knie und setzte sich ans Ufer.

Erlenblätter spiegelten sich in den flachen Wellen. Ihre Umrisse wirkten verzerrt, viel kleiner, als sie oben an den Ästen waren, und seltsam farblos. Hat er mich auch so gesehen?, dachte Mina. Bin ich auch ein seltsames, unwirkliches Ding für ihn, hinter seinen Brillengläsern – ein Schemen, ein Zerrbild?

Wie geborgen hatte sie sich bei ihm gefühlt, wenn er kam. Wie hatte sie die Aufmerksamkeit genossen, die er ihr schenkte, ihr allein, wenn sie krank war und er statt des alten Physicus so manches Mal an ihrem Bett saß. Jede bittere Medizin, die er ihr verordnete, hatte sie klaglos geschluckt. Jetzt war ihr, als schmeckte sie sie alle zugleich ganz hinten auf der Zunge.

Wie aus Trotz versuchte sie, zum allerersten Mal, sich an die Brüder zu erinnern. Unter dem Murmeln des Wassers ließ sie die Dunkelheit kommen, das Weinen und das Klagen im Nichts. Sie zitterte, als es sie umhüllte, aber sie hielt es aus, wartete still, bis es vorüberging. Hielt die Augen zusammengekniffen und spähte in die Dunkelheit.

War da etwas wie das Gefühl einer warmen Jungenhand, die sich auf ihre Wange legte? Kurze Finger, weich und ein wenig klebrig? Zupften sie sie sanft an den Haaren, wie um sie zu einem Spiel aufzufordern? Matte, vage Bilder schwammen durch die Finsternis. Die Photographien aus dem Medaillon?

Die verblassten Gesichter wurden größer und unschärfer, stiegen über ihr auf. Sie musste den Kopf in den Nacken legen, um ihnen zu folgen. Was war das für ein weicher Stoff unter ihren nackten Füßen? Eine Wolldecke, die jemand im Garten ausgebreitet hatte; Fransen, die mit ihren Zehen spielten ... Und dort, am Rand der Decke, zwei Gestalten, viel, viel größer als sie selbst und doch unendlich viel kleiner als die Eltern. Sie warfen ihren Schatten über sie, und er war warm und umfing sie wie eine Umarmung. *Sicherheit. Vertrauen. Liebe ...*

Dann zerrann alles in einem dunklen Nebel.

Der Bach plätscherte lauter; und für den Wimpernschlag, mit dem sie die Augen wieder öffnete, glaubte sie, ein glucksendes Kinderlachen unter dem Geräusch des Wassers zu hören, das rasch davontrieb.

Mehr gab es nicht. Die Zeit hatte alles andere zwischen den Fingern zerrieben, bis nur ein paar dürre Gedanken übrig waren, wie die Skelette der Blätter, die man im Herbst am Boden fand. Nur die paar Gedanken, und ein Gefühl von zielloser Sehnsucht, das Mina vertraut berührte. Zu Hause hatte es sie auf den Dachboden getrieben, zwischen die ausrangierten Kommoden mit den fehlenden Beinen und die bilderlosen Rahmen.

»Wie heißt ihr nur?«, fragte sie den Bach. »Ich kann mich nicht einmal an eure Namen erinnern. Und ihr, wisst ihr denn noch meinen?«

Der Bach plauderte zwischen den Steinen, aber es war keine Sprache, die sie verstand.

Mina seufzte. Es schien, als würde sie ihre Antworten alleine finden müssen.

Sie zog die Beine unter dem Rock hervor, betrachtete ihre bloßen Füße. Der Knöchel unter dem grünen Blattverband war kaum noch geschwollen, als sie ihn vorsichtig umfasste. Hier hatte Viorel seine Finger hingelegt ... Ihre Haut kribbelte, und sie verjagte den Gedanken schnell. Nicht schnell genug vielleicht, denn er hinterließ etwas, das sie dazu brachte, sich ihre Füße und Knöchel genauer anzusehen. Sehr weiß war ihre Haut, nicht so wie Zinnis und Pipas; aber auch nicht durchscheinender Nebel wie Karols Gesicht. Milchig, dachte sie und schmunzelte unwillkürlich. Milchweiße Haut, wie die Prinzessinnen in den Büchern. Nur schade, dass sie nicht auch das bildschöne Gesicht dazu hatte ... Ihre Knöchel immerhin, sie schienen einigermaßen wohlgeformt zu sein, schlank und mit zierlichen Knochen. Sie nahm den Verband ab und betrachtete sie beide eingehend. Und schließlich wagte sie es, den Rocksaum ein kleines Stück höher zu ziehen. Der Stoff kratzte über ihre Haut.

Auch die Waden machten ihr einen ordentlichen Eindruck. Es waren bestimmt keine Kartoffelstampfer, wie die Knechte auf dem Gut manchmal abfällig die Beine der Küchenmädchen nannten. Man konnte sich vielleicht nicht unbedingt vorstellen, dass sie eines Tages in eleganten Abendschuhen aus Samt enden würden; dazu schienen sie ihr zu kräftig, zu gerade. Aber in etwas Flacherem, mit einer kleinen Schleife ...

»Du solltest sie waschen«, sagte eine Jungenstimme, und als sie herumfuhr und gleichzeitig das Kleid nach unten zerrte, stand Zinni neben einem Baum wie ein kleiner Waldkobold. »Wenn du schon hier sitzt. Sie sind ziemlich dreckig.«

»Wirst du mir jetzt jedes Mal Bescheid geben, wenn ich schmutzig bin«, sagte sie unfreundlich, aber er lachte nur, und sie konnte sehen, dass er Recht hatte. An den Fußsohlen war von milchweißer Haut keine Spur mehr zu entdecken, sie waren schwarz und braun von Erde.

Das Wasser war so kühl und so leicht, und so anders als daheim, wenn sie in der großen Porzellanwanne badete. Es strich an ihrer Haut entlang wie kalte, weiche Luft, wenn der Wind von der Schlei herwehte. Sie wackelte mit den Zehen, wühlte ein wenig von dem Schlamm auf, der zwischen den Kieselsteinen saß.

»Jetzt machst du es auch dreckig«, sagte Zinni.

»Ich weiß, ich bin ein dummes Gadsche-Mädchen.«

Mina tauchte auch die Hände in den Bach, und beinahe sofort ließ das Jucken nach. Warum war sie nicht früher darauf gekommen?

Zinni setzte sich neben sie.

»So dumm nicht«, sagte er und stupste sie mit der Schulter an. »Auf dem Feld, da warst du nicht dumm. Zuerst schon, aber dann nicht mehr. Pipa hat nicht geglaubt, dass du es schaffst. Ich schon.«

Mina bewegte die Hände im Wasser hin und her. Die Haut sah immer noch rot und trocken aus, fast wie von einem Sonnenbrand. Aber im Gesicht und auf dem Kopf, die so lange der Mittagssonne ausgesetzt gewesen waren, spürte sie nichts, kein Brennen, kein Jucken.

»Ich weiß ja nicht einmal«, sagte sie leise, »was ich eigentlich geschafft habe. Da war der ... Hund«, sie stockte und schauderte, »und dann Karol und dann plötzlich ihr ...«

»Nun ja«, sagte Zinni, »das ist es doch eben. Ein dummes Gadsche-Mädchen hätte uns nicht gehört, als wir im geheimen Wald waren. Und hätte es auch nicht hineingeschafft.«

Da war ja gar kein Wald, dachte Mina, aber es war ein mechanischer Gedanke, der sich von allein abspulte. Darunter und darüber erinnerte sie sich zu genau an das dunkelgrüne Licht, das Rauschen über ihrem Kopf. Sie dachte an das Gespräch mit Lilja, hob den Kopf und lauschte. Ja, da war etwas, sehr weit entfernt und schwach nur; ein dumpfes Grollen, wie es einem Gewitter vorausging. Oder einem Bellen.

»Der Doktor hat mit den Hunden zu tun«, sagte sie, und Zinni nickte, als wäre es das Selbstverständlichste auf der Welt. »Ich weiß nicht, wie, aber er hat mit ihnen zu tun. Und ich glaube, sie ...« Es war blühender Unsinn, und trotzdem musste sie es aussprechen. »Sie wittern mich irgendwie, wenn ich ... wenn ich Angst habe.«

Sie sagte nicht, wovor sie sich am meisten fürchtete. Aber Zinni schien sie auch so zu verstehen.

»Das tun Hunde doch immer«, sagte er und warf einen Zweig ins Wasser. Er schaute ihm hinterher, wie er davontrieb, und Mina tat es ihm nach.

Eine Weile saßen sie schweigend, und der Bach kitzelte Minas Zehen. Das Gefühl wurde stärker, je länger sie dort saß; und es kam ihr auch so vor, als würde das Wasser unruhiger. Die kleinen Wellen hüpften höher, an manchen Stellen bildete sich sogar ein leichter weißer Schaum, der gleich wieder verflog.

»Zinni«, sagte Mina, »sind Fische in dem Bach? Ich glaube ...«

Etwas Festes streifte an ihrem rechten Bein vorbei, sie schrie leise auf und zog die Füße hoch. Das Wasser schäumte und sprudelte.

Zinni lachte. »Der Bach ist viel zu klein für Fische. Das sind bloß Kielkröpfe, die nach Hause schwimmen.«

Mina starrte auf das Wasser. Zwischen den Wellen tauchten winzige, graue Glieder auf, paddelnde Ärmchen und Beinchen, wie mit schuppiger Fischhaut überzogen. Sie hielt den Atem an und beugte sich vor, und ein Kopf erschien an der Oberfläche. Er war nicht größer als ihre Faust, schrumpelig und faltig und grau, und der hässlichste Kopf, den sie je gesehen hatte.

»Was glotzt du!«, schnarrte eine Stimme, spröde wie verwittertes Holz, und dann spitzte sich der hässliche Fischmund in dem schrumpeligen Gesicht, und der Kielkropf spie ihr einen dicken Wasserstrahl gegen die Stirn.

Sie prustete, Zinni gluckste vor Lachen. Als sie sich das

Wasser aus den Augen gerieben hatte, war der Kopf verschwunden, und der Bach beruhigte sich wieder.

»Haha«, lachte Zinni, »wie du guckst! Sie kriegen immer schlechte Laune, wenn sie entdeckt werden und wieder zurückmüssen. Besser, man starrt sie nicht so an.«

»Das weiß ich jetzt auch.« Minas Ärger war stärker als ihr Erstaunen, er legte sich wie rauer Sand über das Glitzern des hässlichen Wunders im Wasser. Sie war zu erwachsen, um sich ständig von einem kleinen Jungen zurechtweisen zu lassen. »Und du brauchst mir nicht zu erklären, was Kielkröpfe sind. Wechselbälger, das sind sie. Die Zigeuner stehlen in den Dörfern die richtigen, hübschen Kinder und legen dafür die Kielkröpfe in die Wiege. Und wenn man sie loswerden will, muss man ...«

Sie fühlte ihre Augen groß und rund werden und schlug sich auf den Mund. Der Ärger wehte davon, und das Staunen darunter zerbröckelte.

»Oh, Zinni«, flüsterte sie zwischen ihren Fingern hindurch. »Zinni, ich habe es nicht so gemeint ...«

Der Junge schaute auf den Bach.

»Ich weiß schon.« Er zuckte die Schultern, aber es kam Mina mühsam und schwerfällig vor; wie bei einem alten Mann. »Die Gadsche reden eben so. Aber du solltest das besser nicht sagen, wenn Lilja dabei ist. Erzähl ihr am besten gar nicht davon. Es macht sie nur traurig.«

Mina wühlte die Füße in die weiche Erde. Es war gleich, dass sie wieder schmutzig wurden. Wenn wenigstens dieser kleine Teil von ihr sich vor Scham irgendwo verkriechen konnte.

»Keine Sorge«, sagte sie, »das tue ich nicht. Ich verstehe schon.«

»Glaubst du?« Zinnis dunkle Augen wirkten tief wie Brunnen. »Sag ihr einfach nichts davon.«

Mina nickte stumm.

Sehr unbehaglich saß sie jetzt neben dem schweigenden Taterjungen. Sie blickte auf das Wasser, das wieder ruhig und munter floss. Ragte da nicht doch noch ein winziger, grauer Ellenbogen hinter einer Welle hervor? Aber alles war friedlich und still, das Plätschern erzählte nur wieder seine unverständlichen Wassergeschichten. Mina schaute auf das andere Ufer.

»Sieh mal«, sagte sie schüchtern, »die rote Blume da. Kennst du sie? So eine habe ich noch nie gesehen.«

Zinni machte den Hals lang.

»Ich auch nicht.« Seine Stimme klang nicht anders als sonst. Nur ein kleiner aufgeregter Ton mischte sich hell darunter. Mina hörte es voller Erleichterung.

»Nein, die kenne ich nicht. Ich weiß eigentlich alle Blumen, aber die ...«

Er drehte sich zu ihr um, und jetzt leuchteten seine Augen wieder.

»Weißt du«, sagte er eifrig, »du hast doch dieses Buch mitgebracht, nicht? Ich habe es gesehen, als Lilja es zu den anderen Sachen brachte. Vorne ist ein Bild von Blumen drin – ein Blumenbuch, oder? Kannst du nicht nachgucken, was das für eine ist?«

Er sprang schon auf, während sie zögernd nickte.

»Ich hole es dir!«

Mina sah ihm nach, wie er zwischen den Bäumen davonhüpfte. Sie war sich nicht sicher, ob sie das Buch der Tante hier öffnen wollte; hier, im Taterlock, wo alles weich und friedlich war und keine Sonne in leeren Spiegeln gleißte. Aber wenn es ihn von ihren dummen Worten ablenkte ...

Und die Blume sah wirklich eigenartig aus. Nicht groß, kaum höher als ein Löwenzahn. Aber sie hatte eine leuchtend rote Farbe, und die Blütenblätter breiteten sich rund und voll dicht über dem Boden aus, obwohl sie im Schatten stand.

Zinni war schnell wieder da, nicht das Buch, sondern ein kleines Bündel aus grünem Stoff unter dem Arm, gerade solchem Stoff wie Liljas schönes Kleid. Als er es Mina in die Hände drückte, merkte sie, dass oben eine Kordel eingezogen war, und als sie sie öffnete, fand sie nicht nur das Buch, sondern auch ihre Stiefel und die Spieluhr darin. Daneben steckte ein Knäuel bunter Flicken, aus dem eine Nähnadel hervorsah.

»Das ist deins«, sagte Zinni und schaute neugierig auf das geschlossene Buch. »Dein Bündel, meine ich. Wo sollst du sonst deine Sachen unterbringen, hat Lilja gesagt. Und wie dein schönes Kleid in Ordnung bringen. Sehen wir es uns jetzt an?«

Mina strich mit den Fingerspitzen über den schimmernden Stoff.

»Ja«, sagte sie und lächelte. »Jetzt sehen wir es uns an.«

Sie legte sich das Buch auf die Knie und schlug es auf.

Da stand es wieder, das merkwürdige Wort, das sie schon auf dem Umschlag gesehen hatte.

»*Selam*«, las sie mit dem Finger unter den Buchstaben, und sie wusste nicht, wie sie es aussprechen sollte. »*Der deutsche Selam.*«

»Was bedeutet das?«, fragte Zinni.

Mina hob die Schultern. Sie blätterte um, und da war

wieder der fein gezeichnete, blasse Rosenkorb, überschäumende Blütenköpfe und schmale Blätter wie Ranken. Sie erinnerte sich daran, dass sie das Bild auf dem Rapsfeld angesehen hatte. Aber es stand nichts weiter dabei, und als sie die nächste Seite aufschlug, waren da nur Worte.

»*Lieben ist Wonne, ein Glück, das berauscht / Nicht lieben heißt nicht leben, und reif zum Tode seyn / Traurige Wahrheit, Unschuld ist Trug / Liebe ist Kunst, und Glück ein Traum.*«

Verwirrt schüttelte Mina den Kopf.

»Das sieht nicht wie ein Bestimmungsbuch aus.«

Sie schob den Finger aufs Geratewohl zwischen die Seiten, schlug auf und las: »*Die Thränenweide. Schwermuth. Ich höre das Seufzen der Winde, die sich unter das Geräusch des Regens mischen. Ich fühle mich traurig, beklommen, fern von allen meinen Lieben* ...«

Sie dachte an die Weidenhöhle, in der der Taterkönig schlief. Für einen Moment schien sein blasses Gesicht über den Seiten in der Luft zu zittern. Verwundert blätterte sie weiter.

»*Die Pappel ist das Symbol der Wohlthätigkeit, sie ist die Freundin des Armen. Sie macht einen gleich sanften Eindruck auf das Auge, das sie betrachtet; steht aber auch für Muth.*«

Mina und Zinni sahen sich an.

»Nein«, sagte Zinni ratlos, »ein Buch zum Bestimmen ist das nicht. Aber was ist es dann?«

»Es ist«, sagte Lilja und trat zwischen den Bäumen hervor, »was es ist, meine Kleinen. Ein Selam. Ein Buch über die Blumensprache.«

Sie beugte sich vor und fuhr ihnen beiden gleichzeitig mit den Händen durchs Haar.

»Als Zinni angelaufen kam und sich dein Bündel schnappte wie der Fisch den Wurm, dachte ich, ich sehe besser einmal nach, ob du überhaupt schon wieder bereit bist für so viel überschäumende Gesellschaft.«

Mina nickte und sagte hastig: »Vielen Dank für das Bündel. Ich finde es wunderschön. Und für die Flicken.«

Lilja lachte, tief und voll. »Es sind alles nur Stoffreste, Mina. Aber das Bündel wird gut schützen gegen Regen und Schmutz. Dein Buch ist kostbar, und der Spieluhr wird es auch nicht bekommen, wenn sie immer in einem feuchten Mantel sein muss.«

»Sie will ihn ja nicht ausziehen«, krähte Zinni dazwischen. »Immer hat sie ihn an, auch wenn es heiß ist. Vielleicht, damit man das hässliche Kleid nicht so sieht.«

Lilja zog ihn sanft am Ohr.

»So, hässlich findest du es also? Wie unhöflich bist du doch, mein Zinni.«

Mina schaute betroffen an sich hinunter. Es stimmte, sie hatte den hellblauen Kindermantel die ganze Zeit über anbehalten. Nicht einmal beim Dorf der Tante, in der Mittagssonne, hatte sie daran gedacht, ihn auszuziehen. Wie hätte das auch ausgesehen, ein Mädchen, das im Konfirmationskleid über die Landstraße lief! Obwohl es nicht mehr viel von einem Festkleid hatte. Zinni hatte Recht. Der Saum war mit Dreck verkrustet, eines der Rüschenbänder hatte sich gelöst und hing traurig herunter. Die Risse und Löcher hatten sich vermehrt.

»Ich glaube«, sagte Lilja sanft, »eine gute Schneiderin hat sehr viel Zeit damit verbracht, dieses Kleid zu nähen. Zinni ist ein Junge, Mina. Sie sehen die Dinge mit seltsamen Augen.«

Mina schluckte und nickte dankbar. Dann schälte sie sich aus dem Mantel, rollte ihn zusammen und wollte ihn in das Bündel schieben. Die Stiefel waren noch darin. Sie zog sie heraus, die Strümpfe steckten in den Schäften. Plötzlich spürte sie ihre nackten Beine sehr deutlich. Sie rollte die Strümpfe auseinander und streifte sie über.

Lilja betrachtete sie mit einem Lächeln.

»Nimm dies hier«, sagte sie, kniete sich hin und riss einen langen, dicken Grashalm aus. »Der Schnürsenkel ist gerissen. Komm, ich knote dir ein paar Halme zusammen. Wenn du sie wieder tragen willst, sollten sie dir nicht von den Füßen fallen.«

»Du sollst ihr nicht helfen, die dummen Schuhe anzuziehen«, quengelte Zinni und zog an Liljas Kleid. »Du sollst uns sagen, was das für ein Buch ist. Blumen haben überhaupt keine Sprache.«

»So, denkst du das?« Lilja flocht Grashalme ineinander, während Mina die Füße in die Stiefel schob. Das Leder war steif und eng.

»Alle Pflanzen haben ihre Sprache, warum die Blumen nicht? Ganz früh, wenn die Sonne aufgeht und sie aufwachen, wispern sie und erzählen sich gegenseitig ihre Träume. Und nachts kannst du sie im Wind säuseln hören, wenn sie schlafen.«

Sie lachte leise, als erinnerte sie sich an eine flüsternde Wiese im Mondschein.

»Aber dieses Buch«, sagte sie, »erzählt nicht von der Sprache, die sie untereinander sprechen. Es erklärt das, was die Menschen verstehen, wenn sie die Blumen betrachten. Wenn sie sie sich gegenseitig schenken, Sträuße damit binden. Das ist ein Selam.«

Zinni wühlte die Hände in die Erde. »Dann steht überhaupt nicht drin, wie die Blume da drüben heißt?«

Lilja hob den Kopf.

»Die kleine, rote Blume? Aber Zinni, dafür willst du in einem Buch nachsehen? Hörst du deinen Tanten nicht zu, wenn sie versuchen, dir Dinge beizubringen?«

Sie gab Mina die verflochtenen Halme. Das dünne Band war erstaunlich fest. Mina gab sich Mühe, es gleichmäßig in die vielen Ösen zu fädeln.

»Ich kenne sie auch nicht«, sagte sie, um Zinni zu helfen. »Erst dachte ich, es wäre vielleicht ein seltsames Stiefmütterchen.«

»Stiefmütterchen?« Lilja schüttelte den Kopf, dass ihr die Haarsträhnen in den Schoß fielen. »Nein, das ist keine Gartenblume. Sie ist wild und selten. Wo sie blüht, kann man Schätze finden. So sagen die Alten.«

»Schätze?« Zinni zog aufgeregt die Brauen hoch. »Du meinst, so wie Gold und Silber und Edelsteine?«

»*Silber, Gold und Edelsteine / schönster Schatz, und du bist mein ...*«, summte Lilja lächelnd. »Ja, vielleicht sogar solche Schätze, Zinni. Es kommt wohl immer darauf an, was man braucht. Vielleicht auch auf das, was man sucht. Ich weiß es nicht genau. Ich habe nie nachgesehen.«

»Ist sie *hier*, oder ist sie *dort*?«, fragte Zinni, und Lilja lachte.

»Sie ist hier *und* dort. Es spielt gar keine Rolle. Aber das, was sie verbirgt, das findet man wohl nur *dort*. Im Wald, wo sie unter den Bäumen blüht.«

Mina ließ das Grasband sinken. Der Kopf schwirrte ihr. Sie sah auf das Buch, die rätselhaften Worte; den kleinen Bach, aus dem sie vor nicht einmal einer halben Stunde ein

Kielkropf angespuckt hatte. Sie dachte an den Doktor, und Kälte zog in ihr auf.

»Könnte man«, fragte sie langsam ohne Lilja anzusehen, »alles finden, was man sucht, ich meine ... Hilft sie allen Menschen, oder nur ... nur besonderen?« Wie euch, hatte sie noch sagen wollen, aber sie brachte es nicht über die Lippen. Vielleicht wäre es wieder falsch und verdreht herausgekommen.

»Nur besonderen? Du meinst, ob sie dir auch helfen würde?«

Lilja strich ihr sacht über die Haare, glättete den Zopf ihren Rücken hinunter.

»Ich glaube, es kommt darauf an, ob man sie denn annehmen will, die Hilfe. Vielleicht braucht es nur das, um besonders zu sein. Und, Mina ...«

Sie legte ihr zwei Finger ganz leicht unter das Kinn, drehte ihr sanft den Kopf herum und sah sie eindringlich an.

»Ob man den Preis bezahlen will. Denn diese Dinge haben immer ihren Preis. Immer. Es ist für keinen Menschen der Gleiche, und für keinen gleich hoch. Aber einen Preis gibt es immer. Manchmal sogar mehrere.«

Die Worte sprangen aus Minas Mund wie von selbst.

»Ich will«, sagte sie, keuchend beinahe, denn sie schien auf einmal kaum noch Luft zu bekommen, als renne sie sehr schnell einen steilen Berg hinauf, »ich will wissen, was mit meinen Brüdern geschehen ist. Ich will wissen, wohin der Doktor sie gebracht hat. Wohin er mich bringen wollte. Und was mit meiner Tante geschehen ist. Ich will wissen, wie die Hunde mich finden, und warum er mich mit ihnen jagt. Ich will ...«

Sie verstummte und sah Lilja hilflos an.

»Das ist sehr viel für ein so junges Mädchen«, sagte Lilja ruhig. »Ich glaube nicht, dass die Blume dich zu einer Antwort auf all diese Fragen führen kann. Aber vielleicht ja ein kleines Stück auf dem Weg dorthin. Wenn du dir wirklich sicher bist, dass das der Weg ist, den du von hier an gehen willst.«

Ihre Augen forschten. Unter dem dunklen, weiten Blick fühlte Mina sich sehr klein. Und wie bei einem kleinen Kind, so trotzig und jämmerlich klang es, als ihr Mund von selber sagte:

»Ich will.«

Liljas Blick hielt sie noch ein paar Wimpernschläge lang fest. Dann neigte sie den Kopf und nickte.

»Hast du Mut, Mina?«, fragte sie.

Minas wirbelnde Gedanken stockten. Mut? Wie seltsam, dachte sie. Brauchte ein Mädchen denn Mut? Anmut vielleicht, ja, aber das war etwas anderes. Anmut brauchten Mädchen, Grazie, gute Manieren. Mut war etwas für Jungen. Mut brauchte man für Zäune, hohe Bäume, ein starkes Pferd. Oder ... Minas Gedanken stockten erneut. Oder für eine Terrasseneinfassung, höher als man selbst, bei der es an beiden Seiten steil nach unten ging.

»Ja«, sagte sie, und es war wie immer, wenn sie Geschichten erfand: Während sie es sagte, fühlte es sich wahr an.

»Gut.«

Zinnis Augen flogen zwischen ihr und Mina hin und her. Er war ganz still.

Lilja beugte sich weit nach vorn und strich mit flachen Händen über das Wasser des Baches. Mina sah deutlich, dass sie die Oberfläche nicht berührte, und doch kräuselte es sich und wellte sich in Ringen auseinander. Dann tauchte

Lilja beide Hände ein, und als sie wieder hochkam, glänzte Wasser darin wie in einer Schale. Es war so klar und durchsichtig, dass Mina die feinen Falten in den Handflächen sehen konnte, die es hielten.

»Wenn du es willst, Mina«, sagte Lilja, »dann trink dies, und du wirst den Preis bezahlen, den du bezahlen musst. Ich kann dir nicht sagen, was es sein wird; auch wenn ich eine Ahnung davon habe. Du kannst eine Erinnerung verlieren, an der du sehr hängst; ein Gefühl, dass dir lieb und teuer ist; eine Fähigkeit, oder auch die goldene Farbe aus deinen Haaren. Ich weiß es nicht. Das Wasser wird es entscheiden.«

Mina starrte auf Liljas Hände. Nicht ein Tropfen rann zwischen den Fingern hindurch.

»Aber es ist – nur Wasser«, sagte sie sehr leise.

Lilja lächelte. »Ja, nur Wasser. Wie der Bach, von dem die Weiden leben. Wie die Schlei, die das Land geschaffen hat. Wie das gewaltige Meer, das alles umfängt. Wie wir, Mina. Nur Wasser. Wasser und ein bisschen Staub.«

Mina senkte den Blick, aber durch die Wimpern hindurch sah sie weiter auf die glänzende Feuchtigkeit in Liljas Händen.

»Werde ich es zurückbekommen? Das, was ich verliere?«

»Das ist möglich.« Liljas Hände hielten das Wasser so ruhig, als wäre sie eine Statue. »Aber ich kann es dir nicht versprechen. Manchmal ist es so. Manchmal nicht.«

Mina hob den Kopf und sah die kleine, rote Blume an. Die Tulpen kamen ihr wieder in den Sinn; die bunten Tulpen hinter dem Haus der Tante. Der flirrende Irrsinn hinter den schweigenden Gardinen ... Nein. So war es nicht gegangen. Sie hatte es auf dem alltäglichen Weg versucht, und er hatte sich in einen Alptraum verwandelt. Einen Alptraum aus grellem Licht. Wenn die rote Blume auch unter den Bäumen des seltsamen Wunderwaldes blühte ... Dort war es kühl und schattig gewesen, samtig grün und voller Düfte. Dort hatte es keine beißende Mittagssonne gegeben. Keine toten kleinen Vögel. Und keine Hunde.

Sie senkte den Kopf schnell, bevor sie es sich anders überlegen konnte. Das Wasser berührte ihre Lippen; Lilja hob die Hände an, und es rann durch Minas Kehle, kalt wie Schnee. Sie verschluckte sich, hustete. Der letzte Rest lief ihr übers Kinn.

Sie richtete sich wieder auf. Tastete unwillkürlich nach dem langen Zopf auf ihrem Rücken, zog ihn sich über die Schulter. Nein, er war strohfarben wie immer. Unter Zinnis gespannten Blicken drehte sie sich in ihrem Kopf um sich selbst, versuchte sich umzusehen, herauszufinden, was fehlte. Es schien alles wie vorher zu sein. Sie wusste, wer sie war, woher sie kam und wohin sie wollte.

In den Stiefeln wackelte sie mit den Zehen. Bewegte die Finger, drehte den Hals. Zinni kicherte.

Es ist alles in Ordnung, wollte Mina erleichtert sagen, alles gut, mir fehlt nichts, oder nichts, was ich merke.

Sie wusste, dass sie die Lippen geöffnet hatte, und dass ihre Zunge sich bewegte. Sie fühlte sie an den Zähnen.

Aber kein Laut kam aus ihrem Mund.

»Ja«, sagte Lilja langsam. »So etwas hatte ich befürchtet. Meine arme Kleine.«

Sie lächelte voller Mitleid.

»Warum sagt sie nichts?« Zinni rutschte auf den Knien hin und her. »Lilja, warum sagt sie nicht, was passiert ist?«

Mit einer ihrer Haarsträhnen wischte Lilja die Feuchtigkeit von Minas Kinn.

»Sie kann nicht, mein Augenstern. Nein, sie kann es nicht mehr.«

Es hätte sich anfühlen können wie eine schwere Halsentzündung, eine Erkältung, nicht rechtzeitig bemerkt, bei der man sich einen dicken Schal um den Nacken schlang, tropfheiße Wickel darunter, und mit den Händen redete. Es hätte sein können wie eines der Spiele, die man auf Kindergeburtstagen spielte, wo es darum ging, den Mund zu halten, bis man fast platzte. Es hätte ein Geheimnis sein können, eine vertrauliche, brennend interessante Beichte, unter dem Siegel der Verschwiegenheit verraten und von da an jede Minute ganz vorn auf der Zungenspitze. Doch es war nichts von alledem.

Was auch immer es war, das das klare Bachwasser getan hatte, als es Minas Kehle hinunterrann, es hatte nicht nur ihre Sprache fortgespült. Ihre Sprache, nach der sie mit der Zunge tastete und suchte, immer verzweifelter, je länger die Stille anhielt, mit den Fingern sogar schließlich; als ob etwas verschlossen worden wäre, das sie nur wieder öffnen musste. Aber so war es nicht, und je wilder sie nach ihrer Sprache suchte, desto heftiger merkte sie, dass nicht nur sie fehlte.

Das Wasser hatte alle Geräusche mit sich genommen. Jedes Hüsteln. Jedes Räuspern. Jeden Laut von Schrecken, von Staunen. Das Einzige, was in ihrem Mund noch klang, war der Hauch ihres Atems, flach und tonlos, wie der Wind, der über Steine weht.

Mina lauschte ihm. Am Bachufer, lange, nachdem die Tränen in Liljas Kleid versickert waren; die nutzlosen, brennenden Tränen, die erst Erschrecken vergossen, dann Erkenntnis, dann Entsetzen. Lange, nachdem sie die tröstenden Arme schüchtern von sich geschoben hatte und Zinnis traurige Augen zwischen den Erlenstämmen verschwunden waren, saß sie allein am Ufer und lauschte ihrem Atem. Nur er sagte ihr noch mit Sicherheit, dass sie da war.

Sie saß da, und sie starrte hinüber zum anderen Ufer, kaum zwei Armlängen entfernt; auf die kleine, rote Blume, die unschuldig blühte und flammender strahlte, je tiefer die Sonne sank. Die immer noch Geheimnisse versprach, Schätze, wie Lilja gesagt hatte. Es müssten, dachte Mina bitter, Berge von Edelsteinen sein, die sie versteckt, damit es diesen Preis rechtfertigt ...

Irgendwann hielt sie es nicht mehr aus, das Starren, das sich nicht losreißen konnte, das sinnlose Lauschen und die einsame Stille, in der das fröhliche Plätschern des Baches überlaut und verräterhaft klang. Sie rappelte sich auf und suchte sich den Weg durch die niedrigen Sträucher, dorthin, wo die Weide ihre Zweige in das Wasser tauchte, als füllte sie den ganzen Bach mit ihrem Kummer. Die schwermütige Tränenweide ... Dort lag er, Karol, auf dem Rücken ausgestreckt, die Hände über dem Bauch umeinandergelegt. Die kleinen blauen Blütenköpfchen schimmerten um ihn her. Jedes Hälmchen auf dem Boden, jede Falte in seinem grauen Mantel war noch am selben Platz. Er lag und schlief, mit fest geschlossenen Augen, umfangen von der Weide und den Feenblumen, dem zarten weißen Schleier und dem Schweigen.

Mina legte ihr Bündel vorsichtig vor der Drehorgel ab. Einen Moment fürchtete sie, das seltsame Instrument würde wieder zu spielen anfangen. Sie hätte es nicht ertragen. Aber das bemalte Holz blieb stumm, als respektierte es die Stille. Blätter raschelten, als Mina sich einen Platz unter dem Weidenbogen suchte. Sie bettete den Kopf in eine Armbeuge und rollte sich an Karols Seite zusammen.

Und sie schwiegen.

Weidenblätter fielen dann und wann auf sie herab, auf seine bleiche Stirn, auf ihre Wange und ihren Scheitel. In der Stille verursachte ihr Fallen ein Geräusch, feiner als alles, was Mina bisher gehört hatte. Tautropfen mochten solche Geräusche hervorbringen, wenn sie auf Spinnennetzen zitterten; Schmetterlingsfühler, wenn sie nach der Sonne tasteten. Es vermischte sich mit dem Bachgeplauder und mit ihrem Atem; seinen hörte sie nicht. Aber sie konnte sehen, dass seine Brust sich schwach hob und senkte.

Zwischen den Wimpern sah sie ihm beim Atmen zu. So lange, bis die Träume, die mit den schmalen Blättern aus der Weide rieselten, sich auf ihren Augenlidern gesammelt hatten, sie sanft herunterdrückten und der Schlaf alle Geräusche fortwischte.

Tatergesichter umringten sie, als sie erwachte. Alle Tatergesichter, von Nads struppigem Kinn bis hin zu Zinnis runden Augen. In einem schiefen Kreis knieten und hockten sie um sie herum, redeten leise miteinander wie an einem Krankenbett. Aber als Rosa sah, dass Minas Augen offen waren, klatschte sie in die Hände, als wollte sie die Stille verjagen.

»Mina! Mina, geht es dir gut?«

Alle sprachen plötzlich wild durcheinander. Hände streckten sich nach ihr aus, strichen ihr Blätter aus den Haaren, halfen ihr dabei, sich aufzusetzen. Sogar Pipas kleiner, roter Mund sah für einmal nicht missmutig und unzufrieden aus. Es schien, als hätten sie alle seit Stunden nur darauf gewartet, dass Mina wieder zu sich kam.

Sie fühlte die Wärme, die von ihnen ausging. Sie zog ein Lächeln auf ihr Gesicht, ein verschlafenes, verwundertes, noch kaum bewusstes Lächeln; ein Lächeln, das sofort wieder verging, als sie den Mund öffnete, um nach der Zeit zu fragen, und die fehlenden Töne sie schmerzhaft erinnerten. Sie fuhr sich mit der Hand über die Lippen, als könnte sie so das Schweigen wegwischen.

»Meine Liebe«, sagte Tausendschön und wand den schwarzen Kopf zwischen Taterknien hervor. »Meine Liebe, wir haben uns Sorgen gemacht. Sie schliefen so tief, sie waren nicht wach zu bekommen. Man konnte fast befürchten ...«

Er warf einen Blick zum Taterkönig hinüber. Karol hatte die Augen nicht geöffnet. Ein Dutzend Weidenblätter bedeckte seine Stirn wie eine grüne Kappe. Beinahe hätte Mina die Finger ausgestreckt, so nah fühlte er sich an, trotz des dünnen Schleiers. Aber sie wagte es auch diesmal nicht.

Sie schüttelte nur den Kopf, zwang das Lächeln zurück an seinen Platz; die besorgten, freundlichen Gesichter ließen ihr gar keine andere Wahl. Als sie nach oben schaute, war das Licht, das durch die Weide fiel, weich und mild; es musste noch früh sein. Oder wurde es schon wieder spät? Lilja sah wohl ihren hilflosen Blick.

»Es ist vor einer Weile Morgen geworden«, sagte sie und schüttelte Minas Rock auf. »Morgen genug jedenfalls, um aufzustehen und dem Tag ins Gesicht zu sehen. Vor allem, wenn es etwas gibt, was man erledigen will.«

»Glaubst du wirklich«, brummte Nad und legte die Stirn unter dem Hutrand in Falten, dass seine Augenbrauen sich aufsträubten, »dass sie jetzt gleich ...«

»Ja«, sagte Lilja rasch, und eigenartigerweise fühlte es sich so an, als ob sie Recht hätte.

Mina wollte nicht hocken bleiben und hoffen und warten, dass zurückkam, was verschwunden war. Sie wollte sich nicht unter den mitleidigen Blicken zusammenkrümmen wie ein Wurm, der auf dem kalten Straßenpflaster liegt. Es war ihre Entscheidung gewesen; ihre Entscheidung ganz allein. Eine dumme, eine furchtbare Entscheidung. Aber ihre. Und sie hatte einen Grund gehabt. Auch, wenn er ihr jetzt blass und unscheinbar vorkam.

Sie versuchte sich zu räuspern, aber es kam kein Laut über ihre Lippen. Und weil sie es auch nicht wirklich erwartet hatte, erfüllte es sie mit einer grimmigen Befriedigung.

Sie schüttelte die letzten Blätter ab, stützte sich mit beiden Händen im Gras ab und stand auf. Die Blume würde immer noch am Bachufer stehen; dort stehen und leuchtende Versprechen machen. Und Mina würde nicht fortgehen, ohne wenigstens versucht zu haben, ob sie sich erfüllten.

»Dann lass uns gehen, meine Kleine«, sagte Nad, und

sein bärtiges Lächeln schmolz den Zweifel aus seinem Gesicht und glättete die struppigen Brauen. »Du siehst nicht so aus, als ob du erst das Frühstück abwarten willst.«

Einen kleinen Moment war Mina stolz auf sich, dass sie genauso gut über den Bach kam wie die Tater, nicht abrutschte und gar zu kurz sprang und platschend im Wasser landete. Aber als die Tater sich am anderen Ufer um sie und die rote Blume versammelten, spürte sie sich innerlich zusammenschrumpfen. Sie hatte keine Vorstellung davon, was sie jetzt tun sollte. Ihre Hände krampften sich ineinander.

»Schließ die Augen, Mina«, sagte Nad.

Aber was soll ich ..., formten ihre Lippen tonlos. Sie legte sich die Hand auf den Mund, wieder, eine schnell gelernte Angewohnheit. Nad sah sie voller Mitleid an.

»Schließ die Augen«, wiederholte er sanft. »Du hast deinen Preis bezahlt. Und du kannst alles, was hierfür nötig ist. Vertrauen, Mina. Ja?«

Sie tat, was er wollte, und der junge Tag verlosch. Dunkel umgab sie hinter ihren gesenkten Lidern; ein Dunkel, in dem es rauschte. Ein vertrautes Rauschen ... Wie Blätter, die sich in einem Sommerwind bewegten. Viele Blätter. Viele Zweige. Ineinander verflochten, verwachsen, verwoben. Ein lebendiger Teppich, aber er hing über ihrem Kopf, statt dass er auf dem Boden lag ...

Sie keuchte stumm und riss die Augen wieder auf. Die kleine Lichtung, wie ein Spiegel des Taterlocks am anderen Ufer, lag hell vor ihr, nicht mehr als ein paar Büsche an ihrem Rand; und die rote Blume schimmerte zwischen den dünnen Gräsern. Sie regten sich nicht.

»Vertrauen, Mina«, sagte Liljas Stimme auf ihrer anderen

Seite. »Die Welt ist nicht da draußen. Sie ist in dir. Sie verschwindet nicht, wenn du die Augen zumachst.«

Wieder ließ sie das Dunkel herabsinken. Wieder begann es um sie her zu rauschen und zu flüstern, wieder webte sich der Teppich über ihrem Kopf. Dieses Mal hob sie das Kinn, schluckte die Vorstellung hinunter, wie albern sie aussehen musste; hob das Kinn, als wollte sie nach oben blicken, in grüne, wiegende Muster hinein. Zarte Formen bildeten sich hinter ihren Lidern. War es die Morgensonne, die durch die Äderchen schimmerte? Es sah wirklich fast so aus wie Zweige ... Langsam drehte Mina den Kopf hin und her. Die Zweigformen schwebten über ihr, wurden deutlicher, während sie unwillkürlich den Atem anhielt. Dunklere Stellen, wie Knorren an dicken Ästen. Hellere Flecken, als ob Licht sich auf Blattunterseiten brach. Ein leises Knacken unter ihrem Schuh; ohne nachzudenken senkte sie den Kopf, aber sie öffnete die Augen nicht dabei. Trockene Rinde wisperte auf dem weichen Boden, seegrünes Moos in sanften Wellen überall um sie her, und da, gar nicht weit entfernt, war sie immer noch, die kleine, rote Blume.

Sie wippte mit dem Köpfchen in dem leichten Wind, der zwischen dunklen Stämmen hindurchstrich. Mina machte einen Schritt nach vorn, bückte sich, streckte die Hand nach ihr aus. Die feuchten Blütenblätter streichelten über ihre Fingerspitzen. Sie beugte sich so weit nach unten, dass sie den goldenen Schimmer sehen konnte, der an den winzigen Staubgefäßen haftete. Als sie ausatmete, flog etwas davon auf und legte sich wie Feenpuder auf ihre Haut.

Lilja, flüsterte Mina lautlos, Nad ... Was geschieht hier?

»Der Wald«, sagte Nad leise irgendwo in ihrer Nähe, »der Wald ist älter als das älteste Feld. So alt wie das Licht, das durch seine Blätter streift. So alt wie die Dunkelheit, die sich auf das Moos zu seinen Füßen legt. Bäume vergehen nicht, Mina. Sie werden geschlagen und gerodet, werden zu Hauswänden oder Karren, zu Kinderbetten oder Galgen. Sie wärmen, wenn sie sich im Feuer verzehren. Aber sie vergehen nicht. Selbst die Asche erinnert sich noch an das, was sie war. Und der Wald ist in jedem einzelnen Stäubchen, das über die Türschwelle fortgeweht wird. Steine, sagt man, messen die Ewigkeit. Bäume messen die Zeit. Solange es Zeit gibt, gibt es den Wald. Siehst du die Blume noch?«

Mina nickte langsam, wie in einem Traum. Sie richtete sich auf, die Blume glänzte über dem Moos. Eines der Blütenblätter schien im Wind davongeweht zu sein, ein winziger roter Flecken schimmerte ein Stück entfernt. Vom Bachlauf weg, den es auch hier zu geben schien, nur mit grünlichem Wasser. Als Mina behutsam näher ging, sah sie, dass es eine zweite Blume war, so klein und so vollkommen wie die erste.

»Es ist ein Weg«, sagte Lilja. »Ein Weg irgendwohin. Zu einem Schatz vielleicht. Du kannst ihn gehen, wenn du willst.«

Allein? Hastig wandte Mina sich um. Da stand sie, da standen alle Tater, und das Muster der Blätter tanzte auf ihren Gesichtern. Sie lächelten. Und schienen nicht im mindesten überrascht.

»Wir sind hier, bei dir«, sagte Rosa leise. »Hab keine Angst. Es ist wirklich. Der Wald ist wirklicher als alles andere.«

Mina hörte es rascheln, irgendwo im Unterholz. Sie hob die Hand, berührte ihre eigenen Wimpern. Sie waren nicht geschlossen.

Wieder raschelte es, und irgendwie wusste sie, dass es Tausendschön war, der nach den Waldmücken sprang. Das Geräusch war so munter und verspielt, es löste etwas von der Anspannung in ihr. Sie senkte den Blick und schaute wieder nach vorn.

Viele rote Punkte sprenkelten das Moos; wie Blutstropfen. Sie bildeten eine geschwungene Linie, die sich durch das dunkle Grün zog, unter den Bäumen entlang. Ein Weg irgendwohin ...

Mina hob wieder den Fuß, aber ein Gedanke ließ sie zurückzucken. Was, wenn sie in der Wirklichkeit irgendwann an einem Abhang stand oder an einer Straße? Wie sollte sie die Kutschen sehen, die Felsen, die Dörfer, die vielleicht dort lagen, wo der Wald sich einmal ausgedehnt hatte? Würde sie wie eine Verrückte zwischen Bauernkaten umherstolpern, wirre Worte murmelnd, die niemand verstand, nach Baumstämmen tastend, wo nur Steinwände waren? Wie öffnete sie die Augen wieder?

Hinter sich hörte sie Zinni lachen.

»Hier bin ich, Mina.« Seine Stimme klang laut und fröhlich, ganz so wie immer. »Hier, hinter der dicken Eiche. Siehst du mich? Wir können Verstecken spielen. Los, Mina, zähl bis hundert, und dann suchst du mich.«

»Später, Zinni«, sagte Nad. »Mina muss sich erst noch daran gewöhnen. Es ist ihr erstes richtiges Mal im Wald.«

»Oh, ja.« Zinnis rundes Gesicht tauchte hinter dem Baumstamm auf. Er kam zu Mina herüber.

»Du hast es sehr gut gemacht«, sagte er ernsthaft. »Vor allem für ein erstes Mal.«

Aber ich habe doch gar nichts gemacht, dachte Mina verwirrt. Und ich weiß auch nicht, wie ich es wieder ungeschehen machen soll.

Zinni legte ihr eine Hand auf den Arm.

»Du hast ein bisschen Angst, nicht?«, fragte er. »Das passiert leicht. Es ist ein sehr großer Wald.«

»Nein«, sagte Lilja, »ich glaube nicht, dass Mina sich vor dem Wald fürchtet. Oder, Mina?«

Sie schüttelte den Kopf, obwohl sie sich nicht sicher war. Mit einem Finger stupste sie Zinni sanft gegen die Brust und zog dabei die Augenbrauen hoch. Er sah sie erstaunt an; dann lachte er wieder.

»Oh nein, ich kann das nicht. Karol kann es, wenn er nicht zu müde ist. Und ich glaube, Lilja auch, obwohl sie so tut, als könnte sie es nicht. Und du, du kannst es.«

Er streckte beide Arme aus und drehte sich einmal um sich selbst.

»Es ist herrlich, dass du es auch kannst. Ich bin so gern im Wald. Keine Gadsche, die uns verjagen. Keine hässlichen Dörfer. Nur Bäume, die den Regen abhalten, und das Moos ist so weich, dass man keine Decke braucht. Vielleicht finden wir einen Bach, dann können wir Borkenschiffchen fahren lassen.«

Minas Herz zog sich zusammen, unerwartet und scharf. Borkenschiffchen ... Sie hatte nur einmal gesehen, wie Bauernkinder sie aus Rinden bastelten. Ein Sommerausflug an das Ufer der Schlei. Sie hatte in ihrem steif gestärkten Rock auf einem Gartenstühlchen gesessen und kleine, sittsame Stücke von einem Butterbrot abgebissen. Die Kinder hatten am Ufer miteinander gespielt. So lange, bis der Vater die Stirn runzelte und der Diener sie mit seinem Regenschirm verscheuchte. Borkenschiffchen ...

Wie es sich wohl anfühlte, sie aufs Wasser zu setzen? War es traurig, wenn sie davonschwammen, oder freute man sich für sie, wenn sie so lustig auf den Wellen hüpften? Sie hatte es nie herausgefunden. Als sie sich ans Ufer gestohlen hatte, während das Picknick wieder in die Kutsche geladen wurde, hatte nur noch eines da gelegen. Und die Mamsell hatte sich laut geräuspert, bevor sie noch die Hand danach ausgestreckt hatte.

»Später, vielleicht«, sagte Lilja sanft. »Mina sucht nach etwas anderem, mein Kleiner. Aber es mag sein, dass sie dabei irgendwann auch zu den Bächen kommt und den Schiffchen.«

Sie trat näher zu ihr. Der grüne Schatten des Waldes lag wie ein Mantel um ihre Schultern, als wäre er nur dafür gemacht, so wunderbar zu ihrem Kleid zu passen.

»Willst du den Blumen folgen?«, fragte sie Mina.

Mina zog die Schultern zusammen. Ja, dachte sie. Und nein. Ich will es; will es so sehr, dass ich mich selbst zum Verstummen gebracht habe. Immer noch. Aber ich fürchte mich. Ich fürchte mich. Nicht vor dem Wald. Nein, nicht vor dem Wald. Der Wald hat mich vor dem Hund gerettet. Aber ...

Worte kratzten aus dem Nirgendwo hinter ihrer Stirn. Harte Worte mit bösen, scheelen Augen. Noch immer klammerten sie sich an ihr fest.

Verrückt, wisperten sie.

Mina seufzte auf.

»Dies«, sagte Lilja, immer noch sanft, aber sehr bestimmt, »dies ist die Wirklichkeit, Mina. Du kannst sie hören, du kannst sie sehen. Als du die Blume berührt hast, hat sie deine Berührung erwidert. Wenn du dich auf die Erde legst und die Nase ins Moos gräbst, riechst du, wie es duftet Was könnte wirklicher sein als das?«

Nad trat an ihre andere Seite.

»Nimm die Spieluhr, Mina.« Er deutete auf das Bündel das im Moos lag. »Nimm sie, zieh sie auf. Vielleicht kannst du es dann glauben.«

Zögernd bückte sie sich, schob die Hand unter den feinen weichen Stoff. Die Spieluhr war da, sie begrüßte ihre Finger mit einem feinen Klirren. Behutsam zog Mina sie heraus und drehte den kleinen Schlüssel ein paarmal.

Das Moos gab nach, als sie die Spieluhr abstellte. Der Mechanismus klickte. Die ersten zarten, metallischen Töne suchten sich ihren Weg hinaus. Sie hallten sacht von den Blättern der Bäume wider.

Ein paar Schritte entfernt tanzten rote Schleifenbänder zwischen den dunklen Stämmen. Pipa summte und drehte sich zu der Musik. Mina atmete langsam aus. Sie wusste nicht, was sie erwartet hatte. Dass das Grün um sie her sich auflöste und zu braunem Staub zerfiel, bis sie wieder blinzelnd am Bach stand? Was auch immer es war, es geschah nicht. Die leisen Töne mischten sich mit dem Rauschen des Waldes. Irgendwann klickte es wieder, und die Spieluhr verstummte.

Mina sah zu Lilja und Nad hin. Ja, es musste die Wirklichkeit sein – oder *eine* Wirklichkeit? Aber wie ... Wie kam man hinein, wie hatte sie es angestellt? Und ... Sie schämte sich ein wenig, aber die Frage hatte sie noch immer nicht losgelassen: Wie kam man wieder zurück?

Es gab keine Gesten für solche Fragen, kein Mienenspiel, das sie ohne Worte erklärte. Sie konnte nur die Brauen hochziehen, wie sie es bei Zinni getan hatte, und hoffen, dass sie verstanden.

Nad erwiderte ihren Blick, hell, ernst, und nickte langsam.

»Ja, es geht hin und auch zurück«, sagte er, und sie blinzelte erleichtert. »Es ist einfacher, wenn man so jung und lebendig ist wie du. Und schwerer, wenn man so lange eingesperrt war wie du. Man muss die Augen schließen, wie du es getan hast. Sie hängen zu sehr an dem, was sie sehen, können nicht loslassen, wenn man ihnen nicht dabei hilft. Man schließt die Augen und lauscht auf das, was unter den Geräuschen ist – darunter und dahinter. Der Atem des Landes geht sehr ruhig, sehr langsam. Oft muss man sich konzentrieren, um ihn in all dem Lärm zu finden. Es kann ein Rauschen sein, oder ein Flüstern. Ein Hauch, der einen von ferne streift. Wenn man ihn findet, dann ... geht man los. Nichts mehr als das. Wie du losgegangen bist, auf die Blume zu. Einen Schritt vor. Oder einen Schritt zurück. Das ist alles.«

Er betrachtete sie.

»Möchtest du jetzt versuchen, zurückzugehen?«

Mina blickte zu dem Pfad aus roten Blumen.

Sie atmete aus und ein, ganz langsam. Bis sie das Glücksgefühl spüren konnte, das sich in ihr verborgen gehalten hatte, unter der Angst, der Unsicherheit und dem Zweifel. Was auch immer es war, das sie getan hatte, es war ihr gelungen. Sie hatte nach dem Wald gerufen, dem Wunderwald, irgendwie hatte sie nach ihm gerufen; und er war gekommen und hatte seine Zweige über ihr ausgebreitet. Er umhüllte sie von allen Seiten. Und die Blume ... sie hatte sie nicht verraten.

Der Preis, den sie gezahlt hatte, war furchtbar hoch gewesen. Aber vielleicht nicht zu hoch.

Sie schüttelte den Kopf, so bestimmt, wie es ihr gelingen wollte. Nad nickte, als habe er gar nichts anderes erwartet.
»Dann gehen wir.«

Die Bäume rauschten und flüsterten. Mina folgte Nad und Lilja, Rosa und Viorel, die sich eingehakt hatten wie auf einem vergnüglichen Spaziergang; Pipa mit Zinni an der Hand. Die roten Blumen leuchteten auf dem Moos. Mina drehte sich um, und der Pfad erstreckte sich hinter ihr bis zurück zum Bach.

Und dort stand er.

Seine Gestalt war so ruhig, dass es scheinen mochte, als wandelte er nur in einem Traum. Als wäre er immer noch nicht erwacht, und seine Füße hätten ihn von selbst von seinem Lager am Bach in den Wald getragen. Aber die dunklen Stämme schimmerten nicht durch seinen Körper, und die Blätter glänzten nicht durch seine schwarzen Haare. Und Mina konnte seine Augen sehen. Sie waren weit offen und so grau wie die Rinde am Stamm einer Weide. Er sah sie an. Karol sah sie an.

Zögernd hob Mina die Hand. Es war kaum wirklich ein Winken; nur eine kleine, verhuschte Bewegung. Was mochte sie bedeuten? Sie hätte es nicht sagen können, selbst wenn ihr Mund nicht leer und stumm gewesen wäre.

Aber er verstand es. Sie spürte es so klar, als wenn er ihr Winken erwidert hätte. Und als sie sich langsam wieder umdrehte, wusste sie, dass er ihnen folgen würde.

Der Alte Wald umgab sie mit seinen Geräuschen und Gerüchen. Die meiste Zeit über lief Mina den anderen hinterher, viel zu verzaubert, um selbst auf den Weg zu achten, den die Blumen ihnen zeigten. Alle paar Schritte lockte ein neuer Duft, bot sich ein neuer Blick. Bäume schlangen sich aneinander in die Höhe wie junge Liebespaare, legten die schweren Äste gebückt auf dem Boden ab wie müde Greise. Jede Rinde hatte ihre eigene Farbe, ihr eigenes Muster. In jeder Krone spielte das Licht auf eigene Weise. Manche Blätter waren so fein und zart, dass sie durchsichtig wirkten wie klares grünes Teichwasser. Andere waren dunkel und fest, fühlten sich teigig an, wenn man sie behutsam in die Hand nahm. Sie rochen nach Frühling und nach Sommer; unter Minas Schritten knisterte in abgebrochenen Zweigen der Herbst, und irgendwo in dem Geruch, den die Stämme selbst verströmten, lag verborgen die scharfe Andeutung des Winters.

Kleine Vögel zirpten in den Zweigen, Farbflecken, die zwischen all dem Grün aufschillerten und wieder verschwanden, ein buntes Muster ganz eigener Art. Am Anfang ging Mina sehr vorsichtig, um sie nicht zu erschrecken. Aber entweder machten ihre Stiefel auf dem modernden Laub und dem Moos, das den Großteil des Bodens bedeckte, kaum ein Geräusch, oder die Vögel störten sich nicht an den Menschen, die unter ihren Nestern dahinwanderten. Nicht einmal Tausendschön schien sie zu beunruhigen, sie zwitscherten sorglos weiter, wenn er mit wilden Sprüngen aus einem Gebüsch gefaucht kam, auf der Jagd nach einem Falter oder einem flirrenden Lichtflecken.

Nur einmal, als Mina unwillkürlich über seine Verrenkungen lachte, flogen sie aus den Ästen auf, denn ihr Lachen hallte zwischen den Bäumen. Die Tater vorne drehten sich um, Zinni und Pipa rissen die Augen auf, Rosa ließ sich gleich anstecken. Tausendschön nickte ihr zu.

Mina lauschte dem Geräusch entzückt. Es war noch da, ihr Lachen. Kein noch so leises Hüsteln steckte mehr in ihrer Kehle, aber das Lachen flog leicht und frei aus ihrem Mund, ganz so wie immer. Sie hörte es bis hinunter in den Bauch.

Es fühlte sich an wie das wunderbarste Geschenk. Eine Weile probierte sie damit, versuchte, die einzelnen Geräusche, die es machte, das Prusten und Juchzen, allein hervorzubringen; es ließ sich nicht übertölpeln. Sie blieb stumm bei allem, was sie versuchte, aber als Tausendschön sich von einer aufgescheuchten Motte hypnotisieren ließ, die in ihrer Verwirrung mitten auf seiner Nase landete, da war es wieder da, so hell und so schön wie zuvor. Schließlich ließ sie es dabei, und jedes kleine Kichern, das zwischen ihren Lippen hervorschlüpfte, erfüllte sie mit warmer Freude.

Die Tater schienen es ähnlich zu empfinden. Nad ging langsamer, bis er neben ihr war, und erzählte ihr kleine, wunderliche Geschichten aus den Dörfern, wo er sein Schnitzwerk verkaufte, bis sie sich den Bauch halten musste. Rosa schnitt die fürchterlichsten Grimassen mit ihrem Blütengesicht. Zinni rannte um sie herum und zupfte an ihrem Kleid, und wenn sie versuchte, ihn zu fangen und es ihr nicht gelang, warf er sich auf den Boden, und das Lachen sprang von ihm zu ihr, jedes Mal.

Es war schwer zu sagen, wie lange sie gingen. Das Licht wandelte sich unter jeder Krone. Aber nach einer Weile hatte Mina das Gefühl, dass es voller wurde, wärmer, goldener. Die Lieder der Vögel veränderten sich, andere Stimmen tauchten auf. Es musste auf Mittag zugehen. Aber die Tater hielten nicht an, und Mina selbst hatte das Gefühl, sie könnte noch so leicht dahinwandern, wenn schon die ersten Sterne zwischen den Blättern blinkten. Sie fühlte keine Müdigkeit, keine Erschöpfung. Als würde sie Kraft trinken aus der Luft, dem kühlen, duftenden Hauch, wie die Bäume. Nur ihre Füße, der linke Knöchel vor allem, schmerzten manchmal in den Stiefeln, wenn sie sich an einer Wurzel stieß, und das lange Kleid blieb gelegentlich an Zweigen hängen und behinderte sie.

Immer neue Blumen tauchten auf, erhoben ihre schimmernden Köpfchen hinter kleinen Hügeln, Stümpfen, Blätterhaufen und schlafenden Stämmen. Wenn Mina zurückblickte, sah sie, dass der Weg, den sie nahmen, sich hin und her wand wie eine Katze unter streichelnden Händen. Karol sah sie nicht wieder. Aber sie fühlte einen schmalen Raum von Stille, der zwischen den Bäumen umherging, ganz in ihrer Nähe. Es war beruhigend, ihn hinter sich zu wissen. Selbst wenn die roten Blumen auf einmal so plötzlich verschwinden sollten, wie sie auftauchten, würde er sie sicher zum Taterlock zurückbringen.

Dabei schien es im Wald nichts zu geben, vor dem man sich fürchten musste. Nicht einmal, als das Licht allmählich verblasste und die Schatten schwerer wurden. Das unsichtbare Rascheln und Huschen trug nicht einen Hauch von Bedrohung in sich. Das Rauschen in den Blättern blieb sanft und freundlich, auch als der Abendwind zu wehen begann. Nichts Übles verbarg sich hinter den Stämmen, wo der Wald langsam ein so dunkles Grün und Braun annahm, dass es fast schwarz wirkte.

Und es stand wirklich ein erster, blasser Stern gerade über Minas Kopf, als die Tater schließlich anhielten. Sie sah ihn zwischen zwei Blättern, die wie Hände geformt waren. Sie wölbten sich um das schwache, weiße Licht, als wollten sie es vor dem Verlöschen beschützen. Sie lächelte, und das Gefühl, wie sich ihre Mundwinkel bewegten, tat ihr wohl.

Es war keine Lichtung, wo sie ihr Lager aufschlugen; nur ein kleiner Platz, den ein paar mächtige Stämme ließen, und es war auch kein wirkliches Lager, das sie errichteten. Lilja schob ein paar alte Zweige beiseite und enthüllte die kleine Quelle, die darunter geschlummert hatte; die Quelle und die graue Kröte, die danebenhockte, alle erbittert mit ihren Murmelaugen anstarrte und schließlich schwerfällig beiseitehüpfte. Sie ließen ihre Bündel ins Moos fallen, tranken aus der hohlen Hand und streckten die Beine aus. Das war alles.

Niemand zündete ein Feuer an; Mina hatte das deutliche Gefühl, dass dies kein Ort für offenes Feuer war. Aber nichts regte sich knarrend und knurrend, als Lilja eine kleine Blechlaterne aus einem der Bündel zum Vorschein brachte und sie sorgfältig mit einem Schwefelhölzchen ansteckte. Mattes, gelbes Licht färbte das Moos, ließ die zarten Stängel darauf wie Goldfäden glänzen. Nad verteilte Brotscheiben und kleine, süße Zwiebeln. Mina knabberte daran, aber mehr, weil ihr der Geschmack gefiel, als weil sie Hunger hatte.

Behaglich war es im Moos. Die dicken Stämme schützten sie vor dem Wind, der langsam kälter wurde, und obwohl der dunkle Himmel überall zwischen den Blättern hindurchsah und nicht einmal eine Plane aufgespannt wurde, fühlte sie sich geborgen wie in einem warmen Zimmer.

Ganz in ihrer Nähe saßen Rosa und Viorel dicht zusammen, die Stirnen aneinandergelehnt. Minas Blick erschreckte sich, als er sie zufällig streifte; wieder fühlte sie das Blut heiß in ihr Gesicht steigen. Aber sie konnte es doch nicht lassen, zwischen tief gesenkten Wimpern immer wieder hinüberzusehen.

Wie vertraut sie waren. Wie sorglos Rosa ihre kleine schmale Hand auf seine legte, auf die langen, schnellen Finger, die sich so unerwartet bewegen konnten. Wie es in seinen schwarzen Augen funkelte, wenn er sie von unten her ansah, und Rosa lächelte nur sanft und zufrieden, wenn sie es bemerkte. Keine Spur von Verwirrung, kein Hauch von Furcht. Keine Fremdheit zwischen ihnen. Sie saßen nebeneinander, aber unter Minas neugierigem, verschämtem Blick fühlten sie sich an, als wären sie miteinander verwachsen wie die verwobenen Bäume auf dem Weg.

Sie musste sich zur Ordnung rufen, damit sie die beiden nicht anstarrte. Sie ließ ihren Blick schweifen, über dunkle Stämme und schattengeflecktes Moos. Da saß Pipa, die Arme um die Knie gelegt. Eines der Schleifenbänder hatte sie sich aus den Haaren gezogen. Sie wand es um ihren Zeigefinger, wieder und wieder. Zog es fest und betrachtete die Fingerspitze, wie sie anschwoll und rot wurde. Ließ es sich ringeln und zog wieder zu. Wenn ihr Blick hinter ihren Knien auftauchte und zu Rosa hinschnellte, glitzerte er scharf wie Scherben im Fluss. Es war ein seltsamer Blick, fand Mina, um ihn auf seine Schwester zu richten. Oder war es in Wirklichkeit Viorel, den sie ansah?

Lilja setzte sich zu ihr, ihr weiter Rock breitete sich wie eine Decke über Minas Beinen aus.

»Gefällt es dir im Wald?«

Mina nickte heftig. Wie konnte es einen Menschen auf der Welt geben, dem dies alles nicht gefiel?

Lilja strich ihr sanft über den Handrücken.
»Es ist wirklich so, du hast es gut gemacht. Sehr gut sogar. Als ich ein junges Mädchen war wie du, habe ich mich so dumm dabei angestellt, dass mir schwindlig wurde von dem andauernden Hin und Her.«
Sie lächelte, und Mina kicherte. Lilja sah sie an.
»Das macht es etwas leichter, nicht wahr? Leichter zu ertragen?«
Mina hob die Schultern. Wie sollte sie antworten? Es gab kein Ja oder Nein auf eine solche Frage. Sie legte die Stirn in Falten, aber Falten taugten nicht als Antwort, ersetzten keine Worte. Sie seufzte tonlos.
»Gerade jetzt«, sagte Lilja, als wäre nichts geschehen, »versuche ich mir vorzustellen, wie es wohl ist, wenn du dich zu Hause in dein Bett legst. Ich denke mir, du stellst die Schuhe ordentlich nebeneinander auf und faltest deine Kleider zusammen; vielleicht gibt es auch ein Hausmädchen, das das für dich tut. Bestimmt hast du ein schweres, warmes Federbett, unter dem du dich einrollst wie ein kleiner Hund.«
Mina nickte.
»Und dann«, sagte Lilja und lachte leise, »wenn im Haus alles still geworden ist, dann zündest du die kleine Kerze an, die du neben dem Bett versteckt hast, und holst das Buch heraus, das du dir heimlich in der Bibliothek geliehen hast. Und liest so lange, bis dir von selbst die Augen zufallen und du von seltsamen und wunderbaren Orten träumst.«
Mina erwiderte das Lachen. Es war wahr, in manchen Nächten las sie, dass sie am Morgen verquollene Augen hatte. Wie fremd und weit entfernt es sich anfühlte, daran zu denken.

Lilja strich ihr wieder über die Hand, eine Berührung, noch leichter als Federn.

»Nun«, sagte sie und erhob sich wieder, »etwas zu lesen hast du ja in deinem Bündel, nicht wahr? Schlaf gut, Mina. Und träum den wunderbarsten Traum, den du dir vorstellen kannst.«

Als sie gegangen war, um sich zwischen Nad und Zinni auf dem Moos auszustrecken, musste Mina überlegen, bevor sie verstand, was sie gemeint hatte. Dann zog sie ihr Bündel zu sich heran und öffnete es. Das Buch der Tante schmiegte sich in ihre Hand, kaum dass sie sie hineingesteckt hatte.

Mina betrachtete den Einband. Im schwachen Licht der Lampe schienen die geschwungenen Buchstaben sich zu bewegen, als ob das Buch atmete. Selam. Es klang immer noch so rätselhaft, obwohl sie jetzt wusste, was es bedeutete. Blumensprache. Die Sprache der Blumen.

Mina streckte sich aus und legte das Buch so, dass möglichst viel Licht darauffiel. Dann schlug sie es auf und stützte das Kinn in die Hand.

»Liebes Fräulein«, sagte eine schnurrende Stimme, und etwas kitzelte Minas Wange. »Liegen Sie denn so wirklich bequem? Eine seltsame Haltung zum Schlafen, wie mir scheint. Und eine noch seltsamere, um darin aufzuwachen.«

Hellgrünes, zartes Licht um sie her. Mina blinzelte. Tausendschön stand neben ihr im Moos, so nah, dass sie die vielfarbigen Sprenkel in seinen schimmernden Katzenaugen sehen konnte. Mühselig und steif richtete sie sich auf.

»Sehen Sie? So ist es doch besser. Nicht so hart, möchte ich meinen. Was die Menschen immer glauben, für die sogenannte Bildung tun zu müssen ...«

Sie hatte auf dem Buch geschlafen. Aufgeschlagen lag es da, eine Seite zerdrückt, aber nicht zerrissen. Als sie die Hand an die Wange hob, fühlte sie die ungewöhnliche, tiefe Falte, die die Kante des Einbandes hineingedrückt hatte.

»Nun ja«, sagte Tausendschön und musterte sie. »Vielleicht ist es gut, wenn Sie sich frühzeitig daran gewöhnen. Dann sind Sie nicht so unglücklich, wenn später das ganze Gesicht so aussieht.«

Sein Schwanz wischte ihr über die Stirn, als er davonstolzierte. Mina kicherte und rieb sich den Schlaf aus den Augen.

»Hast du das ganze Buch gelesen?« Zinni hockte sich hin und sah sie staunend an. »In einer Nacht?«

Mina schüttelte den Kopf und zeigte es ihm mit dem Finger zwischen den Seiten. Etwa zur Hälfte hatte sie es geschafft. Und es war die seltsamste Lektüre gewesen. Irgendwo in ihrem Kopf schwirrten sie immer noch durcheinander: heiße Liebesschwüre, in Schleierkraut und Nelken gebunden. Frostige Ablehnung, zwischen Rosen versteckt. Stolzer Mut, in schlanke Blätter gehüllt. Freude, Trauer. Unentschlossenheit. Ein Wörterbuch, das Wörter nicht brauchte.

Obwohl sie nicht mehr als ein paar Stunden geschlafen haben konnte, fühlte sie sich übermütig und leicht. Warum versuchte sie es nicht?

Sie sah sich suchend zwischen den Bäumen um. Es wuchsen nicht viele Blumen im Wald, da waren nur die kleinen roten, die jetzt am Morgen so treu funkelten wie zuvor am

Abend. Aber an einem der Stämme duckte sich ein schmales Büschel Queckengras. Mina deutete darauf, dann auf das Buch, dann auf sich. Noch einmal. Dann sah sie Zinni erwartungsvoll an.

Seine dunklen Augen rundeten sich in Verständnislosigkeit.

»Es ist schön, Mina«, rief Lilja herüber, »dass du *Beharrlichkeit* zeigen und das Buch weiterlesen willst, aber vielleicht doch lieber erst nach dem Frühstück?«

Mina schickte ihr ein strahlendes, erleichtertes Lächeln.

»Was redet ihr?«, fragte Zinni und stupste sie an. »Mina, ist das ein Geheimnis? Ich will es auch wissen!«

»Dann«, sagte Lilja und schüttelte das Tischtuch auf, »ist es kein Geheimnis mehr, mein Augenstern.«

Sie zwinkerte Mina zu.

Vielleicht war es am Nachmittag, als Mina merkte, wie die Bäume sich langsam lichteten. Nach dem Frühstück waren sie den Blumen gefolgt, wie am Tag zuvor, und der Wald hatte sie mit seinen sanften Wundern umgeben, wie er es vorher getan hatte. Es war nicht so, als ob die Bäume spärlicher wuchsen; sie schienen leicht zur Seite zu rücken, jeder ein kleines Stück, und Mina sah, dass sich vor ihnen so etwas wie eine Wiese erstreckte. Dort, wo das erste hohe Gras begann, stand eine rote Blume. Dahinter konnte sie keine erkennen.

»Langsam«, sagte Nad, und die Tater hielten an. »Behutsam, nicht drauflos laufen. Eine warme, sonnige Wiese mitten im Wald. Man kann nicht wissen, was sich zwischen den Gräsern rekelt.«

Mina fühlte einen kleinen Schauder. Sie legte die Hände

über die Augen und versuchte, etwas zu erkennen. Aber das Gras wuchs dicht wie eine Decke.

»Flache Steine, dort drüben«, sagte Viorel, und Mina zuckte leicht zusammen. Sie hatte nicht gemerkt, dass er hinter sie getreten war. »Ein schönes, sonniges Plätzchen, oh ja. Ich wette, sie liegen da in dicken Knäueln.«

Mina drehte sich um, und sie war froh, dass es Rosa war, dicht neben ihm, die sie fragend ansehen konnte.

Rosa wirkte nicht besorgt, nicht einmal beunruhigt. Sie lächelte Mina zu, krauste die Nase und blinzelte in dem helleren Licht, das von der Wiese herüberkam.

»Er könnte Recht haben«, sagte sie und zupfte Viorel ein Blatt vom Ärmel. »Ausnahmsweise einmal.«

Verwirrt blickte Mina wieder zur Wiese. Sie konnte immer noch nichts erkennen, nichts außer Gräsern, die sich im Luftzug wiegten, kleine Wölkchen aus Pollen und winzigen Insekten darüber. Es sah friedlich aus.

Aber nach und nach wurde ihr ein seltsames Geräusch bewusst: wie eine Art Summen, aber viel schwächer als das. Ein Summen oder ein Zischeln. Ja, ein Zischeln vielleicht. Hell und trocken und sehr leise. Und ... da war doch etwas Rotes, oder nicht? Dort, wo sie jetzt auch ein, zwei flache weiße Steine im Gras sehen konnte. Doch noch eine Blume? Führte der Weg sie über die Wiese?

Etwas Dunkles schien neben den sehr hellen Steinen zu liegen. Ein Schatten, vielleicht; aber es gab nichts, das hoch genug dafür war. Und als Mina länger hinstarrte, schien es ihr, als ob er sich bewegte. Sehr langsam. Sehr träge. Aber er bewegte sich.

Die Neugier hob ihr die Füße. Sie nickte zu Nads warnend gehobener Hand, trat vorsichtig bis an den Rand der

Wiese heran. Das Geräusch war hier um eine Winzigkeit lauter.

»Mina«, sagte Lilja hinter ihr. »Weißt du überhaupt, was auf dieser Wiese ist? Wenn du es nicht weißt, wäre es vielleicht besser, wenn du stehen bleiben würdest.«

Sie sah den seltsamen Schatten und hörte das trockene zischelnde Geräusch, stutzte, und als sie endlich verstand, sprang sie rückwärts wieder aus der Wiese heraus. Viorel lachte, als sie gegen ihn fiel.

»Ho, ho, nur nicht so stürmisch, junge Dame! Du erschreckst noch die Schlangen in ihrem Nachmittagstraum.«

Schlangen. Überall im hohen Gras. Wenn man wusste, dass sie da waren, konnte man sie auch sehen, dunklere, schattige Flecken, runde Formen, die nicht zu den geraden Gräsern passten. Eine Schlangenwiese.

Mina war so erschrocken, dass sie nicht einmal Verlegenheit fühlte, als Viorel sie sacht wieder auf die Beine stellte. Nur ganz am Rand bemerkte sie die Wärme seiner Hände, die Art, wie seine schwarzen Brauen schräg nach oben strebten, als er sie anlachte. Aus den Augenwinkeln schielte sie weiter nach der Wiese.

Schlangen. *Schlangen …*

Etwas regte sich in ihr, ganz sacht nur, wie der Hauch einer Erinnerung. Zu flüchtig, um es festzuhalten; und der Schauder, der über ihren Rücken kroch, verjagte schnell jedes andere Gefühl.

»Seht doch«, rief Zinni, »da ist doch noch eine von den Blumen. Da, auf der Wiese!«

»Ja«, brummte Nad und schob sich den Hut aus dem Gesicht, »und schön genau in der Mitte. Ein bisschen boshaft, der Weg, den wir uns da ausgesucht haben.«

»Es wird auf der anderen Seite weitergehen«, sagte Viorel. »Wir bleiben bei den Bäumen und umrunden die Wiese, und dann finden wir die nächste Blume schon. Die, die nach dieser dort drüben kommt.«

Lilja trat neben Mina und sah über das Gras. Ihr schöner Mund spannte sich nachdenklich.

»Nein«, sagte sie langsam nach einer Weile. »Das glaube ich nicht. Ich glaube, es ist die Letzte, die wir da sehen.«

Sie wandte sich Mina zu. Ihr Gesicht war ernst; aber ein Hauch des kleinen Zwinkerns, das sie Mina am Abend geschickt hatte, schien noch in ihren Augenwinkeln zu wohnen.

»Und nun, Mina?«, fragte sie. »Ist er noch da, dein Mut?«

Nein, das war er nicht. Irgendwo beim Sprung aus dem Gras musste sie ihren Mut verloren haben; bei dem Gedanken an die Schlangen auf der Wiese wurde es Mina schwach in den Knien. Und doch wusste sie, dass Lilja Recht hatte. Es gab keine weitere Blume. Der Weg war hier zu Ende.

Die Worte, die sie hätte sprechen müssen, um den Mut zurückzurufen, lagen ihr schmerzhaft auf der Zunge. Natürlich, wollte sie sagen, ich habe keine Angst, ich fürchte mich nicht vor Schlangen. Nicht vor ihren langen, schuppigen, beinlosen Leibern, nicht vor den seltsamen Augen und der schrecklichen Zunge. Nein, ich fürchte mich nicht. Es würde wahr werden, auf seine Art, wenn sie es nur aussprach; so war es doch immer. Eine kleine Geschichte, mehr brauchte es nicht.

Aber sie konnte keine Geschichten mehr erzählen.

Mina biss sich auf die Lippen. Ihre Handflächen wurden feucht.

Rosa legte ihr den Arm um die Schultern.

»Wir finden einen anderen Weg«, sagte sie. »Mach dir keine Sorgen. Vielleicht irrt Lilja sich ja.«

Mina sah sie an und versuchte ein Lächeln, während sie den Kopf schüttelte. Hinter Rosa stand Pipa. Auch sie lächelte. Ihr runder Mund wurde dabei ganz schmal und hart. Rosas Arm glitt von Minas Schulter, als sie wieder nach vorne trat.

»Ich komme mit«, sagte Zinni und stellte sich neben sie. »Wir kommen alle mit dir.«

Nein, sagte irgendetwas in Mina. Wieder schüttelte sie den Kopf. Und weder Nad noch Lilja widersprachen ihr. Vielleicht hatte sie darauf gehofft, dass sie es täten. Dass sie sagten, man könne es doch erst einmal mit dem anderen Weg versuchen, dem, den Viorel vorgeschlagen hatte. Aber sie schwiegen, und also gab es ihn auch nicht. Es gab nur diesen einen Weg. Auf die Schlangenwiese.

Minas Knie zitterten. Sie ging so langsam, dass die langen Gräser träge an ihrem Körper vorbeistrichen. Nach sechs Schritten sah sie den ersten dunklen Knoten im Grün. Drei oder vier Schlangen, mit dünnen, schimmernden Leibern, ineinander verflochten. Sie hoben die schmalen Köpfe, als sie die Schritte des Menschenwesens hörten, das sich auf ihre Wiese wagte und sie beim Sonnen störte. Und sie zischten, nicht mehr leise, sondern scharf und stechend in Minas Ohren. Sie geriet ins Stolpern, fing sich noch im letzten Moment. Tapste auf wackligen Beinen an dem dunklen Knäuel vorbei, um beinahe auf das Nächste zu treten.

Das Zischen wurde lauter, je weiter sie ging. Es erfüllte die Luft, löschte jedes Waldgeräusch aus. Die Sonne glänzte auf den sich windenden Schuppen, und selbst das schien ein Zischen zu verursachen.

Wo war die Blume? Mina starrte so eindringlich ins Gras, dass sie sie beinahe aus den Augen verlor. Dort drüben, immer noch dort, nicht hier. Ihre Hände waren feucht und glitschig. Sie wischte sie am Kleid ab.

Es war gut, so gut, dass sie die Stiefel wieder angezogen hatte. Sie sagte es sich immer wieder, es lenkte sie ein wenig von der Furcht ab, die ihr den Hals zuschnürte. Immer wieder, und vielleicht zu oft. Nach einer Weile drängte sich der Gedanke auf, sie würde mit bloßen Füßen vielleicht weniger Lärm machen, die Schlangen weniger stören. Wie verärgert sie wirkten, wenn sie so ruckartig die Köpfe hoben! Wie ihre winzigen schwarzen Augen blitzten! Dort kamen welche aus einem Knoten heraus, sie waren größer als die anderen und dunkler. Sie wanden sich zwischen den Gräsern auf Minas Beine zu. Wie schnell sie waren!

Mina schrie auf, ohne jeden Laut. Die Schlangenkörper wellten sich auf sie zu. Sie fing an zu laufen, auf die Blume zu, den Steinhaufen, an den sie sich lehnte. Das Gras unter ihr erwachte zischend zum Leben. Schuppen streiften ihre Wade unter dem Kleid, sie sprang in die Höhe, und aus dem Laufen wurde ein Rennen. Jeder einzelne Grashalm schien sich in eine Schlange zu verwandeln.

Endlich, endlich kam sie zu dem Steinhaufen, und beinahe hätte sie sich darauf geworfen, die Füße bis zum Kinn angezogen, nur fort von den starren Augen, den spitzen, scharfen Zähnen! Aber dort, auf dem obersten Stein, lag ein weiterer dunkler Schatten.

Schmale Köpfe an langen Leibern wuchsen daraus empor, und viele glänzende Augen starrten sie an. Es mussten ein Dutzend Schlangen sein, die sich jetzt mit wispernden

Schuppen aus ihrem Knoten wanden. Am liebsten hätte Mina sich die Augen zugehalten.

Was jetzt?, schrie sie lautlos die Blume an, die sich im leichten Wind gleich neben dem Steinhaufen wiegte. *Was soll ich denn jetzt nur tun?*

»Nichts«, sagte die Blume, »nein, tu mir nichts! Wag es nicht, sonst hetze ich meine Wächter auf dich!«

Sie hatte eine schneidende, zischelnde Stimme. Mina fühlte, dass ihr der Mund offen stehen blieb.

»Ich sage es dir, Menschenmädchen, wage es nicht, mich anzurühren! Ich werde mir das nicht noch einmal gefallen lassen!«

Hinter den drohenden Schuppenleibern erhob sich langsam ein weiterer Kopf. Er war größer, viel größer, und nicht dunkel, sondern leuchtend golden; beinahe wie fließendes Metall. Die Schuppen strahlten und schimmerten.

Mina starrte die große Schlange an.

Eine lange, gespaltene Zunge flitzte aus einem lippenlosen Mund.

»Geh weg, hörst du mich? Eine Krone habe ich schon an euch Gesindel verloren, jetzt kommst du und willst mir noch diese rauben! Ich gebe sie dir nicht, hörst du, was ich sage?«

Mina starrte noch immer. Auf dem riesigen Kopf funkelte und blitzte etwas. Heller noch als der goldene Leib, so hell, dass es Mina fast blendete. Es bildete eine Form, hoch und mit vielen kleinen Spitzen; unmöglich, sie genauer anzusehen, weil die große Schlange keinen Moment still hielt. Und was war es, das sie eben gesagt hatte?

Meine Krone ...?

Konnte das denn möglich sein? Eine Schlange mit einer Krone – ein Schlangenkönig wie in den Märchen?

Sie sah der Schlange in die dunklen Augen, ohne nachzudenken, ohne es zu wollen. Etwas in ihr zuckte zurück, als der starre Blick in ihren tauchte; aber es war die Schlange, die wirklich nach hinten ruckte.

Das Erstaunen war wie ein langer, tiefer Atemzug: Die große Schlange fürchtete sich vor ihr.

»Nein, nein!« Sie zischelte so heftig, dass Mina die Worte kaum noch verstand. »Lass sie mir! Die verfluchten Spinnen haben mich geschröpft, für jeden Tautropfen, den sie mir fingen und brachten und verwebten, musste ich ihnen zehn Schuppen versprechen! Nein, wag es nicht, sie anzurühren!«

Die Angst in Mina versickerte langsam. Vorsichtig trat sie einen Schritt zurück.

Verwirrt wand der Schlangenkönig sich hin und her.

»Was soll das?«, fragte er, und seine Stimme bebte dabei ein wenig. »Was für eine Teufelei heckst du jetzt aus? Willst du wohl noch Verstärkung holen, wie die anderen schrecklichen Menschen, die da hinten nur darauf warten?«

Er senkte den Kopf und schaute von unten, von der Seite her zu ihr auf. Seine Augen wurden schmal.

»Ich könnte«, zischelte er, »ich könnte ... nur, wenn du es nicht tust, natürlich ... Wenn du sie nicht rufst und mich in Ruhe lässt ... Es gibt so viele Schätze auf der Welt, nicht wahr? Ich könnte dir den Weg zu einem anderen sagen. Einem, der viel, viel besser ist als meine Krone.«

Es war etwas Listiges in der Art, wie seine Augen sich in ihren Höhlen verbargen, darin, wie er den Kopf so schief hielt und sie unentwegt musterte. Aber er schien so voller echter Sorge; und die rote Blume wiegte sich immer noch so leicht und sorglos neben dem Stein ...

Mina nickte, obwohl sie sich nicht ganz sicher war bei dem, was sie tat.

Der Schlangenkönig bewegte aufgeregt den Kopf.

»Ja, ja, das ist ein gutes Geschäft, nicht wahr? Und es ist nicht einmal sehr weit von hier, nicht weit ... Wirst du es denn auch versprechen? Versprechen, mich nicht anzurühren, wenn ich es dir sage?«

Wieder nickte Mina, aber zögernd diesmal. Ihre stumme Zunge lag wie ein Stück Holz in ihrem Mund.

Der Schlangenkönig entrollte den schillernden Leib, ein Stück weit, bis die Schwanzspitze zum Vorschein kam. Sie pendelte in der Luft vor und zurück.

»Dann wollen wir es so vereinbaren.«

Die Schwanzspitze bewegte sich auf Mina zu, vorsichtig, zitternd.

Sie tat das Einzige, was ihr einfallen wollte, und streckte beide Hände aus, die Handflächen nach oben gekehrt. Der Schlangenkönig öffnete beide Augen weit.

»Mir scheint«, sagte er, und unter dem Zischen schwang so etwas wie Verwunderung, »du bist ein ehrliches Menschenmädchen.«

Dann berührte der Schlangenschwanz ihre rechte Handfläche. Die Schuppen waren glatt wie Seide auf Minas Haut, sonnenwarm und trocken. Es war nur ein kurzer Moment, schnell wie ein Wimpernschlag. Und wieder rührte sich etwas in ihr, so schwach, dass sie den Gedanken kaum wahrnahm, bevor er schon wieder verflog:

Ich wusste, dass er sich so anfühlen würde. Ich kenne das – Schlangenhaut ... Nur, woher kenne ich es?

»Gut«, sagte der Schlangenkönig, »wir haben ein Geschäft gemacht, du und ich. Und ich will auch meinen Teil halten. Wenn du links von unserer Wiese in den Wald zurückgehst, findest du einen alten Weg, oder zumindest die Reste von einem. Folge ihm, wenn du kannst, und du wirst deinen Schatz finden, Menschenmädchen.«

Er blinzelte; die Tautropfenkrone auf seinem Kopf glitzerte, als er sich langsam wieder auf den Stein zurücksinken ließ.

»Geh«, zischte er, »geh nur, geh. Finde deinen Schatz, aber nicht hier, nicht hier!«

Neben ihm fuhr ein Windhauch durch die kleine rote Blume; sie neigte sich schwach, einmal zur einen, einmal zur anderen Seite. Dann stand sie wieder still.

Zögernd machte Mina einen Schritt rückwärts, und dann noch einen. Die kleinen Wächterschlangen kamen ihr nicht nach.

Die Tater folgten Mina. Es war wie eine stumme Absprache. Pipa verzog den Mund, Viorel runzelte verblüfft die schrägen Brauen; aber sie folgten ihr ebenso wie die anderen, als sie anfing, nach dem Weg zu suchen.

Keiner fragte nach der Wiese, obwohl Zinni ihr immer wieder neugierige Blicke zuwarf. Nicht einmal mit Hilfe des Selams hätte Mina ihnen erklären können, was geschehen war. Lilja und Nad schienen ihre eigenen Vermutungen zu haben; sie musterten sie von Zeit zu Zeit, Nad mit einer schwachen, unbestimmten Sorge in den Fältchen um seine Augen, Lilja mit einem kaum wahrnehmbaren Lächeln im Mundwinkel. Aber auch sie sagten nichts, folgten ihr wortlos in das Unterholz.

Als sie den Weg fand, ein paar flache Steine unter alten Blättern, wunderte Mina sich nicht darüber. Vielleicht gab es nur eine bestimmte Menge Staunen, Verwirrung und Furcht, die ein Mensch empfinden konnte, und auf der Schlangenwiese schien sie diese Menge überschritten zu haben. Während Mina die losen Blätter beiseitewischte, war in ihr alles ruhig. Nein, sie wusste nicht wirklich, was sie da tat; aber es fühlte sich an, als ob sie es wüsste. Und für den Moment schien das zu genügen.

Der Weg war so alt, dass nicht das Moos in den Ritzen zwischen den Pflastersteinen wucherte, sondern die Steine weit verstreute Lücken im grünen Samtteppich bildeten. Erst wenn man wusste, dass er da war, konnte man ihn sehen.

»Ist das *hier*«, fragte Zinni, »oder ist es *dort*?«, und Mina wusste genau, was er meinte. Für einen Augenblick stellte sie sich dieselbe Frage. War es ein weites Feld, über das sie gingen, außerhalb des Waldes, in der anderen Wirklichkeit? Zog eine Herde Rehe durch sie hindurch, gerade jetzt, ohne etwas zu spüren? Oder standen sie in jemandes Küche, die Mädchen um den Tisch versammelt, und die Worte des Dankgebets nach dem Essen verwehten in einem schwachen, seltsamen Luftzug? Was würde geschehen, wenn sie jetzt fest die Augen schloss und versuchte, den Weg zurückzugehen, wie Nad es ihr beschrieben hatte?

»Ist das wichtig?«, antwortete Nad und kitzelte Zinni unter dem Kinn, bis er gluckste, und Mina schob den Gedanken beiseite. Aus den Sonnenflecken, die zwischen den Blättern über ihr schimmerten, schienen die goldenen Augen des Schlangenkönigs sie immer noch anzustarren. *Geh nur, Menschenmädchen. Finde deinen Schatz.* Entschlossen setzte sie ihren Fuß auf den Weg.

Es war ein eigenartiges Gefühl, wieder Steine unter den Stiefeln zu haben, das Schaben zu hören, mit dem sie sich an den Sohlen rieben. Die Absätze klackten laut, wenn sie fest auftrat; es hallte zwischen den Bäumen. Mina ging schneller, als sie es vorgehabt hatte. Das Bündel an seiner Kordel hüpfte auf ihrem Rücken. Hinter sich hörte sie die Tater reden. Ihre bloßen Füße machten nicht das leiseste Geräusch.

Ein runder, schwarzpelziger Kopf schob sich aus einem Gebüsch dicht bei ihr.

»Nun, Fräulein Mina?«, sagte Tausendschön und leckte sich das Mäulchen, aus dem ein Mottenflügel ragte wie eine eigenartige Zigarre. »Weiter unterwegs, wie ich sehe? Hat der alte grüne Wurm auf der Wiese Ihnen ein paar seiner Geheimnisse verraten, ja?«

Neben ihr fiel er in seinen schlendernden Katzengang. Sie hätte schwören können, dass er lächelte, während er zu ihr aufsah.

»Ein schlauer Kopf, dieser Wurm. Und misstrauisch. Ich hätte nicht gedacht, dass Sie es bis zu ihm schaffen würden. Er liebt die Menschen nicht sehr. Aber das werden Sie wohl bemerkt haben.«

Mina nickte und machte gleichzeitig ein fragendes Gesicht. Tausendschön fächerte die Schnurrhaare auseinander.

»Oh, Sie fragen sich, woher ich ihn kenne? Nun, ich bin ein Kater, nicht wahr? Und er ist ein Wurm. Eine Art Wurm, immerhin. Ein lebendiger, dicker Faden, wenn Sie so wollen. Sehr unterhaltsam, wenn auch nicht unbedingt schmackhaft. Man kennt sich untereinander, wissen Sie. Vor einiger Zeit habe ich eines seiner Nester entdeckt. Sie sind kaum dicker als Streichhölzer, die kleinen, ringelnden Dinger ... Er hat mir einiges an Versprechungen gemacht, wenn ich sie nicht anrühre. Ich bin nicht darauf eingegangen, habe die dünnen Dinger aber nicht gefressen, nur ein wenig durch die Gegend gerollt. Und nun steht er in meiner Schuld, der alte Wurm.«

Im Waldschatten leuchteten seine Augen wie zwei gelbe Lampen zu ihr auf.

»Sie haben sich wohl einiges von dem angehört, was er zu sagen hatte? Das war vielleicht klug von Ihnen.« Er schlug mit dem Schwanz. »Vielleicht auch nicht. Wie ich schon sagte, es ist ein schlauer Wurm, der sich da auf den Steinen rekelt. Und er liebt die Menschen nicht. Aber Sie haben einen eigenen Kopf auf den Schultern und treffen Ihre eigenen Entscheidungen.«

Wieder streifte der buschige, seidige Schwanz ihren Rock wie ein aufmunternder Klaps.

Mina schüttelte den Kopf. Aber so wenig, wie man einer Schlange vorwerfen konnte, dass sie einen listig ansah, so wenig konnte man es wohl einer Katze verübeln, wenn sie sich rätselhaft benahm.

Schweigend gingen sie nebeneinanderher. Jetzt, wo sie den Weg betreten hatten, war es nicht schwer, ihm zu folgen. Die Bäume wölbten sich über ihm, fast wie der Laubengang zu Hause, der zum Pavillon führte. An warmen Nachmittagen saß die Mutter manchmal dort und stickte, ein Glas Zuckerwasser auf dem Tischchen neben sich.

Der Gedanke stach. Im Gehen bückte Mina sich und strich Tausendschön über den weichen Rücken.

»Oh«, sagte der Kater, »streicheln Sie ein schlechtes Gewissen weg? Nur zu, ich bin Ihnen gerne behilflich. Und wenn Sie schon dabei sind: Seit Stunden juckt es mich hinter dem einen Ohr, wissen Sie, rechts ...«

Sie musste lachen, und die Gedanken verblassten.

Der Weg wurde breiter, je länger sie ihn gingen. Es fiel einem nicht gleich auf. Nur ab und an, wenn man zur Seite blickte, waren die Stämme wieder ein kleines Stück weiter zurückgewichen. Bald hätten mehrere Menschen nebeneinander auf ihm gehen können, und die Tater hinter Mina machten es auch so, hakten sich ein, redeten und lachten. Es tat ihr wohl, sie zu hören. Aber sie blieb nicht stehen, um sie aufholen zu lassen.

Bald wurde der Weg breit genug für eine Kutsche, und kleine, schwache Geräusche stiegen von den Steinen auf. Sie kamen nicht von den Tatern und nicht von Minas Stiefeln. Die anderen schienen sie nicht zu bemerken; nur der Kater legte die Schnurrhaare an, und als es neben ihnen knirschte wie große, hölzerne Räder auf dem Stein, sagte er leise:

»Ah. Ich verstehe.«

Sie ließ sich nicht darauf ein. Sein Fell blieb glatt und weich, er kam ihr nicht beunruhigt vor, nur nachdenklich, soweit sie das sagen konnte. Das genügte ihr. Sie konnte nicht noch mehr Rätsel gebrauchen.

Unter dem Klang ihrer Absätze begannen Hufschläge zu

klappern, schwach, wie aus weiter Ferne. Stimmen mischten sich in das Rauschen der Blätter, zu leise, um sie zu verstehen. Sie klangen fröhlich, beinahe hätte man sie mit dem Plaudern der Tater verwechseln können. Aber nur beinahe.

Der Weg, dachte Mina, ohne zu wissen, woher dieser Gedanke kam, der Weg ist von unseren Schritten aufgewacht. Ein wenig nur, und jetzt säuselt er im Halbschlaf. Von Erinnerungen vielleicht ... Landpartien an schönen Sommertagen, bunte Bänder an Strohhüten, die über den Steinen flattern. Vielleicht hat sich ihr tanzender Schatten wie ein Streicheln für ihn angefühlt.

Ein vages Gefühl berührte sie von weit her, eine ganz zarte, versonnene Melancholie. Etwas war gewesen, gerade hier; eine eigene Wirklichkeit, die nicht mit dem Wald verbunden war und nicht mit der Welt, aus der sie kam. Etwas war gewesen, auf dem Weg und dorthin, wohin er führte; und es war vergangen. Der Wald hatte seine grünen Arme darum gelegt, Trost gebracht, aber nicht Vergessen. Die Vergangenheit war es, die unter dem gleichmütigen Rascheln der Blätter zu atmen begann.

Es ging bergab, langsam, aber spürbar. Der Weg neigte sich einen Hügel hinunter, und bald schienen sie auf ein kleines Tal zuzuwandern. Die Bäume füllten es an, Mina sah es nur, weil ihre Kronen weiter vorn viel niedriger waren als dort, wo sie ging. Zwischen dem Braun und Grün begann hier und da eine andere Farbe aufzutauchen, matt, wie von Staub bedeckt. Ein stumpfes Grau, wie die Steine unter ihnen.

Lilja schloss zu ihr auf und ging neben ihr her, der Rock schwang weit und raschelnd um ihre Beine.

»Wir sind bald da«, sagte sie, »wo immer *Da* auch sein mag. Der Weg wird müde und will sich an einer Schwelle ausruhen.«

Tausendschön hob den Kopf und ließ sich von ihr im Gehen die Stirn kraulen.

»In der Tat«, sagte er unter dem Schnurren, »wir sind da, aber wir sind unhöflich zu früh. Was für einen Schatz der alte Schlangenkönig unserem Fräulein Mina auch versprochen haben mag: Solange es hell ist, wird er sich kaum finden lassen. Es ist nicht die Art von Schätzen, es einem Sucher so leichtzumachen.«

Lilja nickte. »Das glaube ich auch. Wir werden warten müssen, bis es dunkel wird, wenn wir angekommen sind. Aber mir gefällt der Gedanke nicht.«

Mina sah sie überrascht an.

»Der Wald«, sagte Lilja, »trägt die Dunkelheit leicht wie eine zarte Decke. Sie ist ihm so vertraut wie der Tag. Aber da vorne sehe ich Mauern zwischen den Stämmen schlafen; Mauern, oder Reste davon. Und Mauern bergen oft schwere Träume, wenn die Nacht fällt und kein Kerzenschimmer sie berührt. Behauene Steine werden einsam, wenn keine Menschenhand sie mehr streift. Einsam, traurig. Und manchmal zornig.«

Nachdenklich schwieg sie einen Moment.

»Ich war noch nie in diesem Teil des Waldes. Und ich weiß nicht, was man dir versprochen hat. Einen Schatz, sicherlich, wie Tausendschön sagt; denn um einen Schatz zu finden, sind wir den Blumen gefolgt. Und ich glaube nicht, dass du belogen wurdest. Nur kann es sein, dass du außer deinem Schatz noch etwas anderes finden wirst. Etwas, das der Dunkelheit gehört.«

Sie runzelte die Stirn.

»Es sollte nicht hier sein. Nicht im Wald.«

Mina zog die Schultern zusammen. Unter dem sanft gewölbten Blätterdach wurde ihr kühl. Als sie nach vorn sah, war das Tal schon sehr nahe gerückt.

Sollen wir besser zurückgehen?, fragte sie Lilja mit den Augen und mit einer Hand, die nach hinten deutete.

Lilja seufzte.

»Kleine Mina, Wege haben ihren eigenen Kopf. Es ist nicht so leicht, sie wieder zu verlassen, wenn man sie einmal betreten hat. Ich denke, du hast es schon gespürt. Wir wollen vorsichtig sein und aufeinander achtgeben. Das ist alles, was man auf einem Weg tun kann. Ganz gleich, wohin er führt.«

Unwillkürlich wandte Mina sich um. War da ein schwaches Schimmern zwischen den Bäumen, ein Lufthauch, schweigend und nah? Sie war sich nicht sicher, ob Karol ihnen noch folgte. Aber sie hoffte es. Nach Liljas Worten hoffte sie es sehr.

Die Stimmen flüsterten um sie her, während der Weg sich ins Tal hinabsenkte.

Es mochte ein Haus gewesen sein. Ein großes Haus mit vielen Zimmern. Ihre Umrisse waren noch auf den Talboden gezeichnet, zwischen Gesträuch und Brombeerranken. Junge Birken mit silbernen Stämmchen bildeten ihre Wände, Blätter und Zweige das Dach. Schweigend atmeten die Steine Staub; schweigend wanderten Mina und die Tater umher, während langsam die Dämmerung sank.

Ein sachter Abendregen setzte sich auf junge Blätter und alte, geborstene Steinplatten. Wolken leuchteten am Himmel. Mina ging zwischen den Resten des Hauses umher, ratlos, suchend. Die Stille lag feucht und schwer auf dem Tal. Wie von selbst schlüpfte eine kleine, sinnlose Melodie auf Minas Lippen. Sie summte sie tonlos, während sie die Finger über bröckelnden Mörtel und zarte Triebe gleiten ließ.

Es war wohl noch nicht dunkel genug, um zu finden, was immer es eigentlich war, das sie hier suchte. Vielleicht sollte sie sich zu Tausendschön und Nad unter den Baum dort setzen, abwarten, was die Nacht mit sich brachte. Die beiden unterhielten sich leise, nur einzelne Wörter raschelten an Minas Ohren vorbei.

»Etwas Fremdes«, sagte Nad, und »Sehnsucht ... die Halle dort ...«

»... Tänzer ...«, antwortete der Kater rätselhaft; aber sie konnte ihn auch missverstanden haben. Vielleicht hatte er »Fenster« gesagt.

Von Fenstern war nichts mehr zu sehen in der Ruine, nur noch breite Löcher an Stellen, wo sie in den Mauern gesessen haben mochten. Mina strich umher, unruhig, lauschend. Aber sie hörte kein seltsameres Geräusch als das feine Zirpen, mit dem Regentropfen zersprangen.

An einer Stelle wichen die Mauerreste weiter auseinander. Ein größerer Platz, auf dem nur wenige Bäume wuchsen. Im schwachen Licht, das die schweren Wolkenbäuche widerspiegelten, meinte sie, etwas Glänzendes zwischen den schmalen Stämmen zu sehen. Glänzend wie die Augen des Schlangenkönigs ...

Rasch ging sie näher. Der Platz öffnete sich für sie, die Bäume standen viel weniger eng, als es ausgesehen hatte. Hatte Nad diesen Ort gemeint?

Aber ich sehe keine Halle, dachte Mina, während Zweige sich um ihre Knöchel schlangen. Nur alte Steine auch hier, die zwischen den Brombeerranken schimmern. Eine Mauer, dort drüben vielleicht, die mir nicht einmal mehr bis an die Hüfte reicht. Und Reste von Stufen, da hinten, wo das Abendlicht sich so seltsam bricht. Fast sieht es so aus, als ob es Streifen malen würde. Aber die Bäume stehen ganz ruhig, und die Wolken am Himmel rühren sich kaum. Woher kommen die Streifen? Sie bewegen sich so sanft, hin und her, hin und her ...

Ihr Kopf wurde leicht und schwindelig. Sie hörte Tausendschöns fauchende Stimme, von irgendwoher; aber eine Schicht aus Watte schien sich auf ihre Ohren zu legen, und da war auch noch etwas anderes, tiefer darunter. Töne vielleicht, die sich mit der kleinen, unhörbaren Melodie vermischten. Sie hatte gar nicht bemerkt, dass sie sie immer noch lautlos vor sich hin summte. Mina blieb stehen und lauschte. Ja, Töne waren es, wie von Violinen, die in der Ferne spielen. Schnelle Läufe, die ineinanderflossen; wie bei einem großen Gartenfest, wenn die riesigen Bowlengläser, von denen Mademoiselle mit verschämtem Augenleuchten erzählte, schon halbleer getrunken waren. Wenn die Herren und die Damen sich flinker drehten und die schweren Röcke höher flogen, als es die Schicklichkeit eigentlich erlaubte. Wenn Kronleuchterkerzen ihre Flämmchen auf Edelsteinen spiegelten und bunte Lichter durch den Saal flogen. Sommernachtsviolett. Traumblau ...

Und goldgelb. Wie das kleine Etwas dort, im Schatten der Bäume. Es leuchtete und glänzte. Mina hielt den Atem an, auch wenn ihr davon noch schwindeliger wurde. *Geh nur, Menschenmädchen, und finde deinen Schatz ...*

Ein Schatten zog über das Glänzen, tiefschwarz und sehr schnell. Im einen Augenblick sah sie es noch deutlich; mit dem nächsten Wimpernschlag war es verschwunden, wie ausgelöscht. Mina machte eine hastige Bewegung.

Ihre Füße rutschten auf dem feuchten Boden. Sie streckte die Arme seitwärts aus, um das Gleichgewicht zu halten, trat auf einen der blanken, flachen Steine direkt vor ihr. Die Oberfläche war schon nass vom Regen, ihre glatte Sohle fand keinen Halt. Sie glitt aus, streckte die Arme weiter, drehte sich unwillkürlich sehr schnell auf einem Fuß.

Die Wolkenlichtstreifen brausten an ihr vorbei in einem Schwall von Violinen. Sie kniff die Augen zu, riss sie wieder auf.

Licht, das zwischen Rahmengittern strömte. Schwarzdunkle Wände, höher als der Himmel. Gelbe Kerzenflämmchen in der Luft, Dutzende, Hunderte davon. Zitternd, schwankend in einem Wind, der nicht wehte. Und aus dem sterbenden Abend flog jetzt mächtig und klar die Musik heran.

Minas Schwung zog sie herum, sie fand nichts, um sich daran festzuhalten. Wo eben noch Ranken und Büsche ihre Beine zerkratzt hatten, war nichts mehr bis auf die kühle Luft, die ein polierter Steinboden ausatmete. Sie taumelte, die Violinen seufzten auf. Und der höchste, allerhöchste ihrer Töne trug *sie* in den unwahren Saal, der sich aus der Dämmerung erhob.

Schwarz war ihr Haar, wie Silber ihr Kleid. Sie war da, ohne dass sie vorher fort gewesen wäre, ein weiterer Streifen Wolkenlicht in der Dunkelheit. Aber sie bewegte sich so schnell, wie kein Sturmwind sich bewegte, und all die winzigen Spiegelbilder, die sich in Fensterscheiben drehten, wo eben noch nichts als bröckelnde Mauerreste gewesen waren ... Sie gehörten alle ihr. Unter dem Tosen der Musik machten ihre Füße kein Geräusch auf dem glatten Boden, und das silberne Kleid umflatterte sie so lang, dass es aussah, als ob sie schwebte.

Mina taumelte und fiel auf die Knie. Sie hätte nicht sagen können, ob es feuchte Erde war, die unter ihrem Gewicht nachgab, oder ob harte Platten ihre Haut zerschrammten. Was ihre Finger fühlten, als ihre Hände auf dem Boden umhertasteten, war kalt und nass; sie senkte den Blick nicht nach unten. Die Tänzerin wirbelte durch den riesigen Schattenraum, und Mina wusste, sie spiegelte sich auch in ihren Augen. Sie konnte den Blick nicht abwenden. Kein Gedanke mehr an das goldglänzende Etwas zwischen den Bäumen; kein Gedanke an die Tater, deren Stimmen sie nicht mehr hörte. Nur *sie*, die sich drehte und schwebte, und Melodie und Rhythmus.

Die Musik wurde stärker. Sie erfüllte die Stille, wie die kleine, alte Spieluhr es niemals vermocht hätte, so mächtig, dass kaum noch Luft zum Atmen zwischen den Tönen blieb. Die Tänzerin drehte sich allein, obwohl es manchmal so aussah, als hielte sie die Arme um einen unsichtbaren Tanzpartner geschlungen; sie drehte sich, und mit jeder Drehung schien die Musik lauter zu werden. Mina keuchte. Aber sie hörte es nicht.

Ein Teil von ihr war starr vor Furcht, wollte, dass sie sich unter ihrem Mantel zusammenkauerte, sich kleinmachte, in einem Schattenflecken verschwand. Aber die Musik hatte sie längst an den Handgelenken gepackt. Sich um ihre

Knöchel gewunden, unnachgiebig wie die nassen Brombeerranken, Dornen in ihr kleines Herz gebissen, es in ihren Takt gezwungen. Einszweidrei, einszweidrei ...

Ah, wie es zerrte und zog! Einmal, ein einziges Mal, eine kurze Runde nur; dann ist Schluss, dann ist ganz bestimmt Schluss, die Bodendielen knarren so laut, man wird die Schritte hören, unten im Schlafzimmer, wo niemand ist, niemand, nur der Staub, der von der Decke rieselt, wenn die Stiefelabsätze auf das alte Holz stampfen.

Einszweidrei, einszweidrei, links herum, und wiegen und drehen; drehen, wie der Silberstreif, die Tänzerin dort hinten, wie schön ihr die langen Haare um den Kopf fliegen, keine harten Zöpfe, kein steifes Schleifenband. Und sie kommt näher, mit jedem winzigen, flinken Schritt, immer näher heran. Bald ist sie so nah, dass man ihr Gesicht sehen kann, die fest geschlossenen Augen, den träumenden, lächelnden Mund. Unter dem schwingenden Kleid sind ihre Schuhe schon so durchgetanzt, dass sie Flecken von Schweiß auf dem glänzenden Fußboden zurücklassen. Sie streckt im Drehen beide Hände aus, ohne einmal aufzublicken; wenn man sie ergreift, sind sie kalt und nass, aber sie halten die eigenen Finger fest, so fest, und der erste Schwung ist so machtvoll und unwiderstehlich wie die Wogen des Meeres. Tanz, tanz, kleine Mina ...

Tanz, kleines Mädchen, tanz mit mir. Die wehenden Kerzenflämmchen flogen vorbei, und langes Haar wehte über Minas Gesicht. Ihr Mund stand offen, und trotzdem schien nicht ein bisschen Atem mehr in ihren Lungen zu sein. Bleiche Wangen schimmerten dicht vor ihr, rotdunkle Lippen, die sich nicht öffneten und doch Worte zu ihr hin hauchten.

Tanz, tanz nur, mein Mädchen, was kümmert uns der Morgen ...

Sie hatte nicht gewusst, dass ihre Füße sich so schnell bewegen konnten. Die Hände, die sie hielten, zogen sie herum, wieder und wieder, Runde um Runde, und ihre Zehen berührten kaum den Boden. Mit jeder Drehung wurde sie leichter. Das steife, regenfeuchte Kleid streifte kaum noch ihren Körper. Sie fühlte, wie ihr die Zopfbänder aus den Haaren rutschten, spürte die Strähnen sich lösen, eine nach der anderen, bis das Ziehen an ihrer Kopfhaut nachließ, das ständige, sachte Reißen, das sie erst jetzt wirklich fühlte, wo es mit einem Mal verschwand. Und sie flog, sie flog immer noch, immer weiter, durch die kerzenstrahlende Halle, durch die hellen und dunklen Streifen, und die riesigen, sprossendurchwirkten Fensterscheiben fingen auch ihr Spiegelbild ein und gaben es hundertfach zurück.

Das war kein Tanz. Das war Glück, so voll von Süße, dass es kaum zu ertragen war. Minas Mundwinkel bogen sich, sie spürte das Lächeln sich über ihr Gesicht ergießen, während das heiße, glückliche Gefühl durch ihren Körper strömte. Sie öffnete den Mund noch weiter, aber kein Laut kam heraus, den die brausenden Violinen hätten hinwegspülen können. Das Lachen glühte in ihrer Brust wie eine Kugel aus goldenem Feuer.

Die Tänzerin hielt sie bei den Händen, drehte sich mit ihr durch die ganze Länge des Saals. Ihre Haare vermischten sich miteinander wie Schatten und Licht, als es schneller ging, immer noch schneller, auch wenn es nicht möglich war, dass Minas Füße sich so rasend hoben und senkten. Dann löste sich eine der Hände plötzlich, ohne dass sie an Geschwindigkeit verloren; ohne dass Mina aus dem Gleichgewicht geriet. Sie konnte sehen, dass die Tänzerin jetzt den rechten Arm von ihr entfernt hielt, ins flirrende Halbdunkel hinein, und trotzdem fühlte es sich so an, als wäre ihr Griff immer noch da, vielleicht sogar noch fester als zuvor. Rauer auch, dachte Mina verschwommen, während sie weiterwirbelten, rauer, kräftiger und nicht mehr so kalt. Nein, gar nicht mehr kalt. Warm, beinah heiß fühlten sie sich jetzt an, die Finger, die ihre umschlossen, obwohl sie nicht da waren, obwohl sie sie doch sehen konnte, die eine freie Hand der Tänzerin, zierlich in den Raum gestreckt – fast so, als läge sie elegant in einer anderen, unsichtbaren Hand ... Und etwas – etwas leuchtete in den Schatten vor Minas Gesicht. Etwas Helles, das ebenfalls Wärme verströmte.

Waren sie noch zu zweit in diesem Tanz?

Die Violinen gaben keine Ruhe. Ohne Pause flossen die Töne hinüber in ein neues Stück, das Einszweidrei, Einszweidrei wurde so schnell, dass Mina den Takt nicht einmal mehr hätte mitzählen können, wenn sie sich noch an Zahlen erinnert hätte oder an Worte, an irgendetwas anderes als die Musik. Ein seltsames Klirren begleitete den Takt, etwas Hartes, das auf den Steinboden schlug, in jeder Drehung einmal, aber unter den rauschenden Stoffbahnen konnte sie nicht sehen, was es war. Es kam ihr nur so vor, als wären da mehr Füße, als es sein sollten, und das bleiche Gesicht der Tänzerin war so merkwürdig weit entfernt, als habe sich ihr Tanzkreis um eine Person erweitert, die sich zwischen ihnen drehte und sie beide an den Händen hielt.

Tanz, kleines Mädchen. Tanz.

Und Minas Füße gehorchten.

Sie gehorchten auch dann noch, als die Sohlen längst

wie Feuer brannten und Minas Knie zitterten. Sie spürte es, aber das Gefühl war so vage und verschwommen, ein Schatten nur hinter den Rändern der strahlenden Kugel aus Glück. Melodien stiegen um sie herum auf und vergingen wieder, ohne dass der Takt sich veränderte. Das Einszweidrei führte sie fester und sicherer, als jede Hand es vermochte. Und doch war es gut, sie zu spüren, die warmen und die kalten Finger, zu wissen, dass sie nicht allein war in diesem Taumel, diesem Rasen. Hatte sie sich gefürchtet vor der blassen Gestalt, die mit ihr gemeinsam durch die Strophen flog? Wie dumm, wie kindlich!

Aber sie war kein Kind mehr. Kein Kind, das zu Bett geschickt wurde, bevor der Tanz begann, das nicht mehr bekam als ein einziges langsames Lied – grausam lockend wie eine Zuckerstange, die im Glasschrank verschlossen blieb –, während man es die Treppe hinaufzerrte. Sie war hier, in diesem flimmernden Saal aus Schatten und Licht, und sie war es, die sich drehte, wenn alle anderen schon erschöpft auf ihren Stühlen zusammengesunken waren und ihren Schritten nur noch mit den Augen folgen konnten. Beinahe meinte sie, sie sehen zu können, die schattenhaften Gestalten am Rand des Tanzsaals, so wirklich fühlte es sich an. Und ein Tuscheln schien sich unter das Brausen der Musik zu mischen, schwach und klar, nah und entfernt zugleich. Wie die Stimmen, die sie auf dem Weg begleitet hatten ...

Die Musik trug Mina auf mächtigen Schwingen. Mochte sich auch ihr Schuhband lösen, wie es das jetzt tat, sie brauchte nicht einmal deswegen anzuhalten. Sie konnte sich im Tanzen herunterbeugen, sicher gehalten von einem warmen, stählernen Arm, der in ihrem Rücken lag. Konnte die eine Hand lösen, den fliegenden Rocksaum mit zwei Fingern anheben, genug, um das lose Band zu sehen, genug, um ein empörtes Zischen in den Schatten am Rande des Saals zu verursachen. Konnte den Rücken noch etwas mehr krümmen, den Kopf noch etwas weiter drehen, das Schnürband flatterte in den Böen, die der Tanz über den Steinboden fegen ließ, und jetzt, jetzt konnte sie es greifen und ...

Dunkle Flecken. Dunkle Flecken auf den hellen Platten unter ihren Füßen. Dutzende davon. Schimmernd. Feucht. Wo hatte sie sie schon einmal gesehen? Zerfranst die Ränder, zerrieben von den Schuhspitzen. So viele dunkle Flecken.

Der stählerne Arm bog ihren Rücken wieder nach oben. Sie ließ das Schuhband flattern, die Musik zog sie weiter, aber jetzt sah sie die Flecken überall auf dem Boden. Sie berührten etwas kalt in ihr. Mina runzelte die Stirn, und im gleichen Augenblick wurde sie noch fester gepackt.

Zum ersten Mal versuchte sie, etwas zu erkennen. Da war die Tänzerin, ganz nah, aber doch nicht so dicht bei ihr, dass sie sich berührt hätten; da war ihr schwarzes Haar, das durch die Luft wehte. Die Strähnen schienen etwas zu streifen, eine Form aus Nichts, aus Dunkelheit, um die sie sich immer wieder einen Atemzug lang legten, als wollten sie sie liebkosen, um dann abzugleiten. Ein Kopf ... ein Paar breite Schultern ... Ja, sie konnte es sehen, wenn sie die Augen zusammenkniff. Und sie erschauerte, als der Arm in ihrem Rücken sie näher an die schemenhafte Form heranzog. Erschauerte, obwohl es Hitze war, die sie plötzlich aus dem Nichts traf, ihren ganzen Körper, bis hinunter zu den tauben Füßen.

Tanz mit mir, kleine Mina. Die Nacht ist ewig jung, und einen Morgen gibt es nur in Geschichten.
Es kannte ihren Namen.
Das Tuscheln um sie her wurde lauter. Die Schatten gewannen an Wirklichkeit. Ein Schwung dicht am Rand vorbei, in dem sie meinte, ein altes, missgünstiges Gesicht zu erkennen; ein anderer, der sie an scharfen, neidischen Mädchenaugen vorbeitrug. Ihr Name, von unsichtbaren Lippen gewispert, schien immer noch in der Luft zu schweben; aber war es wirklich *Mina*, was sie hörte?
Das Tuscheln war so grell, so grausam. Von den alten Matronen dort drüben kam es, mit ihren schweren Hauben und noch schwereren Beinen, die die Füße nicht einmal mehr für eine Hochzeit in die Höhe bekamen. Von den dürren, reizlosen Mädchen mit dem verkniffenen Zug um die schmalen Lippen, die an der Wand standen, eine neben der anderen, in Dunkelheit gehüllt wie in einen Tarnumhang. Von den jungen Männern, die nicht mit ihr hatten Schritt halten können, nicht eine Runde lang, und die jetzt verstohlen mit den Zähnen knirschten und sie dabei mit den Augen verschlangen. Was war es, das sie unter dem Atem fauchten?
Marthe, Marthe ... die unersättliche, schamlose Marthe ... Da fliegt sie wieder, da dreht sie sich, Marthe, und kann kein Ende finden.
Marthe, hallte es in Mina nach, und ein wilder, brennender, unerklärlicher Trotz füllte ihr Herz bis zum Rand.
Marthe, *Marthe ...*
Sie hörte sie noch klarer, die gemurmelten Flüche vom Rand des Tanzsaals, die sich als Sorge maskierten, den Neid, der als Anstand daherkam. Sie reckte das Kinn.

Und Marthe tanzte.

Sie tanzte vor den trägen alten Weibern, den gichtigen Männern, den linkischen Burschen. Sie tanzte an den Mädchenaugen vorbei, deren Sehnsucht sich hinter sittlicher Empörung verbarg. Ihr schimmerndes, fliegendes Haar umgab sie wie ein Zauberteppich. Es schüttelte alle Flüche ab, alle Warnungen, alle Mahnworte. Da in der Ecke war die Mutter, ja, sie musste es sein; das schmale Gesicht, das kein Lächeln kannte, die Sorge in jede Falte auf der Stirn graviert. Da an der Tür der Verlobte, blass und mürrisch, er wandte den Kopf ab von ihr. Statt dass er sich mit ihr freute an jedem schnellen, grazilen Schritt, den sie tat, dass er stolz auf sie zeigte! Welch ein Fest, sang ihr Herz, welch ein Tanz, sang ihr Blut. Sollten sie auf ihren Stühlen hocken bleiben und über sie richten! Sie scherte sich nicht einen Deut darum. Sie wollte sie ihnen entgegenschreien, die Worte, die sich auf ihrer Zunge drängten: *Und wenn der Teufel selbst mich zum Tanz aufforderte, so schlüg ich es ihm nicht ab!*

Wollte den Kopf zurückwerfen und lauthals herauslachen, so laut, dass es selbst die Musik einen Herzschlag lang übertönte, so laut, dass es sich an den Wänden brach und tausendfach widerhallte, zwischen den Kerzen aufglühte, ganz so, wie jetzt, jetzt gerade ...

Ein hartes Reißen in Marthes, nein, in Minas Brust. Ein heller Laut, der aufflog wie ein Vogel, gegen die unsichtbare Decke des Saals, wo er klingelte und klirrte wie zwischen kristallenen Leuchtern. In dem Moment, als Mina aus dem Takt kam, riss die kalte, feuchte Hand aus ihrer eigenen, und Marthe, die Tänzerin, flog davon, grell im

Kerzenlicht. Mina sah noch einen Augenblick ihr Gesicht, die bleichen Wangen, den roten, roten Mund; war er jetzt geöffnet, rief sie nach ihr? Die Musik übertönte alles. Sie drehte den Kopf, aber eine zweite feuerheiße Hand packte unsichtbar ihre Linke.

»Oh nein, kleine Mina«, sagte eine Stimme dicht an ihrem Ohr. »Oh nein. Unser Tanz ist noch nicht zu Ende. Er hat gerade erst begonnen.«

Tief war sie, und die Kanten der Wörter zischten. Zugleich mit der Stimme strich heißer Atem über Minas Gesicht. Unwillkürlich bog sie sich zurück.

Ein grelles Flirren, scharf und hell wie das Herz des Feuers. Ein Umriss, wie mit Flammen gezeichnet, wirre Haare, die gelb und rot um einen Kopf züngelten. Über der gleißenden Stirn zwei gebogene Spitzen, die Blitze in die Nacht stachen.

Die goldene Kugel zerbarst in Minas Brust. Während die Hitze ihre Haut versengte, gefror ihr Inneres zu eisigem Entsetzen.

Die Tänzerin schrie für sie auf, irgendwo in den Schatten. Mina zerrte an ihren Händen, bog den Rücken so weit durch, dass sie beinahe fühlen konnte, wie ihre Haarspitzen über den Boden schleiften. Der stählerne Griff hielt sie umklammert. Es gab kein Entrinnen.

»Ruhig, nur ruhig, mein kleines Mädchen«, zischte die Stimme aus dem grellen Gleißen heraus. War da überhaupt so etwas wie ein Mund? »Hab keine Angst. Ich kenne jeden Schritt, ich führe dich sicher. Ich bin ein guter Tänzer.«

Ein Lachen, vielleicht? Es klang wie zerberstendes Metall. Und Minas eigener Mund fühlte sich so leer an wie nie zuvor, so entsetzlich leer …

»Der beste Tänzer von allen.«

Er zog sie in eine unmögliche Schrittfolge. Ihre Füße berührten den Boden nicht mehr, sie hing in seinen Armen, an seiner Schulter. Ein scharfer Geruch hüllte sie ein; woran erinnerte er sie nur? Auch der letzte Gedanke erfror, als es ihr einfiel. Das Biikenbrennen. Er roch wie die Osterfeuer, die die Bauern anzündeten.

»Du kannst nicht aufhören zu tanzen. Der Tanz hört niemals auf.«

Und Mina wusste, dass er die Wahrheit sagte. Die Violinen würden spielen, die Kerzen würden zittern, und sie würde über den fleckigen Boden fliegen, gebannt in den Armen, die sie verbrannten. Wenn die Nacht außerhalb der Halle unter dem Morgen versank, würde sie mit ihr vergehen, in die Dunkelheit, die jenseits des Lichts war. Und dort würde sie tanzen und brennen, tanzen und brennen, bis es Zeit war, wieder emporzusteigen. Abend für Abend. Nacht für Nacht. Sie wusste, dass er die Wahrheit sagte.

Und sie wusste, dass er log.

Irgendwo in dem Gleißen waren Augen, große, längliche Augen, wie leuchtende Blätter. Sie schimmerten sanft, als ob Tränen in ihnen stünden. Aber kein Wasser konnte in dieser Hitze bestehen.

Mina riss wieder an ihren Händen, stemmte sich gegen den Körper aus Licht und Feuer. Für einen Moment gelang es ihr, ihn aus dem Takt zu bringen. Die Violinen stolperten schrill, als er einen Schritt verlor; dann hörte sie wieder das seltsame Klirren auf den Steinen, während er sich fing, lauter als zuvor. Und diesmal wusste sie, was es war. Sie brauchte nicht nach unten zu sehen, um zu wissen, dass nicht alles Menschenfüße waren, die unter ihrem wirbelnden Rock dahinflogen.

»Mina«, er presste sie fest an sich, und in der Hitze verglühte der letzte Rest Atem, den sie noch hatte. »Kleine, dumme Mina.« Seine Stimme schnarrte. »Was sträubst du dich? Wir tanzen nur, du und ich. Du liebst es, zu tanzen. Du willst nicht aufhören. Du kannst nicht aufhören. Jetzt nicht mehr.«

Sie riss und zerrte mit all ihrer Kraft. Wut schäumte auf unter dem Entsetzen. Wie konnte er es wagen, was auch immer er war! Wie konnte er es wagen, den Tanz gegen sie zu richten? Den einen, herzschlagenden Rhythmus, den Walzer, der sie durch so viele graue Stunden getragen hatte? Und jetzt legte sich das Einszweidrei wie Schlingen um ihren Körper ...

Nein, wollte Mina schreien, aber natürlich kam kein Laut heraus, und er war es, der nun lachte. Ein wildes, kehliges, fröhliches Lachen. Selbst in ihrer Wut und ihrem Schrecken spürte sie es bis in ihre eigene Brust; bis dort unten, wo alles stumm blieb und leer.

Mina kämpfte, rang um einen klaren, *eigenen* Gedanken. Er log, sie wusste, dass er log! Was hatte sie getan? Was hatte sie *nicht* getan?

Und wenn der Teufel selbst mich zum Tanz aufforderte ...

Sie starrte in das Gleißen, die Augen, die irgendwo darin waren. Sie schienen ihr zuzuzwinkern.

Und wenn der Teufel selbst mich ...

Dann erkannte sie es, mit einem Schlag.

Sie hatte ihn nicht gerufen. Sie konnte ihn nicht gerufen haben. Gelacht, ja; wild, wie Marthe.

Aber nicht gerufen.

In dem Moment, als dieser Gedanke in all seiner Klarheit in ihr auftauchte, zerbrach der Violinenklang in tausend schrille Scherben. Stille donnerte in Minas Ohren; die vielen Kerzenflämmchen loderten grell auf, bis Feuer den ganzen, riesigen Saal zu erfüllen schien. Ein gewaltiger Schwung warf sie herum. Da war kein Halt mehr, kein Arm, keine Hand. Sie flog allein, die Kerzen verloschen. Dann schlug sie zu Boden.

Eine lange Zeit blieb sie so liegen. Ihr keuchender Atem hallte gegen den Steinboden unter ihrem Gesicht, sie schmiegte die Wange gegen seine Kühle. Und lange, ehe es ihr gelang, den Kopf zu heben, wusste sie, dass der Saal um sie her leer war.

Leer. So leer wie ihr Mund. So leer wie die Stelle in ihrer Brust, an der ihr Lachen gewohnt hatte.

Keine Wolkenlichtstreifen, die sich um sie wiegten. Kein Kerzenflackern. Keine Musik. Nur Schatten und Stille und das scharfe Gefühl des Verlusts.

Mühsam richtete Mina sich auf. Der Steinboden war übersät mit dunklen Flecken. Unwillkürlich suchte sie zwischen ihnen nach ihrem Schleifenband; die Haare hingen ihr offen und wirr um den Kopf. Aber wen wollte sie damit noch täuschen? Wem wollte sie weismachen, dass sie ein ganz gewöhnliches Mädchen war, indem sie ihre Haare ordentlich flocht? Sie hatte keine Sprache mehr. Sie hatte kein Lachen. Und die Dinge, die sie gesehen hatte, die sie immer noch sah – sie würden sich für alle Zeit in ihren Augen spiegeln.

Mina ließ sich wieder auf den kalten Boden sinken. Er verschwand nicht unter ihr. Auch die hohen Wände lösten sich nicht auf. Wo auch immer sie hingeraten war – sie war noch immer dort. Die Nacht und die Vergangenheit hielten sie weiter mit steinernen Fingern umfasst.

Ein Ton wehte durch die schweigende Halle, ein winziges Stück Musik. Mina zuckte zusammen.

Der Ton wiederholte sich. Es war keine Violine, die ihn spielte. Er war rauer, eindringlicher. Weniger schön, aber voller Lebendigkeit.

Langsam, voller Misstrauen, drehte Mina den Kopf. Erst in die eine Richtung, dann in die andere. Sie konnte hören, woher der Ton kam. Er umgab sie nicht von allen Seiten zugleich wie das Rauschen der Geigen. Er suchte sich einen schmalen Pfad durch die Dunkelheit zu ihr hin. Von einem der Fenster. Ein Schemen schien sich hinter den Scheiben zu bewegen, und während sie hinsah, wurde er deutlicher. Ein Mann, der draußen im Dunkeln stand. Mina kniff die Augen zusammen. Weitere Töne reihten sich zu einer kleinen Melodie aneinander. Und mit einem ganz leichten, wie zufälligen Schritt trat Karol durch das Fenster, das auseinanderglitt wie spiegelndes Wasser.

Er hielt die Drehorgel in seinen Armen. Selbst hier, in dieser Welt aus Schatten, leuchteten ihre bunten Farben so hell wie am Mittag. Die Messingkurbel drehte sich langsam. Aber Karols Hand berührte sie nicht.

Mina setzte sich auf.

Der Taterkönig stellte die Drehorgel ab, und als er sie losließ, blieb sie von allein auf ihrem Stock stehen und spielte weiter ihre kleine Melodie.

Er kam auf sie zu. Bückte sich, strich durch die Luft über ihrer Wange, ohne sie zu berühren. Sie fühlte ihn wie Regen und Wind, und seine Augen waren so schwarz wie die

Nacht vor den unwirklichen Fenstern. Während sie ihn noch ansah, begannen die Sprossenscheiben hinter seinem Rücken zu verblassen. Baumschatten schoben sich durch die Wände des Saals; Ranken krochen über den Boden. Bis nichts mehr übrig war als ein paar alte, verwitterte Steine, die feucht waren unter Minas Knien.

Nur an einer Stelle blieb Dunkelheit liegen; dort vorn, zwischen den Bäumen. Mina starrte in den Schatten, wie gebannt von dem finstren Nichts da, wo etwas sein sollte. Etwas – was? Was war es noch gewesen, das sie an diesen Ort gelockt hatte? Es schien Welten entfernt.

Karol richtete sich auf. Seine Hand machte eine Bewegung durch die Luft, kurz und sehr bestimmt. Der Schatten regte sich. Dann wischte er plötzlich davon, wie eine große, schwarze Tatze, die lautlos weggezogen wurde.

Darunter schimmerte es golden.

Mina stand nicht auf.

Karol wartete; er wartete eine lange Zeit. Dann streckte er die Hand aus. Und Mina nahm sie.

Es war nicht Haut, was sie berührte. Es waren keine Knochen, die sie spürte, keine Sehnen, keine Muskeln. Nur das Gefühl, das von der Erde aufsteigt nach einem warmen, langen Sommertag. Es hielt sie fest und sicher.

Sie stand auf, ihre Füße brannten. Es waren nur wenige Schritte bis zu dem goldenen Leuchten, aber sie waren schwerer als alle Schritte, die sie jemals getan hatte. Sie humpelte, stolperte, knickte ein. Das Gefühl an ihrer Hand hielt sie.

Es war ein Schlüssel. Als sie das Schimmern endlich erreicht hatte und sich mühsam hinunterbeugte, war es ein kleiner, verschnörkelter, goldener Schlüssel, kaum so lang wie ein Kinderfinger, der schimmerte wie eine Kerzenflamme. Oder wie der Leib des Schlangenkönigs.

Beinahe hätte sie sich abgewandt. Sie wollte ihn nicht mehr, diesen Schatz. Sein Glanz schmeckte bitter in ihrem leeren Mund. Aber ihre Finger ließen den Schlüssel nicht los, als sie ihn einmal gefasst hatten. Sie hatte zu viel für ihn bezahlt. Zu viel, um ihn der Dunkelheit zu überlassen.

Und da war etwas, was sich darum geschlungen hatte. Etwas, das nicht zu dem Glänzen passte. Mina sah genauer hin.

Eine dünne Kette. Ohne Anhänger, ohne Verzierung. Das Metall angelaufen und schäbig. Billiger Tand, wie arme Mädchen ihn trugen. Arme Mädchen, die sich an nichts mehr freuten als an Musik und Tanz ...

Mina zog sie behutsam aus den Windungen des Schlüssels.

Ah ... Ein Seufzen wehte durch die Nacht, und für einen Augenblick kam es Mina so vor, als forme sich in der stillen Luft das bleiche Gesicht der Tänzerin.

Marthe, flüsterte Mina lautlos.

Und eine hauchzarte Stimme antwortete hinter ihrer Stirn:

Nimm sie, Mädchen. Nimm die Kette. Nimm sie und bring sie zu den anderen, die ohne Hoffnung tanzen – den anderen, hörst du? Sag ihnen, Marthe ist frei. Marthe ist frei ...

Mina stand da, den goldenen Schlüssel in der rechten, das Kettchen in der linken Hand. Dann füllten ihre Handflächen sich plötzlich mit einem sanften Strahlen. Die Schatten um sie her leuchteten auf und zerflossen wie Rauch. Sie sah Karol an. Er lächelte nicht. Aber es war in seinen Augen, dass sie wahrnahm, wie langsam und bedächtig die Morgensonne aufging.

Ein Rauschen in den Bäumen. Ein letztes, allerletztes Wort hinter Minas Stirn.

Danke.

Sie senkte den Kopf. Eine Träne tropfte auf den goldenen Schlüssel.

Karol hob wieder die Hand, als wolle er ihr über die Wange streichen. Das Sonnenlicht fiel zwischen seinen Fingern hindurch wie durch einen Fächer. Sie bewegten sich, schrieben in die leuchtende Luft, dicht vor Minas Gesicht; keine Buchstaben, Symbole, die einen Wimpernschlag lang deutlich und klar vor ihr standen.

Er fuhr noch einmal darüber, und das erste Zeichen wurde schwächer, verblasste, Augenblicke, bevor auch die anderen in der Luft zerrannen.

Mina stand regungslos.

Dann raschelte es in den Büschen um sie her, klare Stimmen blinkten wie Tau. Sie sah noch den spinnwebfeinen Schatten, den Karols Wimpern auf seine Wangen warfen; vollkommen gebogen wie Vogelschwingen im Flug. Dann schlossen sich warme, feste Arme von hinten um ihren Leib, und sie warf sich herum und vergrub das Gesicht in Liljas weitem, grünem Kleid.

Der feine Regen begleitete sie in den Tag. Als leises Trommeln auf den Blättern, wie von elfenschmalen Fingerspitzen, zog er mit ihnen aus dem Tal der Tänzerin. Als sachte Kühle ließ er sich auf ihren Wangen und Augenlidern tragen, als leichtes Frösteln schlüpfte er unter ihre Kleider.

Auch der Schlüssel ging mit ihnen. Mina schob ihn in ihr Bündel, das neben einer der Mauern gelegen hatte, achtlos, kalt. Wohl sah sie den kunstvollen Schwung seines winzigen Barts, die sorgsamen Ziselierungen seines Kopfes, die eine kundige Hand getrieben hatte, so dass sie beinahe wie winzige, lebendige Ranken aussahen. Es war eine kostbare Arbeit. Für Mina aber besaß sie nicht den geringsten Wert.

Sie trottete hinter den Tatern her, die in den Wald zurückgingen, aufatmend, wie in ein Zuhause. Die grünen Wipfel schlossen sich über ihnen, bis der dünne Regen kaum noch mehr war als ein Kitzeln auf der bloßen Haut. Es roch nach Rinde, nach Erde und feuchtem Moos. Im Gehen begannen Pipa und Zinni ein Fingerspiel mit einem alten Bindfaden; bald plauderten und lachten sie, auch wenn Zinni immer wieder über die Schulter mitleidige Blicke auf Mina warf.

Sie zuckte zusammen, wann immer sie diese Blicke bemerkte. Unter den Kleidern, unter dem Mantel, den sie gegen den Regen wieder übergestreift hatte, fühlte sie sich nackt und schutzlos. Als ob ein Mal sie kennzeichnete, ein schrecklicher, weithin sichtbarer Makel, der sagte: Etwas fehlt.

Sie alle hatten es sofort gesehen, selbst Zinni. An der Art wohl, wie sie nur immer wieder in neue Tränen ausbrach, wenn ein erleichtertes Lächeln angebracht gewesen wäre. An den verkrampften Wangen, wann immer ihre Mundwinkel versuchten, sich nach oben zu bewegen. Keiner hatte es ausgesprochen. Lilja hatte sie schweigend gehalten, Rosa hatte ihr die offenen Haare glatt gestrichen und tröstend ihre schöne, fuchsblonde Farbe gelobt. Nad hatte ihr einen neuen, gräsernen Schnürsenkel für den zweiten eingezogen, der in dem wilden Tanz nun auch gerissen war. Die Tater waren warm wie zuvor und nah wie zuvor, auf ihre eigene, unerklärliche Art.

Aber es war schlimmer als zuvor. Viel schlimmer.

In den Stunden, die Mina sich hinter den anderen durch den Wald schleppte, schien es ihr so, als wären mit ihrem Lachen auch alle Gefühle verschwunden, die damit verbunden gewesen waren. Sie sah kaum hin, als neben ihr ein winziger blauer Vogel kopfüber an einem Stamm heruntereilte, den Schnabel voll mit Gräsern, die länger waren als er selbst. Als Zinni, ins Bindfadenspiel vertieft, über eine Wurzel stolperte und einen unfreiwilligen Purzelbaum schlug, streckte sie im Gehen nur die Hand aus, um ihm aufzuhelfen, und er erschrak vor ihren zusammengepressten Lippen. Danach fiel sie noch weiter zurück.

Als Tausendschön von irgendwo aus dem Gebüsch neben

ihr auftauchte, wäre sie am liebsten stehen geblieben, bis er weitergegangen war. Aber inzwischen glaubte sie ihn gut genug zu kennen, um zu wissen, dass er sich so leicht nicht abschütteln ließ. Also seufzte sie nur tonlos, zog den Mantel enger um sich und sah auf ihre Stiefel. Sie hoben und senkten sich im regelmäßigen Wechsel, wie bei einer Maschine. Von den stechenden Schmerzen, die sie in den Füßen verursachten, wussten sie nichts. Ohne die Salbe, die Lilja ihr gegeben hatte, als sie Minas Humpeln sah, hätte sie nicht einen einzigen Schritt geschafft.

Tausendschön sagte nichts dazu. Eine ganze Weile sagte er überhaupt nichts. Er schlenderte neben ihr dahin, wie es seine Katerart war, schnupperte hier einem aufregenden Duft hinterher, schlug dort probeweise mit der Pfote gegen ein loses Steinchen. Ganz so, als wäre nichts geschehen.

Erst als sie einen unvernünftigen, widersinnigen Ärger in sich aufbrodeln fühlte über sein Verhalten, hörte sie seine raue, volle Stimme schnurren.

»Wann werden Sie es ihnen eigentlich mitteilen?«, fragte er und zupfte im Vorbeistreifen an einem langen Halm.

Mina runzelte die Stirn. Was meinte er?

Der Kater strich an ihrem Rock entlang.

»Meine Güte, Ihr Kleid könnte wirklich eine Nadel und eine geschickte Hand vertragen ... Denken Sie nicht, dass ich unhöflich bin, liebe Mina. Ich wüsste es nur gern. Denn dann wüsste ich auch, wann wir damit aufhören werden, ziellos im Wald herumzutappen.«

Mina gelang es, ihn nicht anzusehen. Sollte er doch mit seinen Rätseln spielen, wenn es ihm gefiel. Sie würde ihn nicht fragen, was er damit meinte, auch wenn sie kein Wort verstand.

Ziellos? Die Tater gingen so sicher unter den Bäumen dahin, sie schienen sehr genau zu wissen, was sie taten.

Aber der Kater schüttelte den Kopf.

»Kennen Sie das nicht, Mina? Wenn man auf etwas wartet, von dem man nicht genau weiß, wann es eintreffen wird? Man streicht in den Zimmern umher, setzt sich dort einen Augenblick ans Fenster, nimmt hier ein Buch auf, legt es wieder hin. Fährt mit den Fingern über die Tischplatte, die Blumen, den Schlüssel im Schrank. Vertreibt sich die Zeit auf müßige Weise. Wissen Sie, was ich meine?«

Sie nickte, widerwillig.

Er wiegte den Kopf.

»Ihre Freunde tun nichts anderes. Der Wald ist ihr Wohnzimmer, in dem sie umhergehen, ihr Salon, ihr Eingangsflur. Sie vertreiben sich die Zeit, indem sie wandern, wie es ihre Art ist. Das ist alles. Sehen Sie das nicht?«

Aber Mina hörte ihm nicht mehr wirklich zu. Ihre Gedanken hingen an einem Wort fest, einem einzigen, kurzen Wort, das er ganz beiläufig gesagt hatte.

Freunde.

Es brachte etwas in ihr zum Zittern, dieses Wort. Nicht Angst, nicht Unbehagen. Etwas anderes. Und es war so zerbrechlich wie Glas.

»Aber Mina«, sagte Tausendschön. Es klang so belustigt wie vorwurfsvoll. Mit samtenen Pfoten blätterte er in ihren Gedanken.

»Mina, meine Liebe, das müssen Sie doch wenigstens bemerkt haben. Natürlich sind sie Ihre Freunde. Weshalb wären sie sonst mit Ihnen hier?« Er seufzte schnurrend. »Wieder einmal benutzen Sie Ihren Kopf nicht richtig. Sie denken über die falschen Dinge nach. Er ist ganz erfüllt davon. Obwohl ich sagen muss, dass er mir rein äußerlich jetzt sehr viel besser gefällt.«

Mina sah weg und ärgerte sich über sich selbst. Ein Kater brachte sie in Verlegenheit! Aber ein kleiner Teil von ihr konnte nicht anders, als sich von seinen letzten Worten geschmeichelt zu fühlen.

»Hören Sie auf damit«, befahl Tausendschön, »lassen Sie die dumme Grübelei. Sie nützt Ihnen nichts, im Gegenteil. Jetzt gibt es Wichtigeres zu tun, Dinge zu entscheiden. Ich frage Sie noch einmal, Mina, wann wollen Sie es ihnen endlich mitteilen?«

Sie konnte nicht verhindern, dass sie ihn ratlos ansah. Und er fuhr sich mit der Pfote über das Gesicht, wie jemand, der entnervt die Stirn in die Handfläche sinken lassen will.

»Gütiger Himmel, das dürfte doch offensichtlich sein! Der Weg, Mina! Sie müssen ihnen sagen, wohin der Weg jetzt gehen soll. Das ist Ihre Aufgabe. Weil es Ihr Weg ist. Nur Sie können es wissen.«

Er hatte wohl etwas in ihrem hilflosen Blick gesehen, das ihn milder stimmte. Seine Stimme war weicher, als er weitersprach.

»Ich weiß, Sie leiden. Sie haben auch schon vorher gelitten. Und, glauben Sie mir, Sie werden noch mehr leiden. Ihr Weg ist kein leichter Weg, kein Ausflug an einem schönen Tag. Das wissen Sie. Das wussten Sie schon, als Sie zum ersten Mal den Fuß vor die Tür gesetzt haben. Nun und?«

Sie zog überrascht die Brauen zusammen. Er nickte mehrmals zur Bekräftigung.

»Ja, ich meine, was ich sage. Es ist schwer, es ist furchtbar schwer. Nun und? So sind alle Dinge, die etwas bedeuten. Weinen Sie, wenn Sie wollen. Toben Sie, wenn es Ihnen hilft. Aber setzen Sie weiter einen Fuß vor den anderen, auch wenn Sie Ihre Stiefelspitzen vor Tränen nicht mehr sehen können. Denn wenn Sie es nicht tun, Mina ...«

Wie Lampen leuchteten seine Augen auf.

»Ach, kommen Sie, Sie wissen es doch längst. Wenn Sie diesen Weg nicht gehen können, dann ist verloren, weshalb Sie ihn begonnen haben. Niemand anderes wird ihn für Sie gehen. Wenn Sie nicht stark genug sind, wird es niemand sein.«

Minas Augen schwammen wieder. Aber die Feuchtigkeit auf ihren Wangen war warm, nicht kalt. Sie zog die Nase hoch wie ein Dorfjunge, spürte das schmerzhafte Zucken in den Mundwinkeln, das ein verlegenes Lächeln hatte werden wollen. Und nickte.

»Nun also.« Tausendschön machte ein Geräusch, als räusperte er sich. »Also gut. Sie haben ein kluges Buch, das Ihnen sagt, wie Sie ohne Worte sprechen können. Sie haben Ihr Weinen, das Ihnen Ihr Lachen ersetzen kann. Sagt man nicht bei den Menschen, *sie weinte vor Freude*? Sie haben Freunde, die Sie begleiten, und einen Kater, der Ihre Dummheiten fast ohne Einsatz von Krallen korrigiert. Und wenn ich richtig gesehen habe ...«

Er zwinkerte.

»Man hat Ihnen auch noch etwas anderes gegeben, oder nicht? Ein kleines, feines, funkelndes Etwas, zu dem Worte gehörten wie vom Nachtwind gehaucht ... Wie wäre es, wenn Sie den Tatern davon erzählten? Vielleicht wissen Sie dann, wohin der Weg gehen soll.«

Er schlug mit dem Schwanz, ungeduldig, wie es Mina vorkam. Vielleicht schwang auch ein leiser Hauch Verlegenheit darin mit. Das Kettchen, erinnerte sich Mina; zum ersten Mal, seit sie das Tal verlassen hatten. Marthes Kettchen. Marthes Worte, leise wie ein Windhauch: *Bring es zu den anderen.* Den anderen? Wen konnte sie damit gemeint haben? Waren sie das nächste Ziel? Und wenn nicht sie, was dann?

Die anderen ... Tänzerinnen?

Unsicher nickte sie. Der Kater stellte die dreieckigen Ohren auf.

»Endlich«, sagte er und bog abrupt von ihrer Seite ab, auf das Unterholz zu. »Dann erlauben Sie jetzt, dass ich mich um mein Abendessen kümmere. Die fleischlose Kost, wissen Sie ...« Er verschwand hinter einem Schneebeerenbusch. »... Sie ist nicht ganz das Richtige für mich.«

Seine Stimme verklang. Der Regen klingelte auf den Blättern. Mina rieb sich über die Augen. Es stimmte wohl, was er gesagt hatte; wie so oft. Was hatte sie schon außer Marthes Worten, um zu wissen, welche Richtung sie jetzt einschlagen sollte? Und allein würde sie nicht herausfinden, was sie bedeuteten. Sie musste mit den Tatern darüber sprechen. Und seltsamerweise war es dieser Gedanke, der die Schwere in ihr etwas leichter machte.

Sie öffnete ihr Bündel und zog den Selam heraus. *Veilchenzungen, Glockenblumenohren* ... Noch im Gehen fing sie an zu blättern, strich mit dem Zeigefinger die schwarzen, eng gedruckten Zeilen entlang. Worte, stumme Worte. Stumme Worte für ein stummes Mädchen.

Im Nachtlager, unter einem alten Baum mit so einladenden, niedrigen Ästen, dass Mina ihn bei sich den Schaukelbaum nannte, setzte sie sich neben Lilja, die ihr zulächelte, als habe sie es nicht anders erwartet. Mina legte das Buch vor sich auf die Knie; sie hatte verschiedene Seiten markiert und sich die Reihenfolge gemerkt. Sie schlug die erste auf, legte den Zeigefinger auf die entscheidende Zeile und sah Lilja bittend an.

Die Taterfrau ließ das Brot sinken, das sie gerade schnitt. »Meine Kleine«, sagte sie und schüttelte den Kopf, »ich fürchte, so wird es nicht gehen. Sie sind hübsch, die vielen schwarzen Punkte und Striche in deinem Buch. Wie ein Muster. Aber ich kann nicht lesen, was es bedeutet.«

Mina fühlte sich wie vor den Kopf geschlagen. Sie war sich so klug vorgekommen. Sie kannte zwar die meisten der Blumen und Pflanzen, die das Buch beschrieb, aus dem Garten hinter dem Gutshaus, aus Mamsells gehütetem Kräutergarten und aus dem gläsernen Gewächshaus, das der Gärtner eifersüchtig bewachte. Aber sie hatte keine Ahnung, wo sie sie hier finden sollte, und ob sie überhaupt zu dieser Jahreszeit draußen wuchsen. Wie schlau hatte sie da den plötzlichen Einfall gefunden, das Buch selbst zu verwenden! Und jetzt zerbröckelte er zu einem kindischen Nichts unter Liljas bedauerndem Blick.

Und – selbst ohne Worte gelang es ihr noch, die Menschen zu kränken und zu beleidigen. Der Kater hatte Recht. Sie war wirklich ein ungewöhnlich dummes Geschöpf.

Aber es half nichts, sich das zu sagen. Sie zuckte die Schultern, als machte es nichts aus, ließ den Blick suchend über Bäume und Büsche schweifen.

Sie sah keine einzige Blume. Unter den Abendschatten war alles braun und grau und grün um sie her.

Mina seufzte; aber während sie seufzte, reckte sie das Kinn. Vielleicht war es ein winziges, hauchzartes Stückchen von Marthe, was in ihr erwachte; die leiseste Erinnerung an das, was sie gefühlt hatte und was für einen kurzen, wilden, schmerzhaften Moment auch Minas Gefühle gewesen waren. Übermut. Und Trotz. Ja, Trotz.

So leicht nicht, dachte sie bei sich. Nein, so leicht nicht.

Sie legte das Buch weg, riss entschlossen einige lange Halme aus. Legte einen nach links und die anderen nach rechts. Lilja beobachtete sie aufmerksam.

»Zittergras«, sagte sie, aber Mina schüttelte den Kopf und deutete von links nach rechts, mehrere Male. Lilja runzelte die Stirn.

»Ein Gras, und mehrere Gräser. Ein Gras, und anderes Gras.«

Mina nickte heftig und versuchte gleichzeitig, wieder den Kopf zu schütteln. Lilja lächelte.

»Ein Grashalm auf dieser Seite. Andere Grashalme auf der anderen Seite. Was unterscheidet sie?«

Mina musste nicht überlegen. Eine fast unhörbare Stimme hatte ihren Hall hinter ihrer Stirn hinterlassen; ein Klang, so fein und klar, dass er leichter war als die Luft, die ihn trug. *Frei...*

Sie legte den einzelnen Halm auf ihren Handrücken und blies sanft dagegen. Lautlos segelte er auf Liljas Rock.

»Ah«, sagte Lilja und strich mit dem Finger darüber. »Einer ist fort. Und die anderen?«

Mina presste die übrigen Halme in der Faust zusammen, so dass sie knickten und brachen.

Lilja nickte nachdenklich.

»Die anderen ... nicht«, sagte sie. »Die anderen ... die anderen was?«

Mina schluckte. Es gab nur eine Möglichkeit, diese Frage

zu beantworten. Sie wollte es nicht tun; nichts weniger als das. Scham brannte wie so oft in ihren Wangen, als sie zögernd aufstand. Und von ihren schmerzenden Füßen stieg ein Schauder aus der frischen Erinnerung auf. Aber sie hob tapfer die Arme über den Kopf, als sie stand, wie die unverkennbare grazile Pose einer Ballerina, und drehte sich langsam um sich selbst.

Und als sie Liljas Blick wieder begegnete, da war es für einen Moment so, als wäre sie wieder auf ihrem Dachboden, warm, geborgen und in Sicherheit; und als wäre eine der zauberhaften Damen aus Licht aus ihrem Funkeln gestiegen, säße jetzt dort, in einem bequemen Sessel, und sähe sie an, freundlich, aufmunternd, und so wunderschön in ihrem schimmernden grünen Ballkleid.

Jede Scheu fiel von Mina ab. Sie drehte sich ein zweites Mal, schneller, gewagter. Ihre Lippen schmerzten, als sie sich aufeinanderpressten in dem vergeblichen Versuch zu lächeln.

Dann lösten sie sich langsam wieder voneinander. Die krampfartige Anspannung verschwand, und schon in der dritten Drehung fragte Mina sich verwundert, wo sie geblieben war.

Dabei war es kein Rätsel, in der vierten Drehung spürte sie es: Ihr ganzer Körper war es, der jetzt lächelte.

Sie flog Lilja um den Hals, sie konnte nicht anders. Die Taterfrau drückte sie an sich und strich ihr die Haare aus dem Gesicht.

»Wie schön«, sagte sie leise, »wie schön du tanzt, kleine Mina. Jetzt verstehe ich gut, warum geschehen ist, was in dem Tal geschehen sein muss. Wir konnten dich nicht mehr sehen, nachdem du in den Saal gegangen warst. Und erst, nachdem er sich erhoben hatte, erinnerte ich mich an die Geschichten. Es war zu spät, dich zu warnen. Aber ich glaubte, die Gefahr wäre nicht groß. Ich wusste nicht, was für eine zauberhafte Tänzerin du bist. Hätte ich es geahnt ...«

Sie legte den Kopf schief, um Mina ins Gesicht zu sehen. »Natürlich konnte sie dir nicht widerstehen, die eine, die so lange allein tanzte. Nein, natürlich nicht.«

Sie lachte leise, ohne Minas Blick loszulassen. Aber ihre Augen verdunkelten sich schnell wieder.

»Und die anderen ... die *anderen* ... Sie tanzen immer noch allein, nicht wahr? Ist es das, Mina? Hat sie dir das gesagt?«

Mina nickte erleichtert.

»Sie tanzen allein«, wiederholte Lilja grüblerisch. »Allein, wann tanzen Mädchen allein? Wenn niemand da ist, der mit ihnen tanzt. Wenn einer nicht kommt, der ihnen versprochen hat zu kommen. Wenn ... Oh, Mina.«

Ihre Stimme klang plötzlich scharf vor Schmerz. Aber die Linien in ihrem Gesicht blieben weich, und als sie weitersprach, war ihre Stimme ruhig.

»Mina, willst du wirklich dorthin? Es ist ein so trauriger Ort. Und ganz sicher keiner für ein junges Mädchen, wie du es bist. Ich glaube, sie meinte den Brutsee, Mina. Den Brutsee, wo die verlorenen Mädchen sich im Nebel auf dem Wasser drehen.«

Mina fröstelte. Das Wort klang so schwer, so hart vor Traurigkeit. Lautlos drehte sie es im Mund hin und her. Brutsee ... Es musste ein Wort in der Bauernsprache sein, denn mit Brüten, mit niedlichen gelben Küken und stolzen Hennen konnte es nichts zu tun haben. Sie versuchte, sich in Erinnerung zu rufen, wie die Mädchen zu Hause redeten, wenn sie unter sich waren. Brutsee ... Brut ... Lina fiel ihr ein, die eine frühere Frieda gewesen war; bis sie den Gärtner aus dem Nachbargut kennenlernte und sich in ihn verliebte. Die Mutter hatte sie ungern ziehen lassen, sie war anstellig gewesen. Wie hatte sie zu den anderen gesagt, draußen vor der Küchentür, als sie sich verabschiedete?

»Denn bün ick ook eene Brut in't sieden Kleed.«

Eene Brut in't sieden Kleed ... eine Braut im seidenen Kleid ...

Kummer stieg in Mina auf, klar und kalt. Es gab nur eines, was *Brautsee* bedeuten konnte.

Sie dachte an das dünne, billige Kettchen in ihrem Bündel, sorgsam zusammengerollt. Ein Auftrag war daran geknüpft, auch wenn sie nicht darum gebeten hatte. Ein Auftrag, oder vielmehr – ein letzter Wunsch, in die aufgehende Sonne geflüstert. Und sie war die Einzige, die ihn gehört hatte. Die Einzige, die ihn erfüllen konnte.

»Willst du wirklich dorthin gehen?«, fragte Lilja noch einmal und sah Mina forschend an.

Mina nickte nicht. Sie erwiderte nur den Blick, fand sich selbst schwach und unscharf in Liljas dunklen Augen gespiegelt. Da war sie, klein und hilflos. Ein fortgelaufenes Mädchen mit wirren Haaren und Grashalmen anstelle von Schnürsenkeln. Ein dummes Geschöpf mit einem Kopf voller Flausen. Da war sie, sie selbst, bloß und ganz. Doch in der Dunkelheit von Liljas Augen strahlte sie heller als ein Stern.

»Ja«, sagte Lilja schließlich langsam, »ja, das willst du wohl.«

Auch in dieser Nacht fand Mina nicht viel Schlaf. Sie besserte eine Stunde lang die schlimmsten Risse in ihrem Kleid mit Liljas bunten Stoffresten aus; es sah nicht so schrecklich aus, wie sie befürchtet hatte, eher wie eine Art Muster. Und die geflickten Stellen schienen weicher und leichter zu sein als der schwere Taft um sie herum.

Danach versuchte sie, im Schein der kleinen Lampe im Selam zu lesen, der Regen hatte nachgelassen und sich schließlich vor der aufziehenden Nacht in den Wolken verborgen. Ihre Gedanken verirrten sich zwischen den Worten im Buch, und sie legte es bald beiseite und rollte sich unter ihrem Mantel ein. Aber sie konnte nicht zur Ruhe kommen. Die Füße taten ihr immer noch weh, trotz der Salbe, sie wusste kaum, wie sie sie hinlegen sollte. Marthes Schatten trieb durch ihre Gedanken, und der Brutsee tat sich im Finstern vor ihren Augen auf, schwarz und stumm.

Auch der Wald schien nicht ruhig zu schlafen. Immer wieder war es ihr so, als raschelte es lauter als sonst zwischen den Zweigen, als bewegten sich Äste in einem Wind, der nicht wehte. Mina schloss die Augen und befahl sich, nicht darauf zu achten; aber sie wagte es nicht, die Lider zu fest zusammenzupressen, aus Angst, sie könnte den Wald versehentlich dadurch verschwinden lassen. Noch immer hatte sie nicht versucht, wie es war, in die andere Welt zurückzugehen. Stattdessen schien sie sich mit jedem Schritt, den sie tat, weiter von ihr zu entfernen.

Sie gab es schließlich auf, sich zum Schlafen zwingen zu wollen, schlang den Mantel eng um ihre Schultern und setzte sich auf. Die Tater waren nicht mehr als friedliche Schatten um sie her. Keiner der dunklen Schemen regte sich, als sie die Haare aufschüttelte und nach hinten strich –

wie ungewohnt es war, dass sie ihr immer wieder ins Gesicht fallen wollten. Und wie weich die Strähnen dabei über ihre Stirn strichen. Es kitzelte, man musste wohl erst einige Übung entwickeln, um damit zurechtzukommen.

Sie drehte die Haare zu einem lockeren Knoten zusammen, den sie hinten in den Mantelkragen schob, und griff dann nach dem Bündel. Ihre Finger zuckten zurück, als sie den kleinen Schlüssel berührten; gleich daneben lagen die vertrauten scharfen Kanten der Spieluhr. Sie klirrte leise, als Mina sie herauszog und vor sich ins Moos stellte.

Guten Abend, sagte sie in ihrem Kopf, und in ihren Wangen ziepte es, als sie über den Unsinn kichern wollte, der in diesem Gedanken lag. Trotzdem dachte sie es noch einmal – Guten Abend –, bevor sie den Deckel öffnete. Im Licht der kleinen Lampe war der Samt schwarz wie Pech.

Sie strich mit dem Finger darüber. Da war die kleine Vertiefung, hinten in der Ecke, das schwache Muster, das der Schmuck hineingepresst hatte. Sie war sich nicht sicher, ob sie es bedauerte, dass sie hier kaum eine Haarnadel finden würde, um das Geheimfach zu öffnen. Trotzdem nahm sie den Finger nicht weg. Es knirschte leise in dem kleinen Kasten, und etwas berührte sie am anderen Handrücken. Als sie hinsah, war es der Rand der verborgenen Schublade, die sich lautlos öffnete.

Mina atmete hastig aus. Das Medaillon war offen. Da lagen sie und sahen sie an, nachdenklich, versonnen. Was nun, kleine Mina, schienen sie zu denken. Warum hast du uns geweckt?

Mina blickte in die beiden Jungengesichter. Ich kann nicht schlafen, dachte es ganz von selbst in ihr, und wenn sie es ausgesprochen hätte, wäre es ein klägliches Jammern geworden. Ich kann nicht schlafen, und ich weiß nicht, wie ich euch finden soll. Die Dinge um mich herum geschehen von allein, ich bin mitten darin und weiß nicht, was sie zu bedeuten haben. Haben sie etwas mit euch zu tun? Warum haben die roten Blumen mich nicht zu euch geführt? Warum hat die Tänzerin mir nicht erzählt, wo ihr seid? Ich gehe und gehe, und alles, was ich erfahre, ist, dass ich noch weiter gehen soll.

Innerlich seufzte sie tief.

Ich bin keine gute kleine Schwester. Ich weiß nicht einmal, was das Wort eigentlich bedeutet. Es schmeckt so fremd wie *Bruder*, wie *Freund*. Und plötzlich ist es da, und ich weiß nicht, was ich damit anfangen soll. Und wohin es mich führt. Warum sagt ihr mir nicht, wo ich euch finden kann?

Sie schwiegen; natürlich schwiegen sie. Nur der versonnene Ausdruck in ihren Gesichtern sprach zu ihr, aber er konnte alles und nichts bedeuten. Lag es an der schwachen Lampe, dass ihr die Bilder blasser vorkamen als sonst?

Irgendwo in ihrem Rücken knackte und raschelte es. Mina drückte die Schublade zu. War Tausendschön zurückgekommen? Sie wollte nicht, dass er sie so sitzen sah. Er würde wieder streng mit ihr sprechen oder sich über sie lustig machen. Es war besser, sie stellte sich schlafend.

Aber als sie die Spieluhr in das Bündel zurückschob, fiel ihr auf, dass um sie herum weniger friedliche Schatten auf dem Moos lagen, als es hätten sein sollen. Sie konnte Lilja sehen und Nad, mit Zinni zwischen sich, die Arme über ihm ineinander verschränkt. Die anderen sah sie nicht. Hatten Rosa und Viorel sich nicht dort unter dem Schaukelbaum aneinandergeschmiegt?

Stimmen kamen durch die Nacht getrieben, wie dunkle, fast lautlose Falter.

Neugier begann, in Mina zu prickeln.

Es war leichter, den leisen Stimmen zu folgen, als sie gedacht hätte. Die schwachen Laute fingen sich zwischen den stummen Bäumen, und die Ranken, die hier und da unter den Büschen lauerten, schienen zu träumen und glitten sanft von ihren Stiefeln ab. Ihre Füße protestierten, aber sie machten kaum ein Geräusch auf dem weichen, regenfeuchten Moos.

Je weiter sie schlich, desto schwächer wurde das Licht der Lampe, und desto besser gewöhnten ihre Augen sich an den fahlen Schein, der vom Himmel über den Baumkronen kam. Tropfen rieselten von Zweigen in ihre Haare, rannen ihr den Kragen hinab. Die Kühle auf ihrer Haut vertrieb den letzten Rest von Müdigkeit.

Ein-, zweimal sah sie sich besorgt um, ob sie den Rückweg noch finden würde. Liljas Lampe glomm beruhigend hinter ihr, auch wenn sie kleiner und kleiner wurde. Und die Stimmen leiteten sie weiter in den Wald hinein.

»... schon so oft gehört«, sagte eine von ihnen, klarer, deutlicher, als Mina sich an einem dornigen Gesträuch vorbeizwängte, das wie ein lebendes Wesen im Halbschlaf seine Zweige nach ihr ausstreckte. Sofort hielt sie an, atmete so flach wie möglich.

»Ich will es nicht noch einmal hören.«

Es war Rosas Stimme. Aber Mina brauchte einen Moment, um sie zu erkennen. Sie klang gepresst, ein scharfes Flüstern, das nicht zu dem heiteren Blütengesicht passte, den fröhlichen Augen, dem sanften Lächeln. Vorsichtig ließ

Mina sich auf die Knie sinken und spähte an den Sträuchern vorbei.

Rosa hatte ihr den Rücken zugekehrt. Und nicht nur ihr. Im tieferen Schatten unter einem Baum mit hängenden Zweigen sah Mina schwach eine größere, breitere Gestalt. Ihr Herz klopfte in ihren Ohren. Viorel hatte beide Arme nach Rosa ausgestreckt.

»Ich weiß ja«, sagte er, und seine seidenweiche Stimme rann kühl und kitzelnd wie Wassertropfen über Minas Haut. »Komm, Rosa, ich weiß es ja, es war nicht recht. Sei wieder gut, meine Schöne. Meine liebe, meine gute Rosa. Es war doch nicht viel. Nur ein kleiner Kuss.«

Es sah kläglich aus, wie er immer weiter die Arme ausstreckte und den Kopf hängen ließ. Kläglich und sonderbar komisch. Vielleicht lag es auch an dem spielerischen Klang in seiner Stimme, dass Minas verlorenes Lächeln sie in die Wangen kniff. Er wirkte eher wie ein Junge als ein Mann, schuldbewusst und gleichzeitig hoffnungsvoll.

»Es gibt keine kleinen Küsse.« Rosas Stimme hatte nichts Verspieltes an sich. Sie drehte sich nicht zu ihm um. »Es gibt nur Lippen und Atem, und entweder sie berühren einander, oder sie tun es nicht. Bei dir tun sie es immer, wie es scheint.«

Sie stemmte die Fäuste in die Hüften und ließ gleichzeitig den Kopf nach vorn sinken. Es sah aus, als hätte sie Schmerzen, im Bauch oder in der Brust.

»Gütiger Himmel, Viorel! Wie lange warst du allein in dem Dorf? Eine halbe Stunde, oder noch weniger? Ich weiß, dass du mit Nad gegangen bist und mit ihm wiederkamst, an dem Tag, als Tausendschön Mina zu uns gebracht hat. Kannst du nicht einmal mit einem Dorfmädchen reden, ohne dass es gleich in Küssen endet? Nad hätte dich besser gar nicht allein lassen sollen.«

»Ich bin kein kleines Kind, Rosa.« Viorel legte den Kopf in den Nacken und ließ die Arme sinken.

Sie schnaubte.

»Nein, das bist du wirklich nicht. Bei einem Kind müsste ich mir höchstens Sorgen machen, dass es in einen Bach fällt oder den Weg zurück nicht findet. Du würdest ihn nur dann nicht finden, wenn du ihn nicht mehr finden willst. Vielleicht ist das ja so ...«

»Rosa, sei nicht albern.« Er schüttelte den Kopf, traurig, wie es schien; aber ein harter Ton lag jetzt unter den Worten. Vielleicht merkte er es, denn er verstummte wieder. Für eine Weile schwiegen sie beide.

Mina kniete hinter den Sträuchern, beide Hände vor dem Mund; nicht aus Furcht vor den Geräuschen, die ihr entschlüpfen und sie verraten konnten. Sondern vor den Worten, die dort auf der nächtlichen Lichtung noch fallen würden.

Es sollte nicht sein, dass Rosa so zornig und so bitter sprach. Es sollte nicht sein, dass die beiden so weit auseinanderstanden, Meter und Meter kalter dunkler Luft zwischen sich, zwischen den Wangen, die sie doch so vertraut aneinanderschmiegten, wenn sie sich abends ihr Plätzchen im Moos suchten. Es musste ein schlimmer Traum sein, den Mina träumte, und sie wünschte sich, dass er aufhörte, bevor er noch schlimmer wurde.

»Ich frage mich nur«, sagte Viorel und trat gegen einen Ast, der mit lautem Knacken brach, »wer dir davon erzählt hat. Der alte Kater vielleicht? Oder hat er es dem feinen kleinen Fräulein gesagt, und das Mädchen musste es dir weitertratschen? Am Bach vielleicht, beim Waschen? Warum kommst du mir erst jetzt damit, wolltest du sie decken, hat sie sich gefürchtet, dass ich es sonst herausfinde und wütend werde? Oh ja, ich weiß schon, wie solche Mädchen sind ...«

Mina biss sich auf die Lippe. Wie bitterscharf sein Lachen klang.

Aber Rosas Stimme schnitt dazwischen wie ein Messer, das über Steine gezogen wird.

»Ja, das weißt du, und das weiß ich auch. Wie gut ich das weiß! Ich habe Augen im Kopf, und glaubst du nicht, ich hätte nicht gesehen, wie du sie angelächelt hast? Ein so junges Mädchen! In Verlegenheit hast du sie gebracht mit deiner Art, sie wusste ja kaum, wohin sie sich wenden sollte, als du ihr den Stiefel ausgezogen hast!«

»Ich wollte nur helfen«, sagte er laut, aber Rosa schnaubte zischend durch die Nase und fuhr zu ihm herum. Zum ersten Mal sah Mina schwach ihr Gesicht. Es schimmerte vor Tränen.

»Und in dem Dorf, da wolltest du auch nur helfen, ja? Was hatte denn das Mädchen, das sich mit einem Kuss heilen ließ? Herzweh vielleicht? Lügner!«

»Vielleicht«, sagte er schnell und harsch, »sollte Lilja dir auch etwas zu trinken geben, dass du nicht mehr solchen Unsinn reden kannst.«

Es knackte in den Sträuchern, keine drei Schritte von Mina entfernt. Sie riss den Kopf herum. Zwischen den dornigen Zweigen starrte Pipa sie wütend an. Ihre roten Haarschleifen hatten sich in den Ranken verfangen.

Auf der Lichtung sah Viorel sich suchend um.

»Das«, sagte Rosa leise und rieb sich über die Arme, als

ob sie fröre, »das war eine der gemeinsten Bemerkungen, die ich je von dir gehört habe. Ich glaube nicht, dass ich noch weiter mit dir reden will.«

»Ist mir nur recht«, brummte er und hörte nicht auf, sich dabei umzusehen. Mina machte sich so klein wie möglich.

»Ich habe dich um Verzeihung gebeten, aber du willst dich ja über Nichts aufregen. Selbst die Füchse schreckst du auf mit deinem Geschimpf.«

Rosa antwortete nicht. Sie verließen die Lichtung, nicht zusammen, hintereinander, mit weitem Abstand dazwischen. Mina hörte keinen Schritt, keinen Laut. Mit angehaltenem Atem zählte sie bis zehn. Als sie bei neun angekommen war, knackten die Sträucher wieder, und Pipa packte sie fest am Arm.

»Was hast du hier zu suchen, Gadsche«, zischte sie. »Das geht dich nichts an! Warum bist du nicht unter deinem feinen Mantel und schläfst? Sie ist meine Schwester, nicht deine!«

Mina starrte sie an. Es fiel ihr nicht mehr ein, als immer wieder den Kopf zu schütteln, so heftig, dass ihr die Haare über das Gesicht wischten. Aber das schien Pipa nur noch wütender zu machen.

»Das ist nicht sehr vornehm, oder? Du dummes Ding, wenn du mich nicht so erschreckt hättest ...«

Ihre kleine, harte Hand drückte Minas Arm zusammen. Dann ließ sie plötzlich los, und Mina fuhr ein Schauder über den Rücken, als sie anfing zu kichern.

»Ach, was macht es schon.« Sie schlang sich in der Hocke die Arme um den Leib und wiegte sich auf den Fersen, als könnte sie sich kaum halten vor Lachen. »Was macht es, es wird auch so in die Brüche gehen. Ich werde froh sein, wenn er endlich verschwindet. Was starrst du!« Das schrille Kichern zerriss in einem Fauchen. »Was weißt du denn schon! Ich habe nur noch die eine Schwester. Glaubst du, ich lass sie mit einem Herumtreiber gehen? Er würde ihr nur das Herz brechen, das würde er. Sie ist zu dumm, um es zu sehen. Zu dumm, zu verliebt! Verliebt! Pah!«

Sie spuckte auf den Boden.

In Minas Kopf schrammten die Gedanken aneinander, übereinander wie Steine in einer wilden Strömung. Sie öffnete den Mund, sinnlos, nutzlos, und Pipa kicherte wieder und zeigte mit dem Finger auf sie.

»Klapp ihn nur wieder zu, es kommt ja doch nichts heraus! Feines Gutsfräulein, es geschieht dir ganz recht, dass Lilja dich stumm gemacht hat. Wer weiß, vielleicht hat sie es mit Absicht getan? Damit wir dein hochnäsiges Gerede nicht länger ertragen mussten! Nicht mal deine Brüder wollen ja was mit dir zu tun haben!«

Minas Körper bewegte sich viel zu schnell für ihren Kopf. Ihre Finger krümmten sich wie Krallen, ihre Schulter stieß hart gegen Pipas Brust. Als ihre Gedanken sie einholten, lagen sie beide auf dem Moos, rissen und zerrten einander an den Haaren, stießen sich mit Knien und Füßen.

Minas Blut raste durch ihren Körper, von den Fingerspitzen bis in die glühenden Zehen. Ihr Herz schlug so heftig, ihr keuchender Atem brannte auf ihren Lippen. Sie schlug und trat mit zusammengekniffenen Augen, Pipas Gesicht nicht mehr als ein verwischter hellerer Flecken in der Nacht. Hitze in ihr, und Schmerzen, immer mehr Schmerzen, in Armen und Beinen und Händen, und das Brennen auf ihrer Kopfhaut, und dann dieses Geräusch, dieses kleine, jämmerliche, unerträglich hohe Geräusch …

Pipa weinte. Als Mina es endlich bemerkte, fiel die Hitze in ihr mit einem Schlag in sich zusammen. Sie riss die Hände zurück, rollte durch das Moos. Hinter sich hörte sie Pipa aufschluchzen.

»Geh doch weg, geh doch zurück zu deinem feinen Gut! Du machst alles kaputt, du bist genau wie er!«

Mina krümmte sich zu einer Kugel zusammen. Ein tiefes, schwarzes Loch tat sich in ihr auf, es zerrte und sog. Es tat so weh, dass sie die blauen Flecken von Pipas Fäusten darunter kaum noch spürte.

Aber Pipa hörte nicht auf zu weinen.

Irgendwann merkte Mina, dass der Regen wieder eingesetzt hatte. Unter dem zarten Ton, mit dem die Tropfen auf ihrer Schläfe zersprangen, hörte sie, wie Pipa zwischen Schluchzern stammelte:

»Das wollte ich nicht ... das wollte ich doch nicht ...«

Zögernd, steif rollte Mina sich herum. Pipa kauerte im Moos, die Handrücken gegen die Augen gepresst. Ihr Schleifenband hing nur noch an der Spitze einer Strähne. Es wäre die Zeit für Worte gewesen. Scharfe Worte, vielleicht; gekränkte Worte, jetzt, wo Pipa zu sehr mit sich selbst beschäftigt war, um weiter ihr Gift zu verspritzen. Auch beruhigende Worte hätten es sein können, freundlich, versöhnlich, als die Ältere, die Mina wohl war.

Zum ersten Mal war Mina froh, dass sie nicht sprechen konnte. Welche Worte auch immer sie gewählt hätte – sie wusste, es wären genau die falschen gewesen.

So tat sie nichts, als sich ein wenig aufzurichten, bis ihr Gesicht auf einer Höhe mit Pipas war. Sie zog sich Blätter und kleine Zweige aus den Haaren; und ohne dass sie es recht merkte, sammelte sie sie auch aus Pipas Schopf.

Das Tatermädchen zuckte unter der Berührung nicht zusammen. Nur der Kopf senkte sich tiefer, und das Schluchzen wurde etwas leiser.

»Ich hasse ihn«, murmelte Pipa dem Boden zu. »Ich hasse ihn, und ich hasse ...«

Aber sie sagte es nicht.

Der nächste Tag kam blass und scheu, wie Mina und die Tater selbst, als sie das Lager zusammenpackten. Rosa und Viorel sahen einander nicht ins Gesicht, jeder beschäftigte sich dort, wo der andere nicht war. Zinni wühlte stumm mit einem Stöckchen im Moos, Lilja faltete die Decken mit ungewohnt strengen Bewegungen, und Nads Augen blickten dunkler als sonst. Schuldbewusst fragte sich Mina, was sie vielleicht mit angehört hatten. Beim Streiten waren sie und Pipa laut genug gewesen ...

Sie bemühte sich, Rosa und Viorel nicht anzusehen, sie fürchtete sich vor dem, was die beiden in ihren Augen lesen mochten. Hartnäckig mied sie auch Pipas Blick, und als sie schließlich über einem Bündel mit ihr zusammenstieß, stellte sie fest, dass das Tatermädchen mit ebenso tief gesenktem Kopf umherging. Zögernd stahl sich ein schiefes Lächeln auf Pipas Mund; ihre Oberlippe war geschwollen.

Als es in Minas Mundwinkeln ruckte, wurde das Lächeln noch schiefer.

»Tut mir leid«, murmelte Pipa. »Du verrätst mich nicht, oder?«

Mina schüttelte den Kopf, der Nacken schmerzte ihr dabei. Wie sollte sie wohl? Und wem würde es nützen? Sollte sie im Selam suchen, nur um Lilja mitzuteilen, dass Pipa ihre große Schwester belauscht hatte und dass sie – der Gedanke kam Mina erst, als sie sich schon wieder linkisch voneinander abgewendet hatten –, dass sie es gewesen sein musste, die Rosa von Viorels Fehltritt erzählt hatte, mit allen bösen Hintergedanken, die man dabei nur haben konnte? Damit der Frieden unter den Tatern noch heftiger gestört wurde, als er es jetzt schon war?

Mina ertappte sich dabei, wie sie aus den Augenwinkeln immer wieder nach einem sachten Schimmern in der Luft zwischen den Bäumen suchte. Wenn Karol käme, seine stille, sanfte Gegenwart würde die Schlingen und Knoten auflösen, die unter der Oberfläche saßen. Überall, nicht nur bei den Tatern. Beim Schlangenkönig, der bestohlen worden war und nun voller Hinterlist steckte. Bei der armen, verfluchten Marthe. War er so sterbenskrank, dass er den Wald nicht schützen konnte? Oder verhielt es sich andersherum?

Wenn er doch nur wiederkäme ...

Aber er tauchte nicht auf unter dem nieselnden Regen, oder er zeigte sich ihr nicht.

Sie sprachen kaum, als sie sich wieder auf den Weg machten. Es ging tiefer in den Wald hinein, die Bäume rückten enger zusammen. Das Tageslicht war nicht viel mehr als das matte Glänzen des Regens auf den Blättern.

Einmal raschelte es dicht neben Mina, und für einen Augenblick hoffte sie, es könnte Tausendschön sein, einen Mottenflügel schräg im Maul, bissige Bemerkungen auf der rauen Zunge. Sogar seine Tadel und seine Rätsel hätte sie sich jetzt gern angehört, alles wäre besser als das drückende Schweigen. Aber auch der Kater ließ sich nicht blicken.

Sie gingen lange, jeder mit seinem eigenen Stück Stille um sich herum. Das Licht wurde matter und grauer, während die Stunden dahinsanken, eine nach der anderen, unter dem Geräusch des Regens. Aus der Tiefe stieg langsam eine klamme Traurigkeit in Mina auf, dehnte sich aus wie die Pfützen auf ihrem Weg.

Es war eine Erleichterung, als Lilja irgendwann mit ruhiger Stimme sagte:

»Wir sind schon sehr nah. Ich kann den Kummer fast mit den Händen greifen. Er tropft aus jedem Baum.«

Die Tater nickten schweigend.

Man hörte das Wasser nicht, wie den Bach im Taterlock, aber man roch es in der Luft, die nach und nach noch feuchter wurde. Ein eigentümlicher Geruch; nicht frisch und klar wie von einem schnell fließenden Fluss, nicht salzig schwer wie die Meeresluft, die manchmal die Schlei hinauftrieb. Etwas Süßliches war darin, wie von modernden Pflanzen.

Sie hielten auf einem niedrigen Hügel an.

»Dort drüben«, sagte Lilja und deutete über ein paar knorrige, alte Schlehen. Hinter den verflochtenen Ästen schimmerte es grau.

Nad stellte seine Bündel ab. »Wir rasten hier«, sagte er, und als Mina ihn ansah, schienen die Falten in seinem Gesicht tiefer als sonst zu sein. »Es ist nah genug; vielleicht schon mehr als genug. Und wir bleiben nicht länger als nötig.«

Mina senkte den Blick und nickte dabei.

Sie suchte sich erst gar nicht einen Platz auf dem Hügel, legte nicht einmal das Bündel ab. Zinni fing an zu quengeln. Pipa ging zu ihm, setzte ihn sich auf den Schoß und begann mit leiser, zaghafter Stimme für ihn zu singen.

»*Schwesterlein, Schwesterlein, wann gehn wir nach Haus? / Morgen, wenn die Hähne krähn / wolln wir nach Hause gehen / Brüderlein, Brüderlein, dann gehn wir nach Haus.*«

Rosa zuckte zusammen.

»Mina«, sagte sie und ließ die Decke fallen, die sie auseinandergefaltet hatte, »ich glaube, du solltest nicht allein zum See gehen. Wenn du möchtest, komme ich mit dir.«

Als Mina nickte, hakte sie sich bei ihr ein. Das Lächeln zitterte auf ihren Lippen, und ihre Haut war kalt.

»*Schwesterlein, Schwesterlein*«, sang Pipa immer noch irgendwo in der Dämmerung hinter ihnen, »*wann gehn wir nach Haus? – Mein Liebster tanzt mit mir ...*«

»*... geh ich*«, sagte Rosa leise, während sie sich einen Weg durch das Schilf am Seeufer suchten, »*tanzt er mit ihr ...*« Sie seufzte und bog einen Holm aus dem Weg. »Komm, Mina. Wir können uns auf den großen Stein da vorne setzen, bis es dunkel ist.«

Der Stein lag zwischen Schilf und Wasser, und der graue Schimmer des Sees umgab ihn wie ein feines Tuch. Ein Nebelhauch schien über dem Wasser zu liegen; die Uferränder ihnen gegenüber wirkten verschwommen und fern.

Mina wickelte sich das Kleid um die Beine. Der Stein unter ihnen war hart und feucht, und vom Wasser stieg Kühle auf. Sie legte sich ihr Bündel auf den Schoß; das satte Grün war ein leuchtender Farbfleck im Dämmerungsgrau. Die Spieluhr im Bündel stellte sich quer und drückte ihr gegen die Schenkel. Sie zog sie schließlich heraus, und das Holz schmiegte sich warm an ihre klammen Finger.

Schweigend saß Rosa neben ihr.

Sie warteten. Und je tiefer die Dämmerung auf das Wasser niedersank, desto weißer schimmerte der Nebel.

Sie stiegen aus dem See empor, eine nach der anderen. In dunklen Kleidern, die wie die sanften Wellen waren, und hellen, die der Nebel webte; mit Spitzentüchern, die der schwache Wind bewegte, und Schleiern über dem aufgelösten Haar. Kränze saßen darauf, selbst vom Stein aus konnte Mina sie sehen. Kränze aus Myrten, Rosen und Thymian ... Aber die Farben der Blumen waren bleich wie die Gesichter darunter, junge und alte, schöne und hässliche, und alle tief gesenkt. Sie stiegen empor ohne einen Blick füreinander, begannen sich zu drehen, langsam, bedächtig, Runde um Runde; und wenn die Kleider beiseitewehten, konnte Mina die großen, durchsichtigen Blüten sehen, die unter ihren Füßen schimmerten. Wie im Mittelgang der Kirche, wenn die Braut so stolz nach vorne schritt ...

Weh fasste Mina ans Herz, schneidend scharf. Sie griff nach Rosas Hand und fand sie, ohne hinzusehen.

Die Nebelgeister auf ihren Blüten trieben zur Mitte des Sees. Ein Kreis bildete sich, der sich langsam um sich selbst zu drehen begann. Der Dunst über dem Wasser wehte fahle Träume aus ihren Schleiern, bis zum Ufer hin. Kalt berührte er Minas Stirn.

»*Schwesterlein, Schwesterlein*«, sang Rosa leise und brüchig, »*was bist du so blass? / Das macht der Morgenschein auf meinen Wängelein* ...«

... *die vom Taue nass*, sang Mina stumm zu Ende. Ja, vom Tau, vom Tau ... An jenem eisgrauen Morgen, wenn alle Gäste längst gegangen sind, nachdem sie Stunden vergebens gewartet haben, auf den Bräutigam, der niemals kommt.

Sie fühlte, wie sie sich in ihr regten, all die halbgehörten Geschichten, die die Mädchen sich in der Küche zuflüsterten, all die düsteren Andeutungen, die in ihren traurigen Liedern lagen; diesen Liedern, die vom Verlassensein handelten, vom Kummer, der das Herz schwer wie Blei macht – und vom Wasser, immer wieder vom Wasser ...

Nur sie steht noch da, dachte es in Mina ohne ihr Zutun, und zugleich mit den Worten stiegen die Bilder in ihr auf. Sie, die vergessene Braut, immer noch an der Kirchentür, in dem schönsten Kleid, das sie jemals besitzen wird. Und da ist die Sonne, wässrig und schwach, hinter dem Kirchturm, in dem die Glocken schweigen, und er, er ist nicht gekommen.

Die Braut geht die Stufen hinunter, eine nach der anderen. Durchs Dorf, über den kleinen Platz beim Brunnen, wo er sie das erste Mal bei ihrem Namen nannte. Vorbei an der Linde, wo sie im Frühling das erste Mal zusammen tanzten, vorbei am Holunder neben der Straße, der die allerersten sachten Küsse hörte, sacht wie fallende Blätter. Vorbei an ihrem Elternhaus, der Vater hat im Schuppen das Gesicht in den Händen vergraben, die Mutter weint und wartet in der Kammer. Aber die Braut öffnet die Haustür nicht. Sie steht davor, einen schweren Herzschlag lang oder zwei; streckt die Hand einmal aus nach der Klinke und lässt sie wieder sinken.

Aus dem Dorf geht sie, es sind gar nicht so viele Schritte bis zum Fluss, zum See, zum Weiher. Es gibt einen Steg, wo sie Wäsche gewaschen hat mit den anderen jungen Frauen ... Und von dort ist es nur noch ein einziger Schritt. Das Leid wiegt schwerer als jeder Stein, sie sinkt hinab, ohne die Augen zu schließen, und ihr Kleid erblüht im Wasser. Sie sieht es nicht. Nichts sieht sie, bis auf sein Gesicht, sein schönes, schönes Gesicht, die strahlenden Blausterne seiner Augen; und immer noch, selbst jetzt, kann sie ihn nicht zwischen den dichten Wimpern entdecken, den Verrat. Sie hört ihr Herz klopfen, wie es klopfte, wenn er ihre Hand nahm, einen Atemzug lang noch. Dann schweigt es still, wie die Glocken im Dorf, und niemals, niemals wird sie der Welt vergeben können ...

Minas Brust hob und senkte sich schwer. Der graue Kummer füllte ihren Mund wie Watte. Während Rosa neben ihr leise zu schluchzen begann, sah Mina die Bräute auf dem See weiter in unerbittlicher Klarheit dahintreiben. Wenn sie nur aufblicken würden. Wenn sie nur die Köpfe heben könnten unter dem verwelkten Putz, die Traurigkeit gespiegelt finden auf den Gesichtern der anderen. Wenn sie nur wüssten, dachte Mina, dass sie nicht alleine sind.

Der Kreis auf dem Wasser öffnete und schloss sich, und Rosa schlug plötzlich mit der flachen Hand auf den Stein und sagte laut:

»Nicht ich! Hörst du, Mina? Nein, nicht ich. Niemals ich! Hörst du mich, Mina?«

Mina hörte es.

Dort, wo der Stein ins Dunkle tauchte, bewegten sich die Wellen. Mina zog hastig die Füße an, als aus dem See ein

Scheitel nach oben stieg, nicht blond, nicht braun und ganz ohne jeden Schleier; wechselnde Strähnen, wie das Wasser, wenn das Licht zwischen Blättern darübertanzt. Die Augen, die darunter zum Vorschein kamen, waren groß und blass und weit geöffnet. Mina bog furchtsam den Körper zurück, aber es war ein wacher, lebendiger Blick, der sie traf. Nichts Geisterhaftes lag in ihm.

»Wer klopft an unsere Tür?«, sagte ein Seerosenmund, als die Gestalt weiter aus dem Wasser stieg, und Minas Hand presste Rosas Finger noch fester.

Ein schlanker Hals hob sich empor, zarte Schultern, über denen die Haarsträhnen sich ringelten. Es war nicht zu sagen, ob sie nass waren oder von allein so glänzten. Lang fielen sie nach unten, bis über die weiße Brust. Sie war bloß, und Mina wandte die Augen ab, während ihre Wangen heiß wurden.

»Wer klopft?«, fragte die Gestalt wieder, und wenn ihre Stimme eben noch zart über Kieselsteine im Bachbett geplätschert war, so schlug sie jetzt eine hohe Welle gegen Klippen. »Wer stört die Wassermädchen bei ihrem Schauspiel?«

Mina atmete langsam aus und fühlte ihren Atem auf den Lippen zittern. Und dann sah sie sie, die Spitze einer Schwanzflosse zwischen den leichten Wellen, dicht neben dem hellen Leib im Wasser. Sie bewegte sich hin und her.

»Zwei Menschenmädchen«, sagte Rosa schüchtern und drückte Minas Hand. »Zwei Menschenmädchen sind wir nur, die eine geschickt hat, um eine Botschaft zum See zu bringen.«

Die Nixe wandte ihr den hellen Blick zu. Sie blinzelte nicht.

»Menschenmädchen? Sie kommen nicht zum Stein. Menschenmädchen gehen zum Steg, dort, auf der anderen Seite.«

Mina schauderte.

»Nein«, sagte Rosa rasch, »nein, wir sind ... Wir haben nur eine Botschaft. An die ...« Sie stockte. »An *sie*. Kannst du sie ihnen bringen?«

Die Nixe schlug mit ihrem Fischschwanz, dass das Wasser spritzte. Mina sah die großen bunten Schuppen aufglänzen, bevor sie wieder im nassen Dämmer verschwanden.

»Bin ich ein Bote für die traurigen Schwestern? Nehmt doch einen Kahn, Menschenmädchen, und fahrt hinüber zu ihnen!«

»Nein«, Rosas Stimme wackelte. »Nein, ich glaube, das werden wir besser nicht tun.«

Die Nixe lachte, aber es klang keine Schärfe darin. Es war ein weiches, rundes, volles Lachen, das kein Gewissen kannte, so wenig wie der Fluss, der im Frühjahrsüberschwang über die Ufer steigt.

»Fürchtet ihr euch vor ihnen?«, fragte sie. »Dafür gibt es keinen Grund. Sie sind nur da, um sich traurig auf dem Wasser zu wiegen. Sie drehen sich, und wir sehen ihnen dabei zu. Wenn die Fischer kommen, hüllen sie sich in Nebel, oder sie tauchen erst gar nicht auf. Sie haben nichts mehr mit den Menschen zu schaffen, wenn sie erst einmal über den Rand getreten sind.«

Mina öffnete den Mund, dumm, töricht, und die Nixe sah sie an.

»Was ist, Menschenmädchen? Hast du Angst, sie könnten deine Stimme hören und doch herüberkommen?«

Rosa drückte Minas Hand noch einmal.

»Sie ist stumm«, sagte sie fest. »Sie kann nicht mit dir sprechen. Aber sie ist die, der man die Botschaft aufgetragen hat.«

»So?«

Die Nixe schwang ihren Schwanz durchs Wasser, und plötzlich war sie so nah beim Stein, dass Mina die Härchen ihrer farblosen Brauen sehen konnte, zart und gebogen wie ganz junges Schilf.

»Ein schweigsames Menschenmädchen«, sagte sie, und es klang nachdenklich. »Das ist selten. Gewöhnlich plappert ihr, solange ihr wach seid, und manchmal noch im Traum. Die Bäche hören es oft, wenn sie an euren Häusern vorbeiziehen. Aber wenn sie schweigsam ist, wie kann sie dann eine Botschaft überbringen?«

»Ich bringe sie für sie.« Rosas Stimme war ruhiger geworden, und dicht unter den Worten hörte Mina, dass sie sich über die Nixe zu ärgern begann. »Wirst du sie nun annehmen und hinüberbringen, oder muss ich Ekke Nekkepen selber fragen?«

»Ekke Nekkepen!« Wieder lachte die Nixe, laut und fröhlich. »Und was hätte er hier zu schaffen? Dies ist unser See. Kein Ort für Mannsvolk, mag es auch eine Krone tragen. Alle Wasser sind eins, so wie alle Bäume ein Wald sind, und durch Windungen unter der Erde gelangt der Nixenkönig in jedes schmale Rinnsal. Aber hier – hier hat er nichts verloren. Dies ist unser See.«

Mina zögerte. Sie fürchtete sich vor der Wasserfrau. Aber es gab nicht viel, das sie tun konnte. Ohne hinzusehen, tastete sie im Bündel unter der Spieluhr nach dem Kettchen, das Marthe ihr gegeben hatte. Sie blickte der Nixe in die großen, hellen Augen, holte aus und warf die Kette in den See, so weit sie konnte. Der Wasserspiegel zerriss, und Ringe breiteten sich aus.

Minas Herz klopfte. Die Nixe betrachtete sie lange still, ohne einen Wimpernschlag. Endlich sagte sie, so leise wie der Regen, der auf das Wasser fiel:

»Schön tanzte sie, die dir die Kette gab. Als sie die ersten Schritte in den Reigen tat, war noch ein Bächlein hinter der großen Halle, und die Schatten der Menschen im Kerzenlicht spiegelten sich auf ihm ... Und dann kamen Nacht und Einsamkeit zwischen den schimmernden Kerzen. Wir sahen sie dort, oh ja. Jeden Abend, solange der Bach noch floss. Jetzt kann sie also ihre müden Füße ruhen lassen. Wer weiß, ob es sie glücklicher macht?«

Sie schlug mit der großen Schwanzflosse.

»Keinem anderen Menschen«, sagte die Nixe lauter, »hätte ich es erlaubt, Tand in unseren See zu werfen. Ich würde ihn an den Haaren packen und nach unten ziehen, damit er es sucht und wieder nach oben bringt, und das Leben würde ihn in silbernen Perlen verlassen. Weil du schweigsam bist wie die schönen Fische und mutig wie Ekke Nekkepen, wenn er hoch auf das Land zieht, im Herbst, unter den wilden Stürmen – deshalb will ich es dir gestatten. Deine Botschaft ist überbracht, Menschenmädchen. Die eine, die einsam tanzte, ist frei geworden.«

Mina sah auf den See, zum Mittelpunkt der Ringe. Das Kettchen war untergegangen, viel zu weit von dem blassen Kreis entfernt, der sich immer noch auf der Seemitte drehte. Ihre Schultern sanken nach unten. Überbracht, dachte sie, ja. Aber wer wird sie so hören können? Und was soll sie denen auf dem Wasser bedeuten?

Kalt fühlte sie sich und elend. Sie hatte das Gefühl, Marthe im Stich gelassen zu haben. Ohne zu wissen, was sie anderes hätte tun sollen.

Die Nixe musterte sie.

»Seltsames Menschenkind«, sagte sie, »mit einem seltsamen Menschenherzen. Berühren sie es wirklich so sehr, die wilde Marthe und die Seebräute, die du doch niemals kanntest? Du denkst wohl richtig, Mädchen. Die Kette ist versunken, und die bleichen Blumen dort drüben haben es nicht einmal bemerkt. Aber, weißt du ...« Sie zögerte, tastete mit der Zunge nach Worten, als ob ihr Geschmack fremd wäre. »Weißt du ... die Dinge, die ins Wasser geworfen werden, sind niemals wirklich verloren. Die Kette bleibt vielleicht an einem Stein hängen, irgendwo auf dem Weg nach unten. Ein Fisch stößt sie an; sie verfängt sich in den Wurzeln einer Seerose. Der Wind bewegt sie durch das Wasser, und eines Nachts, wenn der Mond scheint, streift ein Zipfel Schleier beim Auftauchen darüber ... Und ein Gedanke entsteht vielleicht, dort, wo so lange nur Kummer wohnte. Ein Gedanke an ... Möglichkeit. An ... Freiheit ...«

Die Nixe verstummte und schlug mit dem Schwanz, als ärgerte sie sich über sich selbst.

Mina löste ihre Hand aus Rosas, stand vorsichtig auf und hielt Bündel und Spieluhr dabei fest umklammert. Sie achtete sorgsam darauf, mit den Füßen nicht auf dem glatten Stein auszurutschen. Als sie sicher stand, wollte sie einen Knicks machen; aber die Geste schien ihr albern und fremd am Ufer des weiten, grauen Nebelsees. Sie verbeugte sich schließlich, langsam und tief.

Die Nixe zögerte. Dann neigte sie den Kopf, um eine

Winzigkeit nur; ein Wassertropfen fiel ihr aus den Haaren und zerplatzte auf ihrem blassen Schlüsselbein.

Der Fischschwanz wellte das Wasser. Die Nixe wandte sich halb um, als wollte sie in den See zurücktauchen. Aber sie zögerte. Ein schlanker, nebelblasser Arm streckte sich Mina entgegen.

»Seltsames Menschenmädchen«, sagte die Nixe, und es klang noch verwunderter als zuvor. »Mit einem seltsamen Spielzeug. Es ist lange her, dass wir Schwäne gesehen haben. Zu lange ist es her. Und hier bist du nun, Menschenmädchen, und hältst einen besonders schönen in deinen Armen.«

Mina schüttelte verwirrt den Kopf, wich auf dem Stein zurück. Wassertropfen vom Arm der Nixe fielen auf die Spieluhr. Aber sie berührten nicht die Kristallreste auf ihrem Deckel. Wie von einer unsichtbaren Form darüber glitten sie ab und sprangen auf den Fels zu Minas Füßen.

»Was ... was meinst du?«, fragte Rosa und hielt Minas Beine fest, damit sie nicht ausrutschte.

Die Nixe deutete mit dem Kinn zum See.

»Früher«, sagte sie mit einer Stimme wie das dunkle Wasser in einem tiefen Weiher, »früher schwammen die Schwäne zwischen den traurigen Schwestern, wie leuchtendes Silber und strahlendes Licht. Sie waren noch schöner als die verlorenen Mädchen, und wir liebten sie sehr. Sie sind verschwunden, einer nach dem anderen. Wir wissen nicht, wohin sie gezogen sind. Aber das Wasser ist kälter ohne sie, und der See vermisst ihre Federn, die ihn streichelten. Da, auf ihrem seltsamen Spielzeug, da ist einer, wie ein König unter den Schwänen. Aber auch er ist kaum noch zu sehen.«

Minas Herz klopfte schneller. Sie ließ das Bündel auf den Felsen gleiten, öffnete den Deckel der Spieluhr und tastete mit zitternden Fingern herum, drückte und hoffte, bis die Schublade mit einem leisen Knirschen aufsprang. Das Medaillon glitzerte kalt im Nebel, als sie es der Nixe hinhielt.

»Was ist das? Noch ein neues Spielzeug?« Die hellen, starren Augen kamen näher heran. »Aber nein, es sind zwei Menschenjungen. Zwei Menschenjungen, die unter dem Schwan schlafen. Gehören sie zu ihm? Beschützt er sie mit seinen Flügeln?«

Mina hob die Schultern, geriet beinahe aus dem Gleichgewicht dabei. Rosa umklammerte ihre Beine fester.

»Wir wissen es nicht«, sagte sie und starrte die beiden Bilder an, die über dem Wasser hin und her pendelten. »Aber wir ... wir suchen nach ihnen. Meine Freundin sucht sie.«

Etwas Helles flirrte. Schneller, als Mina sehen konnte, hatte die Nixe die Hand ausgestreckt, und kühle, nasse Finger berührten die ihren. Sie waren nicht weich, nicht sanft; ihr Griff war kräftig, als sie Minas linke Hand von der Spieluhr lösten. Die Nixe drehte sie um und betrachtete sie, und Tropfen fielen von ihrer Stirn auf die Handfläche. Sie war immer noch gerötet, und Mina staunte darüber. Seit das Jucken aufgehört hatte, hatte sie nicht mehr daran gedacht.

»Ich sehe«, sagte die Nixe und strich mit einem langen Finger darüber. »Bei der Sonne bist du also schon gewesen. Und sie war nicht freundlich zu dir, oh nein. Die große, heiße Sonne ist nicht ungefährlich für kleine Menschenkinder, wusstest du das nicht? Immerhin ...«

Noch mehr Tropfen sprangen herunter, als sie die Stirn in Falten legte.

»Es war mutig von dir, sie zu befragen. Vielleicht bist du auch mutig genug, es mit dem Mond zu versuchen?«

Mina starrte auf ihre Handfläche. Sie verstand nicht, wovon die Nixe redete. Die Sonne? Der Mond? Und was hatte das alles mit Schwänen zu tun? Wohl war es heiß gewesen an dem Tag, als sie die Tante besuchte ...

»Der alte Pug könnte Bescheid wissen«, sagte die Nixe, »der alte, alte Pug in seinem Haus am Fluss. Er weiß so manches über solche Dinge. Und wenn er nicht helfen will«, sie warf Rosa einen Blick zu und lachte plötzlich hell auf, »nun, dann bleiben dir ja immer noch die Sterne, Menschenmädchen, nicht wahr? Die schönen, weißen Sterne, so fern, wenn sie am Himmel stehen; so nah, wenn sie sich im Wasser spiegeln.«

Sie ließ Minas Hand fallen, achtlos, wie die Flut ihr Treibgut am Strand zurücklässt, und wandte sich ab. Mit schnellen, kräftigen Zügen schwamm sie zurück in den See; erst als sie beinahe die Mitte erreicht hatte, drehte sie sich noch einmal um.

»Geh nur, Menschenmädchen«, rief sie Mina zu, »geh, frag den Mond nach den Schwänen! Aber gib acht, er ist gefräßig, wie man sagt. Vor allem kleine Kinder schätzt er sehr.«

Der Fischschwanz wühlte das Wasser auf. In einem Augenblick war sie verschwunden.

Hinter Mina atmete Rosa tief aus.

»Das hast du gut gemacht«, sagte sie. »Sie sind tückisch, die Wasserwesen. Und sie mögen uns nicht besonders. Aber du hast der Nixe gefallen. Auch wenn sie so sonderbar dahergeredet hat, wie die Wasserleute es immer tun.«

Sie stand auf und legte die Hand auf Minas Schulter. »Komm, wir wollen zurück zu den anderen gehen.«

Aber Mina rührte sich nicht. Ihre Gedanken kreisten immer noch um die seltsamen Worte der Nixe. Den Mond befragen? Die Sonne, die unfreundlich war?

Etwas kratzte an ihrer Aufmerksamkeit, wie Tausendschön an den Türen zu Hause, wenn er Einlass forderte. Sonne ... Mond ... und die Sterne ...

Die Symbole glühten hinter ihrer Stirn auf, eins neben dem anderen. Mina riss die Augen auf. Wie hatte sie sie vergessen können! War sie wirklich so sehr mit ihrem Kummer beschäftigt gewesen, dass sie sich nicht einmal gefragt hatte, was die eigentümlichen Zeichen bedeuteten, die Karol ins Nichts geschrieben hatte? Leuchtende Zeichen im dunklen Tal der Tänzerin ...

Aufgeregt drehte sie sich zu Rosa um, fuchtelte, zeigte, so heftig, dass ihr die Spieluhr beinahe ins Wasser fiel. Aber es half nichts, das merkte sie schnell. Rosas Augen blickten verständnislos, und schließlich sagte sie sanft:

»Mina, komm. Was immer du sagen willst, es wird an jedem anderen Ort besser gehen als hier. Der Nebel liegt so schwer in der Luft, man versteht seine eigenen Gedanken kaum noch. Komm, Mina. Lass uns gehen.«

Mina senkte den Kopf und nickte. Sie schloss das Medaillon und legte es in seine Schublade zurück. Als sie alles wieder in ihrem Bündel verpackt hatte, folgte sie dem leichten Druck von Rosas Hand und ließ sich von ihr den Stein hinunterführen.

Sie schoben sich hintereinander zurück durch das Schilf.

Im Gehen fing Rosa an, die kleine Melodie zu summen, die sie auf Pipas Lippen aus dem Taterlager begleitet hatte; es klang wie ein Vögelchen, das in seinem Nest vom Morgen träumte.

»Schwesterlein, Schwesterlein, wann gehen wir nach Haus?«, summte sie, und das Schilf wisperte. *»Mein Liebster tanzt mit mir ...«*

Sie stockte für einen Augenblick. Dann räusperte sie sich und sang lauter weiter: *»... Lügt er, schenk ich ihn dir. / Brüderlein, Brüderlein, und mach mir nichts draus.«*

Das graue Wasser des Sees blinkte zwischen den Zweigen zum Hügel herüber, selbst in der Dunkelheit, nachdem Liljas Lampe längst erloschen war. Die Tater schliefen unruhig; Zinni strampelte im Schlaf, und von Lilja wehte ab und an ein Seufzen herüber.

Mina hielt die Augen weit offen. Seit sie sich hingelegt hatte wie die anderen, kämpfte sie gegen den Schlaf, der sie wie der weiße Nebel einhüllen wollte. Es zog sie hinab in seine dunkle, warme Tiefe ... Aber sie durfte nicht schlafen. Die Worte der Nixe schwirrten ihr durch den Kopf. Die Sonne ... der Mond ... Schwäne ... Was war es noch gewesen, das sie gesagt hatte, wie beiläufig?

Der Pug, der alte Pug. Das Wort hatte Mina kurz angesprungen und ihr aus kleinen, scharfen, wilden Augen ins Gesicht gestarrt, bevor es wieder davonsprang. Der Pug ...

Mina wusste, was Pugs waren. Jedes Kind wusste das, auch wenn sie nicht hätte sagen können, woher sie es wusste. Vage erinnerte Geschichten vielleicht, abends zum Einschlafen, als die Mutter noch nicht so schwach gewesen war. Geflüstertes unten bei der Küchentreppe. Ein flaches

Schälchen hinten im Garten, beim Abfallhaufen, das jeden Morgen mit frischer Milch gefüllt wurde. Tausendschön war es meistens, der sie trank, Mina hatte ihn gesehen, wie er vom Abfall kam und sich ein weißes Bärtchen genüsslich vom Mund leckte. Aber für ihn stand das Schälchen nicht dort.

Es war ein Geschenk für den Pug, den Hausgeist, das Herdmännchen. In fast jedem alten Haus gab es einen. Oft schlief er in der Küche beim warmen Ofen, und wenn er verstimmt war, brachte er den ganzen Haushalt in Unordnung. Kühe gaben saure Milch, Hennen legten keine Eier mehr. Dinge verschwanden und tauchten an unmöglichen Stellen wieder auf, zerrissen und zerrupft. Es war wichtig, den Pug freundlich zu stimmen. Wenn er zufrieden war, lag Glück auf dem Haus.

Und wenn es nicht so war, gab es kaum eine Möglichkeit, ihn loszuwerden. War es die frühere Köchin gewesen, die davon gesprochen hatte? Man musste ihn verkaufen, und zwar zu einem geringeren Preis als den, um den man ihn selbst erworben hatte. Und da kaum jemand wissen konnte, wie viel von dem Geld, dass er für das Haus bezahlt hatte, für den Pug gewesen war ... Viel besser war es da, sich mit ihm gutzustellen und ihn nicht zu verärgern.

Natürlich waren das keine Geschichten, die der Herr Pastor sonntags auf der Kanzel erzählte. Und doch hatte Mina selbst die Mamsell einmal dabei beobachtet, wie sie das Milchschälchen eigenhändig auffüllte.

Der Pug konnte etwas wissen. Der Pug in seinem Haus am Fluss.

In *seinem* Haus?

Mina fröstelte in der Kühle, die vom See heraufstrich. Es

gab einen Zufluss zum See, in der Nähe des Steges hatte sie ihn gesehen. War das der Fluss, den die Nixe gemeint hatte? Sie wünschte sich, sie hätte Lilja danach fragen können. Mit der Hilfe des Selams würde sie es schon zusammenbekommen. Aber das durfte sie nicht, und sie wusste es. Sie durfte die Tater nicht noch einmal in Schwierigkeiten bringen. Die Worte der Nixe hatten bedrohlich geklungen.

Je länger Mina fröstelnd dalag und nachdachte, desto klarer wurde ihr, dass sie die Tater nicht noch einmal bitten durfte, ihr zu helfen. Ihretwegen waren sie zum Brutsee gezogen, und in dem grauen Kummer, den er weit über das Land spann, waren Rosa und Viorel in Streit geraten, bevor sie überhaupt in seine Nähe kamen. Und vorher? Sie hatte die Hunde zum Taterlock geführt, als sie sich mit Tausendschön dorthin flüchtete. Sie hatte sie wieder auf die Spur der Tater gebracht, als sie sie aus dem Rapsfeld retteten. Und bei der Tänzerin ... Was wäre geschehen, wenn nicht sie als Erste in die Halle getreten wäre? Wenn Marthe Rosa zum Tanz gebeten hätte, oder Pipa, oder Zinni?

Nein, sie durfte es nicht. Die Tater hatten nur Freundlichkeit für sie gehabt von Anfang an, und Mina hatte ihnen nichts als Gefahr und Kummer gebracht.

Sie musste allein weitergehen.

Als der Gedanke sich in ihr festsetzte wie mit Distelwurzeln, schauderte es ihr. Und ihr schauderte noch, als sie sich schon widerstrebend aufgerichtet hatte, den Mantel angezogen, das Bündel aufgenommen. Der Zauberwald starrte schwarz und schweigend auf sie herunter. Wie riesenhaft die Bäume wirkten, wenn man daran dachte, wie man allein im Finstern unter ihnen wanderte. Minas Bewegungen waren schwerfällig wie in einem schlechten

Traum, und doch nicht langsam genug. Irgendwann, viel zu schnell, kam der Moment, in dem sie stand, das Bündel auf dem Rücken, und auf die schlafenden Tater blickte, die friedlichen, vertrauten Schemen im Gras. Die Traurigkeit, die sie packte, war beinahe so schlimm wie am Brutsee.

Sie ging mit zögernden, winzigen Schritten, und doch erreichte sie rasch den Rand des kleinen Lagers. Rosa lag dort, abseits, am weitesten von Viorel entfernt. Sie hatte sich auf dem Rücken ausgestreckt, und in dem schwachen Licht wirkte ihr Gesicht noch mehr als sonst wie eine schimmernde Blüte. Mina hielt neben ihr. Der Gedanke kam ihr, dass sie sich nicht wortlos davonstehlen sollte. Sie musste etwas zurücklassen, als Gruß, als Zeichen, als Dank. Aber was hatte sie, das sie auf ihrem Weg nicht brauchen würde?

Der Schlüssel fiel ihr ein; aber so schnell, wie der Gedanke gekommen war, schob sie ihn beiseite. Sie wäre froh gewesen, ihn los zu sein, ihn und den Schmerz, den er in sich barg. Aber sie hatte ihn sich zu hart erkämpft.

So schob sie sich schließlich das Bündel von den Schultern und zog den hellblauen Kindermantel aus. Er war schmutzig geworden auf der Reise, eingerissen auch am Saum. Aber zwischen den Flecken glänzte der Stoff noch immer hell und weich wie Seide. Mina streichelte ihn wehmütig, bevor sie ihn so sanft wie möglich auf Rosas schlafende Gestalt niedersinken ließ, und es fühlte sich an, als ob ein Stück von ihr darin haftenblieb. Von der alten Mina, die heimlich mit unsichtbaren Damen auf dem Dachboden tanzte und lachte, wenn das Licht so bunt über die schrägen Wände sprang ... Vielleicht würde es ein wenig helfen gegen den grauen Kummer, der vom Brutsee herübertrieb.

»Mina.«

Ein Wispern, kaum hörbar, gerade, als sie sich endgültig zum Gehen wandte.

»Mina, sei nicht dumm.«

Es war Rosa. Als Mina sich mit einem Flattern in der Brust umdrehte, saß sie im Gras, der Mantel war an ihr heruntergerutscht und umhüllte sie mit schwachem, bläulichem Schein. Sie lächelte und schüttelte gleichzeitig den Kopf.

»Es ist der Pug, nicht wahr?«, flüsterte sie, leise wie das Gras, das neben ihr raschelte. »Was die Nixe gesagt hat? Ich hatte gehofft, du wärst zu aufgeregt, um ihr richtig zuzuhören ... Mina, glaub mir, du kannst nicht allein zu ihm gehen. Hast du nicht aufgepasst? Er ist gefährlich. Und du kennst den Weg nicht.«

Mina nickte, und irgendwie verstand Rosa es richtig.

»Du glaubst, du kennst den Weg? Mina, hör mir zu. Es ist zu gefährlich für dich allein. Warte bis morgen früh, wir kommen mit dir.«

Mina schüttelte heftig den Kopf, und der harte Kloß, der in ihrer Kehle saß, machte ihr das Atmen schwer.

Rosa stützte die Arme auf die Schenkel. Ihre Augen glitzerten auf, als sie zur anderen Seite des Lagers hinübersah; dorthin, wo ein größerer dunkler Schemen Viorel war, der schlief und träumte.

»Gut«, flüsterte sie, so scharf, dass es fast wie ein Zischen klang. »Gut, wenn du nicht warten willst – dann komme ich eben jetzt mit dir.«

Sie stand auf, ohne das leiseste Geräusch zu machen, kümmerte sich nicht um Minas erschrockene, abwehrende Gesten. Als der Mantel zu Boden fiel, hob sie ihn auf und drückte ihn sich einen Augenblick an die Wange.

»Wie lieb von dir«, wisperte sie, und ihre Stimme wurde weicher. »Er ist so hübsch ...«

Lautlos wie ein Nachtvogel mit flatternden, hellblauen Flügeln huschte sie zu Lilja und Zinni, breitete den Mantel über ihnen aus. Sie kam nicht gleich zurück; einen Augenblick schien sie gebückt neben ihnen zu stehen, soweit Mina es in dem schwachen Licht erkennen konnte. Hinterließ sie ihnen ein zweites Zeichen? Oder sagte sie tonlos Lebwohl?

Es wäre der letzte Moment gewesen, um allein zwischen den schwarzen Bäumen zu verschwinden.

Mina rührte sich nicht.

Starr ragte der Steg in den schweigenden See. Wie das Gerippe eines riesigen, rätselhaften Wesens, vor unendlicher Zeit an seinen Platz gebannt. Der weiße Dunst umfing die hölzernen Beine, umhüllte den modernden Plankenleib. Wie weit es sich in die Nebel streckte, so dass sein Kopf nicht zu sehen war, wie lang es sich dehnte, hinaus, hinaus auf das fahle Wasser. Wie die Zehen in den Stiefeln anfingen, sich nach dem Gefühl des knackenden Holzes unter den Sohlen zu sehnen ...

Mina wandte den Blick ab. Wie leicht es war, sie zu sehen: die Schleier, wie sie über die Bohlen wehten, die Tränen, die brannten und die nur das Seewasser löschen konnte. Sie musste ihr Herz mit beiden Händen festhalten, damit es nicht im Kummer ertrank.

Unter den Lidern spähte sie nach dem schwachen Glitzern des Zuflusses, an den sie sich zu erinnern meinte. War es rechts gewesen, wo Farne dicht am Ufer schwarze Fächerschatten warfen? Links, wo Steine sich türmten wie graue Seufzer?

Erleichtert spürte sie, wie Rosa ihre Hand nahm und sie auf die andere Seite des Steges zog. Dort hörte sie es selbst, das Säuseln und Singen von fließendem Wasser, kräftiger, entschiedener als der kleine Bach beim Taterlock. Die Bäume neigten sich über eine schmale Gasse, deren Boden aus Wellen bestand. Vorsichtig tastete Mina in dem weichen Uferrand nach Halt.

Die Nixe war nirgendwo zu sehen. Vielleicht trieb sie dicht unter der Wasseroberfläche dahin, schwache, bewegte Lichtmuster in den langen Haaren wie Kämme; träumte Nixenträume von grünen, tiefen Weihern, von brausenden Salzwogen. Vielleicht zählte sie am Grund des Sees die Menschenschätze, die sie angesammelt hatte, die gegebenen und die genommenen, die verlorenen Schmuckstücke und die Boote, die sie mit ihrem langen, blassen Arm hinabgezogen hatte. Und vielleicht war auch eines darunter, zu schäbig fast für einen Schatz: ein zartes, schlichtes Kettchen, an einem Stein verfangen ...

»Komm«, flüsterte Rosa, und es klang, als presste sie die Lippen aufeinander. »Komm, hier entlang. Und vorsichtig. Es ist ein tiefer, kalter Fluss.«

Der Ufersaum war so schmal, dass sie sich voneinander lösen mussten, wenn sie ihm folgen wollten. Aber alles in Mina sträubte sich dagegen, Rosas Hand loszulassen, solange sie noch so nah am See waren. Sie blieb stehen, anstatt voranzugehen, drehte den Kopf hin und her, als müsste sie erst die Umgebung noch genauer in Augenschein nehmen. Rosa wartete geduldig.

Über dem Fluss waren die Baumkronen lichter. Es gab Stellen, an denen die Zweige sich kaum berührten; Stellen, an denen der Himmel still und fern hinabsah auf den geschäftigen Fluss. Waren es Wolken, die dort so langsam trieben, mehr von den feinen Tropfen in ihren dunklen Bäuchen? Allmählich hatte der Regen nachgelassen. Es konnten auch die Nebel sein, die sich bis hier emporwanden.

Mina legte den Kopf in den Nacken und sah, dass das Licht heller und klarer wurde. Wolkenränder traten hervor, Linien, wie aus schwarzgrauem Papier gerissen. Und der weiße Mond fiel zwischen den Wolken hindurch, in den Fluss, der ihn plätschernd begrüßte.

Kleine Wellen liefen über die Spiegelung. Schimmernd führten sie weg vom See.

Geh, frag den Mond, Menschenmädchen.

Mina nickte langsam, einmal nur.

Sie ließ Rosas Hand los, die Wärme, die Sicherheit, und trat ans Flussufer. Als sie die ersten vorsichtigen Schritte machte, bewegte sich der Mond im Fluss mit ihnen. Zwei oder drei Meter vor ihr schwamm er dahin, und sie heftete ihren Blick auf sein Glänzen. Dann streckte sie den Arm aus, ohne hinzusehen, berührte leicht die glatten, nassen Stämme neben sich, um nicht den Halt zu verlieren, und fing an, ihm hinterherzugehen.

Rosa folgte ihr wortlos. Die Nebel und die weiche Erde verschluckten ihre Schritte.

Der Mond verließ den Fluss nicht wieder, und er verließ sie nicht. Manchmal berührten die Wolken sein Gesicht, oder der Dunst zog sich um ihn zusammen, und sein Licht wurde für ein paar Meter schwächer; manchmal trug ihn eine weite Biegung an den Rand des Wassers. Aber er verschwand nie ganz, und Minas Augen hingen an ihm bei jedem Schritt, den sie tat.

Lange gingen sie schweigend, und je länger sie gingen, desto mehr löste sich der graue Kummer des Sees im weißen, klaren Mondlicht auf. Minas Füße wurden nach und nach leichter, obwohl sie so müde gewesen war. Ihr Kleid schien sich sanfter von den Strauchranken zu lösen, in denen es sich hin und wieder verfing. Die Furcht versank und gab Raum frei für etwas, das mehr wie zitternde Erwartung war.

Sie hörte nicht auf, die Hand über die Bäume streifen zu lassen, die nahe am Fluss wuchsen. Ihre Finger berührten Borke, Rinde und Zweige. Als sich all das Raue, Feste an einer Stelle plötzlich in etwas Weiches verwandelte, hielt Mina überrascht an und hob den Blick vom Fluss. An den Stämmen wuchsen breite, runde, schwammige Gebilde, mit einer kühlen, glatten Haut bedeckt, die sich beinahe wie Menschenhaut anfühlte. Während Mina sie ansah, schienen sich ein, zwei zarte Nebelwölkchen von den Gebilden zu lösen und in die Nacht zu treiben. Es sah aus, als atmeten sie den Dunst aus, der den Wald erfüllte.

»Pilze«, sagte Rosa hinter ihr, und Mina hörte glücklich das leichte Lächeln in ihrer Stimme. »Baumpilze, Mina. Sie leben auch, weißt du. Nur sehr, sehr langsam. Wie vieles im Wald.«

Gebannt beobachtete Mina, wie ein weiteres Hauchwölkchen sich von den Stämmen löste.

Sie hörte, wie Rosa einatmete, vielleicht, um noch mehr zu sagen; aber das Geräusch stockte mit einem Mal, sehr plötzlich und sehr hart. Angstfinger griffen Mina eisig um die Schultern.

»Schsch«, flüsterte Rosa. »Es ist jemand hinter uns.«

Ein Knacken, irgendwo in den Hölzern. Ein Rascheln von gebogenen Zweigen. Mina und Rosa schoben sich dichter aneinander.

»Kein Tier«, hauchte Rosa, »viel zu laut für ein Tier. Es klingt mehr wie ...«

Wieder stockte sie, aber diesmal klang es verblüfft, ungläubig, nicht erschrocken. Als es wieder knackte, räusperte Rosa sich.

»Komm raus«, sagte sie laut und überhaupt nicht mehr ängstlich. »Hör auf, uns nachzuschleichen. Du machst es schlecht, also komm lieber raus.«

Mina blieb der Mund offen stehen, als ein kleines Gebüsch mit Pipas mürrischster Stimme antwortete:

»Lange genug habt ihr es aber nicht gemerkt.«

Die Zweige gaben eine kleine Gestalt frei, Blätter und Stöckchen in den Haaren. Die roten Schleifen wirkten dunkel wie der Fluss. Zögernd, aber mit hoch erhobenem Kopf kam Pipa zu ihnen ans Ufer.

»Ich will mit euch gehen«, sagte sie und sah an Mina vorbei Rosa ins Gesicht. »Ihr könnt mich nicht einfach zurücklassen.«

»Pipa«, sagte Rosa sanfter, »du weißt nicht, was du redest. Es ist gefährlich, wo wir hingehen. Und Lilja und Nad brauchen dich.«

»Das tun sie nicht!« Pipa stemmte die Fäuste in die Hüften. »Alle kommen sehr gut ohne mich zurecht. Du auch, wie? Aber ich lass mich nicht zurückschicken wie ein kleines Kind. Und wenn ich euch die ganze Zeit hinterherlaufen muss.«

Mina betrachtete sie, die gekrauste Nase, den verkniffenen Mund. Pipa gab sich viel Mühe, das, was sie bewegte, wie gerechten Ärger aussehen zu lassen. Aber das war es nicht. Unter den zornigen Falten, hinter dem starren, trotzigen Blick lag ein anderes Gefühl, kalt und stark wie Februareis.

Rosa verschränkte die Arme vor der Brust.

»Nein, Pipa. Du wirst uns nicht hinterherlaufen. Du gehst zurück zu den anderen. Wenn alles gutgeht, sind wir bald wieder da. Du bist noch ein halbes Kind, Pipadscha...«

»*Sie*«, Pipa warf das Kinn in Minas Richtung, »sie ist nicht viel älter als ich, oder? Wieso geht sie dann und ich nicht? Außerdem ist sie eine Gadsche, ich habe schon mit fünf mehr über den Wald gewusst als sie jetzt!«

»*Sie*«, sagte Rosa, »sie muss gehen. Ich glaube nicht, dass sie es will. Sei nicht dumm, Pipa. Sei nicht so dumm.«

»Ich bin nicht dumm!« Irgendwo flog erschreckt ein Nachtvogel auf. »Seit sie da ist, ist alles anders! Alle kümmern sich nur noch um sie. Du hast gar keine Zeit mehr für mich!«

Rosa hob die Hand, um sie auf Pipas Schulter zu legen; Pipa wich zurück, und Rosas Hand sank nutzlos herab.

»Das ist nicht wahr«, sagte sie leise und so sanft, als wollte sie mit ihrer Stimme das Streicheln nachahmen, das Pipa nicht annehmen wollte. »Du weißt, dass es nicht wahr ist. Und viele Dinge haben sich schon geändert, lange, bevor Mina zu uns gekommen ist.« Sie schwieg einen Augenblick, und der Name Viorel schwebte zwischen ihnen in der Luft. Rosa atmete heftig aus, als wollte sie ihn fortblasen.

»Alle Dinge ändern sich. Wenn es nicht so wäre, würde der Wald unter seinen alten Blättern ersticken. Es ist nicht Minas Schuld.«

»Aber ich will es nicht!« Pipas Stimme schrillte zwischen Mond und Nebel.

Rosa seufzte. Sie wandte den Kopf ab, als gäbe es nichts mehr zu sagen.

Mina lauschte auf den grellen Ton, den Pipas Aufschrei in der Stille hinterlassen hatte. Nein, Wut war es nicht, was darin zitterte. Es war Furcht. Bitterkalte, durch kein Streicheln, keine Umarmung aufzutauende Furcht.

Sie fasste Rosa am Ärmel. Nickte, als sie aufsah.

Rosa starrte sie einen Moment an. Dann seufzte sie wieder.

»Mina ...«

Mina ließ ihren Ärmel nicht los. Zu lebhaft die Vorstellung, wie Pipa allein durch den Wald zurückging, abgewiesen, ausgeschlossen.

Sie spürte, dass Pipa sie jetzt ansah, und als sie den Blick erwiderte, glätteten sich gerade die kleinen, zornig-verwirrten Falten auf ihrer Stirn. Ein schwaches, zögerliches Lächeln schlug feine Wurzeln in ihren Mundwinkeln. Als Rosa schließlich nickte, erblühte es.

»Gut«, sagte Rosa und rieb sich den Oberarm, als fröre sie. »Gut, wenn ihr es beide wollt. Aber das Geschrei hört auf, Pipa. Es ist kein Ausflug. Wir besuchen einen Pug.«

Das Lächeln stolperte auf Pipas Wangen.

»Einen Pug?«, fragte sie leise. »Meinst du nicht, wir besuchen ein Haus, wo es einen Pug gibt?«

»Nein.« Ein drittes Seufzen von Rosa. »Nein, ich glaube nicht, dass es so ist. Was die Nixe am See gesagt hat, klang ... anders. Bist du dir wirklich sicher, dass du mitkommen willst, Pipa?«

»Ja!« Das Wort kam so schnell, dass es das Zögern nur noch wie einen blassen Schweif hinter sich herzog.

Die Pilze an den Bäumen atmeten neue silbrige Dunstwölkchen in den Wald. Pipas erddunkle Augen hielten Minas noch einen Wimpernschlag lang fest; Verwunderung lag darin, kein Groll. Dann trat sie einen Schritt beiseite, hinter Rosa, und wartete.

Der Mond leuchtete im Fluss. Mina schob alle anderen Gedanken beiseite, heftete den Blick auf das Wasser und ging weiter.

Zuerst war das Haus nicht mehr als dunklere Flecken im Dunst, der auf dem Fluss mit ihnen gewandert war. Verschwommene Schatten unter Bäumen, die vor ihnen langsam auseinanderwichen, obwohl der Fluss schmaler und schmaler wurde. Kaum mehr als ein Rinnsal war es noch, was sich schließlich auf die kleine, dunstige Lichtung schlängelte, die die Bäume freigaben. Unter dem offenen Himmel verwandelte der Mondschein das Flusswasser in Milch. Sein heller Schimmer ließ den schwarzen, massigen Schatten noch dunkler wirken, an deren Seite es scheu vorbeifloss.

Sie traten aus dem Waldrand, einen ersten zögernden Schritt auf das Haus zu. Im Mondnebel waren die Umrisse unscharf und seltsam beweglich.

»Ist es *hier*?«, fragte Pipa. »Oder *dort*?«

»Schsch.« Rosa legte einen Finger auf die Lippen. »Still, Pipa, still.«

Mina zog fröstelnd die Schultern zusammen. Dicht hinter den Bäumen blieben sie stehen, als fürchteten sie sich davor, die mächtigen Schatten ganz zu verlassen, die ihnen Schutz gaben. Schutz vor dem, was auch immer es war, das in dem Haus auf der Lichtung lebte. Wenn die Menschen es auch aufgegeben hatten – nein, verlassen war es nicht.

Auch wenn es auf den ersten Blick so aussah. Es mochte einmal das Haus eines wohlhabenden Bauern gewesen sein, so breit und behäbig, wie es unter dem Himmel lag. Aber selbst durch den Dunst sah Mina die riesigen Löcher im tief heruntergezogenen Dach, die kahlen Stellen, an denen geschwärzte Balken in die Nacht ragten. Der stolze First war eingestürzt, ein wirres Durcheinander von zerborstenen Ziegeln und Sparren. Es war noch keine Ruine, wie die Reste der mächtigen Mauern im düstren Tal der Tänzerin. Aber die Zeit zupfte mit spitzen Fingern unerbittlich an den Steinen.

»Wir hätten nicht alleine herkommen sollen«, flüsterte Pipa. »Das ist kein gutes Haus.«

»Natürlich ist es das nicht, Dummerchen«, wisperte Rosa scharf. »Du wolltest mitkommen, erinnerst du dich?«

Aber Pipa schien es kaum zu hören. Schaudernd schlang sie die Arme um sich.

»Böse ist es«, murmelte sie. »Ein böses, altes Haus.«

Vielleicht war es das, dachte Mina, während sie versuchte, mehr zu erkennen. Aber was sie über die Lichtung anzuwehen schien, fühlte sich nicht wie Zorn an, oder wie Wut. Eher wie ... Einsamkeit.

Steinkanten spießten aus den Mauern hervor. Die Fensteröffnungen waren nur noch leere Augenhöhlen, blind und voller mondleuchtender Glassplitter in den verzogenen Rahmen, wie erstarrte Tränen.

Mina erinnerte sich an das, was Lilja über verlassene Häuser gesagt hatte, die Träume, die sie träumten. Erinnerte sich ein leeres Haus an das Leben, das es in sich geborgen hatte? Träumte die vermoderte Türschwelle von Kinderfüßen, die über sie hinweggesprungen waren? Sehnten die Fenster sich nach liebevollen Frauenhänden, die sie mit Vorhängen schmückten? Blickten sie im Schlaf noch manchmal nach drinnen, in eine warme Stube, wo sich das Spinnrad drehte und Pfeifenrauch unter der Decke kräuselte; nach draußen, in einen grünen Garten voller Kräuter und Blumen und Mädchenlachen, anstatt auf die nackte Erde?

Wie schwarz sie war, diese zerwühlte Erde, tiefschwarz, trotz allen Mondlichts. Schwarz auch die Mauern, die Fensterrahmen, die wenigen Ziegel, die es noch gab. Brandgeruch lag in der Luft, scharf und bitter. Mina schmeckte ihn auf der Zunge, so deutlich war er noch. Zögernd machte sie einen Schritt nach vorn.

Pipa packte sie am Ärmel.

»Bleib hier!«

Ihre Augen waren rund vor Furcht, ohne Missmut, ohne Groll. Mina hätte ihr gern zugelächelt, als Dank für diesen Blick. Aber mit zuckenden Wangen blickte sie stattdessen von ihrem Gesicht zu Rosas, in dem die feinen Brauen sich auf der mondhellen Stirn zusammengezogen hatten.

Rosa schüttelte langsam den Kopf.

»Der Pug wird nicht herauskommen, Pipa«, sagte sie. »Wenn er wirklich drinnen ist. Sie entfernen sich nie weit von den Häusern. Wenn Mina etwas von ihm erfahren will, muss sie hineingehen. Müssen«, sie reckte das Kinn nach vorn, »müssen *wir* hineingehen.«

»Bist du verrückt? Er tötet uns!«

»Unsinn.« Rosa sagte es ganz sanft. »Es ist nur ein Pug, kleine Schwester. Nicht größer als Zinni. Er kann uns nicht töten.«

»Pugs sind stark«, murmelte Pipa, und Mina dachte an die alten Kindergeschichten. Die sauer gewordene Milch, die umgestürzten Möbel ...

Rosa legte eine Hand auf Minas Arm und sagte: »Es ist deine Entscheidung, Mina.«

Mina lauschte in sich hinein. Es war finster dort drüben auf der Lichtung; eine Finsternis, die der Mondschein nicht vertrieb, nur verstärkte. Aber immer noch spürte sie nichts als Traurigkeit, Verlassenheit. Vielleicht sehnte sich das Haus danach, dass jemand es wieder betrat, nach all der Zeit?

Sie nickte. Rosa griff Pipas Arm fest mit der anderen Hand. Den nächsten Schritt auf die Lichtung machten sie zu dritt.

Der Dunst wurde feiner, je näher sie kamen. Die scharfen Kanten, zerrissenen Linien wurden deutlicher. Verwitterte Zaunlatten ragten schief und sinnlos in die Luft. Zerbrochene Steinplatten hatten sich auf dem Weg verkantet, der zum Eingang führte. Aber nirgendwo wucherte Unkraut, nicht ein Halm hatte sich durch die breiten Risse geschoben. Nur die schwarze Erde war wie ein dunkler Staub über alles geweht. Sie zeichnete ihre Fußspuren nach, als sie auf das Haus zugingen.

Der Eingang wartete stumm und düster. Es gab keine Tür mehr, die ihn verschloss; Pipa stieß einen kleinen erschreckten Laut aus, als sie sie quer über dem Weg liegen sah. Die Angeln waren ihr herausgerissen worden. Das mächtige Türblatt war von einem Riss gespalten. Im Vorbeigehen ahnte Mina vage Reste von gemalten Verzierungen auf dem verzogenen Holz, Blüten, Ranken. Schwach und blass wie Elfenschrift jetzt, kaum noch zu erkennen. Und doch sprach so viel vergangene Zuneigung aus ihnen, dass Minas Kehle trocken wurde.

Rosa führte sie beide um die Tür herum, aber sie ging nicht gleich auf den Eingang zu. Ein paar Schritte weiter bog sie vom Weg ab, dorthin, wo die Reste eines Ziehbrunnens die Sicht auf das Haus verstellten – und den Blick vom Haus auf die drei Mädchen. Einmal hatte er sein eigenes kleines Dach gehabt. Man konnte noch den gezimmerten Giebel sehen. Hier hatten die Tauben gesessen, an warmen Sommernachmittagen ...

Rosa sah Mina mit ernsten Augen an.

»Ich glaube, wir sollten erst versuchen, ob wir nicht etwas von außen erkennen können, durch die Fenster. Pipa hat Recht, ein Pug ist klein, aber stark. Vielleicht können wir sehen, wo er schläft oder sein Lager hat. Dann könnten wir uns von draußen bemerkbar machen. Klopfen. Vielleicht fühlt er sich dann weniger gestört, als wenn wir einfach hineingehen.«

Mina überlegte nur kurz. Rosa hatte Recht. Es war entsetzlich unhöflich, ungebeten und unangekündigt in irgendjemandes Heim einzudringen, selbst wenn es nur einer Art Hausgeist gehörte. Wieder nickte sie, und Rosa zog sie beide vom Brunnen weg, auf eine Hausecke zu. Pipa ging jetzt schneller, wie erleichtert, fürs Erste dem finsteren Eingang entkommen zu sein.

Aber die tiefliegenden Fensterhöhlen gestatteten ihnen keinen Blick ins Innere, obwohl sie leer waren. Als sie sich vorsichtig an die nächste heranwagten, starrte die Dunkelheit sie aus dem Haus heraus an; sie schien so dicht in den Räumen zu liegen, dass sie nicht einmal Schemen erkennen konnten, trotz des Mondlichts. Beim zweiten Fenster war es nicht anders, und auch beim dritten nicht, obwohl Mina so dicht heranging, dass sie den schalen Luftzug aus dem Inneren spürte.

»Nein«, flüsterte Rosa schließlich entmutigt, als sie schon auf der Rückseite angekommen waren, »so geht es nicht. Wenn wir sinnlos einfach irgendwo gegen die Mauer schlagen, wird ihm das nicht besser gefallen, als wenn wir gleich hineingehen. Wahrscheinlich sogar noch weniger. Was meinst du, Mina? – Pipa, komm zurück!«

Mina wandte sich um, und erst jetzt sah sie, dass Pipa sich von ihrer Schwester losgemacht hatte und mit schnellen kleinen Schritten durch den verdorrten Garten ging.

»Warte«, hörte sie ihre Stimme schwach, »wartet einen Augenblick. Ich bin gleich zurück.«

»Läuft sie weg?«, fragte Rosa, und Mina hob die Schultern. Es sah eigentlich nicht danach aus. Pipa war schon wieder stehen geblieben, ein blasser, schlanker Umriss im Dunst. Sie beugte sich über etwas, das vielleicht einmal zwei steinerne Pfosten einer niedrigen Pforte gewesen waren. Die Pforte selbst gab es nicht mehr; aber man konnte sich noch vorstellen, wie sie den Eingang zum Blumengarten behütet hatte, zu den schönen, nutzlosen Beeten, die sich nur die reichen Bauersfrauen leisteten. Blumen konnte man nicht essen. Und doch, wie stolz wurden sie gehegt, wenn sie es einmal geschafft hatten, sich ein Fleckchen Garten zu erobern.

Pipas Flüstern wischte die Bilder fort.

»Du bist dumm, Rosa«, sagte sie, noch ehe sie wieder ganz bei ihnen war. »Dumm wie eine Gadsche.« Ihre Augen waren nicht mehr so rund wie zuvor, sie lachte sogar ein wenig, als sie sich vor ihre Schwester hinstellte. »Hast du eigentlich ganz vergessen, wer wir sind? Nur die Gadsche kommen durch den Vordereingang. Das ist was für feine Leute. Nicht für uns. Wir gehen hintenrum. Und hintenrum«, sie nickte mehrmals zur Bekräftigung, »hintenrum sind wir auch schon gegangen.«

»Was redest du denn da?« Rosa schüttelte den Kopf. »Sind wir schon gegangen? Ich bin noch nie hier gewesen, und du auch nicht, Pipadscha.«

»Doch. Ich meine«, Pipa verdrehte die Augen, »nicht wir, natürlich. Aber andere von uns. Ich habe die Zinken gefunden. Sie sind nicht mehr gut zu lesen, aber ich glaube, sie sagen, dass wir hier willkommen sind.«

Eine vage Erinnerung schob sich vor Minas Augen, wurde langsam klarer. Eingekratzte Linien auf dem Steinpfosten am Gutshaus-Tor ...

Sie zupfte Rosa am Ärmel, legte die Stirn in fragende Falten. Rosa stutzte.

»Was, Mina? Ah, die Zinken?« Sie lächelte entschuldigend. »Natürlich, du kannst nicht wissen, was Pipa meint. Es sind nur Zeichen – Zeichen von anderen Tatern, die vor uns hier waren. Wie Briefe, aber sie halten länger und müssen nicht geschickt werden. Und man muss nicht lesen können, um sie zu verstehen. Wir hinterlassen sie an Häusern oder an Wegmarken, Gabelungen, Kreuzungen. Sie können eine Richtung anzeigen, in der die anderen gezogen sind, oder etwas über das Haus erzählen, an dem sie angebracht sind. Manchmal sagen sie, wer da war, oder wie viele, und wohin sie von dort aus gegangen sind. Manchmal sind sie nur irgendein Hinweis. Oder eine Warnung. Es gibt viele davon, sehr viele. Nicht alle werden gemalt oder gekratzt.«

»Die älteren«, sagte Pipa wichtig, »sind aus Stöcken und Zweigen und Steinen. Nur Lilja und Nad können sie noch lesen. Wir erneuern sie, wenn wir welche finden. Patrin, sagen manche Leute dazu. Wenn man überhaupt etwas dazu sagt.«

Patrin ... Mina rollte das Wort auf der Zunge hin und her. Es schmeckte nach Wald und nach Geheimnis.

»Aber die da drüben«, sagte Pipa und nickte zu den Pfosten hin, »das sind jüngere, mit einem scharfen Stein gekratzt. Verblasst zwar, aber sie sind noch da. Und sie sagen, dass Tater willkommen sind.«

Das Bild von den Linien am Torpfosten stand immer noch klar hinter Minas Stirn. Es zuckte sie in den Füßen, hinüberzugehen und zu schauen, ob es wohl die gleichen Zeichen waren, die unbekannte Tater hier hinterlassen hatten. Aber der Gedanke verschwand betrübt, als ihr einfiel, wie Mamsell über das fahrende Volk redete, mit hochgezogenen Brauen und verkniffenem Mund. Kein Tater, der seinen Verstand beisammenhatte, würde Willkommenszinken am Gutshaus eingekratzt haben. Und schon gar nicht an der Vordertür.

Neben ihr legte Rosa den Kopf schief.

»Bist du sicher, Pipa? Und selbst wenn ... Die Menschen, denen sie gegolten haben, leben nicht mehr hier, das siehst du doch.«

Pipa zuckte die Schultern. »Aber sie sind da, und das Haus weiß, dass sie da sind.«

»Trotzdem ...«

»Das sagst du nur, weil ich sie gefunden habe!« Pipa stampfte mit dem Fuß auf. Die trockene Erde knirschte. In der dunstigen Stille war das Geräusch sehr laut.

»Hör auf!« Rosa packte sie am Arm. »Er hört dich noch! – Mina, was meinst du?«

Mina verjagte die Bilder und drehte sich zum Haus um. Es gab so etwas wie einen Hintereingang auf dieser Seite. Er war schwer zu erkennen, weil etwas, das einmal eine überdachte Veranda gewesen sein mochte, an dieser Stelle vorsprang und faulende Balken wie wirres Gesträuch die Sicht verdeckten. Aber da war eine zweite große Öffnung in der Mauer, auch sie ohne eine Tür.

Sie wusste nicht viel über Bauernhäuser, und auch nicht viel über Hintereingänge. Im Gutshaus gab es die geduckte Tür im Erdgeschoss, die in die Küche führte. Die Mädchen und Burschen benutzten sie, die Lieferanten. Und Pipa hatte Recht: Auch die Bettler und Hausierer, das fahrende Volk, kamen an diese Tür. War der Eingang hinter der Veranda hier so etwas wie die Küchentür im Gutshaus?

Mina merkte, dass Rosa sie immer noch ansah. Sie nickte schließlich; was konnte sie anderes tun? Sie war hergekommen, um in das Haus zu gehen. Ob nun durch die Hintertür oder durch den Vordereingang, ob mit oder ohne geheimnisvolle Zinken und Zeichen – einmal musste sie es doch tun.

Aber schon, als sie die Füße auf das setzte, was einmal der Boden der Veranda gewesen war, als sie das Knacken hörte, mit dem das verzogene Holz sich bog und zurücksprang, fühlte sie sich unsicher werden. Das Geräusch war so laut, so scharf.

Mina ging auf Zehenspitzen weiter.

Etwas lag verkeilt auf dem Boden im Hintereingang, sie sah es erst, als sie beinahe darauftrat. Es war groß und flach und rund, wie es schien; eine Scheibe oder ein Reifen? Behutsam stieg sie darüber. Direkt dahinter fiel der Schatten des Türsturzes über sie, und das Haus atmete ihr dumpf ins Gesicht.

Sie drehte sich um, um den anderen das seltsame runde Ding zu zeigen. Irgendwie kam es ihr so vor, als wäre es besser, nicht dagegenzustoßen. Pipa, die sich an Rosa vorbeigeschoben hatte, als müsste sie ihre Entdeckung im Garten bekräftigen, indem sie mutig voranging, hob den Kopf und sah zu ihr hinüber.

»Bist du schon drin?«, flüsterte sie, und in diesem Moment stieß ihr Knöchel gegen das runde Ding. Es knirschte. Pipa zog hastig den Fuß zurück, aber er schien sich darin verfangen zu haben, denn es knirschte wieder, viel lauter als vorher, und dann polterte es dumpf, als das Ding angehoben wurde und wieder auf den Boden fiel. Mina zuckte zusammen, und ein kleiner, schriller Laut kam aus Pipas Mund. Sie schüttelte ihren Fuß, um ihn zu befreien. Das Ding rumpelte und knarrte. Rosa tauchte neben ihrer Schwester auf.

»Was ist ...« Sie brach ab, so plötzlich, dass Mina beinahe hörte, wie die Luft in das Loch zischte, dass die Wörter hinterlassen hatten. Was ihnen folgte, war nicht mehr als ein entsetzter Hauch.

»Ein Wagenrad.« Rosa legte beide Hände auf den Mund. »Ein Wagenrad«, hörte Mina sie nur noch zwischen den Fingern hindurchwispern, »sie haben ihn eingesperrt ...«

Sie riss die Hände wieder herunter und sagte mit viel lauterer, zitternder Stimme:

»Mina, komm da sofort weg. Hörst du mich? Pipa, sieh zu, dass du das Ding loswirst. Mina, mach schon, komm da weg.«

»Was ist mit dem Rad?«, fragte Pipa, während sie sich immer noch damit abmühte, den Fuß zwischen den Speichen hervorzuziehen. Rosa griff sie um die Mitte und stützte sie, damit sie nicht hinfiel.

»Hörst du denn nie zu, wenn Lilja etwas erzählt? Ein Wagenrad klemmt im Hintereingang, und ich wette, vorne steckt auch eins. Wir haben es nur nicht gesehen, weil wir nicht nah genug herangegangen sind. Ein Wagenrad, Pipa! Damit sperrt man den Pug ein, damit er nicht hinauskann, wenn man ... wenn man ...« Sie stockte und schluckte schwer. »Wenn man das Haus anzündet.«

»Aber ...« Pipa hörte auf, an ihrem Fuß zu zerren, und drehte den Kopf zu ihrer Schwester. »Wer würde das denn tun? Sein eigenes Haus anstecken?«

»Jemand, der verzweifelt genug ist.« Rosa bückte sich und zog heftig an dem Wagenrad. »Jemand, der unbedingt fort will und Angst hat, dass etwas aus dem alten Haus ihn verfolgt, wohin er auch zieht. Der Pug, Pipa, verstehst du nicht?«

Sie zerrte, und die Speichen knirschten. Das Geräusch jagte Mina Schauer über die Haut. Der Brandgeruch schien schärfer zu werden.

»Die Hausmenschen«, sagte Rosa, leiser jetzt und drängend, »wissen oft nicht, was sie tun. Sie nehmen die nützlichen Dinge an, ohne sie zu verstehen, und wenn sich etwas zum Schlechten verändert, werden sie wütend und ängstlich. Sie tun nicht, was man tun müsste. Sie wollen nicht besänftigen. Sie wollen beherrschen. Aber ein Pug ...« Ihre Stimme wurde noch leiser. »Ein Pug lässt sich nicht beherrschen. So wenig wie das Wetter. Er ist da, ob es den Menschen gefällt oder nicht, und wenn man ihn schlecht behandelt, kann er sehr zornig werden. Sehr, sehr zornig.«

Wieder purzelten Möbelstücke in Minas Kopf durcheinander, gackerten Hennen mitten in der Nacht aufgeregt im Hühnerstall. Die Stille hinter dem Knacken des Holzes schien tiefer zu werden. Wie ein schwarzer Tümpel, der nachts auf einen einzigen falschen Tritt lauert ...

»So zornig«, wisperte Rosa, »dass es sich besser anfühlen kann, alles zu verlieren, was man hat, wenn man damit nur ihn auch verliert.«

Mit einem knarzenden Ruck kam Pipas Fuß endlich frei. Sie und Rosa stolperten, hielten sich aneinander fest.

»Aber dann«, sagte Pipa atemlos, »dann ist er tot, oder nicht? Nicht, Rosa?«

»Nein«, sagte Rosa und drängte sie die Stufen hinunter, auf den Garten zu.

Nein, dachte Mina beklommen. Nein, er ist nicht tot. Das ist es, was die Nixe gemeint hat. Das Haus steht noch; sie haben es schlecht gemacht, wer auch immer es war, der seinen Herdgeist mit Flammen überziehen wollte. Es steht noch, und jetzt ... jetzt ist es sein Haus. Sein Haus allein. Ob er es will oder nicht. Eingesperrt zwischen den Wagenrädern, im Rauchgestank, zwischen verfallenen Wänden. Sein Haus. Für immer.

»Mina, komm endlich!«

Erst als sie das scharfe Drängen in Rosas Stimme hörte, merkte Mina, dass sie immer noch im Hintereingang stand. Ihre Hand lag auf dem Türrahmen.

»Aber die Zinken!«, jammerte Pipa. »Die Zinken sagen ...«

Ja, dachte Mina und sah auf ihre Hand, die sich keinen Zentimeter bewegte. Die Zinken sagen, Tater sind dem Haus willkommen. Und vielleicht, wenn sie so lange dort unentdeckt gestanden haben ... Vielleicht muss das Haus sich dann daran halten? Das Haus und alles, was darin ist?

Der Gedanke fühlte sich seltsam richtig an. Aber Rosas Stimme wurde jetzt schrill, und sie schrie beinahe:

»Vergesst die Zinken, Mina, komm da weg! Ganz gleich, was sie sagen, du bist keine Taterin, und er weiß es! Er weiß es, Mina!«

Ein Kältestoß fuhr durch Minas Körper. Sie riss die Hand vom Holz, Splitter fuhren ihr unter die Haut. Im selben Moment packte etwas von hinten ihren langen Rock.

»Mina!«, kreischte Pipa. »Ich kann ihn sehen, Mina! Lauf! Lauf!«

Minas Lippen wurden taub vor Angst. Sie warf sich nach vorn, achtete nicht darauf, wohin sie fallen würde. Der modernde Holzboden flog auf ihr Gesicht zu; als sie aufschlug, gab es einen heftigen Ruck, der Stoff ihres Kleides jammerte knirschend auf, und mit einer einzigen, mächtigen Bewegung wurde sie nach hinten ins Dunkle gerissen.

Die Stille zerbarst in tausend Splitter von entsetzlichem, ohrenbetäubendem Lärm. Pipas und Rosas Schreie stachen spitz daraus hervor, Mina hörte sie noch, während sie auf dem Bauch in den beißenden Rauchgestank gezerrt wurde. Schatten bewegten sich um sie her, über ihr, prallten krachend gegen Wände, schlugen Putzstücke auf sie herunter. Sie krallte sich in den brüchigen Boden, klammerte die Finger in schneidende Spalten; schrie lautlos auf vor Schmerz, als der unerbittliche Zug sie wieder herausriss. Etwas landete hart und schwer auf ihrem Rücken. Sie versuchte, sich herumzuwerfen, Kanten bohrten sich in ihre Rippen, als das Ding von ihr herunterpolterte. Fassungslos sah sie im Licht vom Eingang, dass es ein verkohlter Stuhl mit gebrochenen Beinen war.

Ihre Hüfte schrapte an einem Durchgang entlang, wieder versuchte sie, Halt zu finden. Im letzten Moment sah sie den breiten, schwarzen Schemen, der aus dem Nichts auf sie zu schwang, und zog die Finger vor der Tür zurück, die krachend zuschlug.

Der Lärm umtoste sie. Verzweifelt strampelte sie mit den Beinen, trat um sich, ohne etwas zu treffen. Der rasende Zug ließ sie nicht los. Wie Blitze zischten hellere Fensteröffnungen vorbei, weit, viel zu weit entfernt; irgendwo in der namenlosen Furcht verstand sie, dass sie durch den Flur geschleift wurde. Überall polternde, tanzende Schemen, Krachen und Bersten von Holz, von Steinen. Der Rauchgeruch bohrte sich in ihren Kopf, nahm ihr die Luft. Und noch immer wurde sie weitergezogen.

Sie keuchte, der Hals brennend von unhörbaren Schreien. Es war keine Kraft mehr in ihren Armen, ihren Beinen. Trotzdem versuchte sie wieder, sich herumzudrehen, verwickelte sich in ihr Kleid, spürte die Kordel des Bündels auf ihrem Rücken sich spannen und reißen. Die Spieluhr! Der Gedanke gleißte durch den Lärm und die Angst. Die Spieluhr! Sie durfte sie nicht verlieren!

Eine leere Türöffnung sauste vorbei, im letzten Moment

warf Mina die Arme zur Seite und klemmte sich mit den Ellenbogen darin fest. Es fühlte sich an, als würde sie mittendurch gerissen. Ihr Kleid kreischte auf, schrill wie eine Katze; dann gab der entsetzliche Zug sie plötzlich frei, und sie warf sich herum und umklammerte das Bündel mit beiden Armen.

Eine Stimme sprach aus dem Tosen und Poltern zu ihr; eine Stimme, so brüchig wie das Holz, so kalt wie die Steine und so alt wie der Mond. Sie verstand die Worte nicht; es konnte keine menschliche Sprache sein, so zischend und fauchend, so knarrend und knackend waren die Laute. Aber was sie sagte, brauchte keine Worte. Mina drückte sich an die Wand und kauerte sich so eng wie möglich zusammen, das Bündel an der Brust geborgen.

Hass. Hass auf das Menschending, den Eindringling, den Störenfried. Hass auf den Geruch ihrer Haut, das Geräusch ihres Atems. Hass auf das Menschenblut, das in ihren Adern wild pochte, Hass auf die Menschenblicke, die sie in die Dunkelheit warf, die alles beschmutzten, verseuchten, vergifteten. Hass.

In ihren Gedanken schrie und bettelte Mina lautlos. Ich gehe, sofort, wenn du mich nur lässt! Wenn du mich nur wieder aus diesem furchtbaren Haus entkommen lässt, diesem irrsinnigen Toben! Wenn du mich am Leben lässt!

Aber der Hass hatte keine Ohren für ihr Flehen. Etwas, das wie eine halbverbrannte Kommode aussah, mit einem einzigen, zierlich geschwungenen Bein, das bizarr hervorragte, krachte dicht neben ihr gegen die Wand, Splitter und Putz zerkratzten ihr das Gesicht. Noch ein Stuhl, der im Zimmer dort vorne durch die Luft flog, leuchtend weiß angestrahlt in dem Moment, als er am steinernen Fensterkreuz zerbrach. Teile von Regalbrettern, von der Hitze verkrümmt und verbogen, die unter der Zimmerdecke im Kreis wirbelten, bevor sie herausschossen, eines nach dem anderen, und Mina schlug beide Arme vor den Kopf, als sie über ihr gegen die Wand polterten.

Sie musste versuchen, den Ausgang zu erreichen. Irgendeinen. Auf den Knien rutschte sie an der Wand entlang, ein winziges Stückchen nach dem anderen. Es klirrte und rasselte in der Luft, als ein Schwarm von glitzernden, länglichen Dingen den Flur hinaufsirrte; Mina stockte der Atem, als fingerlange eiserne Nägel sich dicht vor ihren Knien in den Boden bohrten. In ihrem Inneren wimmerte sie.

Die andere Richtung, den anderen Weg. Mühsam kroch sie wieder zurück, duckte sich unter fliegenden Möbelteilen, hustete, keuchte. Am anderen Ende des Flurs musste die Vordertür sein, oder nicht? Aber da hinunter hatte es sie doch zerren wollen, eben noch ...

Sie kroch weiter, ihr blieb keine Wahl. Aus dem Finstern traf etwas sie seitlich am Kopf, auf dem Wangenknochen, und die Haut platzte auf. Als es zu Boden polterte, sah sie, dass es eine Türklinke war, vom Feuer in eine verdrehte Form geschmolzen. Die Wunde pochte und brannte.

Mina biss die Zähne aufeinander und schob sich weiter durch den Flur. Rechts eine neue Türöffnung, wirbelnde Schatten dahinter. Sie krümmte sich noch kleiner zusammen und kroch daran vorbei, so leise sie konnte. Links ein verkanteter, riesiger Schatten, der halb den Flur versperrte; sie hielt den Atem an, als sie sich an dem vorbeischob, was ein Schrank gewesen sein musste. Ein Zittern schien durch das verkohlte Holz zu laufen. Es knarrte, als sie eine Kante versehentlich mit dem bloßen Arm streifte. Mina machte sich noch schmaler.

Krabbel nur, krabbel nur, hässliches Menschengezücht! Es wird dir nichts nützen. Dies ist mein Haus, mein Haus! Ich finde dich, wo du dich auch versteckst.

Der Schrank ruckte einmal, dann war sie daran vorbei, und er blieb liegen wie ein erschöpftes Tier. Salziger Schweiß rann Mina in die Augen. Sie presste das Bündel mit der Spieluhr noch fester an sich.

Eine neue Türöffnung kam langsam in Sicht, nach links, wo die Vorderseite des Hauses sein musste. Sie schien schmaler und niedriger zu sein als die anderen. Keine bewegten Schatten malten sich dort auf den Boden, und Mina kam es so vor, als ob es dort stiller wäre. Vorsichtig kroch sie darauf zu.

Es war nicht mehr als eine Kammer, ein alter Abstellraum vielleicht. Die gesprungenen Fliesen glänzten im Mondlicht, das durch ein einziges schmales Fenster fiel. Erleichtert sah Mina, dass es hier keine Möbel gab, nicht einmal Reste von ihnen. Während hinter ihr schwere Gegenstände gegen die Wände schlugen, regte sich dort nichts, nicht einmal der Staub.

Dicht unter dem Fenster lag etwas, das sie zuerst für einen tieferen Schatten hielt. Aber es warf Falten, und als sie näher an der Türöffnung war, sah sie, dass es weich sein musste wie Stoff; wie eine Decke, die jemand schlecht zusammengefaltet hatte. Und davor, in der Mitte des Raums – dort war noch etwas anderes, Kleines. So zart, dass es fast keine Schatten warf.

Mina sog die beißende Luft ein, hustete, verschluckte sich.

Es war ein Vogelgerippe.

Der kleine weiße Schädel lag seitlich, die schmalen Flügel ausgebreitet. Helle, lose Federn glänzten schwach zwischen den winzigen Knochen. Als wollte sich ein Vogelgeist jeden Moment in die Luft erheben. Minas Lippen begannen zu zittern. Bilder rauschten in der Dunkelheit an ihren Augen vorbei, leuchtendes Gelb und stumpfes Braun. Wie von selbst krochen ihre Knie auf das Skelett zu.

Da waren noch andere Dinge in der Nähe. Sie waren so klein, dass Mina sie erst wirklich wahrnahm, als eines von ihnen unter ihrer Hand ein leises, zirpendes Knirschen von sich gab und sie zusammenzuckte. Ein Steinchen, ein Flusskiesel, rund gewaschen. Dahinter noch eins, und noch eins dort drüben. Waren es Gräser, die dazwischenlagen, vom Luftzug durcheinandergebracht? Gräser, oder Wiesenblumen an langen Stängeln ... Und die losen Federn, so sorgsam zwischen den kahlen Flügelknochen angeordnet, kürzere, längere, breitere, schmale – sie stammten nicht von einem einzigen Tier.

Jemand hatte dem toten Vogel Geschenke gebracht.

In all dem schrecklichen Lärm, in all der Angst, die in ihr raste, fühlte Mina, dass ihre Augen feucht wurden. Eine erste Träne lief ihr über die Wange, brannte in der Wunde, die die Türklinke geschlagen hatte.

Als sie lautlos auf den Fliesenboden fiel, verstummte das Haus. Irgendwo polterte noch etwas zu Boden, Putz rieselte raschelnd; dann summte nur noch die Stille in den Wänden, und Mina und das Haus holten gemeinsam zitternd Luft.

»Fasss nich aan«, kam es von irgendwoher, und Mina zog

rasch die Hand zurück, die sie nach dem armseligen Vogelkörper ausgestreckt hatte. »Fasss nich aan ...«
Hinter ihr im Flur knarrten die überanstrengten Dielen. Mina drehte sich nicht um.
»Guckk, guckk, Gevvatter ...«
Die Stimme war tief und brüchig, und Mina erkannte sie mit einem Schaudern. Jetzt hat er mich, fuhr es ihr durch den Kopf, aber der Gedanke war schwach und merkwürdig unaufgeregt unter dem Weh, das sie fühlte, wenn sie den toten Vogel ansah. Dass sie immer so daliegen mussten, so ohne jede Hoffnung ...
Sie krümmte sich wieder über ihrem Bündel zusammen, wartete, bebte. Eine neue Träne tropfte in einen Fliesensprung.
»Guckk, guckk nurr ...«
Es war ein Finger, der sich auf dem Boden in ihr Blickfeld stahl. Ein dunkler, krummer Finger, klein wie von einer Kinderhand. Er schob sich auf dem Sprung entlang und berührte die Träne, die immer noch dort lag, schimmernd, wie ein gefrorener Tautropfen.
»Guckk ...«
Nun sah Mina die ganze Hand. Sie zitterte leicht, während sie sich bewegte, wie bei einem sehr alten Menschen. Und trotzdem berührte sie die Träne so leicht, dass sie nicht zerplatzte, als sie auf die runzlige Handfläche rollte.
Minas Kopf dröhnte in der plötzlichen Lautlosigkeit. Sie saß so still, wie sie nur konnte.
Ein Arm tauchte langsam auf, ein nackter, kohlschwarzer Arm, als die Hand weiter über die Fliesen strich, dorthin, wo die erste Träne gefallen war. Und auch sie lag immer noch in einer Fuge, rund und unversehrt.

Minas Augen weiteten sich.

Das Knarren und Zischen der Stimme verstummte, aber in ihrem Kopf hörte Mina sie weiter. Es waren keine menschlichen Worte mehr; sie hätten nicht ausgereicht für das, was gesagt wurde. Staunen, das die scharfen Spitzen des Hasses zudeckte wie Schnee einen eisernen Zaun. Kummer, der darunterfloss, endlos und kalt wie der Fluss. Mit den unhörbaren Lauten strömte er in Minas Seele.

Die dritte Träne rollte über ihre Wange nach unten. Bevor sie auf den Boden traf, fing Mina sie auf. Sie hielt es einen Augenblick, das runde Schimmern, das nicht in den Falten ihrer Hand zerlief; meinte sogar, etwas wie eine glasfeine Haut zu spüren, die das Gebilde umgab.

Die brüchige Stimme flüsterte in ihrem Kopf.

Man kann den Pug verkaufen nur um einen geringeren Preis, als man selbst für ihn bezahlt hat ...

Und wenn man nichts bezahlt hatte? Und wenn es keinen Käufer gab?

Sie ließ die Hand sinken, bis der Rücken die kühlen, staubigen Fliesen berührte. Die Träne lag ganz still. Sie bewegte sich erst ein wenig, als Mina langsam nickte.

Was war weniger als nichts, und gleichzeitig wertvoll genug, um ein Leben voller Schmerz aufzuwiegen?

Der krumme, runzlige Finger berührte ihre Haut, so leicht, dass sie nicht hätte sagen können, ob er warm oder kalt war, spröde oder weich. Sie atmete tief ein, als sie die Hand vorsichtig drehte. Die Träne rollte in die dunkle, offene Handfläche, zu den anderen beiden, und als sie aufeinandertrafen, hörte Mina ein schwaches Klingeln, wie von gläsernen Glöckchen.

Die Feuchtigkeit in ihren Augen trocknete. Ihre Gesichtszüge wurden starr. Ein Schluchzen, das noch in ihrer Kehle steckte, zerfaserte und wehte lautlos davon. Sie fühlte keinen Schmerz.

Diese Dinge haben immer einen Preis.

Mina schluckte trocken.

Die drei Tränen ruhten immer noch regungslos in der runzligen Handfläche.

»Guckk ... guckk ...«, sagte die tiefe Stimme, so dicht bei ihr, dass die Silben sie mit einem Atemhauch streiften, und so leise, dass die Worte nicht viel mehr waren als nur dieser Hauch.

Wieder musste sie nicken.

Die krummen Finger schlossen sich langsam über den Tränentropfen. Als das sanfte Schimmern ganz verschwunden war, polterte etwas draußen, zweimal, und Mina zuckte zusammen.

Die Wagenräder ...

Das beißende Dunkel im Raum schien sich ein wenig zu lichten. Mehr geschah nicht.

Auf dem Fliesenboden vor ihr wurde die kleine, verkohlte Hand Stück für Stück zurückgezogen. Erst als sie schon beinahe außer Sicht war, stieß etwas Minas erstarrte Gedanken an.

Hastig zog sie ihr Bündel auf. Die Hand auf den Fliesen verharrte. Da war die Spieluhr, und die geheime Schublade öffnete sich knirschend, wie beim letzten Mal, auch ohne Haarnadel. Mina holte das Medaillon heraus und hielt es an seiner feinen Kette in die Luft neben sich, ohne hinzusehen.

Es dauerte zwei, drei Augenblicke; dann spürte sie einen

sachten Zug an der Kette. Die tiefe Stimme schwieg, und auch in ihrem Kopf hörte Mina nicht einmal ein Wispern. Aber es war ein aufmerksames Schweigen.

Nach einer Weile schwang das Medaillon zurück, pendelte an ihrer ausgestreckten Hand hin und her. Noch immer hörte sie nichts, keine Antwort, nicht das leiseste Geräusch. Unsicher hielt sie die Kette weiter fest.

Dann streifte sie ein zartes Rascheln, und etwas Helles bewegte sich vor ihrer Brust. Als sie hinsah, war ihr eine lange, geschwungene Feder in den Schoß geweht; so hell, dass sie beinahe farblos wirkte.

Eine Schwanenfeder.

Bevor Mina überrascht aufblicken konnte, hörte sie das seidige Geräusch ein zweites Mal, und etwas sehr Glattes, Kühles strich über ihre Augenlider, die sich unwillkürlich schlossen. Es bewegte sich hin und her, hin und her, wie das Medaillon, das immer noch an seiner Kette schwang. Und langsam, unscharf zuerst, dann immer klarer und deutlicher, entstand etwas unter der streichelnden Berührung.

Es war nicht wirklich ein Bild und nicht wirklich ein Ton. Es war Gefühl und gleichzeitig Erinnerung, aber fremd und unvertraut. Da war der Fluss, oder das Gefühl des Flusses; sein Plätschern, sein leichter Geruch nach nassen Steinen. Draußen, vor dem Haus, aus dessen leeren Fenstern sie hinaus zu sehen oder zu fühlen schien, obwohl ihre Augen geschlossen waren. Aber unter dem Funkeln des Wassers lagen keine Kiesel, kein Schlamm. Es waren Steine, ja, so viel spürte sie; Steine, eng aneinandergefügt, statt spielerisch verstreut, glatt und eben, und das war das Eigenartigste: Sie schienen nicht feucht zu sein. Im Gegenteil, es war etwas an ihnen, das an Staub erinnerte. Staub, wie er sich im Hochsommer auf Landstraßen sammelt.

Mina schauderte, als dunkel über den Steinen Wagenräder vor ihr auftauchten, aber es waren vier, nicht zwei. Sie schienen sich im Wasser zu drehen, ohne dass ein einziger Tropfen von ihren mächtigen Speichen fiel. Hartes, gebogenes Holz und Eisen, rollend, knirschend wie auf einer staubigen Straße, und unter dem Knirschen, fast nicht zu hören ... Kinderstimmen.

Einen kurzen Moment hörte sie sie deutlich, bevor die rollenden Wagenräder sie mit sich fortnahmen. Aber selbst wenn sie nicht mehr als ein Flüstern gewesen wären – sie hätte sie erkannt. Ja, sie erkannte sie.

Aber dieses Mal lachten sie nicht.

Es krachte, das Medaillon schlug hart auf den Boden. Die zweite Schwanenfeder segelte von Minas Gesicht herab in ihren Schoß. Sie spürte, wie die unsichtbare Gegenwart hinter ihr den Raum verließ.

Mit trockenen Augen saß Mina da, streichelte die beiden Federn. Ihre knisternde Weichheit war so tröstlich wie eine freundliche Berührung. Zeit strich vorbei und verstreute im Vorübergehen eine neue, haarfeine Schicht von Staub in den Räumen.

Als es ihr endlich gelang, die Finger zu lösen, ihre Habseligkeiten wieder im Bündel zu verstauen und aufzustehen, fühlten ihre Bewegungen sich so mühselig und schwer an wie bei einer alten Frau. Über dem kleinen toten Vogel bückte sie sich und legte beide Federn wieder dorthin zurück, wo sie fehlten – an die äußersten Spitzen der Flügel, zum Schwungholen, zum Abstoßen von schwarzer

Erde und beißendem Staub, ins klare, stille Mondlicht hinauf ...

Im Flur lag der große Schrank reglos auf dem Rücken. Sie stieg behutsam an ihm vorbei, fand den Vordereingang nur ein paar Schritte weiter; das Wagenrad, das ihn versperrt hatte, war umgestürzt und lag schon halb draußen auf den brüchigen Treppenstufen. Mit dem Fuß gab sie ihm einen kräftigen Stoß, obwohl sie wusste, dass es eigentlich überflüssig war; das widerstrebende Rumpeln, mit dem es die Stufen hinunterrutschte, verschaffte ihr eine grimmige Befriedigung.

Auf dem Weg zurück durch den Flur sah sie keine einzige Bewegung außer den schwingenden Fetzen ihres Rocks. An der Hintertür trat sie gegen das zweite Wagenrad, so heftig, dass eine morsche Speiche zerbrach und es über die Kante der Veranda kippte, hinunter in den verdorrten Garten.

Das Poltern, mit dem das Rad aufschlug, ging unter in wildem, zweistimmigem Geschrei, und bevor Mina ganz unter dem dunklen Türsturz hindurchgetreten war, umfingen sie schon Arme, weiche Haut schmiegte sich an ihre, Haare wischten über ihr Gesicht.

»Sie ist zurück, sie ist zurück!«, schrie Pipa in Minas Ohr, und Rosa stammelte:

»Mina ... ach, Mina ... Er wollte uns nicht hineinlassen, um dir zu helfen.«

Sie ließ sich halten, ließ sich in den Garten führen, so vorsichtig, als wäre sie schwer krank; ihr Körper trank die Wärme, die von den Tatermädchen ausging, und das weiße, reine Licht, das der Mond über ihnen ausgoss. Alles in ihr sehnte sich danach, sich fallenzulassen, umfangen zu werden, behütet, beschützt. Aber selbst Liljas starke Hände hätten diese Starrheit nicht aus ihrem Gesicht streicheln können, und auch Nads Umarmung hätte nicht für sie tragen können, was sie zu tragen hatte.

Außerdem spürte sie unter all der Erschöpfung, unter dem Schmerz, der jetzt heftig in ihrer Wange pochte, deutlich ein Gefühl von Dringlichkeit. Sie hätte nicht genau sagen können, woher es kam. Erst als sie das Medaillon noch einmal aus dem Bündel zog und Rosa und Pipa verstummten, wurde es ihr bewusst. Das, was sie schon einmal glaubte wahrgenommen zu haben, war unter dem hellen Mondlicht klar und eindeutig: die beiden kleinen Photographien waren dabei zu verblassen. So sehr schon, dass Mina das nachdenkliche Lächeln kaum noch ausmachen konnte und die zwei Augenpaare dunkel wie Kohlenstücke aus den weißen Gesichtern hervorstachen.

Rosa und Pipa sahen es auch.

»Es ist«, sagte Rosa, als Mina das Medaillon wieder zuklappte, »wie eine Krankheit. So, wie es auch mit Karol ist. Die Tage vergehen, und er wird schwächer und schwächer. Mit ihnen scheint es auch so zu sein. Wir haben nicht mehr viel Zeit, Mina.«

Wie wohl es tat, dieses Wir, und wie viel wohler noch, dass auch Pipa dazu nickte.

Mina sah an sich herunter. Das Kleid hing in Fetzen, nur die Flicken hielten es noch zusammen. Sie bückte sich und riss eine lange Rüsche ab. Darunter sah es noch schlimmer aus. Die gräsernen Schnürsenkel hatten gehalten, aber das Leder der Stiefel war eingerissen und zerschrammt, und der linke Absatz hing nur noch an einem einzigen schmalen Nagel.

Mina blickte wieder zu den Tatermädchen auf.

»Was ist«, fragte Pipa, »du willst doch nicht etwa ...«

Es war nicht klug. Es war nicht vernünftig. Aber es war, was sie wollte.

Auf einem Bein balancierend, zerrte Mina sich die Stiefel von den Füßen und die schmutzigen, zerrissenen Strümpfe gleich dazu. Ihre Zehen wühlten sich in die Erde, zum ersten Mal fühlte sie, wie weich sie war unter der harten, verdorrten Kruste. Sie rollte die Strümpfe zusammen und steckte sie ordentlich in die Stiefelschäfte. Dann stellte sie beide Stiefel nebeneinander auf, dicht bei der Veranda. Vielleicht würde eine Maus sie finden und ein Nest darin bauen. Vielleicht würde ein Igel Unterschlupf suchen, viel besser als in einem Laubhaufen. Vielleicht würde auch, in einer stillen Nacht, ein vager Schemen aus dem Haus kommen, nicht größer als ein Kind.

»Er ist noch da«, sagte Rosa und blickte wie Mina zur verfallenen Veranda. Hinter den Fensterhöhlen regte sich nichts. »Er ist da, und er sieht uns zu.«

»Fürchtet er sich herauszukommen, nach so langer Zeit?«, fragte Pipa.

Mina schüttelte den Kopf. Nein, so fühlte es sich nicht an.

»Ich glaube eher«, sagte Rosa und lachte, so leise wie ein

kleiner Vogel, »er wartet darauf, dass wir endlich gehen, damit er anfangen kann, den Garten aufzuräumen.«

»Vielleicht«, sagte Pipa. »Aber, gehen ... Wissen wir denn, wohin, Mina?«

Mina antwortete nicht. Sie sah zum Fluss, milchweiß und wirklich. So wirklich, wie ein Fluss nur sein konnte. Sie hörte das Wasser rinnen, sie roch seinen Geruch. Es war nicht möglich, dass er verschwinden könnte, nur weil ein kleines Mädchen daran dachte, dass sie Straßensteine in ihm gesehen hatte durch die Augen eines Pugs. Und doch ...

Sie musste es versuchen. Es gab keinen anderen Weg.

Mina kniff die Augen zu, so fest, dass ihre Lider schmerzten.

»Was machst du?«, fragte Pipa; sie klang unruhig.

»Lass«, sagte Rosa, »lass, du störst sie nur.«

»Aber ich will gar nicht ...«

Nein, dachte Mina und kniff die Augen noch fester zusammen, nein, ich will es auch nicht. Aber ich muss die Straße finden, Pipa. Und im Wald gibt es solche Straßen nicht. Solche Straßen, auf denen Fuhrwerke rollen; die zu wohlhabenden Dörfern führen oder sogar in eine Stadt. Wo die Luft immer staubig schmeckt, selbst wenn es regnet, wo die Steine sich unter den Sohlen reiben. Wo es keinen Schutz im Schatten gibt. Solche Straßen ...

Sie hörte Pipas kleinen Aufschrei, Rosas hastiges Einatmen. Erst dann öffnete sie vorsichtig die Augen.

Einen langen Moment glaubte sie, versagt zu haben. Es sah aus, als wäre der Fluss über die Ufer getreten durch das, was auch immer sie falsch gemacht hatte; so breit schimmerte der Mond jetzt auf ihm. Aber er lag starr da, wie auf einer Photographie, und nach dem zweiten, dritten Blinzeln verstand Mina, dass die Straße fast doppelt so breit war wie der Fluss, und dass es Pflastersteine waren, die so reglos im tanzenden Licht verharrten.

Sie wusste nicht, ob sie erleichtert sein sollte, stolz vielleicht sogar. Es fühlte sich nicht danach an. Als sie sich umsah, fiel ihr Blick auf das schlafende Land; keine Zweige, in denen er sich verfangen konnte, keine Blätter, die ihn trugen. Nur Felder, die wisperten, als ob sie Geheimnisse hätten und sich doch nicht mehr erzählten als vom Wind und vom Regen und vom gefräßigen Käfer.

Das Haus war noch da, so schäbig und verfallen wie zuvor. Ein schwacher Hauch von Nebel hielt sich noch an seinen Kanten fest, während die Luft überall sonst klar und kalt geworden war. Wie seltsam, es an seinem Platz zu sehen; als wäre es richtiger gewesen, wenn es mit dem Alten Wald im Nichts verschwunden wäre. War er noch darin, der kleine, alte, runzlige Pug, beobachtete er sie noch aus den zerbrochenen Fenstern? Sie wusste es nicht. Aber irgendwo in einem stillen Winkel fühlte es sich so an, als könnte er es sein.

Der Gedanke erleichterte sie auf eine Art, die sie nicht verstand.

»Ach«, sagte Pipa maulend, wie Mina sie so oft gehört hatte, und auch das beruhigte sie irgendwie, »ich wäre lieber im Wald geblieben.«

Rosa schubste sie sanft.

»Jetzt bist du aber auf der Straße, Pipadscha. Und was macht es schon für einen Unterschied, außer dass uns morgen schön warm werden wird, wenn die Sonne herauskommt? Auf der Wanderschaft sind wir immer, so oder so. Wie es sich gehört.«

Sie klang fast wie Mamsell, und Mina spürte das Ziehen in ihren Mundwinkeln.

Rosa nahm sie beide bei der Hand.

»Also«, sagte sie entschieden, »dann gehen wir.«

Und das taten sie.

Vielleicht, dachte Mina irgendwo auf dem Weg, vielleicht sind die Menschen wirklich dazu bestimmt, zu laufen, zu wandern, von einem Ort zum nächsten. Vielleicht sind sie wie Rehe oder wie Zugvögel, und ihr Herz ist gar nicht gemacht dazu, an einem Platz ihr Leben lang zu bleiben. Es fühlt sich so an, in den Beinen, wenn man läuft, als ob sie nichts lieber täten. Selbst wenn die Straße viel härter ist als das weiche Moos, selbst wenn nackte Sohlen schneller brennen als solche in guten Stiefeln. Nach jedem Blinzeln ein neuer Blick. Hinter jeder Biegung ein neuer Duft. Und bei jedem Schritt wächst die Sehnsucht nach dem nächsten. Auch wenn es so ungewiss ist wie jetzt, was am Ende des Weges stehen wird.

Es tat ihr leid, den Mond nach und nach verblassen zu sehen, und sie verstand die Worte der Nixe noch weniger als zuvor. Der Mond hatte sie begleitet. Der Mond hatte ihr den Weg gewiesen und sie am Ende wieder empfangen, als sie aus den Schatten zurückgekehrt war. Nichts an ihm bedeutete Gefahr. Sein Licht hatte sie behütet wie Liljas kleine Lampe.

Die klaren Linien, die es der Landschaft schenkte, silbern, weiß und schwarz, verwischten mit den Stunden mehr und mehr; was blieb, war Grau, reizlos, unentschlossen. Die stumpfe, triste Farbe machte es nicht leichter, sich vorzustellen, wohin die Straße vom Pug-Haus sie führen würde.

Rosa und Pipa rätselten gemeinsam darüber. Mina hörte sie hinter sich, das halblaute, vertraute Plaudern zwischen Schwestern; und so froh sie war, die beiden bei sich zu wissen, gab es ihr doch kleine, nadelfeine Stiche in die Brust, wenn sie zu sehr darauf achtete. Sie hatte nicht versucht, ihnen zu sagen, was im Pug-Haus geschehen war. War den fragenden Blicken, die sie ab und an streiften, mit einem Nicken begegnet, was fast so gut wie ein beruhigendes Lächeln war; hatte erleichtert gespürt, wie die forschende Unruhe langsam nachließ. Besser war es, wenn sie sich vorstellten, sie wäre dieses Mal ungeschoren davongekommen. Besser, als hilflos vor dem Mitleid zu stehen und nicht erklären zu können, wie eingesperrt sie sich in sich selbst fühlte, wenn sie die beiden miteinander reden und lachen hörte.

Sie trug das Bündel jetzt vor der Brust, auch wenn es merkwürdig aussehen musste. So konnte sie durch den weichen Stoff nach der Spieluhr tasten, dem Medaillon, das still und wissend zwischen ihren Habseligkeiten ruhte. Jedes Mal, wenn sie meinte, es durch Stoff und Holz hindurch zu spüren, wich die Einsamkeit um eine Winzigkeit von ihr zurück, und sie beschleunigte ihre Schritte. Es gab ein Ziel, auch wenn sie nicht wusste, wie es aussah. Ein Ziel, das sie erreichen musste, und wenn sie es erreichte ... Sie hatte keine Vorstellung davon, was dann geschehen würde. Nur ein warmes, vages Gefühl, das zu sagen schien, alles würde am Ende des Weges irgendwie in Ordnung kommen. War es nicht auch in den Geschichten so?

Seltsamerweise sah sie sich im glücklichen Ausgang bei den Tatern sitzen, lachend und scherzend, oh, wie laut lachend und wie fröhlich scherzend! – und nicht zu Hause auf dem Gut. Das breite Haus schien ihr so weit entfernt wie in einem anderen Land. Sie fühlte sich schuldbewusst, als sie es merkte, versuchte, an die Eltern zu denken, sich daran zu erinnern, wie sie sich sorgen mussten. Wie sie bangten und hofften. Hofften, genau wie sie selbst, dass alles doch noch, irgendwie, ein gutes Ende finden würde. Aber die freundlichen braunen Tatergesichter schoben sich immer wieder dazwischen, die bunten Kleider, das Lachen, das Streicheln. Und anstatt an zu Hause zu denken, fragte sie sich, wo sie waren, Lilja, Nad und die anderen, was sie taten und ob sie sich vielleicht auch Sorgen um die drei Mädchen machten. Erst als ihre Gedanken Viorel streiften und der nachtschwarze Streit zwischen ihm und Rosa wieder in ihr auftauchte, zwang sie sich, alle Gedanken beiseitezuschieben und nur noch auf die Straße zu sehen.

Vor ihren Füßen wurden die Steine langsam heller, je weiter der versteckte Morgen seine Finger ausstreckte; aber sie blieben staubig und grau, und auch in die Felder rechts und links von ihr stahl sich kaum Farbe. Als die Mädchen ein paar Augenblicke in einem der Knicks rasteten, unter verwobenen Zweigen von Sträuchern und kleinen Bäumen, sah Rosa zum Himmel und sagte nachdenklich:

»Es muss schon viel später sein, als es aussieht. Ich höre die Vögel, es ist längst Morgen. Aber die Wolken sind so dicht. Wir werden heute nicht viel von der Sonne sehen. Vielleicht gibt es wieder Regen.«

Mina streckte die Beine aus und folgte Rosas Blick. Über ihnen drängten die grauen Wolkenschafe sich aneinander, Bauch an Bauch. Und obwohl der Himmel von ihnen voll war bis zum Horizont, wirkte er leer und öde wie die Felder um sie herum. Kein Dorf war in Sicht, kein Gehöft, nicht einmal eine einzelne Scheune. Graugrün und matt das Meer der Halme, nur dort drüben, hinter einem anderen Knick, ein fahler roter Fleck, wie von einer großen Mohnblüte oder wie von Pipas Haarschleifen.

Mina fuhr sich mit den Fingern durch die eigenen, wirren Strähnen. Ein schwacher Wind bewegte die Zweige in den Knicks. Für einen Augenblick wirkte der rote Fleck sehr viel größer.

Sie kniff die Augen zusammen und sah genauer hin.

»Was ist?«, fragte Pipa und hockte sich neben sie. »Kannst du was erkennen?«

Mina war schon fast dabei, den Kopf zu schütteln. Aber ein zweiter Windhauch schob den Vorhang der Blätter fort, und sie sah mit einem Mal, dass der rote Fleck kein Fleck war, sondern eine längliche, gerade Form hatte, viel zu groß für eine Blüte – und viel zu hoch oben.

Minas Herz tat ein paar kräftige Schläge. Es war ein Hausdach.

Sie zog Pipa am Ärmel, sah zu Rosa auf, deutete.

Ein rotes Hausdach, von einem sehr großen Haus. Und es schien abseits der Straße zu liegen.

»Ich sehe es«, sagte Rosa mit zusammengezogenen Brauen, »aber ich verstehe nicht ... Es muss einen Weg geben, der dorthin führt, und wir müssen dran vorbeigekommen sein.«

»Aber es liegt nicht an der Straße«, sagte Pipa; Mina hörte deutlich, wie wenig Lust sie hatte, ein Stück des Weges zurückzugehen. »Müssen wir ihr nicht weiter folgen, bis sie uns irgendwohin führt? Was hat der Pug denn gesagt, Mina?«

»Schsch«, machte Rosa, »sei nicht dumm, Pipa«, und

Mina hob hilflos die Schultern. Pipa sah sie kurz an; dann streichelte sie über Minas Arm, ohne etwas zu antworten. Es gab nicht viel anderes zu tun, als zurückzugehen. Das Haus mit dem roten Dach war das einzige Gebäude, das sie sehen konnten. Wo auch immer die gepflasterte Straße hinführte, es schien nicht in der Nähe zu sein.

Sie gingen sehr langsam, die Augen auf den Wegrand gerichtet. Bogen Halme beiseite, Zweige von Sträuchern, die in den Knicks wuchsen. Es schien endlos zu dauern, und beinahe verstand Mina das leise Murren schon, das von Pipa kam. Aber vor ihr tauchte Rosa plötzlich in ein Gewirr von Ranken und Nesseln; wie eine unordentliche Hecke umsäumte es ein brachliegendes Feld, auf dem sich Disteln in die Höhe reckten.

Rosa gab einen leisen, überraschten Laut von sich. Als Mina neben ihr stand, sah sie unter dem Gesträuch, das Rosa offen hielt, einen Streifen Erde, auf dem das Unkraut kaum fingerhoch wuchs. An den Seiten schienen Vertiefungen zu sein, lange Rillen, jeweils eine rechts und links.

»Schaut«, sagte Rosa und deutete auf etwas zwischen den Ranken. Unter dem Graugrün der Blätter brach sich das schmutzig-weiße Licht von den Wolkenschafsbäuchen hell auf rauem Stein. Ein kleiner Felsbrocken lag dort, wie eine Markierung.

»Schaut doch«, sagte Rosa noch einmal, und als Mina sich bückte, sah sie es endlich auch, die Kerben auf der Oberfläche, die Linie, die kein Wetter in den Stein gegraben hatte: ein vollkommener Kreis, ein Mond in wolkenloser Nacht.

Sie umklammerte das Bündel vor ihrer Brust, als könnte der weiche Stoff den Herzschlag beruhigen, wenn sie es nur fest genug an sich drückte. Ihr Blick fiel von dem Felsen nach unten; sie sah die Rillen in der Erde, und jetzt war es ihr, als könnte sie fast das Knirschen hören; das Knirschen von hölzernen Wagenrädern, die über den Boden rollten.

Ohne nachzudenken, griff sie zu, zog Ranken und Zweige weg. Legte etwas mehr von dem frei, was einmal ein Weg gewesen sein musste, schmal, kaum breit genug für eine einzelne Kutsche. Als sie aufsah, stand das rote Hausdach in einer Linie mit dem Felsen.

»Mina«, die Tatermädchen waren ein, zwei Schritte zurückgetreten, anstatt mit anzufassen, und Rosas Stimme klang flach und gepresst. »Mina, ich bin nicht sicher ... Du solltest das vielleicht nicht tun.«

Verwirrt drehte Mina sich um, die Hände voller Dornen. Sie zeigte auf den Stein, strich über das runde Zeichen. Zog die Augenbrauen in die Höhe.

Rosa nickte, aber es sah nicht nach Zustimmung aus.

»Ich weiß, der Mond. Die Nixe hat gesagt, du sollst ihm folgen. Aber, Mina – erinnerst du dich nicht, was sie auch gesagt hat? Dass der Mond gefährlich ist? Er hat uns zum Pug geführt, oder nicht? Und der Pug ...«

Sie musste nicht weitersprechen, Mina schauderte bei der Erinnerung an das Toben in den finstren Räumen. Trotzdem schüttelte sie den Kopf, so heftig, dass die Wunde auf ihrer Wange wieder schmerzte. Es war nicht der Mond gewesen, der sie in die Dunkelheit gezerrt hatte.

»Mina, hör mir zu.« Rosas Blütengesicht war so ernst und starr wie unter Frost. »Ich weiß nicht, wer die Markierung hier hinterlassen hat, aber ... Der Mondzinken ist nicht unbedingt ein gutes Zeichen. Wenn es ein Vollmond ist wie hier ...« Ihre Augen waren groß und dunkel. »Dann bedeutet er, dass man besser nicht näher kommen sollte. Gefahr, Mina. Große Gefahr. Genau wie die Nixe es gesagt hat.«

Mina starrte sie an, starrte Pipa an. Das Tatermädchen wühlte mit den nackten Zehen in der Erde am Straßenrand. Es nickte zögernd.

»Rosa hat Recht, weißt du. Du bist eine Ga... Du kannst es nicht wissen, Mina. Der Vollmondzinken ist eine Warnung. Es sind vielleicht schlechte Leute in dem Haus, zu dem er gehört.«

Schlechte Leute? Mina sah wieder zu dem Dach hinüber. Es hatte nichts Bedrohliches an sich. Weshalb sollten sie sich vor seinen Bewohnern fürchten? Wenn Menschen dort lebten, dann konnte man sie fragen, nach dem Wagen vielleicht, nach den weinenden Kindern, die er am Haus des Pugs vorbeigetragen hatte. Und wenn es keine Antworten gab, wenn sie nichts fanden, was ihnen weiterhalf, dann würden sie weiterziehen. Wer sollte ihnen dabei Böses wollen?

Die Zweifel mussten sich auf ihrer Stirn malen. Rosa strich ihr über den Kopf, als wollte sie sie besänftigen, und sagte:

»Viele Menschen in den Häusern mögen uns nicht besonders. Das solltest du eigentlich wissen, Mina. Und selbst wenn du keine Taterin bist ... Glaubst du, jemand anderes wird jetzt den Unterschied noch feststellen können?«

Betroffen sah Mina an sich herunter, auf das zerrissene, geflickte Kleid, die nackten, schmutzigen Füße. Die zerzausten Haarsträhnen kitzelten sie im Nacken. Sie brauchte keinen Spiegel, um zu wissen, dass Rosa Recht hatte. Niemand würde sie so noch für ein braves Gutsmädchen halten.

Aber der Mond! Der Mond zeigte ihr den Weg ...

Pipa schob ihre kleine, warme, feste Hand in Minas.

»Ich weiß etwas«, sagte sie leise und sah dabei Rosa an. »Wir könnten uns vorsichtig anschleichen, so dass niemand uns sieht. Wir finden heraus, wer in dem Haus wohnt, und wenn sie uns gefährlich vorkommen, sind wir weg wie Rauch über dem Dach, bevor sie uns entdecken können. Ich kann leise sein«, sie kam dem Zweifel zuvor, der schon auf Rosas Lippen lag, »so leise wie du, wenn ich mir Mühe gebe, das weißt du. Und Mina auch.«

Sie drückte Minas Hand, und es stach glücklich in Minas Wangen.

Rosa legte den Kopf schief.

»Das denken wohl alle«, sagte sie, »dass sie schon herausfinden werden, ob es wirklich gefährlich ist, dass sie schnell fort sind, bevor man sie erwischt. Dafür sind die Zinken da, Pipa.« Sie seufzte. »Aber ich sehe schon, es stehen zwei gegen eine. Es ist noch nicht ganz Tag, und das Licht ist schwach. Wir wollen versuchen, wie nahe wir herankommen. Nur versuchen, hört ihr?«

Sie nickten beide, so eifrig, dass Pipa lachen musste, als sie sich dabei ansahen. Rosa stimmte nicht mit ein.

Es war leichter und schwerer, als es ausgesehen hatte. Leichter, weil die dornigen Sträucher nur die ersten Schritte auf dem verwischten Weg versperrten; ein paar Meter weiter wichen sie beiseite, als hätten sie es aufgegeben, und wenn man den Blick auf den tiefen Wagenrinnen hielt, war es einfach, dem Weg zu folgen.

Gleichzeitig waren die drei so viel sichtbarer, als sie gehofft hatten, und sie kamen so schnell voran, dass der aufziehende Morgen kaum mit ihnen Schritt halten konnte. Mina stieß beinahe mit dem tief gesenkten Kopf gegen die Mauer, die sich hinter den Bäumen des Knicks verborgen hatte; eben war er noch so weit entfernt gewesen, jetzt warf er seinen schwachen grauen Schatten über sie. Als sie aufblickte, sah sie das rote Dach riesenhaft hinter der Mauer aufragen.

Pipa stieß mit ihr zusammen.

»Nun«, sagte Rosa leise, als sie alle drei den Kopf in den Nacken legten und zur Mauerkrone aufsahen, »das ist nicht ganz so gegangen, wie wir es gedacht haben. Ich glaube, dort drüben ist das Eingangstor. Offener hätten wir nicht kommen können.«

Mina hörte kaum auf sie. Es zog sie an der hohen Steinmauer entlang, dorthin, wo sie wie Rosa den dunklen Halbkreis des Tores ahnte. Ein Haus, ein ganz gewöhnliches Haus, mit einer gewöhnlichen Mauer und einem gewöhnlichen Tor. So wirklich, so vertraut. Je näher sie ihm kam, desto mehr fühlte es sich an, als habe sie Jahre in einer verwirrenden, rätselhaften Wildnis verbracht, wo alle Antworten nur noch mehr Fragen in sich bargen. Aber dort, dort vorn, hinter dem Tor, lebten Menschen so wie sie, und der Mond hatte sie zu ihnen geführt. Es schien fast unmöglich, dass sie hier keine Antworten finden würde. Selbst wenn sie noch nicht wusste, wie sie die Fragen stellen sollte.

Sie lief beinahe auf das Tor zu, die zwei breiten, schwarzhölzernen Flügel, die zur Nacht fest verschlossen waren. Eine Klinke sah sie nicht, nur einen gedrehten Knauf aus dunklem Eisen; als sie ihn anfasste, rührte er sich nicht. Sie war so ungeduldig, dass sie daran rüttelte.

»Mina!« Rosa packte ihr Handgelenk entschieden, und

zog sie ein Stück zurück. »Willst du die Leute im Morgengrauen aus dem Bett schrecken? Was denkst du, wie ihnen das gefällt?«

Einen Moment wollte Mina sich losreißen. Aber Rosa sah sie an, nicht wütend, nicht verächtlich; nur voller Sorge in den Augen, als ob die tiefen grauen Wolken sich schwer in ihnen hin und her bewegten. Sie ließ den Arm sinken.

»Was ist das für ein Haus?«, fragte Pipa. »Sieh mal, Rosa, da oben, über der Tür. Was sind das für Bilder?«

Rosa ließ Mina los, so rasch, als wäre sie erleichtert über die Ablenkung.

»Ich weiß nicht, Pipadscha.«

Pipa hatte Recht. Als Mina nach oben sah, entdeckte sie dicht über dem gerundeten Torsturz eine Reihe von Steinbildern, einen Fries, sorgfältig gearbeitet und einen guten halben Meter hoch. Kleine Gestalten waren darauf abgebildet; Gestalten, die im Garten zu arbeiten schienen, oder auf einem Feld, die einen Spinnrocken auf dem Schoß hielten oder an einem Webstuhl saßen. Mina fühlte die Aufregung wie sprudelndes Wasser in sich aufsteigen, als sie erkannte, dass es Kinder waren.

Sie zupfte an Rosas Kleid und deutete hinauf. Aber als Rosa nickte, tat sie es sehr langsam, wie gegen ihren Willen.

»Ja, Mina, ich sehe es. Ein ...«

»Ein Waisenhaus!«, stieß Pipa plötzlich hervor, und es klang wie ein Keuchen. »Ein Waisenhaus!«

Sie wich zurück, Schritt für Schritt, ohne hinter sich zu sehen. Ihr Blick klebte starr an den Bildern. Mina versuchte, sie am Ärmel festzuhalten, aber Pipa riss sich los, ohne den Kopf zu drehen, und ging weiter rückwärts wie ein verschrecktes Pferd. Mina sah es fassungslos.

Rosa packte ihre kleine Schwester an beiden Schultern, aber Pipa zog sie einfach mit sich, vom Tor weg, Schritt um Schritt.

»Pipadscha«, wisperte Rosa, »Schwesterlein, komm, beruhig dich, beruhige dich doch.«

»Ein Waisenhaus«, stöhnte Pipa, und dann drehte sie sich plötzlich um, schüttelte Rosas Hände ab und rannte geduckt den Weg hinunter.

»Ich gehe nicht hinein«, sagte sie, als sie im Dickicht an der Straße kauerten und der gezinkte Felsen schweigend auf sie hinuntersah. »Nein, ich gehe nicht hinein.«

Sie wiederholte es noch viele Male, die Arme um die Knie geschlungen, als könnte sie das Herz in der Brust so schützen gegen das, was sie vor dem Tor gepackt hatte. Rosa streichelte ihr über den Kopf und das Gesicht, so lange, bis Pipa endlich die Nase an Rosas Hals vergrub und sich von ihr umarmen ließ. Mina hörte ihr Schluchzen, halbverschluckt.

Es gab nichts, was sie tun konnte. Selbst wenn sie wenigstens eine der tausend Fragen hätte stellen können, die in ihrem Kopf durcheinanderschossen, sie wäre nicht gehört worden. Eine Hülle aus Vertrautheit umschloss die beiden Schwestern, die sich hielten, gesponnen aus Pipas Schluchzen und Rosas Flüstern, und aus den Armen, die umeinandergeschlungen waren wie Pflanzen, die aus einer einzigen Wurzel wuchsen. Mina hatte keinen Anteil daran.

Die sprudelnde Aufregung war in sich zusammengefallen, hatte nichts hinterlassen als den schalen Geschmack, etwas Furchtbares getan zu haben, ohne zu wissen, wie es geschehen war. Mina hockte abseits und starrte aus trockenen Augen zu dem roten Dach hinüber, das auf den Bäumen saß wie eine Kappe. War es wirklich erst ein paar Atemzüge her, dass sie davor gestanden hatte? Wie nah hatte sie sich an einer Lösung gefühlt, wie sicher, als sie zu den Kinderbildern aufgesehen hatte. Von selbst tasteten ihre Finger im Bündel nach der Spieluhr. Was sie fanden, war das Medaillon, das lose zwischen den anderen Sachen lag. Auf der wilden Flucht den Weg hinunter musste sich die Schublade geöffnet haben.

Mina zog es heraus, hielt es in der flachen Hand, ohne es zu öffnen. Das kalte Metall erwärmte sich auf ihrer Haut, bis es sich anfühlte, als berührte es sie. Lange saß sie so, sah nur nach unten auf das Medaillon.

Der Verschluss der Kette war aufgegangen. Sie strich mit dem kleinen Finger darüber, einmal, zweimal. Dann nahm sie die Kette auf und legte sie sich um den Hals.

Das Medaillon hatte kaum Gewicht, als es gegen ihre Brust sank. Und doch spürte Mina es so deutlich wie einen zweiten Herzschlag. Vorsichtig schob sie es unter ihr Kleid.

»Pipa wird nicht weiter mitkommen«, sagte Rosa, und Mina nahm wie schuldbewusst die Hände herunter. Rosas Gesicht war ernst, aber ein schwaches Lächeln streifte ihre Mundwinkel wie die erste Morgensonne ein Blütenblatt. Pipa lag immer noch in ihrem Arm. Sie hatte aufgehört zu schluchzen, aber sie sah Mina nicht an.

»Hab keine Angst«, sagte Rosa, und es war nicht ganz klar, ob es Mina oder Pipa galt. »Es ist nicht so sehr schlimm. Pipa wird zu den anderen zurückgehen. Sie kann ihnen Bescheid geben, wo wir sind und das alles ganz ... ganz in Ordnung ist. Du müsstest nur den Wald für sie rufen. Damit sie sicher gehen kann.«

Das vorsichtige, schüchterne Bitten in Rosas Stimme biss Mina ins Herz. Sie nickte heftig, und noch mehr, als Pipa ihr langsam das verquollene Gesicht zuwandte. Friedlicher war es jetzt; aber die Angst krallte sich immer noch mit tausend dunklen Spinnenbeinen in ihren verweinten Augen fest.

Mina hob die Hände, was so viel bedeuten sollte wie: Jetzt? Rosa nickte und half Pipa dabei aufzustehen.

»Es tut mir leid«, murmelte das Tatermädchen. Mina hätte Pipa gern in den Arm genommen, wie Rosa es getan hatte. Aber sie wusste, dass sie es nicht konnte. Und weil sie es wusste, konnte sie es nicht.

Es gab für sie nur eins zu tun. Sie biss die Zähne aufeinander, während sie die Augen zukniff. Es durfte nicht scheitern. Nicht jetzt.

Aber der Wald kam so leicht und so bereitwillig, als habe er nur auf ihren Ruf gewartet. Der Duft von Moos und feuchter Rinde stieg ihr in die Nase, während sie noch die kratzenden Dornen an ihren Armen spürte. Sanfte grüne Wellen spülten das Grau davon, sie hörte das Rauschen in den Blättern und Rosas erleichtertes Ausatmen.

»Danke, Mina«, sagte Pipa. »Ich finde sie schnell. Und ich sage ihnen, wo ihr seid.«

Mina öffnete die Augen nicht. Die Sehnsucht, es zu tun, sich fallenzulassen in die unendliche grüne Umarmung, war so stark, dass sie es nicht wagte. Sie hielt nur still, wartete auf das Geräusch von Schritten, die sich leise entfernten. Etwas berührte sie sacht an der unverletzten Wange.

»Danke«, hauchte Pipas Stimme noch einmal, ganz nah bei ihr. »Und pass gut auf Rosa auf.«

Dann war sie fort, und Zweige knisterten.
Mina kniff die Augen noch fester zusammen. Das Geräusch wurde schwächer. Aber es verschwand nicht ganz. Ein Hauch davon blieb in der Luft haften, so sehr Mina sich auch darauf konzentrierte, die Dornen wieder zu fühlen und das kurze Unkraut unter ihren Knien.

»Es ist gut, Mina«, sagte Rosa irgendwann; sie klang verwundert. »Du hast es gut gemacht. Willst du die Augen nicht wieder aufmachen?«

Mina tat es zögernd, das Knistern der Zweige immer noch in den Ohren. Das Geräusch blieb, auch als sie die Ranken wieder sah, das Gebüsch, den Stein und den Anfang des Weges. Erst im Blinzeln verstand sie, dass es das Flüstern der Felder war, was zu ihr herüberklang.

Mina öffnete den Mund, lockerte den verkrampften Kiefer. Die Wunde in ihrer Wange pochte dumpf. Aber Rosas Lächeln empfing sie und berührte sie warm.

»Da bist du ja«, sagte Rosa. »Einen Moment dachte ich schon, du wolltest nicht wieder herauskommen aus dem Dazwischen. Aber das ist kein Ort für Menschen, nur einer für Katzen.«

Tausendschöns runder schwarzer Kopf erschien hinter Minas Stirn, ungebeten, aber wie gerufen. Er hätte vielleicht den Schrecken verhindern können, der Pipa am Tor angesprungen hatte. Hätte sich vorausschleichen können, geduckt wie ein schmaler Schatten, den Bauch fast auf dem Boden; hätte sie warnen können. Aber er war nicht da, wie Katzen nie da sind, wo man sie sich erhofft oder erwartet; nur im Unvermuteten setzen sie auf weichen Pfoten zur Landung an.

Aber sie waren ja gewarnt worden, oder nicht?

Mina fuhr mit der Hand über den Mondzinken im Stein. Er fühlte sich kalt an. Das zottige Fell der Wolkenschafe hing noch immer fast bis auf die Felder herunter, und kein Sonnenstrahl streifte den Felsen.

»Nein«, sagte Rosa, »ich behaupte nicht: Ich habe euch gewarnt. Obwohl es wahr ist. Denn ich bin trotzdem mit euch gegangen. Und ich fürchte, auch wenn es wahr ist, was der Zinken uns sagen wollte, können wir doch nicht mehr seinen Rat befolgen und einfach fortgehen.«

Sie zeigte auf die Kette des Medaillons um Minas Hals, und Mina errötete, als sie daran dachte, dass Rosa ihr heimliches, einsames Nesteln mit dem harten Metall bemerkt haben musste.

»*Sie* ... Warum sollte man sie in ein Waisenhaus gebracht haben?«, fragte Rosa, aber es war nicht wirklich eine Frage, und als Mina nickte, war es auch nicht wirklich eine Antwort. Nur eine Bestätigung dafür, dass sie beide das Gleiche dachten.

»Sie hatten Eltern. Ich verstehe nicht, warum der Pug dir den Weg hierher gezeigt hat. Aber ... ich glaube nicht, dass er sich irrt. Vielleicht waren sie wirklich hier, aus irgendeinem Grund. Auch wenn sie jetzt nicht mehr hier sein werden. Sie werden keine Kinder mehr sein, wenn sie schon so lange fort sind, dass du dich nicht mehr daran erinnern kannst, wie sie verschwanden. Und wenn sie keine Kinder sind, dann sind sie nicht hier. Aber vielleicht«, sie hob zögernd die Schultern, »vielleicht erinnert sich jemand an sie. Vielleicht gibt es Hinweise, Spuren von ihnen. Oder ... andere wie sie?«

Ganz kurz blitzte das Haus der Tante Elisabeth vor Minas Augen auf, der wunderschöne, entsetzliche Garten, das flirrende Glas, und sie hörte ihre brüchige Stimme, wie sie Blätter an Blumenstängeln herzählte und nach einem Kind rief, das niemals antwortete. Andere wie sie ...

Das Gefühl war zu schwach, zu vage, um zu nicken. Mina hob nur die Schultern ein wenig, aber Rosa schien sie auch so zu verstehen.

»Wir müssen nachsehen«, sagte sie leise, aber sehr entschlossen. »Wir müssen tun, was Pipa nicht tun konnte. Selbst Lilja könnte es nicht, aber wir müssen es tun. Ja, Mina«, sie beantwortete Minas Staunen mit Ernst, »Lilja könnte nicht hineingehen. Sie würde fortlaufen, wie Pipa es getan hat. Schneller noch, und weiter. Und sie würde Zinni dabei auf dem Arm festhalten und nicht loslassen, bis sie mit ihm in Sicherheit ist.«

Mina starrte sie an, aber Rosa hatte den Blick abgewandt und schluckte schwer, als würge sie an den scharfen Schmerzspitzen, die in ihren Worten gesteckt hatten. Mina hatte ihn schon einmal gehört, diesen Schmerz, aus Liljas schönem, weitem Mund; wie Blutstropfen war er ins Gras geregnet, im Taterlock, vor ewiger Zeit. Als Mina zum ersten Mal ausgesprochen hatte, was vorher nur eine Ahnung gewesen war: dass sie nach ihren Brüdern suchte. Sie streckte die Hand aus, wie sie es damals nicht gewagt hatte, und streichelte behutsam eine der langen Haarsträhnen auf Rosas Schultern.

»Komm«, sagte Rosa, ohne sie anzusehen; aber ihre Hand legte sich auf Minas und hielt sie fest. »Komm, wir verstecken uns tiefer im Gebüsch, bis es wieder dunkel wird. Wie die Rehkitze«, sie lachte kurz und scharf, »oder wie die Hasen. Wir verstecken uns, und ich erzähle dir etwas, von Waisenhäusern und von Zigeunern; und vom Tod, der in einer gestärkten Schürze daherkommt.«

Und Rosa erzählte Mina vom Tod, während sie sich in einer Kuhle unter Gestrüpp aneinanderkauerten und der steigende Tag die Blätter langsam grau verfärbte. Vom Tod, der ein freundliches Gesicht besitzt, gütige Augen und die besten Absichten. Der weit offene Arme hat und einen langen Rock, an dem es sich gut weinen lässt. Der in einer Küche steht und Haferbrei in riesigen Töpfen rührt für viele hungrige Mäuler; der von außen betrachtet nicht mehr ist als eine ältere, mütterliche Frau mit abgearbeiteten Händen, die viel zu viele Kinder zu versorgen hat.

Sie drängen sich um sie, vor allem die Kleinen, betteln um Aufmerksamkeit, ein freundliches Wort, eine Berührung. Manche hat man in Zeitungspapier eingewickelt in einem löchrigen Wäschekorb gefunden, manche irrten allein durch Stadtstraßen. Kinder von Eltern, die sich ins Grab tranken; Kinder von Kindern, aus der Familie verstoßen, Kinder von jungen Mädchen, verflucht für einen Kuss, der nach mehr schmeckte, nach zu viel. Hat man nicht Mitleid mit ihnen, wenn man sie sieht, die armen kleinen Wesen, ist man nicht froh für sie, dass jemand kam und sie in Sicherheit brachte? Auch wenn die Sicherheit ein großes, kalte, graues Haus ist mit zu vielen kleinen weißen Betten.

Rosa fuhr sich über die Stirn, wischte Haarsträhnen fort, die nicht da waren. Ihre Stimme wurde lauter, härter.

»Natürlich ist man froh, dass jemand sich um sie kümmert. Aber die junge ledige Mutter, was ist mit ihr? Hat sie nicht geweint und geschrien und gebettelt, als der Amtmann kam und die gütige ältere Frau in der steifen Schürze? Hat sie sich nicht festgeklammert an dem kleinen Wesen, dem einzigen Menschen vielleicht, der sie jemals geliebt hat? Was bleibt ihr, wenn man es ihr fortgenommen hat? Das Arbeitshaus. Oder der Fluss. Und niemand, der sie vermissen wird. Selbst aus dem Kopf des Kindes wischt die freundliche Hand mit den Jahren jede Erinnerung.«

Rosa presste die Hände zu Fäusten zusammen.

»So stirbt sie, Mina, selbst wenn sie noch am Leben ist. Nichts bleibt bei ihrem Kind von ihr. Nichts von ihren langen weichen Haaren, nichts von ihrer sanften Stimme; nichts von ihrem Geruch, den kein Duft nach frischer Wäschestärke je ersetzen kann. Alles vergeht, was sie ihm hätte sagen können, zeigen und beibringen. Und alles, was ihr Kind hätte sein können, wenn es ... wenn es nur bei ihr geblieben wäre.«

Rosa starrte auf die Fäuste in ihrem Schoß.

Mina wagte kaum zu atmen. Rosas Stimme brannte und biss in ihr, alle blütenhafte Lieblichkeit zerrissen von Schmerz und Zorn. Schon einmal hatte sie sie so reden gehört, auf der Nachtlichtung, gegen Viorels abgewandtes Gesicht. Es war furchtbar, sie nun wieder so zu hören, furchtbar, dass es Minas Schuld war. Selbst das Gestrüpp, was um sie her zitterte, schien sich zu wünschen, dass dieser scharfe, unnachsichtige Ton verstummen möge.

Aber Mina verstand nicht, noch immer nicht. Und sie musste verstehen.

Sie brauchte nicht im Bündel nach dem Selam zu suchen. Als sie sich umsah, war da nur Gesträuch, und ein einzelner, kleiner Moosflecken, als ob der Wald ihn hier verloren hätte. Sie brach einen dünnen Zweig ab, schob vertrocknete Blätter vor ihren Knien beiseite. Die Zeichnung, die sie in den Boden ritzte, war krude und einfach. Aber die Nachmittage zu Hause im Gewächshaus kamen ihr zu Hilfe, denn Rosa beugte sich fragend über die wenigen Striche, und als sie die Hand vor den Mund schlug, wusste Mina, dass sie erkannt hatte, was dort in den Staub gekratzt war: eine Hyazinthe.

Mina strich darüber, ohne die Zeichnung zu berühren; die andere Hand legte sie auf den Moosflecken. Dann sah sie Rosa an und hoffte mit aller Kraft, dass Rosa von ihrer Mutter gelernt hatte, wie die Blumen miteinander sprachen. Es war die einzige Möglichkeit herauszufinden, was sie wissen musste.

Rosa hielt den Kopf gesenkt, sah von einer Hand zur anderen.

»Das Moos«, sagte sie leise, wie zu sich selbst, »ist die Mutter, die Liebe der Mutter. So weich und federnd, dass selbst der tiefste Fall noch aufgefangen werden kann. Und grün – so grün wie Liljas Kleid.«

Mina nickte erleichtert. Aber als Rosa zurück zu der Blumenzeichnung sah, fing sie auf einmal an zu lachen, ein bitteres, brüchiges Lachen, das Mina in den Ohren schmerzte.

»Die Mutter – Lilja – und die Hyazinthe ... Ach, kleine Mina, du weißt nicht, was du da sagst.«

Sie fuhr sich mit dem Handrücken über den Mund, als wollte sie das bittere Lachen fortwischen. Ein Rest davon blieb wie ein Stachel in ihrer Stimme stecken.

»Hyazinthe ... Hyazinth«, sagte Rosa. »Nicht Zinni, Mina, hörst du? Hyazinth. Es klingt so ähnlich, das ist wahr; und sie waren sich auch ähnlich, so ähnlich, wie ein Vater und sein Sohn sich nur sein können. Zinni ist nicht Liljas Kind. Nicht Lilja war es, der man ihn weggenommen hat, einmal, vor gar nicht langer Zeit. Auch wenn sie es war, die ihn zu uns zurückbrachte. Sie ist seine Großmutter, nicht seine Mutter.«

Irgendwo in der Verwirrung fühlte Mina, dass sie das eigentlich schon gewusst hatte. Ein Wort im Gespräch, irgendwo, eine Bemerkung, die sie nur gestreift hatte – ein Gedanke, kurz aufgenommen und wieder fallengelassen, als andere Dinge sich nach vorn drängten. Aber wenn Lilja es nicht war – wer war es dann? Wessen Geschichte war es, die Rosa erzählte?

»Hyazinth«, sagte Rosa, und die Worte kamen schwer aus ihrem Mund, wie vollgesogen mit Trauer, »Hyazinth war Zinnis Vater. Und seine Mutter war ... Aglaia.«

Wie beißendes Salzwasser hervorgestoßen, das letzte Wort, und doch konnte Mina noch ahnen, wie schön es einmal geklungen hatte. Wie Libellen über einem verborgenen Teich, an einem stillen Sommernachmittag. Sie seufzte unwillkürlich, ohne Laut.

Rosa wandte den Kopf ab.

»Drei Schwestern waren wir, drei Schwestern, wie im Märchen, und Aglaia, die Älteste, war die Schönste von uns. Wie die Flügel von Schmetterlingen war sie, so zart, so leicht, so hell und so fröhlich. Weißt du«, fragte Rosa stockend, »was mit einer Familie geschieht, der man ein Kind wegnimmt? Wegnimmt ohne jeden Grund, nur weil sie nicht in einem Haus lebt wie alle anderen? Kannst du dir vorstellen, wie die Mutter schreit, wie der Vater wie von Sinnen ist? Wie sie alles versuchen, alles, alles!, um es zurückzubekommen? Und dann sagen die Menschen, die Zigeuner stehlen Kinder! *Wir* würden die Kinder stehlen!«

Bebend sah Mina das sprudelnde Wasser des kleinen Bachs beim Taterlock vor sich, die schuppigen Ärmchen der Wechselbälger. Sie plätscherten so laut, Rosa musste sie gehört haben, denn sie sagte:

»Manchmal stehen Wiegen leer, wenn Tater durch einen Ort gezogen sind. Manchmal bleibt ein kleines weißes Bett in einem Waisenhaus nachts frei, wenn ein Tater in den Hof kam zum Betteln. Es zieht die Kielkröpfe an, so ein feines, weiches Kissen. Aber wir legen sie nicht hinein. Wir holen nur das zurück, was zu uns gehört. Das, was man uns gestohlen hat. Unsere kleinen Geschwister. Unsere Neffen und Nichten. Unsere ...«, sie atmete lang und zitternd aus, »unsere Kinder.«

Sie hob den Kopf plötzlich, Tränenspuren auf den Wangen.

»Wie du, Mina«, sagte sie und sah ihr ins Gesicht. »Wie du. Dir hat man auch zwei Menschen genommen, die bei dir sein sollten. Du kannst dich nicht einmal an sie erinnern, und doch suchst du nach ihnen. Weil sie dein Eigen sind, dein Blut, dein Fleisch. Weil sie du selbst sind. Deine Familie.«

Minas Wimpern flatterten, aber Rosas Blick ließ sie nicht los.

»Du willst sie zu dir zurückholen. Wir ... wir haben Zinni

zurückgeholt. Nach einer Weile, einer endlos langen Weile. Zu lang für seine Eltern. Zu viel Zeit für kalte Verzweiflung, für Elend, für Irrsinn. Zu viel Zeit für Tod. Aglaia tanzt nicht mehr auf den Wiesen. Hyazinth singt nicht mehr unter den Bäumen. Aber Zinni ist bei uns, und er lacht und spielt und weiß kaum noch etwas von weißen Betten und Einsamkeit. Und wenn noch einmal irgendjemand, der Doktor oder sonst ein wohlmeinender, gütiger Mensch, seine Hand an Zinni legt, um ihn wegzuführen, dann wird Lilja ...« Rosa schluckte und senkte den Blick. »Sie wird es nicht geschehen lassen.«

Einen stolpernden Herzschlag lang war es so, als ob dunkle Schwingen über das Dickicht strichen, und die Blätter rauschten laut. Ein grünes Kleid wehte flatternd zwischen schwarzen Bäumen, große dunkle Augen öffneten sich weit, und ein schöner Mund verzerrte sich und spie Nacht und Tod wie böse Reiter auf rätselhaften Worten über das Land. Mina kauerte sich zusammen, hielt den Atem an, bis das Bild zerfaserte und sich im grauen Morgen auflöste.

Neben ihr seufzte Rosa und wischte sich die Tränen ab.

»Darum«, sagte sie, leiser, sanfter, wie ein beruhigendes Streicheln, »darum kann Pipa nicht in der Nähe dieses Hauses sein. Pipa, die selbst noch viel mehr ein Kind als ein Mädchen ist. Vielleicht verstehst du es jetzt. Sie kann es nicht, obwohl sie vieles geben würde, um so mutig zu sein wie du.«

Sie verstummte.

Ein Gedanke stahl sich in Minas Kopf; heimlich, unter dem Kummer, den sie für die Tater fühlte, unter dem Staunen darüber, dass es etwas geben konnte, um das Pipa sie beneidete. Den ganzen langen Weg über hatte sie geglaubt, es wäre Karols Drehorgel gewesen, die nach ihr gerufen hatte, mit dem Lied, das die Spieluhr spielte. Jetzt dachte sie zum ersten Mal daran, dass es vielleicht genau andersherum gewesen war. Vielleicht war es die Spieluhr gewesen, die für sie ihren Hilferuf über das Land gesungen hatte, aus dem kleinen Dachbodenfenster, weit hinaus; und die Drehorgel hatte sie gehört und geantwortet. Die Drehorgel und mit ihr die einzigen Menschen, die verstehen würden.

Sie hätte gern mit Rosa geweint.

Aber ihre Augen blieben trocken und brannten, und sie sah vor sich hin, wie Rosa es tat. Und dann schwiegen sie gemeinsam, eine lange Zeit.

Endlos kroch der Tag über sie hin, grauweiße Wolken, die sie in ihrer Kuhle niederdrückten. Obwohl auf dem verborgenen Weg hinter ihnen alles still blieb, wagten sie es kaum, die Köpfe über das Gesträuch zu heben. Die Straße war so nah ... Bald kniff es Mina in allen Gliedern, in den Beinen vor allem. So leicht es gewesen war, Stunden um Stunden auf der Landstraße zu laufen oder im Wald, so schwer fiel es ihr jetzt, reglos, geduckt zu kauern. Wie die kleinen Feldhasen es wohl aushielten, wenn sie auf ihre Mütter warteten? Aber sie hatten wenigstens Fell, weich und behaglich, und sie konnten am Löwenzahn knabbern, an Gräsern und Wurzeln. Für zwei Menschenmädchen war die Erde hart und die kahlen Ranken kratzig, und es gab nichts, was sie hätten essen können. Selbst für Sauerampfer war es noch zu früh im Jahr. Dabei hätte er auch den Durst stillen können, das trockene Schaben in der Kehle, das sie quälte. Die Luft unter den Wolken war schwül.

Auch von dem Haus unter dem roten Dach hörten sie kein Geräusch, den ganzen Tag über nicht. Vielleicht war es zu weit entfernt, vielleicht lag die Schwüle wie dämpfende Watte auf allen Lauten. Aber Mina dachte an den Steinfries über dem Tor, die Bilder der Kinder, die webten, spannen, fegten. Eines, was spielte, was lachend einem Ball hinterherrannte oder einen Reifen schlug, war nicht dabei gewesen. Nein, kein Einziges. Und die Stille dort drüben hinter der hohen Mauer machte sie frösteln, trotz aller Schwüle.

Vielleicht fühlte Rosa wie sie. Gegen Mittag, als Mina es vor Hunger kaum noch aushielt und nicht mehr wusste, wie sie sich noch hinsetzen sollte, fing Rosa an, eine Melodie zu summen, leise wie eine Biene in der Ferne. Nach und nach kamen Worte dazu, geflüstert, aber doch klar und hörbar getragen von ihrer hohen, glaszarten Stimme. Sie waren fremd und sonderbar, rätselhaft wie Zaubersprüche. Aber in ihren eigentümlichen Lauten trugen sie den Geruch von Rinde mit sich, und dunkelgrünen Schatten.

»*Oh na cinger luluya*«, sang Rosa leise; *luluya*, was für ein seltsam schönes Wort, dachte Mina und lauschte seinem Klang hinterher. »*Oh na cinger luluya / So tuke phenen, shuna: Jivar cag andro nikai / Niko tatyarel nikai / Sam aiso romani cai. Sam aiso romani cai* ...«

Sie sah auf, der Zauber, den Mina spürte, spiegelte sich in ihrem Lächeln.

»*Bin ja, wie du, ein Taterkind* ... Es ist nur ein kleines, altes Lied, Mina, das mit uns gezogen ist, in der alten Sprache. Ich weiß nicht einmal mehr, woher es kam. Willst du wissen, was es bedeutet?«

Mina nickte heftig, und Rosa lachte. Sie runzelte kurz die

Stirn, drehte eine Haarsträhne nachdenklich zwischen den Fingern. Dann glätteten sich die Falten, und sie sang:

»Oh zertritt die Blume nicht / Hör nur, was sie zu dir spricht / Lass mich leben im Frühling so lind / Niemand schützt mich vor Kälte und Wind / Bin ja, wie du, ein Taterkind.«

Luluya, die Blume ... Wie hübsch das war. Tonlos versuchte Mina, die letzte Zeile des Liedes mit den Lippen nachzuformen, so wie Rosa sie zuerst gesungen hatte. *Sam aiso romani cai ... Romani?* Sie sprach das Wort lautlos und deutete schüchtern auf Rosa.

»Roma«, antwortete Rosa und nickte.

Roma, wiederholte Mina stumm. *Roma Rosa.* Und dann, während ihr das Blut ins Gesicht stieg: *Rosa – luluya ...*

Rosa klatschte ganz leise in die Hände.

»Gut, gut! Und – wie lieb von dir, Mina ...« Sie lächelte, so verlegen, wie Mina sich fühlte. Aber sie fing sich schnell. »Da kannst du es sehen«, flüsterte sie, »du bekommst nicht ein Wort heraus und sprichst schon besser die Tatersprache, als die meisten Gadsche es in ihrem ganzen Leben tun. Und von den Zinken«, sie zeigte auf den Stein, »verstehst du auch schon etwas. Wie hast du es nur so lange an einem Fleck aushalten können, bei dir zu Haus auf dem Gut?«

Es war ein Scherz, ein liebevolles Necken. Mina wusste es, und doch fühlte sie so etwas wie Stolz. Sie neigte den Kopf in einer Art Verbeugung und war dankbar für die Haare, die ihr dabei ins Gesicht fielen.

Rosa tat so, als bemerkte sie es nicht.

»Komm«, sagte sie und schlug ihr leicht aufs Knie, »wenn wir schon den ganzen Tag hier hocken müssen, können wir auch gleich eine fleißige Taterin und eine fleißige Gutshaustochter sein. Dein Kleid fällt ganz auseinander. Wenn du noch Stoff von Lilja hast, helfe ich dir beim Flicken.«

Sie holten Nadel und Faden aus ihren Bündeln, und auch wenn sie in einem Gebüsch an einem Wegrand saßen und an einem zerschlissenen Kleid flickten, was eine von ihnen noch auf dem Leib trug – ein paar Stunden lang waren sie nicht mehr als zwei Mädchen bei der Handarbeit. Rosa sang das Lied von der Blume, und sie sang es so oft, bis Mina jede Zeile in beiden Sprachen nachsingen konnte, wenn dabei auch kein Laut herauskam. Und langsam, zäh und unmerklich, sank der Tag dahin.

Erst als Mina sich zum dritten Mal in den Daumen stach, fiel ihnen auf, wie schwach das Licht geworden war. Sie steckten die Nadeln weg; Minas Rock glänzte jetzt so bunt, dass kaum noch schwarz zu sehen war. Sie schüttelte ihn auf, sammelte einen kleinen Käfer aus den Falten und pustete ihn zwischen die Blätter.

»Was denkst du«, fragte Rosa, »sollen wir es bald versuchen? Zum Haus zurückgehen, meine ich? Und sehen, was wir herausfinden können?«

Unwillkürlich fasste Mina an die flache Erhebung unter ihrem Kleid, wo das Medaillon auf ihrer Haut lag. Das Metall hatte sich an ihrem Körper so erwärmt, dass sie fast keinen Unterschied fühlen konnte. Wie ein Teil von ihr ruhte es auf ihrer Brust. Sie nickte.

Sie warteten noch das Ende der Dämmerung ab, das Grau, das sich in Schatten auflöste. Es war schwerer, dem Weg im Dunkeln zu folgen, aber das rote Dach ragte so hoch über den Bäumen auf; blicklos schien es in jeden Winkel zu spähen. Sie drückten sich hintereinander am Wegrand entlang, Nesseln zerkratzten ihre Waden. Bis die

Mauer schwarz vor ihnen in die Höhe wuchs, in Finsternis und Stille. Wenn dahinter Lichter angezündet waren, sahen sie sie nicht von dort, wo sie standen, zwischen Sträuchern geduckt, ein Dutzend Schritte vom Tor entfernt. So schweigend, wie es in den Steinen ruhte, schien es sich den ganzen Tag nicht in seinen Angeln gerührt zu haben.

»Vielleicht«, wisperte Rosa in das hohle Klagen eines Nachtvogels hinein, »ist es ja verlassen?«

Aber Mina erinnerte sich an die glänzenden Ziegel auf dem Dach, unversehrt und ohne Lücken, und schüttelte den Kopf. Und als sie bis zur Mauer schlich und den Knauf mit flatternden Fingern zu drehen versuchte, war das Tor fest verschlossen wie zuvor.

Rosa war ihr gefolgt, sie drückten sich weiter an der Mauer entlang, in dem tieferen Schatten, den sie auf die Erde fallen ließ. Die Bäume hielten Abstand zu den Steinen. Nur einer, eine junge Eiche, schien dem Rat der Alten nicht gefolgt zu sein. Sein Stamm lehnte sich gegen das Mauerwerk, als ob er zu träge wäre, die Last der Krone alleine zu tragen.

Mina ging darauf zu. Sie wusste nicht genau, warum sie es tat. Aber als sie die Hände um die glatte, junge Rinde legte und hinaufsah, kam ihr nichts natürlicher vor, als dass sie nach oben klettern und über die Mauer sehen sollte. Der Baum schien es ihr leichtmachen zu wollen, soweit sie es erkennen konnte. Mehrere breite Äste hatten sich auf die Mauerkrone gelegt, nur weiter unten am Stamm fehlten die Äste. Alles, was sie ertastete, waren dünne Triebe und schwache Zweige. Vielleicht war es am Fuß der Mauer zu dunkel.

Sie drehte sich zu Rosa um, zeigte hinauf.

»Bist du dir sicher, dass du auch wieder herunterkommst?«

Mina nickte, obwohl sie es nicht war, obwohl sie nichts weniger wusste, als wie man von einem hohen Baum sicher wieder herunterstieg. Sie konnte sich nicht erinnern, überhaupt schon einmal in ihrem Leben geklettert zu sein. Es war etwas so Jungenhaftes, dass man es ihr, bei aller Duldsamkeit, auf dem Gut wohl kaum nachgesehen hätte.

Trotzdem drückte sie sich jetzt an den Stamm, der sich stark und verlässlich anfühlte gegen ihr klopfendes Herz. Sie streckte die Arme aus, versuchte, den untersten Ast zu erreichen. Hinter ihr lachte Rosa leise.

»Sei nicht so dumm, Mina, es ist zu hoch. Komm, ich helfe dir.«

Rosa bückte sich, und erstaunt sah Mina, dass sie die bloßen Hände zu einer Art Tritt verschränkte. Sehr vorsichtig und mit so wenig Gewicht wie möglich stellte Mina einen Fuß in Rosas Hände.

»Du musst das andere Bein schon auch noch hochziehen, sonst wird es nichts nützen.«

In der Dunkelheit lief Mina rot an. Sie biss die Zähne zusammen, krallte sich mit den Fingernägeln weit oben in die Rinde und stieß sich vom Boden ab. Einen kurzen Augenblick schwebte sie aufwärts, leicht und frei wie ein Pfeil. Dann stieß sie mit dem Kopf gegen einen Ast und musste beide Arme um den Baumstamm klammern, um nicht wieder herunterzufallen.

»Gut gemacht«, flüsterte Rosa. Sie schwankte nicht einmal unter Minas Gewicht. »Sieh zu, ob du nach oben kommen kannst. Aber pass auf, dass dich niemand entdeckt!«

Sie stellte sich dumm an, sie merkte es selbst. Ihre Arme

waren so schwach und so ungeschickt, sie schaffte es nicht, sich auf den untersten Ast zu ziehen. Aber dann gab es einen Schubs von unten, Rosa stemmte sie hoch, und Mina gelang es, beide Arme und ein Bein um den Ast zu schlingen. Sie hing dort, keuchend, Borkenstaub brannte in ihren Augen.

»Ist alles in Ordnung?«, wisperte Rosa von unten. »Kannst du etwas sehen?«

Mina rieb sich über das Gesicht und blinzelte. Soweit sie es erkennen konnte, lag die Mauerkrone jetzt dicht unter ihr, ein bleiches Band zwischen den Schatten. Langsam hob sie den Kopf.

Das Haus war nichts als ein Block aus Dunkelheit. Nirgendwo fiel Licht aus Fenstern; nur einige Stellen konnte Mina ausmachen, an denen die Wand etwas heller war, wie geschlossene Augenlider. Hatte es dort Fenster gegeben, und waren sie nachträglich vermauert worden? Nichts sonst, was sie erkennen konnte, keine Öffnungen, keine Hinweise. Keine Zeichen.

Sie blickte nach unten. Der Hof schien nicht gepflastert zu sein, er war ein See aus Finsternis, wie die Erde draußen. Wie weit es hinunterging von dort, wo sie lag. Aber wenn man auf dem Ast hinüberkriechen würde auf die andere Seite der Mauer, und wenn man es irgendwie schaffte, vom Ast auf die Steinkante zu gelangen, und wenn man sich dann dort gut festhielt und nach unten hängen ließ ...

Der Gedanke war irrwitzig; irrwitzig und lästig wie eine Stechmücke, und nachdem er einmal aufgetaucht war, ließ er sich nicht wieder abschütteln. Mina hörte Rosas Flüstern, ohne die Worte zu verstehen; ihre Augen hingen an der Dunkelheit dort unten. Was war es, das Rosa jetzt sagte?

Pipa würde vieles geben, um so mutig zu sein wie du.
Aber sie war ja gar nicht mutig. Da war nur dies Ziehen in ihr, dort, wo das Medaillon unter dem Kleid saß, dies Zerren, was sie vorwärtstrieb, den Ast entlang, immer weiter, Stück für Stück.
Pipa könnte nie hineingehen in dieses Haus.
Ich gehe, dachte Mina, ohne es zu wollen, ich gehe für uns beide, Pipa. Du brauchst keine Angst zu haben, es wird uns nichts tun. Es kann uns nichts tun! Es ist nur ein großes altes Haus mit Menschen darin, oder mit Staub.

Sie klammerte sich fest, der Ast schwankte unter ihr, und sie drückte den Kopf in den Nacken. Zwischen den blassen Wolken war kein Mondschein zu sehen. Aber er musste dort sein, irgendwo dort oben. Sie starrte hinauf, bis ihr Nacken steif wurde.

Dann atmete sie tief ein, sah nach unten und schob sich noch weiter nach vorn. Unter ihr wurde Rosas Stimme ein drängendes Zischen.

»Nein, Mina, nein!«

Sie spürte die Bewegung im Baum, als Rosa versuchte, hinter ihr herzuklettern. Ihre Hand streckte sich wie von selbst, raue Steine und Mörtel kratzten an ihren Fingern. Wenn sie ihr Gewicht jetzt so verlagerte, dass sie das Bein auf diese Weise anziehen konnte ... Wenn sie den Arm noch weiter streckte und sich mit dem anderen festhielt ...

Der Ruck riss an ihren Gelenken, sie hing an der Mauerkrone und schlug mit dem ganzen Körper einmal heftig gegen die Steine. Staub brannte in der Wunde auf ihrer Wange. Ihre Finger fühlten sich an, als würden sie aus den Knöcheln gezerrt.

»Mina«, hörte sie Rosa rufen, »Mina, Mina!«
Ich gehe, dachte sie noch einmal. Jetzt, Pipa.
Und dann ließ sie sich fallen.

Die Dunkelheit auf dem Boden empfing Mina hart. Sie stürzte nach vorn auf die Knie, schaffte es gerade noch, sich mit den Händen abzufangen, bevor ihr Gesicht über die gestampfte Erde schrapte. Hinter der Mauer hörte sie immer noch Rosas verzweifeltes Rufen.
Mühsam rappelte sie sich auf. Stützte sich an der Mauer ab, wie die junge Eiche, die jetzt gelassen zu ihr heruntersah. Alles, was ihr einfiel, war, in einer Mörtelrinne mit den Fingernägeln zu kratzen, so laut, wie sie es wagte.
Rosas Stimme verstummte für einen Augenblick. Dann hörte Mina sie wieder, ruhiger, eindringlicher auch.
»Kratz, wenn es dir gutgeht, Mina.«
Sie tat es, und obwohl sie es nicht hören konnte, fühlte sie den erleichterten Seufzer, den Rosa auf der anderen Seite ausstieß.
»Kannst du irgendetwas sehen? Kratz einmal für Ja, zweimal für Nein.«
Mina fuhr zweimal mit den Nägeln über die Mörtelrinne. Die Haut an den Fingerkuppen fing an zu beißen.
»Du musst so schnell wie möglich wieder herauskommen, hörst du? Diese einsamen Häuser halten oft Hunde!«
Sie zuckte zusammen, Bilder von Schattenfell und grellen Zähnen überschlugen sich in der Dunkelheit. Gleichzeitig wusste sie, dass Rosa Recht hatte. Auch zu Hause hielten sie Kettenhunde gegen ungebetenen Besuch – und sie waren nicht darauf abgerichtet, zwischen einem Einbrecher und einem törichten Mädchen zu unterscheiden.

Aber noch blieb alles still, und ihr Pulsschlag beruhigte sich langsam wieder.

»Mina«, flüsterte Rosa, »hörst du mich noch? – Es gibt bestimmt eine Tür, eine Hintertür. Du weißt doch, die gibt es immer. Und immer ist sie offen, obwohl sie verschlossen sein sollte. Hörst du, Mina? Es ist wie ... wie ein Gesetz. Hintertüren sind niemals verschlossen.«

Sie schwieg einen Moment, und Mina kratzte ihr »Verstanden« in die Mauer.

»Beeil dich«, sagte Rosa. »Ich warte auf dich, beeil dich. Und bitte, Mina – pass gut auf dich auf.«

Danke, Rosa. Rosa Luluya, wisperte Mina mit geschlossenem Mund. Sie kratzte noch einmal, wie zum Abschied. Dann ging sie auf das Gebäude zu.

Ihre nackten Füße machten kein Geräusch. Wie ein Schatten unter Schatten war sie, lautlos, und in dem dunklen Kleid beinahe unsichtbar. Sie versteckte ihre weißen Hände in den Ärmeln, ließ sich die Haare über das Gesicht fallen. Ein Schutz, ein Tarnumhang ... Zwischen den Strähnen hindurch sah sie das Haus näher kommen.

Die helleren Vierecke starrten ihr blind entgegen. Rechts schien das Haus am Ende gegen die Mauer zu stoßen; links lag hinter einer steilen, schwarzen Kante noch tiefere Dunkelheit. Dort musste es um die Hausecke gehen. Nach vorne, zu einem Eingang vielleicht. Aber Mina zögerte.

Es war ein Tor auf dieser Seite, oder nicht? Ein großes Tor, auch wenn es verschlossen war. Vielleicht wurde es nicht mehr benutzt, aus welchen Gründen auch immer, aber einmal musste es eine Funktion gehabt haben. Und eine Funktion hatte es nur, wenn es beim Tor auch eine Tür ins Haus gab. War sie auch zugemauert worden? Oder hatte man sie mehr oder weniger vergessen, und sie war jetzt eine Art ... Mina fühlte die Aufregung in ihren Adern klopfen. Eine Art – Hintertür?

Sie schob sich an der Hauswand entlang, tastete und suchte im Schutz ihres weiten Rockes mit beiden Händen. Stein und Stein, rauer Mörtel, ein altes, schartiges Sims. Stein und Stein, und dann – Holz, hinter einer scharfen Kante. Zitternd stieß sie den Atem aus.

Ihre Finger fanden eine Klinke, ohne dass sie danach suchten. Sie fielen einfach darauf, schlossen sich ohne ihr Zutun um das kalte Metall.

Wie ein Gesetz, dachte Mina, so deutlich, wie sie nur konnte. Ein Gesetz, dass es immer eine Hintertür gibt. Und ein Gesetz, dass sie nicht verschlossen ist.

Sie drückte die Klinke nach unten, und das Holz knirschte. Einen Moment lang geschah nichts weiter. Erst als sie die Schulter gegen die alte Tür stemmte, quietschten ungeölte Angeln auf, so laut und schrill, dass Mina zusammenfuhr. Sie ließ die Klinke los, aber die Tür wich unter ihrer Schulter zurück, sie verlor das Gleichgewicht und stolperte über eine hohe Schwelle ins Innere des Waisenhauses.

Kalte Luft berührte sie mit klammen Fingern. Ihre Füße klatschten auf kühlen, glatten Boden, der merkwürdig bewegt aussah, während sie darübertaumelte. Das Licht, das von irgendwoher kam, war schwach, sie erkannte erst spät, dass es Kacheln vor ihr auf dem Boden waren, schwarze und weiße im regelmäßigen Wechsel, der sich im Dunkel verlor. Sie hielt sich im Türrahmen fest, fing im letzten Moment das schwere Holz auf, das nach innen schwang. Ein Klicken, als sie so behutsam wie möglich die Klinke zuzog. Dann Stille.

Ihr Atem beruhigte sich nur zögernd. In dem tiefen Schweigen des Hauses hörte sie ihn so deutlich, dass sie ihn beinahe sehen konnte, kleine, durchscheinende Wölkchen, die sich von ihrem Mund lösten. Sie trieben durch leere Gänge wie nächtliche Seufzer ...

Was tue ich hier?, dachte Mina verwirrt. Was will ich denn nur in diesem schlafenden Haus? Fremde Menschen liegen in ihren Betten, und ich, Mina, bin durch ihre Hintertür hineinspaziert, wie ein Dieb oder ein ... Zigeuner.

Sie rieb sich über die Nasenspitze.

Die Tür war immer noch dicht hinter ihr, sie konnte sie in ihrem Rücken fühlen. Es wäre leicht, kehrtzumachen und leise wie eine Nachtmaus wieder hinauszuhuschen, um – um was? Von dieser Seite lehnte keine faule junge Eiche gegen die Mauer. Der Hof war kahl gewesen. Wie sollte sie wieder hinüberkommen, zurück zu Rosa?

Sie drehte diesen Gedanken ein Weilchen hin und her, ohne eine Antwort zu finden. Als sie es schließlich aufgab, blieb ihr nicht viel anderes übrig, als einen ersten, zweiten und dritten Schritt in den schummrigen Flur zu tun.

Ihre Fußsohlen klebten an den Fliesen, lösten sich mit einem kleinen, schmatzenden Geräusch, wenn sie sich bewegte. Es klang so unpassend und so albern, dass sie ein Ziehen in den Mundwinkeln spürte. Mit zusammengekniffenen Lippen tapste sie vorwärts, in die Richtung, aus der das schwache Licht zu kommen schien.

Hinter einer Biegung wurde es stärker, gelblicher, und der Flur weitete sich. Eine Art Halle oder ein großes Treppenhaus, kalt und glatt wie der Gang; eine einzige Gaslampe, hoch oben in der Wand, über einer breiten Treppe ohne Läufer. Sie führte nach oben, erst in den Lampenschein hinein, dann aus ihm hinaus. Was dahinterlag, war nicht zu erkennen.

Unsicher legte Mina die Hand auf das Treppengeländer. Sie hatte nicht einmal eine Ahnung davon, was es eigentlich war, das sie hier suchte. Und wo sie es finden sollte. Aber oben, im ersten Stock, gab es vielleicht Fenster, die nicht vermauert waren. Fenster, aus denen sie in den Hof sehen konnte. Die ihr den Weg zurück zeigen würden.

Sie legte die freie Hand auf das Medaillon unter dem Kleid.

Die Stufen knarrten nicht, sie waren aus kühlem Stein, so abgetreten, dass er sich beinahe weich anfühlte. Zehn, zwölf, fünfzehn von ihnen zählte Mina, während ihr Schatten an der Wand neben ihr durch das Lampenlicht schlich. Mit den wirren, abstehenden Haaren sah er aus wie ein kleiner Kobold.

Der Boden im ersten Stock war nicht so schweigsam. Dielen murrten schläfrig, als sie die Füße daraufstellte; sie wartete eine Ewigkeit mit angehaltenem Atem, bevor sie den nächsten Schritt wagte. Zu ihrer Enttäuschung waren es nur Türen, die sie erwarteten, eine neben der anderen, keine Fenster. Aber die Treppe stieg weiter.

Auf Zehenspitzen huschte Mina über die verräterischen Dielen auf die nächste sichere, steinerne Stufe. Eine zweite

Lampe hier, hoch oben wie die erste, während der Flur im Dunkeln lag. Irgendwo hinter den vielen Türen schliefen die Menschen tief. So tief, dass es fast so war, als wären sie gar nicht da.

Nirgendwo, dachte Mina, während sie die Hand auf dem Treppengeländer entlangschob, nirgendwo sah man auch nur das geringste Zeichen von ihnen. Keine Bilder an den Wänden, nicht einmal Drucke. Keine Schränke unten mit Schuhen für den Garten – gab es hier überhaupt einen Garten? Keine Pflanzen auf den Treppenbögen, keine Läufer, um die Absätze zu schonen. Nur Stille.

Aber sie mussten hier sein, die Menschen. Denn was es auch nicht gab, war Staub. Alles, was Mina berührte, war so glatt und sauber, als wäre ein besonders gründliches Mädchen gerade eben noch mit dem Tuch darübergegangen.

Sie wusste nicht, was sie sonst tun sollte, und so stieg sie weiter nach oben, diese Treppe und die folgende. Erst im dritten Stock, als ihr schon die Knie zitterten über den hohen, steilen Stufen, mischte sich das gelbe Lampenlicht mit einem trüberen Schein. Eine der Türen, der Treppe gerade gegenüber, war nicht ganz geschlossen. Und aus dem schmalen Spalt drang Licht, das von draußen kommen musste.

In ihren Gedanken machte Mina sich so leicht wie eine Feder. Sie zog den Bauch ein, spannte jeden Muskel an, reckte sich auf den Zehenspitzen, als sie über den Dielenboden schlich. Er knarrte nicht.

Auch die Tür schwieg kumpanenhaft unter ihren tastenden Fingern. Langsam drückte sie sie weiter auf, Fingerknöchelbreite um Fingerknöchelbreite.

Ein Raum lag dahinter, langgestreckt, gerade zu dem helleren Rechteck in der Wand hin, aus dem das trübe Licht wie Spülwasser tropfte. Ein Fenster. Endlich ein Fenster. Mina schob sich in den Türspalt, und erst als etwas mehrfach heftig an ihrer Aufmerksamkeit zupfte, hielt sie inne.

Dieser Raum war nicht still. Oder doch, er war es; an der Oberfläche. Darunter...

Einen Moment glaubte Mina, es müsste ihr eigener Atem sein, den sie hörte.

Aber er war es nicht allein.

Im Türspalt steckend, strengte Mina die Augen an, versuchte, vom hellen Fleck des Fensters weg in die Dunkelheit rechts und links zu sehen. Verschwommene Schemen, sonderbar regelmäßig ausgerichtet. Länglich, eckig. Gar nicht so sehr dunkel, wenn die Augen sich daran gewöhnt hatten. Eher ... weiß, ja. Im Tageslicht mussten sie wohl weiß sein. Längliche weiße Formen, eine neben der anderen.

Jemand seufzte, etwas knarrte, und diese beiden Geräusche zusammen ergaben etwas, das Mina blitzartig erkannte: ein Schlafender, der sich im Traum auf die andere Seite dreht. Nein, nicht *ein* Schlafender. Dutzende davon. In kleinen, ordentlichen, weißen Betten.

Es musste Rosas Erzählung sein, die sie so zurückzucken ließ, dass sie mit dem Ellenbogen gegen die Tür stieß. Hinterhältig schien diese nur auf diesen Moment gewartet zu haben. Es quietschte in ihren Angeln, und die Dielen, auf die Mina rückwärts, voller Schrecken und viel zu heftig trat, raunzten boshaft. Einen Wimpernschlag später klickten Absätze auf Holz.

Es gab keine Überlegung, keinen einzigen klaren Gedanken. Furcht riss Mina an kalten Krallenhänden aus dem Türrahmen, über die Breite des Flurs; die Dielen verhöhnten sie lautstark. Furcht zerrte sie die nächste Treppe hinauf, weiter, immer noch weiter, bis hinter die Biegung, wo ihr Schatten sich zwischen anderen Schatten verkroch und sie sich mit fliegenden Gliedern an das Treppengeländer drückte.

Komm nicht hoch. Die flehentlichen Worte pochten in ihr. Komm nicht hoch, komm bitte, bitte nicht hoch ...

Klicken. Rascheln. Schwerer Stoff, der sich bewegte. Ein langer Schatten, der plötzlich auf dem Flurboden auftauchte, nur ein paar Meter unter Minas armseligem Versteck. Er schrumpfte zusammen, wurde kürzer, aber kaum breiter.

Eine Frau erschien auf dem Flur, in einem weiten, grauen Kleid, und etwas in Mina schrie erschreckt auf, als sie die weiße Schürze sah, die von der Taille bis auf den Boden hing. Eine gestärkte Schürze ...

Aber das Gesicht, was Mina gelblich im Lampenlicht von der Seite sah, hatte nichts Gütiges an sich. Die Nase war scharf, gebogen wie eine Stopfnadel, das Kinn lang und spitz. Die Lippen waren so dünn, dass es beinahe so schien, als habe dieses Gesicht überhaupt keinen Mund. Mina kauerte sich zusammen.

Die Frau blieb vor der halboffenen Tür stehen. Sie machte keine Anstalten, über die Schwelle zu treten; stand nur da, drehte Mina den Hinterkopf zu, den eisengrauen Dutt, der wie ein Stein auf ihrem Scheitel saß. Dann raschelte wieder Stoff, eine schnelle, pfeilgerade Bewegung, und die Frau zog die Tür mit einem Ruck ins Schloss, der durch das schlafende Haus bis in Minas Innerstes hallte.

Einen Moment stand die Frau noch da, wieder regungslos wie zuvor. Lauschte sie auf die schwachen Laute, die von drinnen kamen? Sie verstummten so rasch wieder, dass Mina nicht sicher war, ob sie sie sich nur eingebildet hatte.

Ein wenig hatte es wie ein erschrecktes Weinen geklungen. Für einen Augenblick streifte sie die Vorstellung, dass es hinter jeder der vielen Türen so aussah, weiße, regelmäßige Betten eins neben dem anderen, und in jedem ein kleines, blasses Gesicht voller Furcht. Dutzende. Hunderte.
Rascheln, Klicken. Ihr Schatten ging der Frau voraus. Lang wurde er, immer länger. Dann verschwand er, verschwand sie. Ein paar Atemzüge lang war noch das Klicken zu hören. Als es abbrach, klappte keine Tür.
Mina wurde übel. Es musste einen Stuhl geben, nur ein kurzes Stück weiter den Flur hinunter; einen Stuhl, auf dem die graue Frau die ganze Zeit über gesessen haben musste. Die ganze Zeit über, während Mina dumm und blind versuchte, sich zu dem Fenster zu stehlen ... Eine Biegung musste sie gerettet haben, ein Knick im Flur, ein noch so leichter Winkel. Nicht mehr als das.

Es dauerte, bis Mina den Mut aufbrachte, sich am Geländer nach oben zu ziehen. Sie richtete sich nicht ganz auf, blieb so gebückt wie möglich. Setzte die Füße schneckenlangsam auf. Und sie machten auch Geräusche wie die Schnecken, dieses alberne Schmatzen. Es kam ihr überlaut vor.

Aber im Flur rührte sich nichts mehr. Sie stieg höher, Stufe für Stufe; die Stille des Hauses umgab sie, als wäre nichts geschehen. Lautlos musste sie dort unten sitzen, ohne eine Regung. Wie die Spinne unter dem Teppichrand, die darauf wartet, dass das Licht gelöscht wird.

Im nächsten Flur war die Treppe zu Ende. Und hier gab es wieder Dielen. Lange Dielen, aus ganzen Baumstämmen geschnitten. Knarrende Dielen, die genau über dem unteren Flur verliefen.

Ihr gegenüber war keine Tür, oder doch, sie war vielleicht da, aber ein Vorhang hing davor, aus dunklem, faltigem Stoff. Wenn sie es bis auf die Schwelle schaffen könnte, die unter diesem Vorhang liegen musste ...
Eine lange Zeit stand Mina auf der letzten Treppenstufe. Dann schloss sie die Augen.

Schwerelos, dachte sie, so fest sie konnte; so fest, wie sie an die tanzenden Damen und den Ballsaal gedacht hatte, allein auf dem Dachboden, in einer anderen Welt. Schwerelos, ich bin schwerelos. Man hört keinen Laut, wenn ich jetzt – jetzt – den ersten Schritt auf die Dielen mache; kein Knarren, kein Seufzen. Natürlich nicht, denn ich wiege ja nichts. Ich berühre es zwar, das Holz – da, jetzt wieder – aber nur so sacht wie ein Sommerwindhauch, der durch die schlafenden Flure treibt. Ein Sommerwind, das bin ich, ganz ohne Gewicht. Leicht und lautlos.
Ich darf es nur nicht vergessen.

Die Türschwelle war so schmal, dass Mina fast das Gleichgewicht verlor, als sie endlich den Fuß daraufsetzte. Sie riss die Augen auf, klammerte sich an dem Vorhang fest. Stoff ächzte und verdeckte ihre lauten Atemzüge; die langen Falten wanden sich unter ihrem Griff. Dahinter war kein Widerstand zu spüren.
Von unten hörte Mina nichts, kein Absatzklicken, kein Schürzenrascheln, obwohl sie lange lauschte. Es musste ihr wirklich gelungen sein, lautlos über die Dielen zu kommen. Auch wenn es kaum vorstellbar war. Kaum; das war wohl das entscheidende Wort ...
Irgendwann gab sie sich einen Stoß und zog den Vorhang

vorsichtig auf. Es war kein dunkles Türblatt dahinter, sondern trübe, graue Luft, und blankes Glas schimmerte ihr entgegen. In der Wand gegenüber gab es zwei Fenster, dicht nebeneinander.

Ein schwärzlicher Balken schien sie miteinander zu verbinden; Mina brauchte einen Moment, bis sie erkannte, dass es ein Bücherbord sein musste. Darunter ein Tisch, so nah an die Fenster gerückt, als presse er die breite Stirn dagegen. Seine leere Platte spiegelte ganz schwach die Wolken, die draußen über dem Himmel lagen.

Mina ging nicht gleich in das Zimmer hinein, obwohl sie es sich wünschte. Selbst wenn es nur ein Vorhang war, den sie hinter sich würde fallen lassen können, er schien doch unendlich viel mehr Schutz zu bieten vor dem drohenden Klicken unten auf dem Flur. Aber sie zwang sich dazu, stehen zu bleiben und den Raum so genau mit Augen und Ohren zu erforschen, wie das trübe Licht es zuließ.

Es war wohl ein Bureau, ein Schreibzimmer. Hohe, schmale Schränke standen rechts und links an den Wänden, mit Glastüren, hinter denen Stoff gespannt war. Einen solchen Schrank hatte auch der Vater zu Hause, und er verwahrte seine Akten darin.

Trotzdem fühlte dieses Zimmer sich nicht männlich an. Mina wusste nicht genau, woran es lag. Vielleicht war es der Stuhl vor dem Schreibtisch, der zwar eine strenge, gerade Lehne hatte, aber zierliche Beine, die ganz sacht geschwungene Schatten auf den Boden warfen. Vielleicht waren es die schlanken Formen von Tintenfass und Löscher, die sie erst nach einer Weile entdeckte, auf der Tischplatte ganz bis an die Wand zwischen den Fenstern gerückt; genau in der Mitte. Vielleicht war es auch nur die Luft, die sie einatmete, die sauber roch und ein wenig nach Putzmittel, ohne einen Hauch von Pfeifentabak oder Zigarrenrauch. Erst als Mina sich zur Seite wandte, sah sie die steifen, geisterweißen Falten der Schürze, die an einem langen Haken neben der Tür hing.

Mina schlang die Arme um sich, als sie daran dachte, dass es die graue, dürre Frau sein musste, die hier tagsüber saß, an diesem Tisch vor den Fenstern; Eintragungen mit einer Feder machte, so scharf und spitz wie ihr Gesicht. Es fiel ihr schwer, darauf zuzugehen, als sie endlich sicher war, dass niemand außer ihr sich in dem Raum befand. Vielleicht würde sie da unten spüren, dass jemand ihr Bureau betrat ... Aber Mina musste endlich hinaussehen, und wenn es nur war, um sich zu vergewissern, dass draußen noch etwas anderes war, Bäume, Himmel und Nacht; dass nicht nur dieses stille Haus noch existierte, und sie darin. Die kalte, staublose Luft schmeckte allmählich wie Eis auf ihrer Zunge.

Sie schlich über den Boden, zwei, drei Teppiche aus so dünnem, billigem Gewebe, dass es sich fast härter anfühlte als das nackte Holz. Stellte sich so nah an den Schreibtisch, wie sie es wagte, achtete sorgsam darauf, den Stuhl nicht zu berühren. Sie konnte sich zu gut vorstellen, wie seine zierlichen Beine laut kratzend über den Boden schabten, wegen eines einzigen unachtsamen Moments. Sogar den Rock zog sie enger um sich, damit er ihn nicht versehentlich streifte, und den Arm schlang sie um das Bündel vor der Brust, damit die Spieluhr nicht klirrte, das Buch nicht herausflatterte, der goldene Schlüssel nicht mit dumpfem Pochen gegen die Tischkante schlug. Erst dann lehnte sie sich vor, über die glänzende Platte, und sah aus einem der Fenster.

Es war nicht hell draußen, aber hell genug, dass sie mit ein, zwei Blicken alles verstand, was ihr vorher so rätselhaft gewesen war. Die Mauer zog sich durch die Nacht, so nah am Haus, dass nur ein kleiner Platz übrig blieb, kaum grösser als eine Lichtung im Wald, aber grau und massiv und ohne jedes Leben. Und dort, geradezu, saß in der Mauer ein Tor, breiter und höher als der verschlossene Eingang beim alten Weg. Die beiden Flügel standen offen, trotz der späten Stunde, und dahinter glänzten die Pflastersteine der Straße matt unter den Wolken. Mina schauderte bei dem Gedanken, sie wären nicht zurückgegangen und über den versteckten Weg; wären hier die Straße entlanggekommen, genau auf dieses Tor zu, ohne jeden Schutz.

Wie riesenhaft es aufragte. Die beiden Steinsäulen, die die Angeln hielten, warfen so tiefe Schatten, dass sie wie Gräben aussahen. Der eine, linke, schien sogar noch etwas tiefer zu sein. War er nicht auch breiter, ein klein wenig, wenn man genau hinsah? Er passte nicht recht, dieser Hauch von Unausgewogenheit, nicht zu dem Haus, nicht zu dem Bord zwischen den Fenstern, wo die schwarzen, kantigen Formen der Bücher exakt nach der Größe geordnet standen. Aber vielleicht lag es nur am Mond hinter den Wolken, der schräg stand und die Schatten verzerrte.

Mina sah, was sie hatte sehen wollen; aber sie fühlte sich kaum erleichtert. Sollte man sie entdecken, wäre dies wohl der letzte Weg, auf dem sie fliehen konnte. So offen der Blick vom Haus in den eingezwängten Hof, auf das Tor, die Straße dahinter. Sie seufzte, tonlos und enttäuscht.

Wozu war sie hergekommen? Nur, um dazustehen und verzweifelt nach einem Weg zu suchen, wie sie wieder herauskam? Hatte der Mond sie hierhergeführt, um ihr zu zeigen, wie viel besser es ihr zu Hause erging; viel besser, als den armen verlassenen Wesen in ihren weißen Betten? Hieß es nicht mehr als: Geh zurück, Mina, bescheide dich mit dem, was du hast?

Der Gedanke an das Gutshaus war so fremd und kalt. Mina lehnte sich noch weiter nach vorn, versuchte, das bleiche runde Sternengesicht hinter den Wolken zu finden. Ist es das wirklich, was du mir sagen willst?, dachte sie. Aber sie fand ihn nicht, den Mond, und die Nacht sprach nicht zu ihr.

Sie drückte das Bündel fester an sich, und eine Kante, das Buch vielleicht, presste ihr das Medaillon in die kleine Kuhle auf ihrer Brust, dorthin, wo die Haut im Herzschlag bebte. *Was ist mit euch?*, fragte sie schweigend. *Was wollt ihr, dass ich hier tun soll? Soll ich euch suchen in den tausend weißen Betten? Aber ihr seid nicht mehr hier, ihr könnt nicht mehr hier sein. Wenn ihr jemals hier wart. Wenn ihr jemals hier wart ...*

Ihre Gedanken stockten. Ihr Blick löste sich vom Fenster, wanderte über die Wand, traf auf einen der Schränke. Aktenschränke, wie sie beim Vater standen. Man konnte das Papier fast riechen, Stapel um Stapel hinter den gläsernen Türen. Der Vater schrieb Dinge über das Gut hinein, über die Pächter, die Ernten, die Saat. Listen von allem, was sein war. Mina hatte sie einmal gesehen, die endlosen Kolonnen, aufgeschlagen und für den Augenblick vergessen im Arbeitszimmer.

Was war es wohl, das ein Waisenhaus sein Eigen nannte? Kinder ...

Mina schob das Bündel auf den Rücken.

Es war furchtbar, was sie tat. Furchtbar, dass sie den nächsten Aktenschrank öffnete, nur weil er nicht verschlossen war. Dass sie die Finger über Aktendeckel gleiten liess, die ihr nicht gehörten. Dass sie Blätter aufschlug, die nicht für ihre Augen bestimmt waren. In ihrem Kopf durchbohrte Mademoiselle sie mit entsetzten Blicken. Die Mutter wandte sich ab, als könnte sie es nicht ertragen. Mamsell stemmte die Fäuste in die Hüften, und der Vater verzog den mächtigen Schnurrbart, so schief, dass er wie eine Pike spiesste. Dieb, flüsterte die Luft ihr zu. Dieb, Dieb, Dieb ...

Sie konnte es kaum ertragen. In den Akten zitterten ihre Finger so sehr, dass sie immer wieder innehalten musste, sonst wären sie ihr wie ein weisser Strom aus den Händen gestürzt und mit lautem Klatschen auf den Boden geschlagen. Und jedes Mal, wenn sie verharrte, versuchte ein Teil von ihr mit aller Macht, ihre Hände aus dem fremden Eigentum zu ziehen.

Aber der andere Teil war sehr viel stärker. Der Teil, der nur Bruchteile von Augenblicken brauchte, um zu verstehen, dass die Schränke dicht beim Schreibtisch die falsche Wahl waren. Der Teil, der in ihr raunte, dass man nur die neueren Akten in der Nähe behielt. Der Teil, der sie durch den Raum zog, zu den entfernteren Schränken, der sie dazu brachte, das Furchtbare wieder zu begehen. Dieser Teil in ihr fühlte sich an wie Fieber. Und er wusste so schrecklich genau, was er tat.

Mina durchwühlte die Schränke, so leise, wie das Fieber es zulassen wollte. Die Schrift auf den Aktendeckeln war kaum zu erkennen, und je älter das Papier wurde, desto schwächer wurde sie. Namen flogen an ihr vorbei, Ziffern, Kürzel, die wie Runen aussahen. Aber sie fand nicht, was sie suchte.

Immer schneller blätterte sie, schnitt sich den Daumen an den Papierkanten, fing das Blut im Mund auf, damit es keine Flecken hinterließ. Salzig war es und heiß. Hier ein Stapel und dort noch ein neuer, Akten mit weichen Deckeln und Akten mit harten, Dutzende, Hunderte.

Verzweiflung stieg in ihr auf, würgte sie im Hals. Es war unmöglich, dass sie sie fand in diesem Meer aus Papier und Tinte. Da musste eine Ordnung sein, eine Reihenfolge; aber sie verstand die Kürzel nicht, und Jahreszahlen konnte sie nicht entdecken. War es vielleicht immer noch der falsche Schrank? Steckten noch ältere Akten in diesem dort drüben, oder hinten an der anderen Wand?

Mit fliegenden Händen zog sie Papiere heraus, blätterte flüchtig, schob sie wieder zurück, so ordentlich wie möglich. Jede Bewegung zerriss die Stille. Immer wieder lauschte sie mit angehaltenem Atem nach unten; immer wieder schenkte das andauernde Schweigen ihr neue Minuten. Sie bückte sich tiefer, ging in die Hocke. Fing an, die unteren Fächer zu durchwühlen. Das Medaillon rutschte ihr aus dem Kleid, fiel auf eine der Akten, die sie in den Händen hielt. Es gab einen leisen, dumpfen Laut. Einen Moment blieb Mina still sitzen.

Der Laut wiederholte sich. Einmal, und noch einmal. Dann schneller hintereinander. Wurde lauter.

Minas Finger erstarrten.

Es kam von draußen.

Sie packte die Akte, die sie gehalten hatte, ohne darüber nachzudenken, schob die anderen zurück, schloss lautlos die Tür und schlich geduckt zu den Fenstern hinüber. Drückte sich am Schreibtisch entlang, schmiegte sich an die

Wand daneben. Schob langsam, ganz langsam, den Kopf ein wenig vor, so dass sie hinaussehen konnte.

Die dumpfen Laute verwandelten sich in Hufschlag. Mina erkannte es, nur einen Augenblick, bevor sie die Kutsche sah, die die Straße entlangrollte, auf das Tor zu, auf Mina zu. Ein einzelnes Pferd war davorgespannt, es warf den Kopf hin und her, tänzelte im Traben, bockte und ruckte. Es war zierlich und klein, kein kräftiges Kaltblut. Selbst im trüben Licht glänzte die lange Mähne, die es um sich schüttelte, und das Fell auf seinem Rücken schimmerte seltsam rötlich.

Die Kutsche schrammte am linken Torpfosten entlang, und ein Schatten löste sich aus der Schwärze dort. Die Gestalt eines Mannes, der die Arme hochwarf, ins Zaumzeug griff, das Tier zum Stehen brachte. Er bewegte sich leicht, fast tänzerisch. Das Pferd schnaubte unwillig, so laut, dass Mina es bis nach oben hörte. Etwas an dem Schnauben erinnerte sie ...

Ein zweiter Mann stieg aus der Kutsche. Er schlug einen weiten Bogen um das hin und her tretende Tier, und Bruchstücke von wütendem Schimpfen pochten gegen die Scheiben. Die beiden Männer schienen miteinander zu sprechen. Nur kurz, dann ging der eine auf das Haus zu und ließ den anderen mit dem Pferd im Hof stehen wie einen Stallburschen. Vielleicht war er das ja, ein Stallbursche, der beim Tor auf seinen Herrn gewartet hatte? Aber welcher Hausherr kam mitten in der Nacht, ohne eine Laterne an der Kutsche, ohne ein Licht im Hof, das ihn willkommen hieß?

Tief unten im Haus schlug eine Tür, der Knall riss Mina vom Fenster weg. Wie rasend flogen ihre Augen durchs Zimmer. Wohin nur, wohin?

Klicken, Klicken unter ihr. Mina presste die Akte gegen ihr donnerndes Herz, huschte nach rechts, nach links. Unter den Schreibtisch? In einen der Schränke? Schritte im Haus, Stimmengemurmel von irgendwo tief unten. Ihr Blick saugte sich an der Schürze neben der Tür fest. Als sie darunterkroch, legte der Geruch der Stärke sich wie Nebel über sie.

Jetzt, jetzt wurde sie bestraft. Für das Übel, was sie angerichtet hatte, das Eindringen in ein fremdes Haus, das Wühlen in fremden Sachen. Die Schritte unten entfernten sich nicht. Sie vermischten sich mit dem Klicken der Absätze, trennten sich wieder davon. Kamen die Treppen hinauf. Höher, immer höher. Niemals in ihrem Leben hatte ein Laut sich so qualvoll in Minas Ohren gebohrt wie das Knarren der Dielen auf dem Flur vor dem Bureau.

Der Vorhang rauschte, so dicht, oh, so dicht bei ihr. Sie kniff die Augen zu, versuchte, den Wald zu rufen, die grüne, schattige Sicherheit, aber die Schritte waren zu nah, zu laut, zu überwältigend wirklich. Die Wäschestärke kratzte in ihrem Hals, sie presste sich die freie Hand gegen die Kehle und riss die Augen wieder auf. Nicht hierher, bettelte sie stumm. Nicht hierher!

Die Schritte hielten an. Die Stille war noch unerträglicher als das Geräusch. Mina hielt es nicht aus, sie schob eine schmale Schürzenfalte ein haarbreites Stück beiseite. Spähte daran vorbei; auf einen breiten, dunklen Rücken.

Der Mann stand vor dem Schreibtisch, genau dort, wo sie gestanden hatte. Fühlte er noch die Wärme auf dem Boden, die ihre nackten Füße hinterlassen hatten? Aber er stand ganz ruhig, die Hände im Kreuz verschränkt. Schien hinauszusehen, lange, schweigend. Beobachtete er das Pferd und den Mann im Hof? Oder wartete er auf etwas?

Je länger er dort stand, desto mehr kam es Mina so vor. Es war etwas Angespanntes in diesen breiten Schultern, in der Art, wie der Nacken sich so steif darüber erhob. Wie der Mann den Kopf nicht einmal drehte, nur geradeaus sah, Minute um Minute. Wie lange würde er so stehen bleiben? Die ganze Nacht, bis es hell wurde, hell genug, um den Schatten eines kleinen Mädchens zu erkennen, das sich hinter eine Schürze duckte?

Minas Herzschläge schlugen die Zeit in Stücke. Eines, noch eines. Immer mehr. Ihre Zehen wurden taub, ihre Knie begannen zu brennen. Und der Mann rührte sich nicht.

Irgendwann gab es nur noch zwei Dinge, die sie tun konnte. Und es war der heiße, fiebernde Teil in ihr, der für Mina entschied.

Sie schob sich unter der Schürze hervor, langsam, unendlich langsam. Tastete mit der freien Hand nach dem Türvorhang. Hielt sich an dem dicken Stoff fest. Schob sich weiter, noch ein kleines Stückchen. Und noch eines, die Augen starr auf den Männerrücken gerichtet.

Sie stand nicht auf, kroch auf den Knien, die Akte an sich gedrückt. Jeden Augenblick konnte sich eines der Papiere daraus lösen, zu Boden sinken mit nicht mehr als einem Wispern; aber ein Wispern war alles, was es brauchte. Sie krallte die Fingernägel in den Pappdeckel, beschwor jede einzelne Seite, still zu halten, sie nicht zu verraten. Das Medaillon pendelte unter ihr über dem Boden.

Jetzt war es schon fast zur Hälfte der Vorhang, der sie bedeckte, nicht mehr die Schürze. Sie kroch weiter, fühlte die Türschwelle hart unter den Knien. Knackte sie? Nein, das Holz schwieg, wie ein Mitverschwörer. Aber sie wusste, dass man ihm nicht trauen konnte.

Zwei Drittel Vorhang. Drei Viertel. Mina rutschte so leise vorwärts, nicht einmal sie hörte das Flüstern ihres Kleides.

Vier Fünftel.

Dann drehte der Mann sich um.

Die Wolkendecke vor dem Fenster riss auf. Mondlicht floss in den Raum, grellweiß und kalt. Erhellte jeden Winkel, jede Falte. Brach auf zwei kleinen, runden Gläsern in tausend gleißende Stücke. Jedes Einzelne traf Mina ins Mark.

Sie hatte keine Luft, um stumm zu schreien. Ihr Körper fuhr von selbst in die Höhe, warf sich herum, durch den Vorhang, über die Schwelle. Sie hörte die Stimme des Doktors hinter sich, und jede Silbe gab ihr einen neuen Stoß, der sie vorantrieb.

»Wilhelmina, Wilhelmina! Komm zurück, Mädchen, sei nicht dumm!«

Die Worte gingen unter in einem grellen Wiehern von draußen.

Sie flog die Treppe hinunter, am zweiten Stock vorbei, wo das Klick, Klick schnell näher kam. Eine Frauenstimme rief, Mina stolperte, nahm, zwei, drei Stufen auf einmal, schlug mit dem Knie auf, rannte weiter. Den Weg zurück, den sie gekommen war, ohne nachzudenken. Über die nächste Treppe, die Stimme des Doktors immer noch über ihr, sie hallte jetzt durch das ganze Treppenhaus, voll, klar und mächtig.

»Wilhelmina, mein Kind! Sei nicht so töricht! Ich will dir helfen! Es ist gut, dass du hier bist. Ich wusste, dass du hier sein würdest. Wilhelmina!«

Sie schüttelte wild den Kopf, während sie rannte und hastete. Fiel die letzte Treppe halb herunter, schlug sich den verletzten Wangenknochen neu auf, fühlte das Blut heiß auf ihrer Wange. Da war der Flur mit den schwarzen und weißen Fliesen, sie glitt beinahe aus, so schnell flog sie ihn hinab. Sie warf sich auf die Hintertür zu, riss an der Klinke, presste sich am ächzenden Holz vorbei ins Freie. Im Mondlicht strahlte die Mauer ihr höhnisch entgegen. Das schrille Wiehern, von vorne, aus dem Hof, zersprengte die Nacht.

Wohin, wohin? Oh gütiger Himmel, wohin?!

Die Blätter der Eiche tupften Schattenflecken auf die Mauer. Zu hoch, viel zu hoch! Obwohl die Schatten beim zweiten Wimpernschlag länger aussahen als vorher, näher. Mina fuhr sich verzweifelt über die Augen. Schwarze Flecken tanzten auf und ab, die nicht zur Eiche gehörten.

»Hierher, Mina, hierher!«

War es Rosa auf der anderen Mauerseite, die nach ihr rief? Ich will es ja, dachte Mina, ich will es ja, so sehr, aber es ist zu hoch für mich, Rosa, viel zu hoch ...

»Hierher, komm doch, Mina!«

Etwas rührte sich auf der mondhellen Mauer, die Schatten der Eiche bewegten sich wirklich. Da war einer, der sich nach unten streckte, breiter und weiter wurde, als ein Ast je sein konnte. Glänzte er nicht auch schwach wie weicher Stoff? Und war das ein Gesicht dort oben zwischen den Blättern, das sich so ruckhaft hin und her bewegte, wie um etwas hinter den Zweigen zu erkennen?

»Mina!«, schrie Rosa oben in der Eiche. »Mina, spring! Spring hoch und halt dich fest!«

Mina rannte auf die Mauer zu. Sie wusste, jeden Moment würde die Tür hinter ihr wieder aufgerissen werden, würden Hände sie packen, Arme sie festhalten. Aber ihre Füße klatschten auf den Boden, sie konnte noch diesen Schritt schaffen, und diesen Schritt, und wenn sie jetzt, jetzt so hoch sprang, wie sie nur konnte, und sich dabei nach vorne warf, auf diesen großen schwarzen Schatten zu.

Stoff jammerte und schrie, als Mina zupackte. Einen entsetzlichen Moment lang baumelte sie vor der Mauer. Sie konnte nicht mehr tun, als sich festzukrallen. Dann ruckte es unter ihrer Hand, riss in ihrer Schulter; sie wurde nach oben gezogen, einen knirschenden Zentimeter nach dem anderen. Immer noch war die Tür im Haus nicht aufgeflogen.

»Ich habe dich gleich, keine Angst, halt nur still.«

Mina blickte nach oben. Rosas Gesicht schien über ihr zu schweben. Woher sie die Kraft nahm, um ihm zuzunicken, wusste sie nicht.

Sie fühlte die schartige Mauerkrone gegen ihren Ellenbogen schaben. So gut sie konnte, stützte Mina sich ab. Ein neuer kräftiger Ruck, und mit einem Mal hing sie quer über dem Ast, der ihr Eintritt verschafft hatte, und Rosa war ihr so nah, dass sie den Schweiß sehen konnte, der auf ihrer Stirn glänzte.

Mina ließ den Stoff los. Das war doch nicht möglich ...

»Gut, so ist es gut«, keuchte Rosa, »jetzt lass uns zusehen, dass wir hier herunterkommen! Du hast das ganze Haus aufgeweckt, glaube ich!«

Nackte, lange Beine schwangen sich vor Mina über den Ast, glitten nach unten, an ihrem Gesicht vorbei, den Stamm entlang. Der Stoff wischte hinterher. Füße prallten dumpf auf die Erde. Von der anderen Seite der Mauer sah Rosa zu Mina auf.

»Komm, jetzt du. Beeil dich, Mina!«

Während Mina mit zitternden Knien und starr vor Staunen den Eichenstamm hinunterrutschte, zog Rosa hastig ihren Rock wieder an.

Irgendwo bellte ein Hund.

Mina erschauerte. Blindlings lief sie los, zum verborgenen Weg, und Zweige, die im Mondlicht lange Fingerknochen waren, zerrten an ihren Haaren. Sie hörte Rosa hinter sich, das Trommeln ihrer Fußsohlen, das Rauschen ihres Rockes – ihr Rock, gütiger Himmel! Sie hatte tatsächlich ihren Rock ausgezogen! –, zweistimmiges Keuchen in der Luft, viel zu laut, und darunter, immer wieder, das heisere Bellen. Es hetzte Mina vorwärts.

Der Mond schien weiter grell und schenkte ihnen keine dunklen Stellen, keine Winkel, in denen sie sich hätten verbergen können. Ihre Schatten warf er lang und scharf über die Sträucher, für jeden sichtbar, und sie konnten ihnen nicht davonlaufen, so sehr sie auch rannten. Der Weg, der schmale, verfilzte, struppige Weg, schien mit einem Mal breit und offen wie eine Chaussee am Mittag. Kein Versteck. Keine Hilfe.

Das Hundebellen trieb sie weiter an. Sie warfen sich ins Dickicht, waren schon hindurch, schlugen sich im Fallen die Hände an kalten Pflastersteinen auf. Mitten auf der Straße umzingelte das Mondlicht sie von überallher.

Das Bellen wurde lauter.

Gedanken jagten wirr wie Wolkenfetzen vor dem Sturm durch Minas Kopf. Ihr Blick blieb an dem Stein hängen, dem Felsbrocken, ein verlorener Trollzahn im niedrigen Gesträuch. Der Mondzinken darauf war nicht verblasst, im Gegenteil. Er schien zu leuchten wie mit bläulichem Feuer gezeichnet. Mina starrte ihn an.

Erst der Schmerz im Handballen brachte sie zur Besinnung. Sie packte Rosa am Arm, schüttelte den Kopf, so deutlich sie konnte, zog sie zurück zum Gebüsch.

»Zurück?«, keuchte Rosa, »Mina, bist du verrückt?«

Das Wort jagte eisige Stacheln durch Minas Bauch, und mondweiße Brillengläser blitzten vor ihr auf. Aber sie zog Rosa tiefer zwischen die Sträucher. Sie durften nicht auf der Straße bleiben.

Auf der Straße erwartete man sie.

Deshalb war niemand aus der Hintertür gestürmt, deshalb rührte sich nichts auf dem verborgenen Weg außer ihren zitternden Schatten, die zwischen die Dornen krochen. Man erwartete sie vorne.

Mina duckte sich neben Rosa und saugte an ihrem brennenden Handballen. Nur langsam wurde ihr klar, was das bedeutete. Sie sah den Rücken des Doktors vor sich, in den langen Minuten, bevor er sich zu ihr umgedreht hatte; hörte ihn im Treppenhaus nach ihr rufen. *Ich wusste, dass du hier sein würdest ...*

Erst jetzt fiel ihr auf, dass er sie geduzt hatte, wie früher, als unwissendes Kind. Kein höfliches »Fräulein Wilhelmina« mehr; keine Formen, keine Regeln. Keine Regeln ... Er hatte sie erwartet. Auch wenn es unmöglich war. Er hatte dort gestanden und in die Nacht hinausgesehen, und sie war es gewesen, nach der er Ausschau gehalten hatte.

Aber er hatte den Blick auf die falsche Stelle gerichtet. Auch jetzt noch.

Der alte Weg hatte sie gerettet. Für einen einzigen Augenblick. Einen Augenblick, der ausreichen musste.

Mina wischte alle Gedanken über das Wie und Warum aus ihrem Kopf, zerrte Rosa hinter sich her tiefer in das Gesträuch. Sie fühlte ihre Lider flattern, als sie sich zwang, die Augen zu schließen.

»Mina«, flüsterte Rosa heiser, »was machst du? Wir müssen weiter, sie finden uns hier!«

Mina nickte nur; und vielleicht verstand Rosa sie, denn sie verstummte. Schweigend rief Mina nach dem Wald, die Blätter, das Rauschen alle paar Augenblicke zerrissen vom Hundegekläff. Ihr ganzer Körper verkrampfte sich in der Anstrengung.

Als der Wald kam, endlich, in einer Minute, die sich wie die letzte anfühlte, bevor Mina ohnmächtig wurde, war er nicht mehr als ein Schemen unter dem Mond, und sie wusste es, bevor sie die Augen wieder öffnete. Mit dem ersten Blick fand sie ihn nicht; das Gebüsch lag um sie her wie zuvor, und die Enttäuschung sackte ihr als Eisklumpen in den Magen. Aber Rosa bewegte sich neben ihr, zupfte an ihrem Ärmel.

»Dort«, sagte sie leise. »Dort drüben. Mina, wie hast du das geschafft?«

Kaum, dachte Mina, als sie die Stelle gefunden hatte. Kaum, nur gerade eben so, Rosa, und er ist auch kaum da. Nur dieser Schatten dort zwischen zwei jungen Bäumen, die eben noch nicht in den Büschen standen; dieser Bogen unter ihren Zweigen, der wie ein Tor aus Dunkelheit aussieht. Mehr nicht, und selbst das kann ich kaum festhalten. Wir müssen uns beeilen. Hunde haben gute Nasen. Sie werden nicht mehr lange an der falschen Stelle suchen.

Sie gab Rosa einen kleinen Stoß, schubste sie fast auf den dunklen Baumbogen zu. Hintereinander krochen sie durch das Gebüsch. Mina sah Rosa in den Schatten eintauchen, den Kopf zuerst, dann die Schultern, den Rücken. Er verschluckte sie, wie Schatten es tun; nur, dass dieser nicht dort war, wo er zu sein schien, und dass er sie mit sich nehmen würde, wenn er wieder verschwand. Die Umrisse der Bäumchen waren unscharf, verschwommen trotz des hellen Mondlichts. Und hinter Minas Stirn waberte Schwindel wie Dunst hin und her.

Rosas Füße verschwanden. Mina atmete ein. Sie richtete sich vorsichtig ein Stück weit auf, sah über die Büsche zur Straße hin. Das Bellen war geblieben, aber noch regte sich nichts in ihrer Nähe. Sie hatten sie noch nicht entdeckt.

Da war der Stein, groß selbst aus der Entfernung, und der Zinken leuchtete kalt zu ihr herüber. Nein, er verblasste nicht, wie das Sonnenzeichen verblasst war, das Karol ihr in die Luft gemalt hatte, vor unendlich langer Zeit. Sie sah ihn jetzt nur noch deutlicher als zuvor. Er blieb, und es gab nur eines, was das bedeuten konnte.

Mina tat schnell, was sie tun musste; das erste kleine Zögern würde ihren Willen brechen. Sie presste die Augen zu, ballte die freie Hand zur Faust. Verjagte den Wald mit all der Kraft, die sie noch in sich finden konnte. Es fühlte sich an, als triebe sie sich selbst einen Nagel in die Brust.

Sie sah nicht nach, ob es ihr gelungen war; konnte es nicht über sich bringen, den Kopf zu heben und auf die leere Nacht zu starren, wo eben noch das Tor in den grünen Schutz gewartet hatte. Mit dem nächsten Hundebellen schob sie sich durch das Gebüsch, zurück auf den verborgenen Weg, die gestohlenen Akten gegen den Bauch gedrückt.

Hufschläge hallten auf den Pflastersteinen der Straße, wurden lauter, rasend schnell, wie tausend winzige Trommeln. Sie konnte nicht anders, hob zitternd den Kopf eine Haaresbreite über das Gebüsch. Ein einzelner Schemen wischte an dem großen Felsen vorbei, eine Mähne flatterte wild gegen den Mond. Kein Umriss eines Reiters oder einer Kutsche. Verwirrt starrte sie dem Pferd hinterher. Hatte sie es wirklich gesehen?

Dann rannte sie los, über die mondhellen Wiesen, fort vom Waisenhaus, fort von Rosa, ohne sich umzudrehen.

Es tut mir leid, dachte Mina später oft. Oh, es tut mir so leid. Verzeih mir, Rosa Luluya, dass ich dich alleingelassen habe mit Sorge und Verzweiflung. Aber wie hätte ich erklären sollen? Und entschuldige nur, Mina Gutshaustochter, dass du nicht in die grüne Sicherheit fliehen durftest. Der Mond hat dich nicht gehen lassen. Der Mond, der Verräter. Der den Weg noch weiter führen will. Weiter; irgendwohin. Und mir bleibt nichts, als zu folgen. Ganz allein.

Ganz allein.

Es war nicht die Hölle, nachts auf den einsamen Wiesen und Feldern. Ewiger Schmerz und Verdammnis wären leichter zu ertragen gewesen als dies kalte Grausen, das sie mit jedem Luftholen einatmete. Das Schweigen um sie her war so dicht, so vollkommen, sie bewegte sich darin wie ein

Stein, der ins Wasser fällt. Jeder Schritt zwischen trockenen Gräsern hallte ins Unendliche weiter. So hörbar, so schutzlos. Und der Mond strahlte sie weiter an, als stünde sie auf einer Bühne, vor einem schweigenden Publikum aus Schatten und Schemen.

Sie rannte; sie trabte; sie ging, und schließlich schleppte sie sich nur noch weiter, weil es das Einzige war, was sie tun konnte. Erst, als der Morgen ihr über die halbgeschlossenen Lider strich, versteckte sie sich notdürftig irgendwo unter einer Hecke. Die Akten aus dem Waisenhaus schob sie unter sich.

Sie waren das Erste, was sie fühlte, viel später am Tag, als sie wieder zu sich kam; das steife Papier, das seine Kanten in ihre weiche Haut drückte. Mit müde verschwollenen Augen und trockenem Mund setzte sie sich auf, blätterte durch den schmalen Stapel. Vier Akten waren es, Namen auf den Deckeln, die ihr nichts sagten, *Hansen, Christiansen, Lütt;* und die seltsamen Kürzel und Kritzeleien bedeckten jede einzelne Seite, so unlesbar im Tageslicht wie in der Nacht. Einzelne Wörter dazwischen, von denen sie nicht einmal wusste, aus welcher Sprache sie stammten.

Vater Tr.
Mutter unbek.
Schw. Milieuschäden.

Tobsüchtg.
Fallsüchtg.
Pavor noc.

Einf. Seelenstörg.

Sie blätterte, Seite um Seite, wie aus Pflichtgefühl; starrte auf die Zeichen, blätterte weiter. Die Botschaften hinter dem Gekritzel enthüllten sich ihr nicht. Keine Hilfe fand sich zwischen den Aktendeckeln.

Der Stempel am Ende der vorletzten Akte – *Hinrichsen, Sönke* – war nach den endlosen Krakeln und Kürzeln so klar auf das Papier gedrückt, dass es sie schockierte. Nicht eine Linie war verwischt, kein Buchstabe verrutscht. Er bedeckte beinahe die ganze Seitenbreite.

Am 18. Dezember 1902 überwiesen.

1902, dachte sie flüchtig, Weihnachten, vor elf Jahren. Da war sie selbst nicht älter als drei gewesen. Der Vater hatte ihr die erste richtige Puppe geschenkt, mit Stoffgesicht und Kleidern zum An- und Ausziehen. Zu Hause, auf dem Gut. Und im Waisenhaus war zur gleichen Zeit ein anderes Kind »überwiesen« worden.

»Überwiesen«, was für ein glattes Wort. Was bedeutete es?

Sie schlug die Akte zu, griff nach der Letzten, die darunterlag; sie würde nicht mehr enthalten als Hunderte weiterer Kürzel, die sie nicht verstand und die ihr nicht halfen.

Aber zugleich mit dem harten Aktendeckel packte sie etwas Dünneres, Nachgiebigeres. Ein schmaler Bogen Papier stak zwischen den beiden letzten Akten, schief, wie unabsichtlich. Sie zog ihn heraus; ein einzelner Absatz, in einer nadelfeinen Frauenhandschrift. Nicht mehr als eine Notiz.

Behördliche Meldepflicht für Anzeichen von Imbezilität und Demenz beachten! Gewöhnliche Auffanginstitution: Provinziale Heil- und Pflegeanstalt.

Kontakt herstellen zu Dr. R.: bei Verdacht auf schwere Seelenstörung mit bes. ausgeprägtem halluzinatorischen Element. Nicht älter als 15 J.

Mina las den Absatz zwei- oder dreimal, ohne ihn zu verstehen. Sie wollte das Stück Papier schon wieder zwischen die Akten zurückschieben, als sie sah, dass auch die Rückseite beschrieben war.

Eine Art Liste, wie so viele in den Akten; sehr kurz nur. Mit einem scharfen schwarzen Stempel darunter. Er bedeckte das Blatt fast in der ganzen Breite. Aber nicht er, sondern etwas anderes sprang sie vom Papier aus an.

Ein Wort. Ein Name.

Ranzau.

Mina hielt inne, und ihr Magen verkrampfte sich. Das Papier begann zu zittern. So sehr, dass sie es kaum lesen konnte. Sie musste ihre Hände schließlich halb zwischen ihren Knien einzwängen, damit sie es ruhig genug hielten. Ruhig genug, um zu sehen, dass die Tinte der Worte am Anfang der Liste blass und grau war, während sie nach unten zu immer kräftiger und frischer wurde. Ruhig genug, um zu lesen:

Ranzau, J.	09. Januar 1902	*Schw. Seelenstörg.*
Ranzau, H.	09. Januar 1902	*Schw. Seelenstörg.*
Hinrichsen, S.	18. Dezember 1902	*Schw. Seelenstörg.*
Stockfleet, M.	15. Juli 1904	*Schw. Seelenstörg.*
Petersen, H.	30. November 1907	*Schw. Seelenstörg.*
Lorenzen, P.	06. März 1910	*Schw. Seelenstörg.*

Und darunter breit der Stempel:

Private Nervenpflegeanstalt zu Schleswig
Medizinalrat Dr. med. Rädin
Direktor

Zuerst verstand sie nicht, was sie da las. Schaute auf das Papier, die Buchstaben, als müsste sich ihr Sinn erst noch erschließen. Aber da gab es keine verborgene Bedeutung. Es war eine Quittung. Eine Quittung für Kinder. Der Stempel sprach mit klarer, unüberhörbarer Stimme. Als Mina sie endlich wahrnahm, sackten ihre Schultern zusammen, und die Akte fiel ihr aus den Händen. Oh, dachte sie hilflos. Nicht mehr als das. Für eine lange Zeit.

Weshalb sie aufstand, irgendwann, wusste sie nicht. Ihre Hände schoben die Akten in das Bündel und schnürten es zu; ihre Knie beugten und streckten sich, ihr Körper kam in die Höhe, steif wie eine Marionette. Sie ging ein paar Schritte, und da sie nicht umfiel, noch ein paar mehr. Immer weiter.

Sie wusste nun, wohin sie gehen musste; und das war das Schrecklichste. Sie wusste es, und obwohl ihr Innerstes gefror, wenn sie an diesen Ort dachte, bewegten ihre Glieder sich widerstandslos weiter vorwärts. Selbst als ihr langsam klarwurde, dass sie zwar den Ort kannte, nicht aber den Weg dorthin, hielt ihr Körper nicht an. Sie hatte keine andere Wahl, als weiterzugehen. Keine Wahl.

Meine armen Kleinen ... das Beste ... für Wilhelmina ...,

echoten Stimmen in ihr, von weit, weit her. Vom Anfang des Wegs. *Wir mussten Wilhelmina schützen ...*

Ja, dachte sie, und die bittern Tränen versengten sie von innen. Ja, ich weiß.

Und das Schuldgefühl, das sich in ihr verborgen hatte, den ganzen weiten Weg über, versteckt unter Angst, versteckt unter Wundern, wog so schwer wie ein Stein.

Ich weiß. So hat es angefangen. Und deshalb ... keine Wahl.

Für Ranzau, J. Für Ranzau, H. Ganz gleich, zu welchem Ende. Ich bin es ihnen schuldig.

Und sie legte über dem Kleid die Hand auf das Medaillon.

Was folgte, waren Stunden, Tage vielleicht, die um sie her versanken, ohne sie zu berühren. Sie spürte keinen Hunger, keinen Durst; keine Hitze und keine Kälte. Manchmal war es hell, dann ging sie ein wenig schneller. Manchmal war es dunkel, dann strauchelte und taumelte sie. Licht und Schatten, und ab und zu der Wind, der ihr die Haare aus der Stirn strich und in den Halmen flüsterte; mehr nahm sie nicht wahr.

Sie blieb in der Nähe der Straße, aber von den Dörfern hielt sie sich fern. Selbst wenn sie nach dem Weg hätte fragen können – wer hätte einem Lumpenmädchen geantwortet? Und die Kinder, denen sie einmal begegnete, als sie zu nah an ein Dorf geraten war, liefen schreiend vor ihrem starren Gesicht davon.

Das Land trug sie weiter und weiter.

Manchmal flüsterten Melodien in ihrem Kopf; das Taterlied, das Rosa ihr beigebracht hatte, summte sich selbst auf ihren Lippen, und sie wusste, dass sie sich tonlos dazu be-

wegten. Sie konnte es nicht verhindern. Obwohl sie wusste, wie es aussehen musste, brachte sie die Kraft nicht auf. Vielleicht war es ihr auch einerlei. Das Einzige, was zählte, war der Ort; jener Ort bei der Stadt Schleswig, an dem die Suche enden musste, so oder so. Wenn nur das Ende endlich käme ...
    Aber das tat es nicht. Mina irrte umher, ohne Ziel, ohne Richtung, durch Felder, Wiesen und Knicks, kleine Wäldchen, die ihr mit ihrem Blätterspiel das Herz brachen, über Hügel und durch Gebüsch. War das Schleswig, die hohen Häuser hinter jener Biegung? Oder der spitze Kirchturm dort drüben? Oder war es wieder nur ein Dorf, das Hundertste, Tausendste, das sich mit großen Häusern als Stadt verkleidet hatte? Sie folgte den Windungen der gepflasterten Straße, auch als sie schon längst nicht mehr gepflastert war. Von Schritt zu Schritt wurde es sinnloser.
    Stimmen gesellten sich zu den Melodien in ihrem Schädel; sie hatte keine Kraft, sie abzuwehren. Mamsell, die schimpfte und sie Zigeunerkind nannte. Die Mutter, die weinte, gedämpft, hinter einem Spitzentuch. Lilja, die etwas Tröstendes flüsterte mit ihrem schönen Mund; Mina verstand es nicht, so sehr sie sich auch bemühte.

An dem Tag, an dem sie nicht weiterkonnte, kam eine neue Stimme dazu. Ihre Knie hatten nachgegeben, einfach so, hinter einem der unzähligen Knicks; sie hatte noch das Bündel gehört, wie es dumpf auf den Boden schlug, hatte sich vage über das seltsame Geräusch gewundert. Dann waren Himmel und Erde übereinandergestürzt.
    Es war wohl so, dass sie bewusstlos dalag, als die Stimme ihr zuzuwispern begann. Es musste so sein. Weich und tief

war sie, und Mina kannte sie, ohne zu wissen, woher. Die Stimme sprach so freundlich zu ihr, zärtlich fast, wie Finger, die ihr über den Scheitel strichen.

»Mina«, sagte die Stimme sanft, »was machst du denn nur, Mädchen?«

Ich weiß es nicht, antwortete sie in ihrem Kopf. Ich weiß nur, dass ich gehen muss, weitergehen, immer weiter.

Sie versuchte sich aufzurappeln, wieder auf die Füße zu kommen; aber natürlich gelang es ihr nicht. Sie schlief ja, oder war sie doch wach? Weshalb sah sie die Zweige des Knicks über sich wiegen, wenn sie die Augen geschlossen hatte?

»Mina, Mina«, sagte die Stimme. »Was streifst du so allein durch die Felder? So ein nettes, hübsches Mädchen wie du.«

Mina runzelte die Stirn; es fühlte sich an, als bräche die Haut dabei in staubige Falten.

»Komm, Kleine. Ich helfe dir.«

Hände an ihren Schultern. Warm und fest und breit. Etwas Verschwommenes über ihr, ein dunkles Oval, in dem zwei schwarze Edelsteine glitzerten. Mühsam versuchte sie, den Blick auf sie zu konzentrieren.

»So ist es gut«, sagte die Stimme, und sie schien aus dem Oval zu kommen. »Sieh mich an, kleine Mina. Ich helfe dir.«

Sie fühlte sich emporgezogen. Ihr wurde schwindelig.

»Du musst etwas trinken, Mina. Keine Angst, ich halte dich.«

Wasser berührte ihre Lippen und wurde von ihnen aufgesogen, noch bevor auch nur ein Tropfen in ihren Mund rinnen konnte. Erst als mehr davon über ihr Kinn floss, sprang der Durst sie an, der sich irgendwo in ihr versteckt gehalten hatte. Sie schluckte gierig, hustete, trank weiter.

»Gutes Mädchen«, sagte die Stimme. »Gute, kleine Mina. Geht es dir besser? Kannst du mich jetzt sehen?«

So freundlich, die Stimme. So vertraut. Für sie gab Mina sich so viel Mühe, wie sie nur konnte. Sie kniff die Augen zusammen, biss sich auf die Lippen. Nur langsam gewann das dunkle Oval an Schärfe. Da waren die Fläche einer Stirn, die Linien von Wangenknochen. Der Schatten eines Bartes auf einem kantigen Kinn. Und über den schwarzen, glitzernden Edelsteinen stiegen Brauen schräg und kühn in die Höhe ... Mina verschluckte sich. Es war Viorel, der auf sie hintersah und an dessen Schulter sie lag.

Mina sprang nicht auf. Zuckte nicht zurück, wand sich nicht unter seinen Händen hervor. Sie war so erschöpft, dass sie nicht mehr tat, als an ihm zu lehnen und zu ihm aufzublicken.

»Erkennst du mich?«, fragte er.

Sie nickte benommen; oder bildete sie sich nur ein, dass sie es tat? Aber nein, er lächelte, und seine Augen glitzerten zu ihr herunter.

»Gut. Du hast dich vielleicht ein wenig übernommen, ja? Was machst du hier so allein? Wo ist Rosa?«

Mina betrachtete ihn verwirrt.

Sein Lächeln verschwand nicht, aber ein neuer Ton stahl sich in seine Stimme. Er hatte etwas Dringliches, Entschlossenes. Es passte nicht zu dem weichen Schwung seiner Lippen; aber zu dem Glitzern in seinen Augen.

»Wo ist Rosa, Mina? Verstehst du, was ich sage? Habt ihr euch verloren?«

Sie schüttelte den Kopf. Ihr Nacken rieb sich dabei an

seinem Körper, das Blut stieg ihr ins Gesicht und ließ die Wunde auf ihrer Wange pochen.

Er merkte es. Sein Lächeln vertiefte sich.

»Ach, kleine Mina. Ich weiß, du bist müde und erschöpft. Aber ich halte dich ja, du kannst dich ausruhen. Willst du das, Mina? Ausruhen, hier bei mir?«

Ihr Kopf nickte von allein, als sein Arm sich fester um sie legte und seine Lippen ihren näher kamen.

»Dann tu das nur«, flüsterte er sanft wie das Rascheln von Seide unter dem Sternenlicht. »Tu das, kleine Mina. Ich halte dich.«

Sein Atem strich über ihren Mund. Ihre Augen spiegelten sich in seinen. Der Schwindel kam zurück, viel stärker als zuvor. Sie musste sich an ihm festhalten. Ganz von selbst fanden ihre Finger die Stelle in seiner Armbeuge, wo die Muskeln unter Hemd und Haut so biegsam ineinander übergingen; wie geschaffen für eine Hand, um sich anzuklammern ...

»Ich bin bei dir«, murmelte er. Und weil er es murmelte, während er sie küsste, verstand sie erst, als es vorbei war, als sein Mund sich von ihrem löste und sie die plötzliche Kühle auf ihren Lippen spürte.

»Bei dir ...«

Er gab ihr keine Zeit zu denken. Sein Mund kam zurück, seine Augen glänzten so sehr, sie musste die Lider schließen. Und dann küsste er sie zum zweiten Mal.

»Kleine Mina, was machst du nur für Unsinn ...«

Wie nah er war, so nah. Sein Bart verfing sich in ihren Wimpern, wenn er den Kopf bewegte.

»Einfach wegzulaufen, du und Rosa und die Kleine. Und ausgerechnet zu einem Waisenhaus. Solche Dummheiten, Mina ...«

Er redete, während er sie küsste. Es ging über ihren Verstand, dass er dazu in der Lage war. Jedes einzelne Härchen an ihrem Körper richtete sich zitternd auf, als seine Hand über ihren Hals strich und unter ihrem Kinn zu liegen kam. Wie bei einem kleinen Kind stützte er ihren Kopf.

»Rosa hätte es besser wissen müssen. Sie ist die Ältere. Ist sie gegangen, um den anderen zu sagen, wo ihr seid, Mina? Wo ist Rosa?«

Sie konnte den Kopf nicht schütteln, seine Hand hielt sie zu fest. Aber er musste die Bewegung unter den Fingern gespürt haben, denn er löste sein Gesicht von ihrem, und als sie die Augen unwillkürlich öffnete, bohrte sich das schwarze Funkeln hinein, so scharf, dass sie erschrak.

»Weißt du nicht, wo sie ist? Ist es das, was du sagen willst? Aber du musst es wissen, Mina. Du musst es wissen.«

Die Hand an ihrem Hals griff jetzt sehr fest zu.

»Du hast sie gebeten, mit dir zu kommen, oder nicht? Sie und Pipa. Das dumme kleine Ding, sie wird nicht verstanden haben, worum es dir ging. Aber ich verstehe es, Mina. Oh ja, ich verstehe es sehr gut.«

Seine Finger gruben sich in die weiche Haut unter ihrem Kiefer. Mina schluckte hart.

Er hörte nicht auf zu lächeln.

»Du bist ein gut erzogenes Mädchen, und solche Dinge, Liebesdinge, sind dir noch fremd. Ich verstehe das, und ich bin dir nicht böse. Fast überhaupt nicht, Mina. Du konntest wohl nicht anders. Aber jetzt, jetzt musst du vernünftig sein und mir sagen, wo sie ist, hörst du? Jetzt, wo ich dich gefunden habe, dir geholfen habe. Jetzt, wo du ...« Er küsste sie wieder, und diesmal fühlten seine Lippen sich an wie Eis unter der Wärme der Haut.»Wo du ... vielleicht ... ein bisschen erwachsener bist ...«

Sie schob sein Gesicht weg, es geschah ganz von selbst. Ihre Hand bewegte sich, es war die einzig richtige Bewegung, aber als sein Blick zu ihr zurückkam, wünschte sie, sie hätte es nicht getan. Unter den schimmernden Edelsteinen glühte schwarze Kohle.

»Oh, ich weiß«, zischte es aus seinem Lächeln. »Ich weiß, du glaubst, ich bin nicht gut. Nicht gut genug, nicht für dich. Und nicht für sie, das glaubst du doch? Deshalb hast du sie von mir weggelockt. Nachdem du ihr all diese Dinge über mich verraten hast, die der verfluchte Kater gesehen hat. Er, der seine Nase überall hineinstecken muss. Damit sie mit dir geht und mich verlässt! Nur deshalb hast du es getan!«

Hilflos starrte sie ihm ins Gesicht. Er redete wie im Fieber. Wieder versuchte sie, den Kopf zu schütteln, ihm irgendwie zu sagen, wie furchtbar er sich irrte. Aber er achtete nicht darauf. Und der Schrecken in Mina wurde langsam zu einem harten Klumpen, der ihr die Luft abdrückte. Oder war es seine Hand, die sie immer noch gepackt hielt?

»Vielleicht hast du gedacht, du wärst schlauer als ich, als wir alle. Weil du lesen und schreiben kannst, junges Fräulein. Aber es gibt vieles, was man nicht in der Schule lernt. Wie dies hier«, er küsste sie wieder, so fest, dass ihre Unterlippe aufsprang. »Und dass man sich manchmal mit Leuten zusammentun muss, die man sonst meiden würde wie der Teufel das Weihwasser. Wenn sie einem wiederbringen können, was man verloren hat.«

Er musste verrückt geworden sein. Verzweifelt versuchte Mina, einen Sinn in dem zu finden, was er ihr ins Gesicht zischte. Es gelang ihr nicht. Schwach und hilflos hing sie in seinem Arm, seinem Griff an ihrem Hals; wie die Mutter daheim auf dem Sofa im Damensalon, mit dem Riechfläschchen in der kraftlosen Hand ...

»Der Doktor«, fauchte Viorel, und Mina erschrak tödlich, »kann ganz vernünftig sein, wenn man weiß, wie man ihn anpacken muss. Er versteht, was ein Mann fühlt, dem seine Braut einfach davonläuft. Und wenn er dazu noch ein kleines Mädchen zurückbekommen kann, das er seit Tagen sehnlich sucht ...«

Es schrie in Mina, als sie verstand. Der Schatten, die schemenhafte Gestalt im Hof des Waisenhauses. Der Doktor hatte nicht allein auf sie gewartet.

Sie stieß ihn zurück, mit einer Kraft, von der sie nicht wusste, woher sie kam. Seine Hand riss von ihrem Hals, Luft strömte in ihre Brust. Sie hustete lautlos, versuchte taumelnd aufzustehen, während er nach ihren Handgelenken griff. Das Kohlenfeuer toste aus seinen Augen.

»Bring sie mir zurück, du kleine Hexe! Bring sie mir zurück!«

Nicht Furcht war es mehr, was sie fühlte, sondern nacktes Entsetzen. Sie wich zurück, so gut es ging, stieß mit dem Rücken gegen Baumstämme und Sträucher. Er streckte die Arme nach ihr aus in einer Geste, die so schrecklich nach einer verzerrten Umarmung aussah, dass es sie schauderte.

»Wo ist Rosa, Mina! Wo – ist – Rosa!«

Panisch irrten Minas Augen durch Knick und Feld. Es gab keine Hilfe, keine Rettung. Nur viel zu dünne Zweige und Halme, und den Boden unter ihr ... den braunen Boden ... das Gras ... das grüne Gras, aus dem es einmal, in einer anderen Zeit, an einem anderen Ort, so zart und blau hervorgeleuchtet hatte ... so zart und so machtvoll.

Sie fiel auf die Knie, hörte ihn lachen, schrill wie eine Sturmmöwe. Unter ihren Fingern bewegten sich die Halme hin und her. Wie rasend strich sie darüber, zügelte mühsam die Angst, um sie nicht zu zerreißen. Grün, Braun, Grün, Braun, Grün ...

Blau. So blass und zart wie der Himmel an einem frühen Sommermorgen. Nicht größer als ein Fingernagel. Dort, unter ihrer rechten Hand. Und dort, unter ihrer Linken. Vor ihren Knien. Neben ihrem Kleid.

Blau. Überall um sie her. Winzige Blumenköpfchen schimmerten auf, wenn sie darüberstrich. Verblassten wieder unter dem Wind.

Er sah sie.

»Wag es nicht, Mina!«, schrie er. »Wag es nicht, unsere eigenen Künste gegen mich zu gebrauchen! Wage es nicht!«

Er ballte die Fäuste, einen Zentimeter nur vor dem Feenkreis. Sie konnte die geschwollenen Adern auf seinen Handrücken sehen. Wie kleine Schlangen, die sich über die Knochen wanden. Wie die Wächterschlangen auf der Wiese des grünen Königs mit der Krone aus Tautropfen. Der so voll Zorn war, wie er voll Liebe gewesen war für ein kleines, goldenes Schmuckstück, das ihm ein Menschenmädchen stahl ...

Mina sah ihn an, den Mann, der vor einer Barriere aus blauen Blumen tobte. Sie sah den Pulsschlag an seinem Hals, die tiefen Falten, in die seine Stirnlocken fielen. Die harten Linien um seinen Mund, die das Zauberlächeln zerrissen hatten. Sie hörte seine Stimme, heiser vor Wut. Und sie hörte das, was darunter bebte.

Sie löste den Kreis nicht auf. Aber sie streckte eine Hand aus, so weit es ging. Berührte mit einer Fingerspitze Viorels Faust.

Es gab einen langen, kalten Augenblick. Einen Augenblick, in dem es möglich war, dass er sie packte, packte und aus dem Feenkreis zerrte, um zu tun, was immer der Zorn ihm gebot. Seine Augen schnitten tief in ihre. Aber das, was darunterlag, berührte sie noch tiefer.

Beide hielten sie inne; der Augenblick verging, und seine Fäuste sanken herab. Ein Wimpernschlag, ein zweiter.

Dann begann er zu weinen.

Die Tränen liefen ihm über das Gesicht, in den Bart, als wollten sie sich dort verstecken. Er wandte den Kopf ab, bohrte sich die nutzlosen Fäuste in die Augenhöhlen. Sank auf die Knie.

Noch niemals in ihrem Leben hatte Mina Tränen auf Männerwangen gesehen.

Sie wusste nicht, was sie tun sollte; wusste es noch weniger als vorher. Also blieb sie so, wie sie war, rührte sich nicht, mit ausgestrecktem Arm. Hielt ihm die Fingerspitze hin, und als er den Kopf senkte, legte sie sich von selbst auf eine seiner Locken. Sie war glatt und weich und heiß vom Schweiß.

»Ich kann nicht«, murmelte er unter seinen Haaren versteckt, wie sie sich unter ihren versteckt hatte, »kann nicht sein, wenn sie nicht da ist. Nicht schlafen, nicht essen. Nicht leben. Nicht sein. Kann nicht, kann nicht ...«

Er atmete stockend aus. Die Locke bewegte sich unter Minas Finger.

»Kann sie nicht finden. Habe gesucht. Alle haben gesucht nach euch, der Doktor, seine Leute und die fürchterlichen Hunde.« Er schauderte. Wieder bewegte sich die Locke. Oder war es Minas Finger, der darüberstrich? »Aber ihr wart nicht da, wo ihr sein solltet. Ihr wart nirgendwo.

Ich habe gesucht. Überall. Aber ich kann sie nicht finden. Kann ... kann nicht ...«

Er riss den Kopf hoch, plötzlich, und ihre ganze Handfläche strich über seine Wange. Er schien es nicht zu bemerken. Sein Blick war wild und aufgewühlt wie Sturmwellen in einem schwarzen Wasser.

»Willst du, dass ich sage, es tut mir leid? Dass ich euch verraten habe? Willst du das? Dann sage ich es. Und vielleicht meine ich es sogar. Du bist ein nettes Mädchen, Mina. Nett und hübsch. Das ist die Wahrheit. Und nicht dumm, wie es scheint.«

Ein Gespenst des Zauberlächelns stahl sich in seine Mundwinkel. So blass, wie es auch war, es gab Mina kleine Bisse in die eigenen Wangen, als sie unwillkürlich versuchte, es zu beantworten.

Er seufzte, und seine Schultern sanken nach unten.

»Nein, gar nicht dumm. Obwohl du noch so jung bist. Es war falsch, was ich versucht habe zu tun. Das ist mir klar. Aber ich muss wissen, wo Rosa ist. Ich *muss* es wissen. Kannst du das nicht verstehen?«

Er schmiegte das Gesicht in ihre Handfläche, ohne es zu merken. Sein Bart kratzte über ihre Haut; seine Tränen waren feucht und warm. Mina hatte keinen Namen, der auf das passen wollte, was hier geschah.

So lauschte sie in sich hinein, nach einer Antwort auf seine Frage. Verstehen? Rosas Stimme klang noch in ihrem Ohr, die schrille Nachtstreitstimme, die nach so viel Schmerz geklungen hatte. Wenn er sie so sehr brauchte, warum verletzte er sie dann? Verstehen ... Hinter Minas Stirn lehnten sie wieder die Köpfe aneinander, Rosa und Viorel, abends beim Rasten; bettete einer den Knöchel auf den

Fuß des anderen, schlangen sie die Arme umeinander, bis man kaum sagen konnte, welche Hand wem gehörte. Redeten im Flüsterton über Dinge, die niemand außer ihnen verstand. Verstehen ...

Langsam schüttelte sie den Kopf, mehr für sich, denn er blickte nicht auf. Nein, verstehen konnte sie es nicht. Aber da war etwas, das sie ahnte, verborgen hinter den verschlungenen Linien, die ihre Gestalten im Schein von Liljas kleiner Lampe gebildet hatten. Auch auf der nächtlichen Lichtung hatte sie es gespürt, obwohl sie nicht begriff, wie das sein konnte. Selbst hier war es jetzt, in Viorels Tränen, und auch in dem finsteren Schwelen seiner Augen davor. Sie fühlte es. Und sie ahnte, dass es einen Namen haben mochte.

Sie nahm die Hand von seinem Gesicht, er sah auf, wurde sich ihrer erst bewusst, als sie fortgezogen wurde. Runzelte die Stirn in verwunderten Falten. Seine Augen trafen ihre.

Sie sah noch, wie sein Blick sich voller Staunen weitete, als sie die eigenen Lider sinken ließ. Sie war so müde, dass sie nicht einmal die Kraft hatte, sich Sorgen zu machen. Sie ließ die Erinnerung aufsteigen an das kleine Tor aus jungen Bäumen, hinter dem Rosa verschwunden war; ließ sie nach oben treiben, immer weiter, bis das Bild die Dunkelheit hinter ihren Lidern ausfüllte. Fast konnte sie Rosas hastige Schritte hören, durch den Wald, zurück zu den Tatern, als sie begriffen haben musste, dass Mina ihr nicht folgte. Und sicher hatte sie sie gefunden. Aber Viorel war nicht dort gewesen. Stattdessen hatte er Schatten gespielt am Tor eines Waisenhauses und für den Doktor das Pferd gehalten. Und nun war Rosa im Wald, und Viorel ...

Wie hatte Zinni gesagt? *Keiner von uns kann es, nur Karol und Lilja wohl, auch wenn sie es nicht zugibt.* Viorel konnte den Wald nicht rufen.

Mina betrachtete die Bäume hinter ihren geschlossenen Lidern, das weiche, dunkle Grün, die sanfte, ewige Dämmerung. War es richtig, dem Schmerz den Weg dorthin zu öffnen, dem Schmerz, den Viorel in seinen Augen trug? War es richtig, es nicht zu tun?

Sie hörte ihn ausatmen und wusste, dass sie sich entschieden hatte. Blätter raschelten, als er auf sie trat, wo eben noch Gras gewachsen war.

»Mina«, sagte er sehr leise. »Kommst du nicht mit?«

Sie schüttelte den Kopf, ohne die Augen zu öffnen.

Für Ranzau, J. Für Ranzau, H. Bis zum Ende. Zu welchem auch immer.

Einen Moment schwieg er.

»Der Doktor«, sagte er dann und räusperte sich, »ist nach Schleswig gefahren. Er war sehr wütend, dass er dich wieder verloren hat. Ich weiß nicht genau, was es eigentlich ist, das du suchst, Mina. Lilja sagt, es wären deine Brüder ...«

Sie musste zusammengezuckt sein, denn sie hörte das Rascheln, die hastige Bewegung in ihre Richtung, eine entschuldigende Geste.

»Ich verstehe nichts davon«, sagte er rasch. »Und ich muss es auch nicht verstehen. Aber ich denke, was auch immer du suchst – es wird dort sein, bei ihm. Habe ich Recht?«

Sie nickte einmal.

»Dann ...« Sie hörte ihn schlucken. »Dann folge der Straße bis zum nächsten Dorf. Dort teilt sie sich, und ein kleiner Pfad führt über die Felder. Er wird dich zu ihm bringen. Wenn du das wirklich willst.«

Die Bäume rauschten. Viorel sagte nichts mehr. Mina hörte seine Schritte, nah und dann weiter entfernt.
Dann war Stille.
Sie öffnete die Augen wieder, blickte über das Feld. Nahm das Bündel auf, das zu ihren Füßen lag, und machte sich auf den Weg.

Sie mied das Dorf, wie sie alle Dörfer gemieden hatte; eine Ausgestoßene hinter der Hecke, während drinnen geredet und gelacht, gearbeitet und gekocht wurde. Es machte ihr kaum noch etwas aus. Nur ganz leise pochte es in ihr, ein dumpfer Schmerz wie von einem wehen Zahn. Sie rührte nicht daran, nicht einmal in Gedanken.

Es mochte das Abendessen sein, was sie riechen konnte, während sie einen weiten Bogen um die Häuser schlug; sie konnte es nur schwer sagen. Die Wolken hatten sich am Himmel wieder zusammengezogen, ließen ihn noch weiter und riesenhafter erscheinen. War es noch die Sonne, die sich dahinter verbarg, oder schon der blasse Mond? Es war nicht zu sehen. Das Licht war fahl und unscharf, wie hinter einer schmutzigen Scheibe.

Minas Kopf war jetzt klarer. Vielleicht lag es am Wasser, das Viorel ihr gegeben hatte. Vielleicht auch an dem, was hinterher geschehen war. Der Geruch aus den Töpfen im Dorf ließ ihren Magen knurren, aber sie fühlte noch immer keinen Hunger. Nur eine schwache Wehmut bei dem Gedanken an einen gedeckten Tisch, Gesichter, die sich vertraut über die Schüsseln hinweg anblickten; eine große Schöpfkelle, die für jeden genug hatte und keinen vergaß. Sie dachte an die Tater, den Laib Brot, den Lilja für sie schnitt, gerade jetzt vielleicht, irgendwo im Wald. Kein Brot, keine Suppe, kein Lächeln für Mina. Nur ihre Füße, die sich vorwärtsbewegten, die Beine, die sich hoben und senkten. Voran auf dem Weg zu dem Mann, vor dem sie geflohen war; zu dem Ort, den sie mehr fürchtete als alles auf der Welt.

Dem Ort, der ihm gehörte.

Medizinalrat Dr. med. Rädin. Direktor.

Sie fand den kleinen Pfad, von dem Viorel gesprochen hatte. Er wand sich zwischen hügeligen Wiesen hindurch, auf denen Kühe grasten. Halme hingen ihnen aus den Mäulern, wie gewaltige grüne Schnurrbärte. Wie lange war es her, dass sie darüber gelacht hatte? Es musste in einem anderen Leben gewesen sein, so schwach war die Erinnerung. Und doch lag es nicht mehr als ein paar Tage zurück.

Oft raschelte es in den Halmen neben ihrem Weg, aber sie drehte nicht den Kopf. Keine schwarze Schwanzspitze, die zwischen den Rispen tanzte, kein freundliches Schnurren, dass sich unter dem Rauschen verbarg. Es gab Momente, in denen sie trotzdem gegen alle Vernunft hoffte, Tausendschöns runder Kopf würde sich gegen ihre Wade schmiegen, wenn sie nur nicht zu früh hinsah und den Augenblick verjagte. Der Kater war der Erste, der mit ihr gegangen war.

Aber es geschah nie, und sie wusste, es würde auch nicht geschehen. Sie ging allein.

Als ihr der vertraute bittere Geruch in die Nase stieg und den Duft des Dorfes überlagerte, erschauerte sie. Aus den Weiden führte der Weg sie in ein gelbes Meer; Rapsfelder entrollten sich zu beiden Seiten, und sie hörte das unendliche Wispern, mit dem die Pflanzen sich ineinander verhakten und wieder lösten. Rapsfelder. Wie passend das war ...

Nicht weit hinter dem Dorf fand sie den Wegweiser; den Ersten, den sie bisher gesehen hatte. Nur ein einfaches, zugespitztes Holzschild auf einem Pfahl, die Schrift darauf so klar und entschieden wie auf dem Stempel in der Akte, die sie in ihrem Bündel trug: Privatgelände. Nervenanstalt.

Das Irrenhaus.

Sie hätte ihn nicht gebraucht, diesen Hinweis; nicht nach dem Gestank des Rapses, der sie einhüllte. Genauso wenig wie den Zinken, den sie auf der Rückseite des Schildes fand. Es war nicht der Vollmond, den sie erwartet hätte; nur das verwunderte sie. Ein schlichtes Dreieck stattdessen, mit einem Kreis in der Mitte, der an einem Strich zu hängen schien. Sie wusste nicht, was er besagte. Aber eine Ahnung stieg in ihr auf. Der Kreis glich so sehr einem Kopf, der in einer Schlinge steckte ...

Nun, sie wusste, dass sie sich in Gefahr begab, wenn es das war, was der Zinken ihr mitteilen wollte. Seit im Gutshaus die Gartenpforte leise hinter ihr ins Schloss gefallen war, hatte sie nichts anderes getan.

Sie hielt einen Moment inne und zog das Medaillon aus dem Kleid. Als sie es aufklappte, waren die beiden Photographien so sehr verblasst, dass es kaum noch Gesichter waren, die ihr entgegenblickten. Nur Augen im verschwommenen Nichts, und die Male, eines rechts, eines links; dunkle Flecken auf leerem Papier.

Vielleicht hatte sie etwas erwartet, wenn sie die Bilder unter diesem Wegweiser öffnete; eine Stimme im Kopf, ein

Rauschen in den Feldern. Was auch immer es war, es geschah nicht. Die Photographien schwiegen sie an, und noch während sie sie betrachtete, schienen sie im fahlen Dämmerungslicht weiter zu verblassen. Sorgsam schob sie sie zurück unter das Kleid.

Das Haus war zuerst nicht mehr als ein weißer Hintergrund für die geschmiedeten Ranken des Zauns. Am Ende des Wegs, am Ende der Felder erhob er sich so weit gegen den Wolkenhimmel, dass Mina den Kopf in den Nacken legen musste, um zu den Spitzen aufzusehen. Sie waren wie offene Blüten geformt – Blüten, in Eisen erstarrt, mit je einem scharfen Dornenstachel im Herzen. Selbst wenn sie sich auf die Zehenspitzen stellte, konnte sie sie nicht erreichen.

Es gab eine Pforte, so hoch wie der Zaun; aber obwohl es sicher eine Hintertür war, wusste Mina, noch bevor sie die Klinke drückte, dass sie sorgfältig verschlossen sein würde. Das Eisen bewegte sich lautlos unter ihrer Hand, gut geölt und kalt. Die Pforte öffnete sich nicht.

Mina lehnte das Gesicht gegen die Zaunranken, die reglosen schwarzen Zweige und Blätter. Das Haus stand ein gutes Stück entfernt, sauberes Weiß hinter zartem Rasengrün. Viele hohe Fenster und ein überdachter Eingang, der von ihr wegsah, dorthin, wo die Hauptstraße sein musste. Große Türen, die weit offen standen, Menschen entließen und wieder in sich aufnahmen. Beim Eingang herrschte so viel Kommen und Gehen, wie es im Waisenhaus still gewesen war.

Es war schwer zu glauben, was sie sah. Schwer zu glauben, dass dies der schreckliche, so lange namenlose Ort sein sollte, das furchtbare Ziel ihrer Reise. Menschen standen vor dem Eingang in kleinen Gruppen beieinander; sie konnte sie reden hören und lachen. Viele weiße Kittel bewegten sich zwischen ihnen umher, aber sie wirkten eher wie umsichtige Kellner als wie Pfleger. Zwei von ihnen lehnten an der Hausecke und teilten sich eine heimliche Pfeife. Ein gebeugter Großvater wurde am Arm eines anderen Kittels um eine Blumenrabatte spazieren geführt. Kinder stürzten sich jauchzend in die offenen Arme einer Frau, die eben aus der Eingangstür trat. Buntes, durcheinanderwimmelndes Leben.

Nur ganz allmählich nahm Mina auch die anderen Dinge wahr: Es gab viel mehr weiße Kittel als Menschen in Straßenkleidung. Und wen sie so sanft und umsichtig führten, der ging dorthin, wohin sie ihn brachten. Der Großvater bei dem Blumenbeet wirkte so sehr gebückt, als könnte er sich kaum noch auf den Beinen halten zwischen den kräftigen Armen der Pfleger ... Der Mann, der die Frau mit den Kindern begrüßte, vermied es, sie zu berühren, er reichte ihr nicht einmal den Arm.

Mina presste die Stirn fester gegen die Eisenblätter. In den kleinen Menschengruppen waren es die Weißbekittelten, die lachten und redeten. Viele Köpfe unter Straßenhüten waren gesenkt wie in der Kirche. Dort drüben, der Mann im schäbigen Anzug, der abseits stand – war es nicht ein zerknülltes Taschentuch, was er unter der Hutkrempe gegen die Augen drückte? Und die hohen Fenster in allen Stockwerken, fanden sich nicht eigentümliche Schatten und Spiegelungen in ihnen? Wie von schlanken Metallstäben, inwendig angebracht? Vergitterte Fenster, bis in den obersten Stock ...

Sie rieb sich die fröstelnden Arme.

Niemand sah zu ihr herüber. Es wäre auch schwer gewesen, sie hinter dem Zaun zu entdecken; die Verzierungen waren so eng miteinander verflochten, dass die Lücken gerade groß genug zum Hindurchschauen waren, wenn man sich dicht an den Zaun stellte, wie sie es tat. Keine Einzige war weit genug, um den Fuß hineinzuschieben, und oben warteten dazu die Dornenspitzen.

Mina atmete aus. Einen Moment lang fühlte sie so etwas wie Erleichterung. Keine unverschlossene Hintertür. Ein Zaun, der sich nicht erklettern ließ. Und viel zu viele Menschen vor dem Gebäude. Der einzige Weg hinein schien durch die Vordertür zu führen; und niemand auf der Welt hätte von ihr verlangen können, dass sie diesen Weg nahm, mitten in die Schar der weißen Kittel hinein.

Sie hätte fortgehen können. Es wäre nicht einmal unbedingt ein Aufgeben gewesen. Sie konnte gehen und nach den Tatern suchen, mit ihnen beraten, was es vielleicht doch noch zu tun gab. Tausendschön mochte eine Stelle finden, an der es sich durch den Zaun schlüpfen ließ, wenn man ein biegsamer Kater war. Lilja mochte Zaubersprüche kennen, die die Augen der Weißkittel benebelten oder Gitterstäbe in Wachs verwandelten. Es wäre nur vernünftig gewesen.

Mina blieb stehen.

Als sie den Kopf zurückbog, um wieder zu den eisernen Spitzen aufzusehen, klebte die Haut ihrer Stirn kurz am Metall fest, und es ziepte. Jetzt roch sie auch die frische Farbe, schwach nur noch, aber immer noch wahrnehmbar. Es war nicht lange her, dass der Zaun in seinem tiefen, satten Schwarz gestrichen worden war.

Vorsichtig löste sie die Finger aus den Ranken, an jedem ziepte es kurz. Flecken fand sie keine, der Anstrich war schon angetrocknet. Als sie die Länge des Zauns entlangblickte, erst in die eine Richtung, dann in die andere, sah sie überall den Schimmer frischer Farbe.

Nur links, ein gutes Dutzend Meter entfernt, wurde das schwarze Glänzen allmählich matter. Dort führte der Zaun auf das Haus zu, verschwand mit einer weißen Mauerecke zur Hinterseite. Dicht bei der Biegung schienen die Ranken weicher, beinahe beweglich zu sein.

Die junge Eiche kam Mina in den Sinn, die Eiche, die ihr ins Waisenhaus geholfen hatte. Langsam ging sie den Zaun entlang, vom Weg fort, über eine Wiese. Der frische Anstrich endete früher, als sie es erwartet hatte; die Finger, die sie über das Metall streichen ließ, rieben sich nach ein paar Metern an brüchigem Rost. Man war noch nicht gar so weit gekommen mit der Erneuerung. Sie fand sogar einen Farbeimer, fest verschlossen, der offenbar auf seinen weiteren Einsatz wartete.

Je weiter sie ging, desto größer wurden die rostigen Stellen. Wie eine seltsame Art Pilz blühten sie auf dem Metall und atmeten kupferfarbene Wolken aus, wenn sie sie berührte. Abgeblätterte Farbe lag in braunen Streifen im Gras. Farbe und ...

Sie bückte sich, nahm die kleine, runde Perle mit zwei Fingern auf. Mattschwarz war sie, wie der Zaun. Aber die Oberfläche war schrumpelig und weich, sie ließ sich mit den Nägeln eindrücken. Ein winziger Tropfen schwarzvioletter Saft quoll heraus.

Eine Holunderbeere. Übrig geblieben vom letzten Jahr, vom Schnee zugedeckt, von der Frühlingssonne hervorgeholt. Kein Vogelschnabel hatte sie zwischen den Grashalmen entdeckt.

Sie wusste nicht, ob sie froh sein sollte, als sie die Zweige und Blätter entdeckte, die zu der Beere gehörten. Um die Hausecke herum hatten sie sich durch den Zaun gewunden, Eisenschwarz mit Laubgrün bedeckt. Äste reckten sich aus den Lücken, ihr entgegen wie zum Gruß.

Der Holunderbaum wuchs in der Mitte des Zauns. Als Mina ihn hinter der Ecke sah, fielen ihr die alten Sagen ein, die Mamsell manchmal erzählte, wenn sie einen guten Tag hatte und ihre Hühneraugen sie nicht schmerzten. Holunder kamen oft darin vor; große Bäume, die an Kirchmauern wuchsen. Schicksale ganzer Landstriche waren in diesen Sagen mit ihnen verknüpft. Wuchs ein bestimmter Holunder hoch genug, dass man ein Pferd unter ihm anbinden konnte, dann kehrte ein ferner König zurück, und große Schlachten wurden geschlagen.

Nun, dieser Baum war hoch genug für zwei Pferde, übereinandergestellt. Was sonst kaum mehr als ein Busch wurde, hatte sich hier am Zaun in die Höhe gezogen, so lange, bis der Stamm stark genug war und keine Stütze mehr brauchte. Dunkle Blätter wucherten an graubraunen Zweigen, zur Sonne hin, über den Zaun.

Mina stand da und sah in die Krone auf. Fast, ohne es zu merken, ließ sie die Beere fallen und wischte sich die Hand sorgfältig am Kleid ab. So gut der Saft schmeckte, wenn Mamsell ihn aufgekocht hatte, so drohend hatte ihr Zeigefinger vor den rohen Beeren gewarnt. Es steckte ein Gift in ihnen, das man ihrer schönen, glänzenden Schale nicht ansah.

Hinter dem Baum war die Sicht auf das Haus versperrt.

Latten waren gegen den Zaun genagelt worden; glatt gehobelt, weiß gestrichen, aber immer noch eindeutig Latten, die keinen anderen Zweck erfüllen sollten, als die Sicht zu verstellen. Ihre Kanten ragten höher auf als die Zaunspitzen. Hier gab es kein Hinüberkommen. Was blieb, war der Holunder.

Mina kletterte schon, bevor ihr klarwurde, wie sie sich entschieden hatte.

Das graubraune Holz war weich und brüchig in ihren Händen. Es ließ sich zusammendrücken, als wäre es hohl. Keine Rosa, die ihr nach oben half; kein Rock, an den sie sich klammern konnte, wenn die Äste so sehr schwankten unter ihrem Gewicht. Mina krallte die Fingernägel in die Borke.

Als sie sich auf der anderen Seite fallen ließ, schnellten die Zweige zurück in den wolkigen Himmel. Alle Äste bogen sich von der schattigen Hausmauer weg, auf die Wiese zu. Der Weg, der sie hineingeführt hatte, würde sie nicht wieder hinausbringen.

Mina wischte sich die Hände ab und stand auf, aber als sie hochblickte, taumelte sie und wäre beinahe rücklings wieder hingestürzt. Hinter der Ecke wich das Haus weit zurück, gab Platz frei für einen Rasen. Und aus der Mitte des Grüns starrte Glas auf Mina herab, so viel Glas, dass es sie blendete.

Es musste ein Gewächshaus sein, eine Volière oder ein Wintergarten. Das Gebilde strebte dem Himmel zu, immer steiler und steiler, bis es hoch oben zur Mitte abknickte und eine Spitze bildete wie ein Zelt oder eine Pyramide. Die Stützen und Winkel, die das Glas trugen, waren so schmal und zierlich, dass sie kaum zu sehen waren zwischen all dem Funkeln, selbst im Dämmerlicht.

Mina fühlte, wie ihr Mund trocken wurde.

Schatten lagen hinter dem Glas, Umrisse wie von Pflanzen mit großen dunklen Blättern. Aber es schien auch Bewegung zu geben. Hellere Dinge, die sie nicht genau erkennen konnte, trieben von einer Scheibe in die andere. Sie konnte nicht anders, sie musste näher herangehen.

Erst als sie unter dem Holunder hervortrat, sah sie die Bänke und die Menschen, die auf ihnen saßen. Viele waren es; ein gutes Dutzend. Männer und Frauen, in lange, milchweiße Nachthemden gekleidet, die sie auf den Sitzen umgaben wie winzige Seen. Und alle starrten sie an.

Graue Gesichter, so matt gegen das leuchtende Weiß ihrer Kleider. Fahle Augen, in denen sich nichts rührte. Glitzernde Speichelfäden in Mundwinkeln, hängende Lider, verzerrte Falten. Zu zweit und zu dritt saßen sie auf den Bänken; aber keiner berührte den anderen.

Reglos starrten sie Mina an, und Mina starrte zurück. Die Zeit hielt inne und beugte sich über die seltsame Szenerie im Garten, um sie zu betrachten. Selbst die Wolken, die sich in den Glasscheiben spiegelten, schienen stillzustehen.

Mina legte einen Finger an die Lippen.

Eine Frau, die strähnigen Haare zum Vogelnest getürmt, erwiderte die Geste.

Niemand sonst bewegte sich, als Mina über den Rasen auf das gläserne Gebilde zuging. Nur die Blicke folgten ihr schweigend.

Als Mina die Hände auf das Glas legte, klopfte ihr Herz zum Zerspringen. Die Scheibe beschlug unter ihrem Atem, sie wischte und rieb, und die feinen Einfassungen knackten unter ihrer Bewegung. Dunkle Blätter schmiegten sich von innen gegen das Glas, so nah, dass sie die zarten Adern sehen konnte. Dahinter schimmerte es sanft.

Eine lange Zeit sah sie, ohne zu verstehen. Sah, was die Menschen auf den Bänken angesehen hatten, bevor sie erschienen war wie ein Gespenst aus dem Holunder. Sah reglos, lautlos wie sie.

Der Boden des Glashauses war ein künstlicher Teich. Sie konnte Seerosen erkennen, Schilf an den kleinen Ufern, Sumpfdotterblumen, die die Köpfchen neigten. Und überall auf dem Wasser weiße Formen, wie seltsame Spiegelungen der Nachthemden in Minas Rücken. Aber das waren sie nicht.

Schwäne glitten über den künstlichen Teich, durch Schilf und über die Seerosen hin. Schwäne beugten die langen Hälse, zupften an Halmen, glätteten sich das Gefieder. Schwäne hockten an den Ufern, zwischen den wuchernden Pflanzen, das Weiß ihrer Federn leuchtete wie Schnee auf den Blättern. Zwanzig, fünfundzwanzig. Der Teich war nicht groß genug, um sie alle zu fassen.

Sie bewegten sich fast ohne ein Geräusch. Mina konnte das Wasser hören, das Rascheln der Pflanzen, wenn die Schwingen sie streiften. Irgendwo musste es Spalten im Glas geben, die offen standen und Luft hereinließen; sie dachte flüchtig daran, mit beinahe absurder Klarheit mitten in dem namenlosen Staunen, das sie erfüllte. Aber von den Schwänen hörte sie keinen Laut. Still trieben sie dahin.

Nur in einem Winkel entdeckte Mina Grau zwischen all dem Weiß. Ein junges Tier kauerte zwischen zwei Großen, den Kopf unter dem Flügel vergraben, die Schwanzfedern gegen das Glas gepresst. Als würde die Scheibe nachgeben, irgendwann, unter dem zarten Druck ...

Minas Brust zog sich zusammen.
»Möchten Sie Tee trinken im Garten?«
Die Stimme war so sanft und leise, dass Mina kaum erschrak. Als sie sich umdrehte, stand die Frau mit dem Vogelnesthaar neben ihr und sah sie fragend an. Sie schien nicht im mindesten verwundert zu sein über das Mädchen, das aus dem Holunderbaum gefallen war.
Verwirrt blickte Mina zu den Bänken. Niemand trank Tee. Sie saßen nur da, jeder für sich. Außer der Frau schien keiner sich bewegt zu haben. Aber ihre erhobene Hand deutete auch nicht zu den Bänken. Sie zeigte zum Haus. Eine Terrassentür stand offen.
Aber, dachte Mina, aber *hier* ist doch der Garten, und dort das Haus ...?
Zögernd hob sie die Schultern. Die Frau lächelte. Ihre Augen schienen klarer als die der anderen auf den Bänken, und sie sprach so ruhig, so vernünftig. Vielleicht war sie eine Art Schwester? Aber warum ließ sie Minas plötzliches Erscheinen dann so ungerührt?
Mina blickte zum Haus hinüber.
Dann nickte sie.

Im ersten Augenblick glaubte sie, auf irgendeine unerklärliche Weise zurück in eines der Rapsfelder geraten zu sein. Gleich hinter der Tür strömte Gelb auf sie ein, so kräftig nach den blassen Farben draußen, dass sie nach Luft rang. Aber der bittere Geruch fehlte, und als sich ihre Augen an den Raum gewöhnt hatten, sah sie, dass es Hunderte von Papierblumen in allen Größen waren. Sie hingen an den Wänden, lagen auf den Tischen. Und überall saßen Menschen in Nachthemden, die noch mehr von ihnen falteten.

»Bitte«, sagte die Frau mit formvollendeter Höflichkeit, »unser Garten. Ist er nicht wunderschön?«

Wie schnell sich die vielen Hände bewegten. Wie sicher sie die richtigen Stellen zum Falten fanden. Wie lange mochten sie sich schon so beschäftigen? Die Frau lächelte Mina immer noch abwartend an, und vage nickte sie. Was sollte sie sonst tun?

Die Papierblumen häuften sich auf den Tischen. Kam manchmal jemand, um sie fortzubringen, Platz zu schaffen für neue? Wurden sie in kleine Glasvasen gestellt und im Haus verteilt?

»Und, meine Liebe, was möchten Sie trinken?« Die Frau schien Minas Verwirrung nicht zu bemerken. Zierlich legte sie den Vogelnestkopf schief. »Welche Sorte Tee bevorzugen Sie? Oder soll es lieber Kaffee sein? Oh nein, für Kaffee sind Sie sicher noch zu jung.« Sie lachte, glöckchenhell und sehr damenhaft. »Alle anderen sind natürlich vorn im Haus. Diejenigen, die Besuch bekommen, meine ich. Dort herrscht jetzt Trubel ... Aber wir hier hinten haben es auch ganz reizend, finden Sie nicht? Haben Sie schon den Herrn Doktor begrüßt?«

Mina zuckte zusammen, aber die Frau lachte wieder. »Nein, wie dumm von mir. Der Herr Doktor arbeitet um diese Zeit an seinen ... Forschungen.«

Unter dem Nachhall ihres Lachens schauderte sie kurz, aber deutlich, und der Schauder übertrug sich auf Mina. *Forschungen ...*

Der Blick der Frau flog zu der Flügeltür, die sich in einen Flur öffnete. Etwas entfernt, in einem Winkel, konnte Mina einen hübschen Steinbogen sehen. In seinem schwachen Schatten schienen Stufen nach unten zu führen. Die Augen der Frau sprangen von ihnen fast sofort wieder zu Minas Gesicht zurück.

Er war hier.

Die Frau sagte irgendetwas, suchte sich den Weg in ihr Geplauder zurück. Mina nickte, ohne hinzuhören, starrte auf den Bogen im Flur.

Hier, jetzt, in diesem Moment.

Aber er wusste nicht, dass sie hier war.

Sie fasste die Frau am Ärmel ihres Nachthemds, so höflich und so zart, wie es nur ging. Als das Geplauder verblüfft abbrach, zog sie das Medaillon aus ihrem Halsausschnitt, öffnete es vorsichtig und hielt es an seiner Kette hoch.

»Was ist denn, meine Liebe? – Ach, wie dumm von mir, ich habe ja gar nicht mehr an Ihr Getränk gedacht! Kaffee, nicht wahr? Und ein Stück Kuchen dazu? Warten Sie hier, nur einen Augenblick. Ich komme gleich zurück.«

Fort war sie, auf einen Servierwagen zu, auf dem nichts stand außer klaren Wasserkaraffen und nichts lag außer Brotscheiben, dünn mit Butter bestrichen, die sich in der Wärme des Raums schon leicht verbogen. Sie hatte das Medaillon nicht einmal angesehen.

Mina starrte ihr hinterher.

Neben ihr raschelte Papier unter rastlosen Händen.

Sie wusste nicht, was sie tun sollte, also trat sie zu dem Tisch, der ihr am nächsten war, beugte sich über den besonders großen Haufen gefalteter Blumen, der dort lag. Die vier, fünf Menschen in ihren Nachthemden, die darum saßen, blickten nicht auf. Auch nicht, als Mina das Medaillon wie unabsichtlich hin und her pendeln ließ.

Die Frau mit den Vogelnesthaaren stand immer noch bei

den Brotscheiben, hatte den Kopf schief gelegt wie eben und eine Hand nachdenklich unters Kinn gelegt.

Mina war ratlos.

Sie schob ein paar der Papierblumen auf dem Tisch durcheinander; nur ein wenig zuerst, dann etwas mehr. Aber auch, als sie den Haufen beinahe ganz zu Fall brachte und mehrere Blumen auf den Fußboden fielen, regte sich niemand. Am Tisch nicht, und auch nicht im Raum. Nur die vielen Hände arbeiteten weiter, emsig, ohne Unterbrechung.

Bitte, dachte Mina, wenn doch nur jemand aufschauen würde. Jemand, der vielleicht nicht nur über Tee und Kuchen spricht, die es nicht gibt. Ich bin hier, aber *er* ist auch hier, und ich weiß nicht, wann er wieder nach oben kommt von seinen sonderbaren Forschungen, und wenn hier niemand ist, der mit mir spricht, der mir sagen kann ... Bitte?

Sie falteten die Blumen, und als Mina hilflos auf die arbeitenden Hände hinuntersah, fiel ihr etwas auf.

Es war nicht nur immer dieselbe Farbe, die sie falteten. Es war dieselbe Blume. Nicht nur an diesem Tisch. Sie kannte sie von zu Hause, aus dem Küchengarten.

Ringelblumen. Hunderte davon.

Wieder riss es in ihrer Brust, schlimmer noch als draußen vor dem gläsernen Schwanenkäfig. Sie brauchte den Selam nicht, um zu fühlen, was diese Blumen in diesem Raum bedeuteten. Ringelblumen, von fühllosen Händen gefaltet, unter Augen, die nicht mehr sahen als nur immer dies: Falten, Glattstreichen, Falten, Kniffen ... Ringelblumen, die leere Tage nicht ausfüllten, sondern nur vergehen ließen. Ringelblumen aus Papier statt echter Blumensträuße, von Verwandten, Freunden.

Ringelblumen.
Verzweiflung.
Verzweiflung füllte den Raum mit ihrem trockenen, leblosen Rascheln. So dicht, so schwer wie Rauch über brennenden Feldern. Sie brachte Mina beinahe zum Ersticken.
Wie von selbst bewegten sich ihre eigenen Finger, zogen ein Blatt aus einem der Stapel. Ein tiefes, dunkles, sattes Rot glomm auf. Das Rascheln um sie her wurde plötzlich schwächer.
Sie wusste nicht genau, was sie tat, hatte nie die Geduld gehabt, diese Kunst ordentlich zu lernen. Aber ein paar Nachmittage lang wenigstens hatte sie sich unter Mademoiselles strengem Blick gequält, hatte der Mutter einen Veilchenstrauß gefaltet und der Patentante eine Nelke. Bescheiden und zart waren die Blumen gewesen, zierlich, zerbrechlich. Mädchenhaft.
Was Mina jetzt faltete, war anders.
Mit ungeübten, ungeschickten Fingern kniffte und strich sie die größte, röteste, leuchtendste Rose, ohne Stängel, ohne Blätter, nur die Blüte, weit, weit offen, zur Sonne, zum Licht. Sie brauchte mehrere Blätter dafür, und als sie fertig war, schob sie sie in die Mitte des Tisches, über die Ringelblumen. Dort lag sie, prangte, strahlte. So herzblutrot in all dem Gelb.
Mina atmete tief aus. Um sie her herrschte Stille. Keine Hand rührte sich mehr; kein gelbes Papier raschelte. Als sie aufblickte, sah sie die Frau mit dem Vogelnesthaar vor dem Servierwagen stehen; eine leere Tasse baumelte mit dem Henkel an ihrem kleinen Finger wie ein seltsamer Schmuck.

Ein alter Mann am Tisch streckte zitternde Finger aus.
»Ach«, sagte er mit brüchiger Stimme und berührte die Rose, »ach ...«

Nur das, nicht mehr. Es war der traurigste Laut, den Mina je gehört hatte. Sie kämpfte gegen die Tränen, die nicht fließen konnten. Und sie fühlte, wie ihre Hand sich um die Kette des Medaillons zu einer Faust verkrampfte.

Andere tasteten jetzt nach dem roten Papier, strichen, streichelten. Ein Murmeln setzte ein, das nicht aus Worten bestand. Ein eigentümliches, fremdes Geräusch, aber so viele hundertmal besser als die Stille unter dem Rascheln von gelbem Papier.

»Mein Fräulein«, sagte die Vogelnestfrau; sie bemerkte die Tasse nicht einmal, die hin und her schaukelte, als sie zu Mina trat. »Ach, mein Fräulein. Sind Sie deshalb zu uns gekommen? Um uns armen Seelen eine Freude zu machen? Wie schön Ihre Blume ist. Wer sind Sie nur?«

Mina sah in die Gesichter ringsum. Grau immer noch, und die Augen so matt. Falten und schiefe Züge, die sich nicht glätten würden, auch nicht, wenn man sie in ein Feld voll roter Rosen führte, das von einem Horizont zum anderen reichte.

Aber jetzt, jetzt sahen alle sie an.

Langsam streckte sie den Arm mit dem Medaillon aus, hielt es über den Tisch, wo es pendelte und sich drehte, über dem Herzen der roten Blüte.

»Oh«, sagte der alte Mann, »oh, nein, nein! Dorthin wollen Sie nicht gehen. Dort unten sterben die jungen Menschen wie die Fliegen! Er reißt ihnen die Flügel aus, ja, das tut er ...«

Das Blut dröhnte Mina in den Ohren. Sie kannten sie.

Sie erkannten die Photographien. Oh, gütiger Himmel. Sie kannten sie.

»Was für ein Unsinn«, sagte die Vogelnestfrau hastig, »hören Sie nicht auf ihn, Fräulein. Der arme Kerl, er weiß ja nicht, was er redet. Kommen Sie, wir trinken Tee miteinander. Wollten wir das denn nicht, Tee trinken?«

Wie bittend ihre Stimme klang. Aber das hämmernde Blut ließ Mina keine Wahl. Sie beachtete die Frau nicht, musterte stattdessen die grauen Gesichter am Tisch, forschte, fragte. Eine Frau, hinter wirren blonden Haaren verborgen, die ihr bis zur Hüfte reichen mussten, kicherte plötzlich schrill.

»Sie sind nicht da unten«, sagte sie. Ihre Stimme war jung und hart. »Nein, schon lange nicht mehr. Sie sind draußen, bei ihren Freunden. Bei ihren weißen Freunden sind sie. Die haben's gut.«

Draußen?

Im Garten schimmerte das gläserne Schwanenhaus noch immer wie ein riesiger Diamant vor den schweigenden Bänken, obwohl das Licht noch schwächer geworden war. Verwirrt ging Mina auf das seltsame Gebilde zu. Sah durch die Scheiben, auf die ruhigen, schönen Formen. *Bei ihren weißen Freunden …?*

Es waren keine Menschen im Schwanenhaus gewesen, sie wusste es sicher. Trotzdem versuchte Mina jetzt, das Gewirr der Pflanzen und Federn mit den Augen zu durchdringen. Aber alles, was sie sehen konnte, waren Schwäne.

Das kleine graue Tier hockte noch immer zwischen den beiden großen. Minas Blick hing wieder an ihm fest, wie beim ersten Mal. So, wie die Tiere saßen, sah es beinahe so

aus, als ob die erwachsenen Schwäne je einen Flügel über dem Jungen ausgebreitet hätten. Je einen großen, weißen Flügel, mit nur einem winzigen Fleckchen Schwarz in der Mitte. Einem Fleckchen Schwarz, das seltsam geschwungen war. Wie ein Blatt. Oder der Strich einer breiten Schreibfeder. Eines auf jedem der zwei Flügel. Einmal rechts. Einmal links.
Fassungslos starrte Mina darauf.

Vielleicht atmete sie laut aus; vielleicht bewegte sie sich. Ein Schwan hob den Kopf, ganz in ihrer Nähe. Ein zweiter folgte, dann ein dritter. Allmählich entstand unter der Lautlosigkeit des Gartens ein Geräusch; ein Zischen, wie von einer wütenden Katze. Mina wich vom Glas zurück.

Das Zischen wurde lauter, schärfer. Jetzt begriff sie, dass es von den Schwänen kam. Sie bogen die roten, gelben und schwarzen Schnäbel in die Luft, wie Blumen auf weißen Stängeln. Und sie zischten. Immer mehr.

Mina ging weiter rückwärts, die Hände erhoben, als ob die Tiere die beschwichtigende Geste verstehen könnten. Das Zischen hörte nicht auf. Sie stolperte über irgendetwas, das sie nicht sehen konnte, schaute zur Seite, über die Schulter. Jetzt zischten die Schwäne so laut, dass sie es bis hierher hören konnte.

Erst dann sah Mina den Hund.

Er stand neben dem Glashaus, sein Fell spiegelte sich dunkel in der Scheibe. So ruhig, so regungslos. Schaute sie an, aus runden, goldbraunen Augen.

Zog eine der Lefzen hoch.

Knurrte; ein einziges Mal.

Der Ton zwang ein Keuchen aus Minas Mund. Unwillkürlich presste sie die Hände gegen die Lippen; fühlte, wie ihre Finger zitterten. Das Zischen der Schwäne erfüllte die Luft.

Der Hund war nicht allein.

Mehr schwarzes Fell wischte über das Glas, auf der anderen Seite. Und vor dem Weiß des Hauses tauchte ein dunkler Schemen auf.

Irgendwo auf den Bänken wimmerte jemand.

Sie wich weiter zurück, auf den Holunder zu. Die Hunde folgten ihr langsam. Setzten die mächtigen Pfoten so bedächtig auf das Gras. Mina wusste, warum sie keine Eile hatten. Sie wusste es nur zu gut. Der Zaun. Und der Holunder, der sich nach der Sonne reckte. Hoch genug für das Pferd eines Königs ... Viel zu hoch für sie.

Es gab keinen Grund, warum sie trotzdem in seine Richtung auswich, einen Schritt nach dem anderen. Sie tat es, weil nichts in der Welt ihre Füße zum Stehenbleiben hätte bringen können. Und sie hielt erst an, als die Stimme von hinten wie ein Messer in ihren Rücken stieß.

»Wilhelmina, mein Kind.«

Ihre Zähne begannen aufeinanderzuschlagen. Sie blieb stehen, starr wie Eis, drehte sich nicht um.

»Mein Kind; mein armes, armes Kind. So bist du mir also auch hierhergefolgt. Wie groß muss deine innere Not sein. Und du erkennst sie noch immer nicht.«

Schritte im Gras, und dann blendete sie das Funkeln der Brillengläser, gleißender, schärfer sogar als die Pyramide der Schwäne.

»Willst du wirklich wieder fortlaufen, von hier, wo du

willkommen wärst? Tu es nur, ich hindere dich nicht. Siehst du«, er hob die leeren Hände, zeigte in Richtung des Zauns. »Ich stehe dir nicht im Weg. Wenn du es versuchen willst ... bitte, nur zu.«

Die Hunde waren mit Mina stehen geblieben. Sie wagte einen einzigen, gehetzten Blick über die Schulter, obwohl sie wusste, dass die Augen hinter den Brillengläsern nachsichtig darüber lächelten. Der Weg zum Holunder war frei.

Und wohin dann?

Sie presste die Kiefer aufeinander, zwang ihre Zähne zur Ruhe.

»Du kämst doch wieder zurück.« Der Doktor lächelte tatsächlich. »Ihr kommt doch alle zurück, ihr armen Wesen, die ihr keinen Platz finden könnt in der Welt. Und ist es denn nicht schön hier, wunderschön? Hast du dir angesehen, was ich für meine Patienten geschaffen habe?«

Sie nickte nicht, als er zum Glashaus deutete. Und als er die Hand wieder sinken ließ, verstummten die Schwäne mit einem Schlag.

»So wunderbare Tiere«, sagte der Doktor. »Und so gefährdet auf den Seen. Weißt du, wie viele von ihnen in Fischernetzen hängen bleiben? Hier sind sie in Sicherheit. Wie alle. Wie du. Wenn du es nur endlich zulassen könntest, Mina, dass jemand sich um dich kümmert. Du brauchst es so sehr, mit deinem armen kranken Geist.«

Ohne zu überlegen, schüttelte sie den Kopf, aber das Lächeln blieb auf seinem Gesicht. Irgendetwas daran erinnerte sie an Viorel. An den Ausdruck um seinen Mund, als er sich niederbeugte, um sie zu küssen – zu täuschen.

Sie versuchte, an das Gras zu denken, die einzelnen Halme um ihre Füße; das Blau hervorzulocken, das Schutz bedeuten würde. Schutz gegen das Funkeln der Brille, Schutz gegen sein Lächeln. Schutz vor den Hunden, die ihn abwartend ansahen. Aber selbst in ihrer Vorstellung standen große schwarze Pfoten auf dem Grün, und sie wusste, dass es ihr nicht gelang, den Feenkreis zu rufen, der sie schon einmal beschützt hatte. Diesmal reichte ihre Kraft nicht aus.

Gab es denn keinen Ausweg?

Nichts als Hohn war es, dass er den Holunder freigegeben hatte; Hohn, dass er tat, als könnte sie gehen, wenn sie es nur wollte. Der Zaun umgab sie, und die Hunde rührten sich nicht.

Aber der Eingang, schoss es ihr durch den Kopf. Der Haupteingang, mit den vielen Menschen! Dort gab es ein Tor, das weit, weit offen stand! Wenn es ihr nur gelang, durch die weißen Kittel zu rennen, so schnell, dass keiner sie aufhalten konnte.

Nein, dachte es in ihr, so entschlossen und so plötzlich, dass es sie selbst überraschte. Nein. Ich werde nicht weglaufen. Nicht dieses Mal. Nicht wieder. Der Wald ist da, mit all seinen Wundern, ich habe ihn gesehen! Ich habe mit der verfluchten Tänzerin getanzt, ich habe den Pug befreit. Diese Dinge sind wahr – so wahr, wie ich wahr bin.

Und wenn er es nicht sehen kann – dann zeige ich es ihm.

Sie wagte es nicht, die Augen zu schließen. Dachte an Bäume, so fest sie nur konnte, riesige Bäume mit Ästen, die sich im Sturmwind bogen. Sie konnten einen ausgewachsenen Mann zu Boden werfen. Und einen Hund.

Einer von ihnen jaulte leise, leckte sich den Rücken, als habe ihn etwas Unsichtbares gestreift. Wilde Hoffnung durchströmte Mina. Auch der Doktor musste etwas gespürt haben. Er zog das Lächeln noch etwas weiter die bärtigen Wangen hinauf und sagte:

»Was denn, Wilhelmina? Versuchen wir kleine Zauberkunststücke? Ach, Kind, Kind. Das ist doch reine Torheit. Was auch immer du dir da einbildest, diese Dinge existieren nur in deinem Kopf. Bist du ein kleines Mädchen, was nach Elfen ruft, wenn es sich fürchtet?«

Nach Elfen nicht, dachte sie und biss die Zähne noch fester zusammen. Nein, nach Elfen nicht ... Sie streckte ihre Gedanken wie Fühler aus, tastete nach Ästen und Zweigen, nach dem Felsen unter der Erde, der Luft zwischen den Blättern. Ein Windstoß sträubte das Fell der Hunde.

»Das Wetter wendet sich«, sagte der Doktor und sah zu den Wolken. »Denkst du nicht, wir sollten nach drinnen gehen?«

Oh, wie sie glänzte, diese Brille, so makellos, so unvorstellbar rein! Und wie ihre Gestalt sich in ihr brach, klein und verzerrt ... Verzweifelt versuchte Mina, sich an ihren Gedanken festzuklammern. Aber die Blätter wischten ihr durch die Finger, und die Zweige zogen sich vor ihr zurück. Tonlos rief sie nach dem Wald, so laut, dass ihre Brust anfing zu brennen.

Waren es Insekten, die um die Beine des Doktors wirbelten und seine Hosenbeine zum Flattern brachten, einen Augenblick lang nur? Ließ ihn ein Stich zusammenzucken, wie er es jetzt tat?

Die Brillengläser funkelten ungerührt, als er sich die Bügelfalten glatt strich.

»Man denkt heute«, sagte er ruhig, »dass es manche Menschen gibt, die sich so sehr in ihren Wahn vertiefen können – ihren Wahn, hörst du, Mädchen? –, dass es ihnen auf irgendeine Weise gelingt, die verzerrten Gebilde ihrer Fantasie so weit nach außen zu treiben, dass sie für andere Menschen sicht- und fühlbar werden. Es mag ein chemischer Prozess sein oder eine Form von ansteckender Einbildung. Die Wissenschaft hat es noch nicht herausgefunden. Aber es gibt keinen Zweifel«, ruckhaft trat er einen Schritt auf sie zu, und das Licht von den Brillengläsern stach ihr in die Augen, »keinen noch so geringen Zweifel, Mina, dass es Einbildungen sind, Wahnvorstellungen. Nichts weiter als das. Ungesund. Krankhaft. Oder wie die einfachen Menschen sagen: verrückt.«

Das Wort riss an ihren Gedanken. Immer wieder dieses Wort, wieder und wieder und wieder ... Sie zwang sich, von der Brille wegzusehen, kämpfte um jedes schimmernde grüne Blatt in sich, jeden schmalen Trieb.

Der Doktor beobachtete sie.

»Ja, Wilhelmina. Verrückt sagt man dazu. Und es passt auch nicht schlecht, das Wort. Etwas in deinem Kopf ist, irgendwie, an einen falschen Platz gerückt. Wäre es nicht so, du hättest längst erkannt, dass du das, was du hier suchst, nicht finden kannst.«

Seine Stimme wurde leise und sehr glatt.

»Denkst du wirklich, ich hätte dich nicht längst verstanden? Besser, als du dich selbst? Du glaubst, du bist auf einer Suche. Und ich weiß sehr gut, nach wem du zu suchen meinst. Aber hast du dabei niemals bedacht ... Was ist, wenn du sie findest?«

Mina schwindelte.

»Was ist, wenn du sie findest, und sie wären tatsächlich hier? Könnte das denn nicht nur eins bedeuten? Dass sie an jenem Ort sind, der für sie ... angemessen ist? Für sie und damit auch für dich?«

Sie versteifte sich gegen das, was er sagte, schützte sich mit Blütenblättern und leuchtenden Wölkchen, die Pilze in den Nachthimmel atmeten. Aber die Stimme des Doktors wand sich durch alles hindurch, seidig und glatt wie eine Schlange.

»Und – wenn sie nicht verrückt wären und du fändest sie trotzdem hier ... Wäre das nicht beinahe unvorstellbar grauenhaft? So junge Leben, zerrissen durch einen furchtbaren Irrtum ... Einen Irrtum, der nicht wiedergutzumachen ist. Einen Irrtum, den liebende Eltern begingen, nur weil sie ihre kleine Tochter schützen wollten.«

Er stand jetzt sehr nahe bei ihr. Es funkelte über ihrem Kopf, und sie konnte nicht anders: Je tiefer die spiegelnden Brillengläser sich über sie neigten, desto mehr wandte sie ihnen den Blick zu, in das schreckliche Gleißen hinein.

»Wünschst du dir das?«, flüsterte der Doktor weich. »Wünschst du dir das wirklich, Wilhelmina?«

Der Wald in ihr zerfiel zu schwarzer Asche.

Seine Stimme wurde noch weicher, seidiger.

»Ach, du armes, törichtes Kind ... Du warst wirklich noch zu klein, um dich zu erinnern, nicht wahr? An die seltsamen, ungesunden Spiele, die sie mit ihrer kleinen Schwester spielten. Die krankhaften Geschichten, die sie ihr erzählten. Du glaubst jetzt, du liebtest sie, und bestimmt tatest du das damals auch, jung und unschuldig, wie du warst, unwissend um die Gefahren, in die sie dich brachten, wieder und immer wieder ... Diese furchtbare Szene mit der Schlange ... Ich denke fast, in diesem Moment erkanntest du zum ersten Mal die Bedrohung, so klein du auch warst.«

Er schwieg, beobachtete ihr Gesicht.

Schlange? *Schlange?* Es regte sich wieder in ihr, jener Fetzen von Erinnerung, der sie schon einmal gestreift hatte, auf der Schlangenwiese, in einer anderen Welt. *Ich weiß doch, wie sich ihre Haut anfühlt ...* Sie starrte den Doktor an, und Bildersplitter schienen sich in seinen Brillengläsern zu spiegeln. Der Garten zu Hause ... Jungenhände, zerschrammte Jungenknie, neben ihr, wieder auf jener weichen Decke, aber da war noch etwas, etwas anderes ... Ein schlanker, glänzender Leib ganz dicht vor ihr, der sich bewegte, wand und um sich selbst schlang. Und eine warme Hand, die ihre nahm und mit ihr diesen Leib berührte; und auch er war warm; warm und trocken und glatt ...

Ein kleiner Aufschrei hallte tief unten in ihrer Erinnerung nach – nur ganz kurz, überrascht, verwundert, nicht ängstlich; nein, ängstlich war sie nicht gewesen. Warum denn auch? Sie waren doch bei ihr, alle beide. Aber er war gehört worden, ihr Schrei. Schritte eilten durch das Gras, kamen näher und näher, der glänzende Leib zuckte unter ihren Fingern. Mina keuchte auf, als sie im Kopf die Stimme ihres Vaters hörte, so laut und rau und zitternd vor Entsetzen: »Weg, weg mit der Schlange!« Ein schwarz beschuhter Fuß, der dicht an ihrem Gesicht vorbeitrat; ein schreckliches Knirschen, und der glänzende Leib bewegte sich nicht mehr. Neben ihr fing eine Kinderstimme zu weinen an. Man hörte sie kaum, so laut schrie der Vater.

»Ich habe genug von euch, hört ihr, genug! Wollt ihr eure Schwester umbringen, ist es das? Ist es das?! Mina, mein Schätzchen«, ein flüchtiges, zitterndes Streicheln, »meine Kleine, wie gut, dass du geschrien hast. Das muss aufhören, aufhören, noch heute!«

Sie taumelte zurück, fort vom Doktor, von seinem wissenden Blick, gebückt, zusammengekrümmt, mit einem solchen Schmerz in der Brust, als habe er sie mit Fäusten geschlagen. Und um den Schmerz herum war nur noch Leere.
Nur ein kleiner Schrei ...
Die Hunde knurrten, als sie sich so schnell bewegte. Wieder gefror sie, die Hände gegen den Bauch gepresst.
»Du musst dich nicht vor ihnen fürchten«, sagte er lächelnd, so sanft, so verständnisvoll. »Sie sind da, um die Menschen hier vor sich selbst zu beschützen. Und sie hören auf mich. Auf jedes Wort. Sie kennen ihren Herrn.«
Sie hörte ihm kaum zu. Alles, was er sagte, alles, was sie tun oder nicht tun konnte, ob sie sich retten konnte vor ihm oder ob sie einfach hier stehen blieb, bis der Abend kam ... es war so vollkommen ohne jede Bedeutung. Alles war bedeutungslos – jetzt, wo sie verstand, wirklich verstand. Was sie getan hatten, ihre Brüder. Was *sie* getan hatte, ohne es zu wollen. Was es wirklich meinte, jenes tränenerstickte »*für Mina*«, das sie verfolgt hatte, den ganzen langen Weg.
Sie konnte nicht mehr kämpfen.
Aber die Worte des Doktors drangen doch zu ihr durch, irgendwie, klirrten und hallten in ihr, in der furchtbaren Leere. *Ihren Herrn*, hatte er gesagt. *Ihren Herrn kennen die Hunde* ... Ganz von selbst dachte es in ihr weiter, während er redete, irgendetwas; ein Mechanismus in ihrem Kopf, sinnlos, eigensinnig, wie die Feder, die die Spieluhr in Bewegung setzte. Woran kennen sie ihn, die Hunde? Ein Geruch, eine Stimme. Und – die Gedanken stockten, ruckten – und ein Funkeln hoch in der Luft, über ihren Köpfen ... die Brillengläser.

Vielleicht war es wirklich das, was er Wahn nannte; das, was sie jetzt dazu brachte, das Bündel abzustreifen und die Spieluhr herauszuholen, ohne dass sie selbst wusste, warum. Beide Hände schloss sie fest darum, während er sie ansah, eine Braue bis über den Rand der Brille emporgezogen, und lächelte, lächelte.

Einen Augenblick hielt sie sie nur. Das Holz war warm auf ihrer Haut. Dann riss sie sie nach oben, so hoch sie konnte. Einer der Hunde japste auf.

»Nun«, sagte der Doktor hinter ihr, »was wird dies? Neue Zauberspielchen?«

Seine Stimme ließ ihre Arme zittern. Aber sie hielt die Spieluhr fest.

Das fahle Licht berührte die Kristallzacken. So matt war es, so schwach ... Nicht die blendende Mittagssonne über einem Rapsfeld. Nur ein lebloser Dämmerschein, bevor die schwarze Nacht heraufzog. Es reichte nicht aus. Sie fühlte es.

Die Hunde knurrten wieder, und einer setzte an, sich in ihre Richtung zu bewegen. Wild schüttelte Mina die Spieluhr, streckte sich auf die Zehenspitzen, jagte nach dem Licht. Versuchte, es einzufangen, damit die Splitter glänzten und gleißten. Wie die Brillengläser, die auf sie gerichtet waren.

Es klirrte in dem kleinen hölzernen Kasten.

Der Hund hielt inne, und die anderen reckten die Köpfe.

»Aber, mein Kind, was willst du denn nur mit dem Spielzeug?«

Sie versuchte mit aller Gewalt, die belustigte Stimme auszublenden, schüttelte die Spieluhr wieder und wieder. Die Ohren der Hunde stellten sich auf.

Mit fliegenden Fingern tastete Mina nach der kleinen Kurbel, die den Mechanismus bediente. Fasste sie, rutschte ab. Sie hatte nicht gewusst, dass ihr ganzer Körper längst nass war von kaltem Schweiß. Wieder tastete sie, fasste zu. Drehte das Metall behutsam. Eine Windung, und noch eine. So lange, bis der Mechanismus sich sperrte. Dann ließ sie die Kurbel los.

Die zarten Töne fielen auf das Gras, einer nach dem anderen, wie Regentropfen.

Minas Füße zitterten so sehr, dass sie die Zehen in die Erde graben musste, um nicht hinzufallen. Unendlich mühsam war es, sie wieder zu lösen, einen Fuß nach vorn zu schieben, dann den zweiten, auf die Hunde zu. Das schwarze Fell der Tiere glänzte. Ihre Mäuler standen offen, die roten Zungen über den grellweißen Zähnen ...

Mina ging auf die Hunde zu. Sie betrachteten die Spieluhr, die Köpfe schräg gestellt. Der Erste, der rechte, ließ sie passieren, folgte dem glitzernden, klingenden Kasten nur mit dem Blick.

Die Töne rannen über ihre Haut, klar und kühl. Ein Streicheln in der Stille ihrer Einsamkeit. Auf ihrem feinen, zirpenden Klang trugen sie so vieles mit sich ... Mina fühlte das Schluchzen in sich. Es kämpfte, drehte ihr den Magen um. Stieg auf und schnürte ihr die Kehle zu. Fiel und zerfloss und vermischte sich lautlos mit den Tönen, füllte sie an und klang mit ihnen gegen den schweigenden Himmel, in einer einzigen, wortlosen, hundertfach wiederholten Bitte. Hört mich, flehte die Spieluhr. Hört mich. Ich weiß, ich bin von euch fortgegangen. Ich weiß, ich war dumm. Aber helft mir, helft mir jetzt, bitte. Lasst mich nicht allein. Wenn ihr mich hört ...

Sie hatte das gläserne Schwanenhaus schon beinahe passiert, vorbei an den Bänken voll regloser Statuen aus Furcht, als der Doktor pfiff und das Geräusch die Melodie der Spieluhr in Stücke schnitt.

»Genug mit dem Theater, Wilhelmina! Denkst du, du kannst mich zum Narren halten?«

In einem Wimpernschlag war sie umringt von schwarzem Fell, von blitzenden Zähnen und dumpfem Grollen, und sie musste die Spieluhr sinken lassen, so sehr bebten ihre Arme. Der Mechanismus spielte noch ein, zwei zirpende Töne. Dann verstummte er.

Nichts geschah.

Minas Knie wurden weich.

Die Brillengläser spiegelten sie wider, kalt und genau. Eine Vogelscheuche, von knurrenden Hunden umdrängt. Eine Vogelscheuche, die vielleicht einmal ein Mädchen gewesen war.

»Genug! Du musst endlich Vernunft annehmen – so weit dir das möglich ist. Sieh doch nur, was aus dir geworden ist! Man sollte dich einfach ...«

Die Stimme des Doktors brach ab. Ein Zischen und Fauchen fegte durch die Luft; waren es die Schwäne in ihrem gläsernen Käfig? Aber da war noch etwas anderes. Etwas wie ...

Der Hufschlag donnerte unsichtbar heran, über die Wiesen, wie Hämmer tief in der Erde. Mina hörte den Doktor noch, wie er etwas rief, aber es war nicht mehr zu verstehen. Das Gras unter ihren Füßen zitterte, und der Boden schwankte. Eine neue Stimme fauchte mit dem Wind heran, rau und voll und vertraut, und in dem Augenblick, als das rote Pferd mit flatternder, flammender

Mähne über den Holunder geflogen kam, schrie Tausendschön:

»Springen Sie auf, Mina! Springen Sie auf!«

Grasbüschel, Erdfetzen wirbelten durch die Luft, Menschen schrien, Hunde jaulten, weiße Hemden flatterten wie Fahnen. Eine Mähne flammte vor den Wolken, Nüstern schnaubten heißen Dampf, und dahinter, hoch über Minas Kopf ...

Stille Augen, die den Himmel spiegelten. Brauen wie Vogelschwingen auf einer blassen Stirn.

Und wieder verharrte die Zeit.

»Mina, Mina, verflucht«, fauchte Tausendschön von irgendwoher. »Springen, habe ich gesagt! Du sollst springen!«

Karols Arm packte sie, fest, wirklich, im letzten Moment krallte sie nach dem Bündel. Sie wurde auf den heißen Pferdeleib geschleudert, glitt an dem schweißnassen Fell ab, wurde gehalten. Etwas schlug gegen ihren Schädel. Es miaute schmerzerfüllt, und da war der Kater, alle vier Pfoten in der Mähne des Pferdes vergraben, und seine Augen strahlten hell wie Lampen.

»Gut gemacht, Mina! Und jetzt halt dich fest, wie du dich noch nie in deinem Leben festgehalten hast!«

Sie hatte keine Hand frei, versuchte verzweifelt, Spieluhr, Bündel und Mähne gleichzeitig zu fassen. Das Pferd wieherte laut auf, Karols Arm packte sie noch härter. Die Hunde heulten, der Doktor schrie:

»Bringt sie mir! Sofort! Und dieses verteufelte Pferd!«

Das Pferd sprang, mitten durch den Holunder. Einen Augenblick lang schwebten sie zwischen dunklen Blättern und Zweigen, dem Abend entgegen, der hinter den Wolken die ersten Falten seines Schattenmantels ausbreitete. Das Bündel rutschte Mina aus der Hand, verfing sich im Baum, die Kordel surrte durch ihre Finger. Sie öffnete den Mund zu einem tonlosen Schrei.

Dann schlugen die Hufe krachend in den Boden, Mina schmeckte Blut auf der Zunge, und das Geschrei der Hunde hinter dem Zaun steigerte sich zur Raserei.

Es hätte wie in einem Märchen sein sollen. Der König, der die verzweifelte Prinzessin im letzten Moment aus schrecklicher Gefahr rettete, auf einem schimmernden weißen Pferd ...

Aber sie war keine Prinzessin, und das Pferd, das kleine, wilde Pferd des Doktors, loderte brandfarben, und sein Rücken war hart und glitschig von Schweiß. Mina rutschte auf ihm hin und her, mit brennenden Beinen. Sie hatte nur eine Hand, um sich in der Mähne festzuklammern, und dort hing auch der Kater, mit wildem, triumphierendem Blick und gesträubtem Fell, und immer wieder gerieten ihre Finger unter seine Krallen. Die Hufe donnerten gegen den Boden, sie spürte jeden Stoß bis ins Innerste; Grashalme, Zweige von Büschen wurden losgerissen und aufgewirbelt und zerkratzten ihre Haut. Nein, es war nicht wie in einem Märchen.

Und doch war es das.

Karol hielt sie. Sie fühlte seinen Arm so deutlich wie die eigenen Haare, die ihr ums Gesicht peitschten. Hemdstoff, der sich an ihrem Kleid rieb. Muskeln, die sich zusammenzogen. Knochen, die gegen ihre Rippen drückten. Und hinter ihr seine Brust, an ihren Rücken gepresst.

Er hielt sie sehr fest, viel fester noch, als Viorel sie gehalten hatte. Aber es war etwas vollkommen anderes, so anders, dass sie nicht einmal sicher war, ob dasselbe Wort – wenn es denn eines gab – auf beides gepasst hätte.

Sie hörte seinen Atem nicht, und sie hätte nicht sagen können, ob seine Haut unter dem Stoff warm war oder kalt.

Sie fühlte nur die Berührungen, so klar und wirklich; als hätte ein Teil von ihr sich irgendwie aus der wilden Flucht gelöst, sich in ruhige Stille begeben, um dort nichts anderes zu tun, als jeder einzelnen dieser Berührungen bis zur Neige nachzuspüren.

Sie wagte nicht, sich umzudrehen.

Aber während sie ihnen noch nachfühlte, zwischen Pferdeschnauben und Katzenkrallen, wurden die Berührungen schwächer. Sein Griff um ihre Mitte schien sich zu lösen, mit jedem Atemzug, den sie tat. Nach und nach schwand es einfach dahin, dieses Gefühl, dass sein Arm sie hielt.

Nein, bettelte sie stumm, als es an ihrem Rücken immer kühler wurde und der Wind ihr auch von hinten in die Haare fuhr. Nein, bleib doch. Bleib bei mir.

War es die aufgewirbelte Luft, die in ihrem Ohr flüsterte?

Mina ...

Das Pferd warf den Kopf zurück, der Kater krallte sich mit den Hinterpfoten in ihr Kleid.

Dann saß niemand mehr hinter ihr.

»Mina«, schrie der Kater gegen den Wind, als das Pferd langsamer wurde, »du musst es antreiben, hörst du? Antreiben! Wir sind noch viel zu nah!«

Antreiben?, dachte Mina. Aber ich habe doch noch nie ... Ich weiß nicht, wie man ...

Die Erkenntnis schlug ihr eine Faust in den Magen, mitten in den Nachhall von Bitterkeit und Schmerz; und mitten in die Wehmut, die Karol hinterlassen hatte. Sie saß auf einem wilden Pferd, das über die Wiesen raste. Sie, ganz allein.

Tausendschön schien ihre Gedanken zu hören. »Mit den Hacken macht man das. Komm schon, es ist ganz leicht. Ich würde es ja selbst tun, aber ...« Er sah kurz zu ihr hoch, und sie hätte schwören können, dass es ein Grinsen war, was seine Zähne so aufblitzen ließ. »Aber du siehst vielleicht, meine Beine sind nicht ganz lang genug. Also musst du es wohl tun. Und hurtig, wenn ich bitten darf!«

Gehorsam drückte Mina die Fersen gegen die warmen Flanken des Pferdes. Nur zaghaft, aber es machte einen Satz nach vorn, als habe es nur darauf gewartet, dass es weiterging.

Meine Güte, dachte Mina und klammerte sich in die Mähne, während Tausendschön laut seine Zustimmung miaute und auf und ab gerissen wurde wie ein seltsamer Ball aus Fell. Meine Güte. Ich reite. Ich reite wirklich.

Meine Güte.

Die Nacht ließ sich aus den Wolken herab, und bald ritten sie in der Dunkelheit. Das Pferd wurde nicht langsamer. Ab und an spürte Mina, wie es leicht nach rechts oder nach links zog; als ob auch ihm der Luftzug etwas in die spitzen Ohren flüsterte, das es auf dem richtigen Weg hielt.

Das wütende Hundegebell war schon lange hinter ihnen verklungen, und noch immer ritten sie. Langsam wurden Minas Beine taub. Ihre verkrampften Finger schmerzten, und allmählich fragte sie sich, wie lange sie sich noch würde halten können. Je mehr die hämmernde Aufregung in ihr nachließ, desto erschöpfter fühlte sie sich. Und die Bilder aus der Nervenanstalt spukten hinter ihrer Stirn. Weiße Hemden ... graue Gesichter. Spiegelndes Glas und schwarze Hunde. Schwarze Flecken auf leuchtenden Schwanenflügeln, schwarze Flecken wie Blätter geformt ... Blätter ... der Holunder ...

Sie schrak zusammen, als ihr das Bündel einfiel. Es musste immer noch dort oben in den Zweigen hängen. Wenn der Doktor es nicht gefunden hatte. Die Spieluhr hatte sie zwar gerettet; der goldene Schlüssel war für sie immer nur ein unnützes, bitteres Ding gewesen, und sie brauchte den Selam eigentlich nicht mehr. Trotzdem kratzte die Vorstellung an ihr, dass der Doktor mit seinen weichen Händen in den Seiten blätterte. Es war ihr Buch gewesen. Ihres allein.

Aber es war nicht zu ändern. Das rote Pferd, das die Nacht schwarz anmalte, trug sie immer weiter fort, und selbst wenn sie gewusst hätte, wie man es zum Umkehren brachte – sie hätte es nicht getan. Nicht einmal für ihr Bündel.

Nicht in dieser Nacht.

Irgendwann musste sie eingeschlafen sein. Tausendschöns Stimme riss sie aus wirren, dunklen Gedanken, und sie merkte, dass die weichen Mähnenhaare nur noch gefährlich lose zwischen ihren Fingern lagen.

»Nicht dösen, Mina. Wir sind bald da. Du willst doch nicht kurz vor dem Ziel noch herunterfallen?«

Sie blinzelte.

Etwas hatte sich verändert. Noch immer dröhnten die Hufe unter ihr, noch immer riss der Wind an ihren Haaren. Aber die Nacht war nicht mehr ganz so dunkel, und ein schwacher, bläulicher Schein spiegelte sich in Tausendschöns Augen.

Mina richtete sich vorsichtig auf, versuchte, etwas zu erkennen. Sanfte Hügel schienen um sie her zu liegen, Weiden; hier und dort sah sie schwärzere Schatten in kleinen Gruppen beieinanderstehen, aus denen es manchmal schlaftrunken muhte. Da war auch etwas in der Luft, ein neuer, eigenartiger Geruch, der nicht zum Gras gehörte, zu den Kühen oder zum Pferd. Vertraut und gleichzeitig wie etwas ganz Neues.

»Wir kommen gleich«, maunzte Tausendschön, »zum Finsteren Stern, Mina. Die Tater warten dort auf uns. Es ist nicht mehr weit.«

Mina nickte, hörte kaum zu. Der Geruch wurde stärker und stärker und mit ihm das bläuliche Licht. Es schien von vorne zu kommen, als ritten sie auf seine Quelle zu.

Sie atmete tief ein, und dann wusste sie, was es war, das sie roch: Wasser. Ein Fluss. Nein, kein Fluss; es musste etwas viel Größeres sein. Viel größer als das Bächlein beim Taterlock; viel größer als der Mondfluss, der sie zum Pug geleitet hatte. Der Geruch war so tief und voll, er trug rundgewaschene Steine mit sich, nassen Sand, Algen und blinkende Fischschuppen und breitete sich über das Land. Kein Fluss. Ein Strom.

Sie ritten auf die Schlei zu.

»Gut festhalten«, rief Tausendschön, »jetzt wird es etwas schwierig. Siehst du den dichten Knick da vorne? Dort müssen wir durch.«

Ein Gewirr aus spießenden Schatten vor ihr, krumme Bäume, wuchernde Büsche, die das blaue Licht wie Scherenschnitte erhellte. Mina grub die Hand in die Mähne und löste vorsichtig die Fersen von den Pferdeflanken. Das Tier wurde langsamer. Aber nicht sehr.

Sie kniff die Augen zusammen, als sie in das Dickicht brachen, umklammerte die Spieluhr, duckte sich, so tief es ging. Das Pferd schnaubte und warf den Kopf hin und her. Als ob es versuchte, etwas in dem seltsamen blauen Schein zwischen den Stämmen zu finden. Gab es hier eine Art Weg?

Mina konnte nichts erkennen, sie schloss die Augen ganz, als Zweige ihr über das Gesicht fuhren. Aber sie wischten rasch vorüber, und irgendwo im Dickicht schien das Pferd tatsächlich einen Pfad gefunden zu haben.

Blind ließ sie sich tragen. Der Geruch der Schlei füllte ihre Lungen, und selbst hinter den geschlossenen Lidern wurde das blaue Leuchten immer stärker. Seltsame, flackernde Formen zeichnete es ins schwarze Nichts, wie die Sonne, wenn man zu lange hineinsah, aber viel zarter und bewegter. Kleine Geisterlichter, die miteinander tanzten.

»Mina«, sagte der Kater, »willst du die Nacht auf dem Pferd verbringen? Ich frage nur, mir ist es gleich. Wenn du dann allerdings ein wenig rücken könntest, damit ich abspringen kann ...«

Sie riss die Augen auf, und noch bevor sie etwas erkennen konnte, hörte sie eine zweite Stimme, tief und weich und mächtig wie die Schlei.

»Willkommen, Mina«, sagte Lilja. »Willkommen daheim.«

Und es war genau das. Daheim. Daheim, obwohl die Tater auf einem Hügel lagerten, direkt an der Schlei, auf dem Mina in ihrem Leben noch nicht gewesen war. Sie standen im weichen Gras, das Minas Füße kitzelte, als sie steif vom Pferd kletterte; alle waren sie da und kamen auf sie zu, mit ausgestreckten Armen. Pipa drückte ihre Stirn gegen Minas, Zinni schmiegte sich an sie, strahlend, eingehüllt in Minas alten blauen Kindermantel. Nad legte ihr eine schwere Hand auf die Schulter und lächelte auf sie herunter. Von hinten umschlangen sie Liljas Arme, und mit einem tiefen, tonlosen Seufzen ließ Mina sich hineinsinken in ihre Wärme.

Rosa und Viorel standen abseits. Sie hielten sich nicht an den Händen, ihre Körper berührten sich nicht. Aber sie standen dicht beisammen, so dicht, dass ihre Schatten sich zu einem vermischten. Erst als Rosa zögernd auf sie zukam, lösten sie sich voneinander.

»Mina ...«

Das Blütengesicht sah sie an, so schön und so hilflos. Rosa schlang die Finger umeinander, drehte und presste sie.

»Mina, es tut mir so leid. Ich wusste doch nicht, dass du nicht mehr hinter mir warst, und dann kam ich nicht mehr aus dem Wald heraus. Ich wollte dich nicht alleinlassen, bitte glaub mir das. Bitte. Es tut mir so leid. Alles ...«

Sie warf einen Blick zu Viorel, und Mina verstand, was sie meinte. Er war reglos stehen geblieben, ein hochgewachsener, schlanker Umriss im blauen Licht. Er schien vor sich her auf das Gras zu starren.

Mina schüttelte den Kopf, aber Rosa missverstand die Geste und fing an, leise zu schluchzen.

»Ich ... ich schicke ihn fort, wenn du es willst, Mina. Ich weiß, was geschehen ist; alles. Er ist ein Verräter, und es ist furchtbar, was er getan hat. Du bist so jung, und es sollte nicht so sein, wie es war. Der erste Kuss, den man empfängt – er sollte alles sein, aber niemals eine Lüge. Ich schicke ihn weg, Mina. Ich schicke ihn weg.«

Mina löste sich aus Liljas Umarmung, schob Pipa und Zinni sanft beiseite. Bückte sich und stellte die Spieluhr sorgsam im Gras ab; streckte eine Hand aus, um kurz über Rosas krampfende Finger zu streicheln. Die andere hielt sie dorthin, wo Viorel regungslos stand. Das Blut stieg ihr ins Gesicht, so dumm und täppisch kam sie sich dabei vor. Aber niemand lachte.

Viorels Finger glühten, als sie sich zwischen ihre schoben. Sie fühlte das Prickeln, das Zittern in sich, das sie so gut kannte. Aber es war schwach, wie aus der Ferne. Als wäre der Platz, an den es gehörte, von etwas anderem fast ganz gefüllt; einem anderen Gefühl – das zu jemand anderem gehörte.

»Es war schrecklich von mir«, murmelte Viorel mit gesenktem Kopf, wie ein beschämter Junge. »Und ich habe Rosa alles erzählt. Ich will mich nicht herausreden, Mina. Ich musste es tun, aber es war falsch. Und es gibt keine Entschuldigung.«

Oh doch, dachte es in Mina. Doch, die gibt es. Ich kann nicht sagen, dass ich wirklich verstehe, was sie bedeutet. Aber ich weiß, dass es so ist. Ja. Ich weiß es jetzt.

Sie hätte viel gegeben für ein Lächeln. Ein Lächeln hätte alles ohne Worte bereinigt.

Im Gras machte der Kater ein Geräusch, das fast wie ein verlegenes Hüsteln klang.

»Wenn nun also alles wieder in Ordnung ist und wir hier mit den dramatischen Szenen allmählich zum Ende kommen könnten ...«

Pipa kicherte, gleich danach Zinni. Zwischen Rosa und

Viorel nickte Mina erleichtert, mit einem kleinen Ziepen in den Mundwinkeln.

Sie blieben auf dem sanften Hügel dicht an der Schlei, an jenem Ort, der der Finstere Stern hieß. Und als Mina zwischen den anderen saß, warm eingewickelt in eines von Liljas Umschlagtüchern, träge von Unmengen Brot und Kräutern und Wasser, verstand sie auch endlich, warum er so hieß. Vom Hügel aus sah man auf das Wasser, das ruhig dahinfloss, mit Wellen, die nicht mehr als nachdenkliche Traumfalten auf dem Gesicht des Flusses waren. Von ihnen kam das bläuliche Licht.

Winzige Flämmchen tanzten auf dem Wasser. Sie bewegten sich hin und her, umkreisten einander, verschwanden kurz, tauchten wieder auf. Sie verloschen nicht, und es war nichts zu sehen, auf dem sie befestigt gewesen wären. Sie schienen aus dem Wasser selbst zu kommen.

»Hier«, sagte Lilja, die Minas staunenden Blicken folgte, »hier soll ein König ruhen; im Fluss, unter den Wurzeln der Bäume. Ein großer, mächtiger König, den sein eigener Bruder erschlug. Er stürzte in die Schlei, und sein Blut vermischte sich mit dem Wasser. Die kleinen Flammen, so sagt man, zeigen die Stelle, an der er schläft. Schläft, bis das Land ihn zurückruft zum letzten großen Kampf.«

Unwillkürlich dachte Mina an Karol, und an den Holunder. Das rote Pferd graste nicht weit von ihnen unter den Bäumen, ein friedlicher Schemen in der Nacht; nur das Sirren seines Schweifes war ab und an zu hören, wie er seidenweich durch die Nacht wischte. Es war kaum noch vorstellbar, dass es vor einigen wenigen Stunden schnell wie der Teufel über die Wiesen gejagt war ...

»Ja«, sagte Nad, als ob er Minas Gedanken von Lilja übernähme, »ein rotes Teufelspferd ist eine Sache für sich. Man muss schon wissen, wie man damit umgeht. Der Doktor wusste es nicht. Er will nur herrschen, bezwingen. Nicht verstehen. Kein Wunder, dass es lieber deinem Weg gefolgt ist, als es die Möglichkeit sah.«

Sie sah ihn fragend an.

»Viorel sagt, dass es aus dem Hof des Waisenhauses entkommen ist, losgerissen, in dem Durcheinander, als alle nach dir suchten. Niemand konnte es wieder einfangen. Erinnerst du dich nicht?«

Verschwommen war alles in der trägen Wärme. Mina dachte an das kalte Haus, den Hof, die Gestalten ... Das schrille Wiehern hallte in ihr auf, das Wiehern und das Hufgeklapper – und ein rasender Schemen vor dem bleichen Mond.

Nachdenklich nickte sie.

»Nur einem konnte es gelingen. Einem, und er fand es auch. Fand es, weil er wusste, dass es gebraucht werden würde. Von dir, Mina. Aber selbst Karol brauchte seine ganze Kraft, um das Teufelspferd zu zähmen.«

Karol ...

Mina starrte auf die tanzenden Flämmchen. Es war immer noch kühl an ihrem Rücken. So kühl, obwohl das Umschlagtuch sie wärmte.

In der Nacht schlief sie nicht tief, trotz aller Müdigkeit. Unruhige Träume begleiteten sie.

Karol kam nicht zurück.

Sanft, beinahe unmerklich vergingen die Tage. Tage, in denen Mina nicht viel mehr tat, als bei den Tatern zu sein. Sie aß sich satt an Liljas Essen und ließ sich von ihr die Wunden pflegen. Flickte die neuen Risse im Kleid. Erzählte mit Händen und Füßen und mit allen Wiesenblumen, die sie finden konnte, von ihren Abenteuern. Spielte mit Zinni im Gras, wusch mit Rosa Wäsche in der Schlei, wo die blauen Flämmchen sich verbargen, so lange die Sonne schien. Pipa kämmte ihr unter Gekicher die Haare aus, bestaunte laut jeden neuen abgebrochenen Zweig, jedes welke Blatt, das sie daraus hervorzog. Sie schenkte Mina eine ihrer eigenen Schleifen, um sie aus dem Gesicht zu halten. Mina knotete das schmale Bändchen so fest, dass es ziepte; so würde sie es sicher nicht verlieren. Und jedesmal, wenn sie den Kopf bewegte, freute sie sich an seinem leisen Rascheln.

Das brandrote Pferd blieb in ihrer Nähe. Meistens sah sie es zwischen den Bäumen hindurch allein über die Wiesen stürmen, Bocksprünge machen, wild die flammfarbene Mähne werfen. Als schüttelte es das Gefühl ab von Zaumzeug und Zügel, von Peitschen und dem Gewicht der Kutsche hinter sich. Nur manchmal ließ es sich eine Weile reiten, von Nad oder von Viorel. Mina versuchte es nicht wieder. Ihr Körper brannte von dem Ritt immer noch an Stellen, für die sie nicht einmal einen Namen hatte.

Der Kater ließ es sich nicht nehmen, ihr all ihre neuen Dummheiten haarklein auseinanderzusetzen. Aber selbst seine Worte waren dabei weich und versöhnlich, wie alles um sie her. Gemeinsam hockten sie auf den Wurzeln am Fluss, und er rügte sie so sanft, dass sie es kaum spürte.

»Wissen Sie«, sagte er; sie waren zu den höflichen Formen zurückgekehrt, wie es sich für eine Gutshaustochter und einen so feinen Herrn im Frack gehörte. »Wissen Sie, der Mond ist ein einsamer alter Geselle. Und hinterhältig dazu. Wenn man sich von ihm zu weit führen lässt, gerät man auf Wege, die so einsam sind wie er selbst. Ich hätte nicht gedacht, dass Sie auf ihn hören würden, Mina. Sie haben doch Freunde, oder nicht? Die Tater zum Beispiel.« Er putzte sich den Schnurrbart. »Und mich.«

Er machte ein Geräusch, das fast wie ein verlegenes Hüsteln klang. Aber als Mina gerührt über sein Fell strich, ließ er es zu, dass sie ihn hinter den Ohren kraulte.

Friedliche Tage, dort am Finsteren Stern, lichterfüllt und voller Duft, von Gras, von warmer Erde und kühlem Flusswasser. Sonnige Tage, und die Nächte mild und sternenklar, der Wind nicht mehr als ein Säuseln in den Ohren, besänftigend wie ein Wiegenlied.

Aber die Unruhe blieb in ihr. Und die Gedanken. Gedanken, in denen es flatterte. Weiß und schwarz.

Bald hatte sie festgestellt, dass sie längst nicht so weit von der Anstalt entfernt waren, wie sie geglaubt hatte. Das Pferd musste Irrwege mit ihnen dahingerast sein, Wirrpfade, um die Verfolger abzuschütteln. Wenn sie am Fluss saß und den Ufersaum entlangblickte, konnte sie hinter Baumgewirr die Türme der Stadt Schleswig erkennen. Sie zogen an ihr, die harten, geraden Linien. Obwohl sie es nicht spüren wollte.

Sie scheute vor diesem Gefühl, vor den Gedanken, wie das rote Pferd, wenn es die Bremsen stachen. Aber mit jedem stillen Tag, der verging, wurde es schwerer, sie abzuwehren.

Dabei gab es nichts, was sie tun konnte; der Doktor hatte es gewusst, und sie wusste es auch. Wenn sie zurückging, was konnte sie dort finden? Nichts als die letzte fürchterliche Gewissheit, von der sie längst schon wusste, dass sie der Wahrheit entsprach. Sie waren dort. Ihre Brüder waren in dieser Anstalt. Und es gab nur eines, was das für sie selbst bedeuten konnte. Etwas, an das sie nicht denken durfte, wenn sie nicht wollte, dass die friedlichen Hügel aufheulten von Hundegebell und ihr nichts mehr übrigbleiben würde, als hinunterzugehen, in die Schlei.

Und doch ließen sie sie nicht in Ruhe. Die seltsamen Tupfen auf den Flügeln der beiden großen Schwäne schwammen durch ihre Träume. Sie sah den kleinen, grauen zwischen ihnen, zusammengekauert und geduckt. Hörte das Schaudern in der Stimme der Vogelnestfrau, dachte an den unscheinbaren Bogengang im Flur, die Stufen, die nach unten führten. Nach unten – wohin?

Dort unten reißt er ihnen die Flügel aus, ja, das tut er ...

Die Gedanken trübten die Ruhe wie Herbstblätter die Seen. Jeden Tag ein Stückchen mehr. Und das Ziehen und Zerren in ihr wurde immer stärker. Sie wusste, woher es kam, wo es seine Wurzeln hatte. In dem Schmerz, der in ihr lauerte, seit sie sich an die Schlange im Garten erinnert hatte. Dem Schmerz, der sie nie verließ, auch wenn er sich bisweilen klein zusammenrollte, bis sie ihn kaum mehr spüren konnte. Auch wenn sie ihn niemanden sehen ließ.

Meine Schuld. Meine Schuld allein.

»Es gibt«, sagte Liljas Stimme irgendwo im Nichts, »noch einen Weg.«

Einen Augenblick wollte Mina sich weiter schlafend stellen. Wollte die Nase tiefer in die Ärmelfalten graben, in den schwachen Geruch nach Kleiderstärke, der noch darin hing, vage und tröstlich. Aber Lilja würde sich nicht täuschen lassen. Mina hob das Gesicht aus der Armbeuge.

Gras raschelte neben ihr, leise wie im Wind. Sie sah es nicht, aber sie wusste, dass Lilja sich auf die Fersen gehockt hatte, dicht bei ihr. Trotzdem drehte sie nicht den Kopf.

Lilja sprach nicht gleich weiter. Für eine kleine Weile war es still, und als Liljas Stimme wiederkam, war sie kaum lauter als das feine Rascheln des Grases.

»Hast du noch Mut, Mina?«, fragte sie.

Ein Echo, die Worte, so sanft und klar. Eine Vergangenheit, die Schmerz und Nebel fast schon ausgelöscht hatten. Es ziepte in Minas Mundwinkeln. Nur ein wenig.

Langsam drehte sie den Kopf ein kleines Stück. Ein welliger Schattensee floss über das Gras, dort, wo Liljas Rock sich um ihre Füße ausgebreitet hatte. Eine der schlanken Hände mit den Silberbändern lag darauf, wie nachlässig zur Ruhe gelegt. Eine schmale, helle Barke, mit einem einzigen Segel, zwischen zwei Fingern kaum gehalten: ein Blatt vom Pappelbaum. Mut ...

Mina nahm es, drehte es in der Hand hin und her. Die zarte Struktur war schon ausgetrocknet, die Ränder zerrieben sich an ihrer Haut. Ein Windstoß nur, und nichts würde übrig bleiben bis auf das schiere Skelett, das zerfiel und zerriss, und dann: gar nichts mehr, nicht einmal eine Erinnerung.

Sie schloss die Finger, fühlte die ersten, haardünnen Risse durch das Blatt gehen. Nicht einmal fest zudrücken musste sie. Es würde schon genügen, die Finger nur um eine Winzigkeit weiter zu beugen.

Mina seufzte. Und öffnete die Hand.

Die Feenglöckchen an Liljas Armreifen klingelten.

»Ich denke es auch«, sagte sie. »Deshalb will ich dir davon erzählen. Von dem Weg. Willst du es hören?«

Mina ließ den Blick höher wandern. Lilja saß neben ihr und lächelte mit ihrem schönen Mund, den die Nacht silbern malte. Dahinter lagen die träumenden Schatten der Tater.

Mina nickte.

»Es gibt«, sagte Lilja, »die Taterkuhle.«

Etwas wie ein eisiger Finger berührte Minas Brust. Das Wort brachte Schwärze mit sich, etwas Schauriges, das unsichtbar zwischen den Silben hing.

Sie hob die Augenbrauen, fragte stumm.

»Hast du wirklich noch nie davon gehört?« Lilja lachte leise. »Ich dachte, jeder auf den Höfen weiß davon. Von dem Wasserloch, wo wir unsere Alten ertränken.«

Mina atmete hastig ein, und aus den Grübeleien in ihr

tauchte unvermittelt Mamsells Gesicht auf, das steife Spitzenhäubchen wackelnd vor Empörung. *Und wenn sie nicht mehr laufen können, tragen sie sie nicht, wie gute Christenmenschen es tun würden, sondern werfen sie ins Wasser und singen und tanzen noch dazu* ... Tote Zigeunergroßmütter, die bunten Tücher wie Seerosen um ihre Köpfe, mit offenen Augen dahintreibend auf dem schwarzen Wasser der Taterkuhle, eiskalt und tief, tiefer als der tiefste Brunnen.

Mina fühlte, dass Liljas Augen nach ihren fragten. Sie hob das Kinn und erwiderte den ruhigen Blick. Mit dem Zeigefinger berührte sie ihren eigenen Mund, dann legte sie sich die Hand auf die Brust.

Jetzt stieg das Lachen wie ein Nachtvogel auf.

»Ja, du bist jung«, sagte Lilja. »Jung, immer noch, trotz allem. So ein Glück, nicht wahr?«

Die geschwungenen Linien ihres Mundes senkten sich wieder. »Aber etwas Wahres ist doch dran. An dem, was sie sagen, meine ich. Jeder verliert etwas in der Taterkuhle. Manchmal Dinge, die man nicht braucht, die einen sogar plagen. Wie Rückenschmerzen oder ein böser Ausschlag. Manchmal Dinge, die man glaubt zu brauchen, die an einem hängen wie goldene Gewichte. Hochmut zum Beispiel. Oder eine schwere Geldbörse. Ich habe dir schon einmal davon erzählt, erinnerst du dich? Bei dem Bach. Als du getrunken hast. Es gibt viele Taterkuhlen, Mina. Es gibt sie überall.«

Mina wandte den Blick nach oben, und ihr fielen die Sterne auf. Der Mond war nicht zu sehen, trotzdem war der Himmel nicht schwarz, sondern voller weißer Lichter, die sich mit dem bläulichen Schein der Flämmchen im Wasser mischten. Ein weiter, dunkler Umhang, wie für einen Abendball, mit glitzernden Steinen bestickt, und mit Federn am Saum, dort, wo die Baumwipfel hinaufstreiften. Ein Umhang für tanzende Damen, strahlend und bunt und sorglos ... Es brannte im Herzen.

»Man kann«, sagte Lilja, wie zu sich selbst, »die Taterkuhle bitten, wenn man Hilfe braucht. Man gibt sich ihr hin und bietet an, was man hat, und vielleicht, mit ein wenig Glück ... findet sie etwas, das sie behalten will, und gibt einem etwas anderes dafür zurück. Etwas, das man dringlicher braucht als alles auf der Welt.«

Mina schnaubte stumm. Was gab es denn, was sie noch zu verlieren hatte? Ihre Augenlider waren wund von den hundert vergeblichen Versuchen, eine einzige Träne fallen zu lassen. Ihre Kehle wusste nicht mehr, wie Worte schmeckten, ihre Wangen nicht mehr, wie sich ein Lachen anfühlte. Was denn noch, Lilja? Wenn nicht einmal das geholfen hat ...

»Meine Kleine«, sagte Lilja sanft. »Meine arme Kleine. Ich weiß. Ich weiß. Du denkst, dass du leer bist. Nichts mehr in dir, was das Wasser noch nehmen könnte. Nichts, um es der Taterkuhle anzubieten. Aber ich glaube, dass du dich irrst.«

Der ruhige Blick glitt fort. Liljas Stimme wurde noch leiser.

»Die Frage ist, was man bereit ist zu geben. Das Wasser findet immer etwas. Und es betrügt einen nie. Niemals. Wenn es auch die Wünsche, die man ihm zuflüstert«, sie atmete einen Seufzer in die stille Luft, »nicht immer so erfüllt, wie man es erwartet.«

Mina betrachtete sie verwundert. Aber es brauchte gar nicht die Hand, die sie fragend nach ihr ausstreckte, das

Pappelblatt immer noch auf der offenen Fläche. Lilja sprach von selber weiter, ohne sie anzusehen.

»Zweimal bin ich selbst hineingesprungen in das schwarze Wasser. Beim ersten Mal war ich noch jung, fast so jung wie du heute, Mina. Und ich hatte ein Kind in meinem Bauch. Die alte Nana sagte, dass es verkehrt liegen würde, dass es nicht herauskommen könnte, wenn die Zeit da wäre. Sie hatte mich mit Salben eingerieben, alle Sprüche aufgesagt, die sie kannte. Nad, mein lieber, junger Nad, die Augen ganz wild vor Furcht, hatte mich sogar zu einem Arzt gebracht. Nichts hatte mir genützt. Mein Bauch war schon so dick wie der von zwei anderen Schwangeren. Jede Nacht fühlte ich es, das Kindchen, wie es sich wand und drehte und nicht die richtige Lage finden konnte. Und verzweifelter wurde, das winzige Wesen, genau wie ich. Genau wie Nad. Solche Schmerzen, Mina ...«

Sie zog die Augenbrauen zusammen. Es tat weh, dabei ihr Gesicht zu sehen.

»So sprang ich in die Kuhle, das dunkle Loch auf einem Feld, mit zusammengekniffenen Augen, in einer Nacht, als niemand mir dabei zusehen konnte, als Nad schlief, vor Erschöpfung. Ich dachte, wenn wir ertrinken, kann es auch nicht schlimmer sein als das, was wir schon erleiden. Dann schlafen wir, geborgen im Finstern, wir beide zusammen, die wir uns nicht trennen konnten. Aber etwas Hoffnung hatte ich wohl doch. Denn ich weiß, dass ich in meinem Kopf redete, während ich sprang, dass ich das Wasser bat und bettelte, meinem Kind zu helfen, damit es nach draußen fand. Und das Wasser – das Wasser hörte mich, in meinem eigenen Kopf. Es hörte mich. Ich weiß nicht, wie lange ich darin blieb, in dieser schwarzen Kälte. Aber als ich mich wieder ans Ufer zog, mit der letzten Kraft, die ich noch hatte, kam eine tiefe Wehe, die länger dauerte als die Zeit, und mein Kindchen drehte sich. Und während es zur Welt kam, streichelte eine Akelei mein Gesicht, eine Akelei, die dicht am Ufer stand, wie sie es gerne tun ... Als wollte sie es trocknen, damit ich nicht so sehr fror. Eine kleine, zarte Akelei, violett wie die Nächte im Sommer.«

Aglaia ... Mina schluckte. Lilja drehte den Kopf und sah sie an, ohne zu lächeln.

»Rosa hat mit dir darüber gesprochen, nicht wahr? Über meine Aglaia. Und über Zinni und Hyazinth. Eines habe ich immer sonderbar gefunden ... Vielleicht weißt du es aus dem Selam. Agleyen sagen in der Blumensprache: Du bist ein Schwächling. Und doch war es der einzig passende Namen für sie. Ja, vielleicht sagen sie das tatsächlich. Aber sie geben einem neue Kraft, damit man stark sein kann. Und es hat mich nicht einmal viel gekostet. Die Taterkuhle war gnädig mit mir, beim ersten Mal. Ich verlor alle meine Haare in dieser Nacht. Nana sagte, es käme von der Schwangerschaft und von den Anstrengungen der Geburt, und ich heulte, dumm, wie ich war.«

Sie strich sich mit der Hand über eine ihrer langen Strähnen.

»Sie kamen wieder, wie du siehst. Und meine eigene kleine Akelei wurde das schönste Mädchen, das jemals in einer Sternennacht auf die Welt gebracht wurde. Und ich glaubte ...«

Das letzte Wort verklang in einem spröden Hauch. Lilja wandte den Blick wieder ab. Behutsam ließ Mina das Pappelblatt fallen; es schmiegte sich in eine von Liljas Rockfalten. Sie streckte die Hand aus und streichelte die Falte.

»Ich glaubte«, sagte Lilja heiser, »dass die Kuhle sie b schützt hätte, meine schöne, wunderbare Aglaia, und dass sie sie immer beschützen würde. Aber so war es nicht. So ist es niemals. Wir können uns einreden, wir wüssten alles über diese Dinge. Aber wir haben nie gesehen, wie die Bäume miteinander tanzen, wenn der erste Frühlingsregen fällt; nur den Wind, der ihre Blätter hin und her bewegt. Wir haben nie gehört, wie das Wasser flüstert, wenn es träumt ... Wir raten nur, schlecht und recht. Manchmal haben wir Glück dabei. Manchmal nicht.«

Sie schlang die Arme um die Knie, und so einsam, wie sie dabei wirkte, wünschte Mina sich, sie würde schweigen. Würde dem bitteren Schmerz, der an ihr fraß, erlauben, wieder die Kehle hinunterzusinken. Aber er hatte sich schon zu fest in ihre Zunge gekrallt.

»Hyazinth«, sagte Lilja, und es war kaum noch zu hören, »war beinahe so schön wie meine Aglaia. Er kam von einer anderen Sippe zu uns. Sein Gesicht war hell, so wie Karols Gesicht. Keiner wie wir. Aber doch so ähnlich, dass sie sich nur mit den Augen verständigen konnten, er und sie, Hyazinth und Aglaia. Als ich sie das erste Mal zusammen sah, wusste ich, dass sie etwas Vollkommenes würden, wenn sie beieinanderblieben. Und so war es auch. Sie lachten und tanzten den ganzen Tag, ob wir hungerten oder fettes Fleisch auf dem Feuer hatten, ob es hagelte oder der Sommerwind uns liebkoste. Wir liebten sie so sehr, und die Gadsche liebten sie auch. Sie und Zinni, der bald kam, der mit ihnen tanzte, kaum dass er auf seinen krummen Beinchen stehen konnte. Sie jubelten ihnen zu, schon lange, bevor wir ein Dorf überhaupt erreichten. Wollten Aglaias Zaubertänze sehen, wollten die Lieder hören, die Hyazinth in der Dämmerung erfand. So wunderbare Lieder, Mina. Ich kann sie nicht mehr singen; keiner von uns kann das. Sie sind mit ihm vergangen. Wie meine Aglaia. Wie sie. Dabei sprang ich in die Taterkuhle«, Lilja schüttelte Tränen von ihrem Gesicht, »sobald ich sie nur sah, wie Nad sie zu uns zurückbrachte, als er sie endlich gefunden hatte ... Und wie er sie fand, Mina, zerriss mir das Herz. Mit blutenden Füßen und toten Augen, meine schönste, einzige Aglaia. Weißt du von Rosa, Mina, was damals geschehen ist?«

Stumm schüttelte Mina den Kopf.

Lilja atmete tief ein.

»Dann erzähle ich es dir jetzt. Damit du es nicht vergisst. Damit du daran denkst, immer wenn du an einem Waisenhaus vorbeigehst. Immer, wenn du einen kleinen grauen Kielkropf siehst. Und wenn du hörst, wie die Menschen in den Dörfern über die Zigeuner reden, die Kinder stehlen.

Sie nahmen ihn weg, den kleinen Zinni, als sie allein zu dritt unterwegs waren. Eine Amtsperson nahm ihn weg, weil die Zigeuner keine Häuser haben und deshalb schlechte Menschen sind. Menschen, denen man die Kinder wegnehmen muss, damit etwas Besseres aus ihnen wird.«

Sie schnaubte trocken.

»Dumm und stur, wie wir Zigeuner sind, wollten seine Eltern es nicht einsehen. Sie folgten ihm in die kleine Stadt, in die man ihn brachte, und setzten alles daran, ihn wiederzubekommen. Alles; zu viel. Hyazinth vergaß seinen Sanftmut und seine freundlichen Lieder, er griff die Amtsleute an, versuchte, in das Heim einzubrechen, wohin man Zinni gesteckt hatte. Sie warfen ihn ins Gefängnis, ihn, einen Tater, wilder und freier als der Wind! Und dort, allein, verwundet und im tiefsten Kummer, starb er, Mina. Er starb nach wenigen Tagen.«

Sie seufzte tief.

»Aglaia versuchte es ohne ihn weiter. Monatelang. Monate, in denen wir nicht wussten, wo sie war, in denen wir verrückt wurden vor Gram. In denen Nads Gesicht zerfurchte und ich glaubte, er würde nie wieder lächeln. Wir suchten überall nach ihr. Und endlich, endlich fand sie Nad. Oh, wie er sie fand, Mina ... Ich sprang ins Wasser, dort, wo wir rasteten, mit allen meinen Kleidern, und sie zogen mich bis auf den Grund. Ich sah die Wasserperlen aufsteigen, zum Himmel, irgendwo weit oben. Und ich flehte, Mina. Oh, ich flehte. Aber es war ...«

Sie stieß den Atem aus.

»Es war nur noch ein Leben zu vergeben. Eins, nicht zwei. Und die Taterkuhle entschied sich für Zinni. Zinni konnten wir retten.«

Minas Augenlider brannten. Selbst wenn sie Worte aus ihrer vertrockneten Kehle hätte herausbringen können: Es hätte keine gegeben. Keine, die auch nur streiften, was in ihr war an Mitgefühl. Keine, die nur einen Herzschlag lang den Schmerz lindern würden, der über Liljas Gesicht zog wie Wellen über das Wasser; den Schmerz, der in den tiefen Linien saß in Nads freundlichem Gesicht. Mina streichelte weiter die Rockfalte, und erst, als mehrere tiefe Seufzer sich aus Liljas Brust befreit hatten und ihr Atem wieder ruhiger ging, wagte sie es, wieder zu ihr aufzusehen.

Mit sternglänzenden Augen sah Lilja sie an.

»Jetzt, wo ich älter bin, fühle ich den Hass nicht mehr. Nicht auf die Gadsche, die mein Kind umbrachten. Sie haben es nicht gewollt. Sie taten, was sie glaubten, dass das

Richtige wäre. Wie ich es gesagt habe, Mina: Meistens raten wir nur ... Nein, auch nicht auf die Taterkuhle. Sie hat gewählt, wie die Natur immer wählen will. Die Jungen müssen überleben. Dann sterben auch die Eltern nicht ganz. Und in jedem Jahr blühen meine Sommernachts-Akeleien zu Dutzenden an jedem Teich.«

Sie saßen eine Weile schweigend da. Minas Gedanken kreisten um die wunderschöne Aglaia, die sie nie hatte tanzen sehen, und Hyazinth, den Tatermann mit der Zauberstimme, die sie nie gehört hatte. Sehnsüchtig waren sie, die Gedanken, nach etwas, das vergangen war, ohne dass Mina davon auch nur geahnt hatte.

Aber unter der Sehnsucht lag ein weiter, dunkler Schatten, und der Sog, den sie die ganze Zeit über spürte, wurde stärker und stärker.

»Jeder Teich«, sagte Lilja nach einer Weile, »kann eine Taterkuhle sein. Jede Quelle, jedes Wasserloch. Aber eine gibt es, die schwärzer und tiefer ist als sie alle. Eine, die ihr Wasser direkt aus der Schlei trinkt. Die niemals den Himmel gespiegelt hat. Nur Dunkelheit und Träume.«

Sie klopfte sanft neben sich auf den Hügel unter dem Gras.

»Die tiefste Taterkuhle«, sagte Lilja, »liegt hier, am Finsteren Stern. Die tiefste – und die mächtigste. Ein König hat seinen letzten Atem in ihr Wasser ausgeatmet. Wenn etwas dir helfen kann, Mina – dann sie.«

Mina starrte vor sich hin. Sah Schwanenflügel flattern über grauen Gesichtern. Dachte an Zinni, an den kleinen grauen Schwan zwischen den großen. Fühlte das Ziehen in ihrem Inneren, stärker und immer stärker.

Erst als Liljas Hand sie sacht an der Schulter berührte,

gab sie ihm nach. Sie sah zu ihr auf, und es brauchte keine Blumen für Lilja, um ihr die Furcht, die Müdigkeit und den Zweifel aus den Augen zu lesen.

»Es tut mir so leid, meine Kleine. Aber ich kann es nicht für dich entscheiden.«

Das Wasser murmelte, irgendwo in der Tiefe. Kein wirkliches Geräusch, viel zu schwach dafür; aber etwas wie ein sachtes Vibrieren in der Erde. Mina spürte es unter den nackten Fußsohlen.

Das Ziehen ließ ihr keine Wahl. Sie sah Lilja an, forschte, fragte mit den Augen.

Glaubst du daran? Glaubst du, dass ich es schaffen kann? Selbst wenn ich nicht einmal weiß, was es ist, das ich tun muss?

Lilja betrachtete sie lange.

»Ja«, sagte sie endlich. »Das glaube ich.«

Mina atmete tief aus.

Für Ranzau, J. Für Ranzau, H.

Und für alle Zinnis.

Dann nickte sie.

Aber als Lilja aufstand und sie an der Hand fassen wollte, um ihr hochzuhelfen, blieb Mina sitzen und sah bittend zu ihr auf.

Lilja verstand sie.

»Man muss nicht unbedingt allein hineinspringen«, sagte sie. »Man darf sich helfen lassen.«

Da ließ Mina sich von ihr auf die Füße ziehen. Ihre Knie zitterten.

»Komm«, sagte Lilja, »wir wecken die anderen. Dies musst du nicht alleine tun. Aber es ist besser, du ziehst dein Kleid aus, sonst beschwert es dich zu sehr.«

Minas Magen verkrampfte sich bei dem Gedanken. Ohne das Kleid war sie so gut wie nackt. Sie trug die langen Unaussprechlichen darunter, das schon. Aber darüber nur ein dünnes weißes Unterkleid ohne Ärmel.

Sie zwang sich, an Rosa zu denken, ihre langen, braunen Beine, als sie ihren Rock ausgezogen hatte, um Mina aus dem Waisenhaus zu retten.

Und nickte wieder, zaghaft.

Nad trug sie den Hügel hinunter, als wäre sie ein kleines Kind. Seine Kleider rochen nach Gras und Nachtluft, und die weißen Sterne funkelten in seinen Haaren. Mina schmiegte sich dicht an ihn, wegen der Kälte, die unter ihr dünnes Hemd fuhr, wegen der Scham und wegen der Angst, die sie ins Herz biss.

Knapp über dem Wasser der Schlei war ein Eingang, den sie bisher nicht gesehen hatte; ein Loch eigentlich nur, in das das blaue Flämmchenwasser in einem dünnen Rinnsal hineinlief. Nad stellte sie auf die Füße, und Mina kletterte hindurch, in die blau leuchtende Finsternis. Die Spieluhr hielt sie mit einer Hand umklammert. So unsinnig es war, sie hatte sie nicht zurücklassen können. Das Wasser gurgelte.

Die Tater folgten ihr, einer nach dem anderen, Rosa mit Tausendschön auf dem Arm. Schweigend standen sie um Mina, so dicht, dass sie ihre Wärme spürte. Genau dort, wo der Boden zurückwich und das Rinnsal sich verbreiterte zu einem schwarzen Wasser.

Minas Zehen schraken vor dem Rand der Taterkuhle zurück. Das Wasser war so finster, kein einziges Flämmchen tanzte bis dorthin. Glatt stand es, wie ein Spiegel in einem dunklen Raum, durch den nur Träume zogen und

Gespenster ... Sie suchte auf den Gesichtern der Tater nach Liljas lächelndem Silbermund, aber das schwarze Wasser zog ihren Blick zurück, bevor sie ihn gefunden hatte. Nun, Mina, schien es zu sagen. Hast du denn wirklich Mut? Immer noch?

»Bist du sicher?«, fragte Pipa sie leise, und Mina machte eine verworrene Geste, die gleichzeitig ein Nicken und ein Kopfschütteln war.

»Niemand ist das, Pipa«, sagte Lilja irgendwo hinter ihr. »Es wäre nie schwierig, Entscheidungen zu treffen, wenn man immer sicher wüsste, was sie einem bringen werden.«

Jemand, vielleicht Rosa, fing an, Worte zu summen auf einer flachen, eintönigen Melodie.

»*Dük unner, dük unner ...*«

Die Landsprache fand ihren Weg in Minas Verstand, ohne dass sie darüber nachdenken musste.

Tauch, tauch unter ...

Mina erschauderte. Sie hatte immer geglaubt, kaum ein paar Worte von dem seltsamen Dialekt zu verstehen, den die Landbevölkerung sprach; nur das wenige, was sie an der Tür zur Küchentreppe aufschnappte, wenn die Mamsell ihre vornehme Stellung vergaß und mit den Mädchen zankte. Aber jetzt drang jede Silbe klar und unmissverständlich in ihre Ohren.

Nad nahm den Gesang auf, einen Augenblick später auch Pipa:

»*Dük unner, dük unner / de Welt is din Gram.*«

Das kalte, stille Wasser wartete geduldig.

Liljas Stimme gesellte sich zu den anderen, voller, deutlicher.

»*Do kanns so nich länger lewen ...*«

Etwas wie ein bebendes Schluchzen flatterte stumm aus Minas Mund.

Zwei Hände ergriffen ihre Handgelenke, Liljas auf der rechten, Nads auf der linken Seite. Sie waren ganz sanft, aber sie hielten sie sehr fest. Minas Finger krampften sich um die Spieluhr.

Die beiden Hände packten sie noch fester. Grasspitzen kitzelten ihre bloßen Füße, als sie in die Höhe gehoben wurde. Ihr Körper fing an, wie ein Uhrpendel zu schwingen. Zurück, über den festen Boden. Vor, über das schwarze Wasser. Zurück, noch ein kleines Stück weiter. Vor, und die Kühle, die von dem Wasser aufstieg, kroch unter ihr Hemd. Zurück, vor. Zurück, vor. Sie biss sich auf die Unterlippe, bis sie Blut schmeckte.

Kalt, sagte sie sich vor, kalt, es wird furchtbar kalt sein. Du darfst nicht erschrecken, es ist nur Wasser, kaltes Wasser, eisig kaltes Wasser ...

Dann wurde sie langsam heruntergelassen, Stück für Stück.

Kälte und Feuchtigkeit krochen über ihre Füße, ihre Knöchel. Ihre Waden und Knie. Das weiße Unterkleid blühte im Wasser unter ihr auf, bauschte sich um ihre Beine. Krampfhaft hielt Mina die Spieluhr in die Höhe, klammerte die Gedanken an das Gefühl des warmen Holzes unter ihren Fingern.

Noch tiefer hinab, das Wasser umspülte ihre Hüften, den Bauch. Tiefer, tiefer, das Medaillon löste sich sacht von ihrer Brust und begann, unter dem Kleid auf dem Wasser zu treiben. Sie hatte vergessen, es abzunehmen. Aber nun war es zu spät. Wenn nur wenigstens die Spieluhr nicht nass würde.

Tiefer, tiefer. Im schwarzen Wasser gab es eine Strömung unter der Oberfläche; sie spürte sie jetzt. Ein Saugen und Ziehen am Kleid, an ihren Beinen. Ins Dunkel der Höhle hinein.

Lilja und Nad hielten sie sicher. Der Gesang der Tater hallte in der Höhle, stark und klar.

»*Dük unner, dük unner,*
de Welt is din Gram.
Do kanns so nich länger lewen,
da muss do als davun.«

Die Strömung nahm zu, zog und zerrte an ihr. Nach unten, tiefer nach unten. Ihr Gesicht war jetzt gerade noch über Wasser. Die eisige Kälte gefror ihr das Herz in der Brust. Sie holte tief Luft und kniff die Augen zu.

Das Wasser spülte über ihren Mund, ihre Nase. Sie konnte fühlen, wie ihre Haare sich um sie her ausbreiteten wie die Wurzeln von Seerosen. Gleich, sagte sie sich immer wieder. Gleich, gleich ist es vorbei.

Dann packte die Strömung sie um die Mitte, schwoll an, und aus dem Ziehen wurde ein Reißen. Mina hörte etwas wie einen Aufschrei, über sich, an der Luft. Die Brust wurde ihr eng. Eisige Fäuste schienen an ihren Gliedern zu zerren.

Nein, schrie Mina stumm. Nein!

Die Taterkuhle fing an zu brodeln und zu schäumen. Mina zappelte, versuchte, wieder nach oben zu kommen. Lilja und Nad zogen an ihren Armen, verzweifelt trat Mina im Wasser um sich, um ihnen zu helfen. Aber der Sog ließ sie nicht los. Sie hatte keine Luft mehr, Sternchen tanzten durch die Schwärze vor ihren Augen.

Dann riss die Taterkuhle sie mit einem einzigen, gewaltigen Ruck Nad und Lilja aus den Händen, und sie wurde fortgezogen, ins Dunkel der Höhle hinein.

Tauch unter, tauch unter,
die Welt ist dein Gram.
Du kannst so nicht länger leben,
so musst du nun davon ...

Es war mehr als Kälte, mehr als Frost. Mehr als der eisigste Wintertag, an dem die Finger in den Wollhandschuhen steif wurden und der harsche Wind die Tränen in die Augen trieb. Das Wasser drang in Minas Mund, zwischen ihre Wimpern. Sie drückte die Spieluhr an sich, strampelte mit den Beinen, riss die Augen auf. Um sie war nichts als Schwärze.

Sie konnte nicht schwimmen. Niemand hatte es jemals für nötig befunden, es ihr beizubringen. Damen saßen vielleicht auf zierlichen Stühlchen am Ufer von Flüssen, zeichneten Wellen, stickten Fensterbilder vom Sonnenuntergang über dem Wasser. Aber Damen schwammen nicht.

Damen ertranken.

Die Strömung griff nach Minas Haaren mit eiskalten Fäusten. Schlug ihren Kopf hin und her, prügelte auf ihre Glieder ein. Warf sie gegen schroffen Fels, wieder und wieder. Sie schrie lautlos in feinsten Luftbläschen, die sie nicht sehen, nur an ihren Lippen fühlen konnte.

Einen wilden, pochenden Herzschlag lang war es ihr so, als teilte sich das Wasser in ihrer Nähe mit Spritzen und Rauschen, als wäre sie nicht mehr allein in der Schwärze. Etwas berührte sie, einen Augenblick nur, etwas, das sich anfühlte wie weicher Stoff, sonnenwarm selbst noch im eisigen Wasser. Etwas wie grünschattige Bäume an einem Juninachmittag ... Lilja?

Aber die Strömung riss sie weg von der Berührung, weiter und weiter, tiefer und tiefer. Nach unten ging es.

Noch immer umklammerte sie die Spieluhr. Unter dem Brausen des Wassers kam es Mina so vor, als drangen leise, feine Töne zu ihr, Bruchstücke, Fetzen der alten kleinen Melodie. Sie hörte sie noch, als ihre Füße felsigen Grund berührten.

Mit aller Kraft stieß Mina sich ab. Schoss nach oben, die Spieluhr über sich in die Höhe gereckt wie eine seltsame Fahne.

Der hölzerne Kasten brach als Erstes durch die Wasseroberfläche. Als Mina hinterherkam, japsend, nach Luft schnappend, fielen ihr die Tropfen aufs Gesicht, die aus der Spieluhr liefen. Sie trat nach dem Wasser, um nicht wieder unterzugehen.

Die Strömung zog sie weiter mit sich fort. Sie hörte ein gellendes Rufen, sehr weit entfernt. Dann rauschte nur noch das Wasser unter ihr.

Sie war allein.

Wie lange sie dahintrieb, umhergeworfen wurde, Wasser schluckte und hustete, wusste sie nicht. Die Höhle der

Taterkuhle nahm kein Ende. Aber ganz allmählich beruhigte sich die Strömung, und gleichzeitig wurde es heller. Nach und nach konnte Mina Felsen erkennen, neben und über sich. Wasser glitzerte auf dem rauen Stein. Oder war es gar kein Wasser?

Je weiter sie trieb, desto heller wurde es. Und das Licht kam von den Wänden, der Decke. Adern durchzogen den Felsen, Adern, in denen es glänzte und glimmerte. Mit weit offenen Augen drehte Mina sich im Wasser um sich selbst.

Es mussten Edelsteine sein. Farblose Bänder, nicht breiter als ein kleiner Finger, wechselten sich mit bunten ab, roten, grünen, tiefblauen. Sie funkelten und strahlten im grauen Stein. Aber da war kein Licht, das sich in ihnen brach. Sie leuchteten aus sich selbst heraus.

Wie in einem Traum trieb Mina unter dem Glitzern. Das Wasser trug sie, jetzt, wo sie kaum noch strampelte. Sie hielt die Spieluhr über sich, und das Licht von den Wänden spiegelte sich in den Splittern auf ihrem Deckel wider. Als begrüßten die Kristalle ihre unterirdischen Verwandten.

Irgendwann hörte die Strömung ganz auf, und die Taterkuhle endete in einem schwarzen Becken. Mit zitternden Armen gelang es Mina, sich am brüchigen Felsrand hochzuziehen, sich vom Wasser auf den Felsen zu werfen. Das Unterkleid klebte ihre Beine zusammen, fast wie ein weißer Nixenschwanz. Keuchend hockte sie da, vornübergebeugt, und das Wasser lief ihr aus den Haaren, dem offenen Mund.

Aber ihr Atem war nicht das einzige Geräusch.

Unter dem Glitzern bewegten sich zarte Schemen. Sie sah sie nicht; sie schienen immer hinter ihr zu sein, neben ihr, im Augenwinkel. Aber sie ahnte ein weiches Huschen

um sich her, sie hörte kleine Füße, die auf nassem Felsen tappten. Und Stimmen. Viele, viele Stimmen. So leise wie das Wasser, das still in seinem Becken lag. So uralt wie der schimmernde Stein.
  Sie empfand keine Angst.
  Deutlich wie den eigenen Herzschlag fühlte sie, dass die Schemen ihr nichts Böses wollten. Vielleicht sagten sie es ihr auch, in einer Sprache, die man nicht mit den Ohren verstehen konnte. Aber vor allem sagten sie eines, immer wieder:
  Du musst weitergehen, Mina. Weiter.
  Und sie wusste, dass sie Recht hatten.
  Vorsichtig stand sie auf, die Schemen wichen in die schattigen Winkel zurück. Sie lauschte in sich hinein. Fand nichts, was sie vermisste. Nichts, was im schwarzen Wasser der Taterkuhle von ihr gerissen worden wäre. Ruhe fühlte sie, unter dem Glitzern und dem Flüstern, die sie umgaben wie eine schillernde Hülle.
  Und eine seltsame Leichtigkeit. Ein Schweben in ihren Knochen und Gliedern, die sich wie von selbst mit nur der allerleisesten Anstrengung bewegten. Ein sachtes Schwirren tief in ihrem Inneren, als ob schwere Gewichte sich, ohne dass sie es bemerkt hatte, in flimmernde Stäubchen aufgelöst hätten. Es mochte von der Erleichterung stammen, sich nicht mehr gegen den Widerstand des Wassers bewegen zu müssen; vom Leben, das nach Ziehen und Zerren, nach Strömung und Stein beseelt durch ihren Körper tanzte. Oder vom Kleid, dem schweren Konfirmationskleid, das nicht mehr an ihren Schultern hing.
  Sie hätte wohl Scham empfinden sollen, wolkenbruchnass in dem dünnen weißen Fähnchen. Wie am Eingang

zur Taterkuhle noch. Aber unter dem Schimmern und Raunen schien es bedeutungslos geworden zu sein, wie viel Haut sie von ihren Beinen, ihren Armen zeigte.

Sie schämte sich nicht. Sie fror nicht einmal.

Die Spieluhr tropfte in ihrer Hand. Mina betrachtete sie traurig. Als sie sie vorsichtig schüttelte, drang ein schwaches Zirpen aus dem Mechanismus.

Er gefiel den Schemen nicht, dieser Ton. Sie drängten sich dichter zusammen, die alten, wispernden Stimmen bekamen einen anderen Klang. Rauer, trockener. Felsen, der auf anderem Felsen rieb.

Lärm!, sagte dieser Klang. *Lärm dort, wo Stille herrschen sollte.*

Aber es ist doch so leise, dachte Mina verwundert. Die Spieluhr ist im Wasser ertrunken. Nicht mehr als dieses kleine, dünne Geräusch steckt noch in ihr.

Lärm!, antworteten die Stimmen auf ihre Weise. *Muss aufhören, aufhören.*

Da erinnerte sich etwas in Mina. An die Geschichten von den Pächtern, die der Vater manchmal erzählte. Sein Spotten über ihre dummen alten Bräuche. Teile der Ernte brachten sie nicht in die Scheunen, sondern auf irgendwelche Hügel, wo sie sie im Regen verkommen ließen. Sogar Essen trugen ihre Frauen dorthin, manchmal, an den Feiertagen. Um das zu beruhigen, was unter der Erde träumte, und was nichts mehr verabscheute und fürchtete als das Geläut der Kirchenglocken.

Man konnte, glaubten die Bauern, an diesen Hügeln um Geld bitten, um eine gute Ernte, um ein gesundes Kind. Und wenn man ein reines Herz besaß, konnte es sein, dass man bekam, worum man gebeten hatte. Und nie vergaß es einer, der solche Geschenke erhalten hatte, sich hinterher dafür erkenntlich zu zeigen. Geliehenes Geld wurde zum Hügel zurückgetragen, wo es, spottete der Vater, wohl der nächste Vagabund freudig an sich nahm. Mehl und Garben der glücklichen Ernte wurden dort verteilt, wahrscheinlich nicht mehr als den Vögeln zum Fraß. Und keinem Kind wurde je erlaubt, auf einem solchen Hügel zu spielen und Lärm zu machen.

Es waren die Unterirdischen, die in den Hügeln lebten. Das Kleine Volk vom Anbeginn der Zeit.

Langsam bückte Mina sich und stellte die Spieluhr ab. Sie gab noch ein leises Klirren von sich, das die Schemen in ihren Augenwinkeln zu noch dichteren Schatten zusammentrieb. Dann schwieg sie, und das Licht aus den Wänden glitzerte stumm über sie hin.

Sie fühlte die Zustimmung um sich herum, im körperlosen Raunen und Murmeln. Feiner grauer Rauch schien in dünnen Fäden auf den nun schweigenden Kasten zuzutreiben, ihn zu umstreichen, ihn zu betasten. In seiner Mitte schimmerten die Kristallsplitter heller als zuvor.

Lange stand Mina da und betrachtete die Spieluhr. Jeden Schritt des Weges war sie mit ihr gegangen. Im Kindermantel. In Liljas Bündel. In Minas Hand. Aber die Unterirdischen würden sie mit ihr nicht passieren lassen. Und passieren musste sie. Selbst wenn sie den Weg, den sie weiterzugehen hatte, nicht einmal sehen konnte.

Unendlich schwer fiel es ihr, die Spieluhr zurückzulassen. Der einzige Trost, den Mina für sich fand, war, dass sie den Tatern ein Zeichen sein konnte, wenn es ihnen gelang, ihr in die Höhle zu folgen. Ein Zeichen, dass sie wohlauf war. Mehr fand sie nicht, und es tat ihr so weh, den kleinen Kasten einsam am Beckenrand stehen zu sehen, umringt, umwirbelt von feinen Schemen, dass sie sich zwingen musste, ihm den Rücken zu kehren.

Aber jetzt veränderten sich unter dem Wispern und Huschen der Unterirdischen die Schatten im Raum, und Mina konnte geradeaus einen steinigen Pfad erkennen, der aus der Höhle führte. Auch dort glitzerte und funkelte es, und die schwachen Schemen trieben darüber hin.

Nun geh, flüsterten die uralten Stimmen. *Geh, dein Weg ist bereit.*

Das Kleid tropfte hinter ihr eine Spur auf den Boden, als Mina ihnen folgte.

Unter der funkelnden Decke wanderte sie dahin. Obwohl sie durchnässt war bis auf die Haut, fror sie noch immer nicht, und obwohl der Boden steinig war, schmerzten ihre Füße nicht. Das Leuchten der Steine und das Murmeln der Unterirdischen umgaben sie von allen Seiten.

Es konnte eine Stunde sein, die sie so ging; eine Stunde, oder zwei, oder zehn. Allmählich spürte sie, dass der Boden leicht anstieg. Das Glitzern in den Wänden wurde schwächer. Verlosch schließlich ganz. Alles, was blieb, war ein trüber Schein irgendwo weit vor ihr; ein winziger Flecken Licht, denn sie mit einer Hand umspannen konnte.

Sie fühlte, dass die Unterirdischen nach und nach zurückblieben. Unter ihren Sohlen verwandelte der raue Fels sich in glattere Flächen, als wäre er hier vor langer Zeit von vielen Füßen weichgetreten worden. In den Wänden ahnte sie jetzt Öffnungen wie von Türen; Hohlräume, weitere Höhlen. Aber sie folgte dem Lichtfleck, der sie weiter nach oben führte.

Aus dem glatten Felsen wurden Mauersteine. Die Fugen und Kanten drückten sich in ihre Fußsohlen, und der letzte Hauch von Wasser in der Luft verlor sich in staubiger Trockenheit. Die Schemen und das Wispern waren ganz verschwunden.

Es musste ein alter, lang leer stehender Keller sein, in den sie jetzt kam. Sie stieß mit den Knien gegen wirre Steinpyramiden, die vielleicht einmal Wände gewesen waren; kletterte im Dunkeln darüber. Immer dem Licht nach.

Am Ende war es ein Loch in einer gemauerten Wand, aus dem die Helligkeit ihr entgegenfiel. Die Wand war nicht alt, Mina roch noch Spuren des Mörtels in der Luft; er musste nicht gut oder nicht trocken genug gewesen sein, denn das Loch war durch herausbrechende Steine entstanden. In einem kleinen Haufen lagen sie vor der Mauer und knirschten unter ihren Halt suchenden Zehen. Es gab keinen Weg, der um die Wand herumführte. Nur das Loch.

Mina drehte sich um. Hinter ihr war die Dunkelheit schon in ihren Schlummer zurückgesunken. Nicht einmal ihre Schritte hallten ihr nach. Vielleicht würde noch hier und da ein Stäubchen wehen, das sie aufgewirbelt hatte, ein paar Herzschläge lang. Dann würde wieder Stille herrschen.

Danke, sagte sie stumm in das schweigende Dunkel hinein.

Eine Antwort hörte sie nicht. Sie wartete einen Augenblick, weil es ihr vage unhöflich erschien, es nicht zu tun. Aber sie wusste, dass die Unterirdischen längst in ihre glitzernden Gänge zurückgekehrt waren. Sie war allein in dem Keller.

Und ganz allmählich, Schritt für Schritt, kam die Angst

zurückgeschlichen. Wie ein alter, böswilliger, anhänglicher Bekannter.

Mit beiden Händen griff sie in das Loch, zog sich nach oben. Mauersteinkörnchen und Mörtel lösten sich kratzend, fielen ihr ins Gesicht, in die Augen. Sie krallte die Zehen in Fugen und winzige Ritzen, verkeilte die Ellenbogen in dem Loch.

Es war so klein, kaum groß genug für ein Kind. Für Mina reichte es gerade noch.

Auf der anderen Seite blendete sie das Licht nach der staubigen Düsternis, obwohl es nicht hell war. Sie fiel auf Hände und Knie in einen kleinen, kalten, steinernen Raum, verteilte losen Mauerschmutz auf dem saubergefegten Boden. Stieß mit dem Fuß gegen einen verlassenen Metalleimer, in dem eine Maurerkelle klirrte und klapperte, dass sie erschreckt den Atem anhielt. Aber nichts rührte sich.

Als sie sich aufrichtete, erkannte sie eine altmodische Henkellampe, die an einem Haken in der Decke hing. Von ihr ging der trübe Schein aus, der sie durch den verfallenen Keller geführt hatte. Darunter standen Regale an den niedrigen Wänden, voller verschlossener Holzkisten mit weißen, ordentlich gedruckten Aufschriften. Nachdem sie die Augen frei geblinzelt hatte, waren sie gut lesbar und blieben doch für Mina rätselhaft:

Morphin. 200 Amp. à 0, 02 in wässr. Lösg.

Sie kannte diese Art von abgehackten Silben, auch wenn sie nicht verstand, was sie bedeuteten. Die feinen Härchen auf ihren Unterarmen und in ihrem Nacken richteten sich zitternd auf.

Eine Tür führte aus dem Raum. Sie war offen, obwohl ein schweres Schloss im Türblatt stak. Wer auch immer das

Licht angelassen hatte, er hatte vorgehabt, bald zurückzukommen.

Mina huschte aus dem Lagerkeller.

Wieder empfing sie ein Lichtschein, aber kräftiger jetzt und gelblicher. Ihr gegenüber war eine metallene Tür; ein kaum handgroßes Schild hing daran. Von links kam das gelbe Licht.

Langsam drehte Mina den Kopf. Stufen führten nach oben, zum Licht hinauf. Steinstufen, wie von einer gewöhnlichen Kellertreppe. Irgendwo an ihrem Ende musste so etwas wie eine Nachtlampe brennen – wenn es denn noch Nacht war. Ihr Schein umspielte matt den Bogen, der sich am Ausgang über der Treppe spannte.

Den steinernen Bogen. Der in einen Flur zu führen schien.

Dort unten reißt er ihnen die Flügel aus.

Es gab keinen Moment des Zweifels, der Unsicherheit. Mina sah diesen Bogen, und sie wusste, wo sie war. Es brauchte das Schild nicht an der metallenen Tür, dessen Buchstaben sie schwarz und streng anherrschten, als sie sich zurückwandte.

Zutritt strengstens untersagt!
Eingang nur für befugtes Anstaltspersonal
und nur nach vorheriger
persönlicher Genehmigung.
Jede Zuwiderhandlung wird geahndet.
Der Direktor

Es lag etwas über dieser Tür; ein Hauch von etwas, das nicht wirklich Bosheit war, nicht Tücke. Stille eher, aber eine ganz andere Stille als die schläfrige, staubige Düsternis in den alten Kellern. Eine Stille, die wartete. Die beobachtete und selbst nichts preisgab. Die verborgen blieb, auch wenn die Tür geöffnet würde – die einzige Tür.

Der Riegel war zurückgeschoben.

Auch hinter der Metalltür war es kalt, aber viel heller als in dem kleinen Lagerraum. Mehrere Lampen brannten an den Wänden, die Gasflämmchen an den Dochten flackerten schwach im Luftzug, als sie die Tür behutsam hinter sich zuzog. Der Raum war leer, und etwas von der Anspannung löste sich in Mina; aber verlassen wirkte er nicht.

Es lag nicht nur an den brennenden Lampen. Das Erste, worauf ihr umherhastender Blick fiel, war ein mächtiger Sekretär mit Dutzenden Fächern und Ablagen. Papiere lagen auf ihm verstreut, und das Lampenlicht brach sich matt in einem Tintenfass mit abgeschraubtem Deckel. Der Lehnstuhl davor war nachlässig zurückgeschoben.

Ein Studierzimmer, dachte Mina verwundert, während sie die Augen weiterwandern ließ. Ein Studierzimmer, sonst nichts. Borde voller Bücher an den Wänden, die ernst und gewichtig in den Raum hinunterblickten. Farbige Schaubilder und Tafeln. Leise trat sie näher an eines der Bilder heran.

Es stellte einen Mann dar, sorgfältig gezeichnet, der zurückgelehnt in einer Sitzbadewanne saß. Seine Gesichtszüge wirkten eigenartig flach, aber entspannt, und die Andeutung eines Lächelns schien auf seinen Lippen zu liegen. Viel mehr als seinen Kopf konnte man von ihm nicht sehen, denn über seinen Schultern lag ein Tuch wie eine Art kurzes Zelt, das bis zum Rand der Wanne gespannt und dort festgebunden war. Friedlich schien der Mann auf das Zelt hinunterzublinzeln.

Es musste eine Art medizinischer Behandlung sein. Mina versuchte, die kleingedruckten Hinweise und Anmerkungen zu entziffern, die unter der Darstellung standen.

Besonders hilfreich in allen Fällen der leichten bis schweren Seelenstörung zeigen sich Dauerbäder in lauwarmem Wasser, wobei Außeneinwirkungen weitest möglich fernzuhalten sind.

Mina runzelte die Stirn. Dauerbäder ... Was war damit gemeint? Einige Stunden am Tag? Einige Tage in der Woche? Monate? Der Gesichtsausdruck des badenden Mannes kam ihr mit einem Mal weniger friedlich vor. Eher ... abwesend. Abwesend wie die leeren Augen der weiß gekleideten Menschen auf den Bänken vor dem Schwanenhaus.

Das Schwanenhaus ...

In der Nähe des Schaubildes stand eine Liege. Sie war mit einem freundlichen, hellen Stoff bezogen, eine Kissenrolle lag am einen Ende, daneben eine zusammengefaltete Decke, die weiche Falten warf. Mina betrachtete sie und dachte unwillkürlich daran, wie lange es her war, dass sie in etwas Ähnlichem wie einem Bett gelegen hatte. Wie es sich wohl anfühlen mochte, den sanften Stoff unter sich zu spüren, die Kissenrolle unter den müden Nacken zu schieben ... Sie schüttelte den Kopf. Als sie an der Liege vorbeiging, auf den gewaltigen Sekretär zu, stieß sie mit dem Oberschenkel kurz dagegen und zuckte zusammen. Es tat weh. Unter dem weichen Bezug schlummerte hartes, kantiges Metall.

Sie rieb sich das Bein, stützte sich ein wenig auf der Tischplatte ab, um es zu entlasten, als sie beim Sekretär angekommen war. Die Papiere dort fächerten sich ineinander, übereinander. Hingen mit den Ecken über die Tischkante hinunter. So viel Papier, und so unendlich viele winzige, schwarz gedruckte Buchstaben darauf. Mina senkte den Kopf und kniff die Augen zusammen.

... haben die moderneren, restriktionsfreieren Konzepte die veralteten Formen der Behandlung abgelöst. Anempfohlen wird nach neuesten wissenschaftlichen Erkenntnissen die gnädige und vollständige Isolation der Patienten von allen vorherigen Beeinflussungen und Umständen, vorzugsweise in ländlicher Umgebung. Beschäftigung mit stillen, natürlichen Dingen wie Gartenarbeit ...

Der Terrassenraum schob sich vor Minas Augen, der »Garten« mit seinen schreienden künstlichen Blumen. Schaudernd rieb sie sich über die Arme.

Die Papiere schienen in keiner Ordnung zu liegen. Sie wagte es, ein paar dünnere Stapel vorsichtig beiseitezuschieben, streifte mit den Fingerspitzen über immer neue Buchstabenkolonnen. Es schienen alles Erörterungen zu sein, gelehrte medizinische Abhandlungen über den modernen Umgang mit Patienten; Patienten, die man – Mina zwang sich, es lautlos auszusprechen – auf der Straße Irre genannt hätte. Hier hatten sie andere, wissenschaftliche Namen. Chronisch Demente. Melancholiker. Epileptisch Tobsüchtige. Mina verstand kaum, was diese Namen im Einzelnen bedeuteten; aber sie spürte, dass auch hinter den wissenschaftlichen Bezeichnungen nichts anderes stand als das eine Wort: verrückt.

Innerlich seufzte sie tief.

Unter einem Stapel schaute etwas hervor, das wie eine Federzeichnung aussah. Die Papiere gerieten ins Rutschen, als Mina sie herauszog; vielleicht nur, weil die eine kleine Ecke, die sie hatte sehen können, so anders wirkte als die endlosen Buchstabenreihen. Als sie sie in den Händen hielt und erkannte, was die Zeichnung darstellte, fingen ihre Finger an zu zittern.

Ein menschlicher Schädel, gestochen scharf. Keine Haut, kein Fleisch. Keine Augen. Nur der blanke Knochen, mit bloß gelegten Zahnreihen. Sorgfältig gestrichelte Linien waren darübergezogen, kürzere, längere, manche quer, manche längs. Jede war mit einem winzigen Buchstaben versehen. Unter der Zeichnung stand in einer steilen, kräftigen Männerhandschrift:

Untersuchte Trepanationslinien.
a) – c): gute Erfolge des Schweizer Kollegen, fast völlige Ruhigstellung bei massivster Tobsucht.
d): erste variierte Anwendung bei destruktivem Halluzinations- und Suggestionsverhalten; Fehlversuch, 1902.
e): Partieller Erfolg, s. nähere Erl. in Akte F4–31, aber letaler Ausgang infolge von Krampfanfällen; 1902.
f) – g): letaler Ausgang infolge von Infektion; 1904, 1907.
h): abgebrochener Versuch, Infektionsgefahr zu hoch; Rück-

stellung, bis weitgehende Ausschaltung dieser Problematik erreicht; 1910.

Mina wusste nicht, was eine Trepanationslinie war. Sie brauchte es nicht zu wissen. Unter den Buchstaben an den Enden der Linien waren winzige Zacken gezeichnet. Wie von einer Säge.

Schwindelnde Leere öffnete sich in ihr, kreisender Nebel über einem bodenlosen Abgrund. Aber tief, tief unten schlug ein Gefühl seine Wurzeln ins Nichts. Ein Gefühl, für das sie keinen Namen hatte.

Heiß war es. Es half gegen den Schwindel. Und gegen die Kälte, die ihr unter die Haut kroch.

In ihren Fingern knisterte das Papier. Als sie aufblickte, sah sie die zweite Tür, dicht neben dem Sekretär, in einem Winkel. Sie war so klein, so hell gestrichen wie die Wand, dass sie sie nicht bemerkt hatte. Ein Riegel lag davor.

Langsam, schwerfällig wie unter Wasser, ging sie darauf zu.

Zuerst sah sie nur Betten, in dem Licht, das aus dem großen Raum mit ihr kam. Sechs Betten, weiß und regelmäßig. Ein kleines, hohes Fenster in der gegenüberliegenden Wand mit Gitterstäben davor stand halboffen; von dort, von draußen, schienen die einzigen schwachen Geräusche zu kommen. In dem schmalen Zimmer selbst war es still.

Still lagen auch die Gestalten, und deshalb sah sie sie erst, als sie den Riegel losließ und weiter in den Raum hineinging. Drei Umrisse unter den Laken, dort, auf der rechten Seite.

Drei leere Betten gegenüber.

Sie trat auf das erste Bett an der rechten Seite zu.

Ein kleiner Junge lag dort, mit geschlossenen Augen. Ein Junge, kaum älter als Zinni. Mit blasser Haut und blassen, blonden Brauen, die hellen Haare auf dem Kissen zerzaust. Sie kannte ihn nicht. Aber etwas in seinen Zügen berührte sie. Etwas, das nicht fremd war.

Er bewegte sich nicht. Atmete flach.

Auf den Zehenspitzen schlich Mina zum zweiten Bett. Das neue, heiße Gefühl bebte in ihr, so sehr, dass sie sich am weiß gestrichenen Holz festhalten musste. Das Bett quietschte einmal grell in der Stille.

Aber nichts sonst rührte sich.

Mit angehaltenem Atem tat Mina die letzten zwei, drei Schritte. Bis zum Kopfende des Bettes, wo ein Gesicht auf dem Kissen lag. Das Gesicht eines jungen Mannes.

Er war nicht blass wie der schlafende Junge. Er war totenbleich. Als hätte seine Haut niemals Sonne gekannt. Und auch seine Augen waren fest geschlossen. Unter den kurzgeschorenen Haaren glänzten Narben auf seinem Kopf. Mina umklammerte das Bettgestell so fest, dass das Blut aus ihren Knöcheln wich.

Helle Bartstoppeln bedeckten seine eingefallenen Wangen. Bartstoppeln, die sich bis hoch zum Jochbein zogen. Dorthin, wo unter dem stachligen Flaum an einer winzigen Stelle die Haut dunkler war. Nicht größer als der Nagel am kleinen Finger; ein Mal, geschwungen wie ein Blatt.

Oder wie eine Feder.

Mina fiel, sie konnte nichts dagegen tun. Ihre Knie gaben nach, ihre Finger hatten keine Kraft mehr. Sie schlug auf den steinernen Boden auf, ohne es zu spüren.

Lange kauerte sie so; endlos lange. Aber sie musste wieder aufstehen, irgendwie. Ein Bett war noch übrig.

Sie wusste, was sie finden würde. Und trotzdem musste es gefunden werden. Sie ging zum dritten Bett, das am dichtesten beim Fenster stand. Hörte die Nachtluft, die von draußen sacht über den Rahmen strich.

Senkte den Blick.

Das gleiche Gesicht. Nur das schwarze Mal auf der anderen Seite. Das gleiche Gesicht. Die gleichen Narben. Und auch hier regte sich nichts.

Trocken brannten Minas Augen.

Sie schleppte sich um das Bett herum. Eine weiße Tafel hing auf dem Holz am Fußende; als sie sie aufnahm, sprangen die unleserlichen Kürzel und Zeichen sie an, die schwarzen Buchstabenkolonnen und rätselhaften Federstriche. Sie hatten keine Bedeutung. Wichtig war nur der Name, der ganz oben stand, doppelt unterstrichen.

Ranzau.

Und davor ...

Johann, flüsterte Mina in ihrem Kopf. Johann, Johann.

Ihre Augen schmerzten so sehr. Sie rieb darüber, mit den Fingerknöcheln, während sie zurück zum Fußende des zweiten Bettes ging.

Heinrich.

Heinrich und Johann.

Zwei Namen für zwei Gesichter auf verblassten Photographien.

Zwei Namen für zwei verschwundene Leben. Die ein drittes hätten umschließen sollen. Ein drittes, das sie nur einen flüchtigen Augenblick lang hatten berühren können.

Die Tafel klapperte, als sie sie gegen das Bett zurückfallen ließ. Sie hörte es kaum. Und nichts bewegte sich unter dem lauten Geräusch.

Peter, das war der kleine Junge. Peter Lorenzen. Erst jetzt, wo Mina seine Tafel sah, fiel ihr die kurze Liste aus dem Waisenhaus wieder ein. Auch er hatte darauf gestanden. Und Lorenzen ... Lorenzen war der Name gewesen, den Tante Elisabeths Mann seiner Familie gegeben hatte.

An den drei anderen Betten waren die Tafeln abgewischt worden. Aber die Namen, die darauf gestanden hatten, flüsterten sich in Mina.

Hinrichsen, S.
Petersen, H.
Stockfleet, M.

Zeit verstrich, kalt und leer. Zeit, in der Mina nichts tat, als dazustehen und auf die reglosen Gesichter hinunterzustarren, die ihre Familie waren. Immer wieder zuckte es in ihren Fingern, sich auszustrecken, sie zu berühren, die bleiche, bleiche Haut; zu schütteln, zu rütteln, wenn es sein musste, bis diese schattigen Augenlider sich endlich hoben und diese blassen Lippen sich öffneten, um heiser vom langen Schweigen zu fragen:

Mina? Mina, bist du es?

Kleine Mina, wir haben so sehr gewartet ...

Aber sie tat es nicht, weil die Stille dieser Gesichter so sehr der Stille ähnelte, in der sie Karol gefunden hatte, damals, im Taterlock; weil sie wusste, dass es nichts gab, was dieses Schweigen zerbrechen konnte. Und keine heisere Stimme sprach, und sie stand allein.

Aber währenddessen wuchs das heiße Gefühl in ihr. Wurde von der Wurzel zum Schößling, zu Blättern, zu

Ranken, die sich in ihrem Inneren nach oben tasteten, bis in ihren Kopf. Stark war es, wie ein Baum. Aber es hatte nichts Ruhiges und Friedliches an sich.

Als es ganz oben angekommen war, als seine glühenden Ranken sich bis in Minas Augen und Ohren und bis in ihre Fingerspitzen ausgestreckt hatten, da fand sie einen Namen für dieses Gefühl. Und in dem Moment, als sie den Namen fand, öffnete es in ihrem Kopf eine glutrote Blüte, und das Blut begann, in ihren Adern zu dröhnen.

Zorn.

Es trieb sie in den großen Raum zurück. Behutsam schloss sie hinter sich die kleine Tür, aber sie legte den Riegel nicht wieder vor. Sie zog den Stuhl an den Sekretär, setzte sich, starrte die Federzeichnung an, die ihr aus den Händen geglitten war und jetzt ganz oben auf den papiernen Fächern lag.

Vielleicht zitterte sie so sehr. Aus einem der Fächer im oberen Teil des Sekretärs fiel ein kleines, ledergebundenes Journal heraus, das nur lose dort gesteckt haben musste. Es traf beinahe Minas Finger, und von selbst öffnete es sich an der Stelle, wo das Lesezeichen eingelegt worden war. Ein Kalendarium, voller Eintragungen, in derselben steilen Männerschrift wie auf der Federzeichnung. Auf dem Blatt unter dem Lesezeichen stand:

Sonntag, 14. Mai 1913. Konfirmation von Ranzau, W.

Die Worte unter dem Datum waren mit einem schrägen, ärgerlichen Federstrich durchgestrichen worden.

Mina strich mit dem Finger über das Blatt. Und fühlte nichts dabei. Sie klappte das Kalendarium zu. Verschob den Stuhl so, dass er zur Außentür sah. Dann setzte sie sich. Und wartete auf den Doktor.

Das Licht hatte gebrannt, obwohl es noch immer mitten in der Nacht sein musste; er konnte nicht für lange fortgegangen sein. Aber Mina würde auch bis in den Morgen warten. Sie saß da und starrte blicklos in den freundlichen Raum, auf die metallene Tür; und alles, was sie hörte, war das Rauschen ihres Blutes und das schwache Pingeln der Tropfen, die von ihrem Hemd auf den Boden fielen. Das Zittern, das jetzt durch all ihre Glieder lief, verursachte nicht das leiseste Geräusch. Lautlos drehten und wanden sich die glühenden Ranken in ihr.

Er kam gebückt durch die Tür, trocknete sich die Hände am blendend weißen Kittel. Als er sie sah, zuckte er zusammen.

Aber der Doktor hatte sich schnell wieder im Griff. Er ließ die Tür hinter sich zufallen, verschränkte die Arme vor der Brust. Musterte sie schweigend, durch die glitzernden Brillengläser; ihre schmutzigen Füße, ihre bloßen Arme, das feuchte, zerdrückte Unterkleid. Wie ein Lehrer, der darauf wartet, dass der missratene Schüler von selbst seine Sünden bekennt.

Seine Stimme dröhnte zwischen den Steinwänden, als er endlich sprach.

»Du bist also wiedergekommen.«

Sie nickte nicht; sie schüttelte nicht den Kopf.

Er schien es für Schwäche zu halten, Ratlosigkeit, Verwirrung. Ein schmales Lächeln zerschnitt sein Gesicht. Seine Zähne glänzten.

»Das ist gut, Wilhelmina. Das ist sehr gut. Wenn du vielleicht auch einen etwas ungewöhnlichen Zeitpunkt dafür gewählt hast. Und einen ungewöhnlichen Ort. Von deinem ... Aufzug einmal ganz zu schweigen. Aber das mag alles zu deiner Krankheit gehören. Der Schritt zur Erkenntnis«, sagte er, viel zu voll und klingend für ein Publikum, das nur aus einem stillen Mädchen bestand, »ist immer der schwerste. Es ist gut, dass du zurückgekommen bist. Du wirst noch lernen, es auch auszusprechen.«

Minas Mundwinkel zuckten schwach. Nein, dachte sie, das werde ich kaum.

Er erkannte es nicht, ihr Lächeln, ihre Antwort. Sie musste verloren auf ihn wirken, nah am Weinen, denn er machte ein paar Schritte auf sie zu, bevor er abrupt stehen blieb. Nicht zu nah, nein. Nicht zu nah. Und auch das schmeckte in ihrem Mund nach Lächeln.

»Ich werde«, sagte er, »vergessen, was geschehen ist. All den Unsinn, mit dem du versucht hast, mich anzugreifen. Das letzte Mal, im Garten. All deine Widersetzlichkeit, die ganze Zeit über, die ich dir doch nur helfen wollte. Du bist noch sehr jung, und sehr verängstigt. Ich verstehe das. Und ich vergebe dir, obwohl du wohl geglaubt hast, mich damit wirklich verletzen zu können. Vielleicht …« Er trat noch etwas näher, »wolltest du mich in deiner Vorstellung sogar töten?«

Er zwinkerte mit einem Auge. Das andere blieb starr auf sie gerichtet.

»Armes Mädchen. Armes, armes krankes Mädchen. Deine lieben Eltern werden erleichtert sein zu erfahren, dass du endlich wohlbehalten unter meinen Fittichen angekommen bist.«

Sein Arm in dem weißen Kittel streckte sich ihr entgegen, eine weiche, einladende Kurve. Für einen Augenblick konnte Mina den glatten, kühlen Stoff fühlen, wie er sich an ihre Wange schmiegen würde, wenn sie sich gegen seine Brust lehnte; die Wäschestärke in den Fasern riechen. Es war ein reiner, scharfer Geruch, der in der Nase stach.

Sie lehnte sich auf dem Stuhl zurück und verschränkte wie er die Arme.

»Nun, nun.« Er ließ die Hand sinken, aber sein Gesicht zeigte nichts von Bedauern. Seine Augen funkelten – oder waren das auch nur die Gläser der Brille? Es machte kaum einen Unterschied.

»Nun, du fürchtest dich immer noch. Das musst du nicht, mein Kind. Es wird alles gut werden, wenn du mir vertraust. Hier kümmert man sich um dich. Ich bin spezialisiert auf solche Fälle wie deinen. Ja, ich glaube, das kann man so sagen. Ich habe Methoden entwickelt, Systeme. Erfolge, die auch dir zugutekommen werden. Du musst nur Vertrauen haben, Mina.«

Wie schön er die Worte setzte. Wie sicher er sich in ihnen fühlte.

Wie es das innere Glühen anfachte, ihm zuzuhören.

Sie sah zu ihm auf. Die Brille bedeckte beinahe sein ganzes Gesicht, und in ihren Gläsern war sie kleiner als ein Kind. Kein dicker Kleiderstoff, der ihre dünnen, zitternden Arme versteckte. Seine Hände waren größer als ihre bloßen, schmutzigen Füße auf dem kalten Boden. Sie sah zu ihm auf, ganz ruhig, und noch immer redete er, umflossen, umfangen von den eigenen Worten wie von einem schillernden Dunst.

»Du kannst natürlich nicht verstehen, was mit dir nicht stimmt, mein liebes Kind. Es liegt in der Natur dieser Dinge, dass derjenige es nicht versteht, der davon befallen ist. Wie ein hässlicher, roter Ausschlag, den man selbst nicht spürt, der jedem anderen aber sofort ins Gesicht springt.

Hier können wir dich davon befreien. Dann wirst du wieder mit einem hübschen Lächeln herumgehen, wäre das nicht schön?«

Es gab kein Fenster in diesem Raum. Nur die bunten Schaubilder und Tafeln. Aber irgendwo über ihr, unter ihr mussten Wurzeln sein. Wurzeln, die darum kämpften, Bäume zu werden. Wurzeln, feiner als ein Haar, die Wasserrohre aus Blei zersprengen konnten. Wurzeln, und verborgene Samen, vergessene Körner, Vögeln aus dem Schnabel gefallen vor endloser Zeit. In der Erde zwischen Steinfugen lagen sie und schliefen und träumten vom Licht. Und irgendwann, in hundert Jahren vielleicht, die ihnen nur Augenblicke waren, würden sie erwachen. Der steinerne Raum mit seinen Lampen war nicht mehr als ein winziger Fremdkörper in einem riesigen, atmenden Leib. Ein Splitter in einem Daumen.

Sie konnte das Land nicht sehen – weil sie in ihm geborgen war. So, wie das Land in ihr. Und die glühenden, brennenden Ranken des Zorns erhoben sich aus seiner Tiefe.

Sie ließ den Blick um eine Haaresbreite wandern, horchte in sich hinein. Zwischen den glimmenden Ranken ruhte das Wissen, so sicher und tief, als hätte es immer schon dort gelegen.

Sie musste das Land nicht rufen. Es war bereits da.

»Nein, nein«, sagte er, der ihre Geste missverstand, »du brauchst dich nicht zu schämen. Ich sagte doch, ich vergebe dir.«

Wieder diese weite, freundliche Armbewegung von ihm, aber sie achtete nicht darauf.

»Mein armes Kind, deine Verstocktheit wird dir nicht helfen.«

Triebe, die von der Sonne flüsterten. Samenkörner, die sich vom Wind erzählten. Wurzeln, die ineinandergriffen, sich führten, verschränkten, umschlangen. Wie eine Hand die andere beim Tanz.

Seine Stimme verlor etwas von ihrem samtigen Schimmer. Darunter blitzte es scharf.

»Ich rede immer noch mit dir, junge Dame, und nur zu deinem Besten. Glaubst du etwa immer noch, irgendwelche Fabelwesen werden dir zu Hilfe kommen, wenn du nur stark genug an sie denkst? Verbohrter Unsinn, nichts weiter! Dem Fortschritt und der Vernunft kann man sich nicht in den Weg stellen. Sie sind allumfassend. Du solltest klug genug sein, um das endlich zu begreifen.«

Mina stand auf.

So überzeugt er von seinen eigenen schönen Worten klang, so überrascht war er doch, als sie ihnen zu folgen schien. Mit einer kleinen, ratlosen Falte auf der Stirn beobachtete er, wie sie näher kam, gerade auf ihn zu.

»Nun, mein Kind, das ist recht. Begib dich unter meinen Schutz. Komm, du zitterst ja. Soll ich dir meinen Kittel geben?«

Sie hielt erst an, als ihre nackten Zehen beinahe seine glänzenden Schuhspitzen berührten. Dann hob sie die Arme, er glaubte vielleicht, sie wollte sich ihm an den Hals werfen. Sie streckte die Finger, und dann, mit einer einzigen Bewegung, die viel zu schnell für ihn war, riss sie ihm die Brille herunter.

Wie klein seine Augen waren. Klein und wässrig. Mit dünnen roten Adern, die das Weiß durchzogen. Tränensäcke hingen faltig an den Lidern.

Sie sah ihn an, und er atmete hastig ein.

»Kind, Kind! Das gehört sich nicht. Nun sei brav und gib sie mir wieder. Vorsicht, du wirst sie noch zerbrechen.«

Die Hände, die auf seinen verschränkten Armen lagen, zuckten leise. Aber sie hoben sich nicht.

Mina betrachtete die Brille. Die Gläser waren so dick, was für ein Gewicht mussten sie auf einem Nasenrücken sein, jahraus, jahrein. Sie versuchte, hindurchzusehen, in den Raum hinein. Alles war verzerrt und verkrümmt, missgestaltet. Nur die stählernen Apparaturen und die blanken Metalltische leuchteten hervor, gerade, scharfe, machtvolle Linien.

Sie blinzelte und ließ die Gläser sinken. Ein neues Geräusch, ganz sacht, ganz nah. Eine Stimme, die nicht seine war. Eine Stimme; nein, zwei. Zwei Stimmen, die gemeinsam sprachen. Für sie allein, hinter ihrer Stirn.

Mina. Kleine Schwester.

Komm. Es ist Zeit.

Mina erschauerte. Obwohl die Stimmen nur in ihrem Kopf sprachen, hatten sie eine Richtung. Sie kamen nicht von der kleinen weißen Tür, zu der sie unwillkürlich sah.

Sie kamen von draußen.

Etwas raschelte, wie von großen Schwingen, die sich reckten.

Mina ließ die Brille fallen. Vielleicht war es Absicht; vielleicht nicht. Die Gläser zersprangen auf dem harten Boden in hundert glitzernde Stücke. Vorsichtig stieg sie darüber weg, ohne sich nach dem Doktor umzusehen.

»Mina!«

Er kam hinter ihr her, stieß sich an den Metalltischen

dabei. Unter der Wäschestärke des Kittels roch sie seinen Schweiß.

»Wilhelmina, bleib auf der Stelle stehen! Was erlaubst du dir!«

Die Wut in seiner Stimme war nichts gegen das brandrote Tosen in ihr. Sie riss die kleine Tür auf, zu dem Zimmer, das immer noch so still war. Keine der drei Gestalten hatte sich bewegt.

»Ah, ist es das, was du sehen willst, ja? Denkst du wirklich, du bist ihretwegen hergekommen? Du selbst bist es, die dich hergebracht hat, du selbst und das, was in deinem Kopf nicht stimmt!«

Er gestikulierte an ihr vorbei zu den Betten hin.

»Sie waren schon zu alt, als deine Eltern es endlich einsahen. Zu alt und zu verbissen in ihr krankhaftes Verhalten. Ich habe viel für sie getan, alles, was damals möglich war. Die wirren Geschichten, die sie erzählten, der Eifer, mit dem sie daran glaubten, an ihre eigenen, widernatürlichen Hirngeburten! Große Bäume sahen sie, wo Häuser standen, sie redeten mit Elfen in den Büschen! Es war unerträglich für deine armen Eltern.«

Wie weh es tat. Wie furchtbar weh.

Der Doktor bemerkte es nicht.

Er hatte den Kopf zur Seite gelegt, als müsste er Mina genau betrachten. Sein nervöser Atem hatte sich etwas beruhigt. Und die kleinen, geäderten, wässrigen Augen sahen sie aus ihren tiefen Winkeln heraus unverwandt an.

»Unerträglich für deine Eltern. Auch deinetwegen. Gerade deinetwegen. Das solltest du allmählich begreifen. Ich habe sie hierhergebracht, um eure Familie zu retten. Um dich zu retten, Wilhelmina.«

Mina biss sich auf die Lippe. Sie wartete auf das schwere Niedersinken des Steins in ihrem Magen. Auf die Schuld, die sie zu Boden drücken würde. Machte sich bereit, dagegen anzukämpfen. Mit welchen Mitteln auch immer.

Aber sie fühlte es nicht. Da war nur, hinter dem Zorn, jene sonderbare Leichtigkeit, die sie aus den Höhlen der Unterirdischen mitgebracht zu haben schien. Und in der Überraschung, dem grenzenlosen Erstaunen, bildete sich ein einziger, wasserklarer Gedanke in ihr: Aber ich war ja niemals in Gefahr ...

Sie blinzelte, spürte verwirrt diesem Gedanken nach. Niemals in Gefahr bei ihnen, selbst damals nicht, im Garten mit der Schlange. Denn es war – sie verstand es erst wirklich, während sich die Worte in ihr bildeten – es war doch ein Schlangenkönig, nicht wahr? Dieser große, glänzende, goldglänzende Leib ... Ein Schlangenkönig, wie auf der Wiese. Ich konnte mit ihm sprechen. Und sie – sie konnten es auch ... Wollten ihn mir nur vorstellen, vielleicht zeigen, wie wunderschön seine Schuppen schimmern und wie seine Krone glitzert. Keine Gefahr, niemals; und ich ... Sie atmete tief ein, spürte vergessene Gefühle in sich aufsteigen. Hörte weit entfernt den kurzen Schrei der kleinen Mina, die zum ersten Mal die Finger auf einen warmen Schlangenkörper legte. Nein, dachte – wusste – fühlte sie. Nein, ich hatte niemals Angst. Wovor hätte ich mich denn fürchten sollen? Meine Brüder waren bei mir. Meine großen Brüder.

Etwas sprang in ihr, hart, mit scharfem Sirren, wie eine straff gespannte Saite über einen Geigensteg. Und stockend, zögernd wagte sie, weiterzudenken:

Keine Gefahr, damals. Und keine Angst. Es ist nicht wahr, was der Doktor gesagt hat. Es ist alles nicht wahr.

Sie sind nicht meinetwegen hier. Sie können es nicht sein. Denn er hat sich auch andere geholt. Andere Kinder. Von der unglücklichen Tante. Und wer weiß, woher noch. Kinder wie sie, wie meine Brüder. Kinder wie mich.
Er ist ein Lügner.
Nichts von dem, was er sagt, ist wahr.
Ein einziges Mal noch, kurz wie ein hastiger Wimpernschlag, regte sich die Angst in ihr. Zuckte hoch, versuchte, nach ihr zu beißen.
Sie sind doch hier, in dieser Anstalt, zischte sie ihr zu, und du bist hier. Wie kann es da nicht die Wahrheit sein, was er denkt? Wie kannst du es denn ... beweisen?
Sie fühlte das Wogen der Felder in sich. Das Rauschen der Bäume, das Träumen des Wassers. Die Luft, die sich zum Wind verschlang.
Ich, dachte sie, und ihre Wangen schmerzten, so sehr lächelte es in ihr, ich *brauche* nichts zu beweisen. Ich bin Mina. Mina, die den Wald rufen kann. Und die Feenblumen. Mina, die mit Schlangenkönigen spricht. Mina, die die verfluchte Tänzerin befreit hat und den wilden Pug. Ich habe am Brutsee gestanden und bin nicht vor Kummer vergangen. Ich habe das rote Pferd geritten. Ich bin verwirrt und zerstoßen und zerschlagen, und trotzdem stehe ich hier, ohne Schuhe und im Unterrock. Ich ...
Ich bin Mina.
Und ich bin nicht verrückt.

Der Doktor redete weiter, irgendetwas. Wie ein ferner Regenschauer, der über Kies niedergeht. Mehr war es nicht. Sie achtete nicht auf ihn. Sie starrte auf die Betten hinunter, in die beiden leeren Gesichter. Dachte an die Macht, die in der Erde wohnte. Das Leben, das in ihr steckte, pochend, bebend, leuchtend. Ein einziges Erdkörnchen nur, auf diese bleichen Stirnen gelegt ... War es nicht möglich? Musste es nicht möglich sein?

Mina, sagte es von draußen, in ihrem Kopf. *Mina, nicht. Zwing nicht das in die leblose Hülle zurück, was endlich frei sein will, nur weil du es kannst. Es ist Zeit, kleine Schwester. Aber nicht dafür.*

Die Stimme des Doktors brach in ihre Gedanken ein, schrill, aufgeregt. Nichts, was sie bisher getan hatte, schien ihn so sehr zu verwirren wie ihr blankes Desinteresse an ihm.

»Ich habe«, sagte er, »immer nach allen wissenschaftlichen Regeln gearbeitet. Nur waren sie damals eben noch weniger ausgereift als heute. Es war mein erster Versuch, und ich glaubte, nun, vor allem, da es Zwillinge sind ...«

Er schmeckte den klinisch kalten Ton wohl, der sich in seine letzten Worte gestohlen hatte, stockte; sprach dann wieder so warm und volltönend wie früher, wenn er an ihrem Bett gesessen hatte.

»Ich wollte ihnen immer nur helfen. Sie befreien von ihrem schrecklichen Leid. Ich bin Wissenschaftler, ja. Aber ich habe auch ein Herz, mein Kind. Ein Herz voller Mitgefühl. Was glaubst du«, er seufzte schmerzlich auf, »wie es mich gequält hat, sie so liegen zu sehen. Wie ich um sie gerungen habe! Wie es mich bekümmert hat, als ich einsehen musste, dass nichts fruchten würde. Ein Herbstabend war es, ich erinnere mich noch genau. Und ich ging hinaus auf die Wiesen hinter dem Haus, mit schwerem Herzen. Dort gibt es einen kleinen Weiher, weißt du. Ich setzte mich auf die Bank an seinem Ufer, sah auf das Wasser, um wieder einen klaren Kopf zu bekommen. Und weißt du, was ich dort sah? Zwei Schwäne trieben über den Weiher. Den Weiher, der doch viel zu klein war für sie! Sie mussten sich dorthin vor den Fischernetzen und den lauten Menschen geflüchtet haben. Ich rettete sie, indem ich sie einfangen ließ, und für sie ließ ich das Glashaus errichten. Aus Mitgefühl, Wilhelmina. Demselben Mitgefühl, das ich immer für deine Brüder empfand. Sie taten mir so unendlich leid in ihrem Wahn.«

Mina sah ihn an, die kleinen Augen, in denen Tränen schwammen.

Nicht leid genug, dachte sie. Nein. Nicht leid genug. Wenn du überhaupt weißt, was das bedeutet.

Aber du weißt es, kleine Schwester.

Der Gleichklang der beiden Stimmen erfüllte ihren Kopf.

Ja ... nein, antwortete sie tonlos und stockend; dachte an Marthe, an die gläsernen Tränen, die sie dem Pug gegeben hatte. Ja, aber wie kann ich ... wie kann ich denn ... *nicht* tun, was getan werden könnte? Es ist so viel Schönes da draußen, ihr habt es gesehen ... Ihr könntet es wiedersehen. Ich könnte euch helfen! Ich könnte euch heilen!

Das, sagten die Stimmen ruhig, *hat er auch immer geglaubt.*

Mina spürte, wie ihre Unterlippe zu zittern begann.

Ich habe so lange nach euch gesucht, dachte sie, mit einem Flehen, dessen scharfe Kanten ihr Herz zerschnitten. Ich habe euch vermisst, fast mein ganzes Leben lang, ohne es zu wissen. Jetzt habe ich euch gefunden. Wie kann ich euch gehen lassen? Wie kann ich zulassen, dass ihr hier unten bleibt, dass ihr hier ... sterbt?

Mina, kleine Schwester. Denk nicht an den Tod. Denk an das Leben, das oben wartet. Steig auf, steig hinauf. Es ist Zeit.

Nein, bettelte sie stumm. Nein, nein!
Aber sie sah die Schwäne vor sich, oben, hinter dem Glas. Die weißen Hälse, die dunklen Augen. Die beiden Flügel mit den schwarzen Malen darauf.
Und den kleinen grauen Schwan. Das Küken, das noch nicht ausgewachsen war.
Sie hob die Hand, strich über ein stilles, kaltes Gesicht. Dann über das andere. Die ungeweinten Tränen füllten ihre Augen mit trockenem, bitterem Salz.
Sie nickte schließlich; ein einziges Mal.

Ohne seine Brille war der Doktor viel zu langsam für sie. Sie ging einfach um ihn herum, wich seinem Griff mühelos aus. Der kleine Junge in seinem Bett – wie leicht er war, als sie ihn aufhob. Seine Lider flatterten, als sie ihn in beide Arme nahm. Aber sie öffneten sich nicht.
»Wilhelmina, was tust du da! Bleib stehen, sofort!«
Die Stimme des Doktors überschlug sich. Er griff wieder nach ihr, verfehlte sie erneut, als sie sich wegdrehte.
Sie ging an ihm vorbei, ohne sich noch einmal umzusehen nach den beiden anderen Betten; sie hätte es sonst nicht gekonnt. Er folgte ihr aus dem kleinen Zimmer, stieß dabei gegen die Wand, den Türrahmen. Als die Tür hinter ihnen zuschlug, hallte das Geräusch durch Minas ganzen Körper.
Mit Peter auf den Armen ging sie in das Studierzimmer hinüber. Durch die nächste Tür. Stieg auf die ersten steinkalten Stufen. Gefolgt vom plappernden, stolpernden, taumelnden Doktor, stieg Mina die Treppe hinauf. Nach oben, zum Schwanenhaus.

Der weite Nachthimmel empfing sie draußen, hinter dem schlafenden Haus. Keine einzige Wolke lag über den Sternen. Das klare, stille Licht spiegelte sich in den Scheiben.

Die Schwäne dahinter bewegten sich nicht. Dicht an dicht drängten sie sich auf dem künstlichen Teich. Mina konnte nicht erkennen, welche es waren, die die schwarzen Male auf ihren Flügeln trugen. Es spielte keine Rolle.

Sanft ließ sie den Jungen auf den Rasen sinken. Er rührte sich nicht, seine Glieder fielen lose nieder. Aber für einen kurzen Moment schien es so, als ob die geschlossenen Lider bebten, während die Nachtluft über sie hin strich.

»Wilhelmina.« Der Doktor hatte mit Mühe die Stimme wieder gesenkt, noch im Flur. »Wilhelmina, was willst du denn hier. Lass doch den Tieren ihre Ruhe.«

Ohne auf ihn zu hören, tastete Mina die Scheiben ab, die Einfassungen, die sie hielten. Hier ... hier schien es Scharniere zu geben. Und etwas weiter nach unten ... eine winzige, geschwungene Klinke und ein Schlüsselloch dabei. Sie zog an der Klinke. Die kleine, gläserne Tür bewegte sich nicht. Nur die Schwäne wandten die Köpfe, alle zugleich. Und sahen sie an.

»Sie ist verschlossen, natürlich ist sie das. Was dachtest du denn? Mädchen, nimm endlich Vernunft an.«

Sie beachtete ihn nicht. Einen Augenblick stand sie da, lauschte in sich hinein; hoffte vielleicht auf die Stimmen.

Aber die Antwort, die in ihr aufstieg, kam nicht von ihnen. Sie kam aus dem Holunder, der hinter ihr im Nachtwind säuselte.

Das rote Pferd. Der Sprung durch den Baum. Und Liljas Bündel, das ihr aus den Händen fiel. Liljas Bündel, mit dem Selam darin. Den Akten.

Und dem Schatz des Schlangenkönigs.

Sie rannte nicht, aber sie bewegte sich schnell. Forschte mit den Augen zwischen den Zweigen. Fand die schwärzere, dichtere Stelle, dort, wo das Bündel immer noch hing, unentdeckt in all dem Tumult, den ihre Flucht verursacht hatte. Auf den Zehenspitzen und mit weit gestreckten Armen gelang es ihr, es herunterzuziehen.

Der Schlüssel schimmerte auf ihrer Handfläche, blassgolden unter den Sternen.

Jetzt lief sie doch, zurück zum Schwanenhaus, den Schlüssel in der rechten, das Bündel mit der linke Hand gepackt.

»Wilhelmina, was hast du da, was ist das? Was sind das für Lumpen?«

Mit fliegenden Fingern schob sie den Schlüssel ins Schlüsselloch. Er sträubte sich nicht, glitt ganz leicht hinein. Sie fasste das Blatt zwischen Daumen und Zeigefinger. Drehte es mit angehaltenem Atem.

»Kind, du machst dich doch lächerlich!«

Die Glastür öffnete sich nicht.

Es war beinahe unmöglich zu glauben. Mina starrte auf ihre Hand, den Schlüssel, der immer noch in der Tür steckte und arglos zu ihr aufblinkte.

Die Glastür öffnete sich nicht.

Hinter ihr lachte der Doktor plötzlich.

»Ist wohl doch nicht so einfach, wie? Den Wahn zur Wirklichkeit zu machen? Warum siehst du es nicht endlich ein und gibst auf?«

Durch das Glas schauten sie die Schwäne an. Völlig vor den Kopf geschlagen, dachte Mina:

Es tut mir leid ... Es tut mir leid, aber ich habe nichts, um die Tür zu öffnen. Ich dachte, ich hätte es, aber ... aber ich habe es nicht. Der Schlangenkönig ... Ob er gewusst hat, wie sehr er mich betrügen würde? Nichts habe ich, um euch zu befreien. Nichts außer ...

Sie sah auf ihre Hand hinunter, die immer noch den Schlüssel hielt. Ihre Hand, blass, schmal, mit schmutzigen Fingernägeln.

Und schluckte; sehr hart.

Es war massives Glas. Massiv genug, um wilde Schwäne zu halten. Und sie hatte nichts, um sich zu schützen. Nicht einmal das Kleid über ihren bloßen Armen.

»Nun?«, fragte der Doktor hinter ihr. »Wollen wir jetzt allmählich doch vernünftig werden?«

Mina hob das Bündel hoch.

Hast du Mut?, fragte Liljas Stimme tief in ihr.

Minas Herz zitterte wie ein trockenes Pappelblatt.

Sie drehte das Bündel um, ließ alles auf den Rasen fallen. Die Akten, den Selam. Zog dann die Kordel wieder zu und wickelte sich den Stoff fest um die rechte Hand. Sie konnte nur eine Seite mit ihm bedecken.

Aber sie brauchte all ihre Kraft.

Sie schloss die Augen.

In ihr bewegte sich das Land.

Und dann bewegte es sie.

Nach vorn, auf die großen Glasscheiben zu, so schnell wie Wolkenfetzen im Orkan; so langsam wie die Atemzüge des Waldes. Beide Hände zu Fäusten geballt. Widerstand, sehr hart, sehr kalt. Selbst durch den Stoff des Bündels. Ein Knistern, das die Nachtluft zerriss. Lauter; immer lauter und schärfer. Ein Knall, unter dem ihre Ohren taub wurden; und ein furchtbarer, heißer Schmerz in ihren Fingern, ihren Händen, ihren Armen. Das Glas zerbrach und trieb seine Scherben tief in ihr Fleisch, bis hinunter auf den Knochen.

Sie schrie, aber die Stimme, die durch die Nacht gellte, war die des Doktors.

»Was tust du da! Was tust du denn da!«

Das Reißen und Knistern hörte nicht auf. Mina sah die Risse nicht, die durch die Scheiben glitten; aber sie fühlte sie. Unter Qualen versuchte sie, die Hände zurückzuziehen. Bis zu den Ellenbogen hinauf glitzerten ihre Arme, scharf und tödlich.

Die nächste Scheibe zersprang knallend, und die nächste. Noch eine. Und noch eine. Die dünnen Metallstreben, die sie hielten, erzitterten. Scherben regneten auf Mina herab, und sie duckte sich, während es in ihr wimmerte vor Schmerz.

Die Stimme des Doktors überschlug sich.

»Du dummes, *dummes*, verrücktes Ding!«

Knirschen. Reißen. Springen und Brechen. Mina kauerte sich zusammen, hielt den Arm, um den das Bündel geschlungen war, über sich. Glasregen auf ihrem Rücken, ihren Schultern. Brennende Stiche überall, Blut, so heiß und klebrig, und die Scherben glitzerten rot. Der Lärm wurde lauter und lauter. Metall fing an zu schreien, ganze Platten von Glas lösten sich aus den Streben, zerbarsten donnernd im Gras um sie her. Zitternd wagte Mina es, unter dem Bündel hervorzuspähen. Ein winziges goldenes Pünktchen gleißte dort, wo der Schlüssel immer noch im Türschloss steckte; flirrte, bebte, als das Glashaus anfing, sich ächzend von einer Seite zur anderen zu neigen. Risse zuckten wie in einem Strahlenkranz durch die Türscheibe, aber noch hielt sie. Wie gebannt starrte Mina auf den tanzenden goldenen Punkt, sah ihn sich immer heftiger bewegen, immer schneller. Streben krachten und brachen. Ein Ruck ging durch die Tür, der Goldschimmer tat einen Sprung, Eisen kreischte schrill. Mina riss die Augen weit auf, als die Tür sich aus ihren Angeln löste. Einen Moment stand sie frei da, schwankend, vibrierend, während die Rissblitze durch das Glas fuhren und der goldene Schlüssel vor Minas Augen verschwamm. Sie hielt den Atem an.

Dann neigte sich die Tür sacht nach hinten. Weiter; noch ein wenig weiter. In das Schwanenhaus hinein, in die Öffnung, gezackt jetzt, wie ausgefranst, die sie verschlossen gehalten hatte. Auf das dunkle Wasser des künstlichen Teiches zu, auf die vage Ahnung von weißen Federn, die wie ein Nebel in seiner Mitte lag.

Oh Herrgott, dachte Mina hilflos. Herrgott, tu ihnen nicht weh!

Sie hörte das Ächzen, das durch das Glashaus ging, so dumpf, wie aus den Tiefen der Erde, genau in dem Augenblick, als die Tür endgültig aus dem Gleichgewicht geriet. Als der Schlüssel aufblinkte unter den tausend Reflexionen, die ihn trafen, als die Zeit einen Satz machte und die Tür nach innen stürzte, im Fallen noch zerschellte, und das

Wasser des Schwanenteiches den goldenen Schimmer verschluckte.

Ein Dröhnen, laut und entsetzlich. Ein Knall, der die Luft zerfetzte. Das Schwanenhaus barst in einem tosenden Sturm, explodierte in die Dunkelheit, und unter Mina schwankte der Boden.

Herrgott, oh Herrgott ... Sie kauerte sich zusammen, betäubt vor Entsetzen.

Aber aus dem Schrillen des Glases, dem Kreischen des Metalls stieg ein neues Geräusch auf in die Nacht. Ein weißes, sternweißes Rauschen. Mina hörte es, ganz schwach und ganz deutlich unter dem Schreien des Schwanenhauses – ein weißes Rauschen, das anschwoll. Anschwoll, bis das Prasseln der Scherben in einem Flüstern verklang; bis das Krachen der Eisenstreben in einem fernen Donnern verhallte; bis es jedes Geräusch umfasste, selbst die Stille und Minas bebende Atemzüge, bis sie es fühlen konnte, tief unter der Haut, und wusste, woher es kam.

Aus dem scherbenspiegelnden Wasser, aus dem geborstenen Eisengerippe flogen die Schwäne auf, alle zugleich. Die Nacht atmete Flügelschlag. Dutzende leuchtende Leiber erhoben sich in den Himmel, mehr, viel mehr, als das Schwanenhaus je hätte halten können. Atemlos starrte Mina zu ihnen auf, wie in eine riesige, bewegte, schimmernde Wolke. Höher und höher stieg sie empor, blendend vor der schweigenden Dunkelheit. Kreiste, drehte sich um sich selbst.

Kleine Schwester ...

Ruckartig hob Mina den Kopf, aber was sie hörte, war nur die Stimme des Doktors, heiser, beinahe tonlos:

»Du *dummes* Ding. Was hast du getan ...«

Er hatte sich zusammengekauert wie sie unter dem tödlichen Regen, jetzt richtete er sich langsam auf. Erst als sie in seine Richtung sah, entdeckte Mina den einen Schwan, der nicht mit den anderen aufgestiegen war. Es war das junge graue Tier, und es reckte die kurzen Flügel vergebens nach den Großen am Nachthimmel.

Auf wackeligen Schwanenbeinen, die nicht zum Gehen gemacht waren, tapste es auf dem Rasen umher. Aber der junge Schwan war nicht der Einzige, der sich bewegte. Schwarzzottelig regte es sich plötzlich überall im verwüsteten Garten. Die Hunde trotteten aus allen Richtungen herbei, die Köpfe gesenkt, die spitzen Ohren angelegt. Sie hielten auf den Jungen zu, auf den kleinen Schwan; und auf Mina.

Sie biss die Zähne aufeinander. Verdrängte den grausamen Schmerz. Machte sich bereit, das Letzte, was an Kraft noch in ihr steckte, tonlos und gellend zu rufen, dass es bis zu den Sternen hallte.

Aber es war nicht ihr Schrei, der die gespannte Stille zerriss. Er fiel aus der kreisenden, leuchtenden Wolke am Himmel, schärfer noch als der Regen aus Scherben. Hoch oben zog die Wolke sich enger zusammen. Kreiste schneller und schneller, ein Wirbeln, Schäumen, Strudeln aus Weiß. Stieß aus der Dunkelheit herab, in einem wilden, gewaltigen Brausen, unter dem die Erde erzitterte.

Die Hunde bellten wie rasend, der Doktor brüllte auf.

»Ich wollte nur helfen, immer nur helfen! Undankbares, unverständiges, verrücktes Gezücht! Nur helfen!« Ganz kurz sah Mina noch sein Gesicht, die aufgerissenen, blassen Augen, das blinde Entsetzen. Als die weißen Federn den

Garten füllten, große, schlagende Flügel, zuschnappende Schnäbel, wandte sie sich ab.

Auf allen vieren kroch sie zu dem Jungen, zog ihn auf ihren Schoß, drückte ihn an sich, wie Lilja Zinni drückte, während sengende Pein ihre Arme hochschoss.

Es ist gut, murmelte sie stumm in das ausdruckslose Kindergesicht. Es ist gut, hab nur keine Angst. Keine Angst, kleiner Kerl. Kleiner Peter. Sie presste seinen Kopf gegen ihre Brust.

Die Schwäne jagten die Hunde durch den Garten. Überall rauschte und brauste es unter ihren Flügelschlägen, das schmerzvolle Heulen und Jaulen biss in Minas Brust. Der Doktor kreischte, irgendwo im Schwanensturm, unter rot verfärbten Federn und Schnäbeln. Mina hörte es wohl. Hörte, wie es anstieg, wie es schriller und schriller wurde. Wie es brach, als es kaum noch nach einem Menschen klang. Wie es schließlich abriss.

Sie hörte es. Aber sie blieb sitzen.

Irgendwann war es vorbei. Irgendwann regte sich nichts mehr im Garten, und die leuchtende Wolke sammelte sich erneut am Himmel. Ein letztes Mal kreisten die Schwäne. Dann bildete sich ein langer, weißer Keil vor den Sternen; und wie in einem einzigen Flügelschlag waren sie verschwunden.

Erst als sie fort waren, als Dunkelheit und Stille zurückkehrten und nur der Nachtwind sich noch am Himmel bewegte, nahm Mina die Lichter wahr, die überall im Haus die Fenster erhellten, und die Gesichter, die hinausstarrten.

Es würde nicht lange dauern, bis die ersten Pfleger sich in den Garten wagten. Zu ihr, zu dem Jungen. Zu den reglosen Hundekörpern und zu dem, was wie ein Bündel Lumpen auf dem blutigen Rasen lag.

Mühsam versuchte sie, auf die Beine zu kommen, ohne den Jungen loszulassen. Sie taumelte, schwankte, musste ihn sinken lassen. Wäre selbst rücklings gestürzt, wenn nicht etwas, das weich und zugleich fest war, sich von hinten gegen ihre Schulter geschmiegt hätte.

Nicht alle Schwäne waren an den Himmel zurückgekehrt.

Sechs Tiere standen im Gras, hinter ihr, neben ihr. Standen ganz still und schauten sie an. Der kleine graue Schwan, und fünf weiße. Zwei von ihnen trugen seltsame Bündel aus Papier in den Schnäbeln; Mina starrte sie an und erkannte erst spät, dass es die Waisenhausakten sein mussten, die sie aus dem Bündel geschüttelt hatte. Ein anderer hielt den Selam auf die gleiche Weise gepackt. Sie mussten sie für Mina aufgesammelt haben, während sie noch auf dem Boden kauerte.

Die zwei größten Vögel waren die, die ihr am nächsten standen. Sie berührten, mit ihren warmen Leibern und ihren kühlen Federn, in denen ein Flüstern zu hängen schien. Sie brauchte nicht nach ihren Flügeln zu sehen. Sie wusste, wer sie waren.

Mina sah die beiden großen Schwäne an. Sie beugten die langen, schlanken Hälse und legten ihre Schnäbel gegen ihre Wangen, rechts und links.

Johann, sagte sie stumm. Heinrich.

Es kam keine Antwort. Langsam, zitternd, atmete sie aus.

Der graue Schwan tapste an ihr vorüber, die kurzen Flügelchen gereckt. Zu dem Jungen, der da lag, wie Mina ihn hatte sinken lassen. Vor seinem Gesicht hielt er an, senkte den langen Hals, streckte den Kopf vor. Der breite, schwarze Schnabel schob sich zwischen die hellen Haarsträhnen. Flaumfedern legten sich auf die Kinderwange. Der junge Schwan machte ein eigentümliches, raues Geräusch, tief unten in seiner Kehle.

Und blieb so stehen.

Mina sah auf den Schwan und das Kind. Hörte das leise Rascheln der Federn dicht bei sich, fühlte die seidige Glätte auf ihrer Haut. Roch den Nachthauch, den freien wilden Wind, den sie schon in sich aufgesogen hatten, hoch oben am Himmel, wo es keine Enge gab, keine Fesseln, keine Schmerzen. Spürte ihre Wärme. Nähe.

Vertrauen ...

Einen Moment lang war ihr, als lauschte sie bis tief in das Haus hinein. Nach unten, in einen kleinen Raum mit sechs weißen, regelmäßigen Betten, in denen nur noch zwei Gestalten lagen. Er enthielt nichts mehr. Nichts mehr, außer Stille.

Die großen weißen Schwäne lösten sich von ihr. Sie versuchte nicht, sie festzuhalten. Richtete stattdessen den Blick starr auf den Jungen und auf den kleinen Schwan, der noch nichts vom Himmel wusste und vom Wind. Öffnete die Augen weit.

Noch weiter.

Peter lag im Gras und blinzelte. Dann hustete er, wimmerte, ganz schwach. Bewegte die Glieder, ein Bein, einen Arm.

Der kleine graue Schwan war verschwunden.

Die großen Tiere halfen ihr aufzustehen, stützten sie mit den Flügeln, sie und Peter, der auf steifen, hölzernen Beinen taumelte. Sie folgten ihr ins Haus, durch den Flur, in den sich noch niemand hinuntergewagt hatte. Auf der Treppe nach unten raschelten ihre Federn gegen den Stein, und ihre breiten Füße klatschten auf den Stufen. Peter schauderte und wimmerte wieder, als sie im Keller angekommen waren.

Blut lief Mina die Arme hinunter, tränkte ihr Unterkleid, während sie unter Schmerzen den Jungen durch das Loch im Lagerraum schob.

Sie wusste nicht, wie sie den Weg fand, zurück durch die Dunkelheit, durch den Staub und das Wispern der Felsen. War sie es überhaupt, die sie führte, oder waren es die Schwäne, die das Wasser der Taterkuhle witterten, irgendwo, weit vor ihnen? Riefen die Unterirdischen nach ihnen, wiesen ihnen mit ihren uralten Stimmen den richtigen Weg? Plötzlich und lautlos waren sie da, und die Wände fingen an zu funkeln. Grau mischte sich zwischen die Schwanenfedern. Das Raunen begann, und wie Liljas helfende Salben schien es den tobenden Schmerz in Minas

Armen zu lindern. Weiter schleppte sie sich, immer weiter, den stolpernden, schwankenden Peter an ihrer Seite. Die Schwäne verliessen sie nicht.

Es war ein endloser Gang.

Nicht das Glitzern der schwarzen Taterkuhle war es, was Mina irgendwann dazu brachte, den Blick mühsam vom Boden zu heben. Dicht vor dem Wasser stand die Spieluhr, dort, wo sie sie zurückgelassen hatte, umflossen von staubfeinem Nebel. Lag es am Gegensatz zu seiner matten Farbe, dass das Kristall auf ihrem Deckel so zu leuchten schien? Die letzten Schritte schaffte Mina nicht mehr auf den Füssen, sie ging in die Knie, umfächert von Schwanenfedern. Kroch mühsam, ohne die Hände zu benutzen, auf die Spieluhr zu. Das Glitzern wurde so hell, dass sie blinzeln musste.

Da waren keine Reste mehr, festgeleimt auf dem Holz; keine kläglichen Splitter, zerbrochenen Scherben. Zwei verschlungene Figuren erhoben sich auf der Spieluhr, strahlend, aus reinstem, klarstem Kristall. Ein grosser Vogel mit ausgebreiteten Flügeln und einem langen, geschwungenen Hals; eine Frau mit fliegenden Haaren, die sich drehte unter einem der Flügel, auf den Vogel zu, als tanzten sie zusammen. Den Saum ihres Kleides hielt sie mit einer Hand weit von sich, so dass es sich bauschte und sie umwirbelte. Und unter dem Saum ein zarter Frauenfuss in einem gläsernen Ballschuh.

Peter gab zwischen den Schwänen einen kleinen, fragenden Laut von sich. Als Mina langsam, verzaubert noch, den Kopf zu ihm drehte, sah sie zum ersten Mal einen Hauch von Leben in den Augen, mit denen er zur Spieluhr sah.

Sie konnte sie nur mit der rechten Hand halten, und auch das nur, weil es ihr irgendwie gelang, sie zwischen die Kordelschlaufen zu schieben, die von dem blutdurchtränkten Tuch an ihrem Arm herabhingen. Ihre Glieder fingen sofort an zu zittern, als sie sich mit der Hilfe der Schwäne in das eisige Wasser hinunterließ. Neben ihr schoben und zogen die Vögel sanft den Jungen hinein, nahmen ihn in ihre Mitte. Er maunzte verwirrt, wie ein kleines Tier.

Sie versuchte Wasser zu treten, aber ihre Beine bewegten sich nur langsam und schwerfällig. Ein weißer Körper glitt sacht und völlig lautlos an ihre rechte Seite; ein zweiter an ihre linke. Es gelang ihr gerade noch, bevor die Kraft sie völlig verließ, ihre Arme über die Leiber zu legen.

Ohne die Vögel wären sie beide verloren gewesen. Wie auf dem Hinweg, so nahm auch jetzt die Strömung irgendwann zu, in dem Maß, in dem das Glitzern der Wände schwächer wurde. Nur trieb sie diesmal in die umgekehrte Richtung. Das Wasser stemmte sich immer heftiger gegen Minas Körper. Es sprudelte unter den gefalteten Flügeln der Schwäne, schlug ihr Tropfen ins Gesicht. Bald hing sie beinahe waagerecht im Wasser, so heftig warf sich ihr die Strömung entgegen. Sie musste die Muskeln in ihren Armen anspannen, so grässlich es auch schmerzte und brannte, damit die leichteren Schwäne nicht unter ihr davongerissen wurden. Sie konnte fühlen, wie das Blut von ihren Fingern über den weißen Schwanenflügel lief, und hinter ihrer Stirn sah sie die roten Tropfen von dort in das schwarze Wasser fallen.

Im nächsten Moment türmte die Strömung Wellen gegen sie auf, sie überspülten die Schwäne bis über den Rumpf und tauchten Minas beide Arme ganz in eisig kaltes Was-

ser. Es biss, es brannte in jeder der unzähligen Wunden, und sie öffnete den Mund und schrie:
»Ah, ah!«
Es war ein spröder, brüchiger Ton. Die Felswände warfen ihn zurück, wieder und wieder. Die Schwäne raschelten verwundert mit den Federn.
Mina bewegte die Lippen, öffnete und schloss den Mund. Versuchte es, zaghaft, ein zweites Mal:
»Ah ...«
Mit einem Mal ließ die Strömung nach, sie glitten in ruhigeres Wasser.
»Ah«, murmelte Mina noch einmal. Und wurde ohnmächtig.

Der Wind war es, der sie in die Welt zurückflüsterte. Der Wind, der über ihre Stirn strich. Ihr die Haare verwehte, in ihren Wimpern flirrte. So sacht und so nachdrücklich, dass sie schließlich die Augen öffnete.
Die Sterne sahen auf sie herunter, blass schon vor dem heraufziehenden Morgen. Etwas Warmes, Weiches hüllte sie ein; sie neigte den Kopf vorsichtig, entdeckte den Saum einer Decke in so vielen verschiedenen Farben, dass sie selbst im zarten Morgengrau bunt aussah. Mina fror nicht mehr. Sie spürte keine Schmerzen. Hinter ihrer Stirn schien alles mit Watte gefüllt.
Neben ihr war noch mehr Wärme, und aus dem Augenwinkel sah sie Peters blasses Gesicht. Er schlief, sein Atem bewegte die feinen Fädchen einer zweiten wiesenbunten Decke.
»Ah«, sagte sie erneut, versuchsweise, sehr leise, und sofort erschien ein Gesicht über ihr.

»Meine Kleine«, sagte Lilja und lächelte strahlend. »Meine Kleine, da bist du ja.«

Mina war dankbar, dass Lilja keine Fragen stellte, vor allem nicht die nächstliegende. Sie hätte nicht zu sagen gewusst, wie sie sich fühlte. So nickte sie nur, und Lilja sagte:

»Hier ist jemand, der schon dringlich darauf wartet, dich auch begrüßen zu können.«

Eine wilde, kurze Hoffnung lang glaubte Mina, sie spräche von den beiden großen Schwänen. Sie versuchte, sich aufzurichten, aber es war keine Kraft in ihren Gliedern. Und schon während sie stöhnend zurücksank, wurde ihr klar, dass sie es nicht sein würden. Sie hörte keine Federn wispern unter dem Wind.

Sie waren fort.

»Verzeihen Sie«, schnurrte es hinter ihr, und etwas Glattes, Warmes rieb sich behutsam an ihrem Scheitel. »Verzeihen Sie, dass ich nicht sein kann, was Sie sich wünschen. Aber ich bin nur ein alter Kater, der froh ist, ein tapferes junges Fräulein endlich wiederzusehen. Sehr, sehr froh.«

Für ein Mal schwang kein Spott in Tausendschöns Stimme, nicht das leiseste, prickelnde Fünkchen. Sein glattes Fell strich an Minas Wange entlang, und seine großen Kateraugen wurden noch größer und runder, als Mina ungelenk sagte:

»Ich bin ... auch ... froh. Glaube ich.«

Und es stimmte, sie war es wirklich. Irgendwo unter der Watte verborgen, entfaltete sich Freude in ihr wie eine Wiesenblume am Morgen. Freude darüber, ihn wiederzusehen, Freude, zurück bei den Tatern zu sein, auf dem sanften, friedlichen Hügel über dem Finsteren Stern. Freude, die Schlei zu riechen, so lebendig, so anders als das schwarze

Wasser in der Tiefe; die Bäume und das Gras zu hören, die sich um sie her leise unterhielten. Und es war sicher nur die Müdigkeit, die ihr in den Knochen stak, die Müdigkeit, die alles mit Watte zudeckte.

»Wo sind ... die anderen?«, fragte sie den Kater, aber er war zu sehr damit beschäftigt, ihr entgeistert auf den sprechenden Mund zu sehen, endlich einmal sprachlos verblüfft, und Lilja antwortete mit einem kleinen Lachen für ihn.

»Sie sind alle hier, meine Liebe. Sie sind nur«, sie stupste den Kater sacht in die Flanke, »etwas geduldiger als gewisse ältere Herren im Frack.«

»Nun«, sagte Tausendschön und strich sich hüstelnd über den prächtigen Schnurrbart, »die gewissen älteren Herren müssen eben mit ihrer Zeit haushalten, nicht wahr? Man weiß nie, wie viel man noch davon übrig hat.«

Mina öffnete den Mund, lächelnd, aber über ihr tanzten plötzlich rote Schleifenbänder vor den Sternen, ein bunter Filzhut, und da waren Zinnis braune Wangen und Rosas Blütengesicht und Viorels verwegener schwarzer Bart. Sie hörte die Tater reden und lachen, alle durcheinander. Hatten sie alle um sie herumgesessen, die ganze Zeit über? Alle Tater hatten über ihren Schlaf gewacht? Alle, bis auf ...

Jetzt richtete sie sich doch auf, zwang die Ellenbogen dazu, sie zu stützen. Ihre Arme, das merkte sie unter der Decke, waren dick verbunden, und auch ihre Hände. Es fühlte sich an, als trüge sie Fausthandschuhe mitten im Sommer.

»Wo ist Karol?«, fragte sie, und das Lachen zerstob auf den Tatergesichtern. »Wo ist Karol, kommt er nicht auch?«

Sie wusste nicht, wieso, aber in diesem Moment spürte

sie deutlich, dass sie erwartet hatte, ihn hier zu sehen. Und wenn es auch nur als zarter weißer Schatten war, irgendwo zwischen den Bäumen ...

»Meine Mina«, sagte Lilja leise. »Meine liebe Mina. Schau, was der Morgenwind zu uns gebracht hat. Vor einer kurzen Weile erst.«

Sie öffnete die Hand, die Feenglöckchen klingelten, und in den feinen Falten und Schwielen lag eine winzige hellblaue Blüte, mit Blättern wie ein kleiner Stern. Unter dem jungen, freundlichen Morgenlicht schien Minas Brust sich mit brüchigem Eis zu füllen, als sie sah, dass die Blütenblätter vertrocknet waren, die Ränder eingerollt und gerissen.

Sie starrte sie an, und alle Freude verflog.

Über ihr räusperte sich Nad.

»Wir haben die Schwäne gesehen, Mina. Wir haben sie alle gesehen. Hoch oben am Himmel, bevor die Sterne verblassten. Die Schwäne sind zurück, und bald werden sie wieder auf allen Teichen schwimmen, allen verwunschenen Weihern, allen träumenden Seen.«

Peter seufzte schwach im Schlaf.

»So wild«, sagte Nad, »so schön. So lieblich und so mächtig zugleich. Niemals ganz aus einer einzigen Welt. Und niemals zu zähmen. Man kann sie ansehen und wissen, dass da mehr ist als hartes Straßenpflaster und enge Häuser, mehr als steife Kleider, drückende Schuhe. Mehr, und schöner, strahlender, als alles, was man in dieser Welt sonst zu sehen bekommt. Die Schwäne können Augen öffnen, die geöffnet werden wollen. Aber ...«

Er verstummte. Lilja schloss die Finger um die vertrocknete Blüte und zog die Hand zurück.

»Die Schwäne«, sagte sie ruhig, »können nicht heilen, was zerbrochen ist. Sie können nicht verhindern, dass die Welt sich verändert und vieles, was gut war, verlorengeht. Das hast du schon erfahren, Mina. Du hast getan, was so weit über deine Kräfte ging, und hast sie zurückgebracht. Er ... Karol, er hat dir geholfen, wie es seine Pflicht war. Aber er war schon so schwach, am Anfang schon, als er dich zu uns brachte. Und am Ende konnte er kaum noch wirklich genug werden, um das rote Pferd zu finden, zu zähmen und dich auf seinem Rücken zu retten. Jetzt ... jetzt, wo erreicht ist, was zu erreichen war, ist eine andere Zeit angebrochen. Eine Zeit für die einen, zu ruhen und zu heilen und zu wachsen. Eine Zeit für die anderen, zu ... schlafen. Tief zu schlafen wie die Glockenblumen unter dem Schnee.«

»Aber die Glockenblumen sterben im Winter«, flüsterte Mina mit tauben Lippen. Ihr war es, als könnte sie noch immer die verwelkte blaue Blume in Liljas geschlossener Hand sehen. Sie konnte sich kaum losreißen von diesem Bild. Aber etwas in Liljas letzten Worten berührte sie, fasste sie an.

Sie runzelte die Stirn.

»Das rote Pferd ...« Ein Gedanke formte sich in ihr, schwach noch und ohne Konturen. »Ist es noch hier?«

Viorel nickte.

»Karol hat es gezähmt. Es wird uns nicht wieder vergessen. Als wir von der Höhle zurückkamen, wartete es auf uns, auf dem Hügel.«

Das rote Pferd ... Die Muskeln in Minas Oberschenkeln erinnerten sich brennend an den wilden Ritt. Aber sie sah auch die flammende Mähne vor sich fliegen, so lebendig und frei und so unverschämt rot. Durch den Holunder war es für sie geflogen, mitten in des Doktors Siegesrede hinein. Und sie hatte Karols Arme auf seinem Rücken um sich gespürt, so fest, so warm, so wirklich ... Hatte das rote Pferd sich um Regeln geschert, um das, was sein sollte? Hatte sie sich auch nur eine Minute darum gekümmert, dass es gegen alle Sittlichkeit verstieß, wie Karol sie hielt?

»Hilf mir auf, bitte«, sagte sie zu Viorel und ließ seine Augen auch dann nicht los, als sie sich vor Verblüffung weiteten. »Hilf mir auf, und wenn du kannst, dann hol das Pferd für mich. Ich muss es reiten. Jetzt. Jetzt gleich.«

Sie redeten alle gleichzeitig, durcheinander, Sorge und Verwirrung brachen sich wie Wogen über Minas Kopf. Aber sie hielt Viorels Blick fest, seinen allein, und endlich, endlich zog Verstehen hindurch, und er lächelte schief, und die Kirschaugen blinzelten ihr zu.

»Ich glaube«, sagte er leise, aber bestimmt, und die Stimmen der anderen Tater verstummten, »ich glaube, Mina hat Recht. Sie muss reiten.«

»Aber, Mina«, rief Rosa, »liebste Mina, du hast genug getan! Du bist schwach und krank und voller Kummer, du musst ruhen und nicht reiten.«

Mina lächelte, aber sie wandte dabei schon den Kopf und nickte zum schlafenden Peter hin.

»Er ist der Sohn meiner Tante. Der Tante, bei der ich am Anfang war. Ich glaube ... Nein, ich bin mir sicher. Wenn sie ihn zurückbekäme, würde sie nicht mehr mit Blumen sprechen und ihren Salon zwischen Spiegeln verbrennen.«

Sie wagte nicht, die Tater schon wieder um eine Gefälligkeit zu bitten. Aber Viorel verstand sie ganz von allein.

»Wir bringen ihn dorthin zurück«, sagte er und winkte

das neue Stimmenwirrwarr weg. »Tausendschön weiß den Weg. Es ist doch auch einmal etwas anderes, findet ihr nicht? Die Zigeuner bringen ein Kind zurück, statt welche zu stehlen.«

Er lachte plötzlich, heiser und fröhlich.

»Mina muss reiten«, sagte er dann noch einmal. »Reiten wie der Wind, auf dem roten Teufelspferd. Wir dürfen sie nicht aufhalten. *Das*«, und nur er und sie und vielleicht Lilja hinter ihrem Schweigen wussten, was er damit meinte, »das darf niemand aufhalten.«

Sie umringten sie, brachten das geflickte grüne Bündel, die Waisenhausakten und den Selam, sauber auf dem Gras getrocknet, während sie geschlafen hatte. Und die Spieluhr, in lange, biegsame Blätter gewickelt, wie ein Päckchen von einer Fee, so dass nur das Holzkästchen zu sehen war. Als Mina sie in die Hand nahm, sehnte sie sich einen Moment danach, die beiden strahlenden Figuren ans Licht zu holen; zuzusehen, wie sie tanzten in der schwachen Morgensonne, sicherzugehen, dass sie wirklich da waren, nicht nur ein wirrer Traum aus Funkeln und Staub. Die Tater sahen sie an, während sie mit den verbundenen Händen ungeschickt über die grüne Hülle strich.

»Sie sind sehr schön«, sagte Nad. »Sie sollen nicht zerbrechen auf deinem Ritt.«

Mina nickte langsam. Als sie die Spieluhr vorsichtig zu den anderen Sachen in das Bündel schob, fühlte sie die Formen des Kristalls durch die feinen Blätter hindurch.

Lilja kam zu ihr, buntes Tuch über dem Arm.

»Zinni liebt deinen hübschen blauen Mantel«, sagte sie, »und ich weiß, du wärst nur gekränkt, wenn wir versuchen würden, ihn dir jetzt zurückzugeben. Aber dein Kleid, Mina. Willst du es nicht wieder anziehen?«

Sie breitete es in der Luft aus, und sachter Wind fing sich in den Falten. Nachdenklich sah Mina es an. Es waren nur noch wenige, einzelne Streifen vom schweren Taft zu sehen, und nichts mehr von der steifen Borte. Der Rock wirkte wie in einem bunten, verschlungenen Muster gewebt, so viele glänzende Flicken waren inzwischen darauf genäht. Es schimmerte und leuchtete in allen Farben.

Nein, das war nicht mehr das Kleid für eine verpasste Konfirmation, von einer kleinen, verhuschten Schneiderin in einem dämmrigen Damenzimmer genäht. Der seltsame Traum fiel ihr ein, den sie in der ersten Nacht im Taterlock gehabt hatte. Die Dutzenden Hemdchen, die sie hatte stricken müssen, mit heißen, klebrigen Händen. Nun, es schien, als hätte sie zwar nicht Dutzende geschaffen; aber eines, eines doch.

Es war ihr Kleid. Ihres allein.

Schweigend nickte sie.

Lilja hielt ihr das Kleid hin und stützte sie, damit sie es sich anziehen konnte.

Nad hob sie auf den flammroten Pferderücken; und mit Liljas fransigem Umschlagtuch, das er um ihre Hüfte schlang und um den breiten Pferdehals, band er sie sorgfältig fest.

»Nun dann«, sagte Tausendschön und schaute aus dem Gras zu ihr auf, »ich nehme an, wir sehen uns bald wieder, Fräulein Mina. Sie wissen ja, eine Katze wird man nicht mehr los, wenn man sie einmal an den Milchtopf gelassen hat. Geben Sie auf sich acht. Bis dahin, meine liebe Freundin.«

Er gab ihr keine Gelegenheit zu antworten, drehte sich um und verschwand zwischen den Taterbeinen, ehe sie auch nur den Mund öffnen konnte.

Lilja nahm die Hand von Minas Rücken.

»So ist es recht«, sagte sie, »der Kater hat wieder einmal das Richtige getan. Lasst uns nicht stehen und traurig werden, wenn wir uns doch bald alle wiedersehen. Wir sind Tater, meine Lieben. Wir kennen den Abschied.«

Sie trat zurück, und mit der flachen Hand schlug sie plötzlich auf den runden, glänzenden Pferdehintern, dass es klatschte.

»He«, rief sie und lachte laut mit ihrem schönen, weiten Mund, »he, lauf, mein Pferdchen, lauf zum Taterlock! Lebwohl, Mina! Lebwohl!«

Das rote Pferd machte einen Satz nach vorn, und Mina wurde in das Umschlagtuch gepresst. Das Bündel hüpfte ihr auf dem Rücken. Ein Tropfen Salzwasser brannte in ihrem Augenwinkel, flog mit dem Wind davon, als sie versuchte, sich noch einmal nach den Tatern umzudrehen. Aber das Pferd warf den Kopf zurück und wieherte, seine Mähne flog ihr gegen die Brust. Und in wilden, unbekümmerten Sprüngen trug es sie über die Wiesen davon.

Am Ende, unter den schlanken Erlen des Wäldchens, löste sich Nads Knoten von allein aus dem Tuch, und als das Pferd neben einem niedrigen Gebüsch zum Stehen kam und sich anschickte, die Blätter abzuzupfen, ließ Mina sich einfach von seinem Rücken rutschen, mitten zwischen die Zweige. Sie fingen sie sanft und ohne einen Kratzer auf.

Wie still es hier war. Wie das Sonnenlicht auf den hellgrünen Blattspitzen strahlte. So friedlich. So weich. So ohne jede Ahnung von Gefahr, von Angst, von Einsamkeit. Sie hätte sich ins Gras sinken lassen mögen und schlafen, nur schlafen. Aber hinter den Bäumen hörte sie das Plätschern des Baches.

Sie rappelte sich auf, so gut es ging. Das rote Pferd schnaubte, als sie zwischen den Bäumen verschwand, im Schatten, in der Kühle. Das Plätschern des Wassers leitete sie, und als sie am Ufer stand, kam es ihr so vor, als wäre sie kaum mehr als fünf Schritte dorthin gegangen. Gegenüber lag der Waschplatz der Tater, wo sie Lilja, Rosa und Pipa zum ersten Mal gesehen hatte. Und wo die rote Blume erschienen war, um sie auf verschlungenen Wirrpfaden zu führen.

Das Wasser summte vor sich hin, keine grauen Kielkropf-Ellenbogen verursachten Wellen und Strudel. Sie wandte sich nach links, dorthin, wo die Weidenkrone über den Sträuchern hing. Die Weidenkrone, unter deren langen Zweigen sich ein verstecktes, stilles Lager fand.

Ihr Mund wurde trocken, während sie sich am Ufer entlangtastete, die Füsse vorsichtig in den weichen Boden setzte. Und was war das für ein Flattern in ihrer Kehle? Oder kam es von tiefer her, aus ihrer Brust? Sie wusste es nicht zu sagen. Ihre Gedanken fingen an, sich unsinnige, furchtbare Fragen zu stellen. Was, wenn er nicht dort war? Was, wenn sie nur die Drehorgel fand, an den Baumstamm gelehnt, morsch und halbzerfallen, als habe sie schon viele Jahre niemand mehr gespielt? Was, wenn nicht einmal sie noch da war?

Aber sie wusste ja, dass er unter der Weide lag. Die vertrocknete Blüte in Liljas Hand hatte es ihr gesagt. Dort lag er und schlief, schlief hinüber nach irgendwohin, wohin sie ihm nicht würde folgen können, während der Feenkreis, der ihn schützte, um ihn welkte und starb. Sie musste sich beeilen.

Die letzten Schritte lief sie fast, verfing sich in Sträuchern, so ungeschickt wie beim ersten Mal. Der Wind fuhr durch die Weidenzweige, kämmte sie raschelnd mit einem unsichtbaren Kamm. Ja, sie stand noch immer so sehr nach vorn gebeugt, so alt und so schwer von all den Tränen, die in ihrem knorrigen Herzen wohnten. Und noch immer bildete sie dabei unter sich eine Höhle, halb von Blättern verdeckt.

Karol, sagte Mina stumm. Karol, wach auf. Ich bin es, Mina. Ich bin gekommen, um dich zu wecken. Wach auf, Karol.

Ihr Arm zitterte, als sie die Zweige beiseiteschob. Und dort, unter dem silbrigen Graugrün der Weidenblätter, unter dem Stamm, der sich über ihn wölbte ... Dort lag der Taterkönig auf dem Rücken und schlief.

Atemlos, sprachlos blickte Mina auf ihn hinunter. Die eine dunkle Strähne lag noch immer so über seine bleiche Stirn geweht, wie sie gelegen hatte, als sie ihn hier zum ersten Mal sah. Seine blassen Hände waren über dem Bauch ineinander verschlungen, und sie war sicher, nicht ein Fingerglied war anders gebogen, als es das damals gewesen war. Damals. Vor ein paar kurzen Tagen.

Sie ließ sich in die Knie sinken, streifte unbeholfen das Bündel ab.

Karol. Karol.

Über ihr zogen Wolken vor die Sonne, und das Licht wurde schwächer. Mit sanften Fingerspitzen begann ein Sommerregen, auf die Blätter zu trommeln.

Sie konnte die Erde durch seinen Körper sehen. Das zerdrückte Gras, die kleinen morschen Zweige. Was dort lag, in der Weidenhöhle, war beinahe nur noch der Glanz, der zarte milchweiße Dunst, der beim ersten Mal um seine Gestalt gewesen war.

Seine Augen waren fest geschlossen. Vom blauen Feenkreis um ihn her war nichts mehr übrig geblieben.

Geh nicht fort, bat es hilflos in ihr. Geh doch nicht fort. Deine Brauen sind geschwungen wie Vogelflügel, in deinen Augen schimmert das ganze weite Land. Nimm sie mir nicht weg, jetzt, wo ich so deutlich fühle, dass ich sie nicht verlieren darf. Jetzt, wo ich anfange zu ahnen, wie es heißen könnte, dieses Gefühl. Geh nicht fort von mir.

Sie strich mit den Händen schwerfällig durch das Gras,

suchte, rief nach den blauen Blütenköpfen, wie sie es schon einmal getan hatte, in höchster Not, allein auf dem Feld mit Viorel. Meinte, ein Aufleuchten zu sehen, hier und da, ein helles Blinken zwischen den Halmen, das sofort wieder verschwand.

Kommt doch, kommt doch ...

Grashalme knickten, zerrissen. Aber der Feenkreis formte sich nicht neu, und Karol – Karol regte sich nicht.

Er regte sich nicht, und allmählich verstummte das Bitten in ihr. Sie saß nur noch da, lauschte auf die Worte, die nicht aus seinem blassen Mund kommen wollten; und auf den Regen, der langsam stärker wurde.

Wofür?, schien er zu wispern. Wofür, wofür das alles? Schöne weiße Schwäne wieder auf den Teichen und Seen, für alle zur Freude, zum Träumen, zum Wünschen – und für Mina? Nur das Gutshaus voller Staub und Schatten, lange bleiche Tage hinter Spitzengardinen. Vergessen irgendwann, das tiefe Grün der Blätter im Wald, das samtige Braun feuchter Erde. Vergessen, versinken; schlafen, noch schwerer, noch tiefer als der Taterkönig, der nicht erwachen wollte. Wofür? Keine Schwäne für Mina. Nur ein Ende, das keines war.

Und Karol rührte sich nicht.

Wie lange der Gedanke brauchte, um sich in ihr zu formen, konnte sie nicht sagen. Sie mochte eine Stunde so gesessen haben, oder zwei, reglos, erstarrt. Unter den Haaren war ihr Rücken schon feucht. Der Regen rann langsam hinten in ihren Ausschnitt, und vielleicht war es da, dass sie sich an die Nixe erinnerte. Wie hatte sie noch gesagt?

Nichts, was ins Wasser fällt, ist jemals wirklich verloren.

Was ins Wasser fällt ... Die Worte setzten sich in ihr fest, in der bitteren Leere. *Was ins Wasser fällt* ... Wie ein Schmuckstück; wie ein billiges Kettchen. Oder ... Eine andere Erinnerung tauchte langsam auf. Oder wie kleine Schiffchen, von Kindern gebaut. Schiffchen, die schwimmen, frei, sorglos, eine kurze Weile, bis sie untergehen. Schiffchen aus Baumrinde ... oder aus gefaltetem Papier. Papier – Papier und Wasser. Lustiges Tanzen auf den Wellen, unter dem freundlichen Wind. Und dann ... Zerfließen in dem sanften, unaufhörlichen Wiegen, Auflösen in Kühle, in Stille. Nichts sein, und doch umfangen, umschlossen ... geborgen?

Mina wandte den Blick von dem schwindenden Taterkönig ab.

Mit Mühe öffnete sie ihr Bündel; zog die Blätter der Waisenhausakten heraus, zerknickt und eingerissen. Noch immer rührte Karol sich nicht. Wie viel leichter wäre dies mit ihm gemeinsam gewesen ... Die Bogen unter Schmerzen falten, einen nach dem anderen, ohne genau zu wissen, wie man es machte, bis etwas herauskam, das wie kleine Schiffchen aussah. Die Weidenzweige zur Seite streichen, die zarten Formen auf das Wasser setzen, eine nach der anderen. Zusehen, wie sie davontrieben, wie die Buchstaben sich in weiche Kringel und Schlieren lösten. Wie der Bach mit ihnen zu spielen begann, sie lustig durcheinanderwarf, noch ehe sie ganz außer Sicht waren; Papierschiffchen, Kinderspielzeug. Als wären sie gar nichts weiter als das ...

Karol hätte ihr helfen können, am Ende, als nur zwei kleine Boote noch auf die Reise warteten. Es wäre sicher leichter gewesen, als selbst mit blutenden Fingerspitzen den

Verschluss öffnen zu müssen und sie vorsichtig aus dem Medaillon zu ziehen, die beiden alten Potographien. Nichts war von den Gesichtern mehr zu erkennen als einige blasse Linien, die je einen dunklen, federförmigen Fleck umrahmten. Einmal auf dieser, einmal auf der anderen Seite. Mina sah sie lange an.

Nichts ist verloren ...

Ihre Hand zitterte, als sie die Bilder in den beiden letzten Schiffchen auf das Wasser setzte. Und nichts weiter geschah, als dass der Bach sie mit sich fortzog wie die anderen, unter den Bäumen hindurch; kein Wispern unter dem Regen, kein *Lebwohl* in dem Plätschern, kein Fühlen in ihr, im steinschweren Herzen. Nur zwei weiße Flecken auf dem Wasser, die immer weiter fortgetragen wurden, bis sie sie nicht mehr sehen konnte.

Keine Schwäne für Mina. Nur der Bach, und der Regen, der ihr über die Wangen lief. Und nichts mehr, was ihr zu tun blieb.

Sie wollte sich abwenden, ohne zu wissen, wohin, aber da war etwas, das ihren Blick einfing. Ein Wellenglitzern vielleicht, ein munteres Wasserblinken? Nein, es schien von tiefer her zu kommen. Vom Bachbett, in dem Kiesel lagen. Sie hielt inne, beugte sich vor, vielleicht nur, um den Augenblick hinauszuzögern, an dem sie sie wieder ansehen musste, die stille Gestalt unter dem Weidenstamm. Ein Funkeln im klaren Wasser, zu hell für einen geschliffenen Stein, zu warm für silbrige Schuppen. Gerade an der Stelle, an der sie die Schiffchen auf ihre Reise geschickt hatte. Sie neigte sich tiefer, spürte den kühlen Atem des Bachs an ihrem Gesicht. Funkeln, Schimmern ... goldenes Glänzen. Goldenes,

goldenes Glänzen. Und eine schmale Form, kaum größer als ein Kinderfinger.

Im Bachbett blinkte der Schlüssel. Der goldene Schlüssel, der Schatz des Schlangenkönigs. Der nutzlose Schlüssel, der ihr nicht geholfen hatte, die Brüder zu befreien.

Mit einem Ruck richtete Mina sich auf.

Verloren, dachte sie wild, aber er war doch verloren! Er ist mit der Glastür ins Schwanenhaus gefallen, in den Teich. Den künstlichen Teich!

Verloren ... im Wasser ... alle Wasser eins ... Alle Wasser, alle Bäume ...

Eins.

War das immer noch die Stimme der Nixe, die in ihr flüsterte, so seltsam hartnäckig? Verloren, geborgen, ja, aber wie, wie war das möglich? Und was – was hatte sie *noch* gesagt?

Alle Wasser sind ein Wasser, so wie alle Bäume ein Wald sind. Nichts, was ins Wasser fällt, ist jemals wirklich verloren.

Mina hörte das Lachen der Nixe.

Alle Wasser. Der Bach, die Schlei. Die See, der Regen. Wasser in einem Wasserglas. Wasser in einem künstlichen Teich. Und auch das Wasser in der schwarzen Taterkuhle am Finsteren Stern ...

Als sie endlich verstand, als sie endlich wusste, was sie zu tun hatte, tauchte sie beide Arme tief ins Wasser und griff den goldenen Schlüssel so fest, dass sein Bart ihr in die Finger schnitt.

Wie kühl er war, wie glatt. Wie er leuchtete unter den Regentropfen. Sie ließ ihn nicht los, umklammerte ihn wie eine helfende Hand. Wandte sich halb um, tastete in Laub und Gras, nach Karol, ohne hinzusehen. Berührte mit der freien Hand seine Arme, seine Brust, die blassen Wangen. Nur so wenig zu spüren durch die nassen Verbände ... Aber etwas – etwas war da. Und wenn es nur der zarte Dunst war, der sich um den Stoff schlang. Etwas war noch da.

Sie atmete aus. Sie atmete ein. Strich den Blättervorhang mit dem freien Arm ganz beiseite. Ließ den Regen ungehindert in die kleine Höhle hinein, auf ihre Gesichter, ihre Schultern. Streckte die Beine lang aus, bis ihre nackten Füße in den Bach eintauchten und die winzigen Wellen ihre Sohlen kitzelten. Presste den Schlüssel in der Faust. Noch einmal atmen. Und noch einmal.

Wasser, sagte sie schweigend. Wasser, hör mir zu. Mina ist es, die spricht. Mina, die rückwärts durch die Taterkuhle geschwommen ist. Ich weiß nicht, ob du tun kannst, worum ich dich bitten will. Ich weiß nicht einmal, ob du mir zuhören wirst. Ich habe etwas, das brauche ich nicht; nicht so sehr, wie ich geglaubt habe, als ich es nicht hatte. Aber er, er braucht es, Wasser. Er weiß nicht mehr, wie Worte auf der Zunge schmecken. Sein Lachen ist in den Stürmen zerrissen. Und sein Kummer ist so groß, dass darüber seine Tränen versiegt sind. Er weiß nicht mehr, was es bedeutet, ein Mensch zu sein, Wasser; aber ich, ich weiß es. Ich weiß es gut. So gut, dass ich nichts brauche, um mich daran zu erinnern. Was du mir genommen und zurückgegeben hast – ich schenk es wieder her. Bitte, Wasser ...

Sie atmete ein. Sie atmete aus. Mit dem Atem, der ihre Brust verließ, beugte sie sich vor, immer noch, ohne hinzusehen. Legte blind den Schlüssel auf den schweigenden Mund unter sich. Beugte sich noch tiefer, schloss die Augen ganz. Berührte mit den Lippen glattes Metall.

Kühle. Kühle in ihren Haaren, auf ihrer Stirn. Unter ihren Lippen, die zitternd stillhielten. Sanfte Kühle, und dann ...

Ein Geschmack wie vom ersten süßen Flieder im Jahr. Er stieg ihr zu Kopf, machte sie schwindelig. Eine sachte Wärme, wie Frühlingssonne in jungem Gras. Ein Atemzug. Der nicht ihr eigener war. Er wehte über ihren Mund, leichter als Luft.

Ihre Wimpern öffneten sich von allein. Und vor ihnen, so nah, so nah, schimmerte das klarste, hellste, reinste Blau. Es umfing sie ganz. Und nur aus dem Augenwinkel sah sie noch, dass der goldene Schlüssel heruntergerutscht war ...

Sie spürte den Regen auf ihrem Kopf, das Bachwasser an ihren Füßen. Sie schmeckte den Flieder und fühlte die Wärme der Lippen, die sich ganz schwach unter ihren zu bewegen begannen.

»Mina«, murmelten sie. »Mina. Schwanenkind. Bleib noch. Geh nicht fort.«

Sie löste sich langsam, langsam, eine Winzigkeit nur. Sah hinein in das schimmernde Wasserblau; in Karols Augen, verzaubert, verwirrt. Verzaubert, weil seine Stimme klang wie der Fluss, der unter den Brücken murmelt, wie der Wind, der durch die Baumwipfel streicht; wie die Sommernacht, wenn sie ihre Libellenflügel ausbreitet und durch den Abend hereinstreicht.

Verwirrt, weil ihr Mund ohne ihr Zutun seine Worte mitgesprochen hatte; mitgesprochen, und nicht nur lautlos geformt. Sie hatte ihre Stimme gehört unter seiner, ganz im selben Takt. Ohne auch nur zu ahnen, was er sagen würde.

Er hatte es auch gehört. Eine schwarze Vogelschwingenbraue bog sich sanft ein Stück weit nach oben.
»Karol«, sagte Mina.
»Karol«, sagte Karol zugleich.
»Das Wasser ...«
»Das Wasser ...«
»Ich weiß nicht ...«
»... weiß nicht.«
Sie sahen sich an.
Auch das Lachen, das in beiden Kehlen zugleich aufblühte, teilten sie miteinander. Und das Weinen, das hinterher kam.

Als der Abend dämmerte, wieherte das rote Pferd auf der Lichtung zwischen den Erlenstämmen.

»Es mahnt uns«, sagte Karol, und es kitzelte auf Minas Lippen, als er sprach; mit Mühe nur hatten sie gelernt, sich abwechselnd zu unterhalten. »Das Pferd mahnt, dass es Zeit ist, Mina.«

»Aber ich will nicht gehen«, sagte sie ohne Überlegung. »Ich will hierbleiben, hier, bei dir.« Etwas wie Verlegenheit stieg ihr warm in die Wangen, kaum dass sie es ausgesprochen hatte. Aber Karol lachte nicht. Er nahm ihre verbundene Linke, so sanft, dass sie keine Schmerzen spürte.

»Du bist sehr jung«, sagte er.

Sie musterte ihn forschend. Nach seinem Gesicht und seiner Gestalt war er nur wenige Jahre älter als sie. Ein junger Mann; aber die feinen Falten um seine Augen gingen tief. Und seine Augen selbst ... Sie wechselten mit dem Licht, mit den Wolken. Mit Blättern, die auf seinen Scheitel fielen. Sie waren Baum, waren Wasser und Wind – aber ein Alter hatten sie nicht.

Mina legte den Kopf schief. Mit einem Mal fühlte sie sich seltsam heiter.

»Ist das deine Art, mir einen Korb zu geben?«, fragte sie, und es war das erste Mal in ihrem Leben, das sie etwas machte, was Mademoiselle mit Fug und Recht eine kokette Bemerkung genannt haben würde.

Karol begegnete ihr mit einem so ratlosen, verwirrten Blick, dass sie lachen mussten.

»Nein, nein«, sagte er hastig; er, nicht der Taterkönig, nicht der geheimnisvolle Drehorgelspieler, nur der junge Mann, der bei ihr saß und ihre Hand hielt.

»Ich bin jung«, sagte Mina, »aber ich werde älter. Mit jeder Minute, die vergeht.«

Karol lächelte nicht.

»Gut«, sagte er leise, »aber auch in ein paar Stunden, in ein paar Tagen und Monaten wirst du noch Mina sein; Mina, die Gutshaustochter. Und ich werde ich sein. Ich weiß nicht mehr viel über die Welt, aber daran erinnere ich mich doch: Väter sind nicht glücklich, wenn ihre Töchter mit Zigeunern davonlaufen wollen.«

»Ich will nicht davonlaufen!« Die Heiterkeit wurde brüchig. Beinahe hätte sie mit dem Fuß ins feuchte Gras gestampft wie ein trotziges Kind. »Ich will ... du bist doch ... und ich will wirklich ...«

»Ich weiß. Aber er wird es nicht verstehen.«

Das Bild ihres Vaters wollte sich unter die Weide drängen; der steife weiße Kragen, der pfeilgerade Schnurrbart darüber. Heftig schüttelte sie den Kopf.

»Dann tun wir es doch, wir laufen fort, und er erfährt nichts davon!«

»Das kannst du nicht, Mina. Deine Reise hat zu Hause begonnen; und zu Hause endet sie auch.«

»Aber ich will nicht mehr reisen!«

Jetzt lächelte er, sie fühlte es auf ihrem eigenen Mund.

»Und da«, sagte er, »willst du dich ausgerechnet an einen Tater binden?«

Sie öffnete den Mund, schloss ihn wieder. Schluckte. Musste von ihm wegsehen, nach unten, um wenigstens flüstern zu können:

»Ja, das will ich.«

Er schwieg, aber es lag nichts Abweisendes darin.

Das Bild des Vaters kehrte zurück, und diesmal verjagte sie es nicht. Auch nicht die Mutter, deren müde Augen sie dahinter ahnen konnte. Um sie her begann die Stille des Gutshauses zu hallen; die leeren Räume voller teurer Möbelstücke. Wie das Puppenhaus kam es ihr vor, mit dem sie gespielt hatte, allein – steif und leblos, bis auf den Dachboden, wo sie getanzt hatte, und auch dort immer allein. Allein, bis auf den schwachen Widerklang von etwas, das bei ihr hätte sein sollen; etwas, das nur noch lebte in einer kleinen Melodie und in zwei verblassten Bildern.

Es schnürte ihr die Kehle zu.

»Sie«, brachte sie mühsam hervor, »sie haben sie weggebracht und dann so getan, als hätte es sie niemals gegeben. Dabei gehörten sie auch zu mir.«

»Ja«, sagte Karol sanft.

»Sie haben mir etwas weggenommen.« Mina fuhr sich mit dem Ärmel über das Gesicht, schluckte wieder. »Etwas, das sie mir nicht wiedergeben können. Weil es fort ist; endgültig fort. Aber du – du bist nicht fort. Du bist hier.«

»Mina«, sagte er, »sieh mich an.«

Sein Gesicht war nass, wie ihres; ob vom Regen oder von anderem, konnte sie nicht sagen. Tropfen hingen in seinen

Wimpern und färbten seine Augen wieder wasserfarben. Sein Blick hielt ihren fest.

»Ist das denn der Weg, den du gehen willst?«, fragte er. »Denk gut nach, bevor du antwortest.«

Sie fühlte in sich hinein, nach dem bleischweren Brocken, der solange dort gelegen hatte, dass sie ihn immer noch ahnen konnte. *Ich bin schuld* ... Wie es gescheuert hatte, auch wenn es nicht wahr gewesen war! Wie er sie gequält hatte, Tag um Tag. Und dabei – war es nichts gewesen, weniger als nichts, im Vergleich zu den brennenden Felsen, die hinter Vaters ruhiger Miene liegen mussten, Mutters stiller Art ... Mitleid überschwemmte sie, dunkel wie der Brutsee. Wollte sie fortspülen, in die Arme der Eltern hinein, wollte nichts als vergessen, vergeben. Aber darunter lag etwas, das ganz ruhig blieb. Unbewegt, wie der tiefste Grund des Sees. Geduldig, wie der Ackerboden, der er vielleicht einmal gewesen sein mochte, bevor das Wasser kam und ihn bedeckte. Entschlossen, wie ein Samenkorn, das immer noch darin stak, tief im Schlamm verborgen; ein Samenkorn, das all seine Kräfte zusammenhielt und wartete, auf den einen Tag, wenn die Sonnenwärme es wecken würde. Es ließ nicht zu, dass das Mitleid bis in die tiefsten Tiefen drang. Dass es aufweichte, verwässerte, was mehr in ihr war als nur ein Wunsch – ein Entschluss. Sie fühlte ihn, seine harten, scharfen Kanten, und sie ahnte die Schmerzen, die er verursachen würde, wie der Brocken aus Schuld es getan hatte. Aber sie hielt ihn fest.

Karol sah sie immer noch unverwandt an.

»Das Land«, sagte er leise in ihre Gedanken hinein, »weiß nichts von Schuld. Aber auch nichts von Unschuld. Es kennt nur eins, das Leben, was in ihm strömt. Es braucht keine Rechenschaft. Aber das Land ist groß und alt, und wir, Mina, sind winzig und hilflos wie Kinder.«

»Nicht so winzig.« Mina erwiderte seinen Blick. »Und nicht so hilflos. Wenn du wartest, wirst du es sehen. Wirst du ...«, ihre Entschlossenheit zitterte plötzlich, und ihre Stimme wurde klein. »Wirst du das – warten?«

Sein Lachen, hell wie der Fluss über Steinen, kitzelte ihre Wangen.

»Herr Tausendschön«, sagte er und nahm jetzt ihre beiden Hände in seine, »hat wirklich oft Recht mit dem, was er sagt. Manchmal bist du ein ungewöhnlich dummes Mädchen, Mina.«

»Aber wie«, flüsterte sie, voll neuer, unbekannter Furcht, voll Scham, »wie kann ich denn ... sicher sein?«

Er deutete mit dem Kinn, dorthin, wo der kleine goldene Schlüssel immer noch zwischen Weidenblättern lag, so, wie er von seinem Mund geglitten war.

»Brauchst du ein Zeichen, meine Mina? Dann lass ihn Zeichen sein. Er ist doch ohnehin nie mehr gewesen als das.«

Nie mehr ...? Sie stutzte, wollte widersprechen. Karol schüttelte den Kopf.

»Nicht wichtig, meine Mina. Gar nicht wichtig. Wenn du ihn brauchst, wenn du ihn willst, nehme ich ihn von dir und gebe ihn dir wieder, und er kann mein Zeichen für dich sein.«

Mit den Fingerspitzen pflückte er den Schlüssel aus Blättern und Gras. Hielt ihn hoch, ließ das Abendlicht rot auf ihm tanzen.

»Willst du, dass es so sein soll, Mina?«

»Ja«, wisperte sie.

»Hör mich, kleiner Schlüssel«, sagte Karol, und seine Stimme, leicht, beinahe scherzhaft zuerst, wurde voller und mächtiger mit jedem weiteren Wort. »Hör auch du, Bach, und du, alter Weidenbaum, und Regen und Licht, ihr alle, hört Karol, den Tater, der spricht. Ein Versprechen ist gegeben worden, und es soll nicht gebrochen werden. Die Erde soll sich daran erinnern; das Metall, das von ihr stammt, soll sich daran erinnern. Es soll ein Hauch sein im Nachtwind, ein Flüstern im Sonnengras. Ein Rauschen in jedem Kornfeld. Ihr alle werdet es hören, und Mina und Karol, sie werden es hören, jeden Tag, jede Nacht. Und werden wissen: Ein Versprechen ist gegeben worden. Es wird nicht gebrochen werden.«

Er öffnete ihre Hand, behutsam, und der Schlüssel glitt hinein. Sie umschloss ihn mit ihren Fingern, ganz sanft. Karol lächelte ihr zu.

»Dann«, sagte sie langsam, »dann bin ich jetzt bereit, die Reise zu beenden. Wenn du«, ein flirrendes Kichern, von irgendwoher in ihr, zerrupfte die ernsten Worte, »wenn du mir zuerst aufs Pferd hilfst, heißt das.«

Sie kam mit den Amseln zurück auf das Gut. Mina hörte sie, während die Landstraße unter den Pferdehufen sich zu immer vertrauteren Biegungen wand. Steinchen rollten davon in die niedrigen Büsche, und das Feld rauschte. Die Dämmerung lag blau auf den Halmen. Und irgendwo, hinter den Bäumen in der Ferne, warfen sich kleine schwarze Körper durch die kühler werdende Luft, scharf vor dem Dunst wie Scherenschnitte.

An dem Tor aus schwarzem Eisen hielt sie an. Hinter den Ranken, dem kiesbestreuten Vorplatz lehnte das Gutshaus behäbig und schwer auf dem Land, und der geschwungene Giebel stach in den dunkler werdenden Himmel. Da war die Treppe, und die Küchenfenster daneben. Die Haustür, die glänzende Klinke aus Messing feurig im letzten Licht. Die roten Portieren des Damensalons hinter den Fensterscheiben, die weißen Spitzengardinen, still, unbewegt, wie schlafend. Keine Laute; nur das Singen der Amseln. Mit den Fingern strich Mina über den breiten Steinpfosten, der das Tor hielt: Ja, es war noch da, das eingekratzte Zeichen. Hieß es sie nun willkommen?

Sie zögerte. Wie groß alles war. Wie fremd, und wie schmerzhaft vertraut. Hatte das Haus wirklich so dagelegen, die ganze Zeit über, die sie fort gewesen war? Ruhig, gelassen, als wäre überhaupt nichts geschehen? Klein fühlte sie sich vor der steil aufragenden Fassade; klein und unbeachtlich. Sie zog die Hand zurück, die sie schon gehoben hatte, um den schweren Torriegel zu öffnen.

Aber hinter ihr rauschte es im Feld, und das Geräusch schien sie sanft vorwärtszuschieben. Nicht auf das Tor zu, sondern am Zaun entlang, das Landstraßenstück bis zur Gartenhecke; zu der kleinen Pforte, wo das zweite eingekratzte Zeichen auf ihre tastenden Finger wartete. Das niedrige Türchen öffnete sich lautlos, wie beim ersten Mal, als sie hindurchgegangen war. Da war der Garten, warm, duftend; ihre nackten Füße auf dem schmalen Weg leise wie Mäusetritte. Die rückwärtige Fassade, älter, brüchiger als das Straßengesicht, und die bescheidene Hintertür, wie geduckt. Alle Tater kamen an die Hintertür, nicht wahr? Sie zog Liljas Fransentuch enger um ihre Schultern, fühlte, wie ihr Nacken sich dabei streckte. Und lauschte gleichzeitig besorgt nach Geräuschen aus dem Haus.

Es rührte sich nichts, selbst dann nicht, als sie schon im Flur war, das schwarz-weiße Muster der Fliesen wie ein Gruß von Tausendschön. Sie blieb stehen, die Klinke noch in der Hand, zögerte unsicher. Sollte sie rufen? Das Abendessen musste schon vorbei sein, die Mädchen und Mamsell waren bestimmt unten in der Küche. Mutter würde im Damensalon ruhen, Vater im Studierzimmer sitzen. Sollte sie hineingehen, zu einem, zu beiden? Und wenn sie dann aufblickten, ein müder, ein fester Blick, voller Sorge wohl beide und noch ganz unwissend – was würde sie sagen? Was würde sie fühlen?

Sie stand so eine lange Zeit, nicht wirklich im Haus, nicht wirklich draußen. Bis ihr Blick auf die Treppe fiel; die Treppe nach oben. Dann bewegten sich ihre Füße von selbst, trugen sie die Stufen hinauf, während das bunte Kleid um ihre Knöchel raschelte. Kaum ein Atemzug, schon war sie dort, unter der Luke, bei der letzten kleinen Treppe. Das schwere Holz wich beinahe mühelos vor ihrem Händedruck zurück. Und der Dachboden empfing sie schweigend.

Ein paar kurze Tage; eine Ewigkeit. Alles war so, wie sie es zurückgelassen hatte. Die alten Kleider in ihren Mottensäcken, die Möbel mit zerbrochenen Beinen. Die Bilderrahmen ohne Bilder. Nur das Fenster war geschlossen worden. Seine halbblinden Scheiben versperrten den Blick nach draußen. Es erschien ihr seltsam falsch. Mit vorsichtigen Schritten ging sie darauf zu, bemühte sich, nichts anzustoßen, aufzurühren. Leise, leise, hieß es auf dem Dachboden sein ... Der Gedanke war wie ein Echo von sehr weit her. Unten im Haus noch immer kein Laut, auch dann nicht, als sie die knirschenden Fensterflügel aufstemmte. Kühle Luft blies ihr ins Gesicht, fuhr in den Dachboden hinein.

Sie stützte die Ellenbogen behutsam auf das Fensterbrett und lehnte sich nach draußen; unter ihrem Kleid klirrte das Medaillon an seiner Kette zart gegen den Schlüssel des Schlangenkönigs. Die Amseln waren verstummt. Der Himmel war dunkel geworden, ein Graublau, das schon Schwarz ahnen ließ. Wie weit der Blick von hieraus ging ... Und wie klar sie sehen konnte, trotz des schwachen Lichts, jetzt, wo die Scheiben offen standen. Dort, auf dem Feld, ein einzelner Baum, kaum so groß wie ein Mann.

Mina richtete sich auf und runzelte die Stirn. Ein Baum mitten auf dem Feld? Sie strengte die Augen an, kniff die Lider zusammen. Der Baum stand ganz still, kein Zweig rührte sich. Aber das Rauschen der Ähren schwoll an, und sehr leise, wie verstohlen, kam mit ihm eine Melodie, die zu Mina durch das Dachbodenfenster hereinschwebte. Eine ganz einfache, kleine Melodie, voller Weite, voller Sehnsucht ...

Mina atmete aus. Atmete ein. Hielt die Augen auf den Baum gerichtet; schlank, aber seltsam verdickt in der Mitte. Fast so wie ein Mensch, der etwas vor sich stehen hatte, das ihm bis an die Brust hinaufreichte. Etwas Eckiges, auf einem langen, dünnen Dorn.

Minas Herz klopfte.

Ohne hinzusehen, setzte sie ihr Bündel ab. Zog die Spieluhr hervor, die verhüllten Formen. Die Melodie draußen schien anzuschwellen, als sie die Blätter langsam löste. Da waren sie, der strahlende Schwan, die schimmernde Frau, unversehrt, leuchteten zu ihr auf. Plump streichelte sie über die Kristallfiguren.

War es ein Trick des letzten schwachen Lichts, dies Funkeln, das über das Gesicht der Frau zu gleiten schien? Blinzelnd beugte Mina sich näher.

»Daheim«, sagte sie leise, »wir sind wieder daheim. Obwohl ich gar nicht weiß, ob du jemals schon hier warst.«

Sie strich über den winzigen gläsernen Ballschuh. Ließ den Blick wieder höher wandern, über die wogenden Kleiderfalten, die offenen, fliegenden Haare, die Schultern, so behütet unter dem Schwanenflügel. Und erst als sich ihr eigenes blasses Gesicht in dem Kristall fing – erst da erkannte sie, wer sie war, die tanzende Frau. Das eigensinnige Kinn. Die breite Stirn. Die Nase, die sie immer zu lang gefunden hatte und immer finden würde. Ein Fuchsgesicht. Ihr Fuchsgesicht.

Es gab nichts zu denken, nichts zu verstehen. Der winzige, durchsichtige Mund lächelte zu ihr auf, ihr eigener Mund, stolz und wehmütig zugleich. Und langsam, zögernd erst, lächelte Mina zurück.

Sie stellte die Spieluhr auf dem Fensterbrett ab. Sie wusste, sie würde mit ihren verletzten Fingern die winzige Kurbel auf der Unterseite nicht drehen können. Sie versuchte es nicht. Stellte sie nur ab, lauschte auf die Musik, die durch das Fenster wehte. Ließ die Gedanken schweifen, hinaus, hinaus auf das Feld, zu dem einsamen Baum, dem Baum, der von ferne aussah wie ein kleiner Mann mit einer Drehorgel. Spürte den Schlüssel warm auf ihrer Brust, lächelte breiter. Machte drei große Schritte zurück in den Raum.

Knackend erwachten die alten Dielen zum Leben. Sie trat fester auf, drehte sich ein wenig, stampfte. Hörte ihre Schritte im Dachboden hallen, im Dachboden zuerst, und dann durch das ganze Haus. Staub rieselte von der Decke. Der Boden vibrierte unter ihr. Sie fasste den langen bunten Rock mit beiden Händen, breitete ihn aus wie eine Blütenwolke. Wirbelte einmal um sich selbst – und fing an zu tanzen.

Der letzte Ton der Spieluhr verklang, und die beiden gläsernen Figuren, der Schwan und die junge Frau, hörten auf, sich umeinander zu drehen. An der Fensterscheibe zerschmolzen die Eisblumen, langsam, eine nach der anderen, und dahinter neigte der Nachmittag sich dem Abend zu.

Die alte Frau zog ihre Hand unter dem Kissen hervor, die linke, und legte sie auf die Bettdecke. Das feine Geflecht der Narben reichte bis über das Handgelenk hinauf, wo es in weißen Spitzen verschwand. Zwei Eheringe glänzten golden an dem Finger, dem das oberste Glied fehlte.

»Also deshalb«, murmelte die Tochter mit belegter Stimme.

Großmutter Mina nickte.

»Ja. Das Glas zerschnitt mir die Hände und Arme schlimm. Es brauchte lange, bis ich nur die Finger wieder bewegen konnte. Aber zu unserer Hochzeit«, ein kurzes, unwillkürliches Lächeln wärmte ihr das Gesicht, »ging es wieder recht gut. Nur den einen, den hat es heftiger erwischt.«

»Zu eurer Hochzeit?«, fragte die Enkelin und wischte sich die Tränen ab; Tränen und Kringelkrümel. »Aber Mama sagt, der Urgroßvater wäre ein so strenger Mann gewesen. Wie hast du ihm denn nur beigebracht, dass du einen ... einen ...«

»... Zigeuner heiraten wolltest«, sprach Mina für sie zu Ende. »Sag es ruhig, Liebchen, er hätte nur darüber gelacht. Ach, es hat lange gedauert. Mehr als zehn Jahre, kannst du dir das vorstellen? So langes Warten ...«

Und so viel Schmerz, hätte sie sagen sollen. Und so viel Streit. So viele Gespräche zwischen Vater und Tochter, die kaum weniger als eine Erpressung waren. So viel Leid, das aufgerührt wurde, wie grauer Schlamm in Ecken und Winkeln liegen blieb, auch als das Wasser sich langsam klärte. Sollte sie hiervon diesem blutjungen Mädchen erzählen? Von all den Tricks, den Lügen und Kniffen, die zur Erpressung hinzukamen und sie erst vollendeten? Von den Tränen der Mutter, die nichts verstand, aber alles fühlte, von den Seufzern des Vaters, die das Haus anfüllten? Vom bitteren Geruch der Myrten auf dem weißen Schleier?

Sie sah auf ihre Hand, die beiden schmalen Ringe. So feines, schimmerndes Gold ... Wie von einem Märchenschatz. Oder wie der Leib eines Schlangenkönigs, der Geschenke machte, die Versprechen tragen konnten. Tragen, bis es Zeit war, sie einzulösen.

Sie beugte sich vor über das Bett, sah ihrer Enkelin in die weiherdunklen Augen.

»Weißt du nicht, meine Kleine«, flüsterte sie, in dem alten, verschwörerischen Geschichtentonfall, und sie konnte fühlen, wie ihre Tochter die Ohren spitzte, »weißt du denn nicht, wie es in den Liedern heißt? Wenn die Zigeuner ans Tor kommen und der schönen Tochter des Schlossherrn ihr Herz rauben; wenn sie fortläuft, um ihnen zu folgen, ohne

Schuhe, ohne Geld. Dann sucht ihr Vater sie verzweifelt im ganzen Land, weil er nicht will, dass sein geliebtes Kind in Armut lebt. Aber wenn er sie endlich findet, dann lebt sie in einem Schloss aus Gold und Silber, und die Kinder auf ihrem Schoß tragen feinstes Leinen.«

Zwei Augenpaare hielten sich an ihrem Gesicht fest. Wieder lächelte Mina, obwohl der sehnsüchtige Schmerz sie beinahe zerriss. Sie ließ ihre Stimme noch tiefer hinabsinken.

»In einem fernen Reich, meine Lieben«, wisperte sie, »ist der Zigeuner immer ein König. Wusstet ihr das nicht? In einem fernen Reich trägt der Taterkönig eine Krone aus Metall statt aus Blättern. Mag sein, dass er sie abgelegt hat vor langer Zeit. Weil sie seine Stirn versengte. Weil das Eisen unter all dem Gold die Stimme des Landes in seinen Ohren zum Verstummen brachte. Aber irgendwo, in einem fernen, fremden Reich, liegt sie auf einem Thron und wartet auf ihn. Nun sagt mir, welcher Vater könnte da ewig widerstehen, wenn ein solcher Mann um seine Tochter anhalten würde?«

Sie wartete einen Moment. Wie sie es immer noch genoss, diese gespannten Blicke, diese Erwartung, die die Geschichten wecken konnten, überall, jederzeit. Dann wechselte sie den Tonfall, lehnte sich zurück und sagte leichthin:

»Nun, meiner hat es jedenfalls nicht gekonnt. Und irgendwann, irgendwie gibt es meistens auch eine Art von Versöhnung mit den Umständen. Vielleicht begann es schon nach dem ersten Krieg, als alles auf den Feldern verwüstet war und mein Vater feststellte, dass die Pflanzen wieder zu Kräften kamen, wenn er nur den ungewollten Heiratsbewerber ab und an allein seine Spaziergänge über die Felder machen ließ. Und wenn er – und auch das lernte er irgendwann – in jeder Ecke eines jeden Feldes einen kleinen Winkel Brachland stehen ließ. Wo die wilden Blumen sich verstecken konnten, die Rehkitze und die Kräuter, deren Namen keiner mehr kennt. Aber das sind so kleine Geheimnisse ...«

»Und ... und Großonkel Peter?« Die Enkelin fürchtete, dass Mina aufhören könnte zu erzählen. »Mama sagt, er wäre jung gestorben. Haben ihn die Tater nicht zu seiner Mutter zurückgebracht?«

»Doch, meine Kleine, natürlich haben sie das. Und an diesem Tag warf sie alle Spiegel aus dem Fenster und kümmerte sich nicht darum, dass sie krachend zerbrachen. Und glaub mir, es hat ihr kein Pech gebracht. Nun, der kleine Peter ...«

Sie seufzte hinter dem Vorhang der Erinnerungen.

»Es war nicht leicht für ihn. Er wusste nicht mehr, wie man läuft, wie man spielt. Wie man ein Kind ist in einem Garten, in dem er von da an graben durfte, wo immer er wollte, und Blumen pflücken, so viele er tragen konnte. Aber er tat sich schwer mit den Menschen. War scheu, zog sich in den Garten zurück. Seine Mutter hütete ihn, und er wurde zwanzig, zweiundzwanzig Jahre alt unter ihren Fittichen. Das war sehr viel für jemanden wie ihn, wenn auch lange nicht genug. Aber ich glaube, unter den letzten fünfzehn Jahren waren viele Momente, in denen er glücklich war. Und mehr, meine Lieben, mehr kann sich kaum ein Mensch erhoffen.«

Sie sah die nächste Frage schon, bevor die Enkelin sie aussprach.

»Und die Tater? Was ist mit ihnen geschehen? Bist du

wirklich zu ihnen zurückgeritten, eines Tages? Und hast du sie häufiger gesehen? Was ist aus Lilja geworden, und aus der schönen Rosa?«

»Kleines«, sagte die Mutter plötzlich, »das ist eine andere Geschichte. Lass es gut sein, Großmutter ist erschöpft.«

Ja, erschöpft war sie. In diesem Moment spürte sie es. Erschöpft bis an den Tod. Mina lehnte sich in den Kissen zurück, mit straffen Schultern, wie um sich gegen einen heftigen Schlag zu wappnen. Aber es waren nur die Worte, vor denen sie sich fürchtete. Die Worte, die auf ihrer Zunge hockten, die hinauswollten und die alles mit sich aus den Tiefen ziehen würden.

Wie bunt war das Leben mit Karol gewesen. Wie reich, wie seltsam, bestrickend und einzigartig. Eine Weile, eine funkelnde Weile lang. Nicht lang genug ... Die anderen Stunden waren gekommen, die kalten, die grauen, die schlimmen. Stunden, die sich schließlich zu Jahren dehnten. Zu zweit zuerst, und mit den kleinen Kindern; später nur noch allein mit ihnen. Allein, als er glaubte, gehen zu müssen, helfen zu müssen, dort, wo nicht zu helfen war. Als die Musik abbrach und beißender Rauch aufstieg und alles schwarz verfärbte, was weiß gewesen war und strahlend. Für eine lange, unendlich lange Zeit.

Sie hatte keine Kraft mehr, sie wieder zu durchleben.

Trotzdem musste zumindest das wenige gesagt werden, was sie ertragen konnte.

»Nein, das ist keine andere Geschichte.« Sie schüttelte den Kopf zur Tochter hin, aber sanft, ganz sanft nur. »Es ist die Gleiche, die schon zu meiner Zeit begann. Unter den weißen Tischtüchern auf der bürgerlichen Tafel. Hinter den Anstaltstüren. In den Amtsstuben, wo man anfing, das freie

Reisen zu verbieten, das Lagern, das Mitführen von Tieren. Ja, dort fing es wohl an. Aber dort hörte es nicht auf. Erst dann, als die Welt zerbrochen war und alle Sterne vom Himmel gefallen ...«

Selbst durch den Schleier ungeweinter Tränen sah sie den Schrecken, die Verwirrung auf dem jungen Gesicht. Wieder seufzte sie, diesmal so tief, dass die frische Luft in ihren alten Lungen sich einen Augenblick wie eine Befreiung anfühlte.

»Ja«, sagte sie freundlich, »ich besuchte sie früher, meine Taterfreunde, zwischen den Kriegen, und ich besuchte sie oft. Wir zogen auch manchmal mit ihnen umher, im Sommer, durch den duftenden Wald; heimlich, so dass es niemand merkte. Es war eine goldgrüne Zeit.

Aber bitte ... bitte, ich bin jetzt ein wenig müde. Können wir nicht später weiter darüber reden?«

Die Tochter zog die Enkelin vom Bett hoch, nahm sie sanft beim Arm.

»Natürlich, Mama«, sagte sie mit brüchiger Stimme. »Komm, meine Kleine. Geh und such unter den Katzen in der Scheune die heraus, die am meisten wie Tausendschön aussieht.« Sie brachte ein Lächeln zustande, schob das Mädchen sanft durch die Tür. Blieb im Rahmen stehen, während das Trappeln sich entfernte, verklang. Knetete die Hände, ohne es zu wissen.

»Mama ...«

Mina wusste, was sie fragen würde. Da war es wieder, das gehänselte Mädchen, das in Mutters Schürze weinte. Das Angst hatte vor alten, verwirrenden Geschichten und vor dem ewigen Tuscheln im Dorf. Angst, und dahinter ...

»Mama, warum – warum durfte ich nicht dabei sein?«

Keine Härte mehr in den Augen, die sie nicht anzusehen wagten. Weich und hilflos der Mund unter dem grellen Lippenstiftrot. Und die Luft im Zimmer plötzlich schwer von Worten, die sich nicht auszusprechen wagten.

Warum hast du mich so spät geboren? Für mich hat es nie einen Zauberwald gegeben. Nur die Geschichten, und das Raunen der alten Leute, das ich nicht einmal verstehen konnte. Ich habe nie einen Schlangenkönig gesehen ... Nur Schutt und Trümmer und verwüstete Felder.

Es gab so viele falsche Antworten. Das jüngste Kind lernt nie dieselben Eltern kennen, die seine Geschwister noch vor Augen haben. Und Kriege kümmern sich nicht um Familien. Aber das Leben, andererseits ...

»Das Leben, mein Liebchen«, sagte Mina schließlich leise, »kümmert sich nicht um Kriege. Wenn es entstehen will, findet es einen Weg, ganz gleich, wie unvernünftig es auch sein mag. Wir ... wir waren nicht vernünftig. Ich war auch schon fast zu alt, aber als er ging ... als Karol fortging ... da warst du wie ein letzter Gruß von ihm. Ein letzter Gruß aus dem Zauberwald. Willst du, dass ich dich dafür um Verzeihung bitte?«

»Mama ...«

Mina hob die Hand, und das Gold der Ringe gleißte.

»Du bist in diesem Wald geboren worden. Du, meine schönste, meine einzige Tochter. Ein Feenkreis hat uns beide umgeben, während draußen die Welt zugrunde ging. Er umgibt dich noch. Wenn du nur wolltest, könntest du ihn sehen. Du vor allen anderen.«

Die Tochter starrte auf das goldene Glänzen, blicklos, bis Mina die Hand wieder sinken ließ. Endlich flüsterte sie heiser:

»Und wenn ich – wenn ich in den Wald gehen würde ... Wenn ich es wirklich könnte ... Würde ich ... würde ich ihn dort sehen, Mama? Ihn und die anderen? Ihn und ... und dich ...?«

Mina empfand solches Mitleid mit ihr, dass es fast ihren alten Körper zersprengte.

»Mama«, wisperte die Tochter, »Mama, soll ich ... möchtest du wirklich, dass ich ...«

Mina nickte, sie musste es tun.

»Ja, mein Liebchen. Es ist Zeit. Und weißt du, manche Leute sagen ...« Sie legte den Kopf schief, gab ihrer Stimme noch einmal den geheimnisvollen Schimmer des Geschichtenerzählers. »Sie sagen, alle Bäume sind ein Wald. Und wer unter den Schatten der ersten Krone tritt, kann nie wissen, was ihm begegnen wird. Nie, bevor er sich nicht auf den Weg gemacht hat.«

Es herrschte lange Stille. Ein letzter Rest Eisblumen tropfte auf das Fenstersims hinunter. Es machte so gut wie kein Geräusch.

Die Tochter ging zum Fenster und öffnete es. Öffnete es weit, beide Flügel. Draußen war es dunkler geworden. Eine Zeit lang sah sie hinaus, auf den kiesbestreuten Vorplatz, das Tor mit seinen verschlungenen Eisenranken, die Straße und die Felder, die dahinterlagen. Vielleicht streifte ihr Blick auch den einen steinernen Pfosten, an dem man mit behutsamen Fingerspitzen immer noch verwobene Kerben ertasten konnte, wenn man wusste, wo sie sich befanden.

Ob sie es je versuchen würde?

»Mein Liebchen«, sagte Mina, aber die Tochter drehte sich schon zu ihr um, kam zum Bett zurück, ohne das Fenster wieder zu schließen.

»Ruh dich nur aus, Mama«, flüsterte sie und küsste Mina unter schwimmenden Augen. »Ruh dich aus. Bis wir uns wiedersehen.«

»Ja«, sagte Mina und hielt sie, noch einen Wimpernschlag. »Ja, meine schönste Tochter. Bis wir uns wiedersehen.«

Als sie allein war, entspannte Großmutter Mina die Schultern, sah zum Fenster hinüber und wartete. Nicht lange; nicht einmal eine Stunde. Dann zog von draußen, vom Weiher her, ein Rauschen herauf, das den Raum erfüllte. Ein weißes, sternweißes Rauschen. Die Fensterflügel knarrten wie in einem plötzlichen Wind, die Vorhänge bauschten sich wie Schwingen.

Die Spieluhr klirrte und spielte von selbst ein paar Töne.

Und Mina lächelte und öffnete ihre Augen weit.

Nachwort und Quellen

Zu den Zinken

Die »Zigeunerzinken«, die sich an den Kapitelanfängen finden und auch im Text erwähnt werden, begleiten die Geschichte und können, ansatzweise zumindest, auch selbst »gelesen« werden. Sie sind echten alten Zinken nachempfunden, wie sie im 18. Jahrhundert noch verbreitet waren, zu Minas Zeit allerdings schon sehr viel weniger vorkamen, was auf den Anstieg der Alphabetisierungsrate in der Bevölkerung zurückgeführt wird. Es handelt sich um eine Bildsprache, deren Regeln aber nur sehr bruchstückhaft bekannt sind und die von Ort zu Ort auch stark variierte. Die Fahrensleute, die mit ihr vertraut waren, konnten sich in ihr die unterschiedlichsten Dinge mitteilen: Alltägliches, wie etwa, in welche Richtung sie zogen und was sie dort vorhatten, wie viele sie waren oder wie es ihnen auf dem Weg ergangen war; Warnungen vor bestimmten Orten; aber auch ganz Persönliches, wie eine neue Liebe, die Geburt eines Kindes oder Gefühle von Traurigkeit und Einsamkeit.

Manche Zinken waren so komplex, dass sie ganze Sachverhalte vermitteln konnten, andere kurz und bündig. Sie wurden von ganz verschiedenen Personengruppen benutzt; in rudimentärer Form überlebt hat bis heute aber nur sehr wenig, hauptsächlich die sogenannten »Gaunerzinken« (in den USA als »Hobo Signs« bekannt), die meistens von Kriminellen benutzt werden, um anzuzeigen, ob es zum Beispiel in einem Haus unverschlossene Hintertüren gibt. Diese heutigen Zeichen sind nur kümmerliche Überreste der alten reichen Bildsprache – und sollten im Übrigen nicht als romantisches Relikt vergangener Zeiten betrachtet, sondern tunlichst entfernt werden.

Meine und Swantje Philipps' Interpretation der Zinken lehnt sich vor allem – sehr frei – an eine umfangreiche Sammlung an, die ich in *Die Gaunerzinken der Freistädter Handschrift* von Hanns Gross, Archiv für Kriminalanthropologie II (1899) gefunden habe, der sich dabei auf noch ältere Sammlungen stützte.

Zu den Tatern
Der Begriff »Tater« ist, soweit ich weiß, ein alter norddeutscher Ausdruck für Fahrensleute, ganz undifferenziert angewandt auf alle möglichen Volksgruppen, u.a. auch aus der Roma-Familie. Er leitet sich wohl von dem Wort »Tataren« ab, und man findet ihn heute noch in manchen Ortsnamen wieder. Die Tater, denen Mina begegnet, sollen kein akkurates Porträt einer bestimmten Gruppe zeichnen; sie sind größtenteils reine Fantasiegestalten. Ich habe sie aber ein wenig an historische Beschreibungen von wandernden Roma-Familien angelehnt, was auch das Lied andeutet, das Rosa Mina beibringt. Es stammt übrigens aus *Haideblüten. Volkslieder der transsilvanischen Zigeuner* von Heinrich v. Wlislocki (1880). Ich habe nur die Übersetzung ganz

leicht angepasst und es ansonsten wörtlich übernommen. Der von Wlislocki wiedergegebene Roma-Dialekt scheint mir heute allerdings veraltet oder ungebräuchlich zu sein: Bei »RomLex«, einer Projektdatenbank zu den Romani-Sprachen, findet man beispielsweise die Blume, die im Lied »luluya« heißt, je nach Dialekt als »lulugi«, »luludi« oder auch »luluda«, also durchaus ähnlich, aber eben nicht gleich. Wenn Lautschrift und/oder Übersetzung tatsächliche Fehler enthalten sollten, wäre ich für eine Mitteilung sehr dankbar.

Das meiste, aber eben nicht alles an den Tatern ist also reine Fantasie; insbesondere die Geschichte um Zinni beruht auf traurigen Fakten, nachzulesen etwa in *Rückkehr nicht erwünscht. Die Verfolgung der Zigeuner im Dritten Reich* von Guenther Lewy (2001).

Zu weiteren Quellen
Sagen- und Märchensammlungen aus Norddeutschland gibt es einige sehr schöne; ich habe meine Streifzüge vor allem durch *Sagen und Märchen aus Angeln*, herausgegeben von Gundula Hubrich-Messow (1987) und, zeitnäher zu Mina, durch *Sagen, Märchen und Lieder der Herzogthümer Schleswig-Holstein und Lauenburg* von Karl Müllenhoff (Hrsg., 1845) unternommen. Aus Letzterem stammt auch der Gesang der Tater an der Taterkuhle, den ich nur leicht meinen dichterischen Erfordernissen angepasst habe.

Für die Blumensprache habe ich vor allem *Die Blumensprache oder Symbolik des Pflanzenreichs, nach dem Französischen der Frau Charlotte de Latour* von K. Müchler (1820) verwendet, eines der ersten deutschsprachigen Bücher zu diesem Thema, aus dem auch die entsprechenden Zitate stammen. Seinen Titel in der Geschichte, *Der deutsche Selam*, habe ich allerdings von einem anderen Werk geliehen, *Taschenbuch der Blumensprache oder Deutscher Selam* (1843) von J. M. Braun. Im Lauf der Zeit haben sich unendlich viele Varianten der Blumensprache entwickelt, von denen ich mir lediglich einige herausgepickt habe.

Bezüglich der Forschungen des Doktors und der generellen Entwicklungen auf dem Gebiet der Psychiatrie zu Minas Zeit waren mir *Die Entwicklung der Anstaltspsychiatrie im Deutschen Reich (1871–1914)* von Reinhard Schmidt (1988) und *Einfache Seelenstörung. Geschichte der deutschen Psychiatrie 1800–1945* von Dirk Blasius (1994) sehr nützlich. Aufschlussreich zum Leben im Kaiserreich allgemein waren daneben u. a. *Herrliche Zeiten. Die Deutschen und ihr Kaiserreich* von S. Fischer-Fabian (2005) und der Roman *Aus großer Zeit* von Walter Kempowski (1978).

Jegliche Fehler, die mir bezüglich dieser oder anderer Themen im Buch unterlaufen sind, beruhen natürlich auf eigenem Verschulden.

Danksagung

Mein »Schwan« hatte etliche freundliche Starthelfer, denen ich gar nicht genug danken kann:

Martina Vogl vom Heyne-Fantasy-Lektorat dafür, dass sie Minas Geschichte von Anfang an mochte und es mir so oft und so freundlich sagte, dass ich es schließlich glauben konnte. Sie hat mich betreut und unterstützt und mir nie »die Flügel gestutzt«.

Claudia Alt für die intensive und liebevolle Textarbeit, all das Basteln und Feilen und Polieren, das mir so sehr dabei half, die Schwachstellen zu finden und zu verbessern, anstatt immer nur hilflos auf diesen riesigen Haufen Wörter zu starren und mich zu fragen, ob ich es nicht lieber alles noch einmal neu schreiben sollte.

Swantje Philipps dafür, dass sie mit mir die schönen, verschlungenen, romantischen Formen für die Zinken entwickelte, die jetzt im Buch zu finden sind. Viele, viele Stunden verbrachte sie dafür vor dem Computer, mit mir und meinen ewigen Nörgeleien im Nacken; und bestimmt zuckt sie heute noch innerlich zusammen, wenn sie nur das Wort »Zinken« hört ... Aber mit ihrem Einfühlungsvermögen, ihrem Können und ihrer Geduld ist es ihr gelungen, hinter meinen ursprünglichen, kruden Kritzeleien das zu sehen, was sie ausdrücken wollten, und es aufs Papier zu bringen.

Den »*Kaffeemädchen*«, allen voran *J. H., K. M.* und *K. M. (2)* für ihre Unterstützung und Freundschaft, während das Buch entstand; und auch den anderen verständnisvollen Juristen um mich herum, denen ich zwischen Diskussionen über Tatbestände und Rechtsfolgen immer mal wieder von Mina erzählen durfte und die mich nicht auslachten.

M. Q, dafür, dass sie eines Tages die weisen Worte sprach: »Hören Sie auf zu jammern. Wenn Sie es wollen, dann tun Sie es doch einfach!«

Und, natürlich, *meiner wunderbaren Familie*, die mich auch durch dieses Abenteuer wie stets mit ihrer Liebe getragen hat.

Christoph Marzi

Das Tor zu einer phantastischen Welt

»Christoph Marzi ist ein magischer Autor, der uns die Welt um uns herum vergessen lässt! Er schreibt so fesselnd wie Cornelia Funke oder Jonathan Stroud« *Bild am Sonntag*

»Wenn Sie Fantasy mögen, müssen Sie Christoph Marzis wunderbare Werke lesen. Eine echte Entdeckung!« *Stern*

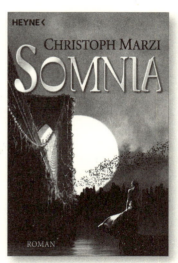

978-3-453-52483-5

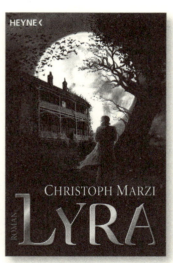

978-3-453-52623-5

Leseproben unter: **www.heyne.de**

HEYNE ‹

Bernhard Hennen

Die Elfenritter-Trilogie

Die neue große Elfen-Saga vom Bestsellerautor von *Die Elfen*

Ein Königreich, das von dunklen Mächten bedroht wird. Eine junge Herrscherin, die die letzte Hoffnung der freien Völker birgt. Und ein Elfenritter, der vor der Entscheidung seines Lebens steht...

»Bernhard Hennens *Elfen*-Romane gehören zum Besten, was die Fantasy je hervorgebracht hat.« *Wolfgang Hohlbein*

Band 1: Die Ordensburg
978-3-453-52333-3

Band 2: Die Albenmark
978-3-453-52342-5

Band 3: Das Fjordland
978-3-453-52343-2

978-3-453-52333-3

Leseproben unter: **www.heyne.de**

HEYNE ‹

Peter V. Brett

Manchmal gibt es gute Gründe, sich vor der Dunkelheit zu fürchten ...

... denn in der Dunkelheit lauert die Gefahr! Das muss der junge Arlen auf bittere Weise selbst erfahren: Als seine Mutter bei einem Angriff der Dämonen der Nacht ums Leben kommt, flieht er aus seinem Dorf und macht sich auf in die freien Städte. Er sucht nach Verbündeten, die den Mut nicht aufgegeben und das Geheimnis um die alten Runen, die einzig vor den Dämonen zu schützen vermögen, noch nicht vergessen haben.

978-3-453-52476-7

Peter V. Bretts gewaltiges Epos vom Weltrang des »Herrn der Ringe«

Das Lied der Dunkelheit
978-3-453-52476-7

Das Flüstern der Nacht
978-3-453-52611-2

Erzählungen aus Arlens Welt

Der große Bazar
978-3-453-52708-9

Leseproben unter: **www.heyne.de**

HEYNE ‹

Christoph Hardebusch

Sturmwelten

Das neue Fantasy-Epos vom Autor des Bestsellers »Die Trolle«

Ein Reich inmitten der Weltmeere, legendär für seine unermesslichen Reichtümer und ebenso großen Gefahren. Ozeane, gepeitscht von Wind und Wellen, umkämpft von königlichen Kriegsflotten, undurchsichtigen Magiern und blutrünstigen Piraten. Christoph Hardebusch erzählt die Geschichte des jungen Freibeuters Jaquento, der auszog, dieses geheimnisumwitterte Reich zu entdecken: die Sturmwelten ...

Sturmwelten
978-3-453-52385-2

**Sturmwelten –
Unter schwarzen Segeln**
978-3-453-52397-5

**Sturmwelten – Jenseits
der Drachenküste**
978-3-453-52398-2

978-3-453-52385-2

Leseproben unter: **www.heyne.de**

HEYNE ‹